光文社古典新訳文庫

世界を揺るがした10日間

ジョン・リード

伊藤 真訳

kobunsha classics

光文社

Title : TEN DAYS THAT SHOOK THE WORLD
1919
Author : John Reed

『世界を揺るがした10日間』　目次

序文 11
まえがき 12
注釈と解説 24
第一章 背景 45
第二章 嵐の予感 71
第三章 前夜 115
第四章 臨時政府の崩壊 169
第五章 がむしゃらに前へ 229
第六章 祖国・革命救済委員会 289
第七章 革命の最前線 329
第八章 反革命 365
第九章 勝利 405
第一〇章 モスクワ 447
第一一章 権力の掌握 471

第一二章　農民大会　517
付録（原注）　548
解説　伊藤真　706
年譜　738
訳者あとがき　743

1917年のペトログラード
ウィボルク区
ネヴァ川
クレスチイ監獄
リテイヌイ橋
新兵器庫
ヴォスクレセンスキー通り
シュパレールナヤ通り
スモーリヌイ学院
リテイヌイ区
ドゥーマ
スヴォーロフスキー大通り
兵営
リテイヌイ通り
ネフスキー大通り
アレクサンドリンスキー劇場
ズナメンスキー広場
ニコライ駅
通り
開戦前のヨーロッパ
ノルウェー
スウェーデン
北海
ペトログラード
モスクワ
ロシア
イギリス
ドイツ
大西洋
オーストリア・ハンガリー
フランス
ルーマニア
イタリア
セルビア
ブルガリア
スペイン
ポルトガル
ギリシア
トルコ
地中海

ペテルブルグ区
ボリショイ大通り
クロンフェルスク武器庫
ペトロパウロフスク要塞
トロイツキー橋
マルス広場
練兵場
エルミタージュ
冬宮
パウロフ
スキー兵
ワシリエフスキー島
宮殿橋
海軍省
参謀本部
宮殿広場
アドミラルテイスキー通り
イサーク大聖堂
モルスカヤ通り
カザン大聖堂
中心部
マリンスキー宮殿
国立銀行
モイカ運河
サドーヴァヤ通り
サドーヴァヤ通り
ネヴァ川
ツァールスコーエ・セロー駅
フォンタンカ運河
0
500
1000
1500m

世界を揺るがした10日間

序文

私はジョン・リードの書籍『世界を揺るがした10日間』を大いに興味深く、すっかり魅了されて読んだ。私はこの作品を全世界の労働者たちに心からお勧めしたい。あらゆる言語に翻訳されて、何百万部でも出版されてほしい一冊である。プロレタリア革命とは何か、プロレタリア独裁とは何なのか、それらを真に理解するのに極めて重要なもろもろの出来事を、誠実にしてこの上なく生き生きと解き明かしてくれている。これらの問題は幅広く議論されているが、受け入れるのか、退けるのか、いずれにしてもその判断がどのような意味を持つのか、まずは十全に理解しておくことが必要だ。ジョン・リードの著書は間違いなくその疑問を、すなわち全世界的な労働運動の根本的な問題である疑問を、解決する一助となるだろう。

ニコライ・レーニン（ウラジーミル・イリイチ・ウリヤーノフ）

一九一九年末

まえがき

本書は激動の歴史の一断面を描いてみせたものだ——歴史と言っても私の目に映った歴史だ。これは十一月革命[1]の克明な報告であり、それ以上でも以下でもない。あのとき、労働者と兵士たちの先頭に立ったボリシェヴィキがロシアの国家権力を奪い取り、ソヴィエトの手に渡した。

当然ながら、本書の大部分は当時の首都であり、蜂起の心臓部でもあった「赤いペトログラード[2]」が舞台だ。ただし激しさの差こそあれ、ペトログラードで起きたことは相前後してロシア全土でほぼそっくりそのまま見られたのであり、それを読者のみなさんは知っておいてほしい。

本書は私が執筆中の著作の中で最初の一冊で、私自身が目撃し、体験したこと、そして信頼できる裏づけのある出来事を記録することしかできない。ただし十一月革命の背景と要因をざっと説明した二章を冒頭に加えた。この二章が読みづらいことは私も認めるが、それ以降の記述を理解する上で欠かせない。

読者の心にはさまざまな疑問が浮かんでくるだろう。ボリシェヴィズムとは何か？ボリシェヴィキはどんな統治機構を構築したのか？　ボリシェヴィキは十一月革命以前は憲法制定議会を支持していたのに、なぜのちには武力によって解散させたのか？そして資本家階級《ブルジョアジー》のほうは逆に、ボリシェヴィズムの危険性が明らかになるまでは憲法制定議会に反対していたというのに、なぜのちには支持するようになったのか？

本書では、これらやそのほか多くの疑問に答えることはできない。『コルニーロフからブレスト＝リトフスクへ』[3]という別の著作で、私は十一月革命からドイツとの講和条約の締結までをたどるつもりだ。その本では、さまざまな革命組織の起源と機能、

1　本書は西洋暦に基づき十一月革命と呼んでいる。「注釈と解説」（42ページ）を参照。

2　旧称サンクトペテルブルクを第一次世界大戦中にペトログラードに改称。ソ連時代の一九二四年からはレニングラードと呼ばれたが、九一年に現在のように旧称に戻った。

3　結局この著作は刊行されず、ジョン・リードは『世界を揺るがした10日間』と相前後して刊行した何冊かの小冊子などの中で、コルニーロフ将軍の反革命クーデター未遂を含む十一月革命前後の経緯や、ソヴィエト・ロシアの全体像を描いた。なお、英仏などとの連合国側で第一次世界大戦に参戦していたロシアは、大戦中の一九一八年三月、当時ドイツ占領下にあったロシア領（現ベラルーシ）のブレスト＝リトフスクでドイツおよびその同盟諸国と単独講和を結んだ。

民心の展開、憲法制定議会の解散、ソヴィエト国家の構造、そしてブレスト＝リトフスクにおける和平交渉の経緯と結果について説明するつもりだ。

ボリシェヴィキの台頭について考えるには、次のことを理解しておく必要がある。それはロシアの経済生活とロシア軍は一九一七年一一月七日になってはじめて崩壊したのではなく、何カ月も前から起きていたのであり、それは早くも一九一五年から始まっていた動きの論理的な結果だったということだ。皇帝《ツァーリ》の宮廷を牛耳《ぎゅうじ》っていた腐敗した反動勢力は、ドイツとの単独講和を結ぶ口実を作るために、意図的にロシアをめちゃくちゃにしようとした。一九一五年夏のロシア軍の大撤退[4]につながった前線の武器不足、軍隊や大都市における食糧難、一九一六年の製造業や交通網の崩壊――これらはすべて反動勢力による巨大な破壊工作《サボタージュ》の一環だったことを今やわれわれは知っている。こうした動きはやがて一九一七年の三月革命によってなんとか食い止められた。

このとき、世界でもっとも抑圧されていた一億六〇〇〇万の人々が突如として自由を得たわけだが、偉大な革命につきものの混乱は見られたものの、新政権発足からの数カ月間、ロシアの国内情勢もロシア軍の戦闘能力も実のところ好転した。

しかしこの「蜜月」は短命に終わった。有産階級は単なる政治革命を望んでいたのであり、その結果、ツァーリから奪った権力を自分たちが手にできればそれでよかったのだ。彼らはロシアがフランスやアメリカのような立憲共和国か、イギリスのような立憲君主国になることを望んでいた。その一方で、一般大衆は産業と農業における真の民主主義の確立を欲していた。

一九〇五年の革命[5]を描いた『ロシアのメッセージ』の中で、著者のウィリアム・イングリッシュ・ウォーリングはロシアの労働者たちの心情を見事に伝えている。彼らはのちにボリシェヴィズムをほぼ全員一致で支持することになるのだ。

彼ら（労働者人民）は、自由な政府のもとであっても、それが他の階級の手中

4　当初優勢だったロシア軍はドイツ軍の反撃を受け、一九一五年九月、ロシア領だったポーランドから撤退した。これが反動勢力による陰謀だったというのは著者の見解。なお、一九一七年の三月革命によって、皇帝が退位してロマノフ王朝は倒れ、立憲民主党（カデット）を中心に、いわゆる「穏健派」社会主義者らによる臨時政府が成立した。

5　労働者らの平和的なデモ行進を軍が武力弾圧した血の日曜日事件をきっかけに、労働者ら市民を中心とする全国的な反政府運動が巻き起こり、帝国議会（ドゥーマ）の創設など、皇帝が権力の一定の譲歩を迫られた事件。第一次革命とも呼ばれる。

に落ちるならばこのまま飢えつづける恐れがあることを見抜いていた……。

ロシアの労働者は革命的ではあるが、暴力的でもなければ独善的でもなく、無知でもない。彼らはいつでもバリケードを築く用意があるが、それについてはすでに経験済みで、世界の労働者たちの中で唯一、実地に学習済みなのだ。彼らは抑圧者である資本家階級と最後まで戦う意志も覚悟もある。ただしほかの階級の存在を無視するわけではない。彼らはただほかの階級に対して、迫りつつある厳しい闘争でどちらかの側につくよう求めているのである……。

彼ら（労働者ら）はみな、われわれ（アメリカ）の政治機構のほうが好ましいことは認めていたが、〔皇帝という〕一人の暴君を別の暴君（つまり資本家階級）に取り換えることに気乗りがしなかったのだ……。

ロシアの労働者たちは、あるいは撃ち殺され、あるいはモスクワやリガやオデッサで何百人という規模で処刑され、ロシアの監獄という監獄に何千人もが収監され、砂漠や極寒の地に流刑となってきた。しかしそれは、ゴールドフィールド[6]やクリプル・クリークの労働者たちが手にしたような、心もとない権利だけを得るためではなかった。

こうして対外戦争のさなかに、ロシアでは政治革命に加えて社会革命が展開し、ボリシェヴィズムの勝利へと上り詰めたのだった。

ロシア情報局の駐米責任者であるA・J・サック氏はソヴィエト政権には反対の立場だが、著書『ロシア民主主義の誕生』の中ではこう述べている――。

ボリシェヴィキはレーニンを首相に、レオン・トロツキーを外相として自分たち独自の内閣を形成した。実は三月革命の直後から、彼らが権力を掌握するのは時間の問題であることはほぼ明らかだった。その革命以降のボリシェヴィキの歴史、それは彼らの着実な成長の歴史なのである……。

外国人は――アメリカ人は特に――しきりにロシアの労働者たちの「愚かさ」を力説する。確かに欧米の人々に比べれば政治的経験は乏しいだろうが、自発的な組織の構築にかけては実に習熟していた。一九一七年当時、ロシア消費者組合には一二〇〇

6　ゴールドフィールドもクリプル・クリークも、一九世紀末から二〇世紀初頭に激しい労働争議の舞台となった米国の金鉱地帯。

万人以上の組合員がいた。そして各種のソヴィエト自体が組織化の才能をみごとに体現している。さらに、社会主義理論を理解し、それを現実に適用していくことにかけては、これほどよく教育された国民は世界に類を見ないだろう。

だからウィリアム・イングリッシュ・ウォーリングもロシア国民の特徴を次のように指摘しているのだ――。

ロシアの労働者たちはおおむね読み書きができる。この国は何年にもわたってひどい混乱状態にあっただけに、彼らは身近にいる知的な人たちだけでなく、彼らに劣らず革命的な多くの知識階級の人々にも指導を仰ぐことができたのだ。そうした知識階級の人々はロシアを政治的、社会的に刷新しようと、労働者たちに目を向けたのだった……。

多くの著述家たちはソヴィエト政府に敵意を抱いているが、その理由を彼らはこう説明する――ロシア革命の最終段階は、ボリシェヴィズムの粗暴な攻撃に対する「まともな」連中の戦いにすぎなくなってしまったからだ、と。しかし実際は、最初に仕掛けたのは有産階級のほうであり、大衆の革命組織が力を増していることに気づき、それらを滅ぼして革命の流れをストップさせようと乗り出してきたのだ。そしてそのために有産階級は最後にはやけくその手段に訴えた。ケレンスキー内閣とソヴィエト組織を転覆させるため、交通網を混乱させ、国内に種々の混乱を引き起こした。そして〔工場労働者らの団体組織である〕工場委員会[7]をつぶすために工場を閉鎖し、燃料や原料はほかの目的に転用した。さらに、軍における死刑を復活したり[8]、ロシア軍の敗退を座視したりして、前線の〔兵卒らの団体組織である〕軍隊委員会を崩壊させようとした。

しかしこうした動きはボリシェヴィキの火に油を注ぐ絶好の結果となった。ボリ

7 ケレンスキー内閣は、三月革命で帝政が打倒されたのちに成立した臨時政府のうち、第三次臨時政府。立憲民主党（カデット）の第一次、第二次臨時政府に続き、社会革命党（エスエル）のケレンスキーを首相に、カデットその他のいわゆる「穏健派」社会主義者らを含めて成立。それに対して「会議」「評議会」を意味するソヴィエトは、一九〇五年の革命以降、労働者階級の代表者らが結成した機関。三月革命後は労働者代表ソヴィエト、兵士代表ソヴィエトを中心に、民衆主体の議会やプロレタリア革命を主張・遂行する組織として臨時政府と並存し、十一月革命ではボリシェヴィキがその中でも多数派となって革命の中心を担った。

8 三月革命で一旦廃止された死刑を復活したのは、実際はケレンスキー内閣。

シェヴィキは階級戦争を唱え、ソヴィエトこそが最高の権威であると主張して対抗した。

これらの両極と、どちらかを全面的または消極的に支持していたその他の勢力の中間に、いわゆる「穏健派」社会主義者たちがいた——メンシェヴィキと社会革命党(エスエル)と、その他いくつかの小政党だ。彼らも有産階級から攻撃を受けたが、自分たちの政治理論が足かせとなって抵抗する力がなかった。

大雑把に言えば、メンシェヴィキと社会革命党は、ロシアの経済はまだ社会革命にふさわしい段階にまで成熟していないと考えていた——つまり可能なのは政治革命だけだと。彼らの見方によれば、ロシアの大衆は権力を握れるだけの教育をまだ受けていない。だからどんな形で権力を奪い取ろうとしても、必ず反動を招くはずで、それによって情け容赦のない日和見《ひよりみ》主義者が旧体制を復活させないとも限らない。このため「穏健派」社会主義者たちは、権力を掌握することを余儀なくされたときに、その権力を行使する勇気がなかった。

彼らはロシアも欧米のように政治的、経済的発展の諸段階をまず踏むことが必要だとし、そうして初めて、世界のほかの諸国と共に全面的な社会主義へと進んで行けると考えていた。このため彼らは当然ながら、ロシアはまず議会制国家——ただし欧米型の民主主義国家を多少なりとも改良したもの——となるべきだとして、この点で有産階級と一致していた。その結果、彼らは有産階級と政府内で協力し合うことにこだわったのだった。

こうなれば「穏健派」社会主義者らが有産階級の支持に回るのも時間の問題だった。彼らはブルジョアジーを必要とした。しかしブルジョアジーは「穏健派」社会主義者らを必要としてはいなかった。だから臨時政府の社会主義者の大臣たちはあらゆる政策で少しずつ譲歩を迫られ、反対に有産階級はますます強硬になっていった。

そしてついにボリシェヴィキが彼らのむなしい妥協の産物をまるごと破壊したとき、気づいてみればメンシェヴィキと社会革命党は有産階級の側で戦っていた……今日、世界のほとんどどの国でもおなじみの現象だ。

私の目に映ったボリシェヴィキは破壊的な勢力であるどころか、むしろ建設的な計画とそれを全国に推し及ぼす力とを持ったロシアで唯一の政党だった。あのとき彼らが政権の座に就かなかったとしたら、一二月にはドイツ帝国軍がペトログラードとモスクワに進撃し、ロシアの地に再びツァーリの支配が返り咲いたに違いない……それはまったく疑う余地がないと私は思っている。

ソヴィエト政府が成立してからまる一年経った今でも、ボリシェヴィキの蜂起を

「冒険」と呼びたがる人が多い。確かに冒険だった。だがそれは人類がこれまで企てたものの中でもっとも驚異的な冒険のひとつだ。汗水流して働く大衆の先頭に立って歴史の舞台に躍り出て、その大衆の巨大で素朴な欲求にすべてを賭けたのだ。すでに地主たちの広大な土地を農民たちに配分するための機構もでき上がっていた。労働者による産業管理を実現するために工場委員会と労働組合もあった。あらゆる村、町、都市、郡、州で、労働者、兵士、そして農民代表ソヴィエトが地域行政の責務を果たす準備ができていた。

　ボリシェヴィズムのことを誰がどう思おうと、ロシア革命が人類史上の偉大な出来事のひとつであって、ボリシェヴィキの台頭が世界的に重要な現象であることは否定できない。歴史家たちは、パリ・コミューン[9]に関するどんな小さなディテールまでも史料を渉猟《しょうりょう》するように、一九一七年一一月にペトログラードで起きたこと、人びとを奮い立たせたその精神、そしてリーダーたちがいかなる風貌で、どのように語り、行動したのか、知りたくなるだろう。そのような視点で私はこの本を書いた。

　あの闘争のさなか、私の思いは中立ではなかった。だがあの偉大な日々のストーリーを語るに当たり、私は良心的な記者の目で出来事を見るように努めた。ひとえに真実を書き残したいがために。

ニューヨーク、一九一九年一月一日

J・R（ジョン・リード）

9　一八七一年にフランスで七〇日余り続いた世界初の労働者による革命政権。旧政府軍の反撃により崩壊した。

注釈と解説

政治団体、委員会や中央委員会、ソヴィエト、議会《ドゥーマ》、そして組合などなど……ロシアの団体組織は多様で、読者のみなさんはひどく戸惑うに違いない。このため、まず簡単な定義と解説を加えておきたい。

◆政党

憲法制定議会[1]の選挙では、ペトログラードでは一七もの政治団体が公認候補者を立て、地方都市では実に四〇というところもあった。だが以下には本書に登場するグループや党派に限って、各政党が目指したものや組織の構成を概説する。それも各党の綱領の要点と、各党の支持者たちの全般的な特徴を記すだけにする……。

1．さまざまな傾向の王党派や十月党《オクチャブリスト》[2]など——かつては有力だった党派だが、十一月革命当時はもはや公然とは存在していなかった。メンバーらは地下活動を行うか、徐々に彼らと同じ政治綱領を掲げるようになっていった立憲民主党《カデット》に入党した。本書に登場する代表的な人物はロジャンコとシュルギン。

2. **立憲民主党（カデット）**――立憲民主党はロシア語名の頭文字から「カデット」と呼ばれる。正式名は「人民自由党」である。有産階級の自由主義者で構成され、皇帝《ツァーリ》の帝政下で政治改革を訴えた一大有力政党で、アメリカで言えば進歩党[3]にだいたい相当する。一九一七年に三月革命が勃発すると、カデットは最初の臨時政府を形成した。彼らは第一次世界大戦におけるロシアの立場として、帝政時代のツァーリの方

---

1 三月革命でロマノフ王朝の帝政が倒れた後、近い将来に国民の代表として議員を選出し、新たに憲法を制定する議会を招集することが決まった。それまでは臨時政府が政権を担い、十一月革命後に選挙が行われて招集にこぎつけたが、選挙結果で第一党となれなかったレーニンらボリシェヴィキが解散させ、ボリシェヴィキ（のちのソヴィエト共産党）による独裁体制を確立した。

2 自由主義的な貴族やブルジョア、地主らが立憲君主制をめざして一九〇五年に結成した政党。

3 一九一二年にセオドア・ルーズベルト元大統領が共和党を脱退して結成した改革派政党。革新党とも。

針も含め、それまでの連合国の帝国主義的な路線を支持すると宣言し、このため四月にカデット内閣は崩壊に追い込まれた。革命がますます社会経済革命へと変わっていくにつれ、カデットはますます保守化した。本書に登場する代表的な人物はミリュコーフ、ヴィナヴェル[4]、シャツキー。

2-(a). 公人グループ——カデットはコルニーロフ将軍の反革命の動き[5]と結びついたために人気が凋落し、その後モスクワで「公人のグループ」が結成された。代表者らは最後の臨時政府となったケレンスキー内閣に入閣した。このグループの知的リーダーはロジャンコやシュルギンのような人物だったが、超党派であると公言していた。いわば「近代的」な傾向の強い銀行家、商人、製造業者らで構成され、彼らはソヴィエトと対抗するにはみずからの武器——つまり経済組織——によって戦う必要があることを理解するだけの知恵があった。このグループの典型的な人物は、リアノゾフ、コノヴァロフ。

3. 人民社会主義党またはトルドヴィキ（勤労グループ）——党員数で見れば小政党で、慎重派の知識階級、協同組合の指導者たち、そして保守的な農民らで構成されていた。

彼らは社会主義者を標榜していたものの、この党が実際に代表していたのは事務員や商店主といった小《プチ》ブルジョアジーの利害だった。直接の系統としては、おおかた農民の代表で構成されていた勤労グループの流れをくみ、この派の第四帝国議会《ドゥーマ》〔一九一二年〕以来続いてきた妥協的な特徴を受け継いでいた。一九一七年に三月革命が勃発したとき、帝国議会の勤労派のリーダーはケレンスキーだった。この人民社会主義党は国家主義的な政党だ。本書に登場する代表的な人物はペシェハノフ、チャイコフスキー[6]。

4　マキシム・ヴィナヴェル（一八六三〜一九二六年）。弁護士として活躍したユダヤ系ロシア人。立憲民主党（カデット）の創設にも参加した同党の有力者の一人。

5　コルニーロフ（一八七〇〜一九一八年）はケレンスキーによる第三次臨時内閣で軍の総司令官だったが、一九一七年八月にペトログラードへ向けて進軍して軍事クーデターを試み、逮捕され失脚した。ここはこのことを指す。十一月革命後の内戦では反革命軍（白軍）として戦い、戦死。

6　ニコライ・チャイコフスキー（一八五〇〜一九二六年）。社会革命党から三月革命後に人民社会主義党に移った古参社会主義者。ボリシェヴィキとは対立し、一九年にパリへ亡命。

4. ロシア社会民主労働党[7]——マルクス主義の社会主義政党として発足。一九〇三年の党大会で、方針をめぐる対立から二つの分派——多数派（ボリシンストヴォ）と少数派（メンシンストヴォ）——に分裂した。ここから「ボリシェヴィキ」（多数派グループ）と「メンシェヴィキ」（少数派グループ）という名前が生まれた。両者はそれぞれ独立した政党となったが、どちらも「ロシア社会民主労働党」を名のり、どちらもマルクス主義を掲げていた。一九〇五年の革命以後は、実際はボリシェヴィキのほうが少数派だったが、一九一七年の九月に再び多数派となった。

4-(a). メンシェヴィキ——この党は幅広い社会主義者たちを含んでおり、社会は社会主義へ向かって自然に進化していくべきで、まずは労働者階級が政治権力を掌握すべきだと考えていた。国家主義政党でもある。社会主義的なインテリの政党であり、結局のところ、教育の手段はもっぱら有産階級に握られていたから、インテリは無意識のうちにそうした教育訓練に影響されて有産階級の側につくことになったのだった。本書に登場する代表的な人物はダン、リーベル、ツェレテリ。

4-(b). メンシェヴィキ国際主義派——国際主義派はメンシェヴィキの急進的勢力で、

どのような形にせよ有産階級と連合することには反対していた。それでも保守的なメンシェヴィキを飛び出すことには消極的で、ボリシェヴィキが主張する労働者階級の独裁にも反対だった。トロツキーは長年にわたりこのグループの一員だった。リーダーとしてはマルトフ、マルチノフなどがいる。

4―(c) ボリシェヴィキ――今や共産党と名のっているが、それはメンシェヴィキや各国のいわゆる「多数派社会主義者」の特色である「穏健な」あるいは「議会主義的」社会主義路線とは完全に決別していることを強調するためだ。ボリシェヴィキは、産業、土地、天然資源、そして金融機関を力づくで接収することで社会主義国家の到来を加速させようと、無産階級《プロレタリアート》がただちに蜂起して政府の権力を掌握することを主張した。この政党は主として工場労働者らの欲求を代弁するものだが、大部分の貧農の要求も反映している。

「ボリシェヴィキ」（多数派）という名前は「最大限派《マキシマリスト》」と訳すことはできない。「最大限綱領主義派《マキシマリスト》」というのは別の一派だ（5―(b)の項目を参照）。ボリシェヴィキ

---

7 一八九八年、レーニン、プレハーノフらにより結成。

のリーダーとしてはレーニン、トロツキー、ルナチャルスキーなどがいる。

4-(d) 合同社会民主党国際主義派――極めて影響力の大きかった機関紙が母体であり、その名前を取ってノーヴァヤ・ジーズニ（新生活）とも呼ばれる。インテリたちの小さなグループで、この党派のリーダーであるマクシム・ゴーリキーの個人的な支持者らを除けば、労働者階級の間でも支持者は極めて少なかった。綱領はメンシェヴィキ国際主義派とほぼ同じだが、このノーヴァヤ・ジーズニ派のグループはメンシェヴィキとボリシェヴィキという二大派閥のどちらとも結びつくことを拒んだ。ボリシェヴィキの戦術には反対していたものの、〔十一月革命後〕ソヴィエト政府には残った。ゴーリキー以外で本書に登場する主な人物はアヴィロフ、クラマロフ。

4-(e) エジンストヴォ（統一）――ほぼプレハーノフ[8]の個人的支持者だけから成り、いたって小規模かつ衰退しつつあったグループ。プレハーノフは一八八〇年代のロシア社会民主主義運動におけるパイオニアの一人で、その最も偉大な理論家だった。しかしもはや老人となり、極端な愛国主義に走り、メンシェヴィキから見ても保守的すぎた。ボリシェヴィキによるクーデターののち、エジンストヴォは消滅。

5. 社会革命党（エスエル）――ロシア語の頭文字を取ってエスエルと呼ばれる。もとは農民層の革命的政党で、「戦闘団」つまりテロリストの党だった。三月革命後、それまでまったく社会主義者などではなかった人たちが多数加入した。当時は土地私有を廃止することだけを掲げ、地主には何らかの形で補償を与えるとしていた。農民たちの間の革命的な気運の盛り上がりによって、結局この「補償」の項目は放棄され、さらには若手の血気盛んなインテリたちが一九一七年秋には主流派から分離し、新たな政党「左翼社会革命党」を結成するに至った。これ以降、この急進派グループから常に「右翼社会革命党」と呼ばれることになったエスエルは、メンシェヴィキと同じ政治的立場を取り、彼らと協力した。最終的にこの党は裕福な農民層、インテリ、そして辺境の農村地帯の無学な大衆を代表するようになった。しかしメンシェヴィキの党内よりも、エスエル内の政治的、経済的見解の濃淡の差は大きかった。本書で触れるこの党のリーダーたちは、アフクセンチエフ、ゴーツ、ケレンスキー、チェルノ

8 ゲオルギー・プレハーノフ（一八五六～一九一八年）。ロシアのマルクス主義の父とされ、レーニンらと共にマルクス主義新聞「イスクラ」紙を創刊するが、のちにメンシェヴィキに加わり、ボリシェヴィキと対立した。

フ、「バブシュカ」ことブレシコフスカヤ。

5-(a) 左翼社会革命党——労働者階級による独裁というボリシェヴィキの綱領と理論上は一致していたが、ボリシェヴィキの非妥協的な戦術についていくのを当初はためらっていた。それでも左翼社会革命党《エスエル》は〔十一月革命後に〕ソヴィエト政権に残り、特に農業大臣などの閣僚ポストを受け持った。何度か政権を離脱したものの、その都度また戻った。エスエルから続々と離れていった農民たちはこの左翼社会革命党に加わった。このためこの党はソヴィエト政府を支える一大農民政党となり、地主の広大な地所を無補償で没収し、その処分は農民たち自身で行うという政策を代表するようになった。リーダーたちとしてはスピリドーノヴァ、カレーリン、カムコフ、カラガイエフなど。

5-(b) 最大限綱領主義派《マキシマリスト》——一九〇五年の革命で社会革命党から分派し、当時、農民運動の強大な勢力として、社会主義的政策綱領をただちに最大限実施せよと要求していた。今では影響力のない農民無政府主義のグループとなっている。

◆議会運営の仕組み

ロシアの会議や大会は、わがアメリカよりもヨーロッパ大陸型に近い。まず最初にやることはたいてい役員と「議長団」の選出だ。

議長団というのは議事進行委員会で、会議に参加する各グループや党派の人数に従って割り当てられた代表者たちで構成される。議長団は議事日程を決定し、幹部会のメンバーは議長の指名を受けて暫定的に議長役を務めることもできる。

個々の問題（ヴァプロース）は、概要を提示してから議論され、議論の終わりに各党派が決議案を提出し、それぞれ個別に採決が行われる。議事日程は最初の三〇分でめちゃくちゃにされてしまうことがある――というよりも、おおかたそうなる。誰かがフロアから「緊急」だと訴え出れば、ほかの連中はほとんどいつだってそれを認めてやるから、立ち上がってどんな主題についても好き勝手に発言することができる。フロアを埋める連中こそが会議を牛耳《ぎゅうじ》るわけで、議長の事実上唯一の役割は小さなベルを鳴らして秩序を保ち、発言者に発言を認めることだけだ。会議の実際の仕事はほとんどすべて各種グループや党派の代議員総会で行われ、各勢力はほぼ例外なく組織全体として投票し、各グループの院内総務がそれぞれの会派を代表する。ところがこの結果、重要な局面や投票になるたびに、各グループや党派が代議員総会を開くために会議は一時休会となってしまうのだ。

会議場の参加者連中はものすごく騒がしく、発言者に声援を送ったり野次を飛ばしたりし、幹部会の進行計画を台無しにしてしまう。おなじみの掛け声にはこんなものがある――「プラシーム！　お願いだ！　進めてくれ！」、「プラヴィリノ！（またはエト・ヴィエルノ！）そうだ！　正しい！」「ダヴォーリノ！　もういい！」「ダローイ！　追い出せ！」「パゾール！　恥を知れ！」そして「チーシェ！　静粛に！　もっと静かに！」。

◆大衆組織

1. ソヴィエト――「ソヴィエト」は「評議会《カウンシル》」という意味。ツァーリの帝政下では、帝国国家評議会[9]が「ゴスダルトヴェンヌイ・ソヴィエト」と呼ばれていた。しかし「ソヴィエト」という用語は革命後、労働者階級の経済組織のメンバーたちが選出する特定の議会のことを指すようになった――労働者代表ソヴィエト、兵士代表ソヴィエト、農民代表ソヴィエトなど。このため本書では、これらを指す場合のみ「ソヴィエト」という用語を使い、その他の場合は「評議会」と訳すことにする。ロシア各地の市町村で選出されるローカルなソヴィエトだけでなく——大都市では地区（ライオヌイ）ソヴィエトもある——さらに地域や地方（オブラストヌイ、グベリンスキー）ソヴィエト、首都には全ロシア・ソヴィエト中央執行委員会もあって、これは頭文字を取って「ツェー・イー・カー」と呼ばれている（下記の「中央委員会」の項目を参照のこと）。

大部分の地域で、労働者代表ソヴィエトと兵士代表ソヴィエトは三月革命から間もなくして合体した。ただしそれぞれに特有の利害に関する特殊な事例に関しては、労働者部門と兵士部門が別々に集まった。農民代表ソヴィエトは十一月革命ののちに、初めて右の両ソヴィエトに合流した。彼らの組織も労働者や兵士たちと同様、首都に全ロシア農民ソヴィエト執行委員会を設けていた。

2. **労働組合**——おおむね産業別の組織だったが、ロシアの労働組合は当時はまだ職業組合と呼ばれており、十一月革命の時点で三〇〇～四〇〇万人の組合員がいた。こ

---

9 いわば下院に当たる帝国議会（ドゥーマ）に対して上院に当たる。

うした組合はまた、いわばロシア労働連合のような形で全ロシア規模の団体も組織していて、首都には中央執行委員会があった。

3. 工場委員会——これらは革命に伴う経営管理の崩壊に乗じ、工場の労働者たちが産業をみずからコントロールする試みとして、自発的に創り出した組織だった。革命的行動によって工場を掌握し、経営する役割を担う。この工場委員会も全ロシア規模の組織を持っていて、首都ペトログラードに中央委員会があり、労働組合と協力した。

4. ドゥーマ——「ドゥーマ」という言葉はだいたい「審議会」というような意味だ。旧体制以来の帝国議会《ドゥーマ》は——民主化された形で——三月革命後も半年間生き延びたが、一九一七年九月に自然に潰えた。本書に出てくる市ドゥーマとは、しばしば「都市自治体」とも呼ばれ、市議会を改組したものである。議員は直接秘密選挙で選出された。ボリシェヴィキによる十一月革命では大衆の支持をつなぎとめることができなかったが、その唯一の理由は、経済的なグループを基盤とするさまざまな組織の影響力が増大していった中で、純粋に政治的な利害を代表するあらゆる組織の影響力が全般的に衰退したことだった。

5．ゼムストヴォ――大意を取れば「地方評議会」とでも訳すべきか。帝政時代には、ほとんど行政権をもたない半ば政治的、半ば社会的な組織で、主として地主階級の知的自由主義者《リベラル》層が発展させ、手綱《たづな》を握っていた。もっとも重要な機能は農民の教育と社会福祉だった。第一次世界大戦中は、外国からの購入も含め、ロシア軍の糧食と被服の業務全般をゼムストヴォが次第に掌握するようになり、前線では兵士たちのためにだいたい米国のＹＭＣＡ[10]に相当するような仕事を担った。三月革命後、農村地帯の地方自治機関とすることを念頭に、ゼムストヴォは民主化された。しかし市ドゥーマと同様、ソヴィエトと競う力はなかった。

6．協同組合――これらは労働者と農民の消費者組合で、革命前にロシア全土に数百万人の組合員を抱えていた。自由主義者《リベラル》や「穏健派」社会主義者らが創設したもので、こうした協同組合運動は革命的社会主義者らの諸団体からは支持されていなかった。

10　米国のＹＭＣＡ（キリスト教青年会）は前線の兵士のために食事、教育、娯楽、宗教などの人道的サービスを提供した。

なぜなら生産・流通手段の労働者への完全な移行をめざす勢力にとっては、競合するライバル組織だったからだ。三月革命後に協同組合は急激に増加し、人民社会主義党、メンシェヴィキ、社会革命党などのメンバーが大部分を占め、十一月革命までは保守的な政治勢力として機能した。だが旧来の商業機構や交通網が崩壊したあと、ロシア国民の空腹を癒したのはこれら協同組合だった。

7. 軍隊委員会——旧体制の将校などの反動的な権力と戦うために、前線の兵士たちが組織した。すべての中隊、連隊、旅団、師団、軍団にそれぞれ委員会があり、それらすべての代表として軍隊委員会が選出された。中央軍隊委員会は参謀本部と協力した。革命による管理部門の崩壊で、補給部門の仕事の大部分が軍隊委員会の双肩にかかることになったばかりか、時には部隊の指揮までも担った。

8. 艦隊委員会——軍隊委員会に相当する海軍の組織。

◆中央委員会

一九一七年の春から夏にかけて、あらゆる類の組織の全ロシア大会がペトログラードで開かれた。労働者、兵士、農民それぞれのソヴィエト、労働組合、工場委員会、軍隊委員会と艦隊委員会の全国大会——それに陸軍、海軍、協同組合、民族、その他あらゆる支部も、首都を舞台にそれぞれに特有の利害を守ろうと、いずれの大会でも中央委員会または中央執行委員会が選出された。臨時政府が力を失っていくにつれ、否応なくこうした中央委員会がますます行政権を握るようになっていった。

本書で触れるもっとも重要な中央委員会には次のようなものがある——。

組合連盟——一九〇五年の革命の間にミリュコーフ教授[11]とその他の自由主義者たちは専門職の組合を作った——学者、弁護士、医者など。これらがひとつの中央組織「組合連盟」に統一された。一九〇五年には革命派の民衆と行動を共にした。だが一九一七年にはボリシェヴィキの蜂起に反対し、ソヴィエト政権に抵抗してストライキを打った国家公務員たちを団結させた。

11　パーヴェル・ミリュコーフ（一八五九〜一九四三年）。モスクワ大学の歴史学教授だった自由主義者で、のちに立憲民主党（カデット）を結党。三月革命後の臨時政府では外相として中心人物の一人となったが、戦争遂行の政策をめぐり批判を浴びて失脚した。

ツェー・イー・カー――労兵（労働者・兵士代表）ソヴィエトの全ロシア・ソヴィエト中央執行委員会。ロシア語の頭文字を取ってツェー・イー・カーと呼ばれる。

ツェントロフロート（「中央艦隊」）――艦隊委員会の中央委員会。

ヴィクジェリ――鉄道労働組合全ロシア中央委員会。ロシア語の頭文字を取ってヴィクジェリと呼ばれる。

◆その他の組織

赤衛隊――ロシアの工場労働者の武装部隊。赤衛隊は一九〇五年の革命のときに初めて組織され、一九一七年の三月革命で都市部の秩序を守る部隊が必要となった際に、再び急きょ結成された。当時彼らは武装していたわけで、臨時政府は必死に武装解除しようとしたが、ほぼ失敗に終わった。革命の極めて危機的な場面では必ず赤衛隊が街角に現れた。訓練も受けていなければ、規律もなっていなかったが、あふれるばかりの革命的な熱意を持っていた。

白衛隊――ブルジョアジーの義勇兵で、ボリシェヴィキが廃止しようとしていた私有財産を守るため、革命の最終段階で出現した。大多数のメンバーが大学生だった。

テキンツィ――陸軍内のいわゆる「野獣師団」で、中央アジアのイスラム教徒の部族民で構成され、コルニーロフ将軍に忠誠心を抱いていた。命令に対する絶対的服従と戦場での凶暴な残虐性とが際立っていた。

決死大隊または衝撃大隊――「決死大隊」として世界的に著名なのは女性大隊だが、男の決死大隊も数多くあった。いずれも一九一七年の夏にケレンスキーが立ち上げたもので、英雄的な見本を示して軍の規律と戦闘意欲を向上させることを目的としていた。メンバーは主として熱烈な若き愛国主義者たち。おおかた有産階級の子女だった。

士官連合――軍隊委員会の力の増大に対抗し、軍部の反動的な将校たちが政治闘争のために立ち上げた組織。

聖ゲオルギー騎士団――戦場で傑出した戦功のあった者には聖ゲオルギー十字勲章が授与された。受勲者は自動的に「聖ゲオルギーの騎士」となる。この組織内では軍国主義者らの影響がもっとも強かった。

農民組合――一九〇五年当時は革命的農民組織だった。ところが一九一七年には、比較的裕福な農民層の政治的立場を代表するようになっており、農民代表ソヴィエトの台頭とその革命的な目標に対抗するための組織となっていた。

◆年号およびロシア語の表記

本書ではロシアの旧暦ではなく、西洋暦を一貫して採用した。ロシアの旧暦[12]の日付は西暦よりも一三日前にずれることになる。

ロシア語の固有名詞や用語の表記では、特に厳密なルールは設けず、読んだときにもっともロシア語の発音に近くかつ簡明になるよう努めたつもりだ。

◆情報源

本書の内容の大部分は私自身の取材メモに基づいている。しかしながら、私は以下のような多様な資料にも依拠している――ロシアの各種新聞から集めた数百件のさまざまな資料。それらは本書に描かれる期間のほぼすべての日をカバーしている。英字新聞「ロシアン・デイリー・ニュース（ロシア日報）」、そしてフランスの「ジュルナル・ド・ルスィー（ロシア新聞）」と「アンタント（相互理解）」の二紙から集めた資料。しかしこれらよりはるかに重要なのはペトログラードのフランス情報局が毎日発行していた「ビュルタン・ド・ラ・プレス（報道会報）」で、すべての重要な出来事や演説、そしてロシアの報道機関による論説を報じている。これについては、私は一九一七年の春から一九一八年一月までほぼ完全な資料を持っている。

右のほかに私は、一九一七年九月中旬から一九一八年一月末までにペトログラードの市街の壁に貼り出された、ほぼすべての宣言、布告、告示を入手している。さらに外政府が公刊した布告や命令のすべて、そしてボリシェヴィキが政権に就いたあとに外

12　このため三月革命はロシアの旧暦では二月革命、十一月革命は十月革命と呼ばれる。

務省で発見された秘密協定の政府公式文書やその他の文書も持っている。

第一章 背景

一九一七年九月も末に近づいたころ、海外からロシアを訪れていたある社会学の教授が私に会いに来た。教授によれば、実業家やインテリ層から革命は勢いを失いつつあると聞かされたという。教授はそれについて論文を書き、続いて全国の工業都市や農村を旅して回った。すると驚いたことに、革命は加速しているように見えたという。賃金労働者や農場労働者の間では「すべての土地を農民に、すべての工場を労働者に」という声がどこでも聞かれた。この教授がもし対ドイツ戦の前線を訪れていたら、どの部隊からも講和を求める声が聞こえてきたはずだ……。

教授は困惑していたが、実は簡単な話だった――どちらの見方も正しかったのだから。有産階級はますます保守化しつつあり、大衆はますます急進的になりつつあったのである。

おおかたの実業家やインテリ層は、革命はもう充分すぎるほど達成され、むしろ長引きすぎていると感じていた——そろそろ事態を落ち着かせるべきだ、と。祖国防衛《オボロンツィ》派メンシェヴィキ（原注一）や社会革命党（エスエル）といった多数を占める「穏健派」の社会主義政党も同じ思いで、彼らはケレンスキーの臨時政府を支持していた。一〇月一四日、「穏健派」社会主義者の公式機関紙はこう述べた――。

革命は二幕のドラマである――旧体制の破壊と、新体制の創造と。第一幕はすでに長引きすぎた。今や第二幕へと進むときであり、それもできるだけ速やかに上演すべきだ。ある偉大な革命家もこう言っている――「急ごうではないか、友らよ、革命を終結させるために。長く引き延ばしすぎる者はその果実を収穫しそこなうだろう……」。

ところが労働者、兵士、農民といった大衆の間では、「第一幕」はまだ終わっていないという思いが根強かった。前線の軍隊委員会では、部下を人間らしく扱うことになじめない将校たちとの衝突が絶えなかった。銃後では、臨時政府の規定どおりに土地問題に対処しようとしているのに、農民が選出した土地委員会の委員たちが投獄されるありさまだった。そして工場の労働者たちは経営者が労働者のブラックリストを作ったり、工場閉鎖《ロックアウト》をするのと闘っていた。いや、それどころか、帰国してくる政治亡命者たちは「望ましくない」市民として国から締め出されていた。そして海外から自分の村へ帰ってきた者の中には、一九〇五年に行った革命的行為を理由に訴追され、投獄される者さえいた（原注二）。

こうした民衆の多種多様な不満に対し、「穏健派」社会主義者らの答えはただひとつ——二月に憲法制定議会が開かれるのを待っていろ、だった。だが大衆は納得していなかった。憲法制定議会も実にありがたい話ではあるが、ロシア革命には達成すべきいくつかの明確な目的があり、マルス広場の殺風景な「同胞たちの墓地」[1]で革命の殉死者たちが朽ち果てているのは、まさにその目的のためなのだ、と。その目的とは、平和、土地、そして労働者による産業の管理だ。それは憲法制定議会が開かれようと開かれまいと、変わることがないのだ、と。憲法制定議会は延期に次ぐ延期を重ねていた——そのうち民衆がおとなしくなり、要求をあきらめるかもしれないという わけだ！　いずれにしろ、もう八カ月も革命をやってきたというのに、目に見える成

1　マルス広場は当時のペトログラードの練兵場で、三月革命後に革命の犠牲者らの共同墓地が作られた。公園となった現在も「永遠の炎」が灯され続けている。

果があまりにも乏しかった……。

そんな間にも、兵士たちは講和など待たずに続々と戦線から逃亡しはじめ、農民たちは領主らの邸宅を焼いて広大な農地を取り上げ、労働者たちは破壊活動《サボタージュ》やストライキを打っていた……。そしてまったく当然ながら、工場主、地主、軍の将校たちはあらゆる民主的な妥協に抵抗して、あらゆる方法で影響力を行使した。

臨時政府の政策は、効果のあがらない改革と過酷な弾圧の間を揺れ動いた。労働大臣は社会主義政党のメンバーだというのに、今後は労働者委員会のいかなる会合も勤務時間後にしか認めない、という布告を出した。前線の部隊では政府に楯突《たてつ》く諸政党の「扇動者」たちが逮捕され、急進的な新聞社は閉鎖され、革命的なプロパガンダを展開する連中には、死刑が適用された。赤衛隊を武装解除しようとする動きもあった。治安維持のために地方にはコサック[2]の部隊が派遣された。

「穏健派」社会主義者とその閣内のリーダーたちは、こうした措置を支持し、有産階級との協力も欠かせないと考えていた。このため大衆はあっという間に彼らを見捨て、平和、土地、労働者による産業の管理、そして「労働者階級の政府」などを標榜していたボリシェヴィキの支持に回った。こうして一九一七年九月、事態は重大な局面を迎えた。全国民の圧倒的な思いに反し、ケレンスキーと「穏健派」社会主義者たちは有産階級らとの連立政権を打ち立てたのだ。そしてその結果、「穏健派」であるメンシェヴィキと社会革命党[3]は永久に人々の信頼を失うことになった。一〇月半ばごろに「ラボーチー・プーチ（労働者の道）」紙に掲載された「社会主義者の閣僚たち」という記事は、「穏健派」社会主義者を批判する大衆の思いをよく伝えている——。

彼らの国民へのご奉仕ぶりはこうである（原注三）。ツェレテリ——ポロフツェフ将軍[4]の手助けを得て労働者らを武装解除し、革命派兵士らを追い詰め、軍隊内の死刑を承認した。スコベレフ——初めは資本家の利益に対して一〇〇パーセントの課税を試みたが、最後には、そう、最後には商店や工場の労働者委員会を解散させようとした。

2　近世にロシア南部に半独立的な軍事共同体を作った農民集団で、帝政期から強力な騎兵部隊として重用された。
3　社会革命党（エスエル）のケレンスキーを首相に、カデットその他の「穏健派」社会主義者たちによって成立した第二次連立臨時政府のこと。
4　ポロフツェフ将軍。ロシア軍のペトログラード軍管区司令官。

アフクセンチエフ――数百人の農民（土地委員会の委員ら）を投獄し、労働者や兵士たちの新聞を何十紙も発禁とした。

チェルノフ――「帝国」宣言に署名してフィンランド議会を解散[5]させた。

サヴィンコフ――コルニーロフ将軍と公然と同盟を結んだ。臨時政府を裏切り損なって結果的にわが国を救ってくれたわけだが、それは彼の力とは関係のない要因によるものだった。

ザルードヌイ――アレクシンスキーとケレンスキーの許可を得て、革命のもっとも優れた働き手――兵士や水兵ら――を投獄した。

ニキチン――鉄道労働者を痛めつける粗野な警官の役を買って出た。

ケレンスキー――この男については何も言うまい。彼がしでかしてくれたことを数えあげればきりがない……。

バルチック艦隊の代議員大会は、次のように始まる決議をヘルシングフォルス[6]で可決した。

　われわれは政界の山師――ケレンスキー――を、「社会主義者」による臨時政府の地位からただちに排除するよう要求する。それは彼こそは、資本家階級《ブルジョアジー》を利する恥知らずな政治的恐喝によって、偉大なる革命の、そして革命的大衆の、名を汚して壊滅させつつある張本人だからである……。

こうしたさまざまな動きがもたらした直接的な結果、それはボリシェヴィキの台頭だった……。

一九一七年三月、労働者と兵士たちの轟々《ごうごう》たる激流がタヴリーダ宮殿[7]に襲いかかり、渋る帝国議会《ドゥーマ》にロシアの最高権力を掌握させたのだが、それからというもの、革命の方向性の転換を強いてきたのはいつも大衆、すなわち労働者、兵士、そして農民だった。ミリュコーフの内閣[8]を引きずり下ろしたのも彼らだった。ロシアの講和条件――「無併合、無賠償、民族自決」――を世界に向けて宣言したのも彼ら大衆のソヴィエトだった。そして七月、ソヴィエトがロシアの政権を取ることを要求するために再び

5　当時フィンランドはロシア帝国の自治領だったが、帝政廃止後、フィンランド議会が統治権を強化しようとすると、ロシアの臨時政府は議会を解散させた。
6　現在のフィンランドのヘルシンキで、当時はロシアの自治領フィンランド大公国の首都。
7　帝国議会（ドゥーマ）が置かれていた宮殿。

タヴリーダ宮殿を襲ったのも、組織化されていない無産階級《プロレタリアート》の自発的な蜂起だったのだ。

当時ボリシェヴィキは小さな政治グループにすぎなかったが、この運動の先頭に立った。だがこの蜂起は無惨な失敗に終わり、世論は彼らに背を向け、リーダーを欠いた群衆はヴィボルグ区――パリで言えばサンタントワーヌ地区に相当する、ペトログラードの労働者街――におとなしく引き下がるしかなかった。続いて残忍なボリシェヴィキ狩りが始まった。トロツキー、コロンタイ夫人[9]、カーメネフ[10]を含め、何百人もが投獄された。司法当局に追われる逃亡者となったレーニンとジノヴィエフは地下に潜伏した[11]。ボリシェヴィキの新聞は発禁。挑発者や反動勢力は、ボリシェヴィキはドイツのスパイだとの声を張り上げ、ついには世界中の人々がそう信じ込んだのだ。だが臨時政府はボリシェヴィキに対する非難を裏づけることができなかった――ドイツと組んでいるとの陰謀説の証拠とされた文書は偽物だと判明した（有名な「シッソン文書[12]」の一部である）。そしてボリシェヴィキのメンバーたちは裁かれることもなく、名目的な保釈金で、ときには保釈金さえなしに、一人また一人と釈放された――最後に残ったのはわずかに六人だった。ぶれ続ける臨時政府を無能で優柔不断だとする声には反論の余地がなかった。そこでボリシェヴィキは大衆の切なる思いのこもったあのスローガンを再び掲げた——「すべての権力をソヴィエトに！」。何もただの党利党略ではなかった。なぜなら当時のソヴィエトでは、ボリシェヴィキにとっては憎むべき敵である「穏健派」社会主義者が多数を占めていたのだから。

しかしいっそう効果的だったのは、ボリシェヴィキが労働者、兵士、農民たちの素

8　この年の三月に成立した立憲民主党（カデット）を中心とする最初の臨時政府。首相はリヴォフだったが、同党の実力者だったミリュコーフが外相として中心的役割を担った。そのミリュコーフは五月に辞任し、リヴォフは改めて第二次臨時政府（第一次連立臨時政府）を組閣した。

9　アレクサンドラ・コロンタイ（一八七二〜一九五二年）。ボリシェヴィキの有力メンバーで女性解放運動でも知られる。

10　レフ・カーメネフ（一八八三〜一九三六年）。ボリシェヴィキの古株で穏健派。革命後も政治の中枢で活躍したが、のちにスターリンに粛清され処刑。

11　トロツキー、コロンタイ夫人、カーメネフ、ジノヴィエフは、いずれもボリシェヴィキの有力メンバー。十一月革命後はソ連政府で要職に就くが、やがてスターリンと対立し、コロンタイ夫人以外の三人はいずれも暗殺・処刑された。

12　米国広報委員会の在ペトログラード代表エドガー・シッソンが一九一八年に入手したという複数の文書で、レーニンらボリシェヴィキのメンバーがドイツのスパイだとするもの。当時から偽造の疑惑があり、最終的に一九五〇年代に偽造文書であることが証明された。

朴な率直な願いに合わせて当面の綱領を作り上げたことだった。こうして「穏健派」の祖国防衛派《オボロンツィ》メンシェヴィキと社会革命党（エスエル）がブルジョアジーとの妥協にかまけている間に、ボリシェヴィキは急速にロシアの大衆の心をつかんでいった。ボリシェヴィキは七月には追い詰められ、蔑《さげす》まれていた。それが九月には、首都の労働者、バルチック艦隊の水兵たち、それに兵士たちをほとんど全面的に味方につけていた。九月に行われた大都市の市議会選挙の結果はめざましかった――メンシェヴィキと社会革命党の獲得議席はわずか一八パーセント。六月には七〇パーセントを超えていたというのにだ……（原注四）。

それでも海外から見れば不可解に思える現象もあった。ソヴィエト中央執行委員会、軍隊委員会と艦隊委員会の中央委員会、それにいくつかの労働組合の中央委員会も――とりわけ郵便電信労働者と鉄道労働者の各組合が――恐ろしく激烈にボリシェヴィキに反対したのだ。それはこれらの中央委員会の委員らが選出されたのが、メンシェヴィキと社会革命党が大々的な支持を得ていた真夏かそれ以前のことだったからだ。それ以来、彼らは新たな選挙をことごとく延期あるいは阻止してきた。こうして、労兵（労働者・兵士代表）ソヴィエトの規約によれば、本来は九月に全国大会を開催すべきだったというのに、全ロシア・ソヴィエト中央執行委員会（ツェー・イー・

カー）は会議を開こうとしなかった。そしてその口実として、憲法制定議会がわずか二カ月後に予定されており、その時点になればソヴィエトのメンバーたちは退陣するだろうからと、ほのめかしたのだ。一方、全国各地のソヴィエトや労働組合支部、そして兵士や水兵らのあらゆる部隊で、ボリシェヴィキは勝利しつつあった。農民代表ソヴィエトはいまだに保守的だったが、それは停滞した農村部では政治意識の発達が遅く、数十年にわたって農民たちを扇動してきたのが社会革命党だったからでもある……。それでも農民たちの間にも革命的勢力の一翼が形成されつつあった。それは一〇月にはっきりと表れた。社会革命党の左翼が分離独立し、左翼社会革命党（左翼エスエル）という新たな党派を結成したのだ。

同時に、反動勢力が自信を深めている兆候もいたるところに見られた（原注五）。例えばペトログラードのトロイツキー笑劇《ファルス》劇場では、『皇帝の罪』というドタバタ風刺劇が王党派の一団の妨害を受け、「皇帝を侮辱した」として役者たちが危うくリンチされるところだった。新聞の論調には「ロシアのナポレオン」を待望する嘆き節も見られるようになった。ブルジョアの知識階級《インテリゲンチャ》の間では、ラボーチェフ（労働者）代表ソヴィエトをサバーチェフ（犬ども）代表ソヴィエトと呼びならわしていた。

一〇月一五日、私はロシアの大資本家のステパン・ゲオルゲヴィチ・リアノゾフと会話を交わした。「ロシアのロックフェラー」と呼ばれ、政治的信条としては立憲民主党（カデット）の支持者だ。

リアノゾフはこう言った――「革命は病だ。遅かれ早かれ列強がこの国に介入しなければなるまい。子供の病気を治してやったり、歩き方を教えてやるようなものだ。もちろん、多少は問題があるが、各国とも国内のボリシェヴィズムの危険を認めないわけにはいかない――『プロレタリア独裁』だとか『世界的な社会革命』などという考えは伝染するのだ。……このような介入をせずに済む可能性もなくはない。物資の輸送は混乱しているし、工場も次々と閉鎖されている。それにドイツ軍が迫っている。飢えと敗北でロシアの国民も目を覚ますかもしれない」。

リアノゾフ氏は断固としてこう主張した――どんなことがあろうとも、商店主や工場経営者らが労働者の工場委員会の存在を容認したり、産業経営に労働者の参画を認めるようなことはあり得ない。

「ボリシェヴィキの連中は二つの方法のいずれかで片づければいい。政府がペトログラードから退避して、戒厳令を宣言する。そうすればあとはこの地区の軍司令官が法的な手続きなしに、ボリシェヴィキの紳士のみなさんを始末できる。……あるいはもし――例えばの話だが――憲法制定議会が絵空事の理想を追うそぶりを見せようものなら、武力で解散させることもできる……」

　冬が近づいていた——あの恐ろしいロシアの冬だ。そして実業家たちがこんなことを言っていた——「冬は昔からロシア人の親友さ。ようやく革命を追っ払ってくれるかもしれないな」。凍《い》てつく戦場の最前線では、戦意を失ったみじめな兵士たちが引き続き飢え、死んでいくばかりだった。鉄道網は崩壊寸前で、食糧は欠乏しつつあり、工場閉鎖が相次いでいた。絶望の淵にある民衆は、ブルジョアジーが民衆の生活を破壊し、前線には敗北をもたらしているのだと、叫び声をあげた。リガ[13]の部隊がドイツ軍に降伏したのはコルニーロフ将軍がこう公言した直後のことだった——「国民の間に義務感を呼び覚ますには、リガの町を犠牲にでもするしかないのだろうか？」（この点については拙著『コルニーロフからブレスト＝リトフスクへ』を参照のこと[14]）。

　階級闘争がこれほど先鋭化するというのはアメリカ人にとっては信じがたい。だが私は北部戦線を訪れたとき、軍隊委員会と協力するぐらいなら軍が惨敗するほうがましだとあからさまに言う将校たちに出会った。立憲民主党（カデット）のペトログ

13　バルト海沿岸の港湾都市で現在のラトビアの首都。当時はロシア領。
14　この著作は刊行されなかった。「まえがき」の訳注3を参照。

ラード支部の書記官は、ロシアの経済活動の崩壊は革命の評判を切り崩すための政治運動の一環だと、私に語った。匿名《とくめい》を条件に取材に応じてくれた連合国のある外交官も、手持ちの情報からそれは事実だと認めた。工業都市ハリコフの近郊では、炭鉱主たちが手ずから炭鉱に火をつけたり水没させるなどしたし、モスクワの織物工場ではエンジニアたちが機械を故障させてから退去し、鉄道の幹部たちが機関車を走行不能にしようとしているところを職員らに見つかったという事例も私は知っている……。

特権階級の多くの者が革命よりも――それどころかときには臨時政府よりも――ドイツ人のほうがマシだと感じ、そう言ってはばからなかった。私が住み込んでいたロシア人の家庭では、夕食時の話題と言えば、ドイツ人が「法と秩序」をもたらしに来てくれるだろうということばかりだった……。ある晩、モスクワの商人の家で過ごしたときのこと。お茶の時間にテーブルを囲んだ一一名の人たちに「ドイツ皇帝ヴィルヘルム二世とボリシェヴィキ」のどちらが好ましいかと聞いてみた。結果は一〇対一でヴィルヘルムの勝ちだった……。

混乱が蔓延《まんえん》するのに乗じて、投機家たちが莫大な財産を手に入れ、それをとてつもない贅沢三昧《ぜいたくざんまい》や政府職員の買収に費やした。食料と燃料は隠匿《いんとく》され、あるいは密かにスウェーデンへ送られた。例えば革命勃発から最初の四カ月間で、ペトログラード市が所有する大型倉庫群から備蓄食料が半ば公然と略奪され、二年分あった穀物の蓄えは市民の腹を一カ月も満たせないほどにまで減ってしまった……。臨時政府の最後の物資供給相が提出した公式報告書によれば、コーヒーの卸値はウラジオストックでは一ポンド〔四五〇グラム強〕当たり二ルーブルだったのに対し、ペトログラードの市民は一三ルーブルも払っていたという。大都市のあらゆる店には山ほどの食料と衣料があった。だが金持ち連中しか買うことができなかった。

私の知人に、ある地方都市で商人から投機家――ロシア人は「マラジョール」〔盗賊、墓場荒らし〕と呼んでいる――に転じた一家があった。その家族の息子三人は役人を買収して兵役を逃れていた。そのうちの一人は食料の相場師。もう一人はレナ鉱山からの違法な金をフィンランドの怪しげな連中に売っていた。三番目は大株主としてチョコレート工場の経営権を握り、地元の協同組合に商品を卸していた。ただし、この男が必要とするものをそれらの協同組合が何でも提供するとの条件で。だから大衆一般がパンの配給券でわずかに黒パン四分の一ポンド〔一一五グラム弱〕を受け取っていたのに対して、この男は白パン、砂糖、紅茶、キャンディー、ケーキ、バターなどをたっぷり手にしていた……。それが前線の兵士たちが寒さと飢えと衰弱でこれ以上戦えないと知ると、この一家は「臆病者め！」と憤り、「ロシア人であるのが恥ずかしい」と怒鳴るのだった。そしてボリシェヴィキがついに彼らの莫大な秘蔵物資を発見して徴発したときには、なんたる「大泥棒」かと言ったのだった。

こうした目に見えるさまざまな腐敗の水面下では、旧来の「闇の勢力」がうごめいており、皇帝ニコライ二世が追い落とされてからも変わることなく、いまだ秘密裏にそして極めて活発に活動していた。悪名高き秘密警察《オフラーナ》の工作員らもまだ活動していて、ツァーリのためにもその敵のためにも、臨時政府のケレンスキーのためにもその敵のためにも、金さえ払えば誰のためにも動いたのだ。闇の中、「黒百人組」[15]のようなあらゆる類の地下組織が、何らかの形で反動勢力を復活させようと盛んに試みていたのだった。

このような腐敗と恐るべき欺瞞《ぎまん》の空気が漂う中、来る日も来る日も響き渡った唯一の澄んだ声、それはますます深まりゆくボリシェヴィキの大合唱だった——「すべての権力をソヴィエトに！　すべての権力を何百何千万もの庶民の労働者、兵士、農民の直接の代表者たちへ！　土地を、パンを与えよ、そして無意味な戦争を終わらせ、秘密外交と投機と裏切りを終わらせよ……。革命が、そして同時に世界中の民衆の大義もまた、危機にあるのだ！」。

三月初旬に始まったプロレタリアートと中間階級（ブルジョアジー）との闘争、つまりソヴィエトと臨時政府との闘争は、頂点に達しようとしていた。中世から二〇世紀へといきなり時代が飛んだかのようなロシアは、仰天する世界に対し、二つの革命のあり方を見せつけた——政治革命と社会革命、しかも死闘である。何カ月にもわたる飢餓と幻滅のあと、ロシア革命はなんと目覚ましい形でそのバイタリティを見せつけたことか！　ブルジョアジーは祖国ロシアのことをもっとよくわきまえておくべきだったのだ。彼らの言う革命という「病」は、ロシアではこの先まだ何年も進行しつづけるだろう……。

今から振り返ってみると、一一月の蜂起以前のロシアは別の時代の国のように思える。ほとんど信じがたいほど保守的だった。われわれはそれほどすばやく、より新しく、物ごとがより速やかに進む暮らしに慣れてしまったわけだ。それはちょうどロシアの政治全体が左翼へと振れていったのと同じタイミングだった——ついには立憲民主党（カデット）は「民衆の敵」として非合法化され、ケレンスキーは「反革命主義者」となり、「中道」の社会主義者のリーダーたちだったツェレテリ、ダン、リーベ

15　一九〇五年以降、帝政とロシア正教の護持を掲げた民族主義的極右団体で、反ユダヤ主義でも知られる。

ル、ゴーツ、そしてアフクセンチエフらは、支持者たちから見れば反動的すぎると思われ、ヴィクトル・チェルノフやマクシム・ゴーリキーといった人たちでさえも右翼に分類されるようになった。

一九一七年一二月中旬ごろ、社会革命党（エスエル）の首脳らの一団が駐ロシア英国大使のジョージ・ブキャナン卿を非公式に訪れたのだが、訪問のことは伏せておいてほしいと大使に願い出た。彼らはただでさえ「あまりにも右寄り」と思われているからだという。

ブキャナン卿は言った――「いやはや、わずか一年前には〔立憲民主党《カデット》の〕ミリュコーフの訪問を受け入れぬよう、我が政府に命じられたことを思うと信じられん。彼は危険極まりない左翼だからという理由だったのですからね！」。

九月と一〇月はロシアでは一年中でもっとも気候が厳しい――特にペトログラードではなおさらだ。どんよりした灰色の空の下、日は短くなっていき、土砂降りの雨がひっきりなしに降る。足もとの泥は深くて滑りやすく、靴にこびりつき、重たいブーツでそこらじゅうに泥跡がつき、特に市の行政が完全に崩壊しているから、例年よりもひどい。刺すような湿った風がフィンランド湾から吹きすさび、冷気を含んだ霧が街路を流れていく。夜には経済的な事情にドイツ軍の飛行船への恐怖も合わさり、街灯は少なくまばらである。民間の家屋や共同住宅では、電気は午後六時から零時までしか使えず、ろうそくは一本四〇セントもして、灯油はほとんど手に入らない。屋外は午後三時から翌朝一〇時までは真っ暗だ。強盗や家宅侵入が増えた。共同住宅では、実弾入りのライフルで武装した男たちが交代で夜通し警備に当たった。これは臨時政府の統治下でのことだ。

週を追うごとに食料は乏しくなっていった。一日のパンの割り当ては一・五ポンド〔約六八〇グラム〕から一ポンド〔四五〇グラム強〕になり、さらに四分の三ポンド、半ポンド、そしてやがては四分の一ポンド〔一一五グラム足らず〕になった。ついにはまったくパンが手に入らない週もあった。砂糖の割り当ては一人一カ月二ポンド〔約九〇〇グラム〕だった――ただし手に入るとすればの話で、実際はまれだった。チョコレート一枚またはまずいキャンディー一ポンドは七～一〇ルーブルもした――少なくとも一ドルだ。ミルクは市内の赤ん坊の約半数分しかなく、おおかたのホテルや個人宅では何カ月もお目にかかれなかった。果物の季節になると、リンゴとナシが街角で一個一ルーブル弱で売られていた……。

ミルク、パン、砂糖、そしてタバコを手に入れるには、冷たい雨の中で何時間も突っ立って列に並ばなければならなかった。徹夜の会議の取材からの帰路、夜明け前から長蛇の列《クヴォスト》ができ始めているのを私は見たことがある。ほとんどが女性で、中には腕に赤ん坊を抱いている者もいた……。トーマス・カーライル[16]は著書『フランス革命史』の中で、行列に立って並ぶフランス人の能力は、とても他国民には真似できないと書いた。だがロシアでもまた、早くも一九一五年、無能なニコライ二世の治下でこの習慣が一般化しはじめて以来、一九一七年の夏まで断続的に続き、ついには当たり前のことになったのだ。みすぼらしい服装の人々が、冬のロシアで、雪化粧した鉄色の街路に一日中突っ立っているところを想像してみてほしい！　ロシアの群衆は奇跡的なほど温厚なものだが、私はパンを求めて並ぶ人々の間から、激しく、辛辣《しんらつ》な不満の声が時として爆発するのを耳にしたことがある。

もちろんすべての劇場は日曜日も含め、毎晩出し物を上演していた。カルサビナ[17]がマリンスキー劇場で新しいスタイルのバレエに出演し、ダンスを愛するロシア人たちは彼女を見に集まった。オペラ歌手のシャリアピンも歌っていた。アレクサンドリンスキー劇場では演出家メイエルホリドによるトルストイの『イワン雷帝の死』を再演していた。その上演の際、制服姿の帝室近侍学校の学生が幕間になるたびに、鷲の紋章がすっかり消された空っぽの帝室専用の貴賓席に向かって直立不動の姿勢を取っていたのに私は気づいた……。クリヴォエ・ゼルカロ劇場ではシュニッツラー[18]の『輪舞』を艶やかに上演した。

エルミタージュをはじめとする美術館の芸術作品はモスクワへ疎開させられていたが、絵画の展覧会は毎週開かれていた。インテリゲンチャの女性たちは群れをなして芸術、文学、それに哲学入門の講座を聴きに出かけた。また、神智学者たちが特に盛んに活動していた時期でもあった。そして救世軍[19]が史上初めてロシアへの入国を認められ、あちこちの壁に福音集会の告知を貼り出し、ロシア人の聴衆はおもしろがったり面食らったりした。

こうした状況ではおなじみだが、都市のささやかな日常生活は普段どおり続き、できるだけ革命には目を塞いでいようとした。詩人たちは詩を書いた——だが革命のこ

16　トーマス・カーライル（一七九五〜一八八一年）。一九世紀のイギリスを代表する思想家・歴史家。『フランス革命史』は一八三七年に発表。

17　タマーラ・カルサビナ（一八八五〜一九七八年）。帝室マリンスキー劇場のプリマを務めたバレリーナで、『火の鳥』など革新的な作品にも出演。革命後はイギリスに移住して活躍した。

18　アルトゥル・シュニッツラー（一八六二〜一九三一年）。オーストリアの劇作家・小説家で、『輪舞』は男女のさまざまな愛の形を大胆に描いた一九〇〇年の戯曲。

19　一九世紀後半にイギリスで組織されたキリスト教プロテスタントの伝道・慈善団体。

とではない。写実主義の画家たちはロシアの中世の歴史的場面を描いた——革命以外なら何でもだ。地方の若き淑女たちはフランス語を学んだり歌の練習に夢中になったりし、陽気で見栄えのよい若き将校たちは金で縁取った真紅の防寒頭巾《バシルイキ》をかぶり、精巧な作りのカフカース・サーベルを腰に下げ、ホテルのロビーをうろついた。下級官僚の奥方たちは午後に一緒にお茶を飲み、それぞれに自分の小さな金・銀または宝石のついた砂糖入れと半切れのパンを防寒用のマフの中に携えていた。彼女たちはツァーリが復権するか、ドイツ軍がやって来るかして、とにかく使用人不足の状況をなんとかしてほしいと願っていた。私の友人の娘はある日の午後、市電の女車掌に「同志!」と呼ばれたと言って、正気を失わんばかりに騒ぎ立てて帰宅した。

どこを見回しても、偉大なるロシアは新しい世界の産みの苦しみの中にいた。かつてはただ同然の賃金で動物のように扱われていた使用人たちは独立しつつあった。靴一足の値段が一〇〇ルーブルを超え、平均賃金は月給約三五ルーブルだったから、使用人たちは列に並んで靴を擦り減らすのを拒んだ。しかしこれだけではなかった。新生ロシアではすべての男女に投票権があった。労働者階級の新聞も発行され、新しくて驚くようなことを書いていた。それにソヴィエトがあり、組合があった。辻馬車《イズヴォ》の御者《ズチキ》たちにも組合があった。そして彼らはペトログラード・ソヴィエトにも代表を送っていた。食堂の給仕やホテルの使用人たちも組織化され、チップの受け取りを拒んだ。彼らは食堂の壁にこんな掲示を出した――「当店はチップお断り」、あるいは「給仕で暮らしを立てているからといって、チップのおめぐみで侮辱されるいわれはありません！」。

前線では兵士たちが将校たちと闘争を繰り広げ、軍隊委員会を通じて自治を学んだ。工場ではロシア特有の組織である工場委員会が経験と力を積み上げ、旧体制との戦いを通じてみずからの歴史的使命を自覚した。ロシア中の人々が読むことを覚えようとしており、実際に読んでいた――政治、経済、歴史について――なぜなら誰もが知りたいと思っていたからだ……。すべての都市と、おおかたの町と、前線においても、各政治党派がそれぞれの新聞を発行していた――ときには複数の新聞を。何千という組織が何十万部というパンフレットを発行して配布し、それが軍隊、村々、工場、街頭へと流れて行った。長年ないがしろにされていた教育への渇望は、革命と同時に熱狂的な欲求となって爆発した。スモーリヌイ学院[20]からだけでも、革命から最初の六カ

20　もとは皇后が支援した女学院で、革命当時はペトログラード・ソヴィエトとボリシェヴィキの本部が置かれた。

月間、毎日何トンもの印刷物がトラックや列車に満載されて運ばれていき、ロシア全土を満たした。まるで焼けた砂が水を吸収するかのように、ロシア中が読み物を吸収し、飽くことを知らなかった。しかもそれらはお話や歴史の作り話や浅薄な宗教もの、あるいは人を堕落させる安っぽい小説などではなかった――社会理論や経済理論、哲学、トルストイやゴーゴリやゴーリキーの作品だった……。

それに演説だ。これに比べればカーライルが述べた「フランスにおける演説の洪水」など、わずかなせせらぎ同然だ。講演、討論会、演説が、劇場、広場、学校の校舎、クラブ、ソヴィエトの会議室、組合本部、兵舎などで行われ、集会が前線の塹壕《ざんごう》で、村の広場で、工場で開かれた。プチロフ工場《ザヴォート》[21]から四万人もの労働者たちがあふれ出て、社会民主党や社会革命党から無政府主義者《アナーキスト》まで、誰が何を主張するにせよ、ともかくしゃべれるやつに耳を傾けようとする姿はなんとすばらしい光景だろうか！　何カ月にもわたり、ペトログラードで、そしてロシア全土で、街角という街角が公共の演壇となった。列車や路面鉄道の車内でも、あらゆる場所で、いつだって即席の討論会が降って湧くのだった。

そしてさまざまなロシア全国会議や大会がユーラシア両大陸の国民を一堂に集わせた――ソヴィエト、協同組合、地方評議会《ゼムストヴォ》、各民族、聖職者、農民、政党などの総会、それに全ロシア民主主義会議、モスクワ会議、ロシア共和国暫定評議会。ペトログラードでは常に三つか四つの大会が行われていた。どの会議でも、発言時間を制限しようとする動きは否決され、誰もが胸の内なる思いを自由に披露することができた。

リガ後方にあった第一二軍の前線を私たちが訪れると、やせ衰えて軍靴もない裸足の男たちが悲惨な塹壕の泥の中で病み、苦しんでいた。彼らは私たちを見るなり立ち上がり、やつれた顔に、破れた軍服から青白い肌も露わに、熱心に所望してきたのだった――「何か読むものを持ってきてくれましたか?」と。

外見上、目につく変化の徴《しるし》は数多く、アレクサンドリンスキー劇場の前の女帝エカテリーナ二世像の手には赤旗が握られ、あらゆる公共の建物にも――多少色あせてはいるものの――赤旗がはためき、峻烈極まりない市警察《ゴロドヴォイエ》の代わりに温厚で武器も持たない民警たちが街路をパトロールしていた。だがそれでもなお、まだ多くの古臭い時代錯誤が見られた。

例えばロシアに鉄拳の支配をもたらしたピョートル大帝の官等表（ターベリ・オー・ランゴフ）――つまり官吏・軍人の位階表だが――はいまだに幅を利《き》かせていた。小

21　ペトログラードを代表する機械類や軍需用品の製造工場で、労働運動も盛んだった。

学生以上の児童生徒はボタンか肩ひもに皇帝の紋章がついた規定の制服を着ていた。午後の五時ごろになると、制服姿の打ち沈んだ年配の男たちが書類カバンを抱え、兵舎のような巨大な官庁や政府機関から家路を急ぎ、通りを埋めた――どれだけの上司たちがあの世へ行ってくれれば参事官補や枢密議官といった憧れの官位《チン》へ出世できるだろうか、そして退職時には潤沢な年金と、うまくすれば聖アンナ十字勲章も期待できるだろうかと、おそらくはそんな胸算用をしながら……。

それにソコロフ元老院議員の例もある。革命真っ最中のある日、元老院の会議に平服でやってくると、ツァーリに奉仕する者が着用すべき正装ではないとして、登院を認められなかったのだ！

このようにロシアの全国民を巻き込んだ熱狂と崩壊を背景としながら、「ロシアの民衆蜂起」という歴史絵巻が繰り広げられたのである……。

第二章　嵐の予感

九月、コルニーロフ将軍がロシアの軍事独裁者となることをねらってペトログラードへ向けて進撃した。その背後では突如として資本家階級《ブルジョアジー》が威圧的な姿を現し、不敵にも革命を粉砕しようとしていた。臨時政府の社会主義者の閣僚たちの中にも共謀する者がいた――臨時政府首相のケレンスキーにさえ疑いの目が向けられた（原注六）。社会革命党《エスエル》のサヴィンコフは同党の中央委員会から申し開きを求められたが、召喚に応じずに除名されてしまった。結局コルニーロフは軍隊委員会によって逮捕された。将軍たちが解任され、閣僚たちが職務停止となり、内閣は倒れたのだった。

ケレンスキーはブルジョアジーの政党である立憲民主党（カデット）も含めて、新たな組閣を試みた。これに対してケレンスキーが所属する社会革命党はカデットを排除するよう求めた。だがケレンスキーは従おうとせず、党が譲らないならば首相を辞任すると脅した。とはいえ、高ぶる大衆の思いにケレンスキーも当面はあえて逆らおうとはせず、旧閣僚五人による暫定的な最高会議のトップに就任し、この連立問題が解決されるまで指揮を執《と》ることにした。

コルニーロフ将軍の反革命クーデターは社会主義者のあらゆるグループに——「穏健派」から革命派まで——強烈な自己防衛の衝動を呼び覚まし、一致団結させた。第二のコルニーロフの出現は絶対に許してはならなかった。そして革命の支持者たちに対して責任を負う新たな政府も創出しなければならなかった。そこで全ロシア・ソヴィエト中央執行委員会（ツェー・イー・カー）は民衆の各組織に対し、九月中にペトログラードで開催される予定の民主主義会議へ代表を送るよう呼びかけた。

ツェー・イー・カーではすぐさま三つの派閥が出現した。まずボリシェヴィキは、全ロシア・ソヴィエト大会を招集してソヴィエトが権力を掌握することを要求した。一方、チェルノフ率いる社会革命党（エスエル）の「中間派」は、カムコフとスピリドーノヴァ率いる同党左派、マルトフをリーダーとするメンシェヴィキ国際主義派、そしてボグダーノフとスコベレフを代表とする同「中間派」と合流し、純粋に社会主義者だけで組閣することを要請した。そしてメンシェヴィキ右派のトップのツェレテリ、ダン、リーベルと、アフクセンチエフとゴーツ率いる右翼エスエルは、新政府には有産階級の代表も含めるべきだと主張した。

ペトログラード・ソヴィエトでは瞬く間にボリシェヴィキが多数派となり、モスクワ、キエフ、オデッサやその他の諸都市のソヴィエトも追随した。

これに対し、ツェー・イー・カーを牛耳《ぎゅうじ》るメンシェヴィキと社会革命党各派は危機感を募らせ、結局のところコルニーロフのような人物よりも実はレーニンのほうが恐ろしいと、考えを改めた。彼らは民主主義会議への代表者の割り当てを変更し（原注七）、協同組合をはじめとする保守的な組織の代表たちをより多く受け入れることにした。それでもこのお手盛りの会議でさえ、最初は立憲民主党（カデット）抜きの連立政権に票を投じた。だがケレンスキーが公然と辞任を口にして脅し、「穏健派」社会主義者らが「共和国が危ない」と騒ぎ立てて危機感を煽《あお》り、結局この会議はブルジョアジーとの連立政権という原則を僅差で可決。さらにロシア共和国暫定評議会という、まったく立法権を持たない一種の諮問議会の設立を承認した。新内閣でもロシア共和国暫定評議会でも、有産階級は事実上の支配権を握り、分不相応な数の議席を占めたのだった。

実のところ、ツェー・イー・カーはもはやソヴィエトの底辺の人々の代表とは言えなくなっていた。そして九月に開催すべきだった第二回全ロシア・ソヴィエト大会の招集を不当にも拒絶した。この大会を開催する気もなければ、開催を容認するつもりもなかったのだ。ツェー・イー・カーの公式機関紙「イズベスチア（通報）」紙は、ソヴィエトはほぼその役割を終えようとしており、間もなく解散させられるかもしれないとほのめかした……（原注八）。同じころ、新政府もその政策の一部として「無責任な諸組織」――要するにソヴィエト――の一掃を宣言した。

ボリシェヴィキはこれに対し、一一月二日にペトログラードで全ロシア・ソヴィエト大会を招集し、政権の座に就くべきだと呼びかけた。同時に、「民衆を裏切る政府」には参加しないとして、ロシア共和国暫定評議会から脱退した（原注九）。

ところがボリシェヴィキの脱退後も、この不運な暫定評議会は揺れ続けた。今や権力の座に就いた有産階級はますます傲慢《ごうまん》になった。立憲民主党は、政府にはロシアを共和国であると宣言する法的権限はない、とまで断言した。さらに兵士や水兵らの代表委員会を潰《つぶ》すため、陸海軍に断固たる対応を求めるとともに、ソヴィエトを糾弾した。一方、彼らの対極にあったメンシェヴィキ国際主義派と左翼エスエルは、ドイツに対する即時講和、土地の農民への移管、そして労働者による産業の管理を主張していた――これは事実上、ボリシェヴィキの綱領と変わらなかった。

私はカデットに反論するメンシェヴィキのマルトフの演説を聴いた。瀕死の病人のように（実際そうだった）演壇のデスクにかがみこむようにして、ほとんど聞き取れないほどのしわがれ声で、右翼の議席に向かって突き立てた指を振りながらしゃべっていた。

「君らはわれわれを敗北主義者と呼ぶ。だが真の敗北主義者とは、講和を結ぶのに好都合な時を待ちわび、ロシアの軍隊が跡形もなく壊滅し、ロシアが帝国主義勢力各国の間で取引の材料として餌食《えじき》にされてしまうまで、ぐずぐずと講和を先延ばしにしようとする者のことを言うのだ。君らはブルジョアジーの利害に縛られた政策をロシアの民衆に押しつけようとしている。講和の問題は一刻も早く提起すべきだ。……そうすれば、君らがドイツの手先と呼ぶ者たちの努力が、そしてあらゆる土地で民主的な大衆の良心の目覚めに道を開いたツィンメルワルト主義者[1]たちの努力が、無駄ではなかったことに君たちも気づくだろう……」

メンシェヴィキと社会革命党（エスエル）はこうした左右両極の間で揺れ動いたが、大衆の不満が募り、その圧力によって否応なく左へと押し流された。そして根深い敵意によって、議場は和解しがたい派閥に分裂したのだった。

1　ヨーロッパの社会主義者らの革命主義的国際派のこと。一九一五年にスイスのツィンメルワルトで開かれた国際社会主義者会議に参加したためにこう呼ばれる。

こうした状況のもと、待ち望まれた連合国による会議がパリで開催されるとの発表があり、外交政策という差し迫った課題がようやく議論されることになった。

建前上、ロシアのすべての社会主義政党は、民主主義的条件による可能な限り早期の講和を支持していた。早くも一九一七年五月の時点で、当時メンシェヴィキと社会革命党が牛耳っていたペトログラード・ソヴィエトは、有名なロシアの講和条件を発表していたのだ。彼らの要求は、連合国が会議を開いて戦争目的を話し合うことだった。しかしこの会議は八月の開催が確約されていたのに、九月に延期され、さらに一〇月に先送りされ、この時点では一一月一〇日と決まっていた。

臨時政府は二人の代表の派遣を提案した――反動的な軍人のアレクセーエフ将軍と、テレシチェンコ外相だ。一方、ソヴィエトはスコベレフを自分たちの代弁者として選び、宣言を書き上げた――有名な「訓令《ナカース》」だ（原注一〇）。臨時政府はスコベレフの派遣と彼の「訓令」に異を唱えた。連合国の大使たちも抗議し、ついにイギリスのボナール・ロウ議員は下院での質問に答えて冷たくこう応じた――「私が知る限り、パリ会議では戦争目的などはまったく議題とならない。議論するのは戦争遂行の方法だけだ」。

これにはロシアの保守系新聞は歓喜し、逆にボリシェヴィキはこう叫んだ――「メンシェヴィキと社会革命党どもの妥協的な戦術の行き着いた先がこれだ！」。一〇〇〇マイル〔約一六〇〇キロ〕にわたる前線では、ロシア軍の何百万もの兵士たちが高潮のごとく色めき立ち、膨大な数の代表たちを次々と首都に送り込んできては、「講和を！ 講和を！」と叫んでいた。

ペトログラードのいたるところで民衆の大集会が開催され、その数は日に日に増えていた。私は川向こうのツィルク・モデルヌ劇場で開かれた集会を訪れてみた。殺風景な薄暗い円形劇場を照らすのは、細い電線にぶら下がる五つの小さな電球。舞台《リング》から急傾斜の曲面を描く薄汚れた観客席は、上のほうのまさに屋根に触れるまで、びっしりと人で埋め尽くされている――兵士、水兵、労働者、女性……まるで生命がかかっているとでもいわんばかりに誰もが真剣に耳を傾けていた。一人の兵士が話していた。第五四八師団――それがどこのどういう部隊だか私は知らない――の所属らしかった。

「同志たちよ」と彼は叫んだ。やつれた顔と絶望的な身振りには偽りのない苦悩が浮かんでいる。「上の連中はいつだってわれわれにもっと犠牲を払え、もっと犠牲を払えと求めているが、すべてを所有して何不自由ない連中はのうのうと暮らしているのだ。

われわれはドイツと戦争をしている。そんなときにドイツの将軍たちをわれらが参謀に迎えたりするだろうか？　さて、われわれは資本家たちとも戦争をしているわけだ。それなのにわれわれは彼らをわが政府に迎えようとしているとは……。

兵士たちはこう言うのだ――『俺が何のために戦っているかはっきりさせてくれ。コンスタンチノープル[2]を攻略するためか、それとも自由なるロシアを手に入れるためか？　民衆のためか、それとも略奪者である資本家どものためなのか？　俺は革命を防衛しているのだと証明してくれるのなら、死刑の脅しで強要なんてされなくても、戦場へ出て行って戦うさ』と。

土地が農民の、工場が労働者の、そして権力がソヴィエトのものとなれば、そのときこそわれわれは、何のために戦うべきかを知り、そしてそのために戦うだろう！」

兵営でも、工場でも、街角でも、演説をする兵士たちの姿は絶えることなく、みな戦争を終わらせろと声をあげ、もし政府が和平実現のために精力的に努力しないとあらば、陸軍部隊は塹壕《ざんごう》を放棄して故郷に帰るだろう、と断言していた。

以下は第八軍団のスポークスマンの言葉だ。

「われわれは弱体であり、各中隊ともわずかな兵しかいない。われわれに糧食、軍靴、それに増援部隊を送ってくれない限り、まもなく空っぽの塹壕が残るばかりとなるだろう。和平か補給かだ……政府は戦争をやめるか、軍を支援するか、どちらかしかない」

シベリアの第四六砲兵隊からは──。

「将校たちはわれらが軍隊委員会と協力しようとしない。彼らはわれわれを裏切って敵に売り、われらの主張のために熱弁を振るう者を死刑に処し、そして反革命的な政府は彼らを支持しているのだ。われわれは革命が平和をもたらしてくれると思っていた。しかし今や政府はそんなことを口にすることさえ禁じている。そして同時に、生きながらえるだけの糧食も与えてくれず、戦えるだけの銃弾も与えてくれやしない」

ヨーロッパからは、連合国がロシアを犠牲にして講和を結ぼうとしているとの噂が聞こえてきた……(原注一二)。

フランスにおけるロシア軍部隊の扱いに関するニュースも人々の不満を煽った。第一旅団ではロシア国内の部隊と同様、軍隊委員会が将校たちから指揮権を奪って掌握しようとし、ギリシャ北部のテッサロニキへの転進命令を拒んでロシアへ帰国させて

2 ドイツの同盟国として、連合軍の敵国のひとつであったオスマン・トルコ帝国の首都イスタンブールのこと。

くれと要求した。ところが彼らは包囲され、兵糧を断たれ、続いて砲撃されて多くが殺された……（原注一二）。

一〇月二九日、私はロシア共和国暫定評議会が置かれていたマリンスキー宮殿の白大理石と真紅に彩られた広間へ向かった。テレシチェンコ外相が政府の外交政策を発表するのを聞きに行ったのだ。平和に飢えて疲弊していた全ロシアが渇望していた発表だ。

頬骨の高い髭《ひげ》のないすべすべした顔つきの、長身で申し分ない立派な身なりをした若い男が、巧みに明言を避けた原稿を生真面目《きまじめ》に読み上げていた（原注一三）。中身はゼロ……連合国の支援を得てドイツの軍国主義を粉砕するという、いつものおきまりの文句ばかり――それにロシアの「国益」について、そしてスコベレフに与えられた「訓令《ナカース》」が引き起こした「困惑」について。最後に男は定番のせりふで演説を終えた。「ロシアは大国である。何が起ころうとロシアは大国でありつづける。われわれは共にロシアを守らねばならない。われわれは偉大な理想の守護者であり、大国の子であることを示さねばならない」

誰一人これには納得しなかった。反動勢力は「力強い」帝国主義的政策を望んでいた。これに対して民主主義的な諸政党は、政府が各国に講和を迫るという確約が欲しかったのだ……。次にボリシェヴィキが主導するペトログラード・ソヴィエトの機関紙、「ラボーチー・イ・ソルダート（労働者と兵士）」紙の論説を引用しよう。

◆塹壕の兵士たちへの政府からの回答

わが国政府のもっとも寡黙な大臣、テレシチェンコ氏は塹壕の兵士たちに事実上、次のことを告げた――。

1．われわれは連合諸国と固く結束している。（国民とではなく、各国政府とである）。

2．冬季戦役の可否を議論するのに民主主義者は無用である。それはわれらが連合国の各国政府によって決定される。

3．七月一日の攻勢[3]は有益で極めて満足のいくものだった。（彼はその結果には

3　陸海軍相だったケレンスキーが命じたロシア軍によるドイツとオーストリア＝ハンガリー軍への大攻勢で、激しい反撃に遭い、七月下旬までに戦線を二〇〇キロ前後も後退させ、数十万人の将兵を失った。

触れなかった)。

4. 連合国がわれわれに無関心だというのは正しくない。それについて大臣は極めて重要ないくつかの宣言書を持っているそうだ。(宣言書だと? 実際の行動はどうなのだ? イギリス海軍の振る舞いはいったい何なのだ? 亡命した反革命分子のグールコ将軍と英国王が会談したというのはどういうことだ? 大臣はこのどれにも触れなかった)(原注一四)。

5. スコベレフへの「ナカース」はよくない。連合国は不満であり、ロシアの外交官たちも不満である。連合国会議ではみな「ひとつの言葉」を話さなければならないのだ。

それで、これだけか? これだけなのだ。戦争からの出口戦略は?――解決策は連合国とテレシチェンコを信頼するだけというわけだ。平和はいつ訪れるのか?――連合国が許したときだ。

講和について、政府は塹壕の兵士たちにこのように回答したのである!

さて、ロシアの政界の舞台裏では、不吉な力がぼんやりとその輪郭を現しつつあった――コサックだ。ゴーリキーが主宰する「ノーヴァヤ・ジーズニ（新生活）」紙が彼らの行動に注意を喚起した。

革命開始当初、コサックたちは民衆を撃ち倒すことを拒んだ。コルニーロフがペトログラードに向けて進撃したときも、彼らは従うことを拒んだ。しかしコサックは革命への消極的な忠誠から、（革命に敵対する）積極的な政治的攻勢へと転じた。革命の後景から、彼らはいきなり舞台の前面へ進み出てきたのだ……。

ドン・コサックの首領《アタマン》のカレージン[4]はコルニーロフ事件への関与を理由に臨時政府から解任されていた。だが本人は断固として辞任を拒み、三隊の巨大なコサック軍団を周りに配して、南部の都市ノヴォチェルカースクを根城《ねじろ》に陰謀を巡らし、脅しを効かせていた。その力は強大で、臨時政府は服従しようとしない彼らを黙認せざるを得なかった。それどころか、彼らのコサック軍連合会議を公認し、新たに結成されたソ

4　ドン・コサックはロシア南部、黒海に注ぐドン川下流域のコサック最大の軍団。カレージンはコサックの首領の一人で、臨時政府の閣僚だったがコルニーロフとの共謀を理由に解任され、これを不服として根拠地ドン川流域に陣取って政府と対立した。

ヴィエトのコサック部を違法と宣告せざるを得なかった。

一〇月前半、コサック代表団がケレンスキーを訪れ、傲慢にも、カレージンに対する嫌疑を取り消すよう迫り、ソヴィエトに屈したとしてケレンスキー首相を非難した。ケレンスキーはカレージンを追及しないことに同意し、こう言ったとされている——「ソヴィエトのリーダーたちは私を独裁者で暴君だと見ているだろう……だが臨時政府としては、ソヴィエトに依存していないだけでなく、ソヴィエトが存在していること自体を遺憾と考えているのだ」。

一方、同時に別のコサックの使節団が英国大使を訪れ、大胆にも「自由コサックの民」として交渉に臨んだ。

ドン地方には事実上、「コサック共和国」と呼ぶべきものが成立していた。一方、クバン地方[5]はみずからコサック国として独立を宣言。ドン川沿いのロストフとエカテリンブルクのソヴィエトは武装コサックによって解散させられ、ハリコフ[6]の炭鉱夫組合の本部も襲撃された。このようなコサックの動きは、いずれも反社会主義的で軍国主義的だった。そのリーダーたちはカレージン、コルニーロフ、それにドゥートフ、カラウロフ、バルジージェといった将軍らをはじめ、みな貴族と大地主で、モスクワの強大な商人や銀行家がバックについていた。

古きロシアは急速に崩壊しつつあった。ウクライナやフィンランド、ポーランドや白ロシアで民族主義運動が勢いを得てより大胆になっていた。有産階級が牛耳る各地の地方政府は自治を宣言し、ペトログラードからの命令に従おうとしなかった。ヘルシングフォルスではフィンランド議会上院が臨時政府への融資を拒み、フィンランドの自治を宣言した上で、ロシア軍の撤兵を要求。ブルジョアジーが握るキエフの議会《ラーダ》はウクライナの国境線を押し広げ、東ははるかウラル山脈に及び、南ロシアのもっとも豊かな農業地帯のすべてを囲い込むと、国軍の構築に取りかかった。そしてヴィニチェンコ首相がドイツとの単独講和の可能性も示唆《しさ》したというのに、臨時政府はなすすべもなし。シベリアやカフカース地方からは独自の憲法制定議会の創設を認めろとの要求が。そしてこれらのすべての地方で、労兵ソヴィエトと当局との間で激しい闘争が始まっていた……。

情勢は日増しに混沌としていった。何十万もの兵士たちが戦線を放棄し、地表を覆《おお》う巨大な潮流となってあてもなく移動を開始。タンボフとトヴェリ[7]の地方自治体のも

5　ドン川より南方で黒海東岸に注ぐクバン川流域。
6　ロストフはドン川流域の、エカテリンブルクはウラル地域のいずれも要衝《ようしょう》の都市。ハリコフは重要な工業都市で、現在ウクライナ第二の都市。

とにある農民たちは土地の分配を待ちきれず、当局の弾圧措置に憤慨し、領主たちを虐殺して館を焼き払っていった。モスクワやオデッサなどの都市やドン地方の炭鉱は大々的なストライキやロックアウトで激しく揺れていた。交通は麻痺し、軍隊は飢え、大都市でさえもパンがなかった。

民主的諸党派と反動的諸党派に引き裂かれた臨時政府は何もできなかった。ただし行動を迫られたときは常に有産階級の利益を支持した。ストを粉砕《ふんさい》し、農民たちの間に秩序を回復しようと、コサックの部隊を送り込んだりしたのだ。タシケント[8]では政府当局がソヴィエトを弾圧。ペトログラードでは、ロシアの荒廃した経済活動を再建するために設けられた経済評議会も、資本家と労働者という相反する勢力の板挟みで身動きが取れなくなり、ケレンスキーの命令により解散。旧帝政時代からの軍人たちは立憲民主党(カデット)の支持のもと、陸海軍内の規律を回復するために厳しい措置を取るよう要求した。これに対し老海軍大臣のヴェルデレフスキー提督と陸軍大臣のヴェルホフスキー将軍は、兵士と水兵の両委員会との協力に基づき、新しく、自発的で、民主的な規律のみが陸海軍を救えると主張したが、無駄だった。二人の提案は無視されたのだ。

反動勢力はまるでわざと民衆を怒らせようとしているかのようだった。コルニーロフの裁判が近づいていたが、ブルジョア新聞各紙はますますおおっぴらにコルニーロフを擁護するようになり、「あのロシアの偉大な愛国主義者」と呼んだ。ブルツェフが主宰する「オープシチェエ・デーロ（公共の大義）」紙はコルニーロフ、カレージン、そしてケレンスキーによる独裁政権を要求したほどだ！

私はある日、そのブルツェフと共和国暫定評議会の記者席で話をした。猫背の小柄な人物で、しわくちゃの顔に近眼のため分厚《ぶあつ》いメガネをかけ、髪は乱れ、髭には白いものが混じっている。

「よくお聞きなさい、お若いの！　ロシアに必要なのは独裁者だ！　われわれは今は革命なんぞ忘れてドイツの連中に集中すべきなのだ。馬鹿な連中だ、コルニーロフをやっつけるなんて、本当に愚かな連中だ。そのヘマな連中の後ろにはドイツのスパイがついているんだ。コルニーロフが勝利すべきだった……」

極右では、プリシュケヴィチが主宰する「ナロードヌイ・トリビューン（護民官）」紙、「ノーヴァヤ・ルーシ（新しいロシア）」紙、「ジーヴォエ・スローヴォ（生きた言

7　タンボフはロシア南西部の農業地帯、トヴェリはロシア西部の工業都市。
8　当時はロシア領トルキスタンの中心都市。現在のウズベキスタンの首都。

葉)」紙など、帝政派であることをほとんど隠そうともしない新聞が革命的民主勢力を根絶やしにせよと公然と主張していた。

一〇月二三日、リガ湾でドイツ艦隊との海戦が勃発した。するとペトログラードが危ないという口実のもと、臨時政府は首都を放棄する計画を練り上げた。初めに軍需工場が退避し、ロシア全土に分散する。続いて臨時政府自体がモスクワへ移転するというものだ。ボリシェヴィキはただちに声をあげはじめた——政府は革命を弱体化させるために「赤い首都」を放棄しようとしている、と。リガ湾はドイツ軍に売られてしまった。今度はペトログラードが裏切られる番だ、と!

ブルジョア新聞は歓喜した。「モスクワでなら、政府は無政府主義者《アナーキスト》たちに邪魔されることなく、落ち着いた空気の中で仕事に専念できる」と、立憲民主党の「レーチ(言論)」紙は書いた。カデット右派のリーダーのロジャンコは、ドイツ軍がペトログラードを占領してくれれば、ソヴィエトを滅ぼし、革命的なバルチック艦隊を一掃してくれるからありがたいことだ、と「ウートロ・ローシ(ロシアの朝)」紙の記事で言い放った。ロジャンコはこう書いている——。

ペトログラードは危機に直面している。だが私は「ペトログラードはその運命に委ねよう」と内心つぶやくのだ。ペトログラードを失えば、中核的な革命組織がみな破壊されてしまうだろうと人々は恐れている。それに対して私は、それらの組織がすべて破壊されれば私としては喜ばしい、と答えよう。なぜならそれらはロシアに災難しかもたらさないからである。……

ペトログラードが占領されれば、同時にバルチック艦隊も滅ぼされるだろう。……だがまったく残念がる必要などない。どうせほとんどの軍艦では戦意は完全に失われているのだから……。

だが民衆の猛然たる反対の嵐に遭い、首都を放棄する案は撤回された。

一方、全ロシア・ソヴィエト大会をめぐる問題が、稲妻の貫き走る雷雲のようにロシアの上に垂れ込めていた。大会の開催には臨時政府はもちろん、すべてのいわゆる「穏健派」社会主義者たちも反対だった。軍隊委員会と艦隊委員会の各中央委員会、一部の労組の中央委員会、農民代表ソヴィエト、そして何よりも全ロシア・ソヴィエト中央執行委員会（ツェー・イー・カー）自体がなんとしても大会を阻止しようと躍《やっ》起《き》になっていた。「イズベスチア」紙と「ゴーロス・ソルダータ（兵士の声）」紙は――ペトログラード・ソヴィエトが創刊したものだが、今やツェー・イー・カーが握っていた――大会を激しく批判し、「デーロ・ナローダ（人民の大義）」紙や「ヴォーリャ・ナローダ（人民の意志）」紙などの社会革命党の各機関紙もそろって集中砲火を浴びせた。

全国に代表が派遣され、各地のソヴィエトを管轄《かんかつ》する委員会や軍隊委員会へ電報が飛び、大会へ向けた代議員の選出を中止または延期するよう指示した。大会に反対する厳粛な決議が採択され、憲法制定議会の直前にそのような会議を開くのは民衆の意に反するとの宣言がいくつも出され、前戦の兵士らの代表たちや、各地のゼムストヴォ、農民組合、コサック軍連合、士官連合、聖ゲオルギー騎士団、決死大隊などが抗議をしていた……。ロシア共和国暫定評議会は反対の大合唱。三月革命で設置されたあらゆる機関が全ロシア・ソヴィエト大会を阻止しようと動いていたのだ。

その一方には明確な形を成していないプロレタリアートの意志があった――労働者、一般の兵士、そして貧しい農民たちだ。地方の多くのソヴィエトでは、すでにボリシェヴィキが優勢だった。さらに工場労働者の諸組織であるファブリーチノ・ザヴォードスキエ・コミティエーティ、すなわち工場委員会もそうだったし、体制に反抗的な兵士や艦隊組織なども同様である。地域によっては、全ロシア・ソヴィエト大会への正式な代議員の選出を阻まれていたため、独自の集会を開き、ペトログラードへ送る代表を自分たちの中から選んだ人たちもいる。ほかの地域では、大会阻止派の委員会をつぶして新たな組織を結成した。数カ月も休眠状態だった革命のマグマの表面には、硬い殻ができて徐々に冷え固まりつつあったが、反乱の巨大なうねりが隆起してその殻を破った。全ロシア・ソヴィエト大会を実現できるとすれば、自発的な大衆運動しかなかったのだ……。

来る日も来る日も、ボリシェヴィキの演説者が兵舎や工場を巡り、「内戦をもたらすこの政府」を激烈に糾弾した。ある日曜日、私たちはのろのろと進む不安定な蒸気路面列車に乗り、一面に広がる泥沼のなかを殺風景な工場群や巨大な教会の間を抜け、オブホフスキー工場《ザヴォート》へ行った。郊外のシュリュッセリブルク大通りにある官営軍需工場だ。

建設中の巨大な建物の陰鬱《いんうつ》なレンガ壁に囲まれた場所で、集会が開かれていた。赤い布で覆われた足場の周囲を黒い仕事着姿の男女一万人が埋め尽くしている。人々は積み置かれた木材やレンガの上に山のように重なり、はるかに上方の暗がりの大梁《おおはり》にも鈴なりになって、雷のような大声を熱心に張り上げていた。どんよりと垂れ込めた雲間から時おり勢いよく日光が差し、私たちのほうを見上げている素朴な大衆の顔まで顔へ、枠組みだけの窓から赤みがかった光が降り注いだ。

なぜソヴィエトが権力を奪取すべきか、学生のような華奢《きゃしゃ》な体格に芸術家らしい繊細な顔つきのルナチャルスキー[9]が訴えかけていた。敵対勢力から革命を守るにはそれしかない、その敵は意図的に国を滅ぼそうとしており、軍隊を滅ぼそうとしていて、第二のコルニーロフが出現するための機会を生み出しているのだ、と。

ルーマニア戦線からやってきた兵士が、やせ細った痛ましい風貌ながら、すさまじい形相《ぎょうそう》で吠えたてた――「同志たちよ！　われわれは前線で飢え、寒さに凍えている。われわれは理由もなく死んでいっている。アメリカ人の同志たちよ、アメリカに伝えてもらいたい――ロシア人は命ある限り自分たちの革命を絶対に諦《あきら》めはしないと。世界の人々が立ち上がって力を貸してくれるまで、われわれは全力で〔革命の〕砦《とりで》を守り抜くだろう！　社会革命のために立ち上がって戦えと、アメリカ人の労働者たちに伝えてくれ！」。

次はペトロフスキー[10]。やせ型の男で、じっくりと語り、執念深い――「今はことばではなく、行動の時である。経済状況はよくないが、慣れるしかない。連中はわれわれを飢えさせ、凍え死にさせようとしている。われわれを挑発しようとしているのだ。だが調子に乗りすぎればどうなるか、思い知らせてやるべきである。すなわち、プロレタリアートの諸組織に手を出すような真似をすれば、われわれはあいつらを灰汁《あく》のごとく、この地表から一掃してやる！」。

ボリシェヴィキの機関紙が急激に数を増やした。「ラボーチー・プーチ（労働者の道）」紙と「ソルダート（兵士）」紙という党機関紙二紙に加え、農民向けの新しい機関紙、「デレヴェンスカヤ・ベドノタ（貧農）」紙が登場し、日刊五〇万部にも達した。そして一〇月一七日、「ラボーチー・イ・ソルダート（労働者と兵士）」紙が発刊された。そのトップ記事がボリシェヴィキの観点を次のように紹介していた――。

戦争の四年目も攻勢を続けるとすれば、それは軍と国の壊滅を意味することになるだろう。……ペトログラードの安全も脅かされている。……反革命分子は民衆が逆境にあることに歓喜している。……農民たちは止むに止まれず公然たる反乱に打って出る。それを地主たちと政府当局が討伐《とうばつ》して殺戮《さつりく》する。工場や炭鉱の閉鎖が相次ぎ、労働者らは飢餓の危機にある。……ブルジョアジーとその仲間の

9　アナトーリー・ルナチャルスキー（一八七五〜一九三三年）。ボリシェヴィキの革命家で、マルクス主義の文芸評論家。十一月革命後に教育人民委員。
10　グリゴリー・ペトロフスキー（一八七八〜一九五八年）。ウクライナ出身のボリシェヴィキの活動家。十一月革命以降、要職を歴任。

将軍たちは軍隊内に規律への絶対的服従を復活させようとしている。……ブルジョアジーの支援を受けて、コルニーロフ派は憲法制定議会の開催を潰《つぶ》そうと露骨に準備を進めている。……

ケレンスキー政府は民衆に敵対しているのである。彼は国を滅ぼすだろう。……本紙は民衆のためにあり、民衆によってある──貧困層、労働者、兵士、そして農民たちである。民衆を救うには革命を完遂《かんすい》するしかない。……そしてそのためにはソヴィエトがすべての権力を握らなければならない……。

この機関紙は次のような主張を掲げている──。

すべての権力をソヴィエトへ──首都においても地方においても。
すべての戦線における即時停戦。国民同士による誠実な講和を。
地主の土地を──無補償で──農民へ。
労働者による工業生産の管理。
議員が正当かつ公正に選出された憲法制定議会の招集。

ここで同紙の記事の一節を引用してみるのもおもしろいだろう。「ドイツのスパイ」だと世界中が言いたてている、かのボリシェヴィキの機関紙からだ。

何百万もの人々を殺して血に染まったドイツの皇帝《カイゼル》は、その軍隊をペトログラードへ進撃させようとしている。われわれに劣らず講和を希求しているドイツの労働者、兵士、農民に呼びかけようではないか――この忌《い》まわしい戦争に抗して立ち上がれ！

そのようなことができるのは革命的な政府のみであり、そうした政府ならば真にロシアの労働者、兵士、そして農民を代弁し、外交官らの頭越しに直接ドイツ軍の部隊に訴えかけ、ドイツ軍の塹壕をドイツ語の種々の声明文で満たすことができるだろう。……わが空軍兵らがそれら声明文をドイツ中に撒《ま》くに違いない。

ロシア共和国暫定評議会の議場では、左右両極の溝が日に日に深まる一方だった。左翼エスエルのカレーリンは声を大にして述べた――「有産階級はロシアを連合国の戦闘馬車《チャリオット》に縛りつけておくために、ロシアの革命的機関を悪用しようとしている！革命的諸政党はそんな政策には絶対に反対である」。

老ニコライ・チャイコフスキー[11]は、人民派社会主義党を代表して、土地を農民に与えることには反対だと述べ、立憲民主党（カデット）の側についた――「今、軍に必要なのは厳格な規律だ。……戦時に社会・経済改革を行うのは犯罪だと、私は開戦当初から口うるさく主張しつづけてきた。われわれはその罪を犯しているのだ。だが私は必ずしもそうした改革の敵ではない。なぜなら私は社会主義者だからだ」。左翼席からは怒声が飛ぶ――「俺たちは信じないぞ！」。それに対して右翼席からは割れんばかりの大喝采だ。

カデットの立場を訴えたアジェーモフは、何のために戦っているかを兵士たちに伝える必要などないと断言した。なぜなら第一の任務は敵をロシア領土から駆逐《くちく》することだと、すべての兵士が理解すべきだからだ、という。

ケレンスキー自身も二回登壇し、国民の一致団結を熱く訴え、一度などは最後にわっと泣き出す始末だった。だが聴衆はつれなく、辛辣《しんらつ》な野次で発言の邪魔をした。

全ロシア・ソヴィエト中央執行委員会（ツェー・イー・カー）とペトログラード・ソヴィエトがそれぞれ本部を置いていたスモーリヌイ学院は、都心部から何キロも離れた町はずれ、広大なネヴァ川のほとりにあった。私は路面列車に乗って行った。乗客で満杯の車両は唸り声をあげながら、カタツムリのように、ぬかるんだ石畳を進んだ。その終点の向こうにスモーリヌイ女子修道院のくすんだ青みを帯びた優雅な丸屋根がそびえ、鈍い金色で縁取られた輪郭が美しい。そしてその隣に兵舎のような巨大な正面壁《ファサード》のスモーリヌイ学院があり、幅は一八〇メートル余り、そそり立つような三階建てで、入り口の上にはいまだに石に刻まれた巨大な皇帝の紋章が傲岸に見下ろしている……。

ここは旧帝政時代、ロシアの貴族の令嬢たちが通う女子修道院付属学校だった。皇后みずからが後ろ盾となっていたが、今は労働者と兵士たちの革命組織が接収していた。屋内には一〇〇室を超える巨大な部屋があり、どれも飾り気のない白塗りで、ドアにはエナメルの飾り板が残され、ここは「女性用四番教室」だとか「教員室」だと書かれたままだ。だがその上には殴り書きの表示があり、新体制の活力を見せつけている――「ペトログラード・ソヴィエト中央委員会」「ツェー・イー・カー」「外務局」など。さらには「社会主義兵士組合」「全ロシア労働組合中央委員会」「工場委員会」「中央軍隊委員会」、それに各政党の中央本部や幹部会室など。

11　「注釈と解説」の訳注6参照。

アーチ型の天井の長い廊下はまばらな電灯に照らされ、せわしなく行き交う労働者や兵士たちでごった返していた。新聞や声明文やありとあらゆるプロパガンダ用の印刷物の巨大な束を抱え、重みに腰を曲げている者もいる。彼らの重たい長靴が板敷きの床に雷鳴のような低音を絶え間なく響かせている……。どこを見てもこんな張り紙が目についた――「同志たちよ、健康のため、清潔に！」。各階の階段の先や踊り場には長机が置かれ、さまざまな政党のパンフレットや刊行物が山積みで売られていた。天井は低いが広々とした一階の食堂は、今もそのまま食堂として使われていた。私は夕食用の食券を二ルーブルで購入し、一〇〇〇人もいるかという人々と一緒に長い配膳台に行き着くまで列に並んだ。配膳台には二〇人の男女がキャベツのスープや肉の塊、大盛りの粥料理《カーシャ》、それに厚切りの黒パンを恐ろしく大きな鍋からよそっていた。これに五コペイカ出せばブリキのカップに入った紅茶が一杯買えた。最後に油でべとついた木製のスプーンを籠から取る……。木製のテーブルに沿って置かれた長椅子は腹を空かせたプロレタリアでぎっしり埋まり、食堂のあちこちで食事をかき込み、企みをめぐらせ、下品なジョークを叫び交わしている。

二階にも食堂があり、これは本来ツェー・イー・カーの委員専用だが、誰もが利用していた。ここならバターをたっぷり塗ったパンがあり、何杯でも好きなだけ紅茶が飲めるのだ。

建物の南翼の二階には集会用の大ホールがある。かつてのスモーリヌイ学院の舞踏場だ。この天井の高い白壁の一室は、何百もの飾り電球のついたガラス製の白いシャンデリアで照らされ、二列の荘重な柱で仕切られている。部屋の一方の端には貴賓《きひん》用の高座があり、その両脇には枝分かれした先にいくつも電灯がついた背の高いランプ台がしつらえてある。そして背後の金色の額縁からは、皇帝の肖像画が切り取られていた。かつては祝祭行事のたびに、ここに立派な軍服や僧衣を身につけた人々が居ならび、大公妃たちの臨席を仰いだのだ……。

ホールの向かい側にはソヴィエト大会のための資格審査委員会の事務所があった。私はそこに立って、新たに選出された代議員たちが入ってくるのを眺めていた——たくましい髭面《ひげづら》の兵士たち、黒い仕事着の労働者たちに、ボサボサ頭の農民たちも何人か。担当の若い女性はプレハーノフの党派、エジンストヴォ（統一）のメンバーだったが、彼女は軽蔑を込めた微笑みを浮かべて言った——「この人たちは第一回大会の代議員《シーズド》たちとは大違いよ。あの野暮ったい無教養な様子をご覧なさいな！　暗愚の民ね……」。確かにそうだった。ロシアは底の底までかき回され、今やかつての最底辺が表面に浮かび上がってきたのだ。旧ツェー・イー・カーに任命された資格審査委員会は、次々とやって来るどの代議員にも異を唱えていた。不法に選ばれた連中だからだというのだ。ボリシェヴィキの中央委員であるカラハンは、ただにやりとして、代議員たちに言った――「心配するな。その時になれば俺たちがちゃんと議席を用意してやるから」。

「ラボーチー・イ・ソルダート」紙は書いている――。

来るべき全ロシア・ソヴィエト大会の代議士たちに注意を促したい。大会組織委員会の一部のメンバーたちが大会を粉砕しようとしており、彼らは大会は開催されないとし、代議員たちはペトログラードから帰郷すべしと主張している。このような嘘は無視すべきである。……偉大なる日々が訪れようとしているのだ。

一一月二日までに定足数を満たせないことがはっきりすると、全ロシア・ソヴィエト大会の開会は七日に延期となった。だが今やロシア全土が沸き立っていた。勝ち目のないことを悟ったメンシェヴィキと社会革命党（エスエル）は戦術を急遽変更し、できるだけ多くの「穏健派」社会主義者を代議員に選出するよう、地方組織へ躍起になって電報を打ちだした。同時に、農民代表ソヴィエトの執行委員会は一二月一三日に農民大会を緊急招集すると発表。労働者や兵士らがどう出ようとそれに対抗しようというのだった。

ボリシェヴィキはどう出るか？　労働者と兵士による武装デモ、いわゆる「武装行動《ヴュストプレーニエ》」が行われるとの噂が首都を駆け抜けた。ブルジョアジーや反動的な各紙は武装反乱があるだろうとし、ペトログラード・ソヴィエトのメンバーを逮捕するか、少なくとも全ロシア・ソヴィエト大会の開催を阻止するよう、政府に迫った。「ノーヴァヤ・ルーシ（新しいロシア）」紙などはボリシェヴィキを残らず虐殺せよと主張した。

マクシム・ゴーリキーの「ノーヴァヤ・ジーズニ（新生活）」紙はボリシェヴィキと同じく、反動勢力が革命を壊滅させようとしていると見て、必要とあらばそれに武力で対抗すべきだとした。ただし、革命的民主勢力の全政党が統一戦線を組む必要があると主張した。

民主勢力がまだその主要な勢力を結集しておらず、彼らの影響力に対する抵抗が根強い中では、攻撃に移る利点はない。だが敵対分子が武力に訴えるならば、革命的民主勢力は権力掌握の闘争に加わるべきであり、それは最底辺に至るまでの幅広い民衆各層によって支えられるだろう……。

ゴーリキーはまた、反動勢力と政府系の各紙は共にボリシェヴィキを挑発し、暴力に走らせようとしていると指摘した。しかし武装反乱は第二のコルニーロフの登場に道を開くだけだとゴーリキーは述べ、蜂起の噂を否定するようボリシェヴィキに促した。ポトレソフ[12]はメンシェヴィキの機関紙「デーニ（日《ひ》）」紙に地図まで入ったセンセーショナルな記事を寄せ、ボリシェヴィキの蜂起作戦の秘密計画を暴露するものだと主張した。

まるで魔法のように、市中の壁という壁が「穏健派」や保守派の中央委員会および全ロシア・ソヴィエト中央執行委員会（ツェー・イー・カー）からの警告、声明、呼びかけなどで埋め尽くされた（原注一五）。どれもあらゆる「デモ」の企図を糾弾し、扇動者に耳を貸さないよう労働者や兵士たちに訴えかけていた。例えば次に掲げるのは社会革命党（エスエル）の軍事部が出したものである。

「武装行動《ヴュストプレーニエ》」を行う計画があるとの噂がまたもや市中に流れている。こうした流言の出どころはどこか？　反乱を説く者を承認しているのはどの組織なのだ？

ツェー・イー・カーから問いを突きつけられたボリシェヴィキは一切関係ないとして否定した。……だがこうした噂そのものが危険を伴っている。大半の労働者、兵士、農民の気持ちを考えずに、頭に血が上った連中が勝手に一部の労働者、兵士、農民を市街に繰り出させ、暴動へ駆り立ててしまうかもしれないからだ。……革命のさなかにあるロシアがくぐり抜けようとしているこの恐ろしい時期には、どんな反乱であっても容易に内戦へとつながる恐れがある。そうなれば多大な労力で築き上げてきたプロレタリアートの諸組織がすべて破壊されてしまうかもしれない。……反革命を企む者たちは、反乱に乗じて革命を壊滅させ、戦線を〔ドイツ皇帝の〕ヴィルヘルムに明け渡し、憲法制定議会を頓挫させようと計画しているのである。……あくまでもおのが持ち場を離れるな！　市街へ繰り出してはならない！

一〇月二八日、私はスモーリヌイの廊下でカーメネフと話をした。尖《とが》った赤みが

12　アレクサンドル・ポトレソフ（一八六九～一九四三年）。メンシェヴィキの一員で、ボリシェヴィキの十一月革命に反対していた。

かった顎髭を生《は》やした小柄な男で、フランス人風な身振りをする。彼は代議員たちが果たしてやって来るのかどうか、まったく確信が持てなかった。「全ロシア・ソヴィエト大会がもし開催できたら、それは民衆の圧倒的な思いを代弁するものとなるはずです。そしてもし代議員の過半数がボリシェヴィキであれば――きっとそうなると思いますが――われわれは権力をソヴィエトに与えるよう要求するつもりで、そうなれば臨時政府は辞職しなければならないでしょう……」と、カーメネフは言った。

背の高い、メガネをかけて青白く血色の悪い青年であるヴォロダルスキー[13]は、もっときっぱりと言った――「いわゆる『リーベル＝ダン一派』をはじめとする妥協的な連中は大会を妨害《サボタージュ》している。もし彼らが大会の阻止に成功すれば……まあそれならそれで、われわれだって現実主義者《リアリスト》だ、そんな大会にはかまわず行動するさ！」。

私のノートには一〇月二九日の日付で次のような新聞からの抜き書きが記してある――。

> （軍総司令部がある）モギリョフの状況――〔政府に〕忠誠なる近衛連隊、野獣師団、コサック部隊、そして決死大隊が集結している。[14]
>
> 政府はパヴロフスクとツァールスコエ・セローとペテルゴーフの士官候補生《ユンケル》ら

にペトログラードへ来る準備をせよと命じた。オラニエンバウムのユンケルたちは当市に到着。

ペトログラード守備隊の装甲車両師団の一部は冬宮に配備。

トロツキーの命令により、セストロレックの官営兵器工場から数千挺のライフル銃がペトログラードの労働者の代表へ配られた。

リテイヌイ下地区における市の民兵団の集会で、すべての権力のソヴィエトへの移譲を要求する決議採択。

これはあの熱気に満ちた日々の混乱した出来事のいくつかの例にすぎない。何かが起ころうとしていることは誰もがわかっていたが、実際に何が起きるのかは誰にもわからなかった。

一〇月三〇日、スモーリヌイで開かれたペトログラード・ソヴィエトの集会でのこ

---

13 ヴォロダルスキーはメンシェヴィキのメンバーだったが、アメリカでの労働運動を経て帰国後、ボリシェヴィキに転じる。熱血漢の演説家として知られた。次に出るリーベル、ダンはメンシェヴィキの有力メンバーで、十一月革命ではボリシェヴィキの路線と対立した。

14 ペトログラードの南方二十数キロの避暑地で帝政時代に多くの離宮や宮殿があった。

と。ソヴィエトが武装蜂起を企んでいるとブルジョア新聞が報じていたことに対し、トロツキーはそれを「反動勢力が全ロシア・ソヴィエト大会の信用を落として挫折させようとしているのだ」と決めつけ、こう断言した――「ペトログラード・ソヴィエトはいかなる『武装行動《ヴュストプレーニエ》』も命じていない。もし必要となればわれわれもそうするだろうし、そうなればペトログラード守備隊もわれわれを支援するだろう。……彼ら〔反動勢力〕は反革命の準備を進めている。われわれはそれに対し、容赦のない、決定的な攻勢で応じるだろう」。

ペトログラード・ソヴィエトは確かに武装デモを命じてはいなかった。だがボリシェヴィキの中央委員会は、蜂起の問題は検討していたのだった。彼らは二三日に夜を徹して会議を開いた。ボリシェヴィキの知識人、リーダーたち、それにペトログラードの労働者と守備隊の代表者たちがすべて参加していた。知識人たちの中ではレーニンとトロツキーだけが蜂起を主張。軍人たちすら反対だった。採決が行われ、蜂起は否決！

すると一人の粗野な風貌の労働者が立ち上がり、怒りに顔をひきつらせて激しい口調で言った――「俺はペトログラードのプロレタリアートを代弁して言う。俺たちは蜂起に賛成だ。好きにしてもらって構わないが、はっきり言っておく――もしソヴィエトが潰されるようなことにでもなったら、俺たちはもうあんたたちに用はない！」。一部の兵士らが同調した。そして再び採決が行われ、蜂起が賛成多数を得たのだった……。[15]

しかしリャザノフ、カーメネフ、ジノヴィエフらが率いるボリシェヴィキの右派は武装蜂起に反対しつづけた。一〇月三一日の朝、「ラボーチー・プーチ」紙にレーニンの「同志たちへの手紙」の第一弾が掲載された（原注一六）――世界的にも稀に見る大胆不敵な政治的プロパガンダである。その中でレーニンは、カーメネフとリャザノフの反論を取り上げながら、武装蜂起すべき理由を真剣に説いた。

「われわれは『すべての権力をソヴィエトへ』のスローガンを放棄するか、あるいは武装蜂起をするしかない。中間の道はない……」とレーニンは書いた。

同じ日の午後、立憲民主党《カデット》のリーダーのパーヴェル・ミリュコーフがロシア共和国暫定評議会で演説し、実にあっぱれな毒舌を振るった。ミリュコーフは「ソヴィエトの」スコベレフへの「訓令《ナカース》」はドイツ寄りだと決めつけ、「革命的民主勢力」がロシ

15　リードの記述は一〇月二三日のボリシェヴィキ中央委員会の様子と、二九日の拡大中央委員会の様子が混同されている。どちらの会議でも武装蜂起が賛成多数で決定された。

アを滅ぼしつつあると断定し、臨時政府のテレシチェンコ外相を嘲笑し、ロシアの外交政策よりドイツのそれのほうがまだマシだと公然と言い放った。その間、左翼の議席は怒号の嵐に包まれた（原注一七）。

一方、臨時政府としてはボリシェヴィキのプロパガンダの威力を無視することはできなかった。一〇月二九日、臨時政府と共和国暫定評議会の合同委員会は急いで二本の法律を書き上げた。一本は土地を一時的に農民に渡すというものであり、もう一本は講和をめざす外交政策を精力的に進めるというものだった。さらに翌日には、ケレンスキーは陸軍における死刑を一時的に停止した。その日の午後、新たに設けられた「共和国政権を強化し無政府主義および反革命と戦う委員会」の第一回会合が盛大に開催されたが、歴史にまったく何の爪痕《つめあと》も残さなかった……。翌朝、ほかの特派員二人と一緒に私はケレンスキーにインタビューをした──これがケレンスキーが受けた最後の取材となった（原注一八）。

「ロシア国民は経済的に疲弊して苦悩している。それに連合国への幻滅によっても！」とケレンスキーは苦々しく述べた。「世界はロシア革命はおしまいだと思っている。それは間違っている。ロシア革命はまだ始まったばかりだ……」。おそらく本人が思っていた以上に予言的な言葉だった。

一〇月三〇日、ペトログラード・ソヴィエトの集会が夜を徹して開かれ、私も現場で取材した。大荒れの集会だった。「穏健派」社会主義者の知識人、将校、軍隊委員会委員、ツェー・イー・カーのメンバーなどが大挙して参加していた。それに対して労働者、農民、そして一般の兵士たちが立ち上がった——情熱的かつ純朴に。

ある農民がトゥヴェリの町での騒動について語り、それは土地委員会の委員が逮捕されたことが原因だと言った。「あのケレンスキーというのは地主連中《ポミエシチキ》をかばう盾にすぎないじゃないか」と彼は叫んだ。「連中はいずれ憲法制定議会が土地を取り上げることをわかっているから、憲法制定議会を叩きつぶそうとしているのだ!」。

プチロフ工場の機械工は、燃料や原料がないという口実のもとで工場長らが次々と各部門を閉鎖している様子を語った。だが秘匿されていた大量の物資を工場委員会が発見したことを彼は明かした。

「これは挑発行為《プロヴォカーチャ》だ。連中は俺たちを飢え死にさせるつもりだ。それか俺たちに暴動を起こさせたいのだ!」と彼は言った。

兵士たちの中からはこんな声が聞こえてきた——「同志たちよ! 私は兵士たちがみずからの墓を掘ってそれを塹壕と呼んでいる、そんな場所から挨拶をしにやって来た!」。

続いてやせ細った若い兵士が目をぎらつかせながら立ち上がると、大歓声が迎えた。それはチュドノフスキー[16]という男で、七月の戦闘で戦死したと報じられていたが、今、死者の国から蘇《よみがえ》ったかのように姿を現した。

「一般の兵士たちはもはや将校らを信頼していない。軍隊委員会でさえ、われらのソヴィエトの集会を開くことを拒んでわれわれを裏切った。……われら大衆である兵士たちはきっちり期限どおりに憲法制定議会を開いてもらいたい。そして延期をしようものならその連中は呪われるだろう。……しかも言葉の上での呪いだけではすまないぞ。なぜなら軍隊には銃砲というものがあるからな……」

彼はまた、今、第五軍を揺るがしている憲法制定議会へ向けた選挙運動についても語った――「将校たちと、それに特にメンシェヴィキと社会革命党は意図的にボリシェヴィキを痛めつけようとしている。われわれの新聞は塹壕での配布を禁じられている。それにわれわれの仲間が演説をすれば逮捕されてしまう……」。

「パンが足りないことは言わないのか？」と別の兵士が大声をあげた。

「人はパンのみによって生きるにあらずだ」とチュドノフスキーは厳しい口調で答えた。

次にはヴィテプスクの町のソヴィエトを代表して、祖国防衛派《オボロンツィ》メンシェヴィキの一員である将校が発言した。「問題は誰が権力を握っているかではない。問題は政府ではなく、戦争だ。……そしてどんな変革よりも前にまず戦争に勝たねばならないのであり……」と言ったところで野次や皮肉をこめた喝采が巻き起こった。「こいつら煽り屋のボリシェヴィキどもは扇動政治家《デマゴーグ》だ！」と将校が応じると大広間が笑い声に包まれた。「今だけしばらく階級闘争のことは忘れようではないか……」と続けようとしたが、そこまでだった。会場から叫び声があがった――「忘れてなんかやるもんか！」。

当時のペトログラードは奇妙な驚くべき光景に満ちていた。工場では委員会室が山積みのライフル銃で満たされ、急使たちが行き交い、赤衛隊が戦闘訓練に励んでいた……。どこの兵舎でも夜ごとに集会が開かれ、昼間にも絶えることなく熱い議論が終日続いた。市街地では宵の闇が近づくにつれて群衆が膨れ上がり、議論に夢中の人々のゆっくりとした潮流が〔目抜き通りである〕ネフスキー大通りのあちこちへと

16　グリゴール・チュドノフスキー。ユダヤ系ロシア人で、トロツキーらと共に軍事革命委員会で活躍。

流れ込んできて、われ先に新聞を買い求める……。強盗も増え、脇道を歩くのが危険なほどになった。ある午後、窃盗《せっとう》の現場を押さえられた兵士が数百人の群衆に取り囲まれ、殴る蹴るの暴行を受けて殺されてしまうのを私はサドヴァヤ通りで目撃した。寒さに凍えながらパンとミルクの配給の列に何時間も並ぶ女性たちの周りを、怪しげな連中がうろついてこんなことをささやいていた――ユダヤ人が食料を買い占めてしまった、それに民衆が飢えているというのに、ソヴィエトのメンバーは贅沢三昧《ぜいたくざんまい》をしている……。

スモーリヌイでは外壁の門と建物の出入り口で厳重な検問があり、誰もが通行証を提示する必要があった。委員会室はどこも終日終夜ざわめきに満ち、何百人という兵士や労働者が隙間さえあれば所かまわず寝ていた。二階の大広間では、ペトログラード・ソヴィエトが集会を開くたびに一〇〇〇人もの人たちが詰めかけ、騒然としていた……。

賭博場は夕暮れから夜明けまでフル回転で営業し、シャンパンがあふれ、一回二万ルーブルもの賭け金が飛び交った。夜の都心部では宝石や高価な毛皮を身につけた売春婦が通りを行き来し、カフェに群がる……。帝政派の陰謀、ドイツのスパイ、企みをめぐらす密輸業者たち……。

そして雨と、肌を刺す寒さの中、どんよりとした灰色の雲の下で脈動するこの大都会は、ますますスピードを増しながら突き進んでいた――だが、どこへ向かって？

第三章　前夜

脆弱な政府と反抗的な民衆の間では、政府が何をしても大衆を憤慨させ、何かを拒むたびに大衆の軽蔑を呼ぶ……そんな時期がやってくるものである。ペトログラードを放棄してモスクワに避難するという臨時政府の提案は反発の嵐を生んだ。政府にそんなつもりは毛頭なかったとケレンスキーが否定すると、嘲《あざけ》りの野次が返ってきた。〔ボリシェヴィキの〕「ラボーチー・プーチ（労働者の道）」紙は批判の声をあげた——。

ブルジョアの臨時政府は革命の圧力で壁際へ追い詰められ、ペトログラードから逃げることなど考えたこともないと請け合い、首都を放棄するつもりはないなどとうそぶき、虚言によって切り抜けようとした。

ハリコフでは三万人の炭鉱夫たちが組織を立ち上げ、「労働者階級と雇用主階級の間に共通点は何もない」との世界産業労働組合の規約の前文を採択した。[1] だがコサック兵らによって蹴散《けち》らされた上に、一部は炭鉱主らによるロックアウトで鉱山から閉め出され、残った者たちはゼネストを行った。商工大臣のコノヴァロフは補佐官のオルロフを全権代理に任命して対処させた。オルロフは炭鉱夫らに憎悪されていた人物だ。それなのに全ロシア・ソヴィエト中央執行委員会（ツェー・イー・カー）はオルロフの任命を支持しただけでなく、ドン川流域からのコサック兵の撤兵を政府に要求することも拒んだ。

続いてカルーガ[2]のソヴィエトが解散させられた。ソヴィエトで過半数を確保したボリシェヴィキは一部の政治犯を釈放していた。すると市ドゥーマは政府委員《コミッサール》の承認を取りつけ、ミンスクの町から陸軍部隊を呼び寄せてソヴィエト本部に砲撃を加えたのだ。ボリシェヴィキは折れたが、建物から出るとコサック兵らの襲撃を受けた。コサックたちは「ほかのボリシェヴィキもこうしてやる、モスクワとペトログラードもだ！」と息巻いた。この事件に慄然《りつぜん》とした人々の怒りの波がロシア全土を襲った。

ペトログラードではボリシェヴィキのクルイレンコ[3]が主宰した北部ソヴィエトの地方大会が閉幕しようとしていた。そこでは、全ロシア・ソビエト大会が全権を掌握すべきであるとの決議が圧倒的多数で採択された。そして獄中のボリシェヴィキたちに向けて、解放の時は近いとして、祝福を送って締めくくった。同じころ、工場委員会の第一回ロシア全国大会はソヴィエトに対する熱烈な支持を表明し、いみじくも次のように宣言した――(原注一九)。

　みずから帝政を倒して政治的自由を得た今、労働者階級は生産活動の面でも民主的権力が勝利を得ることを願っている。それをもっともよく表せるのは労働者による工業生産の管理である。支配階級の犯罪的政策によって経済が崩壊しつつある中で、それは当然の成り行きである。

鉄道労働者組合は運輸通信大臣のリヴェロフスキーの辞任を要求していた。

1　一九〇五年にアメリカのシカゴで結成された急進的な国際労働組合。
2　ロシア西部の工業都市。
3　ニコライ・クルイレンコ(一八八五～一九三八年)。古参のボリシェヴィキで、トロツキーらと軍事革命委員会などで活躍。十一月革命後も軍や検察で活躍したが、のちにスターリンの粛清で刑死。

スコベレフは全ロシア・ソヴィエト中央執行委員会（ツェー・イー・カー）の名においてソヴィエトの「訓令《ナカース》」を連合国会議に提示することを迫り、テレシチェンコ外相をその会議のためにパリへ派遣することに正式に抗議した。するとテレシチェンコは辞任すると言い出した。

陸軍の立て直しを達成できずにいるヴェルホフスキー将軍はごくまれにしか閣議に出席しなかった。

一一月三日、ブルツェフが主宰する〔ブルジョア系の〕「オープシチェエ・ヂェーロ（公共の大義）」紙は大見出しを掲げて次のように書いた。

市民たちよ！　祖国を救え！

私が今しがた聞いたところでは、昨日の国防委員会の会合で、コルニーロフを失脚させた張本人の一人である陸軍大臣ヴェルホフスキー将軍が、連合国とは別に、ドイツとの単独講和を提案したということだ。

これはロシアに対する裏切りである！

臨時政府はそのようなヴェルホフスキーの提案は検討すらしていないと、テレシチェンコ〔外相〕は断言した。

「頭がおかしくなったのかと疑いたくなる！」とテレシチェンコは述べた。

国防委員会の委員らもヴェルホフスキー将軍の言葉に唖然《あぜん》とした。

アレクセイエフ将軍は涙を流した。

違う！〔将軍は〕頭がおかしくなったのではない！　もっとひどいのだ！

これはロシアに対する真っ向からの裏切りである！

ケレンスキー、テレシチェンコ、そしてネクラーソフ〔元財務大臣・副首相〕はヴェルホフスキーの発言についてただちにわれわれに返答すべきである。

市民たちよ、立ち上がれ！

ロシアは売られようとしている！

国を救え！


ヴェルホフスキーが実際に言ったのは、ロシア軍はもはや戦うことができないため、ドイツに講和を提案するよう連合国に迫る必要がある、ということだった……。国内外ともにすさまじい大騒ぎとなった。ヴェルホフスキーは「健康上の問題による無期限の休養」を与えられ、政府を離れた。そして「オープシチェエ・ヂェーロ」紙は発禁になった。

一一月四日、日曜日。この日はペトログラード・ソヴィエトの日とされ、全市で大々的な集会が計画されていた。表向きは同ソヴィエトとその機関紙の資金集めが目的だった。だが真の狙いは力を見せつけることにあった。すると突然コサックらも同じ日に「クレーストヌイ・ホード」——十字架行列——を行うと発表した。ナポレオンをモスクワから撃退するのに力を貸したという、一八一二年の聖像《イコン》の奇跡を記念するためだという。ペトログラードの空気は一触即発。たった一つの火花が内戦の炎を燃え上がらせるかもしれなかった。ペトログラード・ソヴィエトは「兄弟たちよ——コサックたちよ！」と題した声明を出した。

君たちコサックは、われわれ労働者と兵士たちに敵対するよう扇動《せんどう》されているのだ。〔弟アベルを殺した〕カインのごとき者らによるこの計画は、われわれ双方の共通の敵である抑圧者たちによるものだ。つまり特権階級——将軍、銀行家、地主、元官僚、ツァーリの元下僕たちだ。……われわれはすべての高利貸し、金持ち、皇族、貴族、〔君たちコサックの将軍も含む〕将軍たちから憎悪されている。彼らは今にもペトログラード・ソヴィエトを滅ぼし、革命を潰そうとつけねらっている……。

一一月四日に何者かがコサックの宗教的な行列を計画している。この行列に参加するかしないかは、個々人の自由意志の問題だ。われわれはこの件に介入せず、誰をも妨害するつもりもない。……しかしわれわれは警告する、コサックたちよ！　君らの中にいる「カレージン」[4]たちにそそのかされて、十字架行列《クレーストヌイ・ホード》を口実に、労働者たちと、そして兵士たちと敵対するようなことが決してないようにしたまえ。

十字架行列は急遽中止された。

市内の兵舎や労働者階級の地区ではボリシェヴィキが説いて回っていた――「すべての権力をソヴィエトに！」。それに対して「闇の勢力」は、ユダヤ人、商店主、社会主義のリーダーたちを虐殺するために立ち上がれと、人々に呼びかけていた。また、一方では帝政派の新聞が〔ボリシェヴィキに対する〕残忍な弾圧を煽《あお》りたて、他方でレーニンの大音声が「蜂起だ！　これ以上待つことはできない！」と吠《ほ》えたてていた。

4　第二章の訳注4参照。

ブルジョア系の新聞でさえ浮き足立っていた。「ビルゼヴィヤ・ヴェドモスチ（為替新聞）」紙はボリシェヴィキのプロパガンダを「社会のもっとも基礎的な諸原理——個人の安全、そして私有財産の尊重」に対する攻撃だとした（原注二〇）。だがもっとも敵意をむき出しにしたのは「穏健派」社会主義者の各紙だった（原注二一）。「ボリシェヴィキは革命のもっとも危険な敵である」と、「デーロ・ナローダ（人民の大義）」紙は断定し、メンシェヴィキの機関紙「デーニ（日《ひ》）」紙は「政府はおのれ自身を守り、われわれを守るべきである」と述べた。プレハーノフ[5]の新聞、「エジンストヴォ（統一）」紙（原注二二）は、ペトログラードの労働者たちが武装している点に注意するよう政府に指摘し、ボリシェヴィキに対する断固たる措置を要求した。

日を追うごとに政府はますます無力になっていくように思えた。市レベルでさえも行政は崩壊していた。新聞の紙面はどの欄も人目をはばからない大胆な強盗や殺人事件の記事で埋まっていた。しかも犯罪者たちは野放しのままだった。

その一方で、武装した労働者らが夜間に市街をパトロールし、略奪者らと格闘し、武器類は発見すれば片っぱしから没収した。

一一月一日、ペトログラードの軍司令官のポルコフニコフ大佐は声明を発表した。

国家が困難な日々をくぐり抜けているにもかかわらず、武装デモや虐殺をそそのかす無責任な呼びかけがいまだにペトログラード全市に蔓延《まんえん》している。そして日々、盗難と騒乱が増えている。

こうした状況は市民生活を混乱に陥《おとしい》れており、政府および市当局の諸機関の円滑な業務の遂行を阻害している。

私はみずからの責任と義務を最大限自覚して次のように命じる――。
1．軍の全部隊は、駐屯地の管轄地域で官公庁を護衛するために、特命に従い、市当局、政府委員《コミッサール》、そして民警団に最大限の援助を提供すること。
2．地区司令官および民警団の代表者らと協力してパトロールを実施すること。そして犯罪者や逃亡兵を逮捕するために必要な措置をとること。
3．武装デモや虐殺の教唆を目的として兵舎へ侵入する者はすべて逮捕し、本市の副司令官本部へ連行すること。
4．動員可能な全部隊を用い、いかなる武装デモや暴動も発生し次第ただちに

5　「注釈と解説」の訳注8参照。

鎮圧すること。

5．令状なしの家宅捜索や令状なしの逮捕を防ぐため、コミッサールらを補助すること。

6．ペトログラード軍管区参謀部の管轄地域内で発生したことはすべてただちに報告すること。

私は全軍隊委員会および諸組織に呼びかける――みずから負っている義務をまっとうするため、司令官らに力を貸すのだ。

ケレンスキーは、ボリシェヴィキが武装蜂起の準備を進めていることぐらい政府は先刻承知だとし、どのようなデモにも対処できるだけの部隊もいると、ロシア共和国暫定評議会で断言した（原注二三）。そして「ノーヴァヤ・ルーシ（新しいロシア）」紙と「ラボーチー・プーチ（労働者の道）」紙[6]はどちらも同じような破壊活動を行っているとして非難した。その上で、「だが報道の絶対的自由があるため、政府は偽りの報道と闘う立場にはない」とつけ加えた（これは必ずしもありのままの真実ではない。臨時政府はすでに七月にボリシェヴィキの機関紙を発禁にしたことがあり、再びそうしようと画策していた）。その上で、これら二紙は同じプロパガンダの二つの側面にすぎないと決めつけ、その目的は反革命であり、それは「闇の勢力」が熱烈に待ち望んでいるものであるとして、こう続けた――「私の命運は尽きている。だから私がどうなろうと構わない。だが私は恐れることなく言わせてもらうが、〔「闇の勢力」と並ぶ〕もう一方の得体の知れない動き、それはボリシェヴィキが市中で行っている信じがたい挑発行為である！」。

一一月二日、全ロシア・ソヴィエト大会のためにペトログラードに到着していた代議員たちはわずか一五人だった。それが翌日には一〇〇人になり、さらに翌朝には一七五人を数え、その内の一〇三人がボリシェヴィキだった……。だが定足数は四〇〇人で、開催予定日まであと三日しかなかった……。

私はスモーリヌイに入り浸った。だがもはや中へ入るのは容易ではなかった。外壁にある門には衛兵が二重の列を作って見張りに立ち、正面入り口をくぐれたとしても、中へ通してもらうのを待つ人々の長蛇の列があった。四人ずつ、素性と用件を問いただされるのだ。通行証も発行されてはいたが、そのシステムは数時間ごとに変更された――スパイたちが絶えず潜入していたからである。

6　「ノーヴァヤ・ルーシ」紙は極右の、「ラボーチー・プーチ」紙はボリシェヴィキの新聞。

ある日、外の門のところまで行ってみると、私のすぐ先をトロツキーが妻と連れ立って歩いていた。二人は門番の兵士に制止された。トロツキーはポケットをまさぐったが通行証が見当たらない。

「かまうもんか。私を知っているだろう。私の名はトロツキーだ」と、ついにトロツキーは言った。

「通行証を持っていないじゃないか。通してやるわけにはいかない。俺にとって名前なんて何の意味もない」と、衛兵は頑固にも抗弁した。

「しかし私はペトログラード・ソヴィエトの議長だぞ」

「ほお。それほどのお偉いさんならば、紙切れ一枚ぐらいはちゃんと持っているはずではないか」と兵士は応じた。

トロツキーは我慢強かった。「指揮官に会わせてくれ」とトロツキーは言った。兵士は躊躇《ちゅうちょ》して、怪しい奴が来るたびに指揮官を煩《わずら》わすわけにはいかないとか何とか、ぶつぶつ言っていた。そしてついに衛兵たちを指揮している兵士を呼び寄せた。トロツキーはその兵士に事情を説明し、「私の名はトロツキーだ」と繰り返した。

「トロツキーだって？」と言うと、指揮をとる兵士は頭を掻いた。そしてしばらくしてやっと「どこかで聞いたことがある名前だな。まあ、よかろう。入りたまえ、同志よ」と言ったのだった。

廊下で私はボリシェヴィキ中央委員会のメンバーのカラハンに出くわした。彼は新政府がどのような具合になるかを説明してくれた。

「緩やかな組織で、ソヴィエトを通じて表明される民衆の意志に柔軟に対応し、各地の地元の力を最大限に生かします。現状では、地方の民衆の意志に基づく活動を臨時政府が阻害しています。ちょうどツァーリの政府がしたようにです。新しい社会は下からのイニシアチブで動くのです。……政府の構造はロシア社会民主労働党の綱領に基づきます。頻繁に開催されるはずの全ロシア・ソヴィエト大会に対して責任を負う、新しい全ロシア・ソヴィエト中央執行委員会（ツェー・イー・カー）がいわば議会となります。各種省庁は大臣の代わりにコレーギア（合議体）をトップに戴き、直接ソヴィエトに対して責任を負うのです」

一〇月三〇日、私はトロツキーに話を聞くため取材の約束をして、スモーリヌイの屋根裏にある小さな殺風景な部屋へと上っていった。トロツキーは部屋の中央で貧弱なテーブルを前に粗末な椅子に座っていた。私はほとんど質問する必要がなかった。トロツキーは一時間以上も早口にまくしたてたからだ。その要点を、彼の言葉で、次に掲げよう。

「臨時政府はまったくもって無力だ。ブルジョアジーが実権を握っているのだが、それは祖国防衛派《オボロンツィ》の諸政党との見せかけ上の提携で隠蔽《いんぺい》されている。さて、この革命のさなか、約束された土地が与えられずに痺《しび》れを切らした農民たちの反乱をわれわれは目にしている。ブルジョアジーが全国的に、勤労者階級の中にも同じような反感があることは明らかだ。ブルジョアジーがこのような支配を続けるには、内乱という手段を使うしかない。ブルジョアジーが支配できるとすれば、コルニーロフ流の手段が唯一のやり方なのだ。だがブルジョアジーには武力がない――軍はわれわれについている。調停主義者、平和主義者、社会革命党、そしてメンシェヴィキの権威はまったく地に落ちた――なぜなら農民対地主、労働者対雇用者、兵士対将校の闘争はますます激烈になっており、かつてないほど和解しがたい状況だからだ。一般大衆の一致団結した行動によってのみ、そしてプロレタリア独裁の勝利によってのみ、革命が達成され、民衆が救われるのだ……。

各種ソヴィエトこそ民衆のもっとも完全なる代表者だ――革命の経験値という点でも、思想や目的の点でも完璧だ。塹壕にいる部隊、工場の労働者たち、そして農地の農民たちに直接基づいているのだから、各種ソヴィエトこそが革命の屋台骨なのだ。ソヴィエト抜きに権力を生み出そうという試みもあった――だが生み出されたのはただひとつ、無力さだった。今、ロシア共和国暫定評議会の廊下のあちこちでは、あらゆる類の反革命的な陰謀が企てられている。立憲民主党（カデット）は反革命武闘派の代表だ。その反対に、ソヴィエトは民衆の大義を代表している。その両派の中間には特段重要なグループはない。……これは最後の決戦《リュット・フィナル》だ。ブルジョアジーの反革命勢力は、持てる力を総動員してわれわれを攻撃する瞬間を待っている。それに対してわれわれは決定的な反撃を見舞うだろう。三月にわずかに着手されたばかりで、コルニーロフ事件の中で進展を見た仕事を、われわれは完成させるのだ」

続いてトロツキーは新政府の外交政策について語った。

「われわれの最初の行動は、すべての戦線における即時停戦と、民主的な講和条件を議論するための各国民の会議を呼びかけることになるだろう。講和合意にどれだけ民主主義的な条件を盛り込めるか、それはヨーロッパでどれだけ革命的な反響が起きるかにかかっている。もしわれわれがこの国でソヴィエト政府を生み出すことができれば、それはヨーロッパにおける即時講和の強力な条件となるはずだ。なぜならそのわれらの政府は、各国政府の頭越しに、すべての国の国民に直接かつ速やかに呼びかけ、休戦を提案するからだ。講和合意の時点では、ロシア革命は『無併合、無賠償、民族自決権』という方向へと圧力をかけることになるだろう。そしてさらにはヨーロッパ連邦共和国の樹立へ向けて……。

戦後、新たに再生されたヨーロッパの姿が思い浮かぶ。外交官たちによってではなく、プロレタリアートによって再生されるのだ。ヨーロッパ連邦共和国――つまりヨーロッパ合衆国――そうならねばならない。各国が自治権を持つだけではもう不充分だ。経済が発展し、国境の廃止が求められている。もしヨーロッパが国家ごとのグループに分裂したままであれば、そのとき、帝国主義が再び頭をもたげるだろう。世界に平和をもたらすことができるのはヨーロッパ連邦共和国だけなのだ」

トロツキーは微笑んだ――あの繊細で、かすかに皮肉交じりのトロツキー独特の微笑である。そして言った――「だがヨーロッパの大衆が行動を起こさなくては、これらの目的を――今、ここで――実現することはできない」。

さて、ある朝突然ボリシェヴィキが街頭に現れ、ホワイト・カラーの連中を撃ち殺しはじめるのに誰もが身構えていたのだが、実際の武装蜂起は極めて自然な形で、しかも白昼堂々と展開していった。

臨時政府はペトログラード守備隊を前線へ派遣する計画だった。

ペトログラード守備隊は約六万名を数え、彼らは革命に大きな役割を果たした。三月の大いなる日々に時代の潮目を変えたのは彼らであり、兵士代表ソヴィエトを結成したのも彼らであり、コルニーロフをペトログラードの門前から追い返したのも彼らだった。

そして今、その多くがボリシェヴィキだった。臨時政府がペトログラードを放棄するなどと言い出したとき、まさにペトログラード守備隊がこう言い返したのだった――「首都を防衛できないのなら、講和を結べ。講和を結べないのなら、消え失せて道を譲れ、どちらも実現できる民衆の政府に対して……」。

どのような武装蜂起であるにせよ、ペトログラード守備隊の出方にかかっていることは間違いなかった。戦線へ派遣しようという臨時政府の計画は、この守備隊を「信頼できる」別の部隊と入れ替えるのがねらいだった――つまりコサック兵や決死大隊である。軍隊委員会、「穏健派」社会主義者、そして全ロシア・ソヴィエト中央執行委員会（ツェー・イー・カー）は臨時政府を支持していた。前線やペトログラード市内では扇動的な宣伝工作が広範囲にわたって行われた。それはこの八カ月というもの、塹壕で疲弊した同志たちが飢えて死んでいっているというのに、ペトログラード守備隊は安逸な暮らしを貪《むさぼ》ってきた、という事実を言い立てるものだった。

比較的平穏な現状を捨てて苦しい冬の戦場へ行くことに、ペトログラード守備隊の各連隊は積極的ではない――そうした非難には確かに当たっている面もあった。だが彼らが前線行きを拒んだ理由はほかにもあった。ペトログラード・ソヴィエトは臨時政府の真意を恐れていたのだ。そして一般の兵士らに選ばれた代表者たちが何百人も前線からやって来て、こう叫んでいた――「確かに増援部隊は必要だ。だがペトログラードと革命がしっかり守られていると確信できることのほうが重要だ。銃後を守り抜いてくれ、同志たちよ、そして前線は俺たちが守り抜く！」。

一〇月二五日、ペトログラード・ソヴィエトの中央委員会は密室で会合を開き、この問題に決着をつけるために特別に軍事委員会を組織することを話し合った。翌日、ペトログラード・ソヴィエトの兵士部の会合で委員が選出され、委員会はただちにブルジョア新聞のボイコットを宣言し、ツェー・イー・カーが全ロシア・ソヴィエト大会の開催に反対していることを糾弾した。二九日、ペトログラード・ソヴィエトの公開集会では、ソヴィエトが正式にこの軍事革命委員会を承認することを、トロツキーが提案した。「われわれはわれわれの特別な組織を創出すべきである。それは戦いの場へと突き進み、必要とあらば死ぬためである……」とトロツキーは言った。戦線へ二組の代表団を送ることが決定した。ひとつはソヴィエトから、もう一方はペトログラード守備隊からで、軍隊委員会および参謀本部と協議するためだった。

ソヴィエトの代表団はプスコフ[7]で北部戦線司令官のチェレミスコフ将軍と会談した。だが、ペトログラード守備隊には塹壕で戦えと命令済みだと突っぱねられ、取りつく島もなかった。一方、そのペトログラード守備隊の代表団はペトログラードを離れることを許されなかった……。

ペトログラード・ソヴィエト兵士部の代表は、ペトログラード軍管区参謀本部に代表一名の加入を認めてほしいと要求した。だが却下された。続いてペトログラード・ソヴィエトは、兵士部の同意なしにいかなる命令も下さないよう要求。これも却下。代表団は乱暴にこう言われた――「われわれはツェー・イー・カーしか認めていない。君たちのことは承認していないのだ。少しでも法を犯せば逮捕するぞ」。

三〇日、ペトログラードに駐屯する全連隊の代表らの会議が開かれ、決議を採択した――「ペトログラード守備隊はもはや臨時政府を認めない。ペトログラード・ソヴィエトこそがわれらの政府である。われわれは軍事革命委員会を通して、ペトログラード・ソヴィエトの命令のみに従う」。ペトログラードの各部隊はペトログラード・ソヴィエト兵士部からの指示を待つよう命じられた。

7　ロシア北西部の古都で、交易・工業都市。第一次世界大戦中の要衝《ようしょう》のひとつ。

翌日、ツェー・イー・カーは独自の集会を開催し、将校たちが大部分を占めたその席で、参謀本部と協力するための委員会を設置し、ペトログラード市内の全地区へ政府委員《コミッサール》を派遣した。

一一月三日、スモーリヌイでは兵士たちが大々的な集会を開き、次のように決議した――。

軍事革命委員会の創設に敬意を表し、ペトログラード守備隊はあらゆる行動において同委員会を全面的に支持することを約束する。それは革命達成に向けて戦線と銃後とをいっそう固く団結させるためである。

さらに本守備隊は、革命的なプロレタリアートと共に、ペトログラードにおける革命的秩序を維持することを確約する。コルニーロフ派またはブルジョア階級によるいかなる挑発の試みも、容赦のない抵抗に遭うであろう。

軍事革命委員会はみずからの力に自信を深め、委員会の管轄下に入るようペトログラード軍管区参謀本部に有無を言わせぬ調子で命令を発した。全印刷工場に対しては、委員会の認可なくいかなる嘆願書も声明文も発行しないよう命じた。さらに、武装した委員たちがクロンフェルスク武器庫を訪れ、大量の武器・弾薬を押収し、コサックのカレージンの本部があるノヴォチェルカースク行きの銃剣一万本の発送が中止されたのだった。

にわかに危機を察知した臨時政府は、軍事革命委員会に対し、解散すれば罪には問わないと通達した。だが遅すぎた。一一月五日、深夜零時、ケレンスキーはみずからマレフスキーをペトログラード・ソヴィエトに派遣し、参謀本部へ代表を送るよう提案した。軍事革命委員会は受け入れた。だが一時間後、陸軍大臣代理のマニコフスキー将軍が右の提案を撤回した。

一一月六日、火曜日の朝、「ペトログラード労兵ソヴィエト所属・軍事革命委員会」と書かれた一枚の掲示物の出現にペトログラードは沸き立った――。

ペトログラードの住民へ！　市民たちへ！

反革命派がその犯罪的な頭をもたげている。コルニーロフ派は全ロシア・ソヴィエト大会を粉砕して憲法制定議会を潰すために、部隊を動員している。同時に、「ユダヤ人」虐殺主義者《ポグロム》」たちもペトログラードの市民に呼びかけて騒動と流血の事態を起こそうとするかもしれない。ペトログラード労兵ソヴィエトは、反革命的行為や虐殺の試みに対して、当市において革命的秩序を守ることをみずからの責務とする。

ペトログラード守備隊はいかなる暴力も騒擾《そうじょう》も許さない。君たち市民は暴徒や黒百人組の挑発者《アジテーター》を拘束し、最寄《もよ》りの兵舎へ連行してソヴィエトの担当委員に引き渡してほしい。略奪にせよ戦闘にせよ、ペトログラードの市街地で騒動を起こそうとの「闇の勢力」の試みがあれば、即座にその犯罪者たちはこの地上から抹殺されるだろう！

市民たちよ！　ひたすら平静と落ち着きを保ってほしい。秩序と革命の大義は力強い手にしっかりと握られているのだから。

軍事革命委員会の委員《コミッサール》のいる連隊のリストは……。

一一月三日には、ボリシェヴィキのリーダーたちがさらにもう一件、密室で歴史的な会合を開いた。ザルキント[8]から聞いて、私は部屋の外の廊下で待ち受けた。そして出てきたヴォロダルスキー[9]が中の様子を教えてくれた。
レーニンはこう語った――「一一月六日は早すぎる。蜂起するには全ロシア的な基盤が必要だ。六日では全ロシア・ソヴィエト大会の代議員たちはまだ全員（ペトログラードに」そろっていないだろう……。だが八日では逆に遅すぎる。その日には大会は開催の運びとなっているだろうから、大人数の組織的な集団が迅速かつ決定的に動くことは難しい。われわれは大会の開会日、七日に行動を起こさねばならない。そうすれば大会に向けてこう呼びかけることができる――『権力はここにある！　さあ、この権力をどうする？』とね」。

階上のある一室に、細面で長髪のある人物が座っていた。かつてはツァーリの軍隊の将校で、続いて革命家となったのちに亡命した、アントーノフ・アフセエンコという数学者にしてチェスの名手。この男は首都を占拠するための綿密な計画を練っていた。

一方、臨時政府の側も準備を進めていた。人目につかないように、陸軍のばらばらな師団からもっとも忠実な何連隊かがペトログラード入りを命じられていた。士官候補生《ユンケル》の砲兵隊も冬宮へ引き入れた。コサック兵が七月以来初めて、パトロールのため市街地に姿を現した。ペトログラードの軍司令官ポルコフニコフは矢継ぎ早に

8　イワン・ザルキント（一八八五～一九二八年）。古参のボリシェヴィキで、のちに外交官として活躍。

9　第二章の訳注13参照。

命令を発し、不服従者は例外なく「最大限のエネルギーをもって」弾圧すると脅していた。教育大臣[10]のキシキンが――臨時政府の中でも人々からもっとも嫌われている閣僚だが――ペトログラードの秩序を維持するために特別政府委員《コミッサール》に任命された。そして本人に劣らず不人気なルーテンベルクとパルチンスキーを補佐官に選んだ[11]。ペトログラード、クロンシュタット[12]、そしてフィンランドでは非常事態が宣言された。するとブルジョア系の新聞である「ノーヴォエ・ヴレーミャ（新時代）」紙は皮肉を込めて次のように書いた――。

> なぜ非常事態宣言なのか？　政府がもはや権力とは言えないからだ。道徳的権威は皆無であり、武力を行使するために必要な手段も持っていない。……もっとも好条件に恵まれたとしても、できることと言えばせいぜい協議に応じてくれる相手と交渉することぐらいだ。政府の権威はせいぜいこれくらいなのだ……。

一一月五日の月曜日の朝、私はマリンスキー宮殿に立ち寄り、ロシア共和国暫定評議会では何が起きているか、様子を見に行った。テレシチェンコの外交政策に関する刺々《とげとげ》しい論争。ヴェルホフスキーに関するブルツェフの報道をめぐる騒動の余波。各国の大使が勢ぞろいしていたが、イタリア大使だけ欠席していた。クラス地方の惨事[13]に打ちひしがれているというのがもっぱらの噂だった。

私が中へ入ったとき、ちょうど左翼エスエルのカレーリンが「ロンドン・タイムズ」紙の社説を読み上げているところだった。それは「ボリシェヴィズムにつけるべき唯一の薬は弾丸だ」と述べていた。カレーリンは立憲民主党（カデット）らのほうを向いて「君たちもそう思っているんだろう！」と叫んだ。

「そうだ！　そうだ！」と右翼席から声があがる。

「ああ、そう思っていることは知っているとも。だが実際にやってみる勇気がないんだろう！」と、カレーリンは激して言った。

10　正しくは厚生大臣。

11　ピョートル・パルチンスキー（一八七五～一九二九年）。帝政時代から鉱山技師として活躍し、三月革命後は臨時政府に参加。十一月革命後はソヴィエト政府に協力するが、やがてスターリンらと対立し刑死。

12　ペトログラード西方のフィンランド湾コリンント島の軍港で、バルチック艦隊の基地があった。

13　一〇月末に始まったイタリア戦線のカポレットの戦いで連合国側のイタリア軍はドイツなど同盟国軍に惨敗した。

続いて、柔らかな金髪のあご髭にウェーブのかかった黄色い髪で、二枚目俳優のようなスコベレフが、やや言い訳がましくソヴィエトの「訓令《ナカース》」を擁護した。それに続いたのはテレシチェンコ外相で、左翼席から「辞任！　辞任！」の叫び声に責め立てられた。彼はパリへ派遣する政府の代表者と、全ロシア・ソヴィエト中央執行委員会（ツェー・イー・カー）の代表者とは、同じ見解を――つまり彼自身の見解を――共有すべきだと言い張った。議場は騒然。そして軍隊内の規律の回復についてや、勝利の見通しについて二言三言……。そして喧嘩腰の左翼の頑強な反対を振り切って、ロシア共和国暫定評議会はただ淡々と議題をこなしていくだけだった。

ボリシェヴィキ用の空っぽの座席の列が長々と伸びていた――彼らが沸き立つような活気を道連れにして評議会を脱退したあの初日から、空席のままだ。私は階段を下りながら思った――激烈な論争が続いてはいるが、過酷な外の世界からの本当の声は、この天井の高い、冷たい大広間に響きわたることはないのだと、そして臨時政府はもはや座礁《ざしょう》した船同然だと――ミリュコーフが外相を務めたかつての臨時政府と同じく、戦争と平和という名の岩礁《がんしょう》に乗り上げた難破船……。帰り際にドア係が私にコートを着せてくれながら愚痴をこぼした――「哀れなロシアは一体どうなってしまうんでしょうね。やれメンシェヴィキだ、ボリシェヴィキだ、そしてトルドヴィキだ……

それにウクライナがどうの、フィンランドがどうの、ドイツの帝国主義者たちにイギリスの帝国主義者たち。私は四五歳になりますが、今までずっと生きてきて、こんなにたくさんの言葉を聞かされたのはここが初めてですよ……」。

廊下で私はシャツキー教授に遭遇した。粋《いき》なフロックコートを着たネズミのような風貌の人物で、立憲民主党の委員会などでは大きな影響力を持っている。私は盛んに噂されているボリシェヴィキの「武装行動《ヴュストプレーニエ》」についてどう思うか訊いてみた。シャツキーは冷笑を浮かべながら肩をすくめて言った――。

「あいつらは家畜ですよ――人間のくず《カナーユ》だ。あえてやらかす勇気なんてありやしませんよ。やったとしても、すぐに追い払われるのが関の山です。私どもにとっては悪くありませんがね。なぜならそんなことをすれば彼らは自滅して、憲法制定議会では無力になりますから。

しかしそれよりも、憲法制定議会に提案するつもりの政府の構成に関する私の計画のあらましを、ぜひお話しさせてください。実はですね、私は当評議会が臨時政府と共同で任命した委員会の委員長でして、憲法の草稿を書き上げることになっているんです。立法議会はアメリカのように二院制にします。下院には各地域の代議員たち。上院には専門職の自由業者、地方評議会《ゼムストヴォ》、協同組合、それに労働組合の代議員たちを選出し……」

外へ出ると西から肌を刺す湿った風が吹きつけて、足下の冷たい泥が靴から染みてきた。二個中隊の士官候補生《ユンケル》の部隊がモルスカヤ通りを威勢良くやって来て通り過ぎ、長いコートを着てぎこちなく足を踏み鳴らし、帝政時代に兵士たちが歌っていたような古臭く騒々しい歌を歌っていた……。私は最初の十字路まで来ると、真新しいホルスターに入ったレボルバー銃で武装した馬上の民警たちに目が止まった。ひと握りの人々が寄り集まって黙って彼らを見つめていた。ネフスキー大通りとの角で、私は『ボリシェヴィキは権力を維持できるか？』というレーニンが書いた小冊子《パンフレット》を買った。代金は小銭代わりになっている印紙で支払った。いつもどおり路面列車の車両がのろのろと通過していったが、どれも兵士や市民が車内からはみ出してぶらさがり、セオドア・ションツ[14]が嫉妬で歯噛みしそうなほど満員だった……。歩道には脱走兵が軍服のまま立ち並んで、タバコやヒマワリの種を売っていた。

ネフスキー大通りを進んで行くと、じめじめした黄昏時《たそがれどき》の薄明かりの中、群衆がわれ先に最新版の新聞を買い求め、壁の平面という平面にびっしり貼られた大量の嘆願書（原注二四）や声明文を判読しようと人々が群がっていた。ツェー・イー・カーのもの、農民代表ソヴィエトのもの、「穏健派」社会主義の諸政党のもの、軍隊委員会のもの——どれも労働者と兵士らに対し、街頭に出ずに家に留まっていろと、そして政府を支持せよと、脅し、罵《のの》り、懇願していた。

装甲車両が一台、大音量のサイレンを響かせながら通りを行きつ戻りつしていた。どの街角にも、どの広場にも、人々が群れをなしていた——議論に夢中の兵士や学生たちである。たちまち夜のとばりが下り、まばらな街灯が瞬《また》いて火が灯った。それでも人々の流れは止まることがなかった。事件が起きようかというとき、ペトログラードはいつだってこんな風になる……。

市中の空気は張りつめており、鋭い物音ひとつにびくついた。だがいまだボリシェヴィキからは何の合図もない。兵士たちは兵舎に、労働者たちは工場に留まっていた。私たちはカザン大聖堂の近くへ映画を観にいった。情熱と陰謀が逆巻く血みどろのイタリア映画だった。前方の列には何人か兵士や水兵らがいて、子供のように夢中にスクリーンを見つめていたが、どうして登場人物たちがそんなに暴れて走り回り、そんなに人殺しばかりするのか、まったく理解できないようだった……。

私はそこからスモーリヌイへ急いだ。最上階の一〇号室では軍事革命委員会が断続

14 当時のアメリカの鉄道王。

的に会合を続けていた。議長を務めていたのは亜麻色の髪をした一八歳のラジミルという名の青年だ。ラジミルは通りすがりに立ち止まり、少し恥ずかしげに握手を求めてきた。

「たった今、ペトロパヴロフスク要塞がこちら側につきました」と、満足そうに、にこやかな笑顔を浮かべて彼は言った。「ついさっきは、政府からペトログラードへの進軍を命じられた連隊から連絡がありました。兵士たちは怪しいと思い、ガッチナで列車を止めて私たちに使者を送ってきたのです。『どうしたのだ？ 俺たちはたった今、決議を採択したところだ――すべての権力をソヴィエトにだ。どう思う？』と彼らは訊いてきました。そこで軍事革命委員会は返答したのです。『兄弟たちよ！ 革命の名において挨拶を送る。現場に留まり次なる指示を待ってくれ！』とね」。

ラジミルによれば電話線はすべて政府側によって切断されているという。だが軍の遠隔通信用蓄音機《テレフォノグラフ》という機器を使って各工場や兵舎とは連絡が取れているとのことだった。

伝令や委員たちがひっきりなしに行き交っていた。ドアの外には市中のどんなに遠い地区へもメッセージを伝えようと、十数人の志願兵が待ち構えていた。その一人、中尉の軍服を着た流浪の民のような風貌の男がフランス語で言った――「ボタンひとつで一斉に動き出せるようになっていますよ」。

そこへポドヴォイスキーが通りかかった。やせ型の、あご鬚《ひげ》を蓄えた文官で、頭の中で武装蜂起の戦略を練っている。それに無精髭《ぶしょうひげ》が伸びたアントーノフ。シャツの襟《えり》はひどく汚れ、寝不足でふらふらだ。クルイレンコは顔の大きなずんぐりした体型の兵隊で、笑顔を絶やさず、豪快な身振りでまくしたてる。ドゥイベンコは髭を蓄えた穏やかな顔つきをした大柄な水兵だ。彼らこそ、この時代の——そして来るべき時代の——担い手たちだった。

階下の工場委員会のオフィスにはセラトフが座っていた。官営武器庫に対する兵器徴発の命令書に署名しているのだった——各工場にライフル銃一五〇挺ずつ。四〇人ほどの代表者たちが列を作って待っていた。

玄関ホールで私はボリシェヴィキの下級のリーダーたちに遭遇した。一人が私にレボルバー銃を見せた。「ゲームはもう始まっているのさ」と、青ざめた顔で彼は言った。「俺たちが動こうと動くまいと、やつらは潰すか潰されるかの戦いだと心得ているからな」。

ペトログラード・ソヴィエトは日夜会合を続けていた。大広間に入ってみると、ちょうどトロツキーが演説を終えるところだった。彼は語った——。

「人々はわれわれに問いかけている、武装行動《ヴュストプレーニエ》をするつもりなのかどうか、と。その問いには明確にこう答えることができる。ついにソヴィエトの手に権力を握るべきときが来たと、ペトログラード・ソヴィエトは感じている。この政権移譲は全ロシア・ソヴィエト大会によって実行される。武装行動が必要か否か、それは……全ロシア・ソヴィエト大会を妨害しようとしている連中次第だ。

臨時内閣の面々に託されているわが国の政府は、みじめで無策な政府であると、われわれは感じている。それは真に大衆的な政府に道を譲るために、歴史という箒で掃き出されるのをただ待っていることしかできないのだ。だがわれわれは、今日、今ここに至っても、なお紛争は避けようと努力している。まさに民衆の組織立った自由を基盤とする権力と権威を、全ロシア・ソヴィエト大会がその手に収めてくれることを願っているのだ。だが、もし臨時政府が残されたその短き余命を――二四時間か、四八時間、あるいは七二時間――われわれを攻撃するのに費やそうとするのであれば、そのときこそわれわれは反撃で応じようではないか。打撃には打撃で、鉄には鋼鉄で！」

歓声の中でトロツキーは、左翼エスエルが軍事革命委員会へ代表を送ってくることに同意したと発表した……。

午前三時にスモーリヌイを後にするとき、入り口の両側に一挺ずつ速射砲が設置されていることに私は気づいた。そして門および近隣の街角は兵士らが厳重に見回って警護していた。そのときビル・シャトフ[15]が跳ねるように正面階段を上がってきた。「さあ、行くぞ」と彼は叫んだ。「ケレンスキーが俺たちの機関紙、『ソルダート（兵士）』紙と『ラボーチー・プーチ（労働者の道）』紙を発禁にするためにユンケルを派遣した。だが俺たちの部隊が急行して政府の封印を破ってやった。それで今度は俺たちが分遣隊を派遣して、ブルジョア系の新聞のオフィスを占拠《せんきょ》してやろうってわけさ！」。そう言うとシャトフは得意げに私の肩をぽんと叩き、館内へ入って行った……。

一一月六日の朝、私は所用があって検閲官に会いに行った。オフィスは外務省内にある。道中の壁という壁は「平静」を保つよう民衆に呼びかけるヒステリックな張り紙で埋め尽くされていた。その間にもペトログラードの軍司令官のポルコフニコフは命令《プリカース》に次ぐ命令《プリカース》を発していた――。

15　ビル・シャトフ（一八八七～一九四三年）。アメリカの労働運動でよく知られた人物。世界産業労働組合などで活躍した。

全部隊および分遣隊は、軍管区参謀よりさらなる命令があるまで兵舎に留まること。……上官の命令なく行動した将校は上官への反逆のかどで軍法会議にかけられる。外部の組織の指示に基づき兵士たちが処刑を行うことは一切禁止する。

朝刊は報じていた——政府が〔極右系の〕「ノーヴァヤ・ルーシ（新しいロシア）」紙、「ジーヴォエ・スローヴォ（生きた言葉）」紙、〔ボリシェヴィキの〕「ラボーチー・プーチ（労働者の道）」紙と「ソルダート（兵士）」紙の各紙を発禁とし、ペトログラード・ソヴィエトのリーダーたちおよび軍事革命委員会のメンバーの逮捕を命じた、と。

私が宮殿広場を横切っていると、ユンケルの砲兵隊が数個中隊、金具をじゃらじゃらと鳴らしながら早足で赤門を抜けてきて、宮殿の前で整列した。参謀本部の巨大な赤い建物はいつになく活気づいていた。入り口の扉の前には数台の装甲車両が並んでいて、将校らを満載した車両も行き交っていた。検閲官に会うと、サーカスを観に行った子供のように、ひどくはしゃいでいた。ケレンスキーが辞任を申し出るために今しがた共和国暫定評議会へ向かったと、彼は言った。私も急いでマリンスキー宮殿へ行き、ケレンスキーの情熱的だが支離滅裂に近い演説の最後に間に合った。それは自己正当化と、政敵らに対する辛辣《しんらつ》な糾弾の言葉に満ちていた。

「私は今ここに、ウリヤーノフ・レーニンが――すなわち目下われわれが捜索している潜伏中のあの政治犯が――『ラボーチー・プーチ』紙に発表した一連の記事から、もっとも特徴的な一節を引用しよう。この政治犯は、プロレタリアートとペトログラードの兵士らに対し、七月一六～一八日の出来事を繰り返すよう唆《そその》か[16]し、今すぐ武装蜂起が必要だと言い立てているのだ。さらに、ほかのボリシェヴィキのリーダーたちも一連の会議で発言に立ち、やはり即時の蜂起を訴えた。特に注意すべきなのはペトログラード・ソヴィエトの現議長であるブロンシュテイン・トロツキーの活動である。……

私がぜひ諸君の注意をうながしたいのは、〔ボリシェヴィキの〕『ラボーチー・プーチ』紙の一連の記事の論調が、まったくあの〔極右の〕『ノーヴァヤ・ルーシ』紙のそれとそっくりだということだ。……われわれが対処すべきなのは、あれやこれやの政党の活動というよりも、むしろ国民の一部の政治的無知と犯

16　労働者と兵士らが武装蜂起して弾圧された「七月事件」を指すが、ここでは再度の蜂起の意味。

罪的性向につけ込もうとする動きである。それはある種の組織が行っているが、その目的は、ロシアに破壊と略奪という混乱の動きをなりふり構わず挑発することだ。なぜならば、大衆の心理的状態からして、ペトログラードで何らかの動きがあれば、それに続いて凄まじい虐殺が起きることは間違いないからである。それは自由ロシアの名を永久に恥辱まみれにするであろう。ウリヤーノフ・レーニン自身も認めているとおり、ロシアにおける社会民主党の極左の状況はとても良好だとのことである」

ここでケレンスキーはレーニンの記事から次の部分を読み上げた——。

考えてもみよ！……ドイツの同志たちにはたった一人のリープクネヒト[17]がいるだけで、新聞もなければ集会の自由もなく、ソヴィエトもない。……彼らは社会の全階層から信じがたいほどの敵意に曝《さら》されている——それにもかかわらず、ドイツの同志たちは行動を起こそうと努めている。それに比べてわれわれは、何十紙もの新聞や、集会の自由を持ち、それにソヴィエトの大半も握っている。世界中の国際主義的プロレタリアートの中でもっとも恵まれた立場にいるわれわれは、ドイツの革命家たちや蜂起しようとしている諸組織に対する支援を拒めるだろうか？

ケレンスキーは引き続き述べた――。

「反乱の組織者たちは、このように政党が自由に活動するのに最適な状況が今、ロシアに出現していることを、暗黙のうちに認めているのだ。そのロシアは臨時政府が統括しているが、右の政党の目から見れば、この政府のトップには『簒奪者《さんだつしゃ》にして、みずからをブルジョアジーに売り渡した男、ケレンスキー首相がいる』というわけである……。

武装蜂起の組織者たちはドイツのプロレタリアートにではなく、ドイツの支配者層に手を差し伸べようとしているのだ。そして彼らはロシアの前線をドイツ皇帝ヴィルヘルムとその友人らの鉄拳に開け渡そうとしている。……臨時政府にとって、そうした連中の動機が何であるかは大した問題ではない。彼らが意識的あるいは無意識的に

17　カール・リープクネヒト（一八七一～一九一九年）。ドイツの社会主義運動左派の活動家。当時は反戦運動により投獄されていた。

行動するのかも、大した問題ではない。いずれにしろ、今この壇上で私は、私の責任を完全に認識した上で、ロシアの一政党によるそのような行為をロシアに対する裏切り行為と呼ぶのである！　私は右翼の視点に立ち、ただちに捜査を進め、当該人物たちを逮捕すべきことを提案する」――ここで左翼席から怒号の嵐――「聞いてくれ！」とケレンスキーは堂々たる声で吠えた。「意識的あるいは無意識的な裏切り行為により、国家が危機に瀕しているこの瞬間、臨時政府は、そして何より私自身は、ロシアの生命、名誉、そして独立を裏切るくらいなら、殺されることを望んでいる……」。

このとき、ケレンスキーに一枚の紙が手渡された。

「連中が各連隊に配布している声明文が今届いた。内容はこうだ」と、ケレンスキーは読み上げた――。

「『ペトログラード労兵ソヴィエトが脅かされている。われわれは各連隊に対し、動員をかけて臨戦態勢を取り、新たな命令を待つよう命じる。この命令に対する一切の遅延または不履行は革命に対する裏切り行為と見なされる。軍事革命委員会。議長代理ポドヴォイスキー、書記アントーノフ』とある。

実際は、これは既存の秩序に対して烏合《うごう》の衆《しゅう》を蜂起させようとする企みであり、憲法制定議会を挫折させ、そして前線をヴィルヘルムの鉄拳たる〔ドイツ軍の〕各連隊に明け渡すものである……。

私は意図的に『烏合の衆』と言った。それは、自覚ある民衆とその代表であるツェー・イー・カーや軍隊のあらゆる組織は、つまり自由ロシアが讃《たた》えるすべてのものは——偉大なるロシアの民衆の良識、名誉、そして良心は——右のようなことには異議を唱えるからである……。

私は祈りを唱えるためにここへ来たのではない。私はみずからの固い信念を述べに来たのだ。すなわち、われわれが新たに手にした自由を今この瞬間も守っている臨時政府が、そして輝かしい未来を約束されているロシアの新たなる国家が——これまで一度も真実を直視しようとしてこなかった連中を除き——全国民の一致した支持を得るはずだ、と。

臨時政府は、国民すべてが政治的権利を行使する自由を一度たりとも侵害したことはない。しかし今、臨時政府は次のように宣言する——ロシア国民の特定の分子、ロシア国民の自由意志に対して不敵にも拳《こぶし》を振り上げ、同時にドイツに対して戦線を開放せんと脅迫している、かの集団や政党を、今このときにこそ決然と消し去らなければならない！

ペトログラードの住民は確固たる権力と向き合うことになると心得ておいてほしい。そしておそらく最後の瞬間には、良識と良心と名誉こそが、それらを失わずにいる者たちの心の中で勝利を得るだろうと……」

この演説の間じゅう、広間は轟々《ごうごう》たる喧騒に包まれていた。ケレンスキー首相が青ざめた顔をして汗みずくで演壇を降り、官僚らを伴って大股で退場していくと、左翼と中間派からは次々と右翼を非難する発言があり、ひとつの怒れる咆哮《ほうこう》となった。社会革命党（エスエル）でさえ、ゴーツからこんな発言があった――。

「ボリシェヴィキの政策は大衆の不満につけこむもので、扇動主義《デマゴギー》であり、犯罪的である。しかしこれまで満たされてこなかった大衆の要求は山ほどある。……平和、土地、そして軍隊の民主化といった問題については、わが政府が解決をめざして毅然《きぜん》として確固たる努力をしていることを、いかなる兵士、農民、あるいは労働者も一片の疑いも抱かないように、はっきりと示すべきだ。……

われわれメンシェヴィキは内閣を危機に陥れるつもりはない。そしてわれわれは全力で、最後の一滴の血までも賭けて、臨時政府を守る覚悟だ――ただし、臨時政府がこれら火急の問題について、人々が痺《しび》れを切らせて待ち望んでいることを、明白かつ正確なことばで表明するならばだ……」

続いてマルトフ。激しい怒りを込めて言う——。

「目下プロレタリア階級と軍隊の重要ないくつかの部分の動向が焦点となっているというときに——たとえ彼らが誤った方向へ導かれているとしても——それを『烏合の衆』呼ばわりするとは、首相の発言は内戦を誘発しようとするもの以外の何ものでもない」

左翼が提案した決議案が採決に付された。事実上それは政権に対する不信任決議案の投票に等しかった。

1. 過去何日かにわたって準備されてきた武装行動は、クーデターを目的とし、内戦を挑発する恐れがあり、〔ユダヤ人の〕大虐殺《ポグロム》や反革命、そして黒百人組のような反革命勢力の活動に有利な状況を生み出すものである。そうなれば必然的に憲法制定議会の招集は不可能となり、軍事的惨事を招き、革命の死をもたらし、国内の経済活動を麻痺させて、ロシアを滅ぼすであろう。

2. このような扇動的活動《アジテーション》に有利な状況が生まれた原因は、緊急の施策の採用が遅れているからであり、同時にまた、戦争と全般的な混乱という客観的な条件によるものである。何よりも先に、土地を農民の「土地委員会」へ移管する法令をただちに公布し、国外では積極的な外交方針を取り、講和条件を発表して交渉に入るよう連合国各国へ提案する必要がある。

3．帝政派の動きの表面化とポグロム主義者の動きに対処するには、これらの動きを取り締まる措置をただちに取ることが不可欠であり、そのためにもペトログラードに公安委員会を創設すべきである。それは市政当局と革命的民主勢力の諸組織の代表らで構成され、臨時政府と連絡をとりながら活動する……。

おもしろいことに、メンシェヴィキと社会革命党〔エスエル〕はこぞってこの決議案を支持した。ところがこれを見たケレンスキーは〔エスエルの〕アフクセンチエフを冬宮へ呼びつけて説明を求めた。もし決議案が臨時政府に対する不信感を表しているのなら、自分で新しい内閣を組閣してくれとケレンスキーはアフクセンチエフに迫った。ダン、ゴーツ、そしてアフクセンチエフという「妥協派」のリーダーたちは、ここでも最後の「妥協」をした——政府を批判する意図はないとケレンスキーに説明したのだ！

モルスカヤ通りとネフスキー大通りの交差点に、銃剣付きの銃を持った何分隊かの兵士たちがいた。通りかかる自家用車をすべて停止させ、乗っている人たちを降ろして、車は冬宮へ行くよう命じていた。それを大群衆が集まって見つめていた。政府側の部隊か軍事革命委員会の部隊か、誰にもわからなかった。カザン大聖堂の前でも同じことが起きており、車両はすべてネフスキー大通りをもと来たほうへ戻るよう命じられていた。そこへライフル銃を携えた五、六人の水兵が意気揚々《ようよう》と笑いながらやって来て、二人の兵士らと話し込んだ。水兵らの帽子のリボンにはアウロラ号とザリャー・スヴォボードゥイ号の名があった。いずれもバルチック艦隊きってのボリシェヴィキ派の巡洋艦だ。水兵の一人が言った――「クロンシュタット要塞の連中がやって来るぞ！」。それはまるで一七九二年にパリの街頭で、誰かが「マルセイユ義勇軍がやって来るぞ！」と叫ぶようなものだった。というのも、クロンシュタット要塞には二万五〇〇〇名の水兵がおり、いずれも死を恐れぬ筋金入りのボリシェヴィキだったのだから。

「ラボーチー・イ・ソルダート」（労働者と兵士）紙がちょうど発行され、一面は大々的な声明文で占められていた――。

兵士たちよ！　労働者たちよ！　市民たちよ！

昨晩、民衆の敵どもが攻勢に転じた。参謀本部のコルニーロフ派の連中は、郊外から士官候補生《ユンケル》や志願兵の大隊を呼び寄せようとしている。オラニエンバウムのユンケル部隊とツァールスコエ・セローの志願兵部隊は進軍を拒否した。ペトログラード・ソヴィエトに対しては大いなる裏切りの一撃を加えることが検討されている。……反革命派は開会の迫る全ロシア・ソヴィエト大会を、憲法制定議会を、そして民衆を攻撃しようと狙っている。それに対してペトログラード・ソヴィエトが革命を防衛している。軍事革命委員会が陰謀家どもの攻撃を撃退すべく指揮を執っているのだ。ペトログラードの全守備隊と全プロレタリアートは、いつでも民衆の敵へ痛烈な一撃を見舞うことができる態勢にある。

軍事革命委員会は以下のように命じる――。

1. 全連隊、師団、そして軍艦の各委員会は、ソヴィエトの委員たちおよびあらゆる革命的組織と共に、継続的に集会を開き、陰謀家どもの計画に関する情報を入手して集約すること。

2. 一人の兵士たりとも委員会の許可なく師団を離れてはならない。

3. 軍の各部隊から二人、各地区ソヴィエトから五人ずつの代表を、ただちにスモーリヌイへ派遣すること。

4．ペトログラード・ソヴィエトの全メンバーと全ロシア・ソヴィエト大会の全代議士は特別集会のために速やかにスモーリヌイへ参集すること。

反革命がその悪逆なる頭をもたげている。兵士たちと労働者たちが勝ち取ってきたあらゆる成果と希望に、巨大な危険が迫っているのだ。

だが革命の勢力は敵をはるかに凌駕《りょうが》している。民衆の大義は強力なる手に握られている。だから陰謀家どもは粉砕《ふんさい》されるであろう。

躊躇も疑念も無用だ！　堅固《けんご》であれ、動じるな、規律、決意を！

革命万歳！

軍事革命委員会

嵐の中心であるスモーリヌイでは、ペトログラード・ソヴィエトが絶え間なく集会を開いていた。代表者たちが床で眠りに落ち、再び起き出しては論争に加わり、トロツキー、カーメネフ、ヴォロダルスキーらが一日六時間、八時間、あるいは一二時間も演説に立っていた……。

ボリシェヴィキが党員集会を開いていた一階の一八号室へ行ってみると、棘《とげ》のある大声がよどみなく響いていたが、発言者は群衆に埋もれて姿が見えなかった——「妥協者どもは、われわれは孤立していると言う。だが耳を貸すな。一旦ことが始まれば、連中もわれわれと一緒に流れに引きずり込まれるに違いない。さもなくば彼らは支持層を失うだけだ……」。

ここで発言者は一枚の紙切れを掲げて見せた——「われわれはあいつらを引きずり込んでいるぞ！　たった今、メンシェヴィキと社会革命党からメッセージが届いた！　連中はわれわれの行動を糾弾すると言っているが、もし政府がわれわれを攻撃すれば、連中はプロレタリアートの大義に反対はしないそうだ！」。歓喜の叫びがあがった……。

夜のとばりが降りるとともに、大広間は兵士や労働者たちで埋まった。群衆は焦げ茶色一色の巨大な塊のようであり、タバコの紫煙の霞の中で低音のざわめきが響いていた。旧来の全ロシア・ソヴィエト中央執行委員会（ツェー・イー・カー）は、ようやく全ロシア・ソヴィエト大会へ代議員らを招集することを決断したが、それはみずからの——そしておそらくはみずから作り上げた革命的秩序の——終焉《しゅうえん》を意味していた。だが目下の集会では、投票権はまだツェー・イー・カーのメンバーに限られていた……。

〔社会革命党の〕ゴーツが議長席に座った。張り詰めた沈黙の中、私にはほとんど不穏とも感じられた空気の中で、〔メンシェヴィキの〕ダンが発言に立った。真夜中過ぎのことである。ダンは言った——。

「われわれが生きているこの時々刻々は、とてつもなく痛ましい色に染まって見える。敵はペトログラードの門前に迫り、民衆の勢力は結束してその敵に抵抗しようとしている。だがそれでもわれわれは、首都の市街に血が流されるのを待つばかりであり、飢餓はわが一枚岩の政府ばかりか、革命そのものをも滅ぼそうとしている……。

　大衆は病み、疲弊している。誰も革命などに関心はない。もし今ボリシェヴィキが何かをやらかせば、革命はおしまいだ……」（「嘘っぱちだ！」と怒号が飛ぶ）。「反革命勢力はボリシェヴィキともども暴動と虐殺を始めようと待ち構えている。……もし何らかの『武装行動《ヴュストプレーニエ》』が起きれば、憲法制定議会は吹き飛んでしまうだろう……」（再び怒号、「嘘だ！　恥を知れ！」）。「軍事行動に関し、ペトログラード守備隊が参謀本部の命令に服さないのは許容できない。……君たちは参謀本部および君たち自身が選出したツェー・イー・カーの命令に従わなければならない。『すべての権力をソヴィエトに』だなどと言うが、それは死を意味するのだ！　追い剝ぎ、こそ泥の類が略奪と放火の機会をつけねらっている。……『ブルジョアの家々に踏み込み、靴や服を奪い去れ』などといったスローガンを目の前に見せられたら……」（喧騒。怒号。「そんなスローガンがあるもんか！　嘘だ！　嘘だ！」）。「まあ、とっかかりは違うとしても、最後にはそうなるに決まっているのだ！　ツェー・イー・カーは行動を決する権限を握っているのであり、それには従わなければならない。……われわれは銃剣など恐れない。……ツェー・イー・カーは身をもって革命を防衛するであろう」（怒号。「もうとっくに死体になってるじゃないか！」）。

すさまじい喧騒は途切れることがなく、その中でデスクを拳で叩きながら喚《わめ》くダンの声が聞こえてきた――「こんなことを煽り立てる連中は犯罪者だ。犯罪者だ！」。

そこへ声がした――「あんたこそ、とっくの昔から犯罪者だ。権力を握ってそれをブルジョアジーにくれてやったんだから！」。

ゴーツが議長の鈴《ベル》を振り鳴らす――「静粛に、さもなくばここからつまみ出してもらうぞ！」。

声が答える――「やってみろ！」（歓声と口笛）。

ダンが続ける――「さて、講和に関するわれわれの政策だが」（場内から笑い声）、「残念ながらロシアにはもはや戦争を継続する余力はない。講和を結ぶことになる。

だが永続的な和平ではない――民主的な講和にもならないだろう。……これ以上の流血を避けるため、本日われわれは共和国暫定評議会において、土地を没収して土地委員会へ移管すること、そしてただちに和平交渉を始めるとの議案を採択した……」（笑い声、そして「もう遅いぞ！」の叫び声）。

続いてボリシェヴィキを代表してトロツキーが演壇に登った。彼を壇上に押し上げた割れるような拍手の波は、場内総立ちになる中、急激に万雷の歓声に変わっていった。トロツキーの細く、顎の尖った顔は辛辣な表情を浮かべ、まさに悪魔メフィストフェレスそのものである。

「ダンの戦術は、大衆の完全なる支持を得ていることを明かしている。ただし偉大なる、愚鈍で無関心な大衆だ！」（場内はとてつもない爆笑の渦）。トロツキーは芝居めかした身振りで議長のほうを振り向いた。「土地を農民に与えよとわれわれが言ったとき、諸君は反対した。そこでわれわれは農民たちに言ったのだ――『政府が与えてくれないのなら、自分で取ってしまえ！』と。農民たちはわれわれのアドバイスに従った。そして諸君は、われわれが六カ月も前に言ったとおりのことを今さら主張しているわけだ……。

軍隊で死刑を一時的に中止するとのケレンスキーの命令は、彼自身の理念に基づくものではないだろう。ケレンスキーは命令に従おうとしないペトログラード守備隊に説き伏せられたのだと、私は思っている。

現在ダンは、彼が隠れボリシェヴィキであることを示す演説を共和国暫定評議会でしたとして、指弾されている。いつの日か、七月一六〜一八日の蜂起に参加したのは革命の花形たちだったと、ダンも認める日が来るかもしれない。……それに本日の共和国暫定評議会でダンが提出した決議案では、軍隊に規律を厳格に遵守させることには触れていなかった。彼の党のプロパガンダではそのことが力説されているというのに……。

だが違うのだ。過去七カ月の歴史が明かしているのは、大衆がメンシェヴィキを見限ったということだ。メンシェヴィキと社会革命党（エスエル）は立憲民主党（カデット）に勝利したが、やがて権力を握るとそれをカデットに与えてしまったのだから……。

ダンは君らに武装蜂起をする資格はないと言う。だが武装蜂起はすべての革命家の権利だ！　踏みつけにされた大衆が反乱を起こすとき、それは彼らの権利である」

続いて面長の、毒舌で知られる［メンシェヴィキの］リーベルが立ち、不満のうめきと笑いで迎えられた。

「エンゲルスとマルクスは、プロレタリアートは権力を握れるようになるまで、そうする資格はない、と言った。目下のようなブルジョア革命においては、大衆による権力奪取は革命の悲惨な幕切れを意味するだけだ。……社会民主党の理論家としてのトロツキーの立場は、自分が今主張していることとは反対なのだ……」（叫び声。「いい加減にしろ！　そいつをぶっ潰せ！」）

絶えず野次に妨害されながら、続いてマルトフが言った――「われわれ〔メンシェヴィキ〕国際主義派は民衆への権力移譲に反対ではない。だがボリシェヴィキのやり方には賛成しかねる。今は権力を奪うべきときではない」。

再びダンが演壇に上がり、軍事革命委員会の行動に激しく抗議した。同委員会がコミッサールを派遣して〔ツェー・イー・カーの機関紙〕「イズベスチア」紙のオフィスを差し押さえ、同紙を検閲したことについてだ。これにはとてつもない喧騒が巻き起こった。マルトフは発言しようとしたが、声はかき消された。広間のあちこちで陸軍とバルチック艦隊の代表者らが次々と立ち上がり、ソヴィエトは自分たちの政府だと叫び声をあげた……。

凄まじい混乱の中、エールリヒが決議案を提案した。農民への土地の移管と和平交渉開始に関する法案を即座に可決するために、すみやかに委員会を設置する必要があることを認識し、労働者と兵士たちに対し、平静を保ち、デモを唆《そそのか》す声に応じないようにと、呼びかけるものだった。

するとヴォロダルスキーが勢いよく立ち上がり、全ロシア・ソヴィエト大会を目前にしている今、その役割をツェー・イー・カーが奪う資格はない、と大声で痛罵を浴びせた。そしてツェー・イー・カーはすでに死に体であり、決議案はその劣勢を挽回しようとする単なる詐術にすぎない、と述べた。

「われわれボリシェヴィキはこの決議案の採決には参加しない！」。この発言を機にボリシェヴィキは全員が退席し、決議案は採択された……。

午前四時近くになって、私は玄関ホールで肩にライフル銃を下げたゾーリンに会った。「私たちは動き出していますよ！」と彼は落ち着いて、しかし満足そうに言った（原注二五）。「司法次官と宗教大臣をとっつかまえました。今は地下室にいますよ。一個連隊が電話局を占拠するために進軍中で、もう一隊は電報局に、さらに国立銀行にも一隊向かっています。赤衛隊も繰り出しました……」。

冷え切った闇の中、私たちはスモーリヌイの正面階段に初めて赤衛隊の姿を見た。労働者の服を着た青年たちの一団が身を寄せ合い、銃剣付きの銃を携《たずさ》え、そわそわとしながら互いに言葉を交わしている。

静まり返った屋根が連なるそのはるか西方から、散発的なライフル銃の銃声が聞こえてきた。そこでは士官候補生《ユンケル》の部隊がネヴァ川にかかる開閉式の跳ね橋《はばし》を上げ、川向こうのヴィボルグ地区の工場労働者や兵士たちが市中心部のソヴィエトの部隊に合流するのを防ごうとしているのだ。その橋をクロンシュタット要塞から来た水兵たちが再び下ろそうとする……。

私たちの背後にはスモーリヌイが聳《そび》え立ち、灯りが煌々《こうこう》と輝き、巨大な蜂の巣のようにうなり声をあげていた。

第四章　臨時政府の崩壊

一一月七日、水曜日。私はずいぶん朝寝坊をした。ネフスキー大通りを歩いていると、ペトロパヴロフスク要塞から正午を告げる大砲の音が響いてきた。じめじめとした肌寒い日だった。国立銀行の前では、銃剣付きの銃を構えた兵士たちが閉鎖された門のところに立っていた。

「君たちはどっちの味方だ？　政府側か？」と私は訊いた。

「政府はもうない」と一人がにやりと歯を見せて言った。「神に栄光を《スラヴァ・ボーク》！」

彼からはこれ以上は聞き出せなかった……。

ネフスキー大通りは路面列車が走り、男、女、それに少年たちが車内からあふれ、つかまれるところさえあればしがみついていた。店も開いており、市街地の群衆は前日よりもずっと不安気な様子が薄らいでいるように見えた。武装蜂起に反対する新たな類の呼びかけのビラが登場し、夜の間にあちこちの壁を華々しく飾っていた——農民たちに対するものや、前線の兵士たちへの呼びかけもあれば、ペトログラードの労働者たちに向けたものもある。そのひとつはこんな具合だった――。

ペトログラード市ドゥーマより

市ドゥーマから市民にお知らせする。一一月六日、ドゥーマは臨時会議を開き、公安委員会を設立した。中央および地区ドゥーマのメンバーと、以下の革命的民衆組織の代表者らで構成されている――全ロシア・ソヴィエト中央執行委員会（ツェー・イー・カー）、農民代表全ロシア執行委員会、各種陸軍組織、艦隊中央委員会《ツェントロフロート》、ペトログラード労兵ソヴィエト（！）、労組評議会、その他。

公安委員会のメンバーは市ドゥーマの建物内で執務に当たる。電話番号は一五―四〇、二二三―七、一三八―三六。

一九一七年一一月七日

私はそのときは気づかなかったが、これはドゥーマからボリシェヴィキへの宣戦布告だった。

私は「ラボーチー・プーチ（労働者の道）」紙を買った。ほかの各紙は販売されていないようだった。少しあとで、ある兵士が読んでいた「デーニ（日《ひ》）」紙を五〇コペイカで譲ってもらった。これは〔ブルジョア系の〕「ルースカヤ・ヴォーリャ（ロシアの意志）」紙の印刷所をボリシェヴィキが占拠《せんきょ》して発行したもので、大型の判型の紙面に巨大な見出しが刷られていた――「すべての権力を労働者、兵士、農民のソヴィエトに！　平和！　パン！　土地！」。一面トップはレーニンと共に潜伏中のジノヴィエフによる署名入りの論説記事だった。書き出しはこんな具合だ――。

すべての兵士、すべての労働者、すべての真の社会主義者、すべての正直な民主主義者は、現在の状況下では選択肢は二つにひとつしかないことを認識している。

そのひとつは、ブルジョアジーと地主連中が権力を握り続け、労働者、兵士、農民に対するありとあらゆる類の抑圧と、戦争の継続と、必然的に飢えと死を意味する。

あるいは権力を革命的な労働者、兵士、農民たちの手に移すかだ。その場合には、地主の専横は完全に廃止され、資本家たちをただちに抑え込み、そして公正な講和をただちに提案することを意味する。そして土地は確実に農民たちのものになり、産業は確実に労働者らの管理下に置かれ、空腹な人々は確実にパンを得られ、そしてこのばかげた戦争は終結するのである！

「デーニ」紙は激動の夜となった昨夜の出来事について断片的に報じていた。ボリシェヴィキが電話交換局、バルチスキー駅、電信局を占拠したこと。ペテルゴフ[1]から進軍した士官候補生《ユンケル》たちがペトログラードに到達できなかったこと。態度を決めかねたコサック兵たちのこと。一部の大臣の逮捕。市の民警団のメイエル隊長が撃たれたこと。ボリシェヴィキと対抗勢力の間の逮捕と逆逮捕の応酬。兵士、士官候補生《ユンケル》、赤衛隊の各部隊が互いにパトロール中に小競り合いを起こしたことなど（原注二六）。

モルスカヤ通りとの角で私はゴンベルク大尉にばったり出会った。メンシェヴィキの祖国防衛派《オボロネーツ》で、同党の軍事部門の書記だ。武装反乱が本当に起きたのかと訊いてみたが、彼は疲労の滲《にじ》む様子で肩をすくめて答えた——「そんなこと知るもんか《チョルト・ズナィエト》！まあボリシェヴィキは、権力は奪えたとしても、三日と保《も》たないね。あいつらには政府を運営していく人材がいない。やりたいならやらせてみるのもいいかもしれないな——そうすりゃみずから墓穴を掘ってやつらもおしまいだ」。聖イサーク広場の角にある軍用ホテルでは、武装した水兵たちが配置についていた。

ロビーには多くの颯爽《さっそう》とした若い将校たちがいたが、あちらこちらと歩き回ったり、互いにぶつぶつ囁《ささや》き合っている――水兵たちに軟禁されて立ち去れないのだ。

突然、外でライフル銃の割れるような銃声がした。続いて散発的な射撃音。私は走って外へ出た。ロシア共和国暫定評議会が開かれているマリンスキー宮殿[2]の辺りで何か異常事態が起きたらしい。幅広い広場を斜めに突っ切る形でライフル銃を構えた水兵たちが居並び、軍用ホテルの屋根を見つめていた。

「挑発行為《プロヴォカーチャ》だ！　撃ってきやがった！」と一人が噛みつくように言うと、別の一人が扉のほうへ走って行った。

マリンスキー宮殿の西側の角には大型の装甲車両が停まっていた。赤い旗をはためかせ、真新しい赤いペンキで「ＳＲＳＤ（労兵ソヴィエト）」と書いてある。銃口はそろって聖イサーク広場へ向いていた。ノーヴァヤ・ウリッァ（新しい通り）の入り口にはバリケードが築かれていた――箱、樽、古いベッドのスプリング、荷馬車などが山のように積み上げてある。モイカ川の埠頭《ふとう》の端は材木の山で通行できないように

1　ペトログラードの郊外、南西約三〇キロ。皇帝の夏の離宮があった。
2　聖イサーク広場のホテルとは反対側（南端）にある。

なっている。建物には、付近の材木の山から取ってきた短い丸太を正面の壁沿いに積み上げ、堡塁《ほうるい》も築かれていた。

「戦闘でも起きるのか？」と私は尋ねてみた。

「まもなく、まもなくだ」と、一人の兵士が緊張した様子で答えた。「ここにいてはいけない、同志。怪我をするぞ。あっちの方角から攻めてくるからな」そう言って兵士は海軍本部のほうを指差した。

「誰が？」

「それは俺にはわからない、兄弟よ」兵士は答えると、地面に唾を吐いた。

宮殿の入り口の前には兵士と水兵が群れていた。ある水兵がロシア共和国暫定評議会の最期について語っていた――「俺たちは踏み込んで、どの戸口も同志たちで埋め尽くした。俺は議長席に座っていた反革命コルニーロフ派の奴に歩み寄って言ってやったんだ――『もう議会はおしまいだ。とっとと家に帰りな！』ってね」。

笑い声が起きた。私はあれこれ書類を振りかざして、なんとか議場の記者席へ通じるドアにたどりついた。そこで笑顔を浮かべた巨漢の水兵に制止された。通行証を見せると、彼はただこう言った――「同志よ、君が聖ミハイルご本人様だったとしても、ここは通せないね！」。ガラスのドアを透《す》かして中を見ると、閉じ込められてしまったフランス人の特派員が顔を歪《ゆが》め、腕を振り回して抗議していた。

正面入り口へ戻ると、白いものが混じった口髭を蓄え、将軍の制服を着た小柄な男が兵士の一団に取り囲まれていた。顔がひどく紅潮している。

「私はアレクセーエフ将軍だ。君たちの上官として、そして共和国暫定評議会の一員として、通行を要請する！」と、その男は怒鳴った。守衛の兵士は頭を掻いて、ちょうど近づいて来た将校に対し、ばつが悪そうに横目で視線を送った。その将校は真ん中の男が誰だかわかるとひどく動揺し、反射的に思わず敬礼をした。

「ヴァーシェ・ヴィソーコプレヴォスホジテリストヴォ（将軍）」と、将校は帝政時代の呼称を使って口ごもりながら呼びかけた――「宮殿への立ち入りは厳禁されています。私にも権限がないもので……」。

自動車が一台やって来て、〔社会革命党《エスエル》の〕ゴーツが乗っているのが見えた。愉快で仕方がないといった風情で笑っている。続いてもう一台。前には武装兵たちが座り、後ろは逮捕された臨時政府の閣僚たちでいっぱいだ。軍事革命委員会のメンバーでレット人[3]のペテルスが慌てて広場を横切ってやって来た。

3　バルト海東岸のラトビアの主要民族。

「あのお歴々は昨晩一網打尽にしたんじゃなかったのかい?」と私は閣僚たちを指差して彼に訊いた。

するとペーテルスはふくれっ面の小学生のような表情をして言った——「ああ。だが俺たちが決断を下す前に、とんだ馬鹿者どもが一旦おおかたの連中を釈放してしまったのでね」。

ヴォスクレスセンスキー通りの向こうには膨大な数の水兵が一団となって整列しており、その後ろは見渡す限り、行進してくる兵士たちで埋まっていた。

私たちはアドミラルテイスキー通りを通って冬宮へ向かった。宮殿広場へ入る道はどこも歩哨《ほしょう》たちが封鎖しており、広場の西端に沿っては部隊が整然と列をなして非常線を張り、それを大勢の市民たちが不安げに取り巻いていた。遠くのほうで、宮殿の中庭から木材を運び出して正門の前に積み上げているらしい兵士たちを除いては、辺り一面平穏だった。

歩哨たちが政府側なのかソヴィエト側なのか、私たちには判別できなかった。ただ、スモーリヌイで発行してもらった書類は役に立たなかった。そこで私たちは歩哨の列の別の箇所に近づいて、わざと尊大な態度でアメリカのパスポートを見せびらかしながら、「公用だ!」と言って無理やり兵士たちを押し分けて入った。宮殿の入り口には門番がおり、真鍮《しんちゅう》製のボタンと赤と金のカラーがついた昔ながらの青い制服姿で、礼儀正しく私たちのコートと帽子を預かってくれた。私たちは二階へ向かった。暗く、陰鬱な廊下はタペストリーの飾りが引き剝がされ、年配の宮殿の使用人らが数人、所在なげにしていた。そしてケレンスキーの執務室のドアの前では、若い将校が口髭をかじりながら行きつ戻りつしていた。私たちはケレンスキー首相に取材できるかと訊いてみた。将校は一礼し、靴の踵《かかと》をそろえて鳴らした。そしてフランス語で答えた。

「いいえ、申し訳ありません。アレクサンドル・フェドロヴィチ〔ケレンスキー〕はただ今たいへん取り込み中でして……」そこで一瞬、私たちを見つめて続けた。「実は、ここにはおられません」。

「どこにいるんです？」

「前線に向かわれました。それが実を言いますと、車のガソリンが足りなくて、イギリス系の病院へ使いをやって拝借してこなければなりませんでした」（原注二七）

「大臣たちはここに？」

「どこかの部屋で会議中ですが、どの部屋か知りません」

「ボリシェヴィキの連中はやって来ますかね？」

「もちろん。当然来ますとも。知らせの電話がいつ来るかと待ち受けているところです。でもわれわれは準備はできています。宮殿の正面には士官候補生《ユンケル》の部隊がいます。あのドアを抜けた向こうです」

「行ってもいいですか？」

「いいえ、もちろんだめです。通行禁止です」と言うと、将校は唐突に私たち全員と握手をすると立ち去ってしまった。私たちはその禁断のドアに向かった。廊下を封鎖するように臨時に設けた仕切り壁に作りつけられており、こちら側から施錠されていた。ドアの向こうでは声がしており、誰かの笑い声が聞こえた。それを除けば、このかつての宮殿の広大な空間は墓場のような静けさに包まれていた。そこへ年老いた門番が一人駆けて来て言った――「いけません、旦那様、入ってはなりません」。

「どうして施錠されているんです？」

「兵士たちを閉じ込めておくためです」と門番は答えた。数分もすると、お茶を一杯飲んでくるなどと言いながら廊下を戻って行った。私たちは鍵を開けた。

入ったところに二人の兵士が見張りをしていたが、われわれに何も言わなかった。廊下の向こうの端には優美な装飾の大部屋があり、金色の軒蛇腹《コルニス》と巨大な水晶のシャンデリアが見えた。その向こうには何室かやや小さな部屋があり、どれも色の濃い羽目板が張られている。廊下の寄木細工《よせぎざいく》の床の両側には、薄汚いマットレスや毛布が並べられ、そこここに兵士たちが横になっている。辺り一面にタバコの吸《す》い殻《がら》、パンのかけら、ボロ布、フランス語のラベルが貼られた高価な酒の空き瓶などが散乱していた。先へ進むと、士官学校の赤い肩ひもをつけた兵士たちがますます増えていき、タバコの煙と何日も風呂に入っていない連中の体臭でむっとする空気の中を動き回っていた。ブルゴーニュ産の白ワインのボトルを持っている兵士もいた。宮殿のワインセラーからくすねてきたに違いない。部屋から部屋へと勢いよく通り過ぎる私たちを、彼らは仰天して見つめていた。そしてついに私たちは壮麗な儀式用の大広間が並ぶ一画へ来た。どの部屋も縦長の汚れた窓が宮殿広場に面している。聳《そび》えるような額縁に入った巨大な絵画が壁を埋め尽くしていた。歴史的な戦闘を描いた戦争画――「一八一二年一〇月一二日」「一八一二年一一月六日」、それに「一八一三年八月一六日・二八日」など。[4]その一枚は右手の上部の隅が切り裂かれていた。

ここは建物全体が巨大な兵舎と化しており、床や壁の様子から、何週間もこんな状態が続いていることが見てとれた。窓枠にはマシンガンが据え付けられ、マットレスの間にはライフル銃が並べられていた。

4　いずれもナポレオン戦争の一環としてロシアに遠征してきたフランス軍との戦闘の日付。

私たちが絵画を眺めていると、私の左耳の辺りから酒臭い息が襲ってきた。そして訛《なま》っているが流暢《りゅうちょう》なフランス語でこう言うのが聞こえた――「これらの絵画に感心しておられる様子からして、みなさんは外国人のようですな」。背の低い太った男で、帽子を取ると頭はほとんど禿《は》げ上がっていた。

「アメリカ人ですか？　感激です。私はウラジミール・アルツィバーシェフ二等大尉です。なんなりと遠慮なくお申し付けください」。そう言いながら、四人の外国人が――しかも一人は女性――敵の攻撃に備えて身構える部隊の防衛拠点をうろついているというのに、奇異には感じなかったらしい。彼はロシアの現状に対する不満を述べはじめた。

「あのボリシェヴィキの連中もひどいが、ロシア軍の優れた伝統だってぼろぼろです。見回してみてください。ここにいるのはみな士官学校の学生たちですよ。でも彼らは紳士に見えますか？　ケレンスキーは士官学校を一般兵卒にまで開放してしまった。どんな兵でも試験さえ通れば入学できるというわけです。当然ながら、革命思想に汚染されている連中も実にたくさんいるわけです……」

そこまで言っておいて急に話題を変えた――「私はロシアを離れたくて、いても立ってもいられないんです。私はアメリカ軍に加わることに決めています。どうかアメリカ領事のところへ行って、段取りをつけていただけませんか？　私の住所をお教えしますから」。私たちが拒むのも構わず彼は紙切れに住所を書きつけ、それで急に気が晴れたようだった。私は今でもその紙を持っているが、それにはこう書いてある――「オラニエンバウムスカヤ第二士官学校、スターラヤ・ペテルゴーフ」。

「今日は早朝に閲兵がありましてね」二等大尉は部屋から部屋へと案内して、逐一説明しながら話を続けた。「女性大隊は引き続き政府に忠誠を尽くすことを決断しました」。

「女性の兵士たちもこの宮殿内にいるのですか？」

「ええ、奥のほうの部屋にいます。万一何かあっても安全な場所に」と言って、ため息をついて、「私たちはたいへん大きな責任を背負いこんでいるのです」と言った。

　私たちはしばらく窓辺に立って、眼下の宮殿前の広場を眺めていた。そこには士官候補生《ユンケル》が三個中隊、裾の長いコートを着て整列しており、熱血漢らしい将校に説教を食らっていた。その将校は臨時政府の軍事委員（コミッサール）のトップであるスタンケヴィチだと私にはわかった。数分もすると、二個中隊の兵士らが金属音を立てて銃を肩に担《かつ》ぎ、三度鋭い叫び声をあげた。そして広場を横切って行進していき、赤門を通って平穏な市街地のほうへと消えていった。

「彼らは電話交換局を奪取しに行くんですよ」と誰かが言った。私たちの脇に三人の士官候補生《ユンケル》が立っており、私たちは話し込んだ。彼らは一般の兵卒から士官学校へ入学した者だと説明し、それぞれに名のった——ロベルト・オリョフ、アレクセイ・ヴァシリエンコ、そしてエストニア人のエルニ・サクス。だがもう将校にはなりたくないという。今や将校たちはひどく不人気だからだそうだ。だが実際のところどうするべきか迷っているらしく、少なくとも不満であることは間違いなかった。

それでもすぐに自慢げに話し始めた——「もしボリシェヴィキのやつらが来たら、戦うとはどういうことか、思い知らせてやりますよ。あいつらに戦う気概はないでしょう、臆病者ですから。でももし万が一こちらが制圧されることになれば、まあ、軍人は自分で始末をつけるために弾丸を一発は取っておくものですからね……」。

そのとき、さほど遠くない辺りでライフル銃の射撃音が炸裂した。広場では誰もが走りだし、あるいはばったりと地面に伏せ、街角に突っ立っていた辻馬車の御者《ぎょしゃ》たちは四方八方に逃げ去った。宮殿内は騒然とした。兵士たちが走り回り、銃や弾薬帯をひっつかみ、「やつらが来たぞ！　やつらが来た！」と叫んでいた……。だが数分もするとそれもおさまった。御者たちも戻り、伏せていた人たちも立ち上がった。赤門から士官候補生《ユンケル》の部隊が現れ、やや隊列を乱して行進してきた。一人の兵士は二人の仲間に肩を支えてもらっている。

私たちが宮殿を出るころにはかなり遅い時間になっていた。広場の歩哨たちも姿を消している。堂々たる半円形を描いて広場を取り囲む官公庁の建物は人けがなかった。私たちは夕食を食べにホテル・フランスへ入った。するとスープを口にしている途中に、ひどく青ざめたウェイターがやって来て、カフェは消灯するから奥の大食堂へ移ってくれと執拗《しつよう》に言う。「激しい銃撃戦になりますので」と彼は言った。

私たちが再びモルスカヤ通りへ繰り出したときには辺りはすっかり暗く、ネフスキー大通りの角に一本だけ街灯が瞬《またた》いていた。その下には大型の装甲車両が停まっており、エンジンを空ぶかしして油煙を噴き出している。少年が一人、車体の側面からよじ登って機銃の銃口を覗き込んでいた。周囲には兵士や水兵たちが突っ立ったまま、何かを待ち受けているらしい。私たちは赤門まで戻った。そこには一団の兵士たちが集まり、煌々と灯りが漏れる冬宮を見つめながら大声でしゃべっていた。

「同志たち、それは違う」と一人が言っていた。「銃撃なんかできっこないだろう？女性大隊が中にいるんだ。ロシア人の女たちに銃を向けたと言われることになるぞ」。

私たちがネフスキー大通りまで来ると、また一台、装甲車両が角を曲がってきて、砲塔の上から男が頭を出した。

「行こうぜ！　突き進んで攻撃だ！」と男は怒鳴っていた。

停車中の装甲車両の操縦手がやって来て、うなり声をあげるエンジン音に負けじと大声で叫んだ――「委員会は待てと言っている。連中はあの材木の影に砲を隠しているんだ」。

ここにはもう路面鉄道の車両は通っておらず、人影もまばらで、街灯もなかった。だが数ブロック先には路面鉄道、群衆、店舗の明るいショーウィンドーに、映画館の電飾の看板などが見えていた――いつもどおりの生活だ。私たちもマリンスキー劇場のバレエ公演の入場券を持っていた――どの劇場も通常どおり上演していた。だが、外の状況はひどくスリルに満ちていて、芝居どころではなかった……。

闇夜の中、私たちは警察橋を封鎖する丸太のバリケードにつまずいた。ストロガノフ邸の前では、三インチ野砲の台車を押して配置につけている兵たちの姿が闇を透かして見えた。雑多な軍服姿の男たちがあてどもなさそうに行き来し、しきりに言葉を交わしていた……。

ネフスキー大通りを進むと、町のすべての住人が散歩に出て来たかと思えるほどの人混みだった。どの街角でも膨大な数の人々が群れ集まり、熱い議論の輪ができている。あちこちの交差点には、十数人の兵士たちが銃剣付きの銃を構え、手持ち無沙汰な様子で歩哨に立っている。その兵士たちに向かって、高価な毛皮のコートを着込んだ赤ら顔の年配の男たちが拳を振り上げ、しゃれた衣装の女性たちが罵声を浴びせる。兵士たちは困惑して苦笑いしながら、弱々しく抗弁している……。装甲車両が何台も通りを行き交っていた。オレグ、リューリック、スヴャトスラフなど、それぞれ初期のツァーリたちの名前がついているが、巨大な赤い文字で「R・S・D・R・P」（ロシア社会民主労働党）[6]とペンキで塗りつけてある。ミハイロフスキー通りの角で、腕いっぱいに新聞を抱えた男が現れると、人々が必死の形相《ぎょうそう》であっという間に押し寄せて、一ルーブル、五ルーブル、あるいは一〇ルーブルを差し出し、まるで動物のようにつかみ合いを始めた。新聞は〔ボリシェヴィキの〕「ラボーチー・プーチ（労働者の道）」紙で、プロレタリア革命の勝利と、獄中に残っていたボリシェヴィキらの解放を報じ、軍の前線と後方の部隊に支持を求めていた……。熱烈な調子の小型の紙面が四ページ、活字ばかりがやけに大きく、新たなニュースはひとつも載っていない……。

5　メインストリートであるネフスキー大通りにある有力貴族ストロガノフ伯爵家の邸宅。
6　メンシェヴィキ、ボリシェヴィキ両派が属する政党。ここはボリシェヴィキのものと思われる。

サドヴァヤ通りの角には二〇〇〇人近い市民が集まっており、ある高い建物の屋根を見上げていた。するとそこにちっぽけな赤い火花が灯ったかと思うとすぐに消え入った。

「見ろ！」ある背の高い農民が指差して言った。「挑発者だ。今から群衆に向けて撃つところだぞ……」。だが調べに行ってみようと考える者はいないようだった。

私たちがスモーリヌイに車で乗りつけると、正面の巨大な壁面は室内の煌々たる照明で燃えているかのようだった。そしてどの通りからも、暗闇の中でぼんやりとした人影が流れとなって、足早に合流しつつあった。自動車やバイクが行き来し、象のような灰色の巨大な装甲車両が砲塔から二本の巨大な赤旗をはためかせ、甲高《かんだか》いサイレンを響かせながら、重い車体を引きずるように走り出して行った。寒い夜で、外側の門のところで赤衛隊が焚き火《たびび》をしていた。内側の門のところにも焚き火があり、その灯りを頼りに歩哨たちがのろのろと私たちの通行証を確認し、私たちを上から下までじろじろと見た。入り口の両側に据えられた四門の速射砲は、カンバス地のカバーが取り払われ、砲尾から弾薬帯が蛇のように垂れ下がっていた。中庭には、焦げ茶色の装甲車両の一群が木々の下でエンジンをかけたまま待機している。屋内の長く、飾り気のない、照明も薄暗い廊下からは、足音、呼び声、そして怒鳴り声が雷鳴のような轟音《ごうおん》となって響いてくる……。向こう見ずな空気が辺りを包んでいた。

正面の階段を集団が駆け下りて来た。黒いシャツに黒い毛皮の丸型帽子をかぶった労働者たちで、多くは肩に銃を掛け、粗末な土色のコートに、灰色の毛皮の縁なし帽《シャプキ》をぴたりとかぶった兵士たちもいる。それにリーダー格も一人や二人──ルナチャルスキーとカーメネフ──一斉にしゃべっている一団の真ん中で一緒に急ぎ足になって、不安げなやつれた顔をして、分厚い書類カバンを脇に抱えている。ペトログラード・ソヴィエトの臨時集会が終わったのだ。私はカーメネフを呼び止めた。てきぱきとした身のこなしの小男で、首が短く、幅広の快活な顔が肩の上に直接乗っているような感じがする。前置きもせずに、カーメネフは採択されたばかりの決議を早口のフランス語で読み上げた──。

ペトログラード労兵ソヴィエトは、勝利を収めたペトログラードのプロレタリアートと兵士たちの革命に敬意を表しつつ、このたびの蜂起で大衆が示した結束、組織力、規律、そして完璧な協力のことを特に力説したい。これほど流血が少なかったのは稀に見ることであり、武装蜂起がこれほど見事に成功したのも稀なことである。

この革命によって生まれる労働者と農民の新政府は、産業プロレタリアートに貧農の全大衆の支持を約束するものである。そしてソヴィエトの政府として、社会主義へ向けて着実に邁進《まいしん》するに違いないと、われわれソヴィエトは深く確信していることを表明する。その社会主義こそは、この国が戦争の悲惨さと未曽有《みぞう》の恐怖から逃れるための唯一の方法なのである。

労働者と農民の新政府はすべての交戦国に対し、公正で民主的な講和をただちに提案するだろう。

新政府は大土地所有をただちに廃止し、土地を農民たちの手に移すだろう。工業製品の生産と流通に対して労働者の管理を確立し、銀行に対する全面的な管理を導入し、銀行は国家による独占事業体へと改変されるだろう。

ロシアの労働者と農民があらん限りの精力と情熱を傾けてプロレタリア革命を支持するよう、ペトログラード労兵ソヴィエトは呼びかける。貧農の同盟者である都市労働者たちは、社会主義の勝利に不可欠な完璧な革命的秩序を保障するだろう──ソヴィエトはそう確信していることをここに表明する。われわれが社会主義の大義を現実の、そして永続的な勝利へと導けるよう、西欧諸国のプロレタリアートがわれわれを支援してくれることを、われわれソヴィエトは確信している。

「つまり、これで勝ったとあなたは考えているわけですね？」カーメネフは肩をすくめて言った――「やることは山ほどあります。うんざりするほどたくさんね。まだ始まったばかりです……」。

階段の踊り場では労組副議長のリャザノフに出会った。険悪な顔つきで灰色の髭を噛んでいた。「まったくどうかしている！　どうかしているんだ！」とリャザノフは怒鳴り散らした。「ヨーロッパの労働者階級が動くわけがないじゃないか！　全ロシアは……」そこで苛立《いらだ》たしげに手を振ると、走り去ってしまった。リャザノフとカーメネフはどちらも蜂起には反対で、レーニンの舌鋒《ぜっぽう》の恐ろしさを感じていたのである……。

ペトログラード・ソヴィエトの臨時会議は重大な画期となった。軍事革命委員会の名において、臨時政府はもはや存在しないとトロツキーが宣言したのだ。トロツキーは言った――。

「ブルジョア政府の特徴は、人々を騙《だま》すということだ。われわれ労働者・兵士・農民代表ソヴィエトは、歴史上かつてない実験を行おうとしている――われわれは兵士、労働者、農民の要求を満たすことを唯一の目的とする権力を生み出そうとしているのである」

レーニンが姿を現し、すさまじい大喝采《だいかっさい》に迎えられ、世界的な社会革命を予言した……。そしてジノヴィエフはこう叫んだ――「今日というこの日、われわれは世界のプロレタリアートに対する借りを返し、戦争に対して恐るべき一撃を見舞い、あらゆる帝国主義者へ恐るべきボディブローを打ち込んだ――特にあの死刑執行人のヴィルヘルムに対して……」。

続いてトロツキーが立ち、蜂起の勝利を告げる電報を前線に向けて打ったが、まだ返事がないことを発表した。複数の政府側の部隊が鎮圧のためにペトログラードへ向けて進軍中であり、真実を告げるために代表団を派遣しなければならない、とも。

そこで野次が飛んだ――「あんたは全ロシア・ソヴィエト大会の意志を先取りして代弁するつもりか！」。

トロツキーが冷淡に答える――「全ロシア・ソヴィエト大会の意志は、ペトログラードの労働者と兵士たちの蜂起によってすでに代弁されている！」。

　ようやく私たちは大集会場にたどりつき、入り口で騒ぎ立てている群衆をかき分けて中へ入った。ロシア全土の労働者や兵士たちの代表らが白いシャンデリアの下の座席の列に座り、通路や壁際の隅々《すみずみ》まで身動きも取れないほど埋め尽くし、さらにはすべての窓枠、それに演壇の端にも腰掛けて、不安げな沈黙の中で、あるいは激しい歓喜の中で、議長がベルを鳴らすのを待ち構えていた。大広間に暖房はなかったが、垢《あか》じみた男たちの熱気で息もつまりそうだった。タバコの不快な紫煙が群衆の間から立ちのぼり、淀んだ空気の中に漂《ただよ》っていた。時おり、誰か権威のありそうな人物が演壇に上がっては、同志たちにタバコを吸わないよう求めた。すると誰もが――喫煙者も含めて――声を合わせて「タバコを吸うな、同志たちよ！」とおうむ返しに叫び、そのまま吸い続けるのだった。〔ペトログラードの軍需工場の〕オブホフスキー工場の代表者で無政府主義者《アナーキスト》のペトロフスキーが私のために隣に座れるようにしてくれた。無精髭《ぶしょうひげ》が伸び、体は汚れ放題で、軍事革命委員会で三日三晩も眠らずに働き通してふらふらだった。

　壇上には旧全ロシア・ソヴィエト中央執行委員会（ツェー・イー・カー）の首脳たちが座っていた――当初から激動のソヴィエトを支配してきたが、今や反乱に遭い、これは彼らがそのソヴィエトを支配する最後の機会だった。この男たちが慎重に導こうとしてきたロシア革命の第一期が、終わろうとしていた……。彼らの内の三人の巨頭の姿がなかった。ケレンスキーは、半信半疑ながら沸き立ちつつある田舎の町から町へと抜けて、前線へ急行しようとしていた。古株のチヘイゼは愛想を尽かして、〔黒海東岸にある〕故郷のグルジア〔現ジョージア〕の山地に引っ込んでしまい、そこで肺病で衰弱して病床についていた。そして気高く高潔なツェレテリは、やはり瀕死の病に倒れていたが、それでものちには帰還して、失われた大義のために流暢な弁舌を見事に披露することになる。ゴーッは壇上に座っていた。ダン、リーベル、ボグダーノフ、ブロイド、フィリポフスキーも。みな顔面は蒼白、目は落ちくぼみ、憤然としていた。彼らの眼下では、第二回全ロシア・ソヴィエト大会が沸き立ち、渦巻いていた。彼らの頭上では、軍事革命委員会が熱烈な働きぶりで武装蜂起の手綱《たづな》を握り、広範な影響力を行使して辣腕《らつわん》を振るっていた……時刻は午後一〇時四〇分。

穏やかな顔立ちで、頭髪がやや後退し、だらしない軍医の制服姿をしたダンが議長のベルを鳴らした。とたんに張り詰めた静寂が会場を覆《おお》った。入り口で口論をしながら小競《こぜ》り合《あ》いをしている連中の雑音だけが沈黙を破っていた……。

「われわれは権力を手にしている」と、ダンは悲しげな声で話しはじめ、しばし押し黙ってから、低い声で続けた。「同志たちよ！　ソヴィエト大会は極めて異例な状況の中、未曽有の瞬間に開催されているのであり、ツェー・イー・カーが政治的な演説を行う必要はないと判断しても、理解してもらえると思う。このことは、私がツェー・イー・カーのメンバーであり、そして今この瞬間にもわが党の同志たちが冬宮で爆撃に晒《さら》されていて、ツェー・イー・カーから負わされた使命を果たすためにみずからを犠牲にしていることを思い起こしてもらえれば、いっそうはっきりするだろう」――（混乱したわめき声が起きた）――「労兵ソヴィエト第二回大会・第一回会合の開会を宣言する！」。

参加者たちがざわめき、動き回る中で、幹部会選出の投票が行われた。ボリシェヴィキ、左翼エスエル、そしてメンシェヴィキ国際主義派の合意によって、各党の得票率に比例して幹部会委員を選出することになったと、〔ボリシェヴィキのモスクワ代表の〕アヴェネソフが通知した。これにはたちまち数人のメンシェヴィキのメンバーが立ち上がって抗議した。すると髭面の兵士が彼らに怒鳴った――「俺たちボリシェヴィキが少数派だったとき、おまえたちが何をしたか思い出してみろ！」。結果はボリシェヴィキ一四、社会革命党七、メンシェヴィキ三、国際主義派（ゴーリキーのグループ）一だった。ゲンデリマンが社会革命党の中間派と右派を代表し、幹部会への参加を拒否すると言った。メンシェヴィキ〔右派〕のヒンチュクも同様のことを述べた。そしてメンシェヴィキ国際主義派からは、いくつか状況を確認してからでないと彼らも幹部会に参加するわけにはいかないとの発言があった。まばらな拍手と野次が飛んだ。誰かの声が「裏切り者らめ、それでも社会主義者を名乗るのか！」と言った。ウクライナ代表団の者が幹部会に割り当てを要求し、一人の参加が認められた。そこで旧ツェー・イー・カーの面々が壇上から降りていき、トロツキー、カーメネフ、ルナチャルスキー、コロンタイ夫人、ノギンらが取って替わった……。広間全体が総立ちとなり、轟々《ごうごう》たる喝采に包まれた。わずか四カ月足らず前には、見下され追われる身の一党派《セクト》にすぎなかったボリシェヴィキである。それがこの至高の座へ、武装蜂起の最高潮にある偉大なるロシアの舵《かじ》を取り、なんという高みへと飛翔してきたことか！

カーメネフは議題を発表した。第一は政治権力の組織化、第二は戦争と平和、そして第三は憲法制定議会だ。ロゾフスキー[7]が立ち上がり、次のように告げた——全党派の事務局の合意により、まずペトログラード・ソヴィエトの報告を聞いて検討をし、続いてツェー・イー・カーおよび各党のメンバーらに発言の機会を与え、最後にこの日の議事に移ることを提案する、と。

だが突如として新たな物音が聞こえてきた——議場の群衆のわめき声よりも深く、

執拗で、不安をかき立てる音——大砲の鈍い衝撃音だ。誰もが曇った窓ガラスに不安げな目を向け、議場は熱気のようなものに包まれた。〔メンシェヴィキ国際主義派の〕マルトフが発言を要求し、しわがれ声で喚いた——「同志たちよ、内戦が始まろうとしている！　第一に取り組むべき問題はこの危機の平和的解決だ。原則の上からも、政治的観点からも、われわれは内戦を回避する手段を緊急に検討しなければならない。われわれの同胞が市街地で撃ち倒されているんだぞ！　この瞬間、全ロシア・ソヴィエト大会が開会する前に、一革命政党が仕組んだ武力による企みで権力の問題が決せられようとしている今……」——（ここでマルトフの声はあまりの喧騒に一瞬かき消された）——「全革命政党は事実を直視すべきだ！　大会に課せられた第一の問題《ヴァプロース》は権力をどうするかだ。そしてこの問題は今すでに武力によって街頭で決せられようとしている！……われわれはすべての民主勢力に承認されるような政権を創出しなければならない。この大会が革命的民主勢力の声を代弁したいのならば、繰り広げられようとしている内戦を前に、手をこまねいていてはならない。そんなことになれば危険

7　ソロモン・ロゾフスキー（一八七八〜一九五二年）。労組などで活躍したボリシェヴィキの活動家。のちにソ連によるユダヤ人迫害の中で刑死。

な反革命の暴発を招くかもしれない。……平和的な解決が可能かどうかは、統一的な民主主義的支配権の確立にかかっている。……われわれはほかの社会主義諸政党や諸組織と交渉するため、代表団を選出すべきなのだ……」。

窓の向こうではくぐもった砲撃音が途切れることなく整然と響いており、議場の代表者たちは互いに怒鳴り声を浴びせていた……。こうして、火砲の衝撃音と同時に、暗闇の中、憎しみ、恐れ、そして向こう見ずな大胆さとともに、新しいロシアが生まれようとしていたのである。

左翼エスエルと合同社会民主党はマルトフの提案を支持。提案は承認された。続いて一人の兵士が声をあげ、全ロシア農民代表ソヴィエトがこの大会に代表を派遣することを拒否した、と発表した。そこで正式な招聘状《しょうへいじょう》を持った委員団を派遣すべきだと、その兵士は提案した――「ここに参加している代表もいる。彼らには投票権を与えることを私は提案する」。これも承認された。

大尉の肩章をつけた〔メンシェヴィキの〕ハラッシュが憤然として発言を求め、わめき散らした――「政治権力をめぐる問題はわれわれが解決するのではなかったのか。この大会を牛耳《ぎゅうじ》る政治屋の偽善者どもは、われわれにそう言ったではないか。それなのに今、その件はわれわれのあずかり知らぬところで決せられようとしているのだ、大会開会の前に！　冬宮に打撃が加えられている。だがそうした打撃こそは、そんな冒険を敢えて企てた政党の棺桶に釘を打ち込むことになるだろう！」。喧騒。続いてガルラが立って発言――「われわれが和平案について話し合っているときに、市街地では戦闘が起きている。……社会革命党とメンシェヴィキは今起きている騒ぎに関与することを拒絶し、そんな権力奪取の試みに抵抗するよう、あらゆる公的勢力に呼びかける」。第一二軍から派遣され、トルドヴィキ（勤労グループ）の代表でもあるクチンが言う――「私は情報収集のために派遣されて来ただけだから、ただちに前線に戻る。その前線ではすべての軍隊委員会がこう考えているのだ――わずか三週間後には憲法制定議会が開かれるというのに、ソヴィエトが権力を奪おうというのは、軍に対する裏切りであり、人々に対する犯罪だ、と！」。すると「嘘だ！　嘘つきめ！」の怒号が飛んだ。話せる状態になるとクチンは続けた――「ペトログラードにおけるこんな冒険はもうやめにしようじゃないか！　国家と革命を救うため、この広間から退席するよう全代表者たちに呼びかけたい！」。耳を覆《おお》いたくなるような喧騒の中、クチンが通路を進んでいくと、大勢が彼に詰め寄り脅しにかかった……。そのとき、長い茶色い顎髭を生やした将校のヒンチュクが説得力のある穏やかな声で言った――「私は前線からの代表らを代弁して言いたい。この大会には軍の意志がきちんと代表されていない。それどころか、今この時点でソヴィエト大会を開く必要はないと、軍は考えている。もう三週間もすれば憲法制定議会が開かれるのだから……」――（怒鳴り声と足を踏み鳴らす音が激しくなる一方だ）――「ソヴィエト大会は必要な権威を持っていないと、軍は考えている」。広間中で兵士たちが立ち上がり始めた。

「あんたは誰を代弁してるつもりだ？　あんたは誰の代表なんだ？」と彼らは叫んだ。

「ソヴィエト中央執行委員会だ。第五軍と、第二F連隊および第一N連隊、第三Sライフル銃隊の……」

「いつ選ばれたんだ？　あんたが代表してるのは兵士じゃなくて、将校だ！　兵士たちはなんて言っているんだ？」。嘲笑《ちょうしょう》と野次が飛ぶ。

「われわれ前線グループは、これまで起きたこと、そして起きていることに対して一切責任を負うことを拒絶する。そして革命を救済するため、あらゆる自覚ある革命勢力を動員することが必要だと、われわれは考えている！　われわれ前線グループは大会から退席する……戦いの場、それは街頭だ！」

非難轟々のすさまじい怒号――「あんたは参謀たちを代弁してるんだ、軍の代表なんかじゃない！」。

「この大会から退席するよう、私は分別あるすべての兵士に訴える！」

「コルニーロフ派め！　反革命主義者！　挑発者！」と非難が浴びせられた。

ヒンチュクはメンシェヴィキを代表して述べた――平和的解決への唯一の可能性は、新内閣を組閣するために臨時政府と交渉を始めることであり、新内閣は社会の全階層の支持を得るであろう、と。数分間、喧騒のために続けることができなくなった。そこで怒鳴り声になってメンシェヴィキの宣言文を読み上げた――。

「ボリシェヴィキが他派・他党に相談もなく、ペトログラード・ソヴィエトの協力のもとで武力による陰謀を企てたため、われわれはソヴィエト大会に参加し続けることは不可能だとみなし、そのため離脱する。われわれはほかのグループらも後に続き、状況を検討するための会合に参加するよう呼びかける！」

「脱走兵め！」そんなほとんど絶え間のない野次の合間に、社会革命党のゲンデルマンが冬宮に対する砲撃に抗議しているのが聞こえた――「われわれはこのような無政府状態《アナーキー》には反対である……」。

ゲンデルマンが演壇から降りたかと思うと、若い細面《ほそおもて》の兵士が目をぎらつかせて演壇に飛び乗り、芝居掛かった仕草で片手を挙げた。

「同志たちよ！」と彼が叫ぶと、議場が静まり返った。「私の名前はペテルソン。第二レット人ライフル銃隊を代弁して語りたい。諸君は軍隊委員会の代表二人の発言を聞いた。その原稿が軍の真の代表者たちが書いたものだったなら、いくらかでも価値があるだろう……」――（激しい喝采）――「だが彼らは兵士を代表してなどいない！」と、その兵士は拳を振りながら言った。「第一二軍はずいぶん前から全国ソヴィエトと軍隊委員会の再選挙を主張してきたが、諸君のツェー・イー・カーと同様に、われわれの委員会も九月末までは大衆の代表による会議の招集を拒否し、反動勢力が彼ら自身の偽《にせ》代表者たちをこの大会のために選出するのを黙認してきた。今こそ改めて言おう。レット人の兵士たちは何度もこう言ってきたのだ――『もう決議案はたくさんだ！　おしゃべりもいらない！　われわれは行動を求める――権力はわれわれの手中になければならない！』と。あの偽代表者らには大会から出て行ってもらおうじゃないか！　軍は連中を支持してなどいない！」。

議場は歓声に揺れた。会議の初めには、代表たちは事態の急展開に唖然とし、大砲の音に驚き、躊躇していた。それから一時間にわたり、一撃また一撃と鉄を打つ槌が演壇から振り下ろされ、彼らを一つに固めたが、同時に萎縮させていた。自分たちは孤立しているのではないか？　ロシアは自分たちに敵対して立ち上がろうとしているのか？　陸軍部隊がペトログラードに向けて進軍中だというのは本当か？　そこへこの澄んだ目をした若き兵士が声をあげ、一瞬にして誰もが真実であると理解した……

これこそが兵士たちの声なのだと。奮起しつつある何百万人という軍服を着た労働者や農民は自分たちと同じであり、彼らの考えも思いも同じなのだ、と。

さらに兵士たちが続いた……前線の代表者のグジェルシャクは述べた――彼らの委員会は僅差《きんさ》で大会からの離脱を決めただけで、グループ別ではなく政党別の投票を掲げていたボリシェヴィキ派のメンバーたちは採決に参加すらしていなかったのだと。

「前線では、兵士たちが投票に参加しないまま、何百人もの代表が選ばれている。なぜなら軍隊委員会はもはや一般兵卒を真に代表する組織ではなくなっているからだ……」と彼は言った。次にルキヤノフが立ち、ハラッシュやヒンチュクのような将校たちはこの大会で陸軍全体を代表することなどできず、最高司令部を代弁するだけだとして、こう述べた――「塹壕《ざんごう》の真の主である兵士たちは、権力がソヴィエトの手に移行されることを一心に望んでおり、それに大いに期待を抱いているのだ！」……。

流れが変わろうとしていた。

続いてアブラモヴィチが登壇した。ユダヤ人の社会民主主義組織「ブント」の代表だ。分厚いメガネの向こうで目はぎらつき、怒りに震えている。

「今ペトログラードで起きていることは恐るべき災厄《さいやく》である！　われわれブントのグループはメンシェヴィキと社会革命党の宣言に同調し、この大会を離脱する！」と言うと、片手を挙げ、声を張り上げた。「われわれにはロシアのプロレタリアートに対する義務がある。だからここに残ってこれらの犯罪行為の責任を負うことは許されない。冬宮に対する攻撃がやまないため、市ドゥーマはメンシェヴィキと社会革命党と、そして農民代表ソヴィエトの執行委員会と一緒に、臨時政府と共に消滅することに決めたのだ。そしてわれわれも彼らと運命を共にする！　丸腰で、われわれはテロリストのマシンガンに胸を晒すだろう。……われわれはこの大会のすべての代表者たちに呼びかけ……」。五〇人の代表者たちが席を立ち、群衆をかき分けて退室しようとする中、あとの言葉は、地獄の叫喚《きょうかん》のように高まった野次、脅迫、罵声の嵐に呑み込まれてしまった……。

カーメネフが議長のベルを振って怒鳴った――「着席しなさい、議事を続けようではないか！」。そしてトロツキーが立ち上がり、青白い容赦《ようしゃ》のない顔つきで、冷徹な軽蔑を込めて深みのある声を発した――「社会主義者を名乗る妥協主義者どもは、つまりあの怖気《おじけ》づいたメンシェヴィキと社会革命党、それにブントの連中は、一人残らず出て行けばいい！　やつらは歴史の屑《くず》の山へと一掃されるだけの塵芥《ちりあくた》にすぎない！」。

ボリシェヴィキの代表者の一人であるリャザノフが壇上に上がり、市ドゥーマの要望により、軍事革命委員会は交渉を申し出るためにすでに冬宮へ代表団を派遣したと告げた――「このように、われわれは流血を避けるためにあらゆる手を尽くしてきたのだ……」。

　私たちは急いで退室し、途中、軍事革命委員会の部屋にしばし立ち寄った。その一室では遠隔通信用蓄音機《テレフォノグラフ》のうなり声の中、委員たちが猛然と働き、息を切らしたメッセンジャーらが飛び込んでは、吐き出されるように送り出され、生殺与奪《せいさつよだつ》の権限で武装したコミッサールらが市中へ隈《くま》なく派遣されていた。ドアが開いたとき、むっとするような空気とタバコの煙がどっと噴き出してきた。覆いをつけた電球のまばゆい光の下で、ひどい身なりの男たちが腰をかがめて地図を覗き込んでいるのが垣間見えた……。浅い黄色のもじゃもじゃ頭をした笑顔の青年、ヨゼフォフ・ドゥフヴィンスキー同志が私たちに通行証を作成してくれた。

　肌寒い夜に踏み出したとき、スモーリヌイの前は一面、到着したり、出発したりする車両の巨大な駐車場と化していた。そのエンジン音の中、遠方から大砲の砲撃音がゆっくりとしたペースで響いていた。目の前には巨大なトラックが停車しており、エンジンの轟音に合わせて車体を震わせていた。男たちが次々と積み荷を投げ入れ、荷台の男たちが受け取っている。傍には銃が置いてある。

「どこへ行くんだい？」と私は大声で訊いた。

「都心部だ。それにあちこち——そこらじゅうさ！」小柄な作業員がにこにこしながら、威勢のいい大げさな身振りで答えた。

私たちが通行証を見せると、「一緒に来いよ！」と誘ってくれた。「銃撃戦があるかもしれないけどな……」。

私たちは乗り込んだ。鋭い金属音とともにクラッチが入り、巨大な車両はがくんと揺れて発車し、私たちはみな、乗り込んできたばかりの人たちの上に仰向《あおむ》けに転げた。門の横の大きな焚《た》き火《び》の脇を過ぎる。続いて外側の門の横の焚き火。周りにしゃがみこんでいるライフル銃を持った作業員たちの顔を、炎が赤々と照らしている。そして車両は横揺れしながら、全速力でソフォロフスキー通りを下って行った……。男が積み荷のひとつの包み紙を破り、ひとつかみずつ、ビラを宙に撒《ま》き始めた。私たちもそれを見習った。暗がりの通りを疾走しながら、後方に白いビラの尻尾が浮かび、渦巻いてたなびいている。深夜の通行人が身を屈めて拾い上げる。十字路の角で焚き火に当たっていたパトロール隊員たちが両手を伸ばして走り出してきて、ビラをつかもうとしている。時おり、武装した男たちが前方にぬっと姿を現し、「止まれ《ストイ》！」と叫び、銃を掲げたが、われわれの運転手は何か聞き取れないことを怒鳴り返すだけで、私たちはそのまま突き進んだ……。

私はビラを一枚拾い上げ、道路脇を飛ぶように過ぎ去っていく街灯の光を頼りに読んでみた——。

ロシアの市民たちへ！

臨時政府は打倒された。国家権力はペトログラード労兵ソヴィエトの機関である軍事革命委員会の手に移った。同委員会はペトログラードのプロレタリアートと守備隊の先頭に立つものである。

人々がそのために戦っていた目標——ただちに民主主義的な講和を提案すること、土地に対する地主の所有権の廃止、労働者による生産の管理、ソヴィエト政府の樹立——これらの目標の達成は確実である。

労働者、兵士、農民の革命万歳！

ペトログラード労兵ソヴィエト　軍事革命委員会

「気をつけろ！　この辺りで挑発者どもがいつも窓から撃ってくるんだ！」と、カフカース風の山羊《やぎ》皮のケープを着て私の隣に座っていた、モンゴル人のようなつり目の顔つきの男がぴしゃりと言った。私たちはズナメンスキー広場へと右折したが、暗く、ほとんど人影もなく、トルベツコイ[8]の作品の野性味のある銅像を猛スピードで回り込み、幅の広いネフスキー大通りを猛然と進んだ。その間も荷台では三人の男たちがライフル銃を構えて立ち、周囲の窓を睨《にら》んでいた。私たちの後方では、走って身を屈めてビラを拾う人たちで通りは活気づいていた。もう大砲の音は聞こえず、冬宮のある市街地のはずれへ近づくにつれて、通りは次第に静まっていき、人影はますますまばらになっていった。市ドゥーマの建物は全館に燦々《さんさん》と照明がついていた。その向こうに、黒々とした一団の人影がかすかに見え、水兵の隊列から停止しろと猛烈な怒鳴り声があがった。トラックは減速し、私たちは荷台から降りた。

驚くべき光景が繰り広げられていた。ちょうどエカテリーナ運河との角、アーク灯の下で、武装した水兵たちがネフスキー大通りに封鎖線を敷き、四列縦隊になって集まっている人々を、通すまいとしていた。群衆は三、四百人はいただろうか。フロックコートを着た男たち、きちんとした身なりの女性たち、将校たち——あらゆる類のさまざまな様子の人たちがいた。その中にはソヴィエト大会の代表者たちも数多く見出すことができた。メンシェヴィキと社会革命党のリーダーたち。農民代表ソヴィエトの議長で、細身で赤ひげのアフクセンチエフ。ケレンスキーのスポークスマンのサローキン。ヒンチュクにアブラモヴィチ。そして先頭にはペトログラード市長で白髭の老人、シュレイデル。臨時政府の食糧大臣で、その日の朝に逮捕されたのちに釈放されたプロコポーヴィチ。「ロシア・デイリー・ニュース」紙のマルキン記者の姿も見つけた。「冬宮へ死にに行くのさ」と彼は陽気に叫んで寄越した。行列は止まったままだったが、先頭のほうでは大声でもめているのが聞こえた。指揮を執っていると おぼしき大柄の水兵に向かって、シュレイデルとプロコポヴィチがわめいているのだ。

「通行を要求する！」と彼らは叫んだ。「見ろ、この同志たちはソヴィエト大会からやって来たんだ！　彼らの証明書を見てみろ！　われわれは冬宮へ行くのだ！」。

水兵はただただ当惑していた。人並みはずれた大きな手で頭を掻いて、顔をしかめてぶつぶつ言った――「誰も冬宮へ行かせないようにと委員会から命令を受けていましてね。でも誰か同志にスモーリヌイへ電話をさせてみますから……」。

「何が何でも通せと言ってるんだ！　われわれは丸腰じゃないか！　君が許そうと許すまいと、われわれは行進を続けるぞ！」と、老シュレイデルがひどく興奮して怒

8　パーヴェル・トルベツコイ（一八六六～一九三八年）。欧米で活躍したイタリア生まれのロシア人彫刻家・画家。この広場にあったのは一九世紀のツァーリ、アレクサンドル三世の騎馬像。現在は市内の大理石宮殿前に移されている。

鳴った。

「私も命令されているもんで……」と水兵は不機嫌そうに言った。

「撃ちたければ撃つがいい！　われわれは通るぞ！　前進だ！」あちこちからそんな声が飛んだ。「われわれは死を覚悟している。ロシア人と同志たちを撃つ勇気が君たちにあるとすればな！　われわれは君たちの銃の前に胸をさらけ出してやる！」。

「だめです。通行を許すわけにはいきません」と、水兵も頑《かたく》なな態度で言う。

「われわれが前進したらどうするのだ？　撃つのか？」

「いや、銃も持っていない人々を撃ちはしません。私たちは丸腰のロシア人を撃ったりはしません……」

「前進するぞ！　さあどうする？」

「なんとかしますよ！」と水兵は答えたが、どう見ても途方に暮れていた。「通すわけにはいきません。何か手を使いますよ」。

「どうするつもりだ？　さあ、どうするんだ？」

別の水兵がやって来た。激しく苛立っている。「ひっぱたくぞ！」と彼は威勢よく怒鳴った。「それに必要とあらば撃つ。さあ、家に帰れ。手を焼かせないでくれ！」。

これには猛烈な抗議の怒号が飛んだ。プロコポーヴィチは何か箱のようなものの上に立ち、雨傘を振り回しながら演説をぶった――。「同志たちと市民たちよ！　われわれに対して武力が行使されている！　だがこの愚かな男たちの手にかかって汚れもないわれわれの血を流すわけにはいかない！　この街頭で今、こんな転轍手《スイッチマン》どもに撃ち殺されたら、われわれの威信が傷つくではないか……」――（どういうつもりで「転轍手《スイッチマン》」などと言ったのか、私には結局わからなかった）――「ドゥーマへ戻り、国家と革命を救う最善の道を議論しようではないか！」。

これを合図に、威厳に満ちた沈黙の中、行列は向きを変えてネフスキー大通りを戻って行った――四列縦隊を決して崩すことなく。この隙《すき》に乗じて私たちは歩哨兵らの間をすり抜け、冬宮の方角へ向かった。

辺りは漆黒の闇で、決然とした険しい表情で歩哨に立つ兵士たちや赤衛隊を除き、身動きするものはなかった。カザン大聖堂の前では、通りの真ん中に三インチ型野戦砲が据えられていたが、屋根の向こうへの最後の砲撃を放った衝撃で横向きにずれていた。どの戸口にも兵士たちが突っ立って大きな声で言葉を交わしながら、警察橋の方角を見つめている。一人の声が耳に入ってきた――「俺たちは過《あやま》ちを犯したのかもしれないが……」。どの通りの角でもパトロール隊が通行人をいちいち足止めして検問していた。そのパトロール隊の構成がまたおもしろかった。というのも、どのパトロール隊でも正規兵たちを赤衛隊が指揮していたからだ。いつしか砲撃はやんでいた。ちょうど私たちがモルスカヤ通りへ着いたとき、誰かの叫び声が聞こえた――「俺たちの手で外へ出してほしいと〔冬宮の〕士官候補生《ユンケル》たちが言ってきたぞ!」。あちこちで声が挙がり命令が飛んだ。そして深い闇の中、黒々とした一団が前進していくのがぼんやり見えた。入り乱れる足音と、武器の金属の触れ合う音だけが沈黙を破っていた。私たちは先頭の隊列にまぎれてついて行った。

通りいっぱいに流れる黒い川のように、歌も歓声もなく、私たちは滑るように赤門をくぐり抜けた。そのときすぐ前にいた男が小声で言った――「同志たちよ、気をつけろ! やつらを信用するな。撃ってくるに決まってるぞ!」。広場で眼前が開けると私たちは駆けだした。低く身をかがめ、みなでひと塊になって進むと、アレクサンドルの円柱[9]の台座の手前の影で唐突に止まり、だんご状態になった。

「やつらに何人の仲間を殺されたんだ?」と私は訊いてみた。

「さあな。一〇人くらいじゃないか……」

数分間そこでうずくまっていたが、部隊は大丈夫だと見たらしい。数百人の兵士たちが命令もないままに、突然また流れのように前進を開始した。ここまで来ると、冬宮の窓という窓から漏れてくる灯りのおかげで、先頭の二、三百人は赤衛隊だということが見て取れた。兵士はところどころ混じっているだけだ。私たちは薪を積み上げたバリケードによじ登り、向こう側へ飛び降りた。さっきまでそこにいたはずの士官《ユン》候補生《ケル》たちが投げ捨てていったライフル銃の山につまずいたが、みな勝ち誇って歓声をあげた。正面玄関の両側の通用口はいずれもドアが大きく開け放たれ、光が漏れていた。この巨大な建造物〔冬宮〕からは、かすかな物音ひとつ聞こえない。

熱狂する男たちの波に押し流され、私たちも右側のドアから宮殿内に入った。入り口を抜けるとがらんどうの巨大な丸天井の一室に出た。宮殿東翼の地下貯蔵室で、ここから廊下や階段が迷路のようにあちこちへと伸びている。放置されていた多数の巨大な荷箱に、赤衛隊と兵士たちが猛然と飛びついた。ライフル銃の台尻で叩き壊して開けていき、カーペット、カーテン、シーツ類、陶磁器、皿、ガラス製品などを引っ張り出した。ある男は肩に青銅製の置き時計を乗せて得意げに歩き回り、ダチョウの羽飾りを見つけて帽子に刺している者もいる。ちょうど略奪が始まったころ、誰かが叫んだ――「同志たちよ！　何も取るな。これは民衆の財産だぞ！」。すると途端に

9　宮殿前広場の中央にあり、一八一二年のナポレオン戦争の勝利を記念して一八三四年に完成した、高さ約四八メートルの円柱状の記念碑。

二〇人ばかりの声が叫びだした――「やめろ！　全部もとに戻せ！　何も取るな！　民衆の財産だ！」。多くの手が伸びて略奪しようとする連中を取り押さえた。男たちの腕の中から綾織やタペストリーが取り上げられた。例の青銅製の置き時計も二人の男たちが没収した。荒っぽく、大慌てで、何もかもがもとの荷箱に詰め込まれ、見張りを買って出た男たちがそばに付いた。すべてはまったく自発的に行われた。廊下の向こう、そして階段の上のほうで、男たちの叫び声が遠ざかっていき、徐々に小さくなった――「革命の規律を守れ！　民衆の財産だ……」。

私たちはいったん戻って左側の入り口から西翼へ入った。そこでも秩序が確立されつつあった。「宮殿から退去だ！」と、ある赤衛隊員が内側のドアに首を突っ込んで怒鳴った。「さあ、同志たちよ、俺たちはこそ泥でも盗賊でもないことを態度で示そうじゃないか。各所に歩哨を立てるまで、コミッサールを残してみんな外へ出て行ってくれ」。

二人の赤衛隊員――兵卒と上官――がレボルバー銃を手にして立っていた。その後ろのテーブルには、紙とペンを手にした別の兵士が座っていた。宮殿内ではあちこちから「全員、外へ！　全員、外へ！」という叫び声が聞こえた。そして部隊が押し合いへし合い、さとしたり言い争ったりしながら、次々とドアから流れ込んで来た。一人現れるたびに、検査委員を買って出た男がつかまえて、ポケットを調べ、コートの下を確認する。明らかに本人の所有物でないものはすべて没収され、テーブルについている男が紙に書きつけて、没収品は小さな一室に運ばれていった。こうして目を見張るほど多様な品々が没収された――小さな彫像、インク壺、帝室のイニシャルを組み合わせた飾り文字が入ったベッドカバー、ろうそく、小さな油絵、卓上吸取紙、金の柄《え》のついた剣、いくつもの石鹼、実にさまざまな種類の衣服、毛布。ある赤衛隊員はライフル銃を三梃も抱え、その内の二挺は士官候補生《ユンケル》から取り上げたものだった。手書きの文書で分厚くふくれた書類カバンを四つも持っている者もいた。略奪犯たちは渋々盗品を手放したり、子供のように哀願する者もいる。窃盗は民衆の英雄にふさわしくない、と検査委員たちは口々に説明していた。見つかってしまった連中の多くは、今度は向きを変えてほかの同志たちの検査に手を貸した（原注二八）。

ユンケルたちは三、四人ずつ固まって出てきた。委員たちはあり余る熱意で飛びかかり、所持品検査の最中に「ああ、挑発者どもだな！　コルニーロフ派め！　反革命分子！　民衆の殺害犯ども！」などと余計なことを言う。だが、怯《おび》えるユンケルたちに武力を使うことはなかった。ユンケルたちもつまらない盗品をポケットに詰め込んでいた。それらもテーブルの書記が丁寧に記録し、例の小部屋へ運び込まれた……。

ユンケルたちは武装解除された。「さあ、まだ民衆に対して武器を取るつもりか？」と男たちが怒鳴り声で詰問した。「いいえ」と、ユンケルたちは一人また一人と答えた。そして解放されたのだった。

私たちは中へ入れてくれないかと訊いてみた。検査委員たちは迷っていたが、大柄の赤衛隊員がきっぱりと立ち入り禁止だと言った。「だいたいおまえらは何者なんだ？　全員ケレンスキー一家かもしれないじゃないか？」と彼は言った（私たち一行は五人で、二人は女性だった）。

「ちょっとご免よ、同志《パジャールスタ》たちよ《タヴァリシチ》！」と言いながら、兵士と赤衛隊員が一人ずつ戸口に現れ、集まっていた人の群れに手ぶりで道を開けさせ、銃剣付きの銃を持った赤衛隊員たちが続いた。彼らのあとから平服姿の男たちが六人ばかり一列縦隊になってついてきた――臨時政府の面々だ。先頭はキシキン（厚生相・特別コミッサール）。青ざめてうつむいている。続いてルーテンベルク（キシキンの補佐官）。ぶすっとして床を見つめている。次はテレシチェンコ（外相）だが、辺りに鋭い視線を投げかけ、私たちを見つけると冷たく凝視した……。一行は押し黙ったまま通り過ぎた。勝ち誇った武装蜂起組はひと目彼らを見ようと押し寄せたが、悪態をつくような者は数人しかいなかった。街頭では群衆が彼らにリンチを加えようとし、発砲騒ぎもあったことを、私はあとになって知った――だが水兵たちが一行を無事にペトロパヴロフスク要塞へ連行した。

この隙に私たちは咎《とが》めだてもされずに宮殿内へ入った。まだかなり多くの人影が行き交い、彼らは壮大な宮殿建築内で新たな部屋を見つけて調べたり、ユンケルの守備隊が隠れていないかと探し回ったりしたが、守備隊などいなかった。私たちは上の階へ上がり、部屋から部屋へと歩いて回った。宮殿のこの辺りは、広場とは反対側のネヴァ川のほうからも分遣隊の部隊が入っていた。儀式用の大広間の絵画、彫像、タペストリー、敷布などは無傷のままである。だが執務室では、デスクや戸棚はひとつ残らず荒らされており、床一面に書類が散乱し、居室のベッド・カバーは剝ぎ取られ、洋服簞笥《だんす》もこじ開けられていた。もっとも珍重された略奪品は衣類だったのだ――勤労者たちが渇望しているものだ。家具が保管してある一室では、二人の兵士が椅子から精巧なスペイン製の革張りを切り取ろうとしていた。ブーツを作りたいのだと彼らは説明した……。

青・赤・金色の制服姿の宮殿のもとの使用人たちは、おろおろとして辺りに突っ立ち、「そこには入れません、旦那様《バーリン》！　立ち入り禁止です」といつものせりふを口癖《くせ》のように繰り返すばかりだった。私たちはようやく深紅の壁掛けが掛かった黄金と孔雀石《じゃくいし》でできた一室に行き着いた。この日、閣僚たちが昼夜を徹して会議を開いていた部屋であり、門番が裏切って彼らを赤衛隊に引き渡した部屋でもある。緑色の生地を張った長いテーブルは、閣僚たちが逮捕され、立ち去ったそのときのままだ。主《あるじ》のいないそれぞれの椅子の前にはペン、インク壺、そして紙が置かれていた。紙には行動計画のたたき台や、宣言書や声明文の草稿などが殴り書きされていた。その多くは線を引いて消されている。不毛なことが次第にわかってきたからだろう。紙の残りの部分は、上の空で描いた幾何学模様の落書きで埋め尽くされていた。閣僚たちが次から次へと夢物語のような計画案を提案するのを聞きながら、やる気をなくして落書きしていたに違いない。私はそんな手書きの文字のある紙を一枚取ってきた。見覚えのあるコノヴァロフの筆跡でこう書いてあった――「臨時政府はあらゆる階級に対し、臨時政府への支持を訴える……」。

ここで注意しておきたいのは、冬宮は包囲されていたものの、臨時政府はその間もずっと絶え間なく前線やロシアの地方各地と連絡を取りつづけていたということだ。ボリシェヴィキは早朝に陸軍省を占拠していたが、屋根裏に軍の電信用施設があることと、そしてそこから冬宮へ専用回線が引いてあることには気づかなかったのだ。その屋根裏部屋では一人の若手の将校が日がな電信機の前に座り、ロシア全土へ向けて訴えや宣言書を洪水のごとく発信しつづけていた。そして冬宮が陥落したと聞くと、帽子をかぶり、平然と陸軍省の建物から出て行ったのだった……。

私たちは兵士や赤衛隊らを気にしてはいたのだが、周囲にいる彼らの態度の変化に気づいたのは、かなり時間がたってからだった。部屋から部屋へとぶらつく私たちに、小さな集団がつきまとっていた。そしてこの日の午後に士官候補生《ユンケル》たちとおしゃべりをしたあの絵画が並ぶ厳《おごそ》かな大広間にたどりついたとき、一〇〇人近い男たちが私たちのほうへどっと押し寄せてきた。一人の巨漢の兵士が疑り深い仏頂面《ぶっちょうづら》で行く手をふさぎ、うなるように言った。

「おまえたちは何者だ？　ここで何をしている？」

ほかの連中もゆっくりと私たちを取り囲み、睨みつけながらぶつぶつ言いはじめた――「挑発者《プロヴォカトル》め！」。誰かが「略奪者だ！」と言うのが聞こえた。私は軍事革命委員会が発行してくれた通行証を見せた。例の兵士は用心深く手に取り、逆さまにして、わけもわからず見つめていた。明らかに、字が読めないのだ。兵士は通行証を突き返し、床に唾を吐いた。「紙っぺら《ブマーギ》だ！」と軽蔑を込めて言う。兵士らの一団は徐々に間合いを詰めてきた。突っ立っているカウボーイを取り囲む野牛さながらだ。彼らの頭越しに、困惑した様子の将校を一人見つけ、私は大声で呼んだ。将校は兵士らを肩で押し分けながら私たちのところへやって来た。

「私はコミッサールです」と彼は私に言った。「あなたがたはどなたですか？ それは何ですか？」。ほかの連中は一歩下がり、様子を窺《うかが》っている。私は通行証を差し出した。

「外国人なんですね？」と将校は早口のフランス語で言った。「とても危険ですから……」。そう言うと兵士らの集団に向きなおり、私たちの書類を掲げて見せて大声で言った――「同志たちよ！ この人たちは外国の同志だ――アメリカ人だ。この人たちはプロレタリア軍の勇気と革命的な規律正しさをお国の同胞たちに伝えるために、ここへやって来たのだ！」。

「どうしてわかる？」例の巨漢の兵士が言い返した。「挑発者に決まってる！ プロレタリア軍の革命的規律を観察しにここへ来ただなんて、こいつらはそう言うかもしれないが、宮殿内を好き勝手にぶらついていたんだぞ。こいつらのポケットは略奪品でいっぱいかもしれないじゃないか？」。

「そうだ《プラヴィルノ》！」とほかの連中も噛《か》みつくように言い、詰め寄ってくる。

「同志たちよ！ 同志たちよ！」と将校は呼びかけた。額には汗が光っている。「私は軍事革命委員会のコミッサールだ。私を信用できるな？ いいか、彼らの通行証には私の通行証と同じ人物の署名があるのだ！」。

　将校は私たちを先導して宮殿内を通り抜け、ネヴァ川の岸壁に面した出口から出してくれた。戸口では例のごとくポケットの所持品検査をする委員たちがいた……。「危ういところでしたな」と、将校は顔の汗を拭き拭き、繰り返しつぶやいた。

「女性大隊はどうなりましたか？」と私たちは訊いた。

「ああ、あの女性たちですね！」と言って将校は笑った。「みんな奥の一室で身を寄せ合っていたんですよ。扱いをどうしたものか、決めるのにひどく難儀しました。ヒステリーやら何やらを起こしている人が大勢いましたからね。で、結局は彼女たちをフィンランド駅まで行進させて、レヴァショヴォ行きの列車に乗せたんです。あそこには彼女らの陣営がありますから……」（原注二九）。

　私たちは冷たい、緊迫した夜に踏み出した。行き交うさまざまな部隊の影でざわめき、パトロール隊の見回りでぴりぴりしている。川向こう、こちらよりもさらに闇の深いペトロパヴロフスク要塞が聳える辺りからは、しわがれた叫び声が聞こえてきた。足もとの歩道には漆喰《しっくい》の破片が散乱している。戦艦アウロラ号が放った砲弾二発が宮殿に命中し、壁面の軒蛇腹《コルニス》が破損したのだ。砲撃による被害はそれだけだった。

　すでに午前三時を回っていた。ネフスキー大通りでは再びすべての街灯が灯り、大砲も撤去され、戦闘を思わせるものは焚き火の周りにうずくまっている赤衛隊や兵士たちの姿くらいだ。市中は静まり返っている。おそらく歴史上、これほど静まり返っていたことはないだろう。その晩、一件の追い剝ぎもなく、一件の強盗事件もなかった。

ただし、市ドゥーマの建物は全館照明が灯っていた。私たちは回廊をめぐらせたアレクサンドル・ホールへ上がって行った。壁にかかる壮麗な黄金の額縁に入ったツァーリたちの肖像画が、赤い布で覆《おお》われている。演壇の周りに一〇〇人ばかりの人が集まり、スコベレフがしゃべっていた。公安委員会を拡大し、あらゆる反ボリシェヴィキ勢力を結集してひとつの巨大な組織にし、「祖国・革命救済委員会」と名づけるべきだ、と力説していた。そして私たちが見物している間にも、その救済委員会が設立された——これはボリシェヴィキにとって最強の敵対勢力へと発展することになる委員会である。翌週には、あるときはその党派的な名称で、あるときは「公安委員会」という非党派的な名称で活動することになる……。

ダン、ゴーツ、アフクセンチエフもいた。ソヴィエト大会に造反した一部の代表者たちや、農民代表ソヴィエトの執行委員会のメンバーたち、老プロコポヴィチ、それにロシア共和国暫定評議会の議員たちまでいる。その中にはヴィナヴェル[10]をはじめとする立憲民主党（カデット）の面々もいた。あのソヴィエト大会は合法的な大会ではない、とリーベルが喚いた。まだ旧全ロシア・ソヴィエト中央執行委員会（ツェー・イー・カー）は在任中である、と。全国へ向けた訴えが起草された。

私たちは辻馬車を拾った。「どこへですか？」と御者《イズヴォズチキ》。私たちが「スモーリヌイへ」と言うと首を横に振って言った――「いいや《ニェット》！　あそこには悪魔どもがいる……」。さんざん歩き回った果てに、ようやく連れて行ってくれるという御者を見つけた――それでも三〇ルーブルも寄越せと言われ、さらに二ブロック手前で降ろされた。

スモーリヌイの照明はなお赤々と燃えていた。車両が行き交い、まだ燃え盛っている焚き火を囲んで歩哨たちが身を寄せ合い、誰彼かまわず熱心に最新情報を尋ねている。廊下はせわしない男たちでいっぱいだった。みな目が落ち込み、体は不潔だ。一部の委員会室では男たちが銃を傍らに置いて床で寝ていた。脱退する代表たちがいるというのに、集会場の広間は人々でぎゅう詰めで、うなり声をあげる大海原のような喧騒に包まれている。私たちが広間に入ったとき、ちょうどカーメネフが逮捕された閣僚たちのリストを読み上げていた。テレシチェンコの名前は嵐のような喝采《かっさい》に迎え

10　「注釈と解説」の訳注4参照。

られた。満ち足りた叫び声、そして笑い。ルーテンベルクのときはそれほどでもなかった。そしてパルチンスキー[11]の名前には野次や憤慨した叫び声、そして歓声がどっと沸き起こった。冬宮のコミッサールにチュドノフスキー[12]が任命されたことも発表された。

そこへ劇的な邪魔が入った。髭面を怒りで震わせた大柄な農民が一人、壇上に上がり、幹部会委員たちのテーブルに激しく拳を叩きつけたのだ。

「われわれ社会革命党は、冬宮で逮捕された社会主義者の大臣たちをただちに釈放することを断固として要求する！　同志たちよ！　みずからの生命と自由を顧みずにツァーリの独裁と戦った同志たちが四人、ペトロパヴロフスク監獄にぶち込まれているのを知っているか？——あの歴史上悪名高い自由の墓場にだ！」

怒号の中でその男はテーブルを叩き、怒鳴り散らした。その隣にもう一人代議員が壇上に上がり、幹部会委員たちに指を突きつけた。

「ボリシェヴィキの秘密警察《オフラーナ》がわれわれのリーダーたちを拷問《ごうもん》しているというのに、革命的大衆の代表たちであるあなたがたは、ここでこうして、おとなしく座っているというのか？」

静粛に、とトロツキーが手を振り回した——「野心家ケレンスキーと共にソヴィエトの粉砕《ふんさい》を企み、そのため今、拘束されているその同志たちだが、彼らに手加減をしてやる理由などあるのだろうか？　七月一六日と一八日の〔蜂起失敗の〕あと、彼らはわれわれに丁重な扱いなどしてくれなかったではないか！」。そして意気揚々と声を弾ませて叫んだ――「祖国防衛派《オボロンツィ》と臆病者どもが立ち去った今、そして革命を防衛し救う責務がすべてわれわれの双肩《そうけん》にかかっているこのとき、われわれはよりいっそう働き、働き、そしてさらに働かなくてはならない！　われわれは諦めるくらいなら死を選ぶことを決意しているのだ！」。

続いて南郊ツァールスコエ・セローから馬を飛ばしてやって来たコミッサールが、旅路の泥にまみれたまま、息急き切って登壇した。

「ツァールスコエ・セローの守備隊はペトログラードへの入り口を防衛している。いつでもソヴィエトと軍事革命委員会を守れるようにだ！」――すさまじい喝采――「前線から派遣されてきた自転車部隊がツァールスコエ・セローに到着していて、その兵士たちは今われわれの部隊と一緒にいる。彼らはソヴィエトの権力と、土地をた

11　第三章の訳注11参照。
12　第二章の訳注16参照。

だちに農民に移管すべきこと、そして労働者による産業管理が必要だと認めている。ツァールスコエ・セローに駐屯している第五自転車大隊はわれわれの味方だ……」

次に登壇したのは第三自転車大隊の代表者。議場が歓喜に酔いしれた熱狂に包まれる中、彼は自転車部隊が三日前に、南西の前線から「ペトログラードの防衛に」向かうよう命令を受けたことを説明した。だが彼らは命令の意図に疑問を抱いた。そしてペレドルスクの駅でツァールスコエ・セローから来た第五大隊の代表者らの出迎えを受けた。合同会議を開いてみてわかったことは、「自転車部隊には自分たちの父祖らに血を流させたり、ブルジョアジーと地主たちの政府を支持しようという者は、一人もいない！」ということだった。

今度はメンシェヴィキ国際主義派を代表してカペリンスキーが立ち上がり、内戦の平和的解決策を探るために特別委員会を設立することを提案した。すると議場の群衆は「平和的解決策なんてあるもんか！」と怒鳴り返した。「勝利こそが唯一の解決策だ！」と。反対票が圧倒的多数となって提案は否決され、メンシェヴィキ国際主義派は、せせら笑う罵声の渦の中、大会から去っていった。もはやパニックも恐怖心もなかった。出て行く彼らの背中に向かって壇上からカーメネフが叫んだ——「メンシェヴィキ国際主義派は『平和的解決』のために『緊急動議』を持ち出した。だがこれまでもいつだって彼らは、大会を脱退したがっている党派の声明を優先し、議事進行を中断することに投票してきたのだ」そう言うとカーメネフはこう締めくくった——「やつら造反者が事前にそろって脱退を決めていたことは明らかだ！」。

ソヴィエト大会は諸派の脱退を無視することにし、ロシア全土の労働者、兵士、農民への呼びかけの件へと議事を進めた。

労働者、兵士、農民へ

第二回全ロシア労兵代表ソヴィエト大会は開会した。本大会は大多数のソヴィエトを代表している。農民の代表も多数参加している。労働者、兵士、農民の大多数の意志に基づき、そしてペトログラードの労働者と兵士たちの勝利の蜂起に基づき、ソヴィエト大会は権力を握る。

臨時政府は廃止された。臨時政府のおおかたのメンバーらはすでに逮捕された。

ソヴィエト政権はただちに〔交戦中の〕すべての国々に対し、即時の民主主義的講和と、すべての前線における即時の停戦とを提案する。本政権は必ず以下のことを実施する——地主、皇帝、教会の土地を土地委員会へ無補償で移管すること、軍隊を完全に民主化して兵士の権利を守ること、産業の労働者による管理を確立すること、適切な期日における憲法制定議会の招集を確約すること、諸都市にはパンを、村々へは必要不可欠の物品をそれぞれ供給するために手段を講じること、そしてロシアに暮らすあらゆる民族に真の自決権を保障すること。

本大会は決議する——すべての地域の権力は労働者・兵士・農民代表ソヴィエトに移管されるものとし、同ソヴィエトは革命的秩序を敷かなければならない。

塹壕《ざんごう》の兵士たちは油断せず、動じることのないよう、本大会は呼びかける。新政府がすべての〔交戦中の〕国々に直接提案するはずの民主主義的講和が締結されるまで、革命的軍隊は帝国主義者らによるあらゆる攻撃から革命を守るすべを心得ていると、本ソヴィエト大会は確信している。革命的軍隊が必要とする一切のものを確保するために、そして兵士らの家族の置かれた状況を改善するために、新政府はあらゆる必要な手を打つであろう。それは有産階級に対する徴発と課税という断固たる政策による。

ケレンスキー、カレージン、その他のコルニーロフ派たちは、ペトログラードへ向けて部隊を進撃させるつもりである。だがケレンスキーに裏切られたと感じた数個連隊は、蜂起した民衆の側についた。

兵士たちよ！　コルニーロフ派＝ケレンスキーに果敢に抵抗せよ！　用心せ

よ！

　鉄道員たちよ！　ケレンスキーがペトログラードの攻撃にさし向けるすべての兵員輸送列車を止めろ！

　兵士、労働者、事務職員たちよ！　革命と民主主義的講和の運命は君たちの手の中にある！

　革命万歳！

　　　　　　　労働者・兵士代表ソヴィエト全ロシア大会、農民ソヴィエト代表

　ちょうど午前五時一七分、疲労困憊《こんぱい》でふらふらのクルイレンコ[13]が一通の電報を手に演壇に上がった。

「同志たちよ！　北部戦線からの知らせだ――第一二軍はソヴィエト大会へ祝辞を送り、北部戦線における軍事革命委員会の成立と、戦線の指揮権を掌握したことを発表する！」。上を下への大騒ぎ。男たちはむせび泣き、抱き合った。「チェルミソフ将軍も委員会を承認した。臨時政府コミッサールのヴォイチンスキーは辞任した！」。

13　古参のボリシェヴィキ。第三章の訳注3参照。

　こうして、レーニンとペトログラードの労働者たちは武装蜂起を決断し、ペトログラード・ソヴィエトは臨時政府を倒し、ソヴィエト大会にクーデターの事実を突きつけたのだった。今度は大いなるロシア全土を——続いて世界を——勝ち取らねばならなかった！　ロシア国民はついてきて立ち上がるだろうか？　そして世界は……いったいどうなるのか？　人々はロシアに応えて立ち上がるだろうか、赤い世界的潮流となって？

　もう朝の六時になっていたが、夜気は相変わらず重苦しく、冷たかった。静まり返った街路に、夜明け前のかすかな青白い曙光《しょこう》がしのび寄り、ようやく夜営の篝火《かがりび》をかすませようとしていた。それはロシアに兆しつつある薄暗い夜明けの恐ろしげな影であった……。

第五章　がむしゃらに前へ

一一月八日、木曜日。すさまじい興奮と混乱の中で町は朝を迎えた。長々と怒号を響かせる嵐のうねりとともに、全国民が沸き立っていた。だが、うわべだけ見ればすべては落ち着いていた――何十万人という人々は夜更《よふ》かしもせずに床に就き、早起きをして出勤した。ペトログラードでは路面鉄道が走り、店舗やレストランは営業中で、劇場も開いており、絵画展の広告も目に止まる……。庶民の生活の（戦時ですら平凡極まりない）雑多な日常がいつもどおり営まれていた。社会という生き物の活力にはまったく驚くしかない――この上ない災厄《さいやく》に直面していながら、しぶとく生き延び、みずから食料をむさぼり、着飾り、娯楽に興じているのだ……。

巷《ちまた》はケレンスキーの噂でもちきりだった。戦線を立て直し、大部隊を首都に向けて進撃させているというのだ。〔社会革命党（エスエル）の機関紙〕「ヴォーリャ・ナロード（人民の意志）」紙は、ケレンスキーがプスコフ[1]で発したという命令《プリカース》を掲載した。

ボリシェヴィキの常軌を逸した企てが引き起こした混乱は、わが国を危機の瀬戸際へ追いやっている。そしてわれわれの祖国が直面している恐ろしい試練を克服するために、持てる限りの意志と、勇気と、一人ひとりの献身が求められている……。

新政府の設立が宣言されるまで――新政府ができるのであれば――誰もが持ち場を離れず、血を流して苦しんでいるロシアに対する各自の義務を果たすべきである。そして忘れてはならないのは、既存の軍隊組織に少しでも干渉しようとすれば、前線を敵に明け渡すことになり、取り返しのつかない不幸を招くということだ。したがって、どのような代償を払ってでも各部隊の戦意を保つことが必要不可欠である。そのためには完全な秩序の維持と、新たな打撃から軍隊を守ることを保証し、士官と部下たちの間に絶対的な信頼関係を保たなければならない。国家の安全のため、私はすべての指揮官と政府委員《コミッサール》に持ち場を離れないように命じ、私自身、ロシア共和国臨時政府がその意志を表明するまで、最高司令官の職位に留まるつもりである……。

これに応えて壁という壁に次のような掲示が並んだ。

全ロシア・ソヴィエト大会より

コノヴァロフ、キシキン、テレシチェンコ、マリアントヴィチ、ニキティン、およびその他の前閣僚たちは軍事革命委員会によって逮捕された。ケレンスキーは逃亡した。ただちにケレンスキーを逮捕してペトログラードへ連行するために、あらゆる手段を講じることを軍の全組織に命じる。

ケレンスキーに対するどのような支援も、国家に対する深刻な犯罪として処罰されるだろう。

軍事革命委員会は全力で突き進み、命令、呼びかけ、布告などを火花のごとく矢継ぎ早に発していった（原注三〇）。コルニーロフをペトログラードへ連行せよとの命令も出た。臨時政府によって投獄されていた農民土地委員会のメンバーたちは釈放と決まった。軍隊における死刑は廃止。公務員は職務を続けるよう命じられ、拒否すれ

1　ロシア北西部にある交易都市。第三章の訳注7参照。

ば厳しい処罰が待っていた。あらゆる略奪、横領、投機は禁止で、違反すれば死罪。

各省庁には臨時人民委員《コミッサール》が任命された――外務にはウリツキー[2]とトロツキー、内務と法務にはルイコフ、労働にはシリャプニコフ、財務にはメンジンスキー、厚生にはコロンタイ夫人、商務と運輸・通信にはリャザノフ、海軍には水兵のコルビル、郵便電信にはスピロ、劇場担当はムラヴィヨフで、国立印刷局にはゲルブイチェフ、ペトログラード市担当はネステロフ中尉で、北部戦線はポゼルンなどなど……。

軍隊には各部隊に軍事革命委員会を設置するよう呼びかけた。鉄道員に対しては、秩序を維持し、特に都市部と前線への食料の輸送を遅らせないよう訴えた。その見返りに、運輸・通信省へ代表を出す権利を確約した。

ある声明文は次のように述べていた――。

コサックの兄弟たちよ！　君たちはペトログラードに向けて進軍させられている。連中は君たちを首都の革命的労働者および兵士たちと無理やり戦わそうとしているのだ。われわれの共通の敵である地主や資本家たちの言葉はひと言も信じるな。

われわれ〔ソヴィエト〕の大会には、ロシアの労働者、兵士、農民のすべての自覚ある組織の代表がいる。本大会はその中にコサックの労働者たちも歓迎したい。地主と非情な皇帝ニコライの子分どもである黒百人組の将軍たちはわれわれの敵である。

ソヴィエトがコサックの土地を没収しようとしていると、連中は君たちに言うだろう。それは嘘だ。この革命はコサックの大地主たちの土地だけを没収して民衆に与えるのだ。

コサック代表ソヴィエトを組織せよ！　労兵ソヴィエトと手を結ぼう！　君たちは民衆に対する裏切り者ではないことを、そして革命が進行中のロシアの全国民から呪われるつもりもないことを、黒百人組に見せつけてやれ……。コサックの兄弟たちよ、民衆の敵からの命令には一切従うな。われわれと話し合うために君たちの代表をペトログラードへ送れ。……ペトログラード守備隊のコサックたちは、名誉なことに、人民の敵どもの望みを叶《かな》えるようなことはしていない。

2　モイセイ・ウリツキー（一八七三〜一九一八年）。三月革命前からトロツキーと共に革命派として活動し、のちにボリシェヴィキに加入。軍事革命委員などを経て、十一月革命後は「ロシア非常委員会」（チェカ）で力を発揮。革命の翌年に暗殺された。

コサックの兄弟たちよ！　全ロシア・ソヴィエト大会は君たちに兄弟として手を差し伸べる。全ロシアの兵士、労働者、農民たちとコサックの兄弟的連帯、万歳！

反ボリシェヴィキ陣営からは、猛然たる勢いで声明文が各所に掲示されていき、辺り構わずチラシが舞い、それに新聞も叫び声をあげ、罵声を浴びせ、災いを予想していた。まさに印刷合戦だった――ほかのあらゆる武器はもはやソヴィエトの手中にあったからだ。

まず、「祖国・革命救済委員会」がロシア全土とヨーロッパに向けて広く訴えかけた。

ロシア共和国の市民へ

一一月七日、革命的大衆の意志に反し、ペトログラードのボリシェヴィキは臨時政府の一部を逮捕するという犯罪的行為に出て、ロシア共和国暫定評議会を解散させ、違法な権力の樹立を宣言した。未だかつてない外国からの脅威にさらされている革命的ロシアの政府に対し、そのような暴力を振るうとは、祖国に対する言語道断の犯罪である。

ボリシェヴィキの蜂起は国家防衛の大義に対する致命的な打撃であり、切実な願いである講和のときを果てしなく遠ざけてしまうだろう。

ボリシェヴィキが始めた内戦は、この国を無政府状態《アナーキー》と反革命の恐怖に突き落とし、憲法制定議会を挫折させるものである。憲法制定議会こそは、共和国政府を承認し、土地の所有権を永久に人民に移譲することを実現するものであるのにだ。

一一月七日の晩に設立されたこの「祖国・革命救済委員会」は、唯一の合法的政府権力を継承しながら、新たな臨時政府の形成をリードする。それは民衆の勢力に基盤を置き、この国を憲法制定議会へと導き、アナーキーと反革命から救うだろう。「祖国・革命救済委員会」はあなたがた市民に対し、暴力で打ち立てられた権力の承認を拒むよう、呼びかける。連中の命令に従ってはならない！

この国と革命の防衛のために立ち上がれ！

「救済委員会」を支持せよ！

以下、署名。

ロシア共和国暫定評議会、ペトログラード市ドゥーマ、全ロシア・ソヴィエト中央執行委員会（ツェー・イー・カー）（第一回大会による）、農民代表ソヴィエト執行委員会、そして（第二回）全ロシア・ソヴィエト大会自体から前線グループ、社会革命党、メンシェヴィキ、人民社会主義党、合同社会民主党、エジンストヴォ（統一）・グループ

次に挙げるのはまたもや社会革命党（エスエル）、祖国防衛派《オボロンツィ》メンシェヴィキ、農民代表ソヴィエト、さらに中央軍隊委員会、艦隊中央委員会《ツェントロフロート》などによるポスターの文言だ。

……飢餓がペトログラードを崩壊させるだろう！　ドイツ軍はわれわれの自由を踏みにじるだろう。黒百人組による大虐殺《ポグロム》がロシア全土に広まるだろう、もしわれわれすべてが――自覚ある労働者、兵士、市民が――団結しなければ……。ボリシェヴィキの約束を信頼するな！　即時講和という約束――それは嘘だ。パンを与えるという約束――でたらめだ！　土地を与えるという約束――おとぎ話だ……。

どれも同じ調子だった。こんな風に――。

同志たちよ！　君たちは卑劣かつ残酷にも騙されたのだ！　ボリシェヴィキが単独で権力を奪ってしまった。……彼らはその企みをソヴィエトを構成するほかの社会主義政党に対して隠していた。……

君たちは土地と自由を約束されただろうが、ボリシェヴィキがもたらしたアナーキーは反革命派を利するだけであり、君たちから土地と自由を奪うだろう……。

新聞各紙も負けず劣らず過激な調子だった。

〔「穏健派」社会主義系の〕「デーロ・ナローダ（人民の大義）」紙はこう述べた――。

われわれの責務は労働者階級のために、あの裏切り者どもの正体を暴くことである。われわれの責務はわれらの勢力を総動員し、革命の大義を守ることである！

「イズベスチア」紙は旧ツェー・イー・カーを代弁する最後の発言を行い、恐ろしい報復を匂わせてこう脅しつけた――「いわゆるソヴィエト大会の件については、われわれはソヴィエト大会など開催されなかったと明言する！　それはボリシェヴィキ派の私的会議にすぎなかったとわれわれは明言するのである！　したがって、彼らにはツェー・イー・カーの権限を停止する権利はない……」。

〔合同社会民主党国際主義派の〕「ノーヴァヤ・ジーズニ（新生活）」紙は、すべての社会主義政党を結集した新政府の樹立を訴えながらも、社会革命党とメンシェヴィキが全ロシア・ソヴィエト大会から離脱したことは厳しく批判した。そしてボリシェヴィキの蜂起は次のことだけははっきりと示したと指摘した――つまり、ブルジョアジーとの連立などという見当はずれな幻想は、もはや抱いても無駄だということだった……。

「ラボーチー・プーチ（労働者の道）」紙は、七月以来発禁となっていたレーニンの新聞、「プラウダ（真理）」紙として返り咲いた。そして誇りと怒りを込めてこう言い切った――。

労働者、兵士、農民たちよ！　君たちは三月には貴族たちの一味の専制を打ち倒した。昨日君たちはブルジョアジーのギャングどもの専制を打ち倒した。……

第一の任務はペトログラードへの進入路を防衛することである。

第二はペトログラードの反革命分子を断固として武装解除すること。

第三は革命勢力を断固として組織化し、民衆の計画が確実に実現されるようにすることである……。

立憲民主党《カデット》の機関紙はほとんど発行されていなかったが、それら、そしてブルジョアジー全般も、だいたいは今回の件については人ごとのように斜に構え、他党に向かって「それ見たことか」とでも言いたげな態度を見せた。カデットの有力メンバーらが市ドゥーマや「祖国・革命救済委員会」の周囲をうろついているのが見られたが、それを除けばブルジョアジーはなりを潜め、（それほど遠くはないはずの）来るべき時を待ち受けていた。誰もがボリシェヴィキは三日天下に終わるとたかをくっていたのだ――おそらくレーニンとトロツキー、そしてペトログラードの労働者と素朴な兵士たちを除いて……。

その日の午後、円形劇場のような天井の高いニコライ・ホールで、市ドゥーマが大荒れの常任会議を開き、反ボリシェヴィキ勢力を結集しているのを私は目にした。白髪に白い髭で威厳たっぷりの老市長シュレイデルは、前の晩にペトログラード市政府の名において抗議しようと、スモーリヌイを訪ねたときのことを語っていた。シュレイデルはトロツキーに対し、「市ドゥーマは、平等な直接秘密選挙によって選出された当市の唯一の現存する合法的な政府として、新政権を承認しないだろう」と伝えた。それに対しトロツキーはこう答えたという――「それについては合憲的な対処法がありますよ。ドゥーマは解散させて再選挙を行うことができますからね……」。シュレイデルがこう報告すると、議員たちから〔新政権に対する〕憤然とした抗議の声が沸き起こった。

老市長はドゥーマの議員たちに語り続けた――「銃剣による政権を認めるというならば、確かにすでに存在している。だが私は多数派の民衆によって承認された政府だけが合法的だと考えている。少数派が権力を簒奪《さんだつ》した政府ではなく!」。ボリシェヴィキの議員席を除き、会場中から熱狂的な喝采《かっさい》があがった。そこへ市長が重ねて、さらにボリシェヴィキは多くの省庁にコミッサールを任命して市の自治権も侵害していると告げると、新たな喧騒が巻き起こった。

ボリシェヴィキの発言者がみなに聞いてもらおうと大声を張り上げた。〔第二回〕ソヴィエト大会の決定は、全ロシアがボリシェヴィキの行動を支持していることを示すものだ、というのだ。「あんたたちは！」と彼は叫んだ。「あんたたちはペトログラードの民衆の真の代表ではない！」。それに対して「侮辱だ！　侮辱だ！」と金切り声があがる。老市長は、ドゥーマは考え得る限りもっとも自由な一般投票によって選出されたのだぞ、と厳かに指摘した。すると先の男は、「ああ、でもそれはもうずっと昔のことだ。ツェー・イー・カーのように。軍隊委員会のようにな」。「新しいソヴィエト大会も開かれていないぞ！」と会場の議員たちは叫び返した。「ボリシェヴィキ派はこれ以上この反革命の巣窟《そうくつ》に残ることを拒否する」――〈怒号の嵐〉――「そしてわれわれはドゥーマの再選挙を要求する……」。これを最後にボリシェヴィキ派は、「ドイツのスパイめ！　裏切り者を倒せ！」といった怒鳴り声を背中に受けながら退席していった。

続いてカデットのシンガリョーフが発言し、軍事革命委員会のコミッサールに就任することを了承した市当局者を公職から解任し、告発すべきだと要求した。シュレイデル市長が立ち上がり、決議案を提案した。ドゥーマを解散させようというボリシェヴィキの脅迫に対してドゥーマは抗議し、住民の合法的な代表として、議席を放棄することを拒否する、というものだ。

ニコライ・ホールのほかに、アレクサンドル・ホールも〔市ドゥーマが組織した〕「祖国・革命救済委員会」の会議のため人々でごった返し、〔メンシェヴィキの〕スコベレフがまたもや演説していた。スコベレフは言った――「いまだかつて、革命の運命がこれほどの危機に直面したことはなかった。いまだかつて、ロシアが国家として存続できるかという問いがこれほど不安をかき立てたことはなかった。そしていまだかつて、ロシアがこれほど厳しく、かつきっぱりと、歴史から問いを突きつけられたことはなかった――ロシアは生きるべきか死すべきかと！　革命を救済すべき大いなる時が到来したのだ。そしてだからこそ、革命的民衆の活気あふれる各党派が固く結束しているのを、われわれは目にしているのだ。民衆の組織的な意志によって、祖国と革命を救済するための中心的な組織もすでに生み出されているのだ……」。さらに似たような言葉があった末に――「われわれは職務を放棄するぐらいなら、死を選ぶのである！」。

激烈な喝采の中、鉄道労働者組合が救済委員会に加わることが発表された。それからまもなく、郵便電信労働者組合のメンバーが会場に入ってきた。続いてメンシェヴィキ国際主義派の面々が何人かホールに現れると、歓声があがった。鉄道員らはボリシェヴィキ政権を承認しないと述べ、鉄道関連施設は完全に掌握し、不当に権力を奪ったいかなる政権にも明け渡すことを拒否するとした。電信局の代表らは、ボリシェヴィキのコミッサールが室内にいる限り通信機材を操作することをきっぱりと拒んだと、明言した。郵便職員らは、スモーリヌイでは郵便物の集配はしないと述べた。スモーリヌイの電話線もすべて切断されていた。〔外務担当コミッサールの〕ウリツキーが外務省を訪れて秘密協定の書類を出せと要求したが、ネラトフ[3]につまみ出されたとの報告が、嬉々として発表された。そして、公務員たちがみな仕事をするのを拒み始めていることも……。

これは戦争だった。ロシア式に、意図的に計画された戦争だ――つまりストライキと妨害工作《サボタージュ》による戦争なのだった。私たちが傍聴しているあいだに、議長が氏名と担当職務を記したリストを読み上げた。誰それは各省庁を見回ること。別の者は銀行を訪ねること。ほかの一〇人から一二人ほどの連中は兵舎を回って中立を守るよう兵士たちを説得すること――「ロシアの兵士たちよ、同胞に血を流させるな！」というわ

3　外相補佐官などを務めた外務官僚。

けだ。ある委員会がケレンスキーと協議するために派遣されることになった。さらに地方都市へも人員を派遣して、救済委員会の支部を設置し、反ボリシェヴィキ分子を結びつけることになった。

会場の群衆は意気盛んだった——「ボリシェヴィキがわれわれ知識階級《インテリゲンチャ》に指図するつもりだと？　目にもの見せてやる！」。ここに集まっている人々とソヴィエト大会の参加者たちの違いはあまりにも歴然としていた。ソヴィエト大会の代議員たちの集まりは、みすぼらしい格好の兵士たちや、垢《あか》じみた労働者たち、それに農民たち——生き延びるための過酷な苦闘の中で身を屈し、傷だらけになっている貧しい人々だった。それに対してここにいるのはメンシェヴィキと社会革命党（エスエル）のリーダーたちであるアフクセンチエフ、ダン、リーベルや、スコベレフやチェルノフのような社会主義者の閣僚経験者たち。その彼らは舌先三寸のシャツキーや口のうまいヴィナヴェルのようなカデットの党員たちと交流し、ほぼすべての党派のジャーナリストや学生など知識人たちとつき合っているのだ。こうしたドゥーマの関係者たちはみな、たらふく食べ、立派に着飾った連中だ。その群衆の中に、私はプロレタリアートを三人ほどしか見つけることができなかった……。

ニュースが飛び込んできた。コルニーロフに忠誠を誓っていたはずの野獣師団《テキンツィ》が彼の護衛たちをブイホフで虐殺し、コルニーロフは逃亡したという。一方、〔コサックの首領〕カレージンは北へ向けて進撃中。そしてモスクワ・ソヴィエトは軍事革命委員会を設立し、労働者たちを武装させるために武器の管理をめぐって同市の軍司令官と交渉中とのことだった。

これらの事実に混じり、驚くほど雑多な噂話や歪曲《わいきょく》された話、それに真っ赤な嘘が流布していた。例えば、かつてミリュコーフ〔リヴォフ臨時政府外相〕の個人秘書を務め、続いてテレシチェンコ〔ケレンスキー臨時政府外相〕の個人秘書でもあった聡明なある若きカデット党員が、私たちを脇へ連れて行って冬宮《とうきゅう》の占拠について次のような話をした。

「ボリシェヴィキを指揮していたのはドイツ軍とオーストリア軍の将校たちだったんですよ！」と彼は断言した。

「そうなんですか？　どうしてわかるのですか？」と、私たちは丁重に聞き返した。

「私の友人が現場にいて、目撃したのです」

「どうしてドイツ軍の将校たちだとわかったのでしょうか？」

「ああ、だってドイツ軍の軍服を着ていましたから！」

このようなばかげた話には事欠かず、しかも反ボリシェヴィキ系の新聞各紙に大まじめに掲載されただけでなく、まさかと思うような人たちまでそれを信じたのだった——つまり常に冷静に事実にこだわることで有名だった社会革命党やメンシェヴィキの人たちだ……。

だがもっと問題だったのは、ボリシェヴィキが暴力やテロをはたらいたという噂話だった。例えば、赤衛隊は徹底的に冬宮を略奪し尽くしたばかりか、武装解除したあとに士官候補生《ユンケル》たちを虐殺し、一部の閣僚を平然と殺害し、女性兵らにいたっては大部分が暴行を受け、多くは拷問を受けた末に自殺した……などという話が語られ、紙面に載った。こうした話をドゥーマの群衆は鵜呑《うの》みにした。さらに悪いことに、士官学校の学生たちの父母もこうした恐ろしい話題を読み（しかも関係者の氏名のリストが付いていることも多かった）、日暮れごろには必死の形相の市民たちがドゥーマに押しかけ始めたのだ……。

典型的な事例がトゥマノフ公爵の場合だ。新聞各紙は公爵の遺体がモイカ運河に浮いていたと報道した。しかし数時間後に公爵の家族が否定し、実は逮捕されているとつけ加えた。そこで各紙は、今度は遺体はデニソフ将軍だとした。ところがデニソフ将軍もなんと死の国から蘇って姿を現したため、私たちが調べてみると、そもそも誰にしろ遺体があがったという痕跡すらなかったのである……。

私たちがドゥーマの建物から出てみると、正面玄関の前のネフスキー大通りを膨大な群衆が埋め尽くし、二人の少年団員《チノヴニキ》がビラを配っていた（原注三一）。群衆はほぼ全員が実業家、商店主、お役人、それに事務員たちだった。ビラの一枚には次のように記されていた――。

市ドゥーマからの通達

市ドゥーマは一〇月二六日の会議により、当日の出来事を受けて次のように通達する――個人宅への侵入は許されないことを法令に基づき明言する。市民の自衛のため、私宅へ力ずくで侵入しようとする者は断固として撃退し、その場合は武器の使用も許されることを、市ドゥーマは下院委員会を通じてペトログラード市の全住民に呼びかける。

リテイヌイ通りの角で、五、六人の赤衛隊員と水兵二人（のパトロール隊）が新聞売りを取り囲み、メンシェヴィキの「ラボーチャヤ・ガゼータ（労働者新聞）」紙を引き渡せと迫っていた。水兵の一人が無理やりニューススタンドから新聞を奪い取ると、新聞売りは拳《こぶし》を振り回して憤慨して怒鳴り返した。険悪な様子の群衆が周りに押し寄せ、パトロール隊を罵《ののし》った。ある小柄な労働者が、群がった人々や新聞売りを相手に辛抱強く何度も説いて聞かせようとしていた――「そこにはケレンスキーの宣言文が載っているんですよ。俺たちがロシアの市民を殺したと言っているんです。これでは流血騒ぎになってしまいますよ……」。

スモーリヌイはこれまでにないほど緊迫していた（すでに緊張の限界を超えていたと思えたのにだ）。相変わらず男たちが暗い廊下を駆け巡り、ライフル銃を持った男たちの部隊がおり、分厚《ぶあつ》くふくれた書類入れを抱えたリーダーたちが議論を戦わせ、友人や補佐官らに取り囲まれながら不安げに先を急ぎ、説明し、命令を飛ばしている。文字どおり我をも忘れ、不眠と仕事の鬼と化した驚異の男たちだ――みな無精髭《ぶしょうひげ》が伸び、垢まみれで、燃えるような目をして、高揚感というエンジンを吹かしながら確固たる目的に向かって突っ走っていた。やるべきことはいくらでもあった。そう、いくらでも！　政府を受け継ぎ、市政を整理し、守備隊に忠誠を守らせ、ドゥーマや救済委員会と格闘し、ドイツ軍の侵入を防ぎ、ケレンスキーとの決戦に備え、地方にこれまでの展開を知らせ、〔北西部の〕アルハンゲリスクから〔東端の〕ウラジオストックに至るまで各地でプロパガンダを展開しなければならなかった……。だが政府や市の官公庁の職員らはコミッサールに従おうとせず、郵便電信職員はスモーリヌイには業務の提供を拒み、列車を動かせと言っても鉄道員たちも冷たく無視を決め込み、ケレンスキーは迫っており、守備隊にも全幅の信頼を寄せるわけにはいかず、コサックたちは行動を起こすチャンスを待ち受けていた……。組織されたブルジョアジーの勢力だけでなく、社会主義政党もすべてスモーリヌイに敵対していた。例外は左翼エスエルと、一部のメンシェヴィキ国際主義派および合同社会民主党国際主義派だけで、その諸派でさえ、ボリシェヴィキを支持しつづけるべきか迷っていた。確かに労働者と兵士たちという大衆、それに割合は不明ながら農民たちも味方についていた。だが結局のところ、ボリシェヴィキという党派はしっかりと教育と訓練を受けた人材が豊富なわけではなかったのだ……。

リャザノフがスモーリヌイの正面入り口の階段を上って来るところだった。おどけてうろたえてみせているといった風情で、商務担当のコミッサールになったものの、私はビジネスのビの字も知らないのだ、と周囲に明かしていた。階上のカフェテリアでは、ある男が隅《すみ》の席にたった一人で座っていた。山羊《やぎ》革のケープをまとい、服は前日からそのままで寝起きしていた……と言いたいところだが、もちろんこの男は一睡もしていなかった。髭も三日分伸び放題だ。不安げな様子で薄汚い封筒の裏に何かを書きつけて計算をしながら、鉛筆を噛んでいた。この男は財務担当のコミッサールのメンジンスキーで、フランス系の銀行で事務員をしていたというだけの経歴を買われて任命されていた。そして軍事革命委員会の部屋からは四人の男たちが小走りに廊下を急いで行きながら、紙切れに何か殴り書きしている——彼らはロシア国内の四方へと派遣されるコミッサールたち。持ち合わせの論拠や武器を総動員し、ニュースを伝え、議論し、そして戦うために派遣されるのだ……。

ソヴィエト大会は午後一時から開催される予定で、ずいぶん前から大集会場はすし詰めになっていたが、七時になっても幹部会委員団は一向に現れる様子がなかった。ボリシェヴィキと左翼エスエルはそれぞれの部屋で集会を開いていた。長い午後の間じゅう、レーニンとトロツキーは妥協と戦っていた。ボリシェヴィキのかなりの割合の党員たちは、「全社会主義政党による連立政権の樹立」という線までは譲歩してもよいと考えていた。彼らは叫んだ——「これではとてももたないぞ！　多勢に無勢だ。われわれには人材が足りない。このままでは孤立して、総崩れになるぞ」。カーメネフ、リャザノフ、その他も同じ意見だった。

だがレーニンは、傍のトロツキーと共に、岩のように動じなかった。——「妥協者どもがわれわれの綱領を受け入れるなら、仲間に入れてやろうじゃないか！　われわれは一歩たりとも譲らない。この部屋の同志たちの中で、われわれがリスクを負ってでも行おうとしていることを行う勇気のない者は、ほかの臆病者や宥和《ゆうわ》主義者どもと一緒に出て行ってもらっても構わない！　労働者と兵士たちを後ろ盾に、われわれは進み続けるのだ！」。

午後七時五分過ぎ、左翼エスエルから軍事革命委員会に残留するとの知らせが入った。

「どうだ！　連中もついて来ているではないか！」とレーニンは言った。

その少しあと、私たちが大広間の記者席に座っていると、ブルジョア系の新聞に寄稿しているある無政府主義者《アナーキスト》から、幹部会委員団がどうなっているのか様子を見に行かないかと誘われた。そこでツェー・イー・カーのオフィスに行ってみたが誰もおらず、ペトログラード・ソヴィエトの事務局も同じだった。私たちは部屋から部屋へと、広大なスモーリヌイの館内をさまよい歩いた。ソヴィエト大会を運営するはずの組織がどこへ行ってしまったのか、誰にもまったくわからないようだった。歩きながら、アナーキストの連れは過ぎ去った時代の革命運動について、彼の長く、愉快だったフランス亡命時代について、教えてくれた……。ボリシェヴィキについては、凡庸で、礼儀知らずで、愚かな連中であり、美的な感性が欠けていると、彼は私見を披露《ひろう》してくれた。この男こそはまさに典型的なロシアの「知識階級《インテリゲンチャ》」だと言うべきだろう。こうして私たちはついに一七号室、つまり軍事革命委員会のオフィスの前まで来て、猛然と行き来する人たちの真っ只中に立った。するとドアが開き、男が弾丸のように飛び出してきた。階級章のない軍服姿で、小柄でがっしりとして、平らな顔。初めは微笑んでいるように見えたが、すぐにそれは極度の疲労で顔が引きつっているのだとわかった。クルイレンコ[4]だった。

小粋《こいき》で品がありそうに見える私の連れのアナーキストは、歓声をあげて近寄った。

「ニコライ・ワシリエヴィチ！」と言うなり握手の手を伸ばした。「同志よ、俺を忘れたかい？　監獄暮らしを共にしたじゃないか」。

クルイレンコは一生懸命に思い出そうとし、目の前の男の姿に注意を集中して記憶を探った。「ああ、そうだったな」とようやく答えると、実に親しみのこもった表情で相手を上から下まで眺め回した。「君はS――だったな。やあ、こんばんは《ズドラストヴィーチェ》！」。二人はキスを交わし、クルイレンコは腕を振り回しながら「この騒ぎの中で、君はいったい何をしてるんだ？」と訊いた。

「まあ、ちょっと見物しているだけさ……。君はずいぶん出世したようだな」

「そうだ」と、どこか断固とした調子を込めてクルイレンコは答えた。「プロレタリア革命は大いに成功している」と言って笑った。「だが、ひょっとして、ことによるとまた監獄で会うかもしれないな！」。

私たちが再び廊下に出ると、連れのアナーキストは説明を続けた。「つまりですね、私はクロポトキン[5]の信奉者なんですよ。私たちから見ればこの革命は大失敗だ。大衆の愛国心を呼び覚ましていないからです。もちろん、それは民衆がまだ革命を起こす段階にないということを証明しているわけですがね」。

ちょうど午後八時四〇分、雷鳴のような歓声が幹部会委員たちの入場を知らせた。その中にはレーニンも——あの偉大なるレーニンも——いた。背が低い、ずんぐりした人物で、禿《は》げ上がり、盛り上がったような大きな頭が肩の上に乗っている。小さい目に、上向き加減の短い鼻。口は大きく立派で、顎もがっしりとしている。今はさっぱりと髭を剃《そ》っているが、すでにこれまでにもおなじみの（そしてこの先も有名となる）あの顎髭が生えかけていた。よれよれの服に、ひどく長すぎるズボン。歴史上これほど敬愛された群衆の偶像《アイドル》もそういないはずだが、それにしては地味な印象だ。大衆の奇妙なリーダーだ——純粋に知性のおかげでリーダーとなった男。華がなく、

4　ニコライ・クルイレンコ。第三章の訳注3参照。

5　ピョートル・クロポトキン（一八四二〜一九二一年）。名家出身の地理学者だったが、ロシアを代表するアナーキストとなり亡命。三月革命後に帰国したが政治活動から退いた。

ユーモアに欠け、不屈で超然とし、気質的にとても絵になる男とは言い難い。だが深遠な考えをやさしい言葉で説明する才能があり、状況を具体的に分析できる。そして明敏な眼力に裏打ちされた、とてつもない知的な豪胆さを持っている。

カーメネフが軍事革命委員会のこれまでの活動の報告を読み上げていた――軍隊における死刑の廃止、宣伝活動の自由を認める権利の復活、政治犯となっている将校や兵士たちの釈放、ケレンスキーに対する逮捕命令、そして個人が所有する倉庫に退蔵されている食料の没収……。すさまじい喝采が巻き起こった。

再びユダヤ人ブントの代表者が発言した。ボリシェヴィキの非妥協的な態度は革命を潰《つぶ》すに等しく、ブントの代表団はこれ以上ソヴィエトの大会に参加しつづけることはできない、というのだ。会場から叫び声があがる――「昨日の晩のうちに出て行ったんじゃなかったのか！　あと何回退席すれば気がすむんだ？」。

続いてメンシェヴィキ国際主義派の代表たち。会場から「何？　まだいたのか？」の叫び声。発言者は、大会を離脱したのはメンシェヴィキ国際主義派の一部にすぎない、と説明した。あとは残るつもりだと――「権力をソヴィエトに移管するのは革命にとって危険で、ひょっとすると致命的ですらあると、われわれは考えている」――（会場の野次の邪魔が入った）――「しかしわれわれとしては、大会に残り、ここで権力移管に反対票を投じることこそ責務だと感じている！」。

ほかの発言者たちが順序の決まりもなく続いた。ドン盆地から来た炭鉱夫らの代表者は、〔コサックを率いる〕カレージンに対処する手を打つよう、大会に訴えた。カレージンが首都への石炭と食料の供給を断ち切るかもしれないというのだ。次に、前線から到着したばかりの数人の兵士たちは、自分たちの連隊から熱狂的な祝辞をたずさえてきた……。そしてついにレーニンだ。演台の縁をしっかりとつかみ、せわしなくまばたきする小さな目で群衆の上に視線を走らせ、会場が静まるのを待って立っていた。長々と数分間は続いた喝采には無関心な様子だ。喝采がやむと、レーニンは簡潔にこう言った――「われわれは今や社会主義的秩序の建設へと進もうではないか！」。再び人々の圧倒的な歓声が巻き起こる。

「第一にやるべきことは、講和を実現するために具体的な手段を講じることだ……。われわれはソヴィエトが提示した条件に基づいて、つまり無併合、無賠償、民族自決権に基づいて、全交戦国の国民に講和を提案する。同時に、われわれが約束してきたとおり、秘密協定は公表し、無効とする……。戦争と平和をめぐる問題はまったく明白であるから、私は前置きをせずに『全交戦国の国民に対する声明』の原案を読み上げようと思う……」

話すとレーニンの大きな口は、まるで微笑んでいるように大きく開いた。声はかれていた――不快な感じではなく、長年にわたって演説をしてきて身についた硬い声音といったところだ。そして単調な一本調子なのだが、かえっていつまでも続けられそうな具合だ……。強調するときはやや前かがみになった。身振り手振りは使わない。そして今その目の前には、崇敬の念を込めて見つめる何千人という人々の素朴な顔があった。

全交戦国の国民と政府に対する声明

一一月六日と七日の革命によって生まれた政府すなわち労働者・兵士・農民代表ソヴィエトを基盤とする労働者と農民の政府は、全交戦国の国民と政府に対し、ただちに公正で民主主義的な講和に向けて交渉を開始することを提案する。

戦争で疲弊し、衰弱した大多数の労働者と勤労階級は、公正で民主主義的な講和を望んでいるが、当政府が言うその講和とは、皇帝《ツァーリ》による君主制を打倒して以来、労働者と農民が絶えずきっぱりと要求しつづけてきた講和のことである――無併合（つまり外国の領土の征服を認めず、他の民族の強制的な併合を認めない）、そして無賠償でただちに講和を結ぶことだ。

ロシア政府は全交戦国の国民に提案する——講和を目指した交渉へ向けてただちに、一切の遅滞なく、該当するすべての国々および民族の正当な代表機関がそうした講和の全条件を明確に批准《ひじゅん》するのを待たずに、決定的な一歩を踏み出す意志を示し、ただちに講和を結ぶように、と。

当政府が言う併合や外国の領土の征服とは——一般に民主的な権利と特に労働者階級の権利という考えに基づいて——、自発的に明白かつ正確に同意と希望を表明していない弱小民族を強大な国家が統合するあらゆる場合を言う。そのような強制的な併合がどのような時期に行われたかにかかわらず、そして強制的に併合され、または他国によってその国土の外で統治されている民族が、どの程度まで文明化されているかにかかわらず、さらにその国家がヨーロッパにあろうと海の向こうの遠き国々であろうと、それは変わらない。

もし他国の領土内に強制的に留め置かれている民族があった場合、あるいは、みずからの意志を表明しているにもかかわらず（表明の仕方は新聞、民衆の集会、諸政党の決定、あるいは民族抑圧に対する騒動や暴動など、どのような形を取ろうと構わない）、その民族が自由投票によって国家的・政治的組織の形態を決定する権利を与えられていない場合——つまりその民族を併合した、または併合しようとしている、あるいは全般的に言ってその民族よりも強大な他国の軍隊が完全に撤退したあとでも、まったく制約されることのない投票によって決定することができない場合——そのような統合は併合である。それは征服であり、暴力行為なのである。

そうした強大かつ裕福な諸国が彼らの間で弱小な被征服民族を分割できるようにしてやるために、この戦争を継続するのだとしたら、それは人類に対するもっとも悪《あ》しき犯罪であると当政府は考える。そして当政府は上記のような諸条件に基づき、あらゆる民族にとって例外なく平等かつ公平な形でこの戦争を終わらせるための和平協定に署名するつもりであることを、ここに厳《おごそ》かに宣言する。

当政府は秘密外交を廃止し、あらゆる交渉を人々の目に見えるよう白日のもとで行うという、固い決意を国民に対して表明する。そして一九一七年三月から一一月七日までの間に、地主と資産家たちの政府によって承認または締結されたあらゆる秘密協定を、すみやかかつ完全に公開していく予定である。それら秘密協定の大半では、どの条項もロシアの帝国主義者らに利益と特権をもたらすことを目的としており、当政府はそれらを即刻、有無を言わせず糾弾《きゅうだん》する。

講和へ向けて公開の交渉に参加するよう、すべての国々の政府と国民に呼びかけるにあたり、当政府はそれらの交渉を電文、書簡、あるいは各国間の予備会談、さらには各国の代表者らによる会議などの方法で進める用意があることを宣言する。そうした予備会談を円滑《えんかつ》に進めるため、当政府は中立諸国において公式な代表者らを任命する。

当政府は交戦国のすべての政府に、そしてすべての国民に対し、ただちに休戦協定を締結することを提案し、同時に、その休戦は三カ月継続するものとする。その期間中に、この戦争に引き込まれ、または参戦せざるを得なかったすべての国家と民族の間で、例外なく、代表者らによる必要な予備会談を開くことが充分可能だろう。そればかりか、講和条件の確実な受諾を目的として、すべての国々の代表者たちが公式会議を催すこともできるはずである。

この和平案を全交戦国の政府と国民に提示するにあたり、ロシアの労働者と農民による当臨時政府は同時に、また特に、人類への貢献にもっとも専心している三カ国の自覚ある労働者たちへも呼びかけるのである。すなわちこの戦争に参戦している諸国の中でももっとも重要な三カ国――イギリス、フランス、そしてドイツ――である。それら三カ国の労働者たちは、進歩と社会主義との大義に対し、もっとも偉大なる貢献をしてきたのだ。イギリスのチャーチスト運動[6]という輝かしい前例、フランスのプロレタリアートが成し遂げた世界史的な意義がある一連の革命、そして最後にドイツでは、一連の「社会主義者取締法」に対する歴史的闘争[7]。それは全世界の労働者たちが見習うべき長期的な粘り強い行動の好例で、ドイツのプロレタリアートたちは強力な諸組織を生み出したのだった。このようなプロレタリアートの英雄的な活躍の模範、その歴史に残る記念碑的な実績は、これらの国々の労働者たちが彼らに課された義務を、つまり人類を戦争の恐怖とその結末から解放するという義務を、理解してくれることを私たちに確実に保証してくれるのだ。そして講和という大義を成功裏に実現するために、彼ら労働者たちが決定的かつエネルギッシュな持続的行動によって、われわれに力を貸してくれるだろうということも。同時にまた、搾取されている労働者大衆をあらゆる隷属とあらゆる搾取から解放するという大義の実現に向けても。

雷鳴のような重々しい喝采が静まると、レーニンは再び話しはじめた。

「われわれはこの宣言を批准するよう、ソヴィエト大会に提案する。われわれは各国の民衆だけでなく、各国の政府にも呼びかけるのだ。なぜなら交戦国の民衆だけに向けた宣言では、講和の締結を遅らせてしまうかもしれないからだ。休戦中に起草される講和条件は憲法制定議会によって批准されるものとする。休戦期間を三カ月とすることで、われわれはこの戦争の血みどろの殺戮《さつりく》を味わってきた民衆に、できるだけ長い休息と、自分たちの代表者を選出するのに充分な時間を与えたいのだ。この和平提案は帝国主義の各国政府からは抵抗に遭うだろう――この点をごまかすつもりはない。だがわれわれは、全交戦国でほどなく革命が勃発することを期待している。だからこそわれわれは、フランス、イギリス、そしてドイツの労働者たちへも呼びかけるのだ……」

続いてレーニンは演説を締めくくった――「一一月六日と七日の革命は、社会革命の時代の扉を押し開けた。……平和と社会主義の名のもとで、労働運動は勝利し、その運命を全うするだろう……」。

このようなレーニンの演説には、何か物静かだが力強い響きがあり、人々の魂を揺さぶった。レーニンが話すと誰もがうなずいてしまうのも、わかる気がした……。

6　一八三〇年代から五〇年代にかけて、イギリスの労働者や民衆が「人民憲章」（ピープルズ・チャーター）という請願書を掲げて普通選挙の実現を求めた運動。

7　一八七〇年代後半から始まった、社会主義者の弾圧をねらった出版・集会・結社の自由などを排除する一連の法令に対して展開された抵抗運動。

挙手による採決が行われ、レーニンの発議に対して政党各派の代表者だけが発言できることがすぐに決まり、各人一五分以内とされた。

最初に左翼エスエルを代表してカレーリン――「わが党派はこの声明の文言に対して修正案を出すチャンスがなかった。これはボリシェヴィキだけの党内文書だ。だがその精神には賛同するから、われわれは賛成票を投じよう」。

合同社会民主党国際主義派の代表はクラマロフだ。長身で、猫背で、近視である。「野党の道化役《ピエロ》」として、ちょっとばかり笑い者にされる運命の男だった。そのクラマロフは、これほど重大な事案を決する権威を持ち得るのは、全社会主義政党で構成された政府だけだと言った。もし社会主義諸政党が連立政権を組むというのなら、その政策綱領を全面的に支持するとした。さもなければ、部分的にしか賛成できないと。

一方、レーニンの声明文については、彼ら国際主義派も主要な点では完全に一致しているとした。

そして会場がますます熱気を帯びていく中、発言が相次いだ――ウクライナ社会民主党、賛成。リトアニア社会民主党、賛成。人民社会主義党《トルドヴィキ》（勤労グループ）、賛成。ポーランド社会民主党、賛成。ポーランド社会党、賛成だが、できれば社会主義各党の連立政権が望ましいとした。レット人社会民主党、賛成……。何かがこの人たちの心中で燃えていた。ある者は「われらが前衛部隊を務める来るべき世界革命」について語った。別の者は「同胞愛の新時代が来て、すべての民族がひとつの大いなる家族になるだろう」と言った。次には無所属の議員が発言に立った――「矛盾があるぞ。最初に無併合・無賠償の講和を提案すると言っておきながら、続いてあらゆる講和の提案を検討すると言ってるじゃないか。検討するということは受諾することもあるわけで……」。

レーニンがさっと立ち上がった――「われわれは公正な講和を望んでいる。だが革命戦争を戦うことを恐れているわけではない。……おそらく帝国主義者の各国政府はわれらの訴えには応えないだろう。だがわれわれは、簡単に『ノー』と言い返してしまえるような最後通牒を出すつもりはない。……われわれがあらゆる講和の提案を検討する用意があるということを、ドイツのプロレタリアートたちが理解すれば、おそらくそれが最後の一滴となって、あとは器から水があふれるように、ドイツで革命が起きるだろう……。

われわれはあらゆる講和条件を検討することには同意するが、すべてを受諾するという意味ではない。……われわれの条件の中には、最後まで戦い抜いて勝ち取るべきものもあるからだ。だがほかの条件については、それだけのために戦争を続けるわけにはいかないものもあるだろう。……なんといっても、われわれはまず戦争を終わらせたいのだから」。

ちょうど午後一〇時三五分、カーメネフが声明に賛成の者は代議員証を掲げるよう求めた。ある代議員が一人、大胆にも反対の意思表示に手だけを挙げたが、とたんに周囲の怒号に包まれ、すぐに取り下げた……満場一致だった。

突然、誰もが同じ衝動に突き動かされ、気づいてみれば私たちは全員立ち上がり、『インターナショナル』[8]を小さな声で歌い出したが、すぐに流れるような活気あふれる斉唱になった。白髪混じりの老兵が子供のようにむせび泣いていた。アレクサンドラ・コロンタイ[9]は慌ててまばたきをして涙をこらえた。大音量の歌声は大広間に響き渡り、窓やドアを突き抜けて穏やかな空へと飛翔していった。「戦争は終わりだ！　戦争は終わりだ！」と、私の近くにいた若い労働者が顔を輝かせながら言った。そして歌が終わり、どことなく間の悪い沈黙の中で誰もが突っ立っていると、部屋の後ろのほうから誰かが大声をあげた――「同志たちよ！　自由のために死んでいった者たちのことを忘れずにいようではないか！」。そこで私たちはあの『葬送行進曲』[10]を歌い始めた。あのスローで物悲しげ《メランコリック》な、それでいて輝かしい勝利の詠唱でもあり、実にロシア的で心を打つ。結局のところ、『インターナショナル』は外国の歌だ。この

『葬送行進曲』こそが、この大広間に座っている代議員たちを送り出した、底辺に埋もれた大衆の魂そのものだと、私には感じられた。彼らは、そのおぼろげなビジョンから新生ロシアを建設しようとしている……。そしてひょっとすると、それ以上のものを。

君たちは死闘の中で倒れた
人民の自由のため、人民の名誉のために。
君たちは命と、大切なものすべてを捧げ、
恐ろしい監獄で苦悶し、
鎖に繋がれて追放の身となった……。

8 一九世紀末のフランスの革命歌。社会主義者らの間で広く歌われるようになった。一九一八〜四四年の間、ソ連の国歌でもあった。
9 第一章の訳注9参照。
10 一九世紀のロシアの革命的葬送歌『君たちは犠牲となり倒れた』(日本では『同志は倒れぬ』として知られる)のこと。ショスタコーヴィチの交響曲第一一番「一九〇五年」の第三楽章に取り入れられていることでも有名。

君たちは無言を貫いて鎖を引きずった、同胞の苦悩を忘れることができずに、
そして正義は剣よりも強いと信じて……。

いつの日か必ず、君たちが捧げた命が報われるときが来る。

その時は近い――圧政が倒れるとき、人民は立ち上がる、偉大にして自由の身となって！

さようなら、同胞たちよ、君たちは貴い道を選んだ。

君たちの後には死と苦しみを覚悟した清新な部隊が続く。

さようなら、同胞たちよ、君たちは貴い道を選んだ。

君たちの墓前でわれわれは誓う、戦い、努力することを。自由のため、人民の幸福のために。


彼ら三月革命に殉《じゅん》じた者たちは、今この瞬間のために、あのマルス広場の冷たい「同胞たちの墓場」で眠っているのだ。このためにこそ、何千、何万という人々が監獄で、亡命先で、シベリアの鉱山で死んでいったのだ。彼らの予想とは違う形に、そしてインテリゲンチャが望んだものとも違う形になったが、それでも、時は来たのだ――荒々しく、力強く、型どおりのやり方を捨て去り、感傷を軽蔑して。つまり、

現実《リアル》に……。

レーニンが「土地に関する布告」を読み上げていた。

（1）一切の土地の私有はただちに無補償で廃止とする。

（2）地主の屋敷地および帝室、修道院、教会に属する一切の土地は、家畜・登記済み資産・建物・その他の付属物を含め、憲法制定議会が招集されるまで各郡土地委員会および地区農民代表ソヴィエトの管理下へ移される。

（3）没収された資産は今や人民に属することになったのであり、それらに対するいかなる毀損《きそん》も重罪とみなされ、革命裁判所の処罰を受ける。地主たちの屋敷地の接収にあたり、地区農民代表ソヴィエトはあらゆる必要な手段を講じて最大限厳しい規律を保ち、没収の対象となる土地区画を選定してその面積を測定し、没収した全資産の目録を作成し、それらの土地における一切の農業用資産を最大限厳しく革命的に保護するものとする。なお、一切の建物、器具類、家畜、生産物その他は人民の所有に移る。

（4）憲法制定議会による最終的な決議があるまで、大々的な土地改革の実現に向けて下記の農民への訓令《ナカース》をガイドラインとせよ（原注三二）。これは各地域で出された農民への訓令《ナカース》二四二通をもとに、全ロシア農民代表ソヴィエトの機関紙「イズベスチア」紙の編集委員会が作成したもので、「イズベスチア」紙第八八号（一九一七年八月二九日。発行地ペトログラード）に掲載されている。

従軍中の農民およびコサックの土地は没収されることはない。

レーニンは説明を加えた――「これは元臨時政府閣僚のチェルノフの計画とは異なっている。チェルノフは『枠組みを作り上げる』として、上からの改革を実現しようとした。われわれの案では、土地分配の問題は下から、そして現場で決定されるのだ。その際、農民各人が受け取る土地の広さは地域ごとに異なるだろう……。臨時政府のもとでは、地主連中《ポミエシチキ》は土地委員会の命令を一蹴《いっしゅう》した。リヴォフが考案し、シンガリョーフ[11]が設立し、ケレンスキーが管轄した土地委員会だ！」。

議論が始まる前に、一人の男が通路の人々を荒々しくかき分けて壇上によじ登った。全ロシア農民代表ソヴィエトの執行委員会メンバーのピアヌイフで、全身怒りにわなないていた。

「全ロシア農民代表ソヴィエト執行委員会はわれわれの同志、サラスキンとマスロフ両閣僚[12]の逮捕に抗議する！」と言って、聴衆に面と向かって声を荒らげた。「彼らを即刻釈放するよう要求する！　二人は今、ペトロパヴロフスク要塞《ようさい》に捕らわれている。すぐさま対応しろ！　一瞬も無駄にするな！」。

もう一人、乱れた顎髭に、燃えるような目つきの兵士が発言した――「あんたたちはそこに座ったまま、土地を農民にやるなどと言っていながら、農民が選んだ代表者たちに対して暴君や略奪者のように振る舞っているじゃないか！　いいか」――（と、そこで拳を振りあげた）――「もし彼らの髪一本でも傷つけたら、反乱を覚悟しておけ！」。聴衆は困惑してざわめいた。

するとトロツキーが立ち上がった――落ち着き払い、敵意もむき出しに、みずからの権力に確信を持ち、大きなどよめきに迎えられて。

「昨日、軍事革命委員会は社会革命党およびメンシェヴィキの閣僚たちのマスロフ、サラスキン、グヴォズドフ、マリアントヴィチを釈放することを決定した。ただし、原則としてだ。彼らがいまだにペトロパヴロフスク要塞の監獄にいるのは、われわれ

11　リヴォフは三月革命後の第一次臨時政府とそれに続く第一次連立臨時政府の首相で、シンガリョーフは当時の財務相。その後ケレンスキーが第二次、第三次連立臨時政府を率いた。なお、チェルノフは第一次、第二次連立臨時政府の農業相。

12　第三次連立臨時政府でサラスキンは国民教育相を、マスロフは農業相をそれぞれ務めた。

がほかの仕事で忙殺されて手が回らないからだ。……しかしながら、コルニーロフ事件で彼らがケレンスキーの裏切り行為に加担していたかどうか、われわれの捜査が終わるまで彼らを自宅軟禁とする！」

「こんなことをする革命なんて、聞いたことがないぞ！」とピアヌイフは怒鳴った。

「あなたは間違っている」とトロツキーが答えた。「同じようなことは今回の革命でもすでに目にしてきたではないか。七月のあのころ、何百人というわれわれの同志が逮捕された。……コロンタイ同志が医師の命令で獄中から解放されたとき、〔社会革命党の〕アフクセンチエフは彼女の自宅の玄関前に、帝政時代の秘密警察の元工作員二人を見張りにつけたんだぞ！」

農民代表たちはぶつくさ言いながら引き下がり、冷ややかな野次が飛んだ。

左翼エスエルの代表が「土地に関する布告」について意見を述べた。同派はこの件について原則的には賛成だが、議論をした上でなければ採決はできない、というのだった。それに農民代表ソヴィエトの意見も聞く必要があると……。

メンシェヴィキ国際主義派も、まず党員総会で話し合うことにこだわった。

続いて農民のアナーキストの一翼を代表する最大限綱領主義《マキシマリスト》派のリーダーが発言に立った――「こうした法令を初日に通してしまえるほどの政党には敬意を払うべきだ。

つべこべ言わずにな！」。

典型的な農民タイプが演壇に立った。長髪で、長靴に、山羊革の外套《がいとう》を着て、大広間の隅から隅までにお辞儀《じぎ》をくり返してから言った──「同志と市民のみなさん、ごきげんよう。外に何人か立憲民主党《カデット》の連中がうろついていますよ。みなさんは俺たち社会主義者の農民たちを逮捕したんですから、あいつらもとっとと捕まえてはいかがですかね？」。

これを合図に農民たちが興奮して議論を始めた。昨晩の兵士たちの議論とまったく同じ具合だった。私はこの国の真のプロレタリアートの姿を目にしていた……。「アフクセンチエフをはじめ、あの〔農民代表ソヴィエト〕執行委員会のメンバーたちめ、俺たち農民を本当に守ってくれる連中だと思っていたのに……結局あいつらもちカデットと同じじゃないか！　やつらを逮捕しろ！　やつらを逮捕するんだ！」

別の一人は──「あのピアヌイフだのアフクセンチエフだのという連中は、いったい何者だ？　全然農民じゃないじゃないか！　俺たちに尻尾《しっぽ》を振って媚《こ》びているだけじゃないか！」。

聴衆はどっと立ち上がった──これらの農民たちこそ兄弟だと感じて！

左翼エスエルは三〇分の休憩を提案した。代議員たちが続々と退室していく中、レーニンがその場で立ち上がった。

「時間を浪費してはならないぞ、同志たちよ！　ロシアにとってこの上なく重要なニュースを、明日の朝刊に間に合わせないとならないからな。時間厳守だぞ！」

熱い議論や論争、せわしない足音をついて、軍事革命委員会の使いの者が叫んでいるのが聞こえた――「扇動演説《アジテーション》をできる人間が一五人必要だ！　今すぐ第一七号室に来てくれ。前線へ行ってもらいたい！」。

代議員たちが三々五々戻ってきて、幹部会委員団が演壇に上がったのは、ほぼ二時間半もたってからだった。再開するとまず、各連隊から続々と送られてきた、軍事革命委員会を支持するとの電文が読み上げられた。

悠然としていながらも、集会は徐々に活気づいていった。マケドニア戦線の部隊の代議員が、彼らの置かれた状況について苦々しく語った。「あそこでは敵軍よりも、われわれの『連合国』との友好関係がかえってわれわれを苦しめているのだ」と彼は言った。駆けつけてきたばかりの第一〇軍と一二軍の代表者たちは「俺たちは君たちを全力で支持する！」と述べた。ある農民出身の兵士は「裏切り者の社会主義者であるマスロフとサラスキン」の釈放に反対だと抗議した。そして農民代表ソヴィエトの執行委員会については、一網打尽に逮捕してしまえ、と！　これぞ真の革命的な発言だった……。ペルシャで従軍中のロシア軍の代表者は、「すべての権力をソヴィエトに」と要求するよう言われてきたと言明した。ウクライナ人の将校はウクライナ語でこう言った——「この危機に民族主義などいらない。万国のプロレタリア独裁よ、万　歳《ダ・ズドゥラフストヴィエト》　！」。ロシアの民衆がもの言わぬ愚者に戻ることなどあり得ない……そう思わずにいられないほど高貴で熱い思いがあふれていた！

　反ボリシェヴィキ勢力がいたるところで混乱を巻き起こそうとしていると、カーメネフが指摘した。そして全ロシア・ソヴィエト大会からロシア国内の全ソヴィエトへ向けた訴えを読み上げた。

> 　全ロシア労兵代表ソヴィエトおよび一部農民代表ソヴィエトは、あらゆる反革命的な反ユダヤ人的活動と、どのようなものであれ一切の虐殺《ポグロム》に反対するために、ただちに精力的に手を打つよう呼びかける。労働者、農民、兵士の革命はその名誉にかけて、いかなるポグロムも許容することはできない。
>
> 　ペトログラードの赤衛隊、革命的守備隊と水兵たちは、首都で完全な秩序を保っている。
>
> 　労働者、兵士、農民たちよ、ペトログラードの労働者と兵士たちの模範をあら

ゆる場所で見習うべきである。
同志の兵士とコサックたちよ、われわれは真の革命的秩序を守り抜く義務を負っている。
革命的ロシア全土と全世界がわれわれを注視しているのだ……。

午前二時、「土地に関する布告」の採決が行われ、反対票はわずか一票で、農民の代議員たちは喜びを爆発させた。こうしてボリシェヴィキはがむしゃらに突き進んだ——圧倒的に、躊躇《ちゅうちょ》と反対を乗り越えて。ロシアのほかのすべての勢力が議論ばかりに延々と八カ月を費やしたのに対し、ボリシェヴィキは確固とした行動計画を持ったロシアで唯一の政治勢力だった。

そこへ一人の兵士が立ち上がった。やつれ、みすぼらしいかっこうだが、雄弁だ。訓令《ナカース》の中に、脱走兵は出身の村で土地の分配から除外されるような条項がある、と抗議したのだ。最初は罵声でやじり倒されそうだったが、この男の感動的な演説に、最後は会場が静まり返った。兵士は大声で続けた——「われわれ兵士は自分の意志に反して塹壕《ざんごう》で殺戮《さつりく》を強いられてきたんです。それは無意味で、身の毛のよだつ悲惨なものであって、あなたがた自身もさっき採択された『平和に関する布告』の中で認めているではありませんか。そんな兵士たちは、平和と自由という希望を抱いて〔三月の〕革命を歓迎したんです。平和ですって？　ケレンスキー政権はその兵士たちに再びガリチア[13]に進撃して、虐殺し、虐殺されることを強要したんです。兵士が講和を懇願すると、テレシチェンコ〔外相〕はただ笑い飛ばしました。……自由ですって？　ケレンスキー政権下では、兵士たちは自分たちの委員会が弾圧され、新聞が発禁となり、声をあげた党員たちが投獄されるのを目の当《まあ》たりにしました。故郷の村では、地主たちは土地委員会を無視し、兵士の同志たちを投獄した。ペトログラードでは、ドイツと手を結んだブルジョアジーが、軍隊に対する糧食と武器の供給を妨害した。兵士には軍靴も服もなかったんです。……兵士が脱走せざるを得なかったのは誰のせいか？　あなたがたが打倒したケレンスキー政権です！」。最後は喝采が送られた。

しかし別の兵士が激しく糾弾した――「敵前逃亡のような薄汚いまねをするやつは、ケレンスキー政権を隠《かく》れ蓑《みの》なんかにするな！　脱走兵どもはろくでなしだ。自分だけ家に逃げ帰って、塹壕で孤独に死んでいく戦友たちを見捨てているのだ！　脱走兵は全員裏切り者であり、処罰すべきだ……」。

13　当時のオーストリア帝国領で、現在のウクライナ西部とポーランド南部に当たる地域。

場内は騒然となり、「いい加減にしろ！《ダヴォーリノ》」「静粛に！《チーシェ》」と叫び声が飛び交った。カーメネフはこの件は政府の決断を待とうと、急いで提案した（原注三三）。午前二時三〇分、張り詰めた沈黙が訪れた。カーメネフは「政権の構成」に関する布告を読み上げた。

憲法制定議会が招集されるまで、臨時に労働者と農民の政府を設立し、「人民委員会議」と名づける（原注三四）。

国家活動のさまざまな分野の管理運営は各委員会に委ねられ、委員の構成は、男女労働者、水兵、兵士、農民、事務職員らの各大衆組織と密接に結びつきながら、ソヴィエト大会の方針が確実に実施されるよう調整する。政府権力はこれらの委員会の委員長で構成される合議体《コレギウム》に、すなわち人民委員会議に帰属する。

人民委員（コミッサール）の活動の管轄、およびその任免権は全ロシア労兵農ソヴィエト大会とその中央執行委員会に属する。

会場は静まり返ったままだ。カーメネフがコミッサールの名簿を読み上げていくと、一人ひとりの名前のあとで歓声があがる――レーニンとトロツキーのときはひときわ大きかった。

人民委員会議議長――ウラジーミル・ウリヤーノフ（レーニン）。
内務――A・I・ルイコフ。
農業――V・P・ミリューチン。
労働――A・G・シリャプニコフ。
陸海軍――V・A・オフセーエンコ（アントーノフ）、N・V・クルイレンコ、F・M・ドイベンコによる委員会が管轄。
商工業――V・P・ノギン。
教育――A・V・ルナチャルスキー。
財務――I・I・スクヴォルツォフ（ステパーノフ）。
外務――L・D・ブロンシュテイン（トロツキー）。
法務――G・E・オッポコフ（ロモフ）。
供給――E・A・テオドロヴィチ。
郵便電信――N・P・アヴィロフ（グリエボフ）
民族問題議長――I・V・ジュガシヴィリ（スターリン）。

鉄道――改めて任命予定。

部屋のあちこちの隅に銃剣が見えた。代議員たちの間からも銃剣が突き出しているのが見えた。軍事革命委員会は誰をも武装させたのであり、ボリシェヴィズムは来るべきケレンスキーとの決戦に備えて武装しようとしていた。そのケレンスキーの軍隊ラッパの音は南西の風に乗って近づきつつあった……。この間、誰も帰宅しようとしなかった。逆に何百人という新来の人たちが隙間に流れ込み、この大きな部屋はいかめしい顔つきの兵士たちや労働者たちですし詰めとなった。それでも彼らは、疲れを知らない熱心さで何時間でも突っ立ったまま参加していた。タバコの煙と人いきれ、それに粗末な服や汗の臭いとで、むせ返りそうだった。

機関紙「ノーヴァヤ・ジーズニ〔新生活〕」紙の編集スタッフであるアヴィーロフが、合同社会民主党国際主義派とメンシェヴィキ国際主義派の残留者たちを代表してしゃべっていた。しゃれたフロック・コートに身を包み、若く知的な風貌のアヴィーロフは、場違いな感じがした。

「われわれはいったいどこへ向かっているのか、自問しなければならない……。なぜあれほど簡単に〔臨時〕連立政府は倒れたのか？　それは左翼の民主的勢力の力だとは言えない。唯一の要因は、政府が国民に平和とパンを与える能力を欠いていたことだ。そして左翼もまた、その問題を解決しない限り、権力の座を守り続けることはできないだろう。……

この政府は国民にパンを与えることができるか？　穀物は乏しい。農民の大半はついてきてくれないだろう。なぜなら君たちの政府は、彼らが必要としている農機具類を提供してやることができないからだ。燃料やその他の必需品もほとんど手に入らない。……

講和にいたっては、さらに困難だろう。連合国はスコベレフと話すことを拒んだ。君たちからの講和会議の提案など決して受け入れてはくれないだろう。君たちの政府はロンドンでもパリでも、ベルリンでも、承認してはもらえないだろう。……

君たちは連合国各国のプロレタリアートの効果的な支援など当てにできない。なぜならほとんどの国ではまだ革命的な闘争を展開するにはほど遠いからだ。連合国の民主勢力はストックホルム会議[14]を招集することもできなかったのを、思い起こしてくれ。

14　一九一五年のツィンメルワルト会議の流れを受けて一九一七年九月に開催された会議。国際的な幅広い社会主義者らの会議を目指していたが、結局は動きの鈍かった連合国の社会主義者抜きで開催された。第二章原注一〇の訳注4、第二章の訳注1参照。

ドイツ社会民主党については、ストックホルム会議にわれわれが送った代表者の一人、ゴールデンベルク同志と私はさっき話してきたところだ。彼によれば、戦争が続いているうちはドイツでの革命は不可能だと、参加していた極左の代表たちから言われたそうだ……」

ここで野次が矢継ぎ早に飛んで妨害が激しくなったが、アヴィーロフは続けた――。

「ロシアが孤立すれば、次のどちらかの致命的な結果をもたらすだろう――ロシア軍がドイツ軍に敗北し、ドイツ＝オーストリア同盟側と英仏連合側とがロシアを犠牲にして手っ取り早く講和をまとめてしまうか、あるいはロシアがドイツと単独講和を結ぶしかなくなるかだ。

連合国の駐ロシア大使たちが国外へ退去しようとしていると、ついさっき耳にした。それに、『祖国・革命救済委員会』がロシア全土の都市で結成されつつあると……。

こうした巨大な困難を単独で克服できる政党などない。大多数の人々が一致して社会主義諸政党の連立政権を支持すること、革命を達成するにはそれしかないのだ……」

続いてアヴィーロフは合同社会民主党国際主義派とメンシェヴィキ両党による決議案を読み上げた。

革命のこれまでの成果を守るには、ただちに労兵農代表ソヴィエトを基盤とする政府を樹立することが不可欠であり、その政府の任務は、できる限り速やかに講和を実現し、土地を土地委員会の手に移管し、工業生産に対する管理を確立し、規定の日時に憲法制定議会を招集することである。これらの認識に基づいて、本ソヴィエト大会は、大会に参加している民主勢力諸派との合意の上で、右のような政府を樹立するための執行委員会を指令する。

聴衆は勝ち誇って革命的な高揚感に酔いしれていたが、アヴィーロフの冷静で粘り強い主張に動揺した。演説の終盤には怒号や罵声は消え、話し終えたときには多少の拍手すら起こった。

カレーリンが続いた。彼もまた若く、怖いもの知らずで、その誠実な人柄を疑う人はいなかった。彼は左翼エスエルを代弁した――マリヤ・スピリドーノヴァの党派であり、ボリシェヴィキを支持したほとんど唯一の政党で、革命的な農民たちを代表していた。

「わが党は人民委員会議に加わることを拒否した。それは、このソヴィエト大会を離脱した一部の革命的勢力と、永久に分裂したままでありたくないからだ。そのような分裂は、われわれがボリシェヴィキとその他の民主勢力との間をとりもつことをできなくしてしまうだろう。そしてそれこそが現時点のわれわれの基本的な責務なのだ。社会主義諸政党の連立政権以外には、われわれはどんな政府も支えつづけることはできない……。

さらにわれわれは、ボリシェヴィキの専横的な振る舞いに抗議する。わが党のコミッサールたちはポストを追われた。われわれの唯一の機関紙である「ズナーミャ・トルーダ(労働の旗)」紙も昨日発行を禁じられた。……中央ドゥーマは君たちに対抗して戦うために、強力な『祖国・革命救済委員会』を結成しつつある。今でさえ君たちは孤立しており、君たちの政府を支持するほかの民主勢力はひとつもないのだ……」

そしてついに、一段高くなった演壇にトロツキーが立った。自信にあふれ、高圧的で、ほとんどあざ笑うかのように口元にあの独特の辛辣《しんらつ》な表情を浮かべている。轟《とどろ》くような声を発すると、大群衆は総立ちになって迎えた。

「わが党が孤立するのではないかと、危ぶんで懸念する声は今に始まったことではない。蜂起の前夜にも、われわれは壊滅的な敗北を喫すると予想されていた。誰もがわれわれに敵対していた。軍事革命委員会でわれわれと共にいたのは、左翼エスエルの一部だけだった。ではわれわれがほとんど流血もなしに政府を転覆できたのは、どういうわけだ？　この事実こそ、われわれが孤立してはいなかったことのもっとも鮮やかな証拠である。実際は、臨時政府こそが孤立していたのだ。そしてわれわれに対抗して攻撃を挑んだ民主的諸政党こそが孤立していたのであり、今も孤立しているのであり、永久にプロレタリアートから切り離されているのだ！

　彼らは連立が必要だと言う。だが可能な連立は、ひとつしかない――労働者、兵士、貧農の連立だけである。そしてその連立を実現したことはわが党の名誉である……。アヴィーロフはどんな連立のことを言っているのだ？　人々に対する裏切りの政府を支持していた連中との連立か？　何でも連立さえすれば力が増すというものではない。例えば、〔メンシェヴィキの〕ダンや〔社会革命党の〕アフクセンチエフと一緒に隊列を組んで、われわれはあの武装蜂起を組織することができただろうか？」――（爆笑が沸き起こった）――「アフクセンチエフは人々にほとんどパンを与えることができなかった。それではわれわれが祖国防衛派《オボロンツィ》メンシェヴィキと連立すればもっと与えられるのか？　農民か、土地委員会委員の逮捕を命じたアフクセンチエフか、どちらかを取れと言われれば、われわれは農民との連立を選ぶのだ！　われわれの革命は古典的な革命として歴史に名を残すことになるだろう……。

彼らは、われわれがほかの民主的諸政党との合意を突っぱねたと非難する。だがわれわれのせいなのか？　それとも、カレーリンが言ったように、『誤解』のせいなのか？　いや、同志たちよ、違う。まだ硝煙《しょうえん》が漂う革命の最高潮にあって、ある政党から『ここに権力がある――さあ、つかみ取れ！』と誘われて、権力を差し出されたその連中が敵側へ寝返ったとすれば、それは誤解などではない。それは情け容赦のない戦争の布告だ。そして宣戦を布告したのはわれわれの側ではない。……

アヴィーロフは、われわれが孤立したままでいれば、和平交渉が失敗するぞと脅している。もう一度言おう――スコベレフやテレシチェンコと連合することが、どうして講和締結に役に立つのか私にはさっぱりわからない！　アヴィーロフはロシアを犠牲にした講和を結ばれてしまうぞと言いたてて、われわれを脅そうとする。それに対して私はこう答えよう――ヨーロッパ諸国が帝国主義のブルジョアジーに支配されている限り、革命ロシアは必然的に失われるだろう、と。

選択肢は二つにひとつしかない――ロシア革命がヨーロッパに革命の動きを生み出すか、さもなくばヨーロッパの列強がロシア革命を滅ぼすかだ！」

会場の聴衆はとてつもない賛意の喝采で迎え、敢然と戦おうと燃え上がり、人類を擁護しようとの思いに駆られた。そしてこの瞬間から、蜂起した大衆のあらゆる行動に、何かしら自覚的で決然としたところが見られるようになり、それは決して消え去ることがなかった。

だが反対陣営も戦闘態勢を整えつつあった。カーメネフは鉄道労働者組合の代表に発言を認めた。いかめしい顔つきのがっしりとした男で、態度には執念深い敵意をみなぎらせていた。その男は爆弾発言をした。

「ロシア最強の組織の名のもと、俺は発言する権利を要求する。俺の言うことを聞け――政権の構成に関するわが組合の決定を通知するよう、俺は組合の中央委員会《ヴィクジェーリ》から命じられている。ボリシェヴィキがロシアの全民主勢力から孤立することにこだわり続けるのならば、ヴィクジェリはボリシェヴィキを支持することを絶対的に拒否する！」――大広間はすさまじい騒ぎに包まれた。

「一九〇五年にも、そしてコルニーロフ事件のときにも、鉄道労働者たちは革命のもっとも優れた防衛者だったのだ。だがあんたたちは俺たちを全ロシア・ソヴィエト大会に招待しなかった」――それに対して「おまえたちを呼ばなかったのは旧中央執行委員会《ツェー・イー・カー》だぞ！」と怒号が飛んだ。だが雄弁な男は相手にせずに続けた――「俺たちはこの大会の合法性を認めない。メンシェヴィキと社会革命党が離脱して以来、合法的な定足数に達していない。……わが組合は旧ツェー・イー・カーを支持し、この大会には新たな執行委員会を選出する権利はないと断言する。政権は社会主義的で革命的な政権でなければダメだ。そして全革命的民主勢力の正当な機関に対して責任を負うものでなければダメだ。そうした政権が構成されるまで、鉄道労働者組合は、すでに反革命部隊をペトログラードへ輸送することを拒否しているが、同時にわが組合のヴィクジェリの同意なしにはどんな命令の実行も一切禁止する。さらに、ロシアの鉄道の全管轄権をヴィクジェリが掌握する」

最後には憤然とした罵声の嵐が襲いかかり、ほとんど声が聞き取れなかった。だがこれは手痛い打撃だった——それは幹部会が懸念の表情を浮かべていることからも読み取れた。それでもカーメネフは、本大会の合法性には疑いの余地はないとだけ答えた。メンシェヴィキと社会革命党が離脱した後でも、旧ツェー・イー・カーが設定した定足数は超えているからだという。

続いて「政権の構成に関する布告」の採決が行われた。その結果、圧倒的多数で人民委員会議の就任が可決された。

新たなツェー・イー・カー、ロシア共和国の新たな議会の選出には、わずか一五分しかかからなかった。トロツキーがその構成を発表した——一〇〇人の議員のうち、ボリシェヴィキが七〇人。農民と、離脱した各党派についても、議席を用意しておくことになった――「われわれの綱領を採択するすべての政党やグループを政府に歓迎する」と、トロツキーは締めくくった。

こうして、第二回全ロシア・ソヴィエト大会は解散となった――メンバーたちが自宅のあるロシアの隅々にまでとって返し、偉大な出来事を告げることができるように……。

スモーリヌイの前にはソヴィエトの代議員たちが帰宅できるようにと、路面鉄道員組合が常に車両を待機させていた。その眠りこけている車掌や運転士たちを私たちが起こしたのは、もう朝七時近くのことだった。乗客たちは、前の晩ほど幸せそうに浮かれはしゃぐ様子が見られないように感じられた。多くは不安げに見えた。心の中でこんなことを自分に言い聞かせていたのかもしれない――「支配者となった今、どうやって意志を実現すべきだろうか?」と。

私たち一行はアパートに戻ると、夜明け前の闇の中で市民たちの武装パトロール隊に制止され、詳しく調べられた。ドゥーマの通達[15]が効いているらしかった……。

15　個人宅への侵入を（武力を使ってでも）防ぎ、自衛するようにと市民に呼びかける通達。本章247ページ参照。

私たちの帰りを聞きつけた大家が、ピンク色の絹の部屋着を身につけて慌てて出てきた。

「みなさんもほかの人たちと一緒に守衛の当番に就くようにと、住宅委員会がまた言ってきましたよ」と彼女は言った。

「その守衛の当番というのはなんのためなんですか?」

「住宅と女性と子供たちを守るためですわ」

「誰から?」

「強盗や人殺しですよ」

「しかしもし軍事革命委員会のコミッサールがやって来て、武器を隠し持っていないか捜索されたらどうします?」

「あら、奴らはそう名乗るに決まってますよ……。それに、どうせどっちだって同じでしょ?」

私は真顔ではっきりと言ってやった——アメリカ市民は武器の携帯を領事から禁止されているのだと、特にロシア人のインテリゲンチャの住む界隈ではね、と。

第六章　祖国・革命救済委員会

一一月九日、金曜日。

一一月八日、ノヴォチェルカスク発。

ボリシェヴィキが反乱を起こし、臨時政府を排除してペトログラードで権力を奪おうと試みたことを受けて……当コサック政府はそれらをまったく許容しがたい犯罪行為であると断定する。その結果、われらコサックは連立政権である臨時政府を全力で支持する。このような状況により、臨時政府が政権の座に戻り、ロシアに秩序が回復されるまで、私は一一月七日以降、ドン地域に関する一切の権限をみずから引き受ける。

署名―首領《アタマン》　カレージン

コサック軍政府総裁

次はケレンスキー首相の命令で、〔ペトログラード南郊の〕ガッチナ発となっている。

臨時政府首相であり、ロシア共和国の全軍の最高司令官である私が、祖国に対する忠誠を守っている前線の各連隊を率いていることを宣言する。ペトログラード軍管区の（誤解または愚かさから、この国と革命に対する裏切り者らの呼びかけに応じてしまった）全部隊に対し、速やかに各自の任務に復帰するよう命令する。

本命令は全連隊、大隊、中隊《プリカース》で読み上げること。

署名—臨時政府首相・最高司令官

Ａ・Ｆ・ケレンスキー

続いてケレンスキーから北部戦線司令官の将軍への電報。

ガッチナの町は忠実な諸連隊が無血で制圧した。クロンシュタット軍港の水兵たちやセミョノフスキーとイズマイロフスキーの両連隊の分遣隊らは、抵抗せずに武器を放棄し、政府軍に加わった。

指定の部隊はできる限り速やかに進軍することを命じる。軍事革命委員会は所属の部隊に退却を命じた。……

ペトログラードの南西約三〇キロメートルにあるガッチナは夜の間に陥落した。電文にも出ている二個連隊の分遣隊は（水兵たちではなかった）、司令官抜きで近郊をさまよっている間に、確かにコサック兵らに包囲されて武器を置いた。だが政府軍の部隊に加わったというのは事実ではなかった。そして今まさに、彼らの多くが面目《めんぼく》を失い、途方に暮れた様子でペトログラードのスモーリヌイへやって来て、申し開きをしようとしていた。コサック兵らがあんなに近くにいるとは思わなかった……コサック兵らに反論しようとしたのだが、と……。

明らかに、今もっとも混乱を極めているのは革命の最前線だった。ペトログラードから南方のどの小都市でも、守備隊は真っ二つ（または三つ）に割れ、絶望的なほど激しく対立していた。最高司令部はほかに従うべき強力なリーダーがいないため、ケレンスキーの側についた。一般の兵卒の大多数はソヴィエトの側についた。そして残りは惨めにもその間で揺れ動いていた。

軍事革命委員会はペトログラード防衛のため、ムラヴィヨフという野心的な正規の陸軍大尉を急いで司令官に任命した。ムラヴィヨフといえば、夏に決死大隊を組織し、かつて臨時政府に向かって「ボリシェヴィキに対して手ぬるすぎる。連中は一掃すべきだ」と進言したことで知られる男だ。軍人精神を抱き、権力と豪胆《ごうたん》さを信奉する男——おそらく心から……。

朝、階下の玄関へ下りてみると、扉の横に軍事革命委員会から二通の新たな命令が掲示されていた——大小すべての商店は平常通り開店すべきこと、そして空室や空きアパートはすべて同委員会の利用に提供すること……。

今やボリシェヴィキは三六時間もの間、ロシアの地方と国外の世界から切り離されていた。鉄道員や電信員らはボリシェヴィキの文書を伝送することを拒否し、郵便配達員らは郵便を取り扱おうとしなかった。ツァールスコエ・セローにある革命政府の無線局だけが、ボリシェヴィキの半時間ごとの速報や宣言を天下の隅々《すみずみ》にまで送信した。スモーリヌイのコミッサールたちは市ドゥーマのコミッサールたちと先を争い、疾走《しっそう》する列車でロシアの辺地まで地球を半周した。そしてプロパガンダ用のビラを満載した二機の航空機が前線を目指して大空へ舞い上がっていった……。

しかし革命の蜂起の渦《うず》は、人力をはるかに上回るスピードでロシア全土に広がりつつあった。ヘルシングフォルスのソヴィエトがボリシェヴィキ支持の決議を採択。キエフのボリシェヴィキらは武器庫と電信局を占拠《せんきょ》したが、偶然にもそこで集会を開いていたコサック兵会議の代議員らに追い出されてしまった。カザンでは、同地の軍事革命委員会が現地の守備隊の参謀と臨時政府のコミッサールを逮捕した。はるかシベリアのクラスノヤルスクからは、市当局各機関をソヴィエトが掌握しているとの知らせが届いた。モスクワでは、一方では皮革業者らが大規模ストライキを打ち、逆に経営側も大規模ロックアウトを行うと脅したために状況が悪化していたが、各ソヴィエトは採決の結果、ペトログラードのボリシェヴィキの行動を支持することを圧倒的多数で可決した。そしてすでに軍事革命委員会が機能しはじめていた。

どこでも同じようなことが起きていた。一般の兵卒や産業労働者たちは圧倒的にソヴィエトを支持。将校、士官候補生《ユンケル》、そして全般的に中産階級は臨時政府の側についた――この点、ブルジョア系である立憲民主党（カデット）やいわゆる「穏健派」社会主義政党各党も同じだった。各地の小都市ではどこでも「祖国・革命救済委員会」が続々と設立され、内戦に向けて武装しようとしていた……。

広大なロシアは瓦解《がかい》寸前だった。それははるか一九〇五年の時点からすでに始まっていた動きだった。三月革命は単にそれを勢いづけたにすぎず、新秩序の予感のようなものを生んだだけで、旧体制の空疎な構造をそのまま受け継いで終わった。そこへ今、ボリシェヴィキが一夜にしてそれを雲散霧消させてしまった。まるで煙を吹き払うかのように。古いロシアは消えた。社会は人間の根源的な欲求の熱で溶融したマグマのように押し流され、荒れ狂う炎の海からは、階級闘争が剝《む》き出しの容赦のない姿を現そうとしていた――そしてこの生まれ変わった惑星のまだ脆弱な地殻もまた、ゆっくりと冷え固まろうとしているのだった……。

ペトログラードでは一六の各省がストライキを行っていた。音頭をとっていたのは労働省と食糧省――どちらも八月に、当時政権の座にあった全社会主義勢力の連立政府[1]が新設したたった二つの省である。

真の孤立というものがあるとすれば、どんよりとした肌寒い朝、四方八方から巨大な嵐がのしかかってこようとする中、あの「ひと握りのボリシェヴィキ」こそ、まさに孤立していたと言うにふさわしい（原注三五）。窮地に追い込まれた軍事革命委員会は反撃に出た――生き延びるために。「大胆に《ドゥ・ローダス》、さらに大胆に《アンコール・ドゥ・ローダス》、そして常に《エ・トゥージュール・》大胆に《ドゥ・ローダス》」である[2]。午前五時、赤衛隊が市政府の印刷局に入り、何千部もの「ドゥーマによる抗議文」のコピーを押収し、市政府の公式機関紙の「ヴェエストニク・ゴロドスコヴォ・サモウプラヴレニヤ（市自治政府公報）」を発禁にした。すべてのブルジョア系の新聞は印刷機を使わせてもらえなくなった。旧全ロシア・ソヴィエト中央執行委員会（ツェー・イー・カー）の機関紙「ゴーロス・ソルダータ（兵士の声）」紙まで禁圧されたが、「ソルダツキー・ゴーロス（兵士の声）」紙と名前を変えて一〇万部も発行された。それは怒りと反抗心に駆られて叫び声をあげた――。

夜中に裏切りの一撃を繰り出した男たちは、新聞各紙を発禁にしたが、いつまでも国民を騙《だま》しておけるものではない。この国はやがて真実を知るだろう！　ボリシェヴィキの諸氏よ、国民は君たちの本性を見抜くだろう！　いずれわかるだろう！

昼を少し過ぎたころ、私たちがネフスキー大通りを下って行くと、ドゥーマの建物の前の通りが人で埋め尽くされていた。そここに赤衛隊や水兵たちが銃剣を装着し

1　ケレンスキーを首相兼陸海軍相とする第二次連立臨時政府のこと。
2　フランス革命の指導者の一人だったジョルジュ・ダントンの言葉とされる。

たライフル銃を持って立っており、その一人ひとりを一〇〇人ほどの男女が取り囲んでいた——事務職員、学生、商店主、お役人《チノヴニキ》たち。拳《こぶし》を振りかざし、怒鳴り声をあげ、罵倒したり脅しつけたりしているのだった。建物の階段では少年団の団員や将校たちが「ソルダツキー・ゴーロス」紙を配っていた。階段の下に一人、赤い腕章をつけてレボルバー銃を手にした労働者の男がいた。敵意に満ちた群衆の真ん中で、怒りと苛立ちで震えながら、「ソルダツキー・ゴーロス」紙を引き渡すよう要求していた……。私が思うに、歴史上かつてない光景だ。一方には、武器を手にしたひと握りの労働者や一般の兵卒がいて、その姿は民衆蜂起の勝利を表していた……ただ、まったくみすぼらしい身なりで。そして反対には、昼どきのニューヨーク五番街の歩道を行き交うような人々が、必死の形相《ぎょうそう》の群れとなって嘲笑《あざわら》い、罵《ののし》り、叫んでいる——「裏切り者！　扇動者！　オプリーチニキ！[3]」と。

ドゥーマの入り口は学生たちや将校らが見張りについており、白い腕章に赤い字で「公安委員会民兵」と書いてあった。さらに五、六人の少年団員が行ったり来たりしている。二階はひどい喧騒に包まれていた。ゴンベルク大尉[4]が正面の階段を降りてくるところだった。「連中はドゥーマを解散させるらしいぞ。ボリシェヴィキのコミッサールが今、市長と会ってるそうだ」と大尉は言った。私たちが階段を上りきったところで、〔そのコミッサールである〕リャザノフが足早に建物から出てきた。人民委員会議を承認せよとドゥーマに要請するために来たのだったが、市長にきっぱりと拒否されたという。

屋内の各執務室はどこも大勢の人たちが集まり、身振り手振りを交えて口々にしゃべり、急ぎ、怒鳴っていた——政府の官僚、知識人、ジャーナリスト、外国人特派員、フランスやイギリスの将校たち……。市政府の技官がその将校らを指さして勝ち誇ったように言った——「各国大使館は今やドゥーマを唯一の権力と認めているんです。あのボリシェヴィキの人殺しの盗賊どもは、あと何時間ももちませんよ。ロシア中がわれわれを支持しに馳《は》せ参じているんですからね……」。

アレクサンドル・ホールでは膨大な人数を集めて「祖国・革命救済委員会」の会合が開かれていた。〔旧ツェー・イー・カーの〕フィリポフスキーが議長を務め、相変わらずスコベレフが演壇に立って、新たに彼らの委員会の支持に加わった団体を報告し、すさまじい喝采《かっさい》を浴びていた——農民代表ソヴィエトの執行委員会、旧ツェー・

3　一七世紀のイワン雷帝の護衛にあたった残忍な親衛隊。
4　祖国防衛派メンシェヴィキで、軍事部門を担当した。第四章参照。

イー・カー、中央軍隊委員会、艦隊中央委員会《ツェントロフロート》、メンシェヴィキ、それにソヴィエト大会参加組からは社会革命党と前線グループの代表者たち、メンシェヴィキと社会革命党および人民社会主義党の各中央委員会、エジンストヴォ（統一）グループ、農民組合、各種協同組合、各種地方評議会《ゼムストヴォ》、各地の地方自治体、郵便電信組合、鉄道労組全ロシア中央委員会（ヴィクジェリ）、ロシア共和国暫定評議会、合同組合、商工業者協会……。

「……ソヴィエト政権は民主的政権ではなく、独裁政権だ――プロレタリアートの独裁ではなく、プロレタリアートに対する独裁だ。革命の熱気をこれまでに感じ、あるいはどうすれば感じることができるかをわかっている者はみな、今や革命の防衛に加わるべきである。……

目下の問題は、無責任な扇動者どもを無力化することだけでなく、反革命と戦うことだ。……噂によれば、地方の一部の将軍たちはこの状況に乗じ、革命とは別の目的を抱いてペトログラードに進撃しようとしている。もしその噂が本当だとすれば、それはわれわれが民主的政府の確固たる基礎を確立しなければならないことの、何よりの証しだ。そうしなければ、左翼に悩まされた上に、右翼にも悩まされることになるだろう。……

『ゴーロス・ソルダータ(兵士の声)』紙を買い求める市民や、〔メンシェヴィキの〕『ラボーチャヤ・ガゼータ(労働者新聞)』紙の新聞売りの少年たちが街頭で逮捕されているというときに、ペトログラード守備隊は無関心を決め込んでいるわけにはいかない。……

決議ばかりしている段階は過ぎ去った。……もはや革命に信念を持てなくなった者がいれば、身を引くがいい。……統一政権を確立するには、再び革命の威信を取り戻さなければならない。……

われわれは誓おうではないか――革命が救われるか、われわれが滅びるかだ!」

ホールは総立ちになり、歓声をあげ、委員たちの目は燃えていた。そこにはプロレタリアートはただの一人も見当たらなかった……。

続いてウェインステイン。

「われわれは冷静さを保ち、世論がわれわれ救済委員会支持でしっかりとまとまるまで、動くべきではない――そのあとでなら、われわれは守勢から攻勢に転じることができる!」

ヴィクジェリの代表者は、彼の組織は率先して新政府の形成に取り組みたいとし、代表団が今スモーリヌイのボリシェヴィキらと議論しているところだと明かした……。

これには「新政府へボリシェヴィキの参加を許すべきか？」と、議論が白熱した。〔メンシェヴィキ国際主義派の〕マルトフは、認めてやろうと訴えた。何と言っても彼らも重要な一政党を代表しているのだからと。意見はひどく割れていた。人民社会主義党、各種協同組合、そしてブルジョア系の各党派ばかりか、右翼メンシェヴィキとの社会革命党も激しく反対していた……。

ある発言者が言った――「彼らはロシアを裏切った。彼らは内戦を始め、前線をドイツ軍に明け渡した。ボリシェヴィキは容赦なく粉砕《ふんさい》すべきだ」。

スコベレフは、ボリシェヴィキもカデットもはずすべきだとの立場に賛同していた。

私たちはある若い社会革命党員と出会って話しこんだ。ツェレテリと[5]「妥協派」たちがロシアの民主勢力に連立政権を押しつけた晩に、ボリシェヴィキと共に民主主議会議[6]から退席した一人だ。

「君もここに？」と、私は彼に訊いた。

彼は燃えるような目つきで「はい！」と勢いよく言った。「水曜の晩、私は自分の党と一緒にソヴィエト大会を退席したんです。私は二〇年以上も命をかけてきたというのに、今さらあの『暗愚の民』の圧政に屈するわけにはいきませんから。あいつらのやり方は我慢ならない。あいつらは農民たちを相手にしてこなかった……。その農民たちが行動を起こしはじめれば、あいつら、あっという間におしまいですよ」。

「だが農民たちは動くだろうか？　『土地に関する布告』で農民たちは落ち着くんじゃないのか？　その上に何がほしいと言うんだい？」

「ああ、『土地に関する布告』ですね！」と彼は憤然と言った。「あの『土地に関する布告』が何であるかご存知ですか。あれはわれわれの布告なんですよ――あれはそっくりそのまま社会革命党の綱領です！　わが党があの政策の大枠を作ったんです、農民たち自身の望みを最大限慎重にまとめあげて。ですから実に腹立たしいのは……」

「だが君たち自身の政策なら、どうして反対するのだ？　農民たちの望みどおりだとしたら、彼らがどうして異を唱えるだろうか？」

「おわかりじゃないようですね。農民たちはこれがすべて彼らを騙すトリックだとすぐに気づくはずですよ、わかりませんか？――つまりあの簒奪者どもが社会革命党の綱領を盗んだのだと」

カレージンが南方から進軍中だというのは本当か、と私は訊いた。

5　右翼メンシェヴィキで旧ツェー・イー・カーのメンバー。第一、二、四章参照。

6　メンシェヴィキも主導して臨時政府が開催した会議。第三章本文および原注七、九参照。

彼はうなずくと、どこか苦々しい満足感に両手をすり合わせて言った——「はい。これでボリシェヴィキが何をしでかしたか、おわかりでしょう。あいつらは反革命を引き起こさせたのですよ。革命は失われた。革命は失われたのです」。

「でも、君たちは革命を守る気はないのか？」

「もちろん守りますとも——われらの血の最後の一滴まで。でも私たちはボリシェヴィキとはどんな形でも協力はしません……」

「しかしカレージンがペトログラードまでやって来て、ボリシェヴィキが町を防衛するというときに、君たちは加わらないのか？」

「もちろん、加わりません。われわれも町を防衛しますが、ボリシェヴィキは支援しません。カレージンは革命の敵ですが、ボリシェヴィキも負けず劣らず革命の敵ですからね」

「どちらがいいと思う、カレージンとボリシェヴィキだったら？」

「そんな議論はしたくない！」と彼は苛立たしげに大声を出した。「革命は失われたと言ったでしょう。そしてそれはボリシェヴィキのせいなのです。いいですか、こんなことを話してどうなるんです？　ケレンスキーも迫っています……。明後日にはわれわれも攻勢に転じます。すでにスモーリヌイからは代表団が来て、新政府の形成にわれわれを招きたいというんです。でももう私たちはやつらの首根っこをつかんだ——やつらはまったく何もできない。われわれは協力しません……」

そのとき外で銃声がした。私たちは窓に駆け寄った。群衆から愚弄《ぐろう》されつづけ、ついに業《ごう》を煮《に》やした赤衛隊の一人が発砲。若い女性の腕を負傷させたのだった。彼女が運ばれてタクシーに乗せられるのが見え、彼女を取り囲む興奮状態の群衆の喧騒が階上の私たちのところまで聞こえてきた。眺めていると、突然ミハイロフスキー通りの角から装甲車両が現れた。機銃をあちこちへ向けている。群衆はたちまち走りだし、ペトログラードの群衆の常として、通りの地面にじっと伏せ、側溝に折り重なり、電柱の影に固まって身を隠そうとした。車両は轟音《ごうおん》とともにドゥーマの建物正面の階段の前まで来ると停車して、砲塔から男が頭を突き出し、「ソルダツキー・ゴーロス」紙を引き渡すよう命じた。同紙を配布していた少年団員たちは野次を浴びせて冷やかすと、飛ぶように建物の中へ消えていった。ほどなくして車両は中途半端に方向転換すると、ネフスキー大通りを去って行った。その間、伏せていた数百人もの男女が立ち上がり、汚れた服をはたいていた。

館内では、腕いっぱいに「ソルダツキー・ゴーロス」紙を抱えた人たちがめまぐるしく走り回り、隠し場所を探していた……。

あるジャーナリストが紙切れを振り回しながら部屋に飛び込んできた。「クラスノフ[7]からの声明文だぞ！」とその男が叫ぶと、みな一斉に取り囲んだ。「印刷しろ。すぐに印刷して、兵舎へ回せ！」と男は言った。

最高司令官の命令により、私はペトログラードに集結中の各部隊の司令官に就任する。

市民たちよ、兵士たちよ、ドン地方・クバン地方・トランスバイカル地方・アムール地方・エニセイ地方の勇ましいコサックたちよ、みずからの誓いに忠誠を守ってきたみなに呼びかける。そして決して破ることのできないコサックの誓いを守ってきたみなに呼びかける――ペトログラードを無政府状態《アナーキー》から、飢餓から、圧政から救い、〔ドイツ皇帝〕ヴィルヘルムの金で買収された一部の愚か者たちがもたらそうとしている拭い去ることのできない恥辱から、ロシアを救うようにと。あの偉大なる三月に君たちが忠誠を誓った臨時政府は、打倒されたわけではない。だが閣議を開いていた建物から暴力によって追われてしまった。しかしながら、みずからの任務に誠実な前線の陸軍部隊の力と、全コサックを支配下に統合したコサック委員会の力を借りて――そのコサック委員会は、各部隊の兵士たちのあふれる戦意で増強され、ロシアの国民の意志に従って行動している――臨時政府は一六一二年の〔ロシア・ポーランド戦争の〕動乱時の父祖たちのように、祖国を守ることを誓った。その当時、ドン地方のコサック兵たちは、スウェーデン・ポーランド・リトアニア勢に脅かされていたモスクワを解放したのだった。君たちの政府は存続している。……

軍務に就いている各部隊はあの連中を憎悪と軽蔑を込めて犯罪者どもであると考えている。やつらは打ちのめされてはいるものの、まだ降伏はしていない。だがやつらの破壊と略奪行為、やつらの数々の犯罪、やつらがロシアを見つめるときのドイツ的精神によって、やつらは全国民から遊離している。

市民たちよ、兵士たちよ、ペトログラード守備隊の勇ましいコサック兵たちよ、わがもとへ代表を送れ。そうすれば誰が祖国の裏切り者で、誰がそうでないかがわかり、無辜《むこ》の民の血が流れることを防げるだろう。

7　ピョートル・クラスノフ（一八六九～一九四七年）。当時ロシア軍中将だったコサック兵で、やがてケレンスキーと共に首都への進撃を目指して失敗。のちにドン・コサックの首領（アタマン）となり、反革命側で内戦を戦った。第二次世界大戦後に逮捕され、処刑。

この声明が届いたのとほぼ同時に、建物が赤衛隊に包囲されているとの知らせが、グループからグループへと駆け巡った。赤い腕章をつけた将校が一人、大股で部屋へ入って来ると市長を出せと要求した。その将校は数分後には立ち去ったが、そこへ老市長のシュレイデルが執務室から出て来て、顔を真っ赤にしたり青ざめたりしながら叫んだ――「ドゥーマの特別会議を開く！　今すぐにだ！」。

大広間ではあらゆる業務が止まった――「ドゥーマの全メンバーは特別会議へ！」。「何があったんだ？」「わからん……やつらは俺たちを逮捕するらしい……ドゥーマを解散させるのだと……メンバーを出口で逮捕している……」などと興奮した声が飛び交った。

ニコライ・ホールは立錐《りっすい》の余地もなかった。市長の発表によれば、すべてのドアの前を兵士らが固めていて、一切の出入りが禁じられており、あるコミッサールはドゥーマの議員を逮捕して解散するぞと脅したとのことだった。これに対して、議員たちばかりか傍聴席からも、何人もが次々と熱狂的な演説を行った。市民の自由意志で選ばれた市政府は、どのような権力によっても解散させることはできないと言う者もいれば、市長とドゥーマの全議員の人身は不可侵だと言う者、あの暴君であり扇動者でありドイツのスパイである連中は絶対に容認してはならない、など。そしてドゥーマを解散するという脅迫については――やりたければやってみろ、この議場を占拠したければわれわれの屍《しかばね》を乗り越えていけ、われわれはここに、古きローマ帝国の元老院議員たちのように誇り高く、いわば蛮族ゴート人たちの襲来を待ち受けるのだ、と。

決議が採択された――ロシア全土のドゥーマとゼムストヴォに電報で通知を出すこと。次の決議――市長またはドゥーマの議長が軍事革命委員会の代表者らと、あるいは彼らが「人民委員会議」と呼ぶものの代表者らと、どのような形にしろ関係を結ぶことはできないこと。決議――ペトログラードの住民たちにもう一度呼びかけ、自分たちが選出した市政府の防衛に立ち上がれと訴えること。決議――市議会を常時開会したままにすること……。

そうこうするうちに、ある議員が議場に到着して報告した――スモーリヌイへ電話をしてみたところ、軍事革命委員会はドゥーマを包囲せよとの命令は出しておらず、今取り囲んでいる部隊は撤退させるそうだ、と。

私たちが階下へ下りていくと、正面玄関からリャザノフが飛び込んできた。ひどく苛立っている。

「ドゥーマを解散させるんですか?」と私は訊いた。

「いや、まさか！」とリャザノフは答えた。「まったくの誤解だ。ドゥーマには手を出さない、と今朝ほど市長に伝えたのだ……」。

ネフスキー大通りへ出ると、夕闇が迫っていた。その中を、肩に銃を掛けた自転車隊が長い二列縦隊になってやって来た。兵士たちが止まると、群衆が押し寄せて質問攻めにした。

「おまえたちは何者だ？　どこから来た？」ある太った老人が葉巻をくわえたまま訊いた。

「第二軍。前線からだ。われわれはくそったれのブルジョアジーからソヴィエトを守りに来た！」

「ああ、ボリシェヴィキの憲兵どもだな！」と怒号が飛ぶ。「ボリシェヴィキのコサックめ！」。

革のコートを羽織った小柄な将校が階段を駆け下りてきた。「守備隊が心変わりしはじめているぞ！」と、その将校は私の耳元でぼそぼそと言った。「ボリシェヴィキの終わりの始まりだ。潮目が変わる現場を見てみたいか？　一緒に来い！」と言うと、小走りにミハイロフスキー通りを下って行き、私たちも追いかけた。

「どの連隊ですか？」

「ブロネヴィキだ……」。これは深刻な事態だった。ブロネヴィキは装甲車両部隊で、状況を左右し得る鍵となる部隊だ——ブロネヴィキを制する者がペトログラードを制するのだ。将校は続けた。「救済委員会のコミッサールたちとドゥーマは、これまで連中と話し合ってきた。今から決断を下すために会議を開いて……」。

「何を決断するんですか？　どちらについて戦うんです？」

「いや、そうじゃないんだ。そういうやり方はしない。彼らは絶対にボリシェヴィキと戦おうとはしないからな。投票で中立を守ることを決めるんじゃないか。そうすればあとは士官候補生《ユンケル》とコサック兵で……」

ミハイロフスキー馬術学校の門が黒々とした口をぽっかりと開けていた。二人の歩《ほ》哨《しょう》が私たちを制止しようとしたが、私たちはさっとすり抜け、憤然と抗議する彼らに耳を貸さなかった。広大なホールに入ると、屋根に近いはるかな高みに薄暗いアーク灯がたった一つ灯っていた。数々の装飾用の壁柱と窓の列は暗闇に沈んで見えない。辺りには駐車してある装甲車両の怪物のような巨大な影がぼんやりと浮かんでいた。ホールの中央、アーク灯の下に、ほかと離れて一台だけ車両があり、その周りに灰褐色の軍服姿の兵士たちが二〇〇〇人ばかりも集まっていた。それでもこのとてつもなく広大なホールの中では、ほとんどものの数ではない。将校や軍隊委員会の議長たち、それに発言者ら十数人の男たちが車両の上に立っていた。そして中央の砲塔の上で一人の男がしゃべっていた。それはハンジュノフで、前年の夏の全ロシア・ブロネヴィキ会議で議長を務めた男だ。しなやかな身のこなしの二枚目で、中尉の肩章《けんしょう》がついた革のコートを着て立ち、中立を保つべきことを雄弁に訴えかけていた。

「ロシア人同士で殺し合うとはひどい話だ。ツァーリに対して肩を並べて戦い、外国の敵軍に対して戦場で歴史的勝利を収めてきた兵隊たちの間で、内戦などあってはならない！　政党同士のいざこざなど、われわれ兵隊の知ったことだろうか？　私は臨時政府が民主的な政府だったなどと言うつもりはない――われわれはブルジョアジーとの連立政権など望んでいない……まっぴらごめんだ。だが民主的勢力による統一政府は必要なのだ。さもなければロシアはおしまいだ！　そうした政府ができれば内戦などもなく、同胞同士で殺し合うこともないのだ！」

もっともな意見だった。巨大なホールに激しい拍手と歓声が鳴り響いた。

別の兵士が車両によじ登った。緊張して顔面は蒼白だ。「同士たちよ！」と兵士は叫んだ。「俺はみんなに至急知らせたいことがあって、ルーマニアの前線から来た。平和が必要だ！　今すぐに講和を！　俺たちに平和をもたらしてくれるなら、ボリシェヴィキでも新政府でも、俺たちは従う。平和だ！　俺たち前線の兵士はこれ以上は戦えない。相手がドイツ人でもロシア人でも、もう戦えない……」。そう言うと兵士は車両から飛び降り、うねりのように高揚する群衆から感情の入り混じった苦悩のうめきが湧き上がった。そしてそれは、次に祖国防衛派《オボロンツィ》メンシェヴィキの発言者が立ち、連合国側が勝利するまで戦争を継続すべきだと言おうとすると、怒りのような感情に変わって爆発した。

「おまえの話はケレンスキーそっくりだ！」と、荒々しい声が飛んだ。

続いてドゥーマの代議員が中立を訴えた。群衆はその男には耳を貸したが、彼らはそわそわとして不平を漏《も》らしながら、この男は彼ら兵士たちの同類ではないと感じていた。兵士たちがこれほど懸命に理解し、決断しようとしている姿を、私は未だかつて見たことがなかった。彼らは微動だにせず、突っ立ったまま発言者をどこか過剰な熱意で見つめ、眉にしわを寄せて必死に考え、額には汗を滲《にじ》ませている。たくましい体つきの大男たちが、子供のような澄んだ無垢な目をして、どの顔も英雄叙事詩から飛び出してきた戦士のようだった。

今度はボリシェヴィキの男がしゃべっていた。兵士たちの仲間の一人ではあるが、憎しみをこめて乱暴にまくしたてている。兵士たちはドゥーマの男のときと同じく好感を持てなかった。そういう気分ではなかったのだ。今、兵士たちは普段の平凡な思考を超えたはるかな高みにあって、まるで革命の成否が彼ら自身にかかっているかのように、ロシア、社会主義、世界といった視点から考えていたのだ……。

発言者は途絶えることなく、緊迫した沈黙と、賛意または怒りの叫び声の中で、討議を続けた――われわれは行動に出るべきかどうか、と。ハンジュノフが再び登場した。聴衆に寄り添う見事な話しっぷりだ。だがいくら平和を訴えてみたところで、結局彼は将校であり、防衛派《オボロネーツ》なのである。続いてヴァシリ・オストロフ地区[8]の労働者が発言に立ったが、周囲は「労働者君、君が俺たちに平和をくれるのか？」と揶揄《やゆ》した。私たちのそばで、多くは将校から成る一団が一種のさくらの役を買って出て、中立の主張者たちに歓声を送った。彼らはしきりに「ハンジュノフ！ ハンジュノフ！」と叫び、ボリシェヴィキの者がしゃべろうとすると侮辱的な口笛を浴びせた。

突然、車両の上に乗っている委員や将校たちが派手な身振りで激しく議論を始めた。どうしたのかと聴衆も叫び声をあげ、大群衆が動揺して騒然となった。すると兵士が一人、将校の制止を強引に振り切り、片手を挙げた。

「同士たちよ！ ここにクルイレンコ同志が来ていて、みんなに話したいそうだ」と兵士は叫んだ。爆発的な歓声と口笛で沸き返り、「やってくれ《ブラシーム》！ やってくれ《ブラシーム》！」

「消えうせろ《ダローイ》！」と叫び声が交錯する中、人民委員会議陸海軍人民委員《コミッサール》のクルイレンコは、前後の男たちの手を借りて、引かれ、押されしながら装甲車両の側面をよじ登った。ようやく立ち上がるとそのまましばらく直立し、車両前方のラジエータの部分まで歩み出ると、腰に両手を当て、微笑《ほほえ》みながら群衆を見渡した。ずんぐりとした短足の人物で、軍帽もかぶらず、軍服には肩章もついていない。

私のそばのさくらたちは「ハンジュノフだ！　ハンジュノフを出せ！　そいつは消えろ！　黙れ！　裏切り者を追い出せ！」などと、相変わらずひどい怒鳴り声をあげていた。ホール全体が沸騰し、喧騒に包まれた。すると群衆が動き出し、私たちのいる方へ雪崩《なだれ》のように襲いかかってきた——黒々とした髭面の大男たちが力ずくでこちらへ押し寄せたのだ。

「集会を台なしにしようとしているのは誰だ？　口笛でばかにしているやつはどこのどいつだ？」と男たちは叫んだ。手荒く粉砕《ふんさい》されたさくらの一団は、散り散りになって逃げ出し、再び集まることはなかった……。

「同志の兵士たちよ！」と疲労で声を嗄《か》らしたクルイレンコは口を開いた。「こんな

8　フィンランド湾に臨む地区で、当時の工業地区。

ひどい声で申しわけない。四日間も一睡もしていないものでね……。

私が兵士であることは、今さら断るまでもないだろう。私が平和を望んでいることも。私がぜひとも言いたいのは、君たちをはじめとするすべての勇敢な同志たちが、血に飢えたブルジョアジーの権力を永久に打倒してくれたおかげで、ボリシェヴィキ党は労働者と兵士による革命に成功し、あらゆる国民に講和を提案することを約束したのであり、それがすでに実行されたということだ――まさに今日この日に！」――嵐のような喝采が起きた。

「君たちは中立を保てと言われている。中立だった試しのない士官候補生《ユンケル》と決死大隊が街頭でわれわれを撃ち倒し、ペトログラードにケレンスキーを――あるいは一味の誰かを――再び迎えるまで中立にしていろというわけだ。カレージンがドン地方から進撃中だ。ケレンスキーも前線からこちらへ向かっている。コルニーロフは野獣師団《テキンツィ》を動員し、九月[9]に企てたことを繰り返そうとしている。今、君たちに内戦を防げと呼びかけているメンシェヴィキや社会革命党の連中だが、彼らはまさに内戦に乗じてこれまで権力を維持してきたのではないか？ 七月からずっと内戦が続いている。そして今と同様に、その内戦の間も彼らは常にブルジョアジーの側に立って権力を握ってきたのではなかったか？

君たちがもう決断してしまったと言うなら、説得のしようはないかもしれない。だが問題は極めて単純だ。一方にはケレンスキー、カレージン、コルニーロフ、メンシェヴィキ、社会革命党、立憲民主党《カデット》、ドゥーマ、それに将校たちがいる。彼らは自分たちの目的こそ優れていると主張している。その反対側には、労働者、兵士と水兵、貧農がいる。政府は君たちのものだ。君たちが主人だ。偉大なるロシアは君たちのものなのだ。それを連中に返すつもりか？」

しゃべりながらも、クルイレンコがまったく気力だけで立っていることは明らかだった。そして続けるうちに、言葉の奥にある彼の深く誠実な感情が、やつれた声を通して現れてきた。最後にはふらつき、倒れそうになった。何百という手が伸びて車両から降りるのを助けた。そしてホールの広大な薄暗い空間に、彼に投げかけられた歓声が寄せては返す波のようにこだましました。

ハンジュノフがもう一度発言しようとしたが、群衆は「投票だ！　投票だ！　投票だ！」と叫んだ。ようやくハンジュノフもあきらめ、みずからの決議案を読み上げた――ブロネヴィキは軍事革命委員会から代表を引き揚げること、そして目下の内戦

9　原文には八月とあるが、これは旧ロシア暦と思われ、第二章冒頭には九月とあるので、訂正した。

で中立を宣言すること。決議案に賛成の者は右へ、反対の者は左へ移動するようにとの指示が出た。一瞬、じっと何かを期待するように、誰もが躊躇《ちゅうちょ》した。そして群衆は動きだすと怒濤《どとう》のように勢いを増して、互いにもつれ、つまずき、左へ向かった。何百人という大柄の兵士たちが堅固《けんご》な一つの塊《かたまり》となって、薄明かりの中でむき出しの地面を横切っていく……。私たちの近くでは五〇人ほどの男たちが取り残され、あくまでも決議案に賛成しようとしていた。はるか頭上の屋根までもが勝利の叫びの喧騒に震える中、彼らは踵《きびす》を返して猛然とホールから——そして一部の者は革命そのものから——立ち去った……。

このような闘争がロシア全土の都市、地方、前線のすべての兵営で繰り返されていたことを想像してほしい。一睡もしていないクルイレンコたちが連隊を注視し、各地へ急行して議論をし、脅しつけ、懇願していたことを想像してみたまえ。それからあらゆる労働組合、工場、村々、遠方にいるロシア艦隊の軍艦のそれぞれでも同じことが起きていたことを思い浮かべ、考えてみてほしい——この広大な国の全土で何十万ものロシア人たちが演説者を見上げ、労働者、農民、兵士、水兵たちが、理解して選択しようと懸命に努力し、深く考え込み、そして最後には完全に満場一致で決論を下していることを。ロシア革命とはそのようなものだった……。

一方、スモーリヌイでは、新しい人民委員会議のコミッサールたちも怠けてはいなかった。すでに最初の布告が印刷に回され、その晩、何千部という単位で市中に配布されると同時に、梱包《こんぽう》されてロシアの南部や東部へ向かうすべての列車に積み込まれる手はずになっていた。

全ロシア労兵ソヴィエトが農民代表の参加を得て選出した、ロシア共和国政府の名において、人民委員会議は下記のとおり布告する。

1. 憲法制定議会の選挙は規定の日に実施される――一一月一二日である。

2. すべての選挙委員会、自治政府各機関、労兵農ソヴィエト、および前線の兵士たちの諸組織は、規定の日付に自由かつ整然とした選挙が行われるよう、手を尽くすべきこと。

ロシア共和国政府

人民委員会議議長

ウラジーミル・ウリヤーノフ――レーニン

市庁舎ではドゥーマの集会がフル回転していた。私たちが集会場に入ったとき、ロシア共和国暫定評議会のメンバーが発言していた。同評議会は解散を認めたわけではない、とその男は言っていた。適切な会合場所が見つかるまで仕事ができないだけなのだ、と。それと同時に、評議会の長老委員会はまるごと「祖国・革命救済委員会」に加わることを決定したという。ここで少し補足すれば、歴史の中でロシア共和国暫定評議会の名前が出るのはこれが最後となる……。

続いて例によって各省庁、鉄道組合中央委員会《ヴィクジェリ》、郵便電信組合の代表らが次々と発言し、飽きもせずに「略奪者ボリシェヴィキのためには仕事をしない」とのおなじみの決意を繰り返していた。冬宮にいたというある士官候補生《ユンケル》が、大々的に脚色された自分と同僚たちの武勇談と、赤衛隊の恥ずべき振る舞いについて語った——しかも聴衆はそっくりそのまま鵜呑《うの》みにした。誰かが社会革命党の機関紙の「ナロード（人民）」紙の記事を読み上げた。それによれば、冬宮は五億ルーブル相当の損害を被ったとされ、略奪と破壊行為の様子が微《び》に入り細《さい》を穿《うが》って伝えられた。

時おり、電話番からの伝令が最新ニュースを届けにきた——社会主義者の元閣僚四人は監獄から釈放された。また、クルイレンコはヴェルデレフスキー提督に会いにペトロパヴロフスク要塞へ出向き、海軍省は職場放棄でもぬけの殻だとして、ロシアのために人民委員会議の権威のもとで指揮を執《と》ってほしいと懇願。老船乗りは同意したとのこと……。ケレンスキーはガッチナから北進中で、ボリシェヴィキの守備隊を退却させている。スモーリヌイはまたもや布告を発し、食料管理に関する市ドゥーマの権限を拡大した、など……。

この最新のニュースには、傲慢《ごうまん》だとして怒りの声が噴出した。簒奪者であり、独裁者であるあの男、レーニンは——その配下のコミッサールたちが市の車両格納庫を占領した上、市の倉庫に侵入し、食糧供給委員会とその管轄である食料の配給に介入した——彼は自由で独立した自治を行うべき市の権限を勝手に規定しようとしているのだ！　一人の男が拳を振りながら、ボリシェヴィキが強引に食糧供給委員会に介入しようとしてきたら、市の食料の供給をストップさせてしまおう、と提案した。もう一人、特別食糧供給委員会の代表は、食料事情は極めて深刻だと報告。地方から食料を運ぶ列車を急がせるために使者を派遣してくれと要望した。

守備隊が揺れている、とディエドネンコが芝居っ気たっぷりに発表した。セミオノフスキー連隊はすでに社会革命党の命令に従うことを決定。ネヴァ川の魚雷艇《ぎょらいてい》のクルーは態度を決めかねている、と。するとプロパガンダを継続するためにその場で七名の議員が任命された。

続いて老市長が演台に立った——「同志たち、そして市民たちよ！　私はたった今、ペトロパヴロフスク要塞の囚人たちが危ないと聞かされた。パヴロフスク校の士官候補生《ユンケル》一四人をボリシェヴィキの守衛らが裸にして拷問にかけたそうだ。一人は正気を失った。さらに彼らは閣僚たちをリンチすると脅している！」。憤懣《ふんまん》と嫌悪の嵐が巻き起こり、グレーの服を着たずんぐりとした小柄な女性が発言を求めて硬い金属的な声を張り上げると、さらに猛烈な騒ぎとなった。女性はヴェラ・スルツカヤ。ボリシェヴィキのベテランの革命家でドゥーマの議員だった。

「それは嘘であり、挑発です！」と、すさまじい罵声を浴びても動じることなく言った。「死刑を廃止した労働者と農民たちの政府に、そんな行為を許可することなどできるはずがありません。この噂の事実関係を速やかに調査することを要求します。もし何らかの真実が含まれているならば、政府は果敢に対処するでしょう！」。

全政党を含む委員会が即座に選出され、調査のためにペトロパヴロフスク要塞へ市長を伴って派遣された。私たちも後について議場を出た。ちょうどケレンスキーを迎えるために別の委員会が選任されているところだった――ケレンスキーが首都に入城する際に流血の事態が起きるのを防ぐためだった……。

私たちはペトロパヴロフスク要塞の門番たちの前を、適当にごまかしてすり抜けた。ちょうど真夜中のことだった。歴代のツァーリたちが眠る墓のある教会の側面に沿って、まばらな電灯のかすかな灯りを頼りに進み、すらりとした黄金の尖塔《せんとう》や鐘《チャイム》の下を通り抜けた（その鐘は長年、毎日正午に『ボージェ・ツァリャー・フラニー』〔『神よ、ツァーリを救いたまえ』〕を演奏しつづけてきた）……。要塞に人影はなかった。おおかたの窓からは灯りも漏れてこない。私たちは何度か、暗闇で足取りのおぼつかない大柄の男たちにぶつかったが、誰に聞いてもお決まりの「私は知りません《ヤ・ニェ・ズナーユ》」が返ってくるだけだった。

左手にはトルベツコイ稜堡《りょうほ》[11]の黒々とした輪郭が聳《そび》えていた。ツァーリの時代、自由に殉じて命や正気を失った無数の犠牲者たちが収容されていた、生きた囚人たちの墓場だ。そこへ今度は臨時政府がツァーリの大臣たちを閉じ込め、今はボリシェヴィキが臨時政府の閣僚たちを閉じ込めているのだった。

気さくな水兵が私たちを指揮官の執務室へ案内してくれた。造幣局の近くの小さな家の中だ。煙が充満する暑苦しい部屋に五、六人の赤衛隊や水兵、兵士たちが座っていて、紅茶用湯沸かし器《サモワール》が景気よく湯気を吹き出していた。私たちは大いに心のこ

11　稜堡とは城壁から張り出した形の防御陣地。トルベツコイ稜堡内にペトロパヴロフスク要塞の監獄があった。

もった歓迎を受け、紅茶も勧めてもらった。指揮官は不在だった。ちょうど市ドゥーマから来た「妨害工作員《サボタージニキ》ども」の委員会を案内しているところだという。その委員たちは士官候補生《ユンケル》が皆殺しにされていると言い張っているのだそうだ。部屋の者たちにとっては愉快でたまらないといった様子だった。部屋の一方の側に、フロックコートに上等な毛皮のコートを着た、遊び人風なハゲ頭の小男が座っており、口髭の端を噛みながら、追い詰められたネズミのように周囲を睨《にら》みつけていた。逮捕されたばかりの男だった。閣僚か誰かだと、男をちらりと見やりながらある者が言った。小柄な男には聞こえなかったらしい。この室内に陣どる者たちは男に何ら敵意も示していないというのに、怯《おび》えているのが傍目《はため》にもわかった。

私は部屋を横切って男に近づき、フランス語で話しかけた。すると「トルストイ伯爵です」と男はぎこちなくお辞儀《じぎ》をして答えた。「私がなぜ逮捕されたのか理解に苦しみます。帰宅途中にトロイツキー橋を渡っていると、ここにいる……この連中の中の二人が私を制止したのです。私は臨時政府で参謀付きのコミッサールをしていましたが、決して政府の一員というわけではありませんでした……」。

「釈放してやれよ。無害な人物だ……」と、ある水兵が言った。

「いいや。指揮官に訊かなければ」と、伯爵を連行してきた兵士が反論した。

「やれやれ、また指揮官ときた！　おまえは何のために革命を起こしたんだ？　将校たちに従いつづけるためか？」と水兵が嘲《あざけ》った。

　一方、武装蜂起がどのように始まったか、パヴロフスキー連隊のプラポルシュチク（准将）が私たちに説明してくれているところだった――「〔一一月〕六日の夜、俺たちの連隊《ポルク》は参謀本部で任務に就いていた。俺は何人かの仲間と歩哨《ほしょう》に立っていた。イワン・パヴロヴィチともう一人が――名前は忘れてしまったが――参謀たちの会議室の窓辺でカーテンの影に隠れ、かなり色々なことを耳にできた。例えば、ガッチナの士官候補生《ユンケル》たちを夜間にペトログラードへ連れてこいという命令も聞こえたし、朝には進軍できるように用意しろというコサック兵らへの命令も聞いた。それに市内の主要箇所は夜明け前に占拠することも。それから跳ね橋を上げて遮断するという問題も話題になった。だがスモーリヌイを包囲するという話になったとき、イワン・パヴロヴィチは我慢の限界に達したのさ。ちょうどそのとき人がしきりに出入りしていたから、彼もそっと抜け出して、もう一人の仲間にできるだけ聞き出すよう託して、衛兵室にやって来たんだ。

　何かが起きている、と俺もすでに疑っていた。将校たちを満載した自動車が続々とやって来ていたし、閣僚たちも全員集まっていた。イワン・パヴロヴィチは盗み聞きできた内容を俺に教えてくれた。午前二時半のことだ。連隊委員会の書記がちょうどいたので、彼に話して指示を仰いだ。

『出入りするやつを片《かた》っ端《ぱし》から逮捕しろ！』と書記は言った。だから俺たちはさっそく取りかかった。一時間もすると、将校数人に閣僚二人ばかりを捕らえ、すぐにスモーリヌイへ連行させた。だが軍事革命委員会はまだそこまで手が回らず、どうしていいかわからなかった。まもなく命令が返ってきて、全員釈放して誰も逮捕するなというのだ。そこで俺たちはわざわざスモーリヌイまで走って行って、一時間ほども話し合っただろうか、連中はようやくわかったんだ、これは戦争だってね。参謀本部へ戻ったときには五時になっていた。そのころには将校たちはおおかた姿を消していた。それでも数人はとっつかまえ、守備隊は全員で動き出したのだ……」。

ヴァシリ・オストロフ地区から来た赤衛隊員も、あの偉大なる蜂起の日に同地区で起きたことを詳細に語ってくれた。

「あっちにはマシンガンが全然ありませんでした」と、男は笑いながら言った。「スモーリヌイからも送ってもらえやしません。そのとき、地区ドゥーマの中央局《ウプラヴァ》のメンバーのザルキント同志が、ドイツ軍から押収したのが会議室に一挺ころがっているはずだと、急に思い出したんです。そこでそいつと俺ともう一人で向かってみると、メンシェヴィキと社会革命党が会議をしていました。それで俺たちはドアを開けて、テーブルの周りに連中が座っているところへ、ずかずかと踏み込んだわけです——相手は一二人とか一五人、こちらは三人。俺たちに気づくと連中は話すのをやめて、呆《ぼう》然《ぜん》と見つめていました。俺たちは堂々と部屋を横切り、マシンガンを二つに分解し、ザルキント同志が一方を持ち上げ、私が残りを取って、肩に担いで出て来たんですよ。その間、誰もひとこともしゃべりゃしなかったんですよ！」。

「冬宮がどんな風に占拠されたかは知っているか？」と、私は別の水兵に訊いてみた。

「午後一一時ごろ、宮殿のネヴァ川の側にはもう士官候補生《ユンケル》たちがいないことに、われわれは気づいたのです。そこでドアをこじ開け、一人ずつか少人数ずつ、別々の階段を順に上って行きました。てっぺんにたどりつくと、ユンケルたちに制止されて、われわれは銃を取り上げられてしまいました。それでもわれわれの仲間が少しずつだがどんどん上って来て、ついにはこちらのほうが数が多くなった。そこで逆にユンケルたちの銃を取り上げてやったわけです……」

そのときちょうど指揮官が入って来た——陽気な風貌の若い下士官で、片腕を包帯で吊っており、睡眠不足で目の周りは黒々と隈《くま》になっている。まず捕らわれたトルストイ伯爵に視線を向けると、伯爵はすぐに弁解を始めた。

「ああ、そうでしたね」と指揮官は伯爵の言葉を遮《さえぎ》って言った。「あなたは水曜の午後に参謀本部の明け渡しを拒否した委員会のお一人ですね。でも、市民さん、あなたはわれわれには必要ではない。お詫びします」そう言うとドアを開けて、腕を振ってトルストイ伯爵を出口へ促した。数人の男たちが――特に赤衛隊だ――ぶつぶつと抗議をしたが、水兵は得意げに指摘した――「そら見ろ《ヴォーイ》！　俺が言ったとおりだろ？」。

次に二人の兵士たちが指揮官の注意を引いた。彼らは指揮官に抗議をするために、要塞の守備隊から委員に選ばれてやって来たのだった。彼らによれば、囚人たちは守備隊と同じ食事を与えられているが、食料は誰もが飢えてしまいそうなほど乏しい。「それなのにどうして反革命分子をそんなに優遇してやるんですか？」と、彼らは言った。

「私たちは革命家なのです、同志たちよ。盗賊ではなく」と指揮官は答えた。そして私たちと向き合った。私たちは、監獄の士官候補生《ユンケル》らが拷問を受け、閣僚たちの命も危ないとの噂が流れていることを説明した。「もしよろしければ、世界にきちんと伝えられるように、囚人たちに会わせてもらえませんか？」と私は訊いた。

「だめです」と、若き指揮官は苛立たしげに言った。「私はもう一度囚人たちを煩わせたくはありません。ついさっきも、彼らを叩き起こすはめになったばかりでして……。連中は惨殺されると勘違いして怯えていました。いずれにしろ、ユンケルたちはもうおおかた釈放しましたし、残りも明日には出してやりますから」そう言うなり指揮官は唐突に私たちに背を向けた。

「それならドゥーマから来た委員たちと話をさせてもらえませんか？」

紅茶を注いで飲もうとしていた指揮官はうなずいて、「まだ廊下にいますよ」とそっけなく言った。

確かにその言葉どおり、委員たちはドアのすぐ外で、オイル・ランプのかすかな灯りの中、市長を中心に寄り集まって興奮気味に話し合っていた。

「市長殿。私たちはアメリカの特派員です。あなたの調査結果を公式にお話ししてくれませんか？」と私は言った。

市長は貫禄のある威厳を湛《たた》えた顔をこちらへ向けた。

「例の話は事実ではありません」と、市長はゆっくりと述べた。「閣僚たちはここへ連れて来られる際に起きたいざこざを除けば、細心の気配りで扱われています。ユンケルたちも、一人としてかすり傷ひとつ負わされていません……」。

人影のない、深夜過ぎの暗闇の中、どこまでも続く兵士たちの隊列がネフスキー大通りを無言のまま行進していった——ケレンスキーと戦うためである。薄暗い路地裏では、電灯を消した車両が慌ただしく行き交い、農民代表ソヴィエトの本部があるフォンタンカ六番地でも、ネフスキー大通りに面した巨大な建物の中のとある一室や、インジェニエルヌイ・ザモク(技術者学校)でも、ひそやかな動きが見られた。そしてドゥーマにも灯りが灯っていた……。

スモーリヌイ学院では、軍事革命委員会が毒気を孕《はら》んだ狼煙《のろし》の炎を焚きつけていた——まるで負荷をかけすぎて暴発しそうな発電機のように。

第七章　革命の最前線

一一月一〇日、土曜日。


市民たちよ！

軍事革命委員会は革命的秩序に対するいかなる違反も容認しないことを宣言する。

窃盗、強盗、暴行、虐殺の企ては厳罰に処されるだろう……。

パリ・コミューン[1]の模範に倣《なら》い、当委員会は略奪者や混乱を扇動する者はすべて容赦なく粉砕《ふんさい》するであろう。


市中は平穏そのものだった。追い剝ぎもなければ強盗もなく、酔っ払い同士のけんかすらなかった。夜には武装パトロール隊が静まり返った通りを見回り、街角には兵士や赤衛隊がささやかな焚き火《たび》を囲んでしゃがみ込み、笑ったり歌ったりしていた。日中は歩道に大群衆が集まり、学生と兵士、実業家と労働者の間などで繰り広げられる果てしない激論に耳を傾けた。

市民たちは路上で互いに声をかけ合った。

「コサックの連中はやってくるのかな？」

「いや……」

「最新情報はあるかい？」

「俺は何も知らない。ケレンスキーはどこにいるんだ？」

「ペトログラードからわずか八キロらしいぞ。……ボリシェヴィキが軍艦アウロラ号に逃げ込んだというのは本当だろうか？」

「そういう噂だがね……」

糾弾、嘆願、布告など、威勢良く声を張り上げているのは壁の掲示物と新聞数紙だけだった。

特大のポスターが農民代表ソヴィエト執行委員会のヒステリックな声明を掲載していた。

彼ら［ボリシェヴィキ］は、傲慢《ごうまん》にも自分たちは農民代表ソヴィエトに支持されているとし、農民の代表たちを代弁していると主張している。……ロシアの全労働者階級に告げる。右のことは嘘であり、すべての勤労階級の意志に対する犯罪的な侵害行為であって、これに加担しているあらゆる農民組織に対して、すべての勤労階級の農民は——全ロシア農民代表ソヴィエト執行委員会の名において——憤りを込めて反論する……。

社会革命党の兵士部門からは——。

ボリシェヴィキの常軌を逸した企ては崩壊寸前である。守備隊は割れている。……各省庁はストライキに入っており、パンはますます乏しくなっている。少数のボリシェヴィキを除き、全党派はソヴィエト大会を離脱した。ボリシェヴィキは孤立している……。
われわれはすべての良識ある政治勢力に対し、「祖国・革命救済委員会」を中

1　「まえがき」の訳注9参照。

心に結集し、中央委員会から最初の呼びかけがあり次第、即応できる準備をしておくよう呼びかける。

ロシア共和国暫定評議会は宣伝ビラの中で、これまでに被った不正行為を並べ立てた――。

共和国評議会は銃剣を突きつけられて譲歩せざるを得ず、分裂し、一時的に会合を中断することを余儀なくされている。

権力の簒奪者《さんだつしゃ》たちは、「自由と社会主義」を口にしていながら、独断的な暴力による支配を打ち立てた。彼らは臨時政府のメンバーらを逮捕し、新聞各紙を発禁にし、印刷工場を占拠した。……このような権力は人民と革命の敵だと見なすべきであり、これと戦い、権力の座から引きずり下ろさねばならない。……

共和国評議会は、職務を再開できるまでは、各地元の「祖国・革命救済委員会」を中心に結束するようロシア共和国の市民たちに呼びかける。右の委員会はボリシェヴィキの打倒と、この国を憲法制定議会の開催へ導いてくれる政府の創設を目指しているのである。

〔社会革命党（エスエル）の機関紙〕「デーロ・ナローダ（人民の大義）」紙はこう述べた――。

革命とは全人民が立ち上がるものだ。……だが現実はどうだ？　レーニンとトロツキーに騙《だま》されたひと握りの哀れなバカ者だけではないか。……彼らの布告や呼びかけは、せいぜい歴史上の珍奇な骨董品として博物館行きだ。

そして人民社会主義党の「ナロードノエ・スローヴォ（人民の言葉）」紙は――。

「労働者と農民の政府」だと？　そんなものは絵空事である。ロシアでもわれらの連合国諸国でも、こんな「政府」を承認する者などいるはずがない――敵国でさえそうだろう。

ブルジョア系の各紙はこのときは一時的に消滅していた……。

〔ボリシェヴィキの機関紙〕「プラウダ」紙は、新しい中央執行委員会（ツェー・イー・

カー）――これが今やロシア・ソヴィエト共和国の議会となった――の第一回会合開催の記事を載せていた。農業人民委員のミリューチンは、農民代表ソヴィエト執行委員会が全ロシア農民大会を一二月一三日に招集することになったと告げた上で、こう述べた――「だがわれわれは待てない。われわれには農民の支持が欠かせない。私はわれわれの手で農民大会を招集することを提案する、それも今すぐに」。左翼エスエルは同意した。「ロシアの農民たち」への呼びかけの草案が急いで書き上げられ、大会招集のプロジェクトを実施する委員会《コミッサール》に五人が選出された。

土地分配の詳細な計画と、労働者による工業生産の管理という問題は、取り組んでいる専門家たちの報告書が提出されるまで審議を延期した。

三件の布告が読み上げられ、採択された（原注三六）。第一はレーニンの「出版物取締法」で、新政府に対する抵抗や不服従を煽《あお》り立てたり、犯罪行為を煽ったり、あるいは意図的にニュースを歪曲《わいきょく》する一切の新聞の発禁を命じた。あとの二通は「家賃の支払猶予に関する布告」と「労働者の民兵団設立に関する布告」だった。さらに空室や空き家を徴発する権利を市ドゥーマに与える命令が採択されたほか、生活必需品の流通を促進するため、ひどく不足している貨物用車両を確保できるよう、鉄道ターミナルの貨物列車の積み荷を下ろす命令も発した……。

二時間後、農民代表ソヴィエト執行委員会は、次のような電報をロシア全土に打電した――。

「全国農民大会組織局」と名のるボリシェヴィキの独断的な組織が、ペトログラードで開かれる大会へ代議員を送るよう、すべての農民代表ソヴィエトに呼びかけている。……

しかし、労働者とわが国を救う唯一の方策である憲法制定議会に向けて選挙の準備を進めるべきこの時期に、必要な要員を各地方から引き抜くのは危険である。われわれはここに、農民代表ソヴィエト執行委員会の以前から一貫した見解である。われわれはここに、農民大会開催の日付は一二月一三日であることを確認する。

ドゥーマは上を下への大騒ぎとなっていた。将校たちが慌ただしく行き来し、市長は「祖国・革命救済委員会」のリーダーたちと会議中だった。顧問官が一人、ケレンスキーの宣言文のビラを一枚持って駆け込んできた。それは飛行機が低空飛行でネフスキー大通り上空を縦断し、何百枚もばらまいていったもので、服従しない者は恐ろしい報復を受けることになると脅しつけ、兵士たちは武器を捨ててただちにマルス広場〔の練兵場〕に集合するよう命じていた。

噂によれば、ケレンスキー首相はツァールスコエ・セローを占領し、ペトログラードの郊外八キロの平原まで来ているとのことだった。そして明日にも市内に入る、と――わずか数時間で。ケレンスキー配下のコサック部隊と連絡のあるソヴィエト軍部隊が、臨時政府側に寝返っているとの噂もあった。その間のどこかに〔右翼エスエルの〕チェルノフがいて、「中立」的な部隊をまとめて内戦を阻止する勢力を築こうとしているらしかった。

市内では、ペトログラード守備隊の複数の連隊がボリシェヴィキから離反しているとも言われていた。そしてスモーリヌイはすでに放棄されたとも……。

政府系機関はすべて機能を停止していた。国立銀行の行員たちはスモーリヌイから送り込まれたコミッサールの下で勤務することを拒否し、彼らに現金を支払うのも協力を拒んだ。民間銀行もすべて閉鎖。各省庁もストライキ中。そんな間にも、ドゥーマから派遣された〔旧政府派の〕委員会が民間企業を訪ねて回り、ストライキ中の公務員らに賃金を支払うための寄付金を集めていた……〔原注三七〕[2]。

トロツキーは外務省へ行き、「平和に関する布告」を各国語に翻訳するよう職員らに命じたが、六〇〇人の役人たちがその鼻先に辞表を突きつけた。労働人民委員《コミッサール》のシリャプニコフは、二四時間以内に職場復帰しなければ職と年金の権利を失うことになるぞと労働省の職員らに命じたが、応じたのはドア係だけだった。特別食料供給委員会の一部の支部も、ボリシェヴィキに従いたくないとして仕事を中断していた。高給と待遇改善を気前よく確約してやったにもかかわらず、電話交換局はソヴィエト本部に電話をつなごうとしなかった……。

社会革命党は、ソヴィエト大会に残った党員と武装蜂起に参加している党員を全員除名することを、投票で決めた。

地方からもニュースがあった。モギリョフ〔の参謀本部〕はボリシェヴィキとの対決を宣言。キエフではコサック部隊がソヴィエト勢を打倒し、反乱のリーダーたちを全員逮捕した。ルガのソヴィエトおよび守備隊（総勢三万名）は臨時政府への忠誠を確認し、同政府を中心に結集することをロシア全土に呼びかけた。カレージンはドン地方のソヴィエトおよび組合を残らず解散させ、配下の部隊は北進中……。

鉄道労働者組合のある代表者が言った――「昨日、われわれはロシア全土に電報を打って、政党同士の抗争をやめるよう要求し、社会主義諸勢力の連立政府を設立すべ

2　ペトログラード南郊の町。第二章の訳注14参照。

きだと強く主張しました。さもなければ明日の晩にストライキを決行する、と……。明日の朝には全党派による会議が開かれるはずです。ボリシェヴィキは合意が得られることを切望しているようですが……」。

「やつらが朝まで保《も》てばな！」と、恰幅《かっぷく》のいい赤ら顔の市当局の技官が笑った……。

私たちがスモーリヌイへやって来ると——放棄されているどころか、ますます活気に満ち、大勢の労働者や兵士たちが出たり入ったりと駆けずり回り、守衛の人数もどこもかしこも倍増している——私たちはブルジョア系と「穏健派」社会主義者系の各紙の記者たちが出て来るのに出会った。

「叩き出されちまった！」と、「ヴォーリャ・ナローダ（人民の意志）」紙の記者が叫んだ。「ボンチ゠ブルエヴィチ[3]が報道局に来て、出て行けと言いやがった！ 俺たちがスパイだと言うんだ！」。あとは誰もが一斉にしゃべりだした——「侮辱だ！ 侵害だ！ 報道の自由を！」。

ロビーには巨大なテーブルが並び、嘆願書や声明文や軍事革命委員会の命令などがうずたかく積まれていた。労働者や兵士たちがそうした書類を抱え、よろめきながら私たちの目の前を通って、外で待つ車列へと運んで行った。

その一通はこんな具合だった――。

　さらし台へ！

　ロシアの大衆が悲劇的な事態を生き抜いているこのときに、メンシェヴィキとその追随者たち、そして右翼エスエルは、労働者階級を裏切った。彼らはコルニーロフ、ケレンスキー、サヴィンコフの隊列に加わったのだ……。[4]彼らは反逆者ケレンスキーの命令を印刷して配り、市中にパニックを引き起こし、その無法者ケレンスキーが勝利しているという、空想的でまったくばかげた噂を広めている。……

　市民たちよ！　そうしたデマを信じるな。どのような力も人民の革命を討ち破ることはできない。……ケレンスキー首相とその追随者たちには、速やかかつ当然の処罰が待ち受けている。……

3　ウラジーミル・ボンチ＝ブルエヴィチ（一八七三～一九五五年）。長年レーニンと共に活動したボリシェヴィキ。

4　コルニーロフ事件への連座を疑われて除名されたメンシェヴィキ党員。第一章原注三、第一、二章参照。

われわれは彼らをさらし台に乗せるだろう。そこで彼らは、彼らが古臭い鎖につなごうとしている労働者、兵士、水兵、農民たちの敵意にさらされるのだ。彼らの身体には民衆の憎悪と軽蔑が染《し》みつき、絶対に洗い流すことはできないだろう。……

人民に対する裏切り者たちに恥辱と呪いあれ……。

軍事革命委員会は以前より大きな居室に移っていた。最上階の第一七号室である。ドアの前には赤衛隊が見張りに立っていた。室内では、手すりの前の細長いスペースが上等な服を着た人たちでごった返していた。外見上は立派だが、内面は悪意に満ちたブルジョアたち――自家用車の許可証を求めたり、ペトログラードから立ち去るためにパスポートを求めるブルジョアたちで、外国人も多かった……。ビル・シャトフとペテルスが業務を担当していたが、仕事をまるきり中断して、最新の公報を私たちに読み聞かせてくれた。

第一七九予備連隊は全員一致で支持を表明した。プチロフ埠頭《ふとう》の五〇〇〇人の港湾労働者が新政府を歓迎。労働組合中央委員会も熱烈に支持。レヴァルの守備隊と艦隊は新政府に協力するために軍事革命委員会を選出し、部隊を派遣。プスコフとミンスクで軍事革命委員会が権力を掌握。ツァリツィン、ドン河畔ロヴェンスキー、チェルニゴフスク、セヴァストーポリのソヴィエトから祝意。……フィンランド師団、第五および第一二軍の新設の委員会は忠誠を誓ったなど……。

　モスクワからのニュースはあいまいだった。軍事革命委員会の部隊が市内の戦略的要所を占拠《せんきょ》しているとの報。クレムリンで任務に当たっていた二個中隊がソヴィエト側についたが、武器庫はリャプツェフ大佐と配下の士官候補生《ユンケル》たちが押さえている。軍事革命委員会はリャプツェフと談判をし、労働者たちのために武器を明け渡すよう要求しつづけた。ところが今朝になって、大佐は唐突に委員会に最後通牒を突きつけ、ソヴィエト軍部隊の降伏と、委員会の解散を命じた。戦闘が始まっている……。

　ペトログラードでは、参謀本部はすぐにスモーリヌイのコミッサールたちに服従した。艦隊中央委員会《ツェントロフロート》は拒絶したが、ドゥイベンコ[5]が指揮したクロンシュタット軍港の水兵ら一個中隊の襲撃を受け、バルチック艦隊と黒海艦隊の支持も受けて新たなツェントロフロートが設立された。

　しかしこうした景気のいい安心材料とは裏腹に、ぞっとするような嫌な予感――胸

5　陸海軍担当コミッサールの一人。第三、五章参照。

騒ぎがするような空気——も漂っていた。ケレンスキー配下のコサック部隊は急激に迫りつつあり、中には砲兵隊もいた。工場委員会書記のスクルィプニク[6]は引きつった土気色をした顔で、砲兵隊は優に一個軍団はあると請け合ったが、「われわれを生きたまま捕らえることは絶対にできないぞ！」とわめいた。これにはペトロフスキーがうんざりしたように笑い、「それなら俺たちは明日はやっと眠れるかもしれないな、永遠にね」と言った。やつれた髭面《ひげづら》のロゾフスキーは、「俺たちにどれだけ勝算があるって言うんだ、まったく孤立無援で？　それも手練《てだ》れの兵士たち相手にこちらは暴徒の寄せ集めときてる！」と言った。

南方と南西部ではソヴィエト軍部隊はケレンスキーの部隊を前にして逃げ出し、ガッチナ、パヴロフスク、ツァールスコエ・セローの守備隊は割れていた——投票では半数が中立に投じたが、残りは指揮を執《と》る将校らもいないまま、ひどい混乱状態で首都へ退却してきた。

スモーリヌイの廊下には公報が掲示されていた。

クラスノエ・セロー発、一一月一〇日、午前八時

全参謀長、最高司令官、司令官、各地の全員、全要員、すべてに告ぐ

ケレンスキー元首相は意図的に偽の電報を各地の関係者全員に送りつけ、ペトログラードの革命軍部隊が自発的に武器を明け渡して旧政府——裏切りの政府——の軍に加わったとしている。さらに軍事革命委員会が兵士たちに退却を命じたとしている。だが自由な人民の部隊は退却もしていなければ、降伏もしないのだ。

わが部隊がガッチナを離れたのは、わが軍と、誤解をしているコサックの同胞たちとの間の流血を避けるためであり、より有利な陣を敷くためである。その布陣は極めて強固であり、ケレンスキーとその戦友どもがたとえ部隊を一〇倍に増強したとしても、恐れることなど何もない。われらが部隊の士気はいずれも上々である。

ペトログラードではすべてが平穏だ。

ペトログラードおよびペトログラード地区防衛隊司令官

ムラヴィヨフ中佐

6　ミコラ・スクルィプニク（一八七二〜一九三三年）。ボリシェヴィキ派のウクライナ人で、三月革命後に亡命先から帰国し、工場委員会や労兵ソヴィエトで活躍。スターリン時代にウクライナをめぐる路線対立から自殺。

私たちが軍事革命委員会の執務室を出ようとしていると、〔陸海軍人民委員の一人〕アントーノフが紙切れを手に、死人のような顔をして入って来た。

「これを送ってくれ」とアントーノフは委員に言った。

全地区労働者代表ソヴィエトおよび工場委員会に告ぐ

命令

ケレンスキー配下のコルニーロフ派の徒党らが首都へ通じるルートを脅かしている。人民および彼らが勝ち取った成果に対する反革命的な企ては、容赦なく粉《ふん》砕《さい》するよう、必要な命令はすべて発令済みである。

革命派の陸軍と赤衛隊は今すぐ労働者たちの支持を必要としている。

われわれは地区ソヴィエトと工場委員会に下記のとおり命じる

1．塹壕《ざんごう》を掘り、バリケードを築き、鉄条網を増強するため、できる限り多数の労働者を動員すること。

2．右の目的のために工場の操業を中断する必要がある場合、ただちに行うこと。

3．持ち合わせの通常の鉄線および有刺鉄線は残らず集めること。さらに塹壕掘りとバリケード構築用のあらゆる道具類も同様である。

4．使用可能な武器はすべて使うこと。

5．最大限厳しく規律を守り、誰もがなんとしてでも革命軍を支援するという心構えでいること。

ペトログラード労兵ソヴィエト議長

人民委員　レフ・トロツキー

軍事革命委員会議長

総司令官　ポドヴォイスキー

私たちが暗くどんよりとした空の下へ出ると、灰色の水平線の彼方のあちこちで工場の汽笛が鳴り響いていた。かすれた不安げな音で、不吉な予感に満ち満ちていた。するると男も女も、何万人という労働者たちが街頭に続々とあふれ出して来た。ざわめくスラムも、何万人もの陰鬱で惨《みじ》めな群衆を吐き出した。赤いペトログラードが危ない！　コサックが来るぞ！　南と南西の方角へと、群衆はさびれた街路へ流れ込み、モスコフスキー門へ向かって行った。男、女、子供たちが、ライフル銃、つるはし、シャベル、巻き上げた鉄線を手にして、弾帯を仕事着の上から掛けている者もいる……。これほど大量かつ自発的に、都市の住民が街頭へ繰り出したためしはない。群衆は奔流のように進んで行った。兵士たちのいくつもの中隊を巻き込み、銃、トラック、馬車も流れていく。労働者と農民たちの共和国の首都を、革命的プロレタリアートがみずからの胸を盾にして、守ろうとしているのだ！

スモーリヌイの正面玄関のドアの前に一台の自動車が停車していた。きゃしゃな男性が一人、分厚《ぶあつ》いメガネが充血した目をひときわ大きく見せ、やっとのことで話しつづけながら、よれよれのラグラン袖のコートのポケットに両手を突っこみ、車の泥除《どろよ》けに寄りかかって立っていた。そして顎髭を蓄えた巨漢の水兵が若者のような澄んだ目つきをして、落ち着きなく辺りをうろついている。青黒い鋼鉄色《ブルースチール》の巨大なレボルバー銃をぼんやりともてあそんでいるが、決して手離しはしない。〔陸海軍人民委員《コミッサール》の〕アントーノフとドゥイベンコの二人だった。

数人の兵士たちが踏み板に二台の軍用自転車を括《くく》り付けようとしていた。それに運転手が猛然と抗議する――エナメルの塗装が傷つくじゃないか、と。確かにこの運転手はボリシェヴィキであり、この自動車はブルジョアジーから徴発したものにすぎなかった。それに確かに自転車は従卒たちが必要としていた。だがプロの運転手としてのプライドが許さないのだった――結局、自転車は置いていくことになった……。

陸海軍人民委員《コミッサール》たちが革命の前線へ視察に行くことになっていた――それがどこなのか、私にはわからなかった。一緒に行ってもいいですか、と訊いてみた。ダメに決まっているだろう、との返事。自動車は五人乗りで、コミッサール二人に従卒二人、それに運転手で満杯だという。ところが私のロシア人の知人が――トルシシカと呼んでおこう――落ち着き払って乗り込んで座席に座り、誰が何と言おうと降ろすことができなかった……。

トルシシカが語ってくれたその旅の様子は信頼していいだろう。スヴォロフスキー大通り《プロスペクト》を進んでいると、食料が必要だと誰かが指摘した。彼らはこれから、食料の配給もおぼつかない田舎を三日も四日も旅するのだった。彼らは車を停めた。金はあるか、と訊かれて陸軍人民委員《コミッサール》はポケットを探ったが、一銭もなかった。海軍人民委員《コミッサール》も文無しだった。運転手も同様。そこでトルシシカが食料の買い出しをした……。

ちょうどネフスキー大通りへ曲がったところでタイヤがパンクした。

「どうする?」とアントーノフ。

「別の車を徴発しよう!」と、レボルバー銃を振り回しながらドゥイベンコが提案した。アントーノフが道路の真ん中に突っ立ち、兵士が運転している車が通りかかったところに合図をして停車させた。

「その車をゆずってもらおう」とアントーノフが言う。

「そうはいかんね」と兵士が応じる。

「私が誰だか知っているか？」とアントーノフは言うと、書類を一枚取り出して見せた。ロシア共和国の全軍の司令長官に任命すること、そして全軍が黙ってその命令に従うべきことが書かれていた。

「あんたが悪魔だったとしても知ったことか」と兵士が熱くなって言った。「この車は第一機関銃連隊のもので、俺たちは銃弾を運んでいる。だから渡すわけにはいかない……」

ところがそこへ、イタリア国旗を掲げた一台のおんぼろタクシーが現れて問題は解決した（情勢が混乱しているときは、民間車両は徴発を免れようと外国の領事館名で登録されていた）。この車から、高級な毛皮のコートをまとったでっぷりとした市民が引きずり下ろされ、一行は先を急いだ。

一六キロほど郊外のナルフスカヤ・ザスタヴァに着くと、アントーノフは赤衛隊の指揮官を呼んだ。そして町外れへ案内させると、そこでは数百人の作業員たちが塹壕を掘って、コサックたちを待ち受けていた。

「ここは万事順調か、同志よ？」とアントーノフは尋ねた。

「万事完璧です、同志。部隊の士気は最高です。ただひとつだけ問題が……銃弾がないんです」と指揮官が答える。

「スモーリヌイには二〇億発もある。君に命令書を書いてやろう」と言うとアントーノフはポケットをまさぐった。「誰か紙はないかね？」。

ドゥイベンコは持っていなかった。伝令たちもなし。そこでトルシシカが手帳を差し出すはめになった……。

「畜生！ 鉛筆がない！ 誰か鉛筆を持ってないか？」とアントーノフがわめいた。言うまでもなく、一行でただ一人鉛筆を持っていたのはトルシシカだった……。

スモーリヌイに取り残された私たちは、ツァールスコエ・セロー駅[7]へ向かうことにした。ネフスキー大通りを過ぎるとき、赤衛隊が行進しているのが見えた。全員銃は持っているが、銃剣は付けている者と付けていない者がいる。夕闇が迫りつつあった。

---

7 ツァールスコエ・セローへ向かう鉄道のペテルブルクの始発駅のこと。現在のヴィチェプスク駅。当時はツァールスコエ・セロー駅と呼ばれていた。

冬の日は短い。赤衛隊らは冷たい泥を踏みしめながら、乱れた四列縦隊になって、楽隊もドラムもなしに、顔を高くあげて行進していた。荒っぽい金色の文字で「平和を！　土地を！」となぐり書きされた赤い旗がその頭上にはためいていた。みなひどく若かった。みな死を覚悟した者の顔つきである……。歩道で見守る群衆は半ば恐れ、半ば軽蔑しながら、憎しみに満ちた沈黙を守ったまま、通り過ぎる赤衛隊を見つめていた……。

鉄道駅へ着いてみると、ケレンスキーがどこにいるのかも、前線がどこにあるのかも、誰も知らなかった。いずれにしろ列車はツァールスコエ・セロー止まりだという。

私たちが乗った車両は、荷物や夕刊を抱えて家路につく勤め人や地方の人たちで満員だった。車内の話題はもっぱらボリシェヴィキの武装蜂起。だがそれを除けば、内戦が巨大なロシアを二つに引き裂こうとしていることや、列車が交戦地帯へ向かっていることを思わせるものは何もなかった。車窓からは、急速に迫る夕闇の中、腕を振りあげて激論を交わしながら、泥道を都心へ向かう兵士たちの大群が見えた。ある引き込み線には、あふれかえる部隊を満載した貨物列車が停車させられ、焚き火の炎に照らし出されていた。だがそれだけだった。後方の起伏のない水平線を振り返ると、ぼんやりとした街明かりが夜の闇をかすませている。遠く郊外の方では、路面列車の車両が這《は》うように進んでいるのがはるかに見えた……。ツァールスコエ・セローの駅は静かだった。だがそここに数人の兵士たちが固まって、ひそひそと話しており、ガッチナの方面へと延びるがらんとした鉄路を不安げに見つめていた。どちらの側についているのか、何人かの兵士に訊いてみた。すると一人が答えた——「そうだなあ、俺たちにはことの真相はよくわからない……。ケレンスキーが挑発者だということは間違いない。でもロシア人同士が撃ち合うのが正しいとも思えないし」。

駅長室には髭面をした陽気な大柄の兵卒がおり、連隊委員会の赤い腕章をしていた。私たちがスモーリヌイで発行してもらった書類を見せると、とたんに丁重な態度になった。この兵は間違いなくソヴィエトの味方だったが、ただ、困惑していた。

「二時間前に赤衛隊が来たんですが、またどこかへ行ってしまいました。今朝コミッサールも一人やって来ましたが、コサックどもが来るとペトログラードへ戻ってしまったんですよ」

「じゃあ、コサックが来ているんだね？」

兵士は浮かない顔でうなずいた——「戦闘になりました。コサックどもは早朝にやって来ました。われわれの兵を二、三百名ばかり捕虜にして、二五人を殺害したんです」。

「コサックは今はどこに?」

「さあ、ここまでは来ませんでした。今どこにいるか正確にはちょっとわかりません。あっちのほうですね……」と言うと、兵士はあいまいに西のほうを指した。

私たちは駅のレストランで夕食をとった――すばらしいディナーだった。ペトログラードでありつける食事などより安くてうまい。近くの席にガッチナから歩いて来たばかりだというフランス人の将校がいた。現地では万事平穏だった、とそのフランス人は言う。ケレンスキーが町を押さえているのだそうだ。「いやあ、このロシア人というのは、まったく風変わりな連中ですよ! こんな内戦なんて! 大騒ぎしている割に戦闘だけは起きていない!」。

私たちは勇んで街へ向かった。ちょうど駅のドアの外側に銃剣付きの銃を構えた兵士が二人立っていた。二人を一〇〇人ばかりの実業家や役人や学生が取り囲み、激しく論じたて、罵声を浴びせている。兵士たちは不愉快そうで、機嫌を損ねていた――覚えもないのに叱られた子供のように。

学生の制服を着た背の高い青年が傲慢な表情を浮かべ、先頭に立って非難していた。横柄な口ぶりだ――。

「当然ながら、君たちもわかっているとは思うがね、同胞に銃を向けることで、君たちはみずから殺人者と裏切り者どもの道具になっているのだ、違うか？」

兵士の一人が愚直に答える――「いいかい、兄弟よ、あんたはわかっていないんだ。階級が二つあるんだよ、わからんかな、プロレタリアートとブルジョアジーだ。俺たちは……」。

「そんなバカばなしぐらい知ってるさ！」と学生は無礼にも相手を遮った。「君たちのような無知な農民も、誰かが二、三の決まり文句をわめいているのを聞いたってわけだな。でもどういう意味かはわかっちゃいない。ただオウムの群れよろしく口真似してるだけさ」――群衆から笑いが起きた――「僕はマルクス主義の学生だ。それで言わせてもらうが、君たちの戦っている大義は、あれは社会主義なんかじゃない。単にドイツを利するだけの無政府状態《アナーキー》にすぎない！」。

「ああ、そうだろうよ、俺だってわかっているとも」と、兵士は額から汗を滴《したた》らせながら答えた。「あんたが学のある人間だというのは、見ればすぐにわかる。それに俺は卑しい人間だ。だが俺から見れば……」。

「君はどうやらレーニンがプロレタリアートの真の友だと信じているんだね？」と、学生がさげすむように割り込んだ。

「ああ、そうだ」と兵士は苦しそうに答えた。

「では、君、レーニンが扉を閉ざしたドイツの封印列車[8]でロシアへ送られてきたことを知ってるか？　レーニンがドイツから金を受け取っていたことも知ってるか？」

「まあ、そんなことはよく知らないが」と兵士は頑なに言った。「彼こそまさに俺たちが聞きたいと思っていることを言っているように感じるね、俺みたいな卑しい身分の者たちからすればな。いいかい、階級には二つあるんだよ、プロレタリアートとブルジョアジーで……」。

「君はばか者だ！　いいかね、君、君たち兵士が相変わらず革命家たちを撃ち倒し、〔ロシア帝国国歌の〕『神よ、ツァーリを救いたまえ！』を歌っていたころ、僕は革命活動のおかげでシュリュッセリブルク要塞で二年間も監獄暮らしをしたんだ。僕の名前はワシリー・ゲオルゲヴィチ・パーニンだ。一度くらい聞いたことがあるだろう？」

「すまんが、ない。だが俺は学のある人間ではないからな。あんたはきっと偉大なヒーローなんだろうよ」と、兵士は謙虚に答えた。

「そうだ」と学生は自信満々に言った。「そして僕はボリシェヴィキには反対だ。奴らは僕たちのロシアを、自由なる革命を破壊している。さあ、君はそれをどう説明するつもりだい？」。

兵士は頭を搔《か》いた――「説明なんてできるわけない」。知恵を振り絞ろうと顔をしかめている。「俺にはまったく単純そのものに思えるんだ。だが俺には学があるわけでもないし。どうやら階級には二つしかなくて、プロレタリアートとブルジョアジーといって……」。

「また君のばかばかしい決まり文句だ！」と学生が叫ぶ。

「階級は二つだけでだね。こっちの味方でなければあっちの味方なわけで……」と兵士は頑固に続けた。

私たちは通りを先へ進んでみた。その界隈は街灯はまばらで、人通りもほとんどなかった。辺りを覆《おお》う沈黙に押しつぶされそうだ――どこか天国と地獄の間の煉獄《れんごく》のような、政治的空白地帯。理髪店だけが煌々《こうこう》と灯りをつけてにぎわっており、公衆浴場の入り口にも行列ができていた――というのも、ちょうど土曜の晩で、ロシア中の人々が風呂を浴びて香水をふりかけるときなのだ。そんな生活の儀式の場では、ソ

8　一九一七年四月初旬、スイスに亡命していたレーニンらは、外部との接触を遮断したドイツの「封印列車」でスウェーデンに入り、ロシアへ帰国した。ドイツ側は、レーニンらボリシェヴィキの亡命革命家らに国内通過を認めて帰国に協力し、ロシアを混乱に陥れるのがねらいだった。このためレーニンはドイツのスパイだと批判された。

ヴィエト軍とコサック軍もなく、入り混じっていたに違いないと私は確信している。

旧宮殿の庭園に近づくにつれ、通りはますます閑散としていった。神父が一人、私たちを見てぎょっとすると、ソヴィエト本部を指差して足早に歩み去った。本部は庭園に面したかつての公爵家の宮殿の一翼にあった。だが窓は暗く、ドアはロックされていた。ズボンの腰のところに両手を突っ込んでぶらついている兵士がおり、私たちを疑り深い陰気な目つきでじろじろと眺め回した。

「ソヴィエトの連中は二日前に立ち去ったぜ」と兵士が言う。

「どこへ？」

「知らないね《ニェ・ズナーユ》」と肩をすくめて言った。

少し先へ行くと明るく照明の入った大きな建物があった。内部からハンマーを叩く音が聞こえてくる。私たちがそこでためらっていると、通りの向こうから兵士と水兵が腕を組んでやって来た。私はスモーリヌイ発行の通行証を見せ、「あなたがたはソヴィエト側ですか？」と尋ねてみた。二人は答えず、怖気《おじけ》づいたような顔をしてお互いに顔を見合わせた。

「中では何をやってるんですか？」と水兵が建物を指差して訊いた。

「知りません」と私。

兵士が恐る恐る手を伸ばし、わずかにドアを開けてみた。中は旗や常緑樹で飾られ、椅子が何列も並んだ大広間になっており、ステージを作っているところだった。ハンマーを片手に、口に釘をたくさんくわえた恰幅《かっぷく》のいい女性が出て来て、「何の用なの?」と訊いてきた。

「今晩何かを上演するんですか?」と水兵がおずおずと訊いた。

「日曜の晩に私的な演劇の催しがあんのさ。あっちへお行き」と彼女は厳しい口調で言った。

私たちは兵士と水兵を会話に誘い込もうとしたが、二人は怯《おび》えて憂鬱そうにしているばかりで、やがて歩み去って闇に消えた。

私たちは帝室の宮殿が並ぶほうへ歩いて行った。広大な真っ暗な庭園の縁《ふち》に沿って行くと、壮麗な別棟や装飾も美しい橋などが夜の闇におぼろげな姿を現し、噴水からは柔らかい水しぶきの音が聞こえてきた。ある場所では奇怪な鉄製の白鳥が人工の口から延々と水を吐き出していた。そのとき、私たちは急に視線を感じた。見上げると、草に覆《おお》われたテラスに巨漢の武装兵士たちが六人ばかり、無愛想な疑り深い目で不機嫌そうに私たちをじっと見下ろしていた。私は彼らの所まで上って行き、「あなたがたはどなたですか?」と尋ねた。

「守衛だ」と一人が答えた。みなひどくくたびれているように見えた。何週間もの間、日夜を問わず口論や議論を交わしてきたのだろうから、無理もない。

「あなたがたはケレンスキーの部隊ですか？　ソヴィエト側ですか？」と訊いてみた。彼らはそわそわと互いに目を合わせ、一瞬の間があった。そして「われわれは中立だ」とさきほどの兵士が言った。

私たちはエカテリーナ宮殿の巨大なアーチをくぐり、宮殿の敷地内に入り、本部はどこかと尋ねて回った。曲面を描く宮殿の白い一翼があり、そのドアの前に立っていた歩哨《ほしょう》が、指揮官は中にいると言った。

ジョージ王朝風の優雅な白い部屋があり、両面暖炉を境にして大小二つの部分に仕切られ、将校たちの一団が不安げに立ち話をしていた。みな顔色が悪く、取り乱しており、ほとんど眠っていないのがひと目でわかった。白い顎鬚《は》を生やし、たくさんの勲章をぶらさげた軍服を着た老人めいた男がいた。大佐だというその男に私たちはスモーリヌイのボリシェヴィキが発行した書類を見せた。

驚いたようだった。「殺されもせずに、どうやってここまでたどりついたのですか？」と彼は丁寧な口調で質問した。「今、まさに通りはとても危険な状態でしてね。ツァールスコエ・セローでは政治意識が熱狂的に高揚しているんです。今朝戦闘があり、明日の朝にももう一戦あるでしょう。朝八時にケレンスキーが市内に入って来るそうですよ」。

「コサックたちはどこに？」

「あちらへ約一キロ半の地点です」と、腕を振って示した。

「それであなたがたは彼らから町を守ろうと？」

「いやいや、まさか！」と言うと将校は微笑《ほほえ》んで、「われわれはケレンスキーのために町を掌握しているんですから」と言った。私たちの心は沈んだ。私たちの通行証には私たちが骨の髄まで革命派だと記してあったのだ。大佐は咳払いをして続けた――「みなさんの通行証ですが、もしつかまったら命に関わりますよ。ですから、もし戦闘をご覧になりたいなら、将校たちの宿舎のホテルに部屋を用意するよう命令書をさしあげます。明日の朝七時にもう一度ここへ来てもらえれば、新しい通行証をお渡ししましょう」。

「つまりあなたがたはケレンスキーに与《くみ》しているんですね？」

「まあ、必ずしもケレンスキーに与しているわけでもないんですがね」と言うと大佐は少し躊躇《ちゅうちょ》して続けた――「つまりですね、兵舎の兵卒らはおおかたボリシェヴィキ派で、今日、戦闘が終わるとみなペトログラード方面へ立ち去ってしまったのです。

大砲も持っていってしまいました。兵士たちは誰一人としてケレンスキーに味方してはいませんが、一部の連中はともかく戦いたくなどないんです。一方、将校たちはほぼ全員がケレンスキーの部隊に合流するか、ただどこかへ消えてしまったのです。ですから私どもは――（ごほん、と咳払い）――つまりその、極めて難しい立場に立たされているわけでして……」。

私たちは戦闘が起こることなどあるまいと確信していた……。

大佐はわざわざ従卒を呼んで私たちを駅まで送らせた。大佐はロシア南部の出身で、フランスからの移民の両親のもとでベッサラビア[9]で生まれたという。「いやあ、私がつらいのは危険のためでも苦難のためでもないんです。ただあまりに長く、もう三年も、母親のもとを離れているのがなんとも……」と、大佐は何度も繰り返して言った。

冷たい闇夜をペトログラードへと疾走する列車の窓から外を見ると、激しい身振りで話している一団の兵士たちや、十字路に固まって停車している装甲車両群の砲塔から身を乗り出し、互いに叫び交わしている運転士などが、わずかに焚き火の炎に照らされて見えた。

激しく揺れ動いたこの夜の間じゅう、指揮官もいない兵士や赤衛隊の群れが寒々とした平地を越えてさまよい、衝突し、混乱し、軍事革命委員会のコミッサールたちがこちらの一団からあちらの一団へと、防衛態勢を組織しようとかけずり回った……。

首都に戻ると、興奮した群衆がネフスキー大通りを波のように行ったり来たりしていた。街には一種異様な雰囲気が漂っていた。はるかワルシャワ駅のほうからは砲声が響いていた。士官候補生《ユンケル》の士官学校では熱に浮かされたような活動が展開していた。ドゥーマの議員たちも兵舎から兵舎へと回っては、議論をし、拝《おが》み倒し、ボリシェヴィキの恐ろしい暴力行為のエピソードを語り聞かそうとしていた――冬宮で士官候補生《ユンケル》たちが虐殺されたとか、女性兵士たちをレイプしたとか、ドゥーマの門前にいた少女を撃ち殺しただの、トゥマノフ公爵を暗殺しただの……。ドゥーマの庁舎のアレクサンドル・ホールでは、「祖国・革命救済委員会」が臨時集会を開いていた。コミッサールたちが駆け足で行き交っていた。スモーリヌイを追放されたジャーナリストたちはみな意気軒昂《いきけんこう》だった。彼らは私たちが語ったツァールスコエ・セローの様子を信じようとはしなかった。だってツァールスコエ・セローはケレンスキーが掌握していることぐらい、誰だって知ってるじゃないか、というのだ。それにコサック部隊も〔ペテルブルク南郊の〕プルコヴォにいるし、朝にはツァールスコエ・セロー〔行

9　黒海の北西沿岸、現在のモルドバと一部ウクライナに属する地域。

きの〕駅までケレンスキーを迎えに行く委員会も選出されるところだ、と……。

ある者が、絶対に口外しないという条件で、反革命は深夜零時に始まると私に打ち明けてくれた。その男は二通の声明文を見せてくれた。一通は〔社会革命党の〕ゴーツと〔ペトログラード軍司令官の〕ポルコフニコフの署名入りで、士官学校、入院している回復中の傷病兵、そして聖ゲオルギー騎士団に戦時体制の動員をかけ、「祖国・革命救済委員会」の命令を待つように、と命じていた。もう一通は「祖国・革命救済委員会」自体からのもので、次のように記していた。

ペトログラードの住民たちへ！

革命的ペトログラードの同志、労働者、兵士、そして市民たちよ！

ボリシェヴィキは、前線では平和を訴えながらも、銃後では内戦を焚きつけようとしている。

彼らの挑発的な訴えに耳を貸すな！

塹壕《ざんごう》など掘るな！

裏切りのバリケードをつぶせ！

武器を捨てよ！

兵士たちは各自の兵舎へ戻れ！
ペトログラードで始まったこの戦争は――革命の死である！
自由、土地、平和の名において、「祖国・革命救済委員会」を中心にみな一丸となれ！

私たちがドゥーマの建物を出ようとしていると、暗く、人影のない通りから厳しく、必死の形相《ぎょうそう》をした赤衛隊の一隊が行進してきた。十数人の捕虜をつれており、それはコサック会議に属する地元の支部メンバーらで、彼らの本部で反革命を企てているところを現行犯で逮捕されたのだ。

兵士が一人、糊《のり》の入ったバケツを持った少年を伴って、ひどく派手な警告文を壁に貼りつけていた――。

現時点より、ペトログラード市とその郊外に非常事態を宣言する。街頭および屋外全般において、一切の集会や会議はさらなる命令があるまで禁止する。

軍事革命委員会議長
N・ポドヴォイスキー

帰宅途中、辺りは混乱した騒音にあふれていた——自動車のクラクション、叫び声、遠方の銃声など。ペトログラードの町は不安げに身じろぎし、眠れずにいた。

夜半過ぎ、セミーノフスキー連隊の兵士たちに変装した士官候補生《ユンケル》の一団が、衛兵の交代時間の直前に電話局に現れた。彼らはボリシェヴィキの合言葉も知っており、疑念を招くこともなく乗っ取ることに成功。数分後、〔陸海軍人民委員の〕アントーノフが見回りに現れると、彼らは捕らえて小さな部屋に監禁した。救出部隊が到着したが、ライフル銃の射撃を見舞われ、数人が殺害された。

反革命の始まりだった……。

第八章　反革命

翌一一月一一日、日曜日の朝。コサックの部隊がツァールスコエ・セローに入り、ケレンスキー自身は白馬に乗って到着。町中の教会が鐘を打ち鳴らした。町はずれの小さな丘の上からは、陰鬱《いんうつ》な平原を不規則に覆《おお》う広大な灰色の領域となって首都が横たわっているのが見え、金色の尖塔《せんとう》や色とりどりの丸屋根も目に入った。そしてさらにその先には鋼鉄のような色合いのフィンランド湾が遠望される〔原注三八〕。

戦闘はなかった。しかしケレンスキーは致命的な失敗をした。朝七時、ツァールスコエ・セロー第二ライフル隊に対し、武器を捨てるよう通告したのだ。兵士たちは中立は守るが武装解除には応じないと返答した。ケレンスキーは一〇分の猶予を与えて服従を迫った。これが兵士たちの逆鱗《げきりん》に触れた。これまで八カ月間も軍隊委員会による自治を守ってきたのだ。それなのにこの扱いはまるで旧体制〔ツァーリ時代〕のようではないか……。数分後、コサック部隊の砲火が兵舎を襲い、兵士八名を殺害。その瞬間から、もはやツァールスコエ・セローに「中立」な兵士など一人もいなくなった……。

一方、ペトログラードはライフルの銃声と、進軍する兵士たちの雷鳴のような足音で眠りから覚めた。高く暗い空の下、冷たい風には雪の香りが混じっていた。夜明け、軍用ホテルと電信局が士官候補生《ユンケル》の大軍に占拠《せんきょ》され、血まみれの奪還作戦の末に新政府側が奪い返した。電話局も奪還すべく水兵らが包囲した。水兵たちはモルスカヤ通りの真ん中に樽《たる》や箱やブリキの板でバリケードを築いてその裏に伏せ、あるいはゴロホヴァヤ通りと聖イサーク広場の角に身を隠し、動くものは構わず銃撃した。時おり赤十字の旗を掲げた車両が出入りしたが、水兵たちはそのまま通行させた……。

アルバート・リース・ウィリアムズ[1]が電話局内にいた。ウィリアムズは、表向きは負傷者を満載しているはずの赤十字の車両に便乗して外へ出た。車は市内をひとめぐりし、回り道をしながらミハイロフスキー士官学校へ向かった。反革命の本部である。中庭ではフランス人の将校が指揮を執《と》っているようだった。このような手段で武器弾薬などの補給物資が電話局へ届けられていたのである。同じように何台もの偽装救急車が士官候補生《ユンケル》のために伝令や弾薬などを運んだのだった。

士官候補生《ユンケル》たちは解散したイギリス軍の装甲車師団の装甲車両を五、六台、手に入れていた。ルイーズ・ブライアントが聖イサーク広場を歩いていると、その一台が海軍省のほうからやって来て電話局へ向かおうとしていた。だがゴーゴリ通りの角、ブライアント[2]の目の前でエンストを起こした。すると材木の山の影に待ち伏せしていた水兵たちが銃撃を開始。装甲車両は砲塔を回転させながら、マシンガンで材木の山や周囲の群衆に無差別に弾丸の雨を見舞った。ブライアントが身を寄せていたアーチ状になった通路では少年二人を含む七人が撃ち殺された。突然、ひと声叫ぶと水兵たちが躍り上がり、弾雨の中へ走り出た。怪物のような装甲車両に迫って取り囲み、わめき声をあげ、小窓から繰り返し銃剣を突き入れた。操縦士は負傷したふりをして水兵たちに見逃してもらうと、ドゥーマへ駆けて行った。そこでボリシェヴィキの残虐行為について尾ひれをつけて大げさに語ったのだ……。死亡した者の中にはイギリス人

1　アルバート・リース・ウィリアムズ（一八八三〜一九六二年）。アメリカの牧師、ジャーナリストで、アメリカ社会党や労組などで活躍した社会主義者。著者ジョン・リードの知人。三月革命後からロシアへ取材に入り、翌年までロシアに滞在し、その後も一九二二年から六年間ロシアに滞在した。

2　ルイーズ・ブライアントはアメリカのジャーナリストでジョン・リードの妻。第四章原注二九の訳注17を参照。

将校も一人いた。

のちに新聞は、ほかにもユンケル部隊の装甲車両に乗っていて捕虜となったフランス人将校がいたことを報じ、ペトロパヴロフスク要塞の監獄に送られたと伝えた。フランス大使館は即座にこれを否定したが、ある市議会議員は自分が将校の釈放を交渉して実現したのだと、私に語った。

連合国諸国の大使館の公的立場はどうであれ、当時、フランスとイギリスの将校らは積極的に活動し、「祖国・革命救済委員会」の執行委員会に出席して助言をする者さえいた。

この日は終日、市内各地で士官候補生部隊《ユンケル》と赤衛隊の小競《こぜ》り合《あ》いや、装甲車両同士の戦闘があった。一斉射撃、散発的な銃声、マシンガンのけたたましい射撃音などが、遠くでも近くでも、あらゆる場所で聞こえた。店舗は鉄製のシャッターを下ろしていたが、店内では営業を続けていた。外側は照明を消していた映画館でさえ、館内では大勢の観客に向けて作品を上映していた。路面列車も走っていた。電話も通じた。ただ、市の中心部へ電話をかけると背後には、はっきりと銃声が聞こえたが……。スモーリヌイの電話は相変わらず不通だったが、ドゥーマと救済委員会はすべての士官学校とツァールスコエ・セローのケレンスキーとも常時連絡を取り合っていたのだった。

朝七時、ウラジーミル士官学校は兵士、水兵、赤衛隊から成るパトロール隊の訪問を受けた。パトロール隊は士官候補生《ユンケル》たちに武器を捨てるよう命じ、二〇分の猶予《ゆうよ》を与えた。だがユンケル側はこの最後通牒を拒否。一時間後、ユンケルたちは進撃を開始しようとしたが、グレベツカヤ通りとボリショイ大通り《プロスペクト》の角から猛烈な一斉射撃を食らって後退を余儀なくされた。続いてソヴィエト側の部隊が校舎を包囲して銃撃を開始。二台の装甲車両がゆっくりと行きつ戻りつしながら機銃《きじゅう》掃射《そうしゃ》を浴びせた。ユンケルたちは電話で援軍を要請した。だがコサック部隊からは、水兵たちの大部隊の大砲二門で圧倒され、とても兵舎を出られないと返事があった。パヴロフスク士官学校も包囲されているとのことだった。そしてミハイロフスキー士官学校のユンケルたちは大部分が街頭に出て戦っていた……。

一一時半、野戦砲三門が到着。再び降伏するよう勧告したが、ユンケルたちは白旗を掲げたソヴィエトの使者二人を撃ち倒して返答とした。いよいよ本格的な砲撃が開始されることになった。士官学校の壁に巨大な穴が口をあけた。ユンケルたちは必死に防戦する。何隊もの赤衛隊が叫び声をあげながら攻撃を仕掛けたが、すさまじい銃撃を浴びてバタバタと倒れていく……。ケレンスキーはツァールスコエ・セローから電話を入れ、軍事革命委員会との一切の交渉を拒絶するようユンケルたちに命じた。

撃退されて死者の山を築いて憤激したソヴィエト側の部隊は、ぼろぼろになった校舎に嵐のような猛攻を開始した。ソヴィエト軍の将校たちでさえ、そのすさまじい砲撃を抑えることができない。スモーリヌイから来たキリロフというコミッサールが止めようとしたが、危うくリンチされるところだった。赤衛隊の血は煮えたぎっていた。

午後二時半、士官候補生《ユンケル》たちは白旗を揚げた。身の安全を保証されるならば降伏するというのだ。ソヴィエト軍は確約した。叫び声をあげて何千人という兵士や赤衛隊が駆け寄り、窓、ドア、壁にあいた穴から校舎内へなだれ込んだ。誰も止められないうちに五人のユンケルが殴り倒され、刺し殺されてしまった。残る約二〇〇名は目立たないように小グループに分けられ、ペトロパヴロフスク要塞へ護衛つきで連行された。それでも途中で暴徒に襲われ、さらに八人のユンケルが殺害された……。兵士や赤衛隊側の犠牲は一〇〇名を超えた……。

二時間後、勝利を得た部隊が工業技術者学校《インジェニエルニィ・ザモク》へ向けて進軍中だと、ドゥーマに電話で一報が入った。彼らに救済委員会の最新の声明文を配布するために、十数人のドゥーマのメンバーが腕いっぱいに文書を抱えてただちに出発した。そのうちの数人の者は帰らぬ人となった……。その他の士官学校はいずれも抵抗せずに投降し、ユンケルたちは無傷のまま無事にペトロパヴロフスク要塞とクロンシュタット要塞へ送られた……。

電話局は午後までもちこたえたが、ボリシェヴィキの装甲車両が現れ、水兵たちが殺到。怯《おび》えた電話交換手の女性たちが金切り声をあげながら逃げ惑った。ユンケルたちは階級などを識別できるものを軍服からすべて剝《は》ぎ取り、ある者は何でもほしいものをやるから変装できるようにコートを貸してくれ、とアルバート・リース・ウィリアムズに頼み込んだ。「やつらに虐殺される！　虐殺されてしまう！」とユンケルたちはわめいていた。なぜなら彼らの多くはもう民衆に銃を向けないとすでに冬宮《とうきゅう》で誓って許されていたのに、再び銃をとったためだ。ウィリアムズはアントーノフを釈放すれば仲立ちしてやってもいいと申し出た。するとすぐさま実現。勝ち誇る水兵たちは多くの戦友を失っていきりたっていたが、アントーノフとウィリアムズがそれぞれスピーチをしてなだめた。こうしてふたたびユンケルたちは放免された……ただし、パニックのあまり屋根づたいに逃亡を試みたり、屋根裏に隠れようとした少数の者は発見され、通りに放り出された。

疲れ、血に染まり、それでも勝利に高揚しながら水兵や労働者たちは電話交換室に押し寄せた。そこで大勢の美しい女性電話交換手たちを目にすると、もじもじと足取りもおぼつかなく思わず後ずさりした。交換手たちは一人として負傷もせず、辱《はずかし》めを受けた者もいなかったが、彼女たちは怯えて室内の隅《すみ》に身を寄せ合っていた。だが安全だとわかると一気に恨みをぶちまけた——「まあ！　なんて汚らしい、無知《むち》で愚鈍な人たち！　ばか者どもだわ！」。水兵や赤衛隊員たちは困惑するしかなかった。「けだもの！　豚！」と女性たちは憤然とわめき散らし、コートと帽子を身につけた。颯爽《さっそう》とした防衛隊のユンケルたちのために弾薬を運び、傷の手当をしてやったあの時間はロマンチックだった。多くは貴族出身のユンケルたちが愛すべきツァーリの復権のために戦っていたのだ！　それが今、目の前にいるのはただの凡庸《ぼんよう》な労働者と農民、「暗愚《あんぐ》の民」にほかならなかった……。

軍事革命委員会のコミッサールのヴィシニャークという小柄な男が、女性電話交換手たちを職場に留まらせようと説得を試みた。ヴィシニャークは大げさなほど礼儀正しかった——「みなさんはひどい扱いを受けたことでしょう。電話網は市ドゥーマが管轄《かんかつ》しておりました。みなさんは月給六〇ルーブルで、一日一〇時間かそれ以上も働かされてきました……。これからはすべてが変わります。政府は電話網を郵便電信省の管轄に移すつもりです。みなさんの賃金をただちに一五〇ルーブルに引き上げ、労働時間は短縮します。労働者階級の一員として、みなさんにとっては喜ぶべきことでして——」。

労働者階級の一員だなんて！　この……このけだものたちと、このわたしたちの間にいったいどういう共通点があると言うのかしら？　それに職場に残る？　賃金を一〇〇〇ルーブル出すと言われてもお断りだわ！――という具合で、高慢で敵意に満ちた女性電話交換手たちは出て行った……。

残ったのは電話交換局の架線作業員や下働きなどの職員ばかり。だが電話交換機を操作する者がいなければどうにもならない……。電話は不可欠だ。職場に残った専門の交換手はわずかに六人。そこで志願者を募ると一〇〇人ほどが応じた――水兵、兵士、労働者たち。残った六人の女性たちはあちらこちらと駆けずり回り、指示し、手助けし、叱《しか》りつけた……。こうしてぼろぼろの状態でしばしば中断しながらも、電話線はなんとか通じるようになった。真っ先にやるべきことはスモーリヌイと兵舎や工場各所とをつなぐことだった。次はドゥーマと各士官学校の間の通信を断つこと……。午後遅く、状況が市中に知れ渡り、何百人ものブルジョアジーが電話をかけてきて怒鳴り散らした――「ばか者め！　悪魔！　いつまで保《も》つと思っていやがる？　コサック兵らが来るのを待っていろよ！」。

すでに夕闇が辺りを包んでいた。肌を刺す寒風が吹きすさぶ中、ほとんど人影のないネフスキー大通りで、カザン大聖堂の前だけ人だかりがあった。果てしなく討論が続いていた――数人の労働者、兵士たちも何人か、残りは商店主、事務員などだ。「だがレーニンにドイツとの講和なんて実現できるもんか！」と一人が大声をあげる。気の立った若い兵士がそれに対して――「そもそも誰のせいだ？　君らの忌々《いまいま》しいケレンスキー、あの薄汚いブルジョアのせいじゃないか！　ケレンスキーなんか地獄に落ちろ！　俺たちはあんなやつはいらない。俺たちが望むのはレーニンだ……」。ドゥーマの建物の外では、白い腕章をした一人の将校が声高に罵《ののし》りながら、壁からポスターをはがしていた。その一枚にはこんなことが書いてあった――。

　ペトログラードの住民たちへ！
　この危機的な時に当たり、市ドゥーマは住民を安心させ、パンやその他の生活必需品を確保するためにあらゆる手を尽くすべきであるのに、右翼エスエルと立憲民主党《カデット》はみずからの義務を忘れ、ドゥーマを反革命の議会に変え、ほかの住民たちとの対立を煽《あお》り、コルニーロフ＝ケレンスキー一派がやすやすと勝利できるようにしようとしている。右翼エスエルとカデットはみずからの義務を果たす代わりに、ドゥーマを労兵農ソヴィエトに対する――すなわち平和、パン、自由のための革命的政府に対する――政治攻撃の舞台《アリーナ》に変えてしまったのである。

ペトログラードの市民たちよ、みなさんに選出されたわれわれボリシェヴィキ派の市議会議員は、次のことを知ってもらいたい。右翼エスエルとカデットは反革命的行為に手を染め、義務を忘れ、国民を飢餓へと、そして内戦へと向かわせようとしているのだ。一八万三〇〇〇票を獲得して選出されたわれわれは、ドゥーマで起きていることに対して、有権者の注意を促すのがわれわれの義務であると考えている。そしてこれから起こるべき恐ろしく、しかし避けることのできないさまざまな結果に対して、われわれには一切責任がないことをここに宣言する……。

遠くではまだ時おり銃声が聞こえていたが、市内は静まり返り、寒かった。引き続いた突発的な暴力で切り裂かれ、町は精根《せいこん》尽き果てているかのようだった。ニコライ・ホールの議場ではドゥーマの会議が幕を閉じようとしていた。ここまでけんか腰を貫いてきたドゥーマだったが、もはやショックは隠しきれなかった。次々とコミッサールがやって来ては、電話局が奪われたこと、市街戦の状況、ウラジーミル士官学校も占領されたことなどを報告していく……。トルップは言った——「ドゥーマは民衆の側に立って独断的な暴力と戦っている。だがどちらの側が勝利しようとも、ドゥーマは一貫してリンチと拷問《ごうもん》には反対である……」。

それに対して、冷酷な顔つきの長身の老カデット、コノフスキーが言う──「合法的な政府の部隊がペトログラードに到着すれば、反乱分子どもを撃ち倒してくれるはずだ。それをリンチとは呼ばない！」。これには議場のいたるところから抗議の声があがった。自党からでさえも。

疑念と落胆が渦巻いていた。反革命は鎮圧されようとしていたのである。社会革命党の中央委員会は投票で役員の不信任を決めた。同党では左翼が権力を握り、アフクセンチエフは辞任した。また伝令が来て、鉄道駅へ派遣したケレンスキーを迎える「歓迎委員会」が逮捕されたと報告した。街頭では、南方と南西方面から、はるかに遠く砲撃のかすかな轟音《ごうおん》が聞こえた。ケレンスキーは一向にやって来る様子がない……。

新聞は三紙しか発行されていなかった。「プラウダ（真理）」紙（ボリシェヴィキ）と、「デーロ・ナローダ（人民の大義）」紙（社会革命党）、そして「ノーヴァヤ・ジーズニ（新生活）」紙（合同社会民主党国際主義派）だ。どれも新たな「連立」政府の話題に多くの紙面を割《さ》いていた。「デーロ・ナローダ」紙はカデットもボリシェヴィキも抜きの内閣を要求した。マクシム・ゴーリキーの「ノーヴァヤ・ジーズニ」紙は楽観的だった――スモーリヌイは妥協をして、ブルジョアジー以外の全政治勢力を含む純粋な社会主義政府が生まれようとしている、と。「プラウダ」紙は「連立」政府には冷ややかだった――。

もっとも著名なメンバーが評判の怪しい三文ジャーナリストだというような、そんな諸政党との連立をわれわれは軽蔑する。われらの言う「連立」とはプロレタリアートと革命的軍隊が貧農と連合することである……。

鉄道労組全ロシア中央委員会（ヴィクジェリ）のうぬぼれに満ちた声明文が壁に貼られ、各勢力が妥協しなければ鉄道労働者はストを打つと脅していた。

このような暴動を制圧する者、わが国を崩壊から救う者、それはボリシェヴィキでもなければ救済委員会でもなく、ケレンスキーの部隊でもない――それはわれわれ、鉄道労働者組合である……。

赤衛隊には鉄道のような複雑な事業を運営する能力がない。一方、臨時政府は権力を掌握しつづける能力がないことを露呈した。

いかなる政党であれ、全民主勢力が認める政府の権威に基づいて活動していなければ、われわれは業務を提供することを拒否する……。

スモーリヌイは疲れを知らない人間たちの無尽蔵のバイタリティに満ちあふれていた。労組本部の部屋で、ロゾフスキーがニコライ線鉄道労働者組合の代表たちを紹介してくれた。彼らによれば、従業員らは大々的な集会を開き、幹部連中のやり方を糾《きゅう》弾《だん》しているそうだ。

「すべての権力をソヴィエトに！」と彼らの一人が叫んでテーブルを拳《こぶし》で叩いた。「中央委員会にいる祖国防衛派《オボロンツィ》の連中がやっていることは、まるでコルニーロフと同じだ。やつらは前線の軍総司令部に使節団を送ろうとしたが、俺たちはミンスクで逮捕してやった。……俺たちの支部は全ロシア大会を開けと要求しているんだが、中央委員会のやつらは拒んでいる……」。

ソヴィエトでも軍隊委員会でもこんな状況だった。ロシア中のさまざまな民主主義組織が分裂し、変化しようとしていた。協同組合は内部闘争でばらばらになっていた。

農民代表ソヴィエトの執行委員会は猛烈な言い争いの末に閉会。コサックの部隊までもがもめていた……。

最上階では軍事革命委員会がフル回転していて、次々と手を打ち、気の緩《ゆる》みはなかった。人々は潑剌《はつらつ》として、意気込んで執務室へ飛び込んでいった。夜を日に継いで、この猛然たる機関で身を粉《こ》にして働いた。そして出て来るころにはぐったりと疲労困憊《ひろうこんばい》、目を開けているのもやっとの状態で、声は嗄《か》れ、体は垢《あか》じみて、床に身を投げ出して眠りに落ちるのだった……。「祖国・革命救済委員会」は非合法化された。うずたかく積まれた新たな声明文が床のあちこちに置かれていた（原注三九）。

守備隊にも労働者階級にも支持されていない陰謀家どもは、何よりも奇襲《きしゅう》を頼りとしていた。彼らの計略はブラゴンラヴォフ中尉が未然に発見したが、それは赤衛隊の革命的な兵士が監視していたおかげであり、その兵士の氏名はいずれ公表されるだろう。彼らの企ての中心にいたのは救済委員会である。部隊を指揮していたのはポルコフニコフ大佐。命令書に署名したのは臨時政府の元閣僚のゴーツだったが、誓約と引き換えに釈放された。……

これらの事実をペトログラードの住民に知らせた上で、軍事革命委員会はこの陰謀の加担者全員の逮捕を命じる。彼らは革命法廷で裁かれるだろう。

モスクワから一報。士官候補生《ユンケル》とコサックの部隊がクレムリンを包囲し、ソヴィエト側の部隊に武器を捨てるよう命じたとのこと。ソヴィエト側はそれに応じ、クレムリンを離れようとしていたところ、襲われて撃ち殺されたという。電話電信局からはボリシェヴィキの小規模な部隊が追放され、今や士官候補生《ユンケル》らが都心部を押さえているとのことだった。だが、その周りでは至るところでソヴィエトの部隊が集結しつつあるという……。市街戦も徐々に激しさを増していた。妥協点を探す努力はすべて失敗したのだ……。モスクワ守備隊一万名とわずかな赤衛隊を擁《よう》するソヴィエト側と、士官候補生《ユンケル》六〇〇〇名、コサック二五〇〇名、〔反革命軍の〕白衛隊二〇〇〇名の旧政府側が対峙《たいじ》していた。

ペトログラード・ソヴィエトは集会を開いていた。その隣室には新中央執行委員会《ツェー・イー・カー》。彼らは上の階で会議中の人民委員会議から、途切れることなく流れてくる布告や命令――「法律の批准《ひじゅん》と交付の手順について」「労働者の一日八時間労働の確立」、それに〔教育人民委員〕ルナチャルスキーによる「国民教育制度の基礎」などについて審議していた（原注四〇）。右の二つの会議に出席していたのはせいぜい数百人だが、ほとんどが武装していた。彼らを除けば、スモーリヌイは衛兵たちを残してほぼ全員が出払っていたのだ。衛兵らは廊下の窓辺にマシンガンを設置して、建物の側面の守りを固めるのに忙しかった。

ツェー・イー・カーの会議では、鉄道労組全ロシア中央委員会（ヴィクジェリ）の代表者がしゃべっていた――「われわれはどちらの側にも兵員の輸送を拒絶する。……われわれはケレンスキーのもとへ委員会を派遣し、ペトログラードへ向けてこのまま進軍を続ければ、彼らの通信網を切断すると通告した」。

それから例によって、新政府樹立のためにすべての社会主義政党が参加する会議を開くよう訴えた……。

カーメネフが慎重に答えた。ボリシェヴィキは会議に参加するのにやぶさかではない。だが最大の焦点は、そのような政府のメンバー構成ではなく、政府がソヴィエト大会の綱領《こうりょう》を受け入れるかどうかにある。ツェー・イー・カーは左翼エスエルと合同社会民主党国際主義派による宣言を審議した結果、その会議の構成を得票数に応じた比例制にするとの提案を受け入れた。そこには軍隊委員会と農民代表ソヴィエトまでも含まれていた。

大広間ではトロツキーがその日一日の出来事をふり返っていた。

「われわれはウラジーミル士官学校の士官候補生《ユンケル》らに降伏するチャンスを与えた。流血なしに決着させたかったからだ。しかしすでに血が流されてしまった今、道はたったひとつ――容赦《ようしゃ》のない闘争だ。ほかにも何か勝つための手があるなどと考えるのは、幼稚である。……今こそは決定的瞬間だ。すべての者が軍事革命委員会に協力し、有刺鉄線、燃料、銃の保管場所を知っている者は報告せよ。……われわれは権力を勝ち取った、だが今度はそれを維持しなければならないのだ！」

メンシェヴィキのヨッフェが自党の宣言文を読み上げようとしたが、トロツキーは認めなかった。「原理原則に関する討論」は許さない、と。トロツキーは大声で言った――「論争の場はすでに街頭に移ったのだ。決定的な一歩はすでに踏み出された。われわれ全員が、そしてとりわけこの私が、今起きていることに責任を持たなければならないのだ」。

〔ペトログラード南郊の〕ガッチナの前線から来た兵士たちが状況を語った。決死大隊第四八一砲兵隊からの一人が言った――「塹壕《ざんごう》の連中が聞いたらこう叫ぶに違いない――『これこそ俺たちの政府だ！』とね」。ペテルゴーフの士官学校から来た士官候補生《ユンケル》は、ソヴィエト軍に向けて進撃するのを二人の仲間と共に拒否したのだと言った。そしてほかの士官候補生《ユンケル》たちが冬宮の防衛から引き揚げてくると、彼をコミッサールに任命し、本当の革命への協力を申し出るために、こうしてスモーリヌイへ派遣されてきたのだ、と……。

ふたたびトロツキーが発言した。炎のように激しく、不屈に、次々と命令を発し、疑問に答えた。

あるときはこう言った――「プチブルの連中は、労働者、兵士、農民を打ち破るためなら、悪魔とだって手を結ぶだろう！」。この二日間、泥酔《でいすい》する者が多いとの報告があったことに対しては――「同志たちよ、酒は禁止だ！　正規の衛兵を除き、夜八時以降は誰も街頭へ出てはならない。酒類の貯蔵が疑われる場所はすべて捜索し、発見したら廃棄すること（原注四二）。酒の売り主に情けは無用だ」。

軍事革命委員会は、ヴィボルク地区の代表を呼びに行かせた。続いてプチロフ工場の代表も。伝令は足音を響かせて急いで出て行った。

「革命派が一人殺されるごとに、われわれは反革命派を五人殺すだろう！」とトロツキーは言った。

ふたたび都心部へ出た。ドゥーマは照明もまばゆく、大群衆が続々と押し寄せていた。一階のホールでは悲嘆に暮れて泣き叫ぶ人々の声。掲示板の前を人の群れが押したり引いたりしている。この日の戦闘で亡くなった士官候補生《ユンケル》の名簿が貼り出されているのだ——死んだと思われた士官候補生《ユンケル》たちの、と言うべきだろう。というのも、「死者」の大部分は後に姿を現し、ぴんぴんとしていることがわかったからだ……。階上のアレクサンドル・ホールでは「祖国・革命救済委員会」が延々と会議を続けていた。将校たちの金と赤の肩章《けんしょう》が目につく。メンシェヴィキと社会革命党の知識層《インテリ》らのおなじみの面々に、恰幅《かっぷく》のいい銀行家や外交官たちは目つきも険しく、旧政府の官僚たち、それに着飾った女性たちもいる……。

電話交換手の女性たちが証言していた。彼女たちは入れ替わり立ち替わり演台に立った——流行のファッションを猿まねした、着飾りすぎた少女たち。顔はやつれ、靴には穴があいている。だが彼女たちは一人また一人と、ペトログラードの「立派な」人たち——将校、金持ち、大物政治家たちだ——から喝采《かっさい》を受け、嬉しさのあまり顔を赤らめた。そして彼女たちは一人また一人と、プロレタリアートたちから受けた仕打ちを語り、古くかつ力強い既成の権威への忠誠を表明するのだった。

一方、ニコライ・ホールではドゥーマがふたたび開会していた。市長のシュレイデルは、ペトログラードの各連隊は自分たちの行動を恥じており、プロパガンダが功を奏しているのだと、楽観的な口調で言った。

使者たちがしきりに行き来しては、ボリシェヴィキらによるおぞましい行為について報告したり、士官候補生《ユンケル》たちを救うために仲裁に行ったり、あるいは状況の調査に奔走《ほんそう》するなどしていた。

「ボリシェヴィキは道徳的な力によって制圧されるだろう。銃剣によってではなく……」とトルップが言った。

一方、革命の前線は万事順調、とはいかなかった。敵は大砲を据《す》えた装甲列車を持ち出した。一方でソヴィエトの部隊は大部分が新米の赤衛隊で、将校もいなければ、はっきりした作戦もなかった。前線のソヴィエトの部隊に加わった正規の兵士はわずかに五〇〇〇名。守備隊の残りは士官候補生《ユンケル》の反革命的反乱を鎮圧するのに忙しいか、ペトログラードを防衛しているか、あるいはどうすべきか迷っていた。夜一〇時、レーニンがペトログラードの各連隊の代表者たちの集会で演説し、代表らは採決の結果、戦うことを圧倒的多数で決めた。参謀本部の役割を果たす委員会に五名の兵士が選出された。明け方近く、各連隊は完全武装の戦闘態勢で兵舎を出発した。私は帰宅途中、彼らが行進しているのを目にした。歴戦の兵士のような、規則正しく弾《はず》むような足取りで、銃剣もぴたりときれいに一列にそろい、手中にしたこの首都の人影のない通りを進んで行った。

同じころ、サドヴァヤ街の鉄道労組全ロシア中央委員会（ヴィクジェリ）本部では、すべての社会主義政党が集まり、新政府樹立を目指して会議が開かれているところだった。中間派のメンシェヴィキを代表してアブラモヴィチは、征服する側とされる側があってはならない——過去のことは過去のこととして水に流すべきだ——と言った。この点、左翼の諸政党はみな一致していた。ダンはメンシェヴィキ右派を代弁して、ボリシェヴィキに次のような停戦の条件を提示した——赤衛隊の解散、ペトログラード守備隊をドゥーマの指揮下に置くこと、一方、ケレンスキーの部隊は一発たりとも銃を発砲せず、一人の兵も逮捕しないこと、そしてボリシェヴィキを除くすべての社会主義政党で組閣すること。スモーリヌイを代表して発言したリャザノフとカーメネフは、全政党で連立内閣を組むことは受け入れてもよいとしたが、ダンが提示した条件には反対を表明。社会革命党は党内で意見が割れていた。それに対し農民代表ソヴィエトの執行委員会と人民派社会主義党は、ボリシェヴィキを加えることをきっぱりと拒否したのである……。激しい言い争いの末に、実現性のあるプランを策定するための委員会が選出された。

委員会は夜を徹してもめにもめ、次の日も終日終夜、激論が続いた。一一月九日にも同じように各勢力が和解を探ったことがあった。マルトフとゴーリキーが音頭をとったときだ。だがケレンスキーの部隊が接近し、「祖国・革命救済委員会」が動き出したことで、右翼メンシェヴィキ、社会革命党、人民社会主義党が突然話し合いから手を引いてしまったのだった。その彼らは今や、士官候補生《ユンケル》らの反乱が粉砕《ふんさい》されたという事実に圧倒されていた……。

一一月一二日、月曜日。この日は不穏な一日となった。ペトログラードの城門の先に広がる灰色の平原に、ロシア全土の視線が集まっていた。そこでは旧体制側がかき集めた軍勢の全部隊と、新体制側の――つまり未知の体制の側の――まとまりのない軍勢とが対峙していた。モスクワでは戦闘停止が合意され、双方が交渉した結果、首都で決着がつくのを待つことになった。そして今、全ロシア・ソヴィエト大会に参加した代議員たちは、アジアの果てまでも列車で急ぎ駆けつけようとしていた。彼らはいわば燃える十字架[3]を掲げて故郷へ戻るのだ。こうしてどこまでも広がるさざ波のように、奇跡的な革命のニュースはロシアの大地を伝わっていった。すると都市や町、辺地の村々が揺らぎ、分裂していった――各地のソヴィエトと軍事革命委員会が

3　戦闘開始を告げるシンボルのことで、ここでは比喩的に使われている。

ドゥーマと地方評議会《ゼムストヴォ》と地方政府のコミッサールたちと対立し、赤衛隊には白衛隊が対峙した。市街戦があり、それに熱のこもった演説が行われた……すべて、ペトログラードからの一報に命運がかかっていた……。

スモーリヌイはほとんど人が出払っていたが、ドゥーマは群衆で埋まり、喧騒《けんそう》に包まれていた。老市長のシュレイデルはいつものように威厳を見せながら、ボリシェヴィキの市議会議員による声明文に抗議していた。

「ドゥーマは反革命の中心などではない」と、市長は熱く説いた。「ドゥーマは目下の各勢力間の闘争とは無縁である。ただし、今この国には合法的な政権が存在しておらず、秩序の唯一の拠り所《よりどころ》はわれわれ〔ペトログラード〕市自治体なのである。平和を愛する国民もこの事実を認めている。諸外国の大使館も、市長が署名した文書しか認めないのだ。知性あるヨーロッパ人はこれ以外のあり方を容認しない。なぜならこの市自治体こそ、市民の利益を守ることができる唯一の機関だからである。市による寛容な措置によって利益を享受しようと思うさまざまな組織に対し、市は寛容な扱いをするだろう。だからドゥーマとしては、この建屋内でどんな新聞を配ろうと妨げるわけにはいかない。だがわれわれの業務は拡大しており、われわれとしても充分な行動の自由を与えてもらわねばならない。そのためにも両陣営とも、われわれの権利を尊重してもらわねばならないのだ……。われわれは完全に中立である。電話交換局を士官候補生《ユンケル》たちが占領したとき、〔軍司令官の〕ポルコフニコフ大佐はスモーリヌイへの電話線を切断するよう命じたが、私は抗議して、電話通信が切られることはなかった……」。

ここでボリシェヴィキの席からは冷笑が漏《も》れ、右翼席からは罵声《ばせい》が飛んだ。

シュレイデルは続けた――「それなのに、彼らはわれわれを反革命派だと見て、国民にそう伝えている。彼らはわれわれの車両を一つ残らず取り上げ、われわれの輸送手段を奪っている。市内に食料が行き渡らなかったとしてもわれわれのせいではない。いくら抗議しても無駄なのだ……」。

本当に軍事革命委員会が市役所の車を徴発したのか、市ドゥーマのボリシェヴィキの議員のコボゼフは疑問を投げかけた。仮に事実だとしても、この緊急事態だから、誰か権限のない現場の人間がそうしたまでだろう、とコボゼフは述べた。そして続けた――「ドゥーマの外で政治集会を開いてはならないと、市長は言う。だがここにいるメンシェヴィキと社会主義者は口を開けば自党のプロパガンダばかりじゃないか。その上、入り口で『イスクリ（火花）』紙や『ソルダツキー・ゴーロス（兵士の声）』紙や『ラボーチャヤ・ガゼータ（労働者新聞）』紙など非合法な新聞を配り、反乱を煽り立てている。もしわれわれボリシェヴィキもここでわが党の新聞を配布したらどうなるだろうか? だがそんなことはしない。われわれはドゥーマを尊重しているからだ。われわれは市自治体を攻撃したこともないし、これからもしない。だが市自治体は住民に向けた訴えを発表した。それならばわれわれも同様の権利があるはずだ」。続いて立憲民主党(カデット)のシンガリョーフ。やつら〔ボリシェヴィキ〕は司法長官の前に連れ出されて起訴されるような、反逆罪に問われるべき連中であり、そんな連中とは話が通じるはずがない、と言った……。そしてふたたびボリシェヴィキの議員を全員ドゥーマから追放すべきだと提案した。だが提案は棚上げされた。ボリシェヴィキの個々の議員に対する容疑は何もなかったし、彼らは市自治体で活躍していたからだ。

次にはメンシェヴィキ国際主義派が二人立ち、ボリシェヴィキの市会議員らの声明文はあからさまに虐殺をそそのかしているとした。そして二人のうちピンケヴィチが言った――「もしボリシェヴィキに反対の者がすべて反革命的だと言うのなら、革命とはまさに無秩序《アナーキー》と変わらなくなる。……ボリシェヴィキは統制されていない大衆の熱気ばかりを頼りにしているが、われわれが頼りにするのは道徳の力以外にはない。われわれは両陣営どちらによる虐殺や暴力にも抗議する。われわれの課題は平和的な決着を見いだすことだからだ」。

続いてナザリエフは言った――「『さらし台へ！』というタイトルで街頭に貼り出された通告文は、メンシェヴィキと社会革命党を滅ぼせと市民に呼びかけているが、これは君たちボリシェヴィキが決して洗い流すことのできない犯罪だ。昨日の恐ろしい出来事は、そうした通告文を出すことで準備を進めているものに比べれば、ほんの前触れにすぎないのだろう。……私は君たちをなんとかほかの諸政党と妥協させようと常々試みてきたが、現時点で私が君たちに感じているのはただひとつ、軽蔑である！」。

ボリシェヴィキの議員たちは総立ちになって怒りの叫びをあげたが、憎しみに満ちたいくつもの嗄《しわが》れた声や、腕を振り回す連中の反撃に遭った……。

ホールの外へ出たとき、私は市の技官とメンシェヴィキのゴンベルク大尉、それに三、四人の記者たちに出くわした。みな意気揚々《ようよう》としていた。

「ほらね！　あの臆病者どもは俺たちを恐れているんだ」と彼らは言った。「ドゥーマの議員たちを逮捕する度胸なんてありっこない！　軍事革命委員会もこの建物には一人のコミッサールも寄越《よこ》そうとしないじゃないか。それどころか、今日サドヴァヤ街の角で少年が『ソルダツキー・ゴーロス（兵士の声）』紙を売っていたんだが、それをある赤衛隊のやつがやめさせようとした。だが少年はそいつを笑い飛ばし、周囲の群衆はその赤衛隊の無法者をリンチしそうになっていたぞ。もうあと数時間の我慢だ。仮にケレンスキーがやって来なくても、ボリシェヴィキには政府を運営していける人材がいやしない。ばかばかしい！　やつらはスモーリヌイでは身内同士で戦っているそうじゃないか！」。

社会革命党の知人が私を脇へ呼んだ——「俺は救済委員会の隠《かく》れ家《が》を知ってるんだ。行って話してみたいか？」。

すでに夕暮れどきだった。街はふたたび日常を取り戻していた——店舗のシャッターは上がり、照明は輝き、街頭にはものすごい数の群衆が繰り出して、ゆっくりと行ったり来たりしながら議論を戦わせていた……。

ネフスキー大通り八六番のところで、私たちはある通路を通って中庭へ入った。高層集合住宅の壁面に取り囲まれている。二二九番という住宅のドアを知人が独特の仕方でノックした。中ではがさごそと物音がして、ドアがばたんと閉じるのが聞こえた。続いて玄関のドアがほんのわずかに開き、女性の顔が覗《のぞ》いた。しばらく私たちをじろじろ見ると、彼女は私たちを招き入れた。落ち着いた感じの中年女性で、すぐに中に向けて叫んだ——「キリル、大丈夫よ！」。ダイニングルームにはテーブルの上で紅茶用湯沸かし器《サモワール》が湯気《ゆげ》を上げており、パンや生魚が山盛りになった皿が並んでいる。窓のカーテンの後ろから軍服姿の男が現れ、クローゼットからは労働者風の身なりの男が出て来た。二人はアメリカ人記者と会えて大喜びだった。もしボリシェヴィキに見つかったら俺たちは間違いなく撃ち殺されてしまう、と二人はどこか楽しげに言った。氏名は明かしてくれなかったが、二人とも社会革命党員だという。

「どうしてみなさんはあんな嘘っぱちを新聞に書くんですか？」と私は問いかけた。

将校は気を悪くもせずに答えた。「ええ、わかってますよ。でもどうしろって言うんです？」――そこで肩をすくめて――「われわれとしては、人々の中にある種の気分を作り出す必要があるわけで、それはわかってもらわなければなりません……」。

もう一人が割って入った――「これはまったくボリシェヴィキの冒険にすぎません。彼らには知識人《インテリ》がいない……省庁の役人たちは働こうとしない……ロシアはひとつの都市ではなく、れっきとした国家なんですよ……。私たちは連中が数日しか持ちこたえられないだろうと気づいたので、彼らと敵対する最強の勢力を支援することにしたのです――ケレンスキーです。そして秩序の回復に手を貸すんです」。

「それは実に結構なことだが、でもどうしてカデットと手を組むんですか？」

労働者を装った男は率直な笑顔を見せた――「正直に言えば、現状では人民大衆はボリシェヴィキを支持しています。私たちには支持層がいない――今のところはですね。私たちにはひと握りの兵士も動員できない。使える武器もない……。ボリシェヴィキが言うことにも一理あるんです。確かに今この時点では、ロシアには力のある勢力は二つしかない――ボリシェヴィキと反動派で、反動派はカデットを隠《かく》れ蓑《みの》にしている。カデットはわれわれを利用しているつもりでいますが、実際はわれわれがカデットを利用しているのです。われわれはボリシェヴィキを粉砕した暁《あかつき》には、カデットに矛先《ほこさき》を向けますよ」。

「ボリシェヴィキは新政府に入れてもらえるんでしょうかね？」

彼は頭を掻きながら「そこが問題なんです」と認めた――「もちろん、もし加えてやらなければ、連中はまた同じことを初めから仕出かすでしょう。少なくとも、憲法制定議会では決定を左右する立場に立てることでしょうよ。憲法制定議会が開かれるとすればですがね」。

「すると今度はですね」と将校が言った、「新政府にカデットを入れるかどうかが問題になるわけです、同じ理由で。でも実は、もし今ボリシェヴィキを滅ぼしてしまえれば、カデットの連中は本音としては憲法制定議会など開きたくないのですよ」。将校は首を振って続けた――「われわれロシア人には容易ではありませんね、政治ってやつは。あなたがたアメリカ人は生まれながらの政治家ですからね。生まれたときからずっと政治に親しんでいる。でも私たちにとっては――まだたった一年ですからね」。

「ケレンスキーはどう思いますか？」と私は訊いた。

「ああ、ケレンスキーは臨時政府の数々の罪に問われるべきですよ」と、もう一方の男が答えた。「ケレンスキーはブルジョアジーとの連立を私たちに強引に認めさせた張本人ですから。ですがもしあの時点で、彼がちらつかせていたとおり本当に辞任していたら、憲法制定議会までわずか一六週間だというのに政府は危機に陥《おちい》っていたでしょう。私たちはそれは避けたかったのです」。

「でもどっちにしろ政府は危機に陥ったわけですよね？」

「ええ、ですがそんなことは、あらかじめわかりっこないじゃないですか？　彼ら――ケレンスキーとアフクセンチエフたちですがね――は私たちを騙《だま》したんです。ゴーツはもう少し急進的ですね。私はチェルノフを支持します、彼こそ真の革命家だ……。実際、今日レーニンはチェルノフの入閣には反対しないと伝えたばかりですしね。

私たちだってケレンスキー内閣は倒したかった。でも憲法制定議会まで待つべきだと考えたのです。……この一件が始まったばかりのころ、私はボリシェヴィキを支持していました。だが私たちの党の中央委員会が全会一致で反対を決めた。私にどうすることができたでしょうか？　党の規律という問題がありましたから……。一週間もすればボリシェヴィキ政府は瓦解《がかい》しますよ。社会革命党としては、傍観して待っていることさえできれば、政権が転がり込んでくるはずです。ですが一週間も待っていては、国は大混乱となって、ドイツの帝国主義者どもが勝利を得てしまうでしょう。だからこそ、私たちはわずか二個連隊の兵士たちの支持をとりつけただけで反乱を開始したのです——その彼らもこちらに反旗を翻したわけですがね……すると残りは士官候補生《ユンケル》だけとなって……」

「コサックはどうです？」

将校はため息をついた——「彼らは動かなかった。当初は歩兵隊の援護があれば行動に出ると言っていたのです。それがそのうち、配下の兵士たちはケレンスキーと共にあり、その任務についていると言いだしたんです……。それからさらに、コサックは民主主義の敵だと先祖代々叩かれてきた、などとも言ってきました。そしてついには『ボリシェヴィキはわれわれの土地を没収しないと約束している。われわれに危険は及ばない。だから中立を保つ』ときたわけです」。

こうした会話の間も、いろいろな人が常に出入りしていた——大部分の将校で、みな肩章を剝ぎ取っていた。廊下にいる彼らの姿が見え、小声だが熱のこもった声も聞こえた。時おり、半分閉じた仕切りのカーテンの向こうで、洗面所へ通じるドアが開くのがちらりと見えた。そこには大佐の軍服を着た大柄な男が便器の上に腰掛けており、膝の上でメモ帳に何やら書き込んでいた。元ペトログラード軍管区司令官のポルコフニコフ大佐だった。この人物を逮捕するためなら軍事革命委員会は大金を出すに違いない。

「私たちの綱領はどうか？」と将校は続けて言った。「そうでしたね。土地は土地委員会へ引き渡すこと。産業管理において労働者は完全に代表されているべきこと。精力的な講和の提案、ただしボリシェヴィキが発表したような世界へ向けた最後通牒は出さない。ボリシェヴィキは大衆に約束したことを守れやしないでしょう――国内だけでさえそうです。私たちがそうさせませんから……。彼らは農民たちの支持を得ようと私たちの土地綱領を横取りしたのです。誠意に欠けています。でももし憲法制定議会まで彼らが待ったとしたら……」。

「憲法制定議会なんて関係ないんだ！」ともう一人の将校が遮《さえぎ》った。「ボリシェヴィキがわが国で社会主義国家を樹立したいとしても、どっちにしろわれわれは協力などできないんだ！　ケレンスキーは大きなミスを犯した。共和国暫定評議会でボリシェヴィキを逮捕すると発表したことで、自分のねらいを明かしてしまったのだから……」

「でもこれからどうするつもりですか?」と私は訊いた。

二人の男たちは顔を見合わせた——「数日後にはわかるでしょう。前線から充分な数の味方の部隊がやって来れば、われわれはボリシェヴィキと妥協はしません。もしやって来ない場合、ひょっとしてわれわれは仕方なく……」。

私たちはふたたびネフスキー大通りへ出て、あふれるばかりの乗客で満杯の路面列車の車両の踏み台《ステップ》に飛び乗った。乗客の重みで乗降口《デッキ》がたわんで地面をこすっている。車両はスモーリヌイまでの遠い道のりを堪え難いほどのろのろと這うように進んだ。

こざっぱりとした小柄で華奢《きゃしゃ》な男、メシコフスキーがスモーリヌイの廊下を心配顔で歩いて来た。省庁のストの影響が現れはじめているのだと、私たちに話してくれた。例えば、人民委員会議は旧政権が各国と結んだ秘密条約を公表すると約束した。だが外務省の担当職員のネラトフが文書を持ったまま姿を消した。その文書はイギリス大使館に隠してあるはずだという……。

だがもっとも影響が甚大《じんだい》なのは銀行のストだそうだ。〔財務担当人民委員の〕メンジンスキーは言った——「金がなければどうにもなりません。鉄道の従業員、電信局職員などの賃金を払わねばなりません……。なのに銀行は閉まっています。そして状況打開の鍵を握る国立銀行も閉鎖されています。ロシア全土の銀行員が仕事をしないよう買収されているのです。

でもレーニンは国立銀行の金庫をダイナマイトで爆破せよとの命令を発しました。それに民間銀行も明日から開店するようにと、たったいま布告が出たところです。従わなければわれわれの手で開けてやりますよ！」。

ペトログラード・ソヴィエトの集会室は活気に満ち、武装した男たちでごった返していた。トロツキーが報告していた。

「コサックはクラスノエ・セローから退却中だ」――一気に沸く歓喜の声――「だが戦いは始まったばかりだ。プルコヴォでは激しく交戦中。動員可能な部隊をすべて至急差し向ける必要がある。……

モスクワからは悪い知らせだ。クレムリンは士官候補生《ユンケル》の手に落ち、労働者たちにはわずかな武器しかない。このあとどうなるかはペトログラード次第だ。

前線では平和と土地に関する布告が大きな熱狂的な反響を呼んでいる。ケレンスキーは種々のデマを塹壕《ざんごう》に流している。ボリシェヴィキが子女を虐殺し、ペトログラードは炎と血の海だというのだ。だが誰も信じてなどいない。……

オレグ、アウロラ、レスプブリカの各巡洋艦はネヴァ川に係留中で、艦砲はペトログラードへの進入路に照準を合わせている……」

「あんたはどうして赤衛隊と一緒に出撃していないんだ?」と粗っぽい声が飛んだ。

「今から行くところだ!」とトロツキーは答えると、演壇を降りた。普段よりやや顔色が悪いトロツキーは、広間の端を歩いていき、熱意あふれる友人たちに囲まれながら、外で待つ自動車のほうへ向かって足早に出て行った。

今度はカーメネフが発言し、各勢力の和解を目指した会議の様子を語った。メンシェヴィキが提案した停戦条件は冷ややかに退けられた、とカーメネフは言った。鉄道労働者組合の各支部までもが提案に反対票を投じたと……。

カーメネフはきっぱりと言った――「われわれがすでに権力を掌握し、ロシア全土を席巻しつつある今、われわれに対する要求は三点だけだった。一、政権を明け渡すこと。二、兵士たちに戦争を続けさせること。三、農民たちに土地を諦めさせることだ」。

レーニンが少しだけ顔を出して社会革命党からの批判へ反論した。

「われわれが彼らの土地綱領を横取りしたといって、彼らは非難している。本当にそうなら、頭を下げてやろうじゃないか。われわれはそれで一向に構わない……」

こうして会議は猛然と進み、リーダーが次々と説明し、熱弁をふるい、議論し、兵士に次ぐ兵士、労働者に次ぐ労働者らが立ち上がって考えや思いを表明した……。聴衆は入れ替わり立ち替わり出入りし、常にメンバーが変わっていた。時おり兵士たちが顔を出し、どこそこの分遣隊の者は前線へ行けと大声で通知した。ほかにも交代して戻って来た者や負傷兵、あるいは武器や装備を取りにスモーリヌイへ来た者たちが続々と参加した……。

間もなく午前三時というころ、私たちが集会場の大広間を出たところで、軍事革命委員会のホルツマンが顔を輝かせて走って来た。

「大丈夫だ！」と、彼は叫ぶなり私の両手を握った。「前線から電報だ。ケレンスキーを粉砕した。これを見てくれ！」。

ホルツマンは一枚の紙切れを差し出した。鉛筆で大慌てで走り書きしてある。私たちが読み取れないことに気づくと、朗々と読み上げた。

> プルコヴォ。参謀本部発。午前二時一〇分。
> 一〇月三〇日から三一日[4]にかけての夜は歴史に刻まれるだろう。反革命軍を革命の首都へ進撃させようというケレンスキーの試みは、決定的に撃退された。ケレンスキーは退却中、わが軍は追撃中。ペトログラードの兵士、水兵、労働者た

ちは、武器を手に取り、民衆の意志と権威を執行する能力があること、そして実際に執行することを見せつけた。ブルジョアジーは革命軍を孤立化させようとした。ケレンスキーは革命軍をコサックの武力で挫《くじ》こうと試みた。どちらの計略も憐《あわ》れむべき惨敗を喫《きっ》したのだ。

労働者と農民の民主主義による支配という壮大なる理念は、兵卒たちを結束させ、その意志を堅固《けんご》にした。「ソヴィエト政権」は決して束《つか》の間《ま》のものではなく、揺るぎのない事実である——これからはロシア全土がそう納得するであろう。……ケレンスキーの撃退は、地主、ブルジョアジー、そしてコルニーロフ的な者ら全般の排撃を意味する。ケレンスキーの排撃は、平和で自由な暮らしと土地とパンと権力に対する人民の権利を確認するものである。プルコヴォの分遣隊はその勇ましい一撃によって、「労働者と農民の革命」という大義をより強固なものにしてくれた。過去へ後戻りはできない。われわれの前には闘争と、障害と、そして犠牲が待ち受けている。だが道は明白であり、勝利は確実だ。

「革命的ロシア」と「ソヴィエト政権」は、ヴァルデン大佐の指揮下で戦ったプルコヴォの分遣隊を誇りとすべきである。倒れた者たちに永遠なる記憶を！　革命の武人《つわもの》たちに、人民に忠実であった将兵たちに、栄光あれ！

革命と民衆の社会主義ロシア万歳！

人民委員会議の名のもとに
人民委員　L・トロツキー

自宅への帰路、ズナメンスキー広場を車で横切っていたとき、ニコライ駅の前になぜか人だかりがしているのがぼんやりと見えた。数千名の水兵たちが大挙して集まり、ライフル銃を持って苛立《いらだ》ちを募らせていた。

ヴィクジェリのメンバーが階段に立って彼らに訴えかけていた。

「同志たちよ、われわれはみなさんをモスクワへ運ぶことはできない。われわれは中立だ。どちらの陣営の部隊も運ばない。すでに恐ろしい内戦になっているというモスクワへ、われわれはみなさんを連れて行くことはできない……」

広場中で怒りが煮えたぎり、この男に吠《ほ》えたてた。水兵たちが前へ押し寄せ始める。突如、別のドアが勢いよく開け放たれ、そこに機関車の制動手二、三人や火夫も一人

4　ここでの日付は旧ロシア暦で記されており、のちに導入された西暦に一三日遅れている。西暦では一一月一二日から一三日にかけての夜である。次章の冒頭に掲げられた同日の命令書は西暦で記されている。

か二人立っていた。

「こちらへ、同志たちよ！」と一人が叫んだ。「私たちがみなさんをモスクワへお連れしよう——お望みならば、ウラジオストックへだって行きますよ。革命万歳！」。

第九章　勝利

◆命令第一号

　　プルコヴァ分遣隊へ

　　一九一七年一一月一三日、午前九時三八分発

　過酷な戦闘の末、プルコヴァ分遣隊の軍勢は反革命軍を完全に撃破した。反革命軍は散り散りになって陣地から撤退し、ツァールスコエ・セローの援護を受けてパヴロフスクとガッチナ方面へ退却した。

　わが前線部隊はツァールスコエ・セローの北東のはずれの一帯とアレクサンドロフスカヤ駅を占領。われらの左翼にコルピノ分遣隊が、右翼にはクラスノエ・セロー分遣隊がいた。

私はプルコヴォ分遣隊にツァールスコエ・セローの占領を命令し、同地へ通じる地帯、特にガッチナ側の防御を固めるよう命じた。

さらにパヴロフスクを通過する際に占領し、南側を要塞化し、ドノ駅まで鉄道を押さえることも命じた。

各部隊とも、占拠した地点の防御をあらゆる手段を用いて強化し、塹壕《ざんごう》の構築やその他の防備を整えるものとする。

各部隊ともこれからコルピノとクラスノエ・セローの両分遣隊と緊密に連携し、ペトログラード防衛軍最高司令官参謀本部とも同様にすべきこと。

署名——ケレンスキーの反革命軍と戦う全部隊の総司令官
ムラヴィヨフ中佐

〔一一月一三日〕火曜日の朝。いったいどうなっているのか？　わずか二日前、ペトログラード郊外の平野はリーダーのいない兵士たちの集団であふれ返り、彼らは当てもなくさまよっていた——食料もなく、火砲もなく、計画もなしに。そんな規律のたるんだ赤衛隊や将校のいない兵士たちの無秩序な群れが、一つの軍隊として融合し、

〔みずからが〕選出した自分たちの最高司令部の命令に服し、敵の大砲やコサックの騎兵隊を迎撃して壊滅させるほど鍛え上げられた軍勢に変貌した。いったい何がそうさせたのか？（原注四二）

反乱を起こした人民というものは、軍事的な前例にとらわれることがない。フランス革命を起こしたみすぼらしい身なりの革命軍もそうだった――ヴァルミやワイセンブール戦線[1]のことだ。ソヴィエト軍の前に結集して立ちはだかったのは、士官候補生《ユンケル》、コサック、地主、貴族、黒百人組――すなわちツァーリの支配の復活と秘密警察《オフラナ》と流刑地シベリアの鎖――、そして強大なドイツ軍の恐ろしい脅威だった……。カーライルの言葉を借りれば、勝利が意味するのは「永遠の栄光と千年王国！」なのだ。[2]日曜日の夜、軍事革命委員会の人民委員《コミッサール》たちは命からがら戻ってきた。そこでペトログラードの守備隊は「五人委員会」を選出した。これは彼らの野戦司令部で、兵三名、将校二名、いずれも反革命的な汚点とは無縁であることが確かなメンバーだ。元愛国主義者のムラヴィヨフ中佐――有能だが要注意人物[3]でもある――が指揮を執《と》った。

1　いずれもフランス革命軍とプロシアやオーストリアの軍勢が激戦をくり広げた地。
2　トーマス・カーライルの著書『フランス革命史』からの引用。第一章の訳注16参照。

続いてコルピノ、オブホヴォ、プルコヴォ、クラスノエ・セローで臨時に分遣隊が結成され、落伍兵《らくごへい》らが周辺地域から帰還してくるにつれて部隊は拡大した――兵士、水兵、赤衛隊らが入り混じり、連隊、歩兵隊、騎兵隊、砲兵隊の一部が合体し、数台の装甲車両もあった。

夜が明けた月曜日の朝、革命軍はケレンスキーのコサック部隊の哨戒兵《しょうかいへい》らと出くわした。散発的な銃撃戦や、投降の呼びかけが交わされた。寒々とした平原を覆《おお》う静まり返った冷たい大気を突いて、戦闘の音が広がっていった。あちこちで放浪の身の兵士たちのグループが小さな焚《た》き火《び》を囲み、成り行きを見守っていたが、彼らの耳にもその音は届いた……。いよいよ始まったな！――彼らは戦場へと向かった。平原へまっすぐ伸びる街路にあふれ出した労働者たちの大群も、足取りを速める。こうしてどの攻撃地点でも、猛《たけ》り立った人間の群れが自動的に合流し、コミッサールらに迎えられて持ち場や仕事を割り振られた。これは彼ら自身による、彼ら自身の世界のための戦いであり、指揮を執る将校たちは彼ら自身が選んだのだ。このとき、あのまとまりのない多数の意志は、一つの意志になっていたのである……。

戦闘に参加した人たちが様子を語ってくれた。弾丸が尽きて襲撃されてしまった水兵らもいたこと。突撃してくるコサック部隊を訓練も受けたことのない労働者たちが急襲し、騎馬《きば》から引きずり下ろしたこと。名も知れぬ人々の大群が戦場の周りの暗闇に集結し、潮流のように盛り上がって敵に襲いかかったこと……。月曜日の深夜までには、コサック部隊は壊滅し、火砲を放置したまま逃げ出していた。前線は不規則に延びていたが、プロレタリアートの軍隊は進撃してツァールスコエ・セローになだれ込んだ。敵軍は庁舎内の大規模な電信局を破壊する余裕もなく、そこからスモーリヌイのコミッサールたちが世界へ向けて勝利の凱歌《がいか》を打電し続けたのだった……。

全労兵ソヴィエトへ告ぐ

一一月一二日、ツァールスコエ・セロー付近の血みどろの戦闘により、革命軍はケレンスキーとコルニーロフの反革命部隊を破った。革命政府の名において命じる――革命的民主勢力の敵に対して全連隊が攻勢に出ること、あらゆる手段を講じてケレンスキーを逮捕すること、さらに、革命およびプロレタリアートの勝利が手にした成果に対し、脅威となる可能性のある企てに反対すること。

3　第六章でも記されていたとおり、ムラヴィヨフは元ロシア帝国陸軍将校で、三月革命後は臨時政府側について決死大隊を組織し、ボリシェヴィキには批判的だったが、やがてボリシェヴィキ側に寝返った。

革命軍万歳！　ムラヴィヨフ

地方からも知らせがあった……。

セヴァストーポリ[4]では、現地のソヴィエトが権力を掌握。軍港に停泊中の軍艦上で水兵たちの大々的な集会が開かれ、将校たちは一列に並んで新政府への忠誠を誓わされた。ニーズニ・ノヴゴロドもソヴィエトが制圧。カザンからは市街戦の報告があり、士官候補生《ユンケル》らと砲兵旅団がボリシェヴィキ派守備隊と交戦中……。

モスクワでもふたたび決死の戦闘が勃発していた。ユンケルと白衛軍守備隊がクレムリンと都心部を押さえていたが、四方八方から軍事革命委員会の部隊の猛攻にさらされていた。ソヴィエト軍の火砲はスコベレフ広場に陣取り、モスクワ市ドゥーマの建物、県庁、そしてメトロポール・ホテルを砲撃中。ツヴェルスカヤとニキーツカヤの石畳は掘り返されて、塹壕やバリケードに使われた。大手の銀行や商社が並ぶ界隈《かいわい》をマシンガンの弾雨が飛び交った。電灯も電話も切れたままで、ブルジョア市民らは地下室で寝起きしているという……。最新の公報によれば、軍事革命委員会は公安委員会に最後通牒を突きつけ、降伏してクレムリンをただちに明け渡すことを要求し、さもなければ砲撃すると通知したとのことだ。

「クレムリンを砲撃するだと? まさか、できっこないさ!」と一般市民は叫びをあげた。

西はヴォログダから東ははるかシベリアのチタまで、北はプスコフから南は黒海のセヴァストーポリまで、そして大都市から小さな村々に至るまで、内戦の炎が燃えあがった。何千という工場、農民共同体、連隊や軍団、海洋にある船舶からも、ペトログラードに挨拶のメッセージが続々と寄せられた――人民の政府への挨拶である。ノヴォチェルカースクのコサック政府[5]はケレンスキーに打電した――「コサック軍政府は、臨時政府およびロシア共和国評議会議員らに、可能であればノヴォチェルカースクへ来られるようお招きする。そこでわれらはボリシェヴィキに対する闘争を共に組織することができるだろう」。

フィンランドでも事態は動き始めていた。ヘルシングフォルス・ソヴィエトとツェントロバルト(バルチック艦隊中央委員会)は共同で非常事態を宣言。ボリシェヴィキ

4　黒海のクリミア半島西南端の軍港で、ロシア帝国からソ連邦時代まで、黒海艦隊の基地として知られた。

5　カレージン率いるドン・コサック勢を指す。第二、六章参照。

軍に対するいかなる妨害の試みも、そしてその命令に対するいかなる武力抵抗も、厳しく処罰される、と宣告した。その一方でフィンランド鉄道組合は、一九一七年六月の社会主義議会が——ケレンスキーに解散させられる前に——採択した法律[6]を施行させるために、フィンランド全域でゼネストを呼びかけた……。

〔火曜日の〕早朝、私はスモーリヌイへ行ってみた。外側の門から入り口までの長い板敷の歩道を歩いていると、風のない灰色の空から今年最初の雪片が淡く、ためらいがちに舞っているのに気がついた。「雪だ！」と入り口に立つ兵士が叫んで、嬉しそうに歯を見せて笑った。「こいつは身体にいいぞ！」。

屋内では、長い陰鬱《いんうつ》な廊下と殺風景な部屋は、どれももぬけの殻《から》のように見えた。この巨大な建物の中で、人が活動している気配がまったく感じられない。するとどこか異様な、深い物音が耳に入った。見回してみると、どこもかしこも壁際から床一面に、男たちが眠りこけているのだった。荒くれ、薄汚れた男たち——労働者や兵士たち——が、跳ね返った泥が乾いてこびりついたまま、一人あるいは何人かが折り重なって、死んだように辺り構わず体を投げ出している。血のにじむ汚れた包帯を巻いている者もいる。鉄砲や弾薬帯が散らかっている……。この者たちこそ、勝利を得たプロレタリアートの軍隊なのだった！

二階の食堂でも男たちがびっしりと床を埋めて横たわり、足の踏み場もない。ひどい臭いだ。ガラスの曇った窓から青白い薄明かりが射し込んでいた。カウンターにはおんぼろの冷めきった紅茶用湯沸かし器《サモワール》が置かれ、紅茶の残りかすが沈んだグラスがたくさん並んでいる。その横に軍事革命委員会の最新の公報が置かれているが、裏返しにされ、痛ましい手書きの文章が殴り書きされている。ケレンスキーとの戦いで倒れた戦友たちを悼《いた》んで、どこかの兵士が書いたらしい。書き終えてそこに置いたとたんに、床に突っ伏して眠ってしまったのだろう。涙だろうか、字がにじんでいる部分もあった……。

アレクセイ・ヴィノグラドフ　S・ストルビコフ
D・マスクヴィン　D・プレオブラジェンスキー
A・ヴォスクレセンスキー　V・ライダンスキー

6　三月革命で帝政が倒れると、フィンランド議会は同議会を最高の権力機関として内政全般の権限をもつものとし、臨時政府には軍事・外交権だけを認める法律を採択。これを臨時政府は認めようとせず、議会を解散させた。フィンランドは十一月革命後、一二月に独立を宣言した。

D・レオンスキー　　M・ベルチコフ

右の男たちは一九一六年一一月一五日に陸軍に招集された。このうち生きているのは三人だけだ。

ミハイル・ベルチコフ
アレクセイ・ヴォスクレセンスキー
ディミートリ・レオンスキー

眠れ、兵《つわもの》の鷲《わし》たちよ、安らかな魂で眠れ。
われらの仲間たちよ、君たちは幸せと
永遠の平和を味わいたまえ。墓土の下で
君たちは固く隊列を組んでいる。眠りたまえ、市民たちよ！

軍事革命委員会だけが今も眠らずに活動していた。スクルイプニク[7]が奥の部屋から出てきて、〔社会革命党の〕ゴーツが逮捕されたと言った。だがゴーツは逮捕容疑である「祖国・革命救済委員会」の声明文[8]への署名はしていないと、きっぱりと否認し、アフクセンチエフも同様だという。そして救済委員会自体、守備隊に対して声明文の撤回を認めたとのことだった。いまだに市内の連隊の中には不満がくすぶっている――例えばヴォルヒンスキー連隊はケレンスキーと戦うことを拒否した――とスクルィプニクは報告した。

チェルノフをリーダーとして、何隊かの「中立」な分遣隊がガッチナにあり、ペトログラードへの進撃を中止するようケレンスキーを説得しようと試みているという。スクルィプニクは笑って言った――「もう『中立』なんてあり得ませんね、私たちは勝ったのですから！」。髭《ひげ》をたくわえたきりっとした顔が、宗教的とも言えそうなほど恍惚《こうこつ》として輝いていた。「六〇人以上の使者が前線から到着し、いまだ音沙汰《おとさた》のないルーマニア戦線の部隊を除き、どの部隊も革命側に対する支持を確約しています。各地の兵士委員会がペトログラードからの知らせを握りつぶしていますが、今やわれわれは伝令を送る仕組みを確立してますから問題ありません……」。

正面入り口の玄関ホールへ戻ってみると、ちょうどカーメネフが入ってくるところだった。「新政府樹立のための会議」を徹夜でやって疲れ切っていたが、嬉しそうだ。

7　第七章の訳注6参照。
8　第七章参照。

ていいるんですよ」と私に言った。「右翼の各グループは革命裁判所におじけづいていますよ。彼らはちょっとしたパニック状態になっていて、これ以上ことを進める前にまず革命裁判所を解散しろと要求しているんです……。均等にバランスのとれた社会主義内閣を作るという鉄道労組全ロシア中央委員会（ヴィクジェリ）の提案をわれわれは受け入れました。組閣作業に取り掛かっているところです。おわかりですよね、みんなわれわれが勝利したおかげなんです。われわれが低迷していたときは、拝《おが》み倒したって相手にしてくれませんでした。それが今や、誰もがソヴィエト勢と何らかの合意を得るべきだと考えていますからね……。あとわれわれに必要なのは決定的な勝利です。ケレンスキーは停戦を望んでいますが、やつは降伏しなければならないでしょうね……」（原注四三）。

ボリシェヴィキのリーダーたちはそんな気分だった。ある外国人記者が世界に向けてメッセージを出してくれと、トロツキーに求めると、トロツキーはこう答えた──「現時点でわれわれが出せる唯一のメッセージは、大砲の口を通じてわれわれが発しているものだ！」。

しかし勝利の潮流には深刻な不安が底流としてあった──財政の問題だ。銀行を開店せよとの軍事革命委員会の命令に反し、銀行労働者組合は集会を開いて正式にストライキを宣言した。スモーリヌイは国立銀行に三五〇〇万ルーブルほどの引き出しを要請したが、出納係《すいとうがかり》は金庫室を施錠《せじょう》し、臨時政府の代表者たちにしか現金を出してやらなかった。反動勢力は国立銀行を政治的な武器に利用していたのだ。ヴィクジェリが国営鉄道の従業員らに賃金を支払うために現金を引き出そうとしたところ、スモーリヌイへ請求しろと言われたそうだ……。

私は新任のコミッサールに会いに国立銀行を訪れてみた。ペトロヴィチという名のボリシェヴィキ派の赤毛のウクライナ人だ。ストに入った事務員らが残していった混乱の中から、なんとか現場に秩序を取り戻そうと奮闘していた。この巨大な施設のどのオフィスでも、労働者、兵士、水兵の志願者たちが汗だくになりながら、無我夢中で口からだらりと舌を垂らし、困惑顔で分厚《ぶあつ》い台帳と首っ引きでにらめっこをしていた……。

一方、ドゥーマの建物はごった返していた。いまだに新政府に従わない人たちが散見されたが、稀《まれ》なケースだった。例えば中央土地委員会は農民たちへの呼びかけの中で、全ロシア・ソヴィエト大会で採択された「土地に関する布告」[9]を承認しないよう命じた。混乱と内戦を引き起こすから、というのだ。また、シュレイデル市長は、ボリシェヴィキの蜂起のせいで、憲法制定議会の選挙は無期限に延期せざるを得ない、と発表した。

内戦のすさまじさにショックを受け、誰の頭にも浮かんでいたのは二つの最優先事項だ——第一はこの流血騒ぎに対する停戦合意（原注四四）、第二は新政府の樹立である。もはや「ボリシェヴィキを壊滅させる」などと豪語する者はいなかった。それにボリシェヴィキを政府から排除せよとの声もほとんどない——人民社会主義党と農民代表ソヴィエトを除いて。スモーリヌイの不倶戴天《ふぐたいてん》の敵である軍総司令部《スタフカ》の中央軍隊委員会でさえ、モギリョフから電話をしてきてこう述べた——「新内閣樹立のため、もしボリシェヴィキとの合意が必要であるなら、彼らを閣内少数派としてならば受け入れることに同意する」。

「プラウダ」紙は皮肉たっぷりにケレンスキーの「人道的感情」に注目せよと書き、「祖国・革命救済委員会」に向けて彼が発した文書を掲載した。

救済委員会およびその傘下に結集しているすべての民衆組織の提案に従い、私は反乱者らに対する一切の軍事行動を停止させた。同委員会の使節団が交渉に入るために派遣されている。あらゆる手段を講じて無益な流血を停止せよ。

ヴィクジェリはロシア全土へ電報を打った。

鉄道労働者組合は、両敵対勢力の代表者ら――どちらも合意は必要だと認めている――と会議を開いた結果、内戦における政治テロの使用に対して、特にそれが革命的民主勢力の諸派間における場合、猛然と抗議する。政治テロはどのような形であろうとも、新政府の形成へ向けた交渉の精神そのものと矛盾することを断言する。

この会議からは前線やガッチナへ代表団が派遣された。会議自体では、あらゆる点で最終決着が目前であることがうかがえた。約四〇〇名のメンバーから成る「臨時人民会議」を選出し、スモーリヌイ代表七五名、旧ツェー・イー・カー代表七五名、残りを各市ドゥーマ、労組、土地委員会、そして諸政党で分け合うことまで決定された。新首相にはチェルノフの名前が挙がった。噂によれば、レーニンとトロツキーは除外

9　第五章の原注三二参照。

されるとのことだった……。

正午ごろ、私はふたたびスモーリヌイの前にいて、革命の前線へ向かう救急車の運転手と話をしていた。一緒に行ってもいいかい？　もちろん！　と、そんなやりとりをした相手は大学生のボランティアだった。通りを進みながら、彼は肩越しにすさまじい片言《かたこと》のドイツ語で話しかけてきた――「アルゾー・グート！　ヴィーア・ナッハ・ディ・カゼルネン・ツー・エッセン・ゲーエン！」。どうやらどこかの兵舎でランチだ、と言いたいらしかった。

キロチナヤ通りから折れて、われわれは軍事施設に囲まれた広大な中庭で止まり、暗い階段を上がり、天井の低い一室へ入った。灯りは窓ひとつが頼りだ。二〇人ばかりの兵士たちが長い木のテーブルに着いており、巨大なブリキの洗濯桶から木製のスプーンを使って「シチー」（キャベツのスープ）を食べていた。大声でおしゃべりをして盛んに笑い声をあげている。

「第六予備役工兵大隊の大隊委員会へようこそ！」と、私の相棒役の学生が大声で言い、私のことをアメリカ人の社会主義者だと紹介してくれた。すると兵士たちがこぞって立ち上がって握手を求め、一人の老兵などは私を抱きしめて思い切りキスをした。木製のスプーンが用意され、私もテーブルに着いた。するとさらに粥《かゆ》の「カーシャ」がたっぷり入った洗濯桶が出てきたばかりか、巨大な黒パンの塊《かたまり》と、お決まりのロシア式のティーポットのサモワールも並んだ。兵士たちは一斉にアメリカについて私に質問を浴びせ始めた――自由な国では票をお金で売るというのは本当か？ もしそうなら、人々はどうやって希望をかなえることができるのか？ 例の「汚職《タマニー》」[10]の問題はどうなのだ？ 自由の国ではひと握りの人々が都市全体を牛耳《ぎゅうじ》り、私腹を肥《こ》やすというのは本当か？ どうして民衆は怒らないのか？ ツァーリの帝政下だってロシアでは絶対そんなことは起きなかったのに――確かにロシアにも常に汚職はあるが、住民でいっぱいの都市全体を売り買いするなんて！ それも自由の国で！ 民衆には革命的な感覚はないのか？ 私は彼らの質問に対して、私の母国では人々は法律に従って変革しようとするのだということを、なんとかわかってもらおうとした。

「そうでしょうとも」と、バクラノフという名の若い軍曹がうなずきながら、フランス語で言った。「でもあなたの国には極めて発達した資本家階級がいるんですよね？ だとすると資本家階級がきっと議会と司法を牛耳っているはずです。それならどう

10 一九世紀に腐敗・汚職でニューヨーク市政を操った民主党系の政治組織「タマニー・ホール派」のことで、政治的な汚職・腐敗の代名詞として使われる。

やって民衆がものごとを変えられるんですか？　私は道理をわきまえた人間です。あなたの国のことはよく知りませんが、でも私にはどうにも信じられない……」。

私はこれからツァールスコエ・セローに向かうつもりだと言った。すると「私もです！」と、バクラノフが唐突に言う。「私もだ」「私もだ」と、その場で部屋中の全員がツァールスコエ・セロー行きと決まった。

そのときノックの音がした。ドアが開くと大佐とわかる人物が立っていた。兵士たちは誰も立ち上がらなかったが、みな大声で挨拶をして迎えた。

「入ってもいいかね？」と大佐。

「どうぞ！《プローシム》　どうぞ！《プローシム》」と、兵士たちは陽気に答える。

微笑《ほほえ》みながら入ってきた大佐は長身の立派な人物で、金の刺繍《ししゅう》入りのヤギ革のケープを身につけていた。

「同志たちよ、君たちはツァールスコエ・セローへ行くと言っていたようだが、私も同行してもいいだろうか？」と大佐は言った。

バクラノフは思案してから言った――「今日はここでやるべきこともないと思いますしね。いいでしょう、同志。喜んで」。

大佐は礼を言うと腰を下ろし、紅茶を一杯注いだ。

大佐のプライドを傷つけないように、バクラノフは小声で私に説明してくれた――
「実はですね、私が委員会の委員長なんです。われわれがこの大隊を完全に掌握していまして、作戦行動だけは、私たちが委任して大佐が指揮を執るわけです。作戦行動中は彼の命令に従わなければなりませんが、でも彼は厳密にわれわれに対して責任を負っているのです。兵舎内では、彼はどんな行動を取るにもわれわれの許可が必要なんです……。われわれの執行役の将校とでも呼ぶべきでしょうかね……」。

私たちに武器が配られた――レボルバー銃やライフル銃だ。「まあ、コサックどもと遭遇しないとも限らないからな」というわけだった。私たちは一斉に救急車に乗り込み、前線の兵士たちにあげる巨大な新聞の束も三つ積み込んだ。リテイヌイ通りを騒々《そうぞう》しく直進し、続いてザゴロドヌイ大通り《プロスペクト》に沿って進んだ。私の隣には中尉の肩《けん》章《しょう》をつけた若者が座ったが、ヨーロッパの言語はどれも劣らず流暢《りゅうちょう》に話せるようだった。彼も大隊委員会の一員だった。

「私はボリシェヴィキではありませんよ」と彼は力説した。「私はたいへん古くて高貴な家柄の出身です。私自身は、そうですね、カデットと言っていいでしょう……」。

「でもどうして……？」と私は困惑して切り出した。

「ええ、そうですとも、私は委員会の委員です。私は自分の政治的見解を隠したりしていませんが、でもほかの仲間たちは気にしないんです、私が多数派の意志に歯向かうような信念の持ち主ではないと、わかってくれているからです……。しかしですね、今回の内戦では、私はどんな行動も取ることを拒んできました。同胞のロシア人に銃を向けることを私はよしとしないからです……」

「挑発者め！　コルニーロフ派だ！」とほかの連中は楽しそうに叫ぶと、若者の肩をぴしゃりと叩いた……。

モスコフスキー門の巨大な灰色の石造アーチをくぐって進んだ。金色の象形文字《ヒエログリフ》で飾られ、いかめしい帝室の象徴の鷲や、歴代ツァーリの名前もある。門を抜けると幅広いまっすぐな幹線道路へと進み出た。うっすらと初雪に覆《おお》われて灰色がかっている。道路は赤衛隊でいっぱいだった。革命の前線へと、叫び、歌いながら、よろめくように徒歩で向かっていた。そうかと思うと、灰色の顔をして、泥だらけの連中が帰ってきている。みなまだほんの少年のようだった。そして鋤《すき》を持った女性たち。ライフル銃や弾帯を携えている者もいれば、腕に赤十字の腕章を巻いている者もいる——腰が曲がり、労苦に打ちひしがれた貧民街の女性たちだ。乱れた足並みで行進する兵士たちの部隊。そこへ赤衛隊が親しみを込めた野次を送る。険しい表情の水兵たち。父母のための食料の包みを抱えた子供たち。こうした人たちがみな行き来し、幹線道路の石畳に数センチほど積もった白い泥を重い足取りで踏みつけて進んでいる。私たちは大砲も追い越した。弾薬箱と一緒に金属的な音をたてて南を目指している。トラックが両方向へ行き交っていたが、どちらも武装した男たちを満載している。戦場のほうから戻ってくる救急車は負傷兵でいっぱいだ。そしてあるときは農民の荷車がきしみながらのろのろと進んでいた。乗せられているのは負傷してずたずたのお腹《なか》を抱え、前かがみになった顔面蒼白《そうはく》の少年で、単調なわめき声をあげていた。道路の両側の野原では、女性たちや老人たちが塹壕を掘り、鉄条網を敷設していた。

北方を振り返ると雲が見事に流れ去り、青白い太陽が顔を出していた。湿地が広がるのっぺりとした平原の向こうに、ペトログラードが輝いている。右手側には、白や金めっきや、色とりどりの丸屋根や尖塔《せんとう》。左手側には背の高い煙突が並び、黒い煙を吐き出しているものもある。そしてそのさらに先にはフィンランド上空の低く垂れ込めた空。私たちの両側には教会や修道院が見えた……。時おり聖職者の姿も目に入った。プロレタリアートの軍隊が脈を打つようなリズムで道路を進む、その拍動を静かに見つめている。

プルコヴォで道は二股に分かれた。そこで私たちは大群衆のただ中で停車した。人間の流れが三方から押し寄せ、友人たちが挨拶を交わし、興奮して祝福し合い、互いに戦いの様子を語って聞かせている。十字路に面して並んだ家屋には弾痕があり、周囲の半径一キロ弱は地面が踏みつけられて泥沼になっている。ここでは激戦が交わされたのだ……。少し離れた辺りに、乗り手を失ったコサックの騎馬たちが空腹そうにぐるぐる回ってうろついていた。平原の草はすでにとっくの昔に枯れていた。私たちの目の前で、一人の赤衛隊員が滑稽な姿勢でその一頭に乗ろうとしていた。何度も試しては落馬を繰り返し、それを何千名という荒くれた男たちが子供のように喜んで見ている。

コサックの残党が退却していった左手の道は、小さな丘の上の集落へと続き、そこからはこの広大な平原の絶景が眺められた。凪《な》いだ海のように灰色で、乱雲が頭上に立ち上り、帝都が何千名もの人間を道という道へ吐き出しているのも見える。左手遠くにクラスノエ・セローの小さな丘が見え、近衛兵《このえへい》の夏の宿営地の練兵場や、帝室酪農場もある。そこまでつづく道の中ほどでは、単調な景色を乱すものはあまりない。壁に囲まれた修道院や女子修道院がいくつかと、ぽつんと建つ工場、それに敷地の手入れがずさんな数棟の大きな建物——孤児院や保護施設——ぐらいである……。

「ここですよ」と、荒れた丘を登って行きながら運転手が言った。「ここでヴェーラ・スルツカヤ[11]が死んだんです。そう、あのボリシェヴィキのドゥーマの議員です。

今朝早くの出来事です。彼女はザルキントともう一人の男と自動車に乗っていました。停戦が合意されていたので、前線の塹壕を目指していたわけです。一行が談笑しながら車を走らせていると、まったく唐突に、ケレンスキー本人が乗っていた装甲列車から、誰かが車に目をつけて大砲を放ちました。砲弾がスルツカヤに当たり、殺害したのです……」。

ようやく私たちはツァールスコエ・セローへ入った。プロレタリアートの群衆の意気揚々《ようよう》とした英雄たちでごった返している。ソヴィエトが集会を開いていた宮殿は今やおおわらわである。赤衛隊や水兵が中庭に詰めかけ、入り口には歩哨《ほしょう》が立ち、伝令やコミッサールたちがひっきりなしに出入りしている。ソヴィエトの本部にはサモワールが置かれ、五〇人を上回るかという労働者、兵士、水兵や将校たちが周りに突っ立って、紅茶を飲みながら声を張り上げて会話に夢中だ。部屋の片隅では手先の不器用そうな作業員が二人、印刷機を使うのに苦労していた。部屋の中央のテーブルでは、〔陸海軍人民委員の〕ドゥイベンコが地図の上に巨体をかがめ、部隊の布陣に赤と青の鉛筆で印をつけていた。空いているほうの手には、いつものように、青黒い鋼鉄色《ブルースチール》

11　第六章、320ページ参照。

の巨大なレボルバー銃があった。間もなくタイプライターの前に座り、一本指でどんどんキーを打っていった。時おりちょっと間を入れて、レボルバーを取り上げ、回転式弾倉を愛おしそうにくるりと回すのだった。

壁際にはソファがあり、若い労働者が横たわっていた。二人の赤衛隊が上にかがみこんでいるが、部屋のほかの連中はまったく無関心だ。男の胸には穴があいていて、心臓が脈打つたびに服の生地《きじ》越しに鮮血が吹き出した。目は閉じたままで、若々しい髭面は蒼白だ。まだかすかにゆっくりと呼吸をしているが、息をするたびに「平安《ミール・ブージェット》が訪れる！ 平安《ミール・ブージェット》が訪れる！」とため息混じりにつぶやいていた。

私たちが室内に入って行くとドゥイベンコが顔を上げ、バクラノフに向かって言った――「やあ、同志、司令部へ行って指揮を執《と》ってくれないか？ ちょっと待って、信任状を書いてやろう」。ドゥイベンコはタイプライターのところへ戻ってのろのろとひと文字ずつキーを打った。

ツァールスコエ・セローの新司令官と私はエカテリーナ宮殿を目指した。バクラノフはすっかり興奮し、得意げだ。例の凝《こ》った装飾の白い部屋では、赤衛隊らが興味津々で部屋中を物色していたが、あのおなじみの大佐殿[12]が窓際に立って口髭の端を噛《か》んでいた。大佐は何年も行方《ゆくえ》知れずだった弟と再会したかのように、私を歓迎してくれた。このベッサラビア出身のフランス系移民の大佐は、ドアの近くのテーブルに着いて座った。ボリシェヴィキからはここで引き続き任務に当たれと命じられたのだそうだ。

「私に何ができましょうか？」と大佐はぶつくさ言った。「私のような人間は、こういう戦争ではどちらかの側について戦うこともできません。暴徒たちの専横をどれほど本能的に嫌悪していようともですね。……私はなんといってもベッサラビアの母親からこんなに遠く離れているのが残念でなりません！」。

バクラノフは正式にこの指揮官から任務を引き継ごうとしていた。「これがデスクの鍵です」と、大佐は硬くなって言った。

赤衛隊員が割って入った――「金《かね》はどこにある？」と無礼な口ぶりだ。大佐は驚いたようだった。

「お金？　お金ですか？　ああ、収納箱のことですな。あそこですよ。私が三日前にここを占領したときのままです。鍵ですか？」――大佐は肩をすくめた――「鍵は

12　第七章参照。リードらが前回ツァールスコエ・セローを訪れたときにこの部屋で会った、不本意ながらケレンスキー側についていた人物。

持っていません」。

赤衛隊員はしたり顔で嘲笑《あざわら》った——「なんとも都合がいいじゃねえか」。「収納箱を開けよう」とバクラノフが言った。「斧《おの》を持ってこい。こちらはアメリカ人の同志だ。彼に箱を叩き割って開けてもらって、中身を書きつけて記録してもらおうじゃないか」。

私は斧を振るった。木製の収納箱は空っぽだった。

「こいつを逮捕しましょう」と、赤衛隊員は毒気を含んだ声で言った。「ケレンスキーの手下ですよ。現金を奪ってケレンスキーに与えたに違いない」。

バクラノフはためらっていた。「いや、違う。彼の前に来たコルニーロフ派の連中だろう。彼に罪はない」と、バクラノフは言った。

「この野郎め！」とふたたび赤衛隊員が毒づく。「こいつはケレンスキーの手下だ、そうに決まってるさ。あんたが逮捕しないのなら、俺たちがやってやる。ペトログラードへ連行して、こいつにふさわしく、ペトロパヴロフスクの監獄にぶち込んでやる！」。

これにはほかの赤衛隊員たちも怒鳴るように同意の声をあげた。大佐は私たちに哀れな一瞥《いちべつ》を投げかけ、連れ去られてしまった……。

ソヴィエト本部となっている宮殿の正面では、トラックが前線へ向かおうとしていた。赤衛隊が六人ばかりに、水兵が何人か、それに兵士も一人か二人、大柄な作業員の指示を受けて荷台によじのぼり、私に向かって一緒に来いよと叫んで寄越《よこ》した。本部から派遣されてきた赤衛隊員たちは、それぞれ波板鉄板の小型爆弾を腕いっぱいに重たそうに抱えていた。彼らが言うにはダイナマイトの一〇倍も強力で、五倍も敏感なグルビットという火薬を充塡《じゅうてん》してあるそうだ。その爆弾を彼らは荷台に放り込んだ。三インチ砲も積み込まれ、トラックの後部にロープやワイヤの切れ端で結《ゆ》わいつけた。

叫び声とともに、私たちは出発した。もちろん全速力だ。重たいトラックは左右に激しく揺れた。そのたびに大砲がこちら側からあちら側へと飛び跳ねる。グルビット爆弾も私たちの足もとをあちこち転がり、ものすごい勢いで荷台の側面にぶつかった。

ウラジーミル・ニコラエヴィチという名の巨漢の赤衛隊員が、アメリカについて私を質問攻めにした。「どうしてアメリカは参戦したんですか？　アメリカの労働者たちは資本家たちを打倒する準備ができているんですか？　ムーニー事件[13]はどうなっているんですか？　バークマンはサンフランシスコに強制送致になるんですか？」などなど。お互いにトラックの揺れで倒れないよう支え合いながら、跳ね回る爆弾をよけつつ、ニコラエヴィチがトラックの轟音に負けじと叫んで寄越してきたが、どれも箇単には答えられないものばかりだった。

　所どころで、パトロール隊がトラックを停止させようとした。トラックの進路に兵士たちが走り出て、「停止せよ《ストイ》！」と叫んで銃を構えた。私たちは無視した。赤衛隊員たちが叫ぶ——「地獄に落ちろ！　誰に言われたって停止なんかするもんか！　俺たちは赤衛隊だぞ！」。こうして私たちは強気で突き進み、その間もニコラエヴィチがパナマ運河の国際管理だのなんだのについて、大声で私に話し続けた……。

　八キロほど行ったところで、行進して戻ってくる水兵の一隊が見え、私たちはスピードを落とした。

「兄弟諸君、前線はどこだい？」と、運転手が路傍に声をかけた。リーダーらしい水兵は立ち止まって頭を掻いた——「今朝はこの道の半キロほど先だったが。今はそんなものはありやしない。俺たちも歩いて、歩いて、歩きまくったが見つからなかったんだ」。

　彼らもトラックに乗り込み、私たちは先へ進んだ。一キロ弱ほど行ったころだろうか、ニコラエヴィチが耳をそばだて、停車するよう運転手に叫んだ。

「銃声だ！　聞こえるか？」一瞬静寂が辺りを覆《おお》う。すると少し先、左のほうで、たて続けに三発の銃声が響いた。この辺りでは沿道は深い森である。興奮しながらも、小声で話しながら、私たちはそろそろと進んだ。銃声が聞こえた辺りのちょうど向かい側に停車。私たちはそれぞれライフル銃を持って散開し、足音を忍ばせて森に踏み込んでいった。

一方、仲間二人が荷台から大砲をはずし、私たちの背中すれすれの角度で砲口を正面に合わせた。

森の中は静寂に包まれていた。木々はすっかり葉を落とし、秋の低い弱々しい陽光を浴びて幹が青白く色あせている。動くものといえば、足もとの小さな水たまりに張った氷が震えているぐらいだ。さっきのは待ち伏せだったのか？

そのまま何もなく前進を続け、木々がまばらになりだした辺りで私たちはしばし足を止めた。前方、少し開けたところに、小さな焚き火を囲んで三人の兵士たちが座っていた。まったく私たちに気づく気配がない。

13　一九一六年七月にサンフランシスコで起きた爆弾事件に関し、労働運動家のトマス・ムーニーが逮捕された事件。当初より冤罪の疑いがあったが、ムーニーが釈放されたのは一九三三年になってからだった。バークマンは同事件で容疑をかけられた当時の有名なアナーキストで、事件直後はニューヨークにいた。

ニコラエヴィチが進み出た。「ご機嫌《ズドラストヴィーチェ》よう、同志たち！」と声をかける。後方の大砲一門、ライフル銃二〇挺、それにトラック満載のグルビット爆弾の命運がこの一瞬にかかっていた。兵士たちはあわてて立ち上がった。

「この辺りで銃声がしたが、どういうことだ？」と、ニコラエヴィチ。

兵士の一人がほっとした様子で答えた——「いや、何、ちょっとウサギを撃ってみただけなんだ、同志よ」。

明るい、遮《さえぎ》るものもない日差しの中を、トラックはロマノフへ向けて疾走《しっそう》した。最初の十字路で、二人の兵士がライフル銃を振りながらトラックの前に走り出た。私たちは速度を落とし、停止した。

「通行証を、同志たちよ！」

赤衛隊員たちは騒ぎ立てた——「俺たちは赤衛隊だ。俺たちに通行証なんているもんか……かまわん、行こうぜ！」。

だがトラックの水兵の一人が異議を唱えた——「同志たち、これは正しいやり方じゃない。革命の規律を保たなければならない。もし反革命派がトラックでやって来て『われわれに通行証なんて必要ない』と言ったとしたらどうする？　この同志たちは俺たちのことを知らないんだぞ」。

ひとしきり議論が続いた。しかし一人また一人と、兵士と水兵たちが最初の水兵の意見に同調した。ぶつぶつ言いながら、赤衛隊員たちはそれぞれ薄汚れた「書類《ブマーガ》」を差し出した。どれもそっくりだったが、スモーリヌイの革命司令部から発行された私のだけは違っていた。歩哨《ほしょう》たちは一緒に来るよう私に命じた。赤衛隊は猛然と反対してくれたが、最初に異議を唱えた水兵は譲らなかった——「この同志が真の同志だということは、俺たちはわかっているさ。だが委員会の命令ってものがある。命令には従わなくちゃだめだ。それが革命的規律というものだ……」。

無用の騒ぎを避けるため、私はトラックから降り、トラックが猛然と走り去っていくのを見送った。荷台の全員が手を振って別れを惜しんでくれた。歩哨たちはしばし小声で相談していたが、やがて私をある壁際へ連れて行き、私をそこへ立たせた——銃殺しようというのだ！

壁を背にして、どこを見回してもほかに人っ子一人見えない。わずかに脇道の四〇メートルほど先で、広大な木造の別荘《ダーチャ》の煙突から煙が立ち上り、人が暮らしていることを示していた。兵士二人は道路のほうへ歩き出した。私は必死に後を追った。

「しかし同志たちよ！　見てくれ！　ここに軍事革命委員会の印章が押してあるじゃないか！」

二人はぽかんとした顔で通行証に視線を落とし、互いに顔を見合わせた。「ほかのとは違う。俺たちは字なんか読めないんだ、兄弟」と、一人が不機嫌そうに言った。

私は兵士の腕を取って言った——「来い！ あの家へ行こう。きっと誰か字が読めるに違いない」。二人は躊躇した。「いいや」と一人が言う。もう一人は私を値踏みして、「まあ、いいじゃないか」とつぶやいた。「考えてみれば、無実の男を殺したら重罪だしな」。

私たちは玄関先まで歩いて行き、ノックをした。背の低いぽっちゃりした女性がドアを開け、びっくりして後ずさりし、わめき散らした——「あたしはあの連中のことなど何も知りませんよ！ あの連中のことは何も知りませんったら！」。歩哨の一人が通行証を見せた。女性は悲鳴をあげた。「ただ読んでくれればいいんですよ、同志さん」と歩哨。女性は恐る恐る書類を受け取ると、すらすらと声に出して読み上げた——。

この通行証の持ち主、ジョン・リードは、アメリカ社会民主主義の代表者であり、国際的……

道路へ戻ると歩哨たちはふたたび相談をして言った――「連隊委員会まで行ってもらいましょう」。急速に迫る夕闇の中、私たちは泥道をとぼとぼと歩いた。兵士たちの一団と出会うたびに、彼らは立ち止まり、恐ろしげな顔つきで私を取り囲み、通行証を回し読みしては私を殺すべきかどうか、激しく口論した……。

街道沿いに背の低い建物が雑然と軒を寄せ合うツァールスコエ・セロー第二ライフル連隊の兵舎に着いたとき、辺りは暗かった。入り口にだらしなくたむろしていた数人の兵士たちが熱心に質問をぶつけた。スパイか？ 挑発者か？ 螺旋状《らせんじょう》の階段を登っていくと、殺風景なだだっ広い部屋へ出た。中央に巨大なストーブがあり、床には簡易寝台がずらりと並んでいる。一〇〇〇人ばかりの兵士たちがいて、トランプ遊びをしている者、談笑したり歌ったり、眠っている者もいる。天井にはケレンスキーの砲撃で荒々しく穴があけられていた……。

私が戸口に立つと、兵士たちの間に唐突に沈黙が広がり、みな振り向いて私を見つめた。次の瞬間、彼らは一斉に動き出した。初めはゆっくり、やがて怒濤《どとう》のように足音を轟《とどろ》かせて押し寄せてくる。誰もが憎悪《ぞうお》の形相《ぎょうそう》を浮かべている。「同志たちよ！ 同志たち！ 委員会だ！ 委員会を開け！」と歩哨の一人が叫んだ。兵士たちの大群は私を取り囲んで並び、何やらぶつぶつ言っていた。兵士たちをかき分け、赤い腕章をつけたほっそりとした若者が進み出た。

「これは誰だ？」と男は荒っぽく訊いた。歩哨らが説明すると、「書類を見せろ！」と言う。男は熱心な眼差しを私に投げかけながら、注意深く読んだ。そして微笑むと、通行証を返してくれた。「同志たちよ、この人はアメリカ人の同志だ」と言うと私に向き直り、「私は委員長です。わが連隊へようこそ……」。あいまいなざわめきが歓迎の歓声に変わり、誰もが私と握手をしようと詰めかけた。

「夕食がまだでしたか？　私たちはもう食べてしまいましたから、将校クラブへどうぞ、英語を話せる者もいるはずです……」

委員長は中庭を横切り、別の建物の入り口へ案内してくれた。貴族のような風貌に、中尉の肩章をつけた青年がちょうど入ろうとしていた。委員長は私を紹介し、握手を交わすと兵舎へ戻って行った。

「私はステパン・ゲオルゲヴィチ・モロフスキーです、何なりとお申しつけくださ い」と、少尉は完璧なフランス語で言った。華麗な装飾のある玄関ホールから、きらきらとしたシャンデリアで照らされた立派な階段が階上へと続いている。二階には踊り場に面してビリアード場、カードゲーム室、図書室などが並んでいる。私たちは食堂に入った。部屋の中央の長いテーブルに、正装した軍服姿の将校たちが二〇人ばかり席についていた。金銀の把手《とって》のついた短剣や、帝政時代のリボンや十字の勲章までつけている。私が部屋へ入るとみな礼儀正しく起立して、灰色の髭を生やした大柄で印象的な感じの大佐の横に席を空けてくれた。従兵たちが手際よく夕食の給仕をしている。雰囲気はほかのヨーロッパ諸国の将校用の食堂とまったく変わらない。革命はいったいどこへ行ってしまったのか？

「あなたはボリシェヴィキではないのですか？」と私はモロフスキーに尋ねてみた。テーブルに微笑みが広がり、一人か二人、従兵のほうをちらちらと見ている者がいるのに私は気づいた。

「違います」とモロフスキーは答えた。「この連隊にはボリシェヴィキの将校は一人しかいません。今夜はペトログラードへ行っています。そちらの大佐はメンシェヴィキです。そこのヘルロフ大尉は立憲民主党《カデット》。私自身は右翼社会革命党でして……。実のところ、おおかたの陸軍将校はボリシェヴィキではないと言うべきでしょうが、私と同じく、民主主義を信奉しているのです。ですから兵士大衆に従うべきだと考えているわけです……」。

夕食を終え、地図が持ち込まれてきて、大佐がテーブルに広げた。ほかの者らも肩を寄せ合って取り囲む。

鉛筆の印を指差しながら大佐が言った――「ここが、今朝のわれわれの位置だ。ウラジーミル・キリロヴィチ、君の中隊はどこにいる？」。

ヘルロフ大尉が指し示した――「命令に従い、われわれはこの道路沿いの一帯を占拠しました。五時にカルサヴィンと交代しました」。

ちょうどそのとき、ドアが開き、連隊委員会の委員長が兵を一人伴って入り口に立っていた。彼らも大佐の後ろに陣取って地図を覗き込んだ。

「よろしい」と大佐。「われわれの地区では、コサック部隊は今や一〇キロ退却した。これ以上前進する必要はないと思う。諸君、今夜のところは現在の戦線を確保。陣地を強化して……」。

「失礼ながら」と連隊委員会委員長が遮った。「命令によれば全速力で前進し、朝にはガッチナ北方でコサックとの交戦に備えよ、ということでしたが。圧倒的な勝利が必要なんです。適切な采配《さいはい》をお願いします」。

短い沈黙があった。大佐がふたたび地図に向き直る。「よろしい」と大佐は言ったが、声の調子が変わっていた。「ステパン・ゲオルゲヴィチ、君にやってもらいたいのは……」そう言いながら大佐は青い鉛筆で素早く線を描き、命令を発し、軍曹が速記で書き留めた。続いて軍曹は席を外し、一〇分後には命令をタイプ打ちした書類と写し一通を持って来た。委員長は命令書を見ながら地図を精査した。

「いいでしょう」と言いながら委員長は身を起こした。命令の写しを折りたたみ、ポケットに入れた。そしてもう一通の原本に署名し、ポケットから取り出した丸い印章を押印し、命令書を大佐に渡した……。

これぞ革命だった！

私は連隊司令部の車両でツァールスコエ・セローのソヴィエトの宮殿に戻った。相変わらず労働者、兵士、水兵たちが大勢出たり入ったりして、入り口の前にはトラック、装甲車両、大砲などがびっしりと詰めかけ、思いがけない勝利に、喚声と笑いに包まれている。五、六人の赤衛隊が神父を囲んで群衆をかき分けて来た。イワン神父だ、と彼らは言った。市内へ入城したコサック部隊を祝福したのだという。あとで聞いたところによると、神父は銃殺されたそうである……（原注四五）。

ドゥイベンコがちょうど出て来た。左右の者に慌《あわ》ただしく命令を出している。片手には例のレボルバー銃。歩道に寄せて一台の車がエンジンをふかして待っていた。ドゥイベンコがたった一人、後部座席に乗り込んだかと思うと、あっという間に出発した――ガッチナへ、ケレンスキーを倒すために。

ドゥイベンコは夕暮れ近くにガッチナの郊外に到着し、あとは徒歩で進んだ。ドゥイベンコがコサックたちに何を言ったのか、誰も知らない。だが事実としては、クラスノフ将軍と参謀ら、そして数千名のコサック部隊が降伏し、ケレンスキーにも降伏を勧めたのだった（原注四六）。

そのケレンスキーについてだが、ここに一一月一四日のクラスノフ将軍による供述書を掲げる。

一九一七年一一月一四日、ガッチナにて。本日、（午前）三時ごろ、私は最高司令官（ケレンスキー）に呼び出された。彼はひどく取り乱し、とても苛立っていた。

「将軍」と彼は私に言った。「君は私を裏切った。君の配下のコサックたちは私を逮捕して水兵たちに引き渡すとはっきり断言しているではないか」。

「はい」と私は答えた。「そういう話は聞いていますし、あなたに共感する者はどこにもいないということも知っています」。

「将校たちも同じことを言っている」

「はい、あなたにもっとも不満を抱いているのは、むしろ将校たちなのです」

「私はどうすればいいのだ？　自殺するしかないな！」

「あなたが高潔な方であるならば、ただちに白旗を掲げてペトログラードへ行き、軍事革命委員会に出頭し、臨時政府のトップとして交渉を開始すべきでしょう」

「わかった。そうしよう、将軍」

「私が護衛をつけて差し上げます、それに水兵が付き添うようにと」

「いや、いや、水兵はやめてくれ。ドゥイベンコが来ているそうだが、本当か？」

「ドゥイベンコなど聞いたことがありませんね」

「私の宿敵だ」

「どうしようもありませんよ。危険な賭けをすると言うのなら、一か八かやってみるしかありませんな」

「よし。今夜出立《しゅったつ》しよう！」

「それでは逃亡になってしまいます。落ち着いて堂々と立ち去りなさい。逃げているのではないと、誰が見てもわかるように」

「よろしい。だが私に信頼できる護衛をつけてくれねば困る」

「いいでしょう」

　そこで私は外へ出て、コサックのドン地区第一〇連隊のルスコフを呼び、最高司令官に同行する者一〇名を選ぶよう命じました。半時間後、コサック兵らがやって来て、ケレンスキーが居室におらず、逃亡したと知らせてきました。私は警報を発し、ガッチナを出ることはできないだろうと推測し、捜索を命じました。しかし見つかりませんでした……。

こうしてケレンスキーは「水兵に変装して」単身逃亡し、その行動のおかげでロシアの大衆の間にわずかに残っていた人気もすっかり失ったのである。

私はトラックの助手席に乗ってペトログラードへ戻った。運転手は労働者で、荷台は赤衛隊で満杯だ。灯油がなく、無灯火である。帰路につくプロレタリアートの軍隊と、交代する新たな予備役の部隊も続々と反対方向から現れ、道路はごった返していた。私たちの車両と同じような巨大なトラック、大砲の隊列、荷馬車などが宵闇《よいやみ》からぬっと浮かび上がった。こちらと同じく、ライトをつけていないのだ。私たちは猛然と突き進み、衝突間違いなしというところを右に左に強引に避けて、タイヤがきしみ、歩行者から罵声《ばせい》が飛んだ。

地平線には首都のきらめく光が広がっていた。昼よりも夜のほうがはるかに壮麗で、茫漠《ぼうばく》たる平原に立ち現れた宝石の壁のようである。

運転手の老作業員は片手でハンドルをつかみ、歓喜にあふれながら、もう一方の手を遠く輝く首都のほうへ差し伸ばし、さっとなぞるようなしぐさをした。

「俺のものだ！」満面輝くばかりの表情で叫んだ。「もう全部俺のものだ！　俺のペトログラードだ！」。

第一〇章　モスクワ

軍事革命委員会は、恐るべき勢いで勝利に乗じて追い討ちをかけた。

一一月一四日。

全軍の軍団・師団・連隊委員会、労働者、兵士、農民らの全代表ソヴィエト、あらゆる者へ、万人に告ぐ。

コサック、士官候補生《ユンケル》、兵士、水兵、労働者の間の合意に基づき、アレクサンドル・フェドロヴィチ・ケレンスキーを人民裁判所に召喚することが決まった。ここにケレンスキーの逮捕を要請するとともに、左記に記された組織の名において、ただちにペトログラードの裁判所へ出頭するよう、ケレンスキーに命じる。

署名――ウスリー騎兵隊第一師団コサック部隊、遊撃隊ペトログラード分遣隊ユンケル委員会、第五軍代表。
人民委員《コミッサール》　ドゥイベンコ

「祖国・革命救済委員会」、市ドゥーマ、社会革命党《エスエル》中央委員会は——いずれも堂々とケレンスキーを一員と認めていただけに——猛然と反発し、ケレンスキーは憲法制定議会に対してのみ責任を負うと主張した。

一一月一六日の晩、『ラ・マルセイエーズ』を奏でる軍楽隊に続き、二〇〇〇名の赤衛隊がザゴロドヌイ大通り《プロスペクト》を颯爽《さっそう》と行進していくのを私は見物した。その曲がなんともこの場にふさわしく聴こえた。黒々とした労働者たちの隊列の頭上に、血のように赤い旗が翻《ひるがえ》り、「赤いペトログラード」を防衛した同胞たちの帰還を歓迎しているのだった。男も女も、厳寒の夕暮れの中を足を踏み鳴らし、天を衝《つ》く銃剣が揺れている。灯りが乏しく、泥に覆《おお》われて足もとが滑りやすい街路を、物言わぬブルジョアの群衆（軽蔑の眼ざしだが怯《おび》えてもいる）の間を抜けていく……。

周りは反対者——実業家、投機家、投資家、地主、将校、政治家、教師、学生、専門職の人々に、商店主、事務員、ブローカーも——ばかりである。ボリシェヴィキ以外の社会主義諸政党も、ボリシェヴィキに対して根深い憎しみを抱いていた。一方、ソヴィエトの側には労働者、水兵、士気の高い兵士たち、小作農ら一般の庶民がおり、それにわずかな——ほんの少数の——インテリもいた。

偉大なるロシアのはるか僻地までも、熾烈《しれつ》な市街戦が波紋のように広まっていたが、今、ケレンスキー敗北のニュースが届くと、プロレタリアートの勝利を喜ぶすさまじい歓声が各地からこだまのように返ってきた。街路が血で染まったカザン、サラトフ、ノヴゴロド、ヴィニツァ、そしてボリシェヴィキがブルジョアジーの最後の砦《とりで》——クレムリン——に火砲を向けたモスクワからも。

「やつらはクレムリンを砲撃しているらしいぞ！」——そんなニュースがペトログラードの市街を口から口へと伝わり、人々は恐怖にも似た思いに駆られた。「白く輝く小さな母」であるモスクワから来た旅行者たちはおぞましい話を語って聞かせた。何千人もが殺されたという話。トヴェルスカヤ通りやクズネツキー通りは火の海だとのこと。聖ワシーリー大聖堂は黒焦げの廃墟と化し、ウスペンスキー大聖堂も崩壊寸前だ、と。クレムリンのスパスカヤ塔は今にも倒れそうで、ドゥーマは灰燼《かいじん》に帰した、など（原注四七）。

これまでのボリシェヴィキのどんな仕業《しわざ》も、ロシアの心臓部で行われたこうした恐ろしい冒瀆《ぼうとく》には及ばないというのだ。信心深い人々にとっては、ロシア正教会が真正面から砲弾を撃ち込まれ、ロシア国民の聖域が粉々に吹き飛ぶ音が聞こえてきそうだった……。

一一月一五日、人民委員会議の集会中、教育人民委員《コミッサール》のルナチャルスキーがわっと泣き崩れ、わめきながら議場を走り去った――「私は耐えられない！ 美と伝統の忌まわしい破壊だ。とても耐えられん！」。

その日の午後、ルナチャルスキーの辞任の弁が新聞に載った。

私はモスクワからやって来た人たちから、現地で起こったことを知らされた。

聖ワシーリー大聖堂とウスペンスキー大聖堂は砲撃を受けている。今やモスクワとペトログラードのもっとも貴重な美術品の至宝[1]が集められているクレムリンも火砲に襲われている。犠牲者は何千人にものぼる。

現地のすさまじい闘争は熾烈を極め、野蛮と呼ぶべきレベルに達した。まだ終わらないのか？ これから何が起きるのだ？

私はこんなことには耐えられない。もうたくさんだ。こんな惨劇を私は耐え忍ぶことはできない。頭がおかしくなるような思考にさいなまれたまま、仕事を続けることなど不可能である！

だからこそ私は人民委員会議を離れるのだ。だが私はこれ以上は我慢できない……深刻な決断であることは承知している。（原注四八）。

同じ日、クレムリンの白衛隊と士官候補生《ユンケル》が投降し、無傷のまま放免となった。和平協定は次のような内容だった――。

1. 公安委員会は廃止。

2. 白衛隊は武器を明け渡し、解散すること。将校らは短剣と規定の拳銃は保持してよい。士官学校は教育訓練に必要な最低限の武器類のみ保持できる。士官候補生《ユンケル》はそれ以外の武器はすべて引き渡すこと。軍事革命委員会は個人の自由と不可侵を保証する。

3. 第二項に定められた武装解除の問題を解決するために、特別委員会が任命

1　対ドイツ戦の戦線に近いペトログラードから、エルミタージュのコレクションの一部がモスクワへ疎開されていた。第一章参照。

される。それは和平交渉に参加したすべての組織の代表で構成される。
4．この和平協定の締結をもって、双方はただちに銃砲撃および一切の軍事作戦の停止を命令し、速やかに従わせるためにあらゆる手段を講じること。
5．協定締結をもって、双方ともにすべての捕虜を釈放すること。……

ボリシェヴィキがモスクワを掌握して二日になる。怯えた市民たちも、死者たちを探しにそっと地下室から這い出してきた。街頭のバリケードも撤去され始めている。しかしモスクワにおける破壊にまつわる噂は減るどころか増える一方だった……。そしてそうした恐ろしいニュースが気になって、私たちはモスクワへ行くことにした。ペトログラードは一世紀にわたり首都であり続けてきた。だが結局のところ、人工的な都市にすぎない。モスクワこそが真のロシアである。これまでのロシアの、そしてこれからのロシアの。モスクワへ行けば、ロシアの人々の革命に対する本当の思いを知ることができるだろう。モスクワはここよりも生活が過酷だったのだ。

この一週間、ペトログラード軍事革命委員会は鉄道労組の一般の組合員に支援されつつ、ニコライ鉄道の支配権を握り、水兵や赤衛隊を乗せた列車を次々と南西方面へ送り出してきた……。私たちはスモーリヌイから通行証をもらった。それがなければ誰も首都を離れることはできない。列車がバックして駅に入ってくると、食料を詰めた巨大な袋を携《たずさ》えたみすぼらしい兵士の群れが乗り口に殺到し、窓も割ってあらゆるコンパートメントへなだれ込んだ。通路も埋め尽くし、屋根にまで上っている。私たちの一行三人はなんとかあるコンパートメントに陣取ったが、そのとたんに二〇人ばかりの兵士たちがどっと入ってきた……。本来の定員は四人だ。私たちが口論したり諭《さと》したりしていると、車掌も加勢してくれた。だが兵士たちはただ笑うばかり。どうして俺たちが「ブールジュイ」（ブルジョアジーのことだ）のご機嫌を窺う必要があるのか、と。私たちはスモーリヌイ発行の通行証を見せた。するとその瞬間に兵士たちの態度が一変した。一人が叫んだ──「見ろ、同志たちよ。この人たちはアメリカ人の同志《タヴァリシチ》たちだ。三万キロの彼方から俺たちの革命を目撃しに来たんだ。疲れているのも無理はない……」。

兵士たちは礼儀をわきまえて愛想よく詫びを述べると、立ち去り始めた。しばらくして、彼らが恰幅《かっぷく》のいい立派な身なりのロシア人二人のコンパートメントに押し入ろうとしているのが聞こえた。二人は車掌を買収してコンパートメントを確保し、鍵をかけていたのだったが……。

夜七時ごろ、私たちの列車は駅を出発。薪《まき》を燃やして走る弱々しいちっぽけな機関車に引かれた、とてつもなく長い列車である。たびたび停車しながら、のろのろとよろめくように進んだ。屋根の上の兵士たちは踵《かかと》でトントンとリズムを取り、哀愁漂う農民の歌を歌っていた。一方、通路は人で埋まり、身動きも取れない。通路の乗客たちは一晩中、激しい政治的な論争を繰り広げていた。時おり車掌が検札に来て、型どおり切符を確認しようとした。私たち以外に切符を持っている者などほとんどおらず、三〇分も無駄に言い合った挙句、車掌はお手上げだといった仕草をして戻って行った。車内は息が詰まりそうだった——タバコの煙と悪臭に満ちている。窓が割れていなかったら、夜中じゅう私たちは悪臭にいぶされていたに違いない。

数時間が経ち、朝を迎えると、私たちはいちめん白銀の世界を目にしていた。刺すように寒い。昼ごろ、農婦が籠《かご》いっぱいのパンの切れ端と、巨大な缶に入った生ぬるい代用コーヒーを持って乗り込んできた。それから日没までは単調な列車の旅だった。列車ががくんと揺れては停止して、時おり駅に停車すると、駅の食堂に腹をすかせた群衆が押し寄せて、乏しい食料をきれいさっぱり食べ尽くしてしまうのだった……。そんな停車駅で私はノギンとルイコフに出くわした。いずれも新政府から離反した人民委員《コミッサール》で、モスクワへ帰って自分たちが属するソヴィエトで不満を吐き出すつもりだという。さらに先へ行くとブハーリンに遭遇した。背の低い赤髭の男で、目が爛々《らんらん》としている——「レーニンより左だ」と人々は彼を評した……。

ベルが三つ鳴ると、私たちは一斉に列車に取って返し、すし詰めの騒々しい通路を進み、やっとの思いで座席へ戻った……。気のいい群衆である。不快な思いをユーモアたっぷりの忍耐力で吹き飛ばし、ペトログラードの現状からイギリスの労働組合制度にいたるまで、あらゆることを果てしなく議論して、乗り合わせた「ブールジュイ」たちと声高に論争するのだった。モスクワへ着くまでに、食料を確保して配給する委員会がほぼ全車両で組織されていた。その委員会は政治党派別に区分され、原理原則をめぐって言い争うのだった。

モスクワに着くと駅は閑散《かんさん》としていた。私たちは帰りのチケットを確保しようと、コミッサールのオフィスへ行った。無愛想な青年で、中尉の肩章《けんしょう》をつけている。私たちがスモーリヌイからの通行証を提示すると、怒りを爆発させて、自分はボリシェヴィキなどではない、公安委員会の代表の一人だ、と言い放った……。いかにもありがちなことである——モスクワを占領するための混乱に心を奪われるあまり、勝者たちはこの都市の中核的な駅をしっかりと押さえておくことを忘れてしまっているのだった……。

辻馬車は一台もいない。しかし通りを数ブロック行った先で、小さな橇《そり》の座席で背を伸ばして座ったまま眠りこけている御者《イズヴォズチキ》を見つけた。私たちはその異様に着ぶくれした御者を起こした――「市の中心部までいくらだね?」と私たちは尋ねた。御者は頭を掻いて言った――「旦那《バリーヌイ》がた、どこのホテルも部屋なんてありませんよ。でも一〇〇ルーブルでお連れしますよ」。革命前の料金は二ルーブルだった。私たちは文句を言ったが、御者はただ肩をすくめて、「最近は橇《そり》を走らすのもずいぶんと危険になったもんでね」と言う。どうやっても五〇ルーブル以下にまで値切ることはできなかった……。ぼんやりと街灯に照らされた静かな雪の街路を滑っていく間、御者は六日間の戦闘の間の冒険譚を語った――「橇を滑らせているときや街角で客待ちをしているとき、いきなりどこからともなくヒュー!っと来ては、こっちで砲弾が爆発し、ヒュー!っとあっちでも炸裂《さくれつ》するんですよ。それにダ、ダ、ダ、ダ、とマシンガンの銃声です……。雨あられと降る弾丸の中を全速力で疾走するわけです。ようやく落ち着いた静かな通りを見つけて橇を停め、ちょっとうとうとしたかと思うと、ヒュー!っとまた砲弾です。それにダ、ダ、ダ、ダ……。悪党どもめ! 悪党だ、悪党! なんてことだ!」。

　中心部の市街地には雪が積もり、リハビリ中の病人のように身動きもせずに静まり返っていた。わずかな数のアーク灯が灯り、わずかな歩行者が歩道を足早に去って行く。氷のような寒風が大平原から吹きつけ、骨の髄まで冷える。最初に訪ねたホテルでは、二本のろうそくで照らされたオフィスに入った。

「はい、とても快適なお部屋がございますが、どこも銃撃で窓が全部割れてしまいまして。お客様《ガスパジン》が少しばかり新鮮な空気をお好みでしたら……」

トヴェルスカヤ通りではショーウィンドーが割れ、道路には砲弾でできた穴があき、吹き飛んだ敷石が転がっていた。何軒訪ねてもどのホテルも満室か、支配人が怯えて
「いえ、いえ、部屋はありません！　部屋はありません！」と取りつく島もない。大銀行や大手商社が並ぶ大通りでは、ボリシェヴィキの火砲が見境なく威力を発揮したことが見て取れた。あるソヴィエトの当局者が私に話してくれた――「士官候補生《ユンケル》や白衛隊の居場所がわからなかったので、やつらの財布を砲撃してやったというわけです……」。

　大きなナショナル・ホテルがようやく部屋を用意してくれた。私たちは外国人で、軍事革命委員会は外国人の居住地は保護すると約束していたからだ……。支配人は最上階に案内し、砲弾の破片で割れた何枚かの窓を見せてくれた。「野獣ですよ！」と支配人は言い、想像上のボリシェヴィキに向かって拳《こぶし》を振るった。「今に見ていろって言うんです！　やつらの滅亡は時間の問題ですよ。あと数日もすればやつらのばか

げた政府は倒れるでしょうから、そうしたら痛い目に遭わせてやりますよ！」。

私たちは壁のトルストイの肖像画がひときわ目立つ食堂、『私は誰も食べない』という魅惑的な店名のベジタリアン・レストランで食事をし、街へ繰り出した。

モスクワ・ソヴィエトの本部は前総督の館にあった。スコベレフ広場の堂々とした白い建物だ。入り口には赤衛隊が歩哨《ほしょう》に立っている。幅のある厳《おごそ》かな正面階段を上り切ると、壁に委員会の会合の告知や政党の呼びかけの張り紙などが貼りつけてあった。私たちは赤い布で覆われた金縁の絵画が掛かったひと続きの控え室を通り抜け、豪華な水晶のシャンデリアに金メッキの軒蛇腹《コルニス》のある壮麗な大広間へ入った。大勢の話し声が低い唸り声のように聞こえ、さらに何十台ものミシンが回る低音がその底に流れて部屋を満たしていた。何巻きもの巨大な赤と黒の木綿《もめん》の生地《きじ》が広げられ、寄木《よせぎ》細工《ざいく》の床やテーブルの上を蛇のように曲りくねり、その前に腰掛けた五〇人ばかりの女性たちが飾りリボンや垂れ幕を切ったり縫ったりしている。革命の犠牲者の葬儀のためだ。女性たちの顔は肌が荒れ、困窮したどん底の生活の跡が刻み込まれている——硬い表情をして働く女性たちは、多くが泣き腫《は》らして目を赤くしていた……赤衛隊の犠牲者は甚大だったのだ。

広間の角のデスクにロゴフがいた。メガネをかけた髭面の知性的な男で、労働者用の黒いシャツを着ている。ロゴフは翌朝の葬列で中央執行委員会と一緒に行進しないかと、私たちを誘ってくれた。

「社会革命党とメンシェヴィキにも道理をわからせようとしたんだが、まったくお手上げだ！　心底染みついた習慣で妥協ばかりする。想像してみてくれ！　やつらは士官候補生《ユンケル》との合同葬儀を提案したんだぞ！」とロゴフは大声をあげた。

みすぼらしい兵士用の外套《がいとう》に毛皮の縁なし帽《シャプキ》をかぶった男が広間の反対側からやって来た。顔に見覚えがあった。メルニチャンスキーだと気づいた。スタンダード・オイル社の大規模ストライキ[2]の当時、現場のニュージャージー州ベイヨンで時計職人のジョージ・メルチャーと呼ばれていた私の知人だ。今はモスクワ金属労働者組合の書記であり、戦闘中は軍事革命委員会のコミッサールも務めたと、彼は教えてくれた。「見てくれよ！」と、よれよれの服を指して大声で言った。「士官候補生《ユンケル》らが最初に襲ってきたとき、俺はクレムリンで兵士たちと一緒にいたんだ。やつらは俺を地下倉庫に閉じ込め、コート、所持金、腕時計、それにはめていた指輪までも持ち逃げしやがった。残ったのはこの一着だけさ！」。

2　一九一五～一六年に賃上げや労働条件改善などを掲げて行われた製油所のストライキ。

モスクワを二つに分断した六日間の血なまぐさい戦いについて、多くの具体的な話をメルニチャンスキーから聞き出した。ペトログラードと異なり、モスクワでは市ドゥーマが士官候補生《ユンケル》と白衛隊の指揮を執《と》ったという。ルドネフ市長、そしてドゥーマ議長のミノルが公安委員会と軍隊の活動を管轄した。モスクワの司令官のリャプツェフは民主的な直感の持ち主で、軍事革命委員会と敵対するのをためらった。だがドゥーマは彼を無理強いした……。クレムリン占拠を強く勧めたのは市長だった——

「ボリシェヴィキの連中だって、あそこならまさか撃ってはこないだろう」と……。

久しく無為に過ごし、ひどく士気が衰えていたモスクワ守備隊のある連隊に対し、味方につけようと両陣営がそれぞれ接近した。連隊はどうすべきか会議を開いた。採択された決議は——連隊は中立を守り、現行の活動を続ける。それは消しゴムとひまわりの種を売り歩くことだった！

「だが最悪だったのは、俺たちが戦いながら態勢を整えざるを得なかったことだ。敵はしっかりと狙いを見定めていた。だがこっちは、兵士には兵士のソヴィエトがあり、労働者には労働者のソヴィエトがあって、最高司令官の人選で大《おお》もめにもめた。連隊によっては何日も話し合ってやっと態度を決める始末。それで将校たちが突然俺たちを見捨てて出て行くと、命令を下せる戦闘要員が一人もいなかった……」

メルニチャンスキーは生々しい現場も語ってくれた。ある寒いどんよりとした日、ニキーツカヤ通りの角に立っていると、マシンガンの銃撃に襲われた。ちょうどそこには少年たちの一団がたむろしていた――かつては新聞売りをしていた街の浮浪児たちだ。新しいゲームだとばかりに、少年たちは大喜びで金切り声をあげ、銃撃が少し下火になるのを待つと、通りを突っ切って反対側へ渡ろうとした……。多くの少年が殺されてしまったが、残った子たちは行ったり来たり、笑い声をあげ、互いに度胸を試して挑発し合っていた……。

夜遅く、私はドヴォリャンスコエ・ソブラニエ（貴族会館）へ行った。モスクワのボリシェヴィキが会合を開き、人民委員会議を脱退してきたノギーンやルイコフらの報告を検討することになっていた。

集会の会場は劇場で、かつて旧帝政時代には、将校たちやきらびやかなご婦人たちを観客に、最新のフランス喜劇をアマチュア劇団が演じた場所である。

最初に会場を埋めたのはインテリ層だった――都心部の近くに住む人たちだ。ノギーンが語り、おおかたの聴衆は明らかに共感していた。ようやく労働者たちが集まってきたのは夜も更《ふ》けたころだった。労働者階級の住宅地は郊外のほうにあり、路面列車は走っていなかった。だが午前零時ごろには、一〇人や二〇人ほどのグループになって、重い足取りで階段を上がってきた——粗悪な服に身を包んだ大柄でがさつな男たちで、戦闘の最前線から戻ったばかりである。前線では一週間も鬼のように戦い、周りで次々と同志たちが倒れていくのを目にしてきたのだ。

会議が正式に開会するやいなや、ノギーンは野次や怒声の嵐に襲われた。論じ、説明しようとするのもむなしく、聴衆は聞く耳を持たなかった。ノギーンは人民委員会議を脱退したのであり、激戦が続いているというのに持ち場を離れたのである。ではブルジョア系の新聞の論調はどうかといえば、モスクワにはもはやブルジョア系の新聞が存在しなかった。市ドゥーマさえ解散した（原注四九）。ブハーリンが立ち上がった。残忍で、論理的、斬り込んでは打ち、さらに斬り込んでは打ち据える、そういう攻撃的な口調……そんなブハーリンの言葉に、聴衆は目を輝かせて聞き入った。人民委員会議の行動を支持するとの決議が圧倒的多数で採択された。これがモスクワの声だった……。

深夜、私たちは人影のない通りを進み、イベルスキー門をくぐり、クレムリンの前のあの大いなる「赤の広場」へ行った。聖ワシーリー大聖堂が幻影のように聳《そび》え、暗闇の中で、紋章が付いた色鮮やかな渦巻き状の丸屋根がぼんやりと浮かんでいた。損傷の跡はまったくなかった……。広場の一方の縁《へり》に沿ってクレムリンの暗い塔や城壁が建っている。高い城壁には、ここからは見えない炎の赤っぽい影が揺らめいていた。広大な広場の向こう側からも人の話し声が聞こえてきた。つるはしやシャベルを振う音も。私たちは広場を横切った。

城壁のたもとには土や岩が山のようにうずたかく積み上げられていた。そこへ登り、私たちはそこに掘られた二つの巨大な穴を見下ろした。三メートルから五メートルほどの深さで、縦四五メートルほどの穴。何百人もの兵士や労働者らが巨大な焚《た》き火《び》の灯りを頼りに掘っている。

若い兵士が私たちにドイツ語で話しかけてきて、説明してくれた――「同胞の墓です。明日、われわれは革命のために死んだ五〇〇人のプロレタリアートを埋葬します」。

兵士は私たちを穴の中へ案内してくれた。作業員たちは必死の体《てい》で猛然とつるはしやシャベルを振るい、掘り出された土の山がどんどん高くなっていく。無駄口は一切ない。頭上の夜空は満天の星。歴史を誇るクレムリンの城壁は無限とも思える高さに聳え立っている。

学生風の兵士は言った――「ここに、この神聖な場所、ロシア全土でもっとも神聖な場所に、われわれにとってもっとも神聖な人々を埋葬するんです。皇帝《ツァーリ》の墓が並ぶこの場所に、われわれの皇帝が――つまり民衆が――眠りにつくのです……」。兵士は片腕を包帯で吊っていた。戦闘中に銃弾を受けたのだという。彼は包帯に視線を落として言った――「われわれロシア人はあまりにも長く中世的な帝政を耐え忍んでいましたから、あなたがた外国人はロシア人を見下しています。でもわれわれはツァーリばかりが専制君主ではないことを見抜きました――資本主義はもっとひどいということ、そして世界のあらゆる国々で資本主義こそが皇帝であるということを……。ロシアの革命的戦術こそが最善なんです……」。

私たちが立ち去ろうとするころ、穴の中で疲れ果て、寒さにもかかわらず汗みずくになっている作業員たちが苦しそうに斜面を登って穴から出て来つつあった。すると赤の広場の向こうから、黒々とした男たちの塊《かたまり》が足早にやって来た。彼らはどっと穴の底へ押し寄せ、工具を手に取ると掘り始めた。ただひたすら掘る、ひと言も発することなく……。

こうして民衆の志願者は夜通し互いに交代しつつ、すさまじい勢いを一度も止めることがなかった。そして夜明けの冷たい陽光を受けると、雪で真っ白な偉大なる広場と、すっかり掘り上がって大きな茶色い口を開けている「同胞の墓」が露《あら》わになったのだった。

私たちは日の出前に起き出して、暗い街路をスコベレフ広場へと急いだ。大都会だというのに、人っ子ひとり見当たらない。しかし遠くに近くに、どこか奥底から吹き寄せてくる風のように、何かがうごめく物音がかすかに聞こえた。青白い夜明けの光の中、ソヴィエト本部の前に男女の小さな集団がたむろしていた。金色の文字が入った赤い旗印《バナー》を束《たば》ねて持っている。モスクワ・ソヴィエトの中央執行委員会である。夜が明けてきた。遠方より、あのあいまいなうごめくような物音が厚みを増し、大きく聞こえてきた――ずしりとした、すさまじい低音である。モスクワが目覚めようとしていた。頭上に横断幕や旗が翻る中、私たちはトヴェルスカヤ通りを下った。途中に見える町の小さな礼拝堂はどこも施錠《せじょう》されて暗い。イヴェルスカヤ礼拝堂も同じだ。ここは歴代、新たに即位するツァーリがクレムリンで戴冠式を行う前に訪れてきたところだ。普段ならば昼夜を問わず常に門は開いていて、信者たちで混雑している。敬虔《けいけん》な人たちが捧げるろうそくの灯がきらめき、壁に掛かった聖像《イコン》の金銀や宝石に反射するのである。それが今、ろうそくの灯は消えていた。ナポレオンがモスクワへ入城したとき以来、初めてのことだと人々は言った。

ロシア正教会はモスクワに差し伸べていた手を引っ込めてしまったのだった。モスクワは、クレムリンを砲撃するような不遜《ふそん》な毒へビどもの巣窟《そうくつ》だというわけだ。どの教会も暗く、しんとして、冷たかった。聖職者たちも姿をくらました。「赤い埋葬式」を取り仕切ってくれる主教もいない。死者たちには臨終の秘跡も行われなかった。クレムリンの冒瀆者《ぼうとくしゃ》どもの墓になど、唱えてやるべき祈りはないということらしい。モスクワ総主教のティホンは間もなくソヴィエトの連中を破門するとのことだった……。

店舗もどこも閉まっていた。有産階級も家に留まっていた――ただし、異なる理由で。この日は「人民の日」だったのだ。その到来の噂は打ち寄せる大波のごとくまたたくまに伝わっていた……。

早くも人波がイベルスキー門を通り抜けつつあった。そして広大な「赤の広場」にも人影があちこちに見えていた――何千もの人々だ。イヴェルスカヤ礼拝堂の前を通過していく群衆を見ながら、私はあることに気づいた。これまでなら通行人たちはみな胸の前で十字を切っていたのに、今日は礼拝堂の存在すら意識していないかのようなのだ……。

私たちはクレムリンの城壁の近くに詰めかけている群衆をかき分けて進み、掘り出した土の山のひとつの上に立った。すでに何人かが来ていた――その中にはムラノフもいた。モスクワの司令官に選出された兵士で、長身で、素朴な感じの、穏やかな風貌の髭面《ひげづら》の男だ。

「赤の広場」へ向かうどの通りにも、奔流のように人々が流れ込んでいた。何千、何万という人々が、いずれも労苦にあえぐ貧しい人々の顔つきだ。軍楽隊が『インターナショナル』を演奏しながらやって来た。するとたんに自発的に歌声があがり、海面の波紋のようにゆっくりと、厳かに広まっていった。クレムリンの城壁のてっぺんからは巨大な垂れ幕が下ろされた。赤地に大きな黄金や白の字でこう書いてある――「世界社会主義革命の始まりの殉教者たち」。そして「世界の労働者の兄弟的団結、万歳」。

刺すような寒風が広場を吹き抜け、垂れ幕を翻らせた。今度はモスクワの隅々《すみずみ》から方々の工場の労働者たちが到着し始めた――仲間の犠牲者たちの遺体を伴って。高らかに翻るバナーと、運んでくる棺《ひつぎ》の鈍い赤色が――血のように――門をくぐってくるのが見える。棺は粗末な箱だった。かんながけもしていない木材で作られ、深紅《しんく》のペンキを塗りつけてあるだけだ。荒くれ男たちが頬を涙で濡らしながら、肩に高く掲げて行進してくる。それに女性たちが続く。すすり泣く者、泣き叫ぶ者、あるいは死人のように蒼白な顔で、硬くなって歩く者。蓋《ふた》が開いている棺もあり、蓋は後続の者たちが運んでいる。ほかの棺は金や銀の飾りのついた布で覆われ、あるいは兵士の帽子が上に釘《くぎ》で留めてある。ごてごてとした造花で飾り立てたものもあった。

棺が進むのに合わせて群衆の間に不規則な通路が開いたり閉じたりする中を、葬列はゆっくりと私たちのほうへ近づいてきた。そして今や門を続々と通り抜けてくるのは、果てしない横断幕や旗の流れで、あらゆる色合いの赤や銀や金の文字が記され、先端から結び目のついた飾り紐が垂れている――それに一部には黒地に白文字の無政府主義者《アナーキスト》の旗もある。楽隊は『葬送行進曲』(『同志は倒れぬ』)を演奏していた。そして帽子もかぶらず立ち尽くす大群衆の圧倒的な歌声に対して、葬列の者らは嗚咽《おえつ》を漏らしながらも嗄《しわが》れた声を限りに歌っているのだった……。

工場労働者の各グループの間に混じり、兵士たちの各部隊も棺を伴ってやって来た。それに敬礼して進む騎兵大隊、砲身に赤と黒の布を巻いた砲兵隊……。葬列はいつ果てるともなく続くように思われた。彼らの横断幕や旗にはこのようなことばが記されていた――「第三インターナショナル万歳!」とか「誠実かつ普遍的な民主主義的講和を!」など。

棺をかついだ葬列はゆっくりと墓穴の入り口へ近づいていった。かつぎ手《て》たちは重たい棺を捧げて斜面をよじ登り、続いて穴の中へと下っていった。多くは女性だった――ずんぐりとした、たくましいプロレタリアの女性たちである。死者たちの後からはさらにほかの女性たちも続いた――打ちひしがれた若い女性たちや、傷ついた動物のようなうめき声を漏らしている老いたしわだらけの女性たち。彼女たちは夫や息子たちを追って「同胞の墓」に入ろうとしたが、思いやりに満ちた手でそっと制止されると悲しみの叫び声をあげた。貧しき人々の互いへの愛情の深さよ！

葬列は一日中続いた。イベルスキー門から「赤の広場」へ入り、ニコルスカヤ通りへと出て行く。五万人の会葬者の群れを背景にした、「赤の広場」へ入り、希望や同胞愛や、とてつもなくすばらしい予言のことばを掲げた赤い横断幕や旗の奔流……それを世界の労働者たちやその子孫たちが永久に見守るのだ……。

五〇〇個の棺がひとつまたひとつと墓穴に横たえられていった。夕闇が辺りを包んだが、なお数々の横断幕や旗があるいは垂れ、あるいははためきながらやって来た。楽隊も『葬送行進曲』を演奏し続け、大群衆も唱和し続けた。墓穴の上のほうにある葉を落とした木々の枝には花輪《リース》が掛けられた。奇妙な色とりどりの花が咲いたかのように。二〇〇人の男たちがシャベルを使い、墓穴を土で埋めていった。土は鈍い音をたてて棺の上に降りかかり、どしんとぶつかる音が歌声を透《す》かして聞こえてきた……。

街灯《とも》が灯った。最後の横断幕が通り過ぎた。そして最後まで残ってうめき声をあげていた女性たちも、激しい思いに駆られて墓場を振り返りながら、立ち去った。「赤の広場」からゆっくりとプロレタリアートの潮が引いていった……。

敬虔なロシアの人々は、もはや聖職者たちの祈りで天国へ送ってもらう必要はないのだ――。私ははたと気づいた。この地上で、この人たちはどんな天国よりもまばゆい王国を建設しつつある。そしてそのために死ぬことは栄誉あることなのだった……。

第一一章　権力の掌握（原注五〇）

ロシア諸民族の権利の宣言（原注五一）

……今年六月に開催された第一回ソヴィエト大会はロシアの諸民族の自決権を宣言した。

去る一一月に開催された第二回ソヴィエト大会はロシアの諸民族の譲ることのできない権利をよりいっそう決定的かつ明確に確認した。

これらの大会の意志を実行に移すため、人民委員会議は民族問題に関する活動の基礎として、以下の原則を確立することを決意した。

（1）ロシアの諸民族の平等と主権。

（2）ロシアの諸民族が自決権を持つこと。それは分離して独立国家を樹立することまでも含む。

（3）民族的および民族宗教的な、いかなる特権や制限も一切廃止すること。

（4）ロシア領内に居住する少数民族や民族的集団の自由な発展。

諸民族委員会が設立され次第、ただちに必要な法令を用意するものとする。

ロシア共和国・民族人民委員《コミッサール》

ジュガシヴィリ・スターリン

人民委員会議議長

V・ウリヤーノフ（レーニン）

キエフの中央議会《ラーダ》はただちにウクライナが独立共和国であると宣言した。フィンランド自治政府もヘルシングフォルスの上院を通じて同様に独立を宣言した。シベリアやカフカース地方でも独立した「政府」が次々と生まれた。ロシア軍に所属するポーランド人部隊はそれまでの委員会を廃止して、鉄壁の規律を新たに確立した……。

こうした「政府」や「運動」には二つの共通点があった——有産階級が牛耳《ぎゅうじ》っていたことと、ボリシェヴィキを恐れ、嫌悪していたことだ。

驚くべき激変の混乱のさなか、人民委員会議は社会主義的秩序の土台を着実に構築していった。社会保険、労働者による産業の管理、郷（ヴォロスト）土地委員会に関する規制、階級や称号の廃止、裁判所の廃止と人民法廷の設置など、各種法令が布告されていった（原注五二）。

陸軍の各部隊、海軍の各艦隊が「人民の新政府に喜びをもって挨拶を送るために」ペトログラードへ続々と代表団を送った。

ある日、スモーリヌイの前で、前線から戻ったばかりの一個連隊のやつれた兵士たちの姿を目にした。大きな正門の前に直立不動で整列し、やせて青白い顔つきをして、まるで神殿でも見るかのようにスモーリヌイの建物を見上げていた。入り口の扉の上に残る帝室の鷲《わし》の紋章を指差し、笑っている者もいた……。赤衛隊がやって来て歩哨《ほしょう》に立った。兵士たちはみな好奇心に駆られて振り向き、噂には聞いていたが初めて目にした、といった様子。兵士たちは陽気に笑い声をあげて隊列を乱すと、赤衛隊の隊員たちをねぎらおうと、冗談や賞賛の言葉をかけながら、背中をぽんぽん叩いた。

臨時政府はもはや存在していなかった。一一月一五日、首都のすべての教会で、聖職者たちは臨時政府のために祈ることをやめた。だがレーニンがソヴィエト中央執行委員会《ツェー・イー・カー》に向かって言ったとおり、これは「権力掌握の始まりにすぎない」のだった。反対勢力はもはや武力を失っていたが、依然として経済活動は支配しており、今や国家機構を崩壊させようと組織をあげてとりかかった――それもロシア人特有の共同行動というロシア人ならではの才能を発揮して、ソヴィエトを妨害し、機能不全に陥《おちい》らせ、信頼を失わせようとしたのである。

官公庁の職員たちのストライキは銀行や民間企業から資金援助を受け、見事に組織されていた。そしてボリシェヴィキが政府機関の職務を引き継ごうとすると必ず抵抗した。

トロツキーは外務省へ行ったが、役人たちは彼を認めようとせず、内側から鍵をかけて省内に立てこもり、扉が破られると辞職してしまった。トロツキーは公文書保管室の鍵を要求した。だが、鍵をこじ開けるために作業員を連れて行くまで、役人たちは鍵を渡そうとはしなかった。しかも開けてみてわかったのは、前外務副大臣のネラトフが秘密協定の文書を持ち逃げしたことだった。

シリャプニコフは労働省を掌握しようとした。省内は凍えそうに寒かったが、誰も暖房の火を入れようとしなかった。しかも何百人といる職員のうち、誰一人として大臣室の場所も教えなかった。

アレクサンドラ・コロンタイは一一月一三日、厚生人民委員《コミッサール》に任命された。福祉や公共施設を管轄《かんかつ》する役所だ。行ってみると同省の職員のうち、出迎えたのはわずか四〇人で、残りはストライキを打っていた。大都市の貧困層や公共施設の収容者たちがとたんに困窮した。障害者や孤児たちが飢えに苛《さいな》まれ、やつれて顔面蒼白な代表者たちが庁舎に詰めかけて包囲した。コロンタイは頬を涙で濡らしながら、ストライキ中の職員らを逮捕して、執務室や金庫の鍵を引き渡すまで拘束することにした。しかし鍵を手に入れてみると、前大臣のパニーナ伯爵夫人が全資金を持ち逃げしていることが判明し、伯爵夫人は憲法制定議会の命令がない限り返還を拒否すると言い張った（原注五三）。

農務省、供給省、財務省でも事態は同じだった。そして復職するか、職と年金を失うかの選択を迫られた職員たちは、そのまま職場を放棄しつづけたり、職場に戻って妨害活動《サボタージュ》に励んだりしたのだ……。知識階級《インテリゲンチャ》はほぼ全員が反ボリシェヴィキだったから、ソヴィエト政府が新たに採用できるような人材はどこにもいなかった……。

民間銀行は頑として店を開けようとはせず、投機家たちだけを相手に裏口を開けた。ボリシェヴィキのコミッサールたちが踏み込んでくると、行員らは帳簿を隠し、資金を金庫から移して出て行った。国立銀行では金庫番と造幣課の担当を除く全行員がストを打ち、造幣課の行員たちはスモーリヌイからの要求は一切はねつけ、「祖国・革命救済委員会」と市ドゥーマへは密かに莫大な金額を支払った。

赤衛隊の一隊を連れたコミッサールが国立銀行を二度も訪れ、政府の経費支出を賄《まかな》うために大金の払い出しを正式に求めた。最初のときは、銀行に市ドゥーマの議員やメンシェヴィキと社会革命党《エスエル》のリーダーたちなどが大勢居並んで陣取り、要求の金額を払い出せば深刻な事態を招くぞと脅したから、コミッサールは尻尾《しっぽ》を巻いて退散した。二度目は支払命令書を持って訪れ、慣例に従って文面を読み上げ始めた。だが日付と押印がない、と誰かが指摘した。ロシアの「文書」には伝統的に欠かせないものであり、コミッサールはふたたび引きあげざるを得なかった……。

信用局の職員は帳簿を廃棄したため、ロシアと諸外国との財政上の関係を示す一切の記録が失われた。

市の公益事業の行政を担う供給委員会でも、職員はまったく仕事をしないかサボタージュを行った。そしてペトログラード市民の不可欠なニーズへの対応を迫られたボリシェヴィキが、公共サービス部門を統括したり手伝ったりしようとすると、全職員が一斉にストに入った。その上、市ドゥーマはボリシェヴィキが「市の自治を侵害した」としてロシア中に洪水のような電報を打ちまくったのである。

軍の司令部や、陸海軍省のオフィスでは、旧職員たちは仕事をすることに同意した。だが軍隊委員会や幹部将校たちはあらゆる手を使って――ひどいときは前線の部隊のことを無視してまで――ボリシェヴィキの動きを阻止しようとした。鉄道労組全ロシア中央委員会（ヴィクジェリ）も敵対的で、ソヴィエト部隊の輸送を拒否。ペトログラードを出発した兵員輸送列車はどれも武力によって徴発されたもので、そのたびに鉄道員らを逮捕しなければならなかった。それに対してヴィクジェリは、すぐに釈放しなければただちにゼネストを打つぞと脅した……。

スモーリヌイはまったく手も足も出なかった。新聞によれば、ペトログラードのすべての工場は三週間後には燃料不足で操業停止に追い込まれると予想されていた。ヴィクジェリは一二月一日をもって全列車の運行停止を命令。ペトログラードの食料は三日分しかなく、これからは新たな食料も入ってこないのだ。そして前線の兵士たちも飢えていた……。「祖国・革命救済委員会」や各種組織の中央委員会は、新政府の法令を無視するように促す通告文を全国に送った。さらに、連合国各国の大使館は冷たく無関心を装うか、あからさまに敵意を示した……。

反政府系の新聞は発禁になると、翌日別の名前で復活し、新政権に痛烈な皮肉をこれでもかとぶつけた（原注五四）。〔ゴーリキーの合同社会民主党国際主義派の機関紙〕「ノーヴァヤ・ジーズニ（新生活）」紙でさえ、新政府を「大衆扇動《デマゴギー》と無能の組み合わせ」と呼んだほどである。

人民委員政府は表向きだけの忙しさという泥沼に日に日に深くはまり込んでい

る。いとも簡単に権力を奪ったが……ボリシェヴィキはその権力をうまく行使できないのである。

既存の政府機関を指揮する力がなく、同時に、〔社会主義建設という〕社会実験家たちの理論に従って、より容易かつ自由に動かせる新たな機関を創り出すこともできずにいる。

ほんの少し前でさえ、ボリシェヴィキは規模が拡大しつつある同党を運営する人員が不足していた――特に演説家や物書きの仕事である。彼らは政府の多様で複雑な機能を執行するための専門家を、いったいどこで見つけてこようというのだろうか？

新政府は行動し、脅し、全国に布告をばらまき、それらはますます急進的《ラジカル》かつ「社会主義的」になっている。しかしこうした「紙の上の社会主義」を見せつけられては――それはわれわれの子孫を呆然《ぼうぜん》とさせるのが目的としか思えない――今日の差し迫った課題を解決する熱意も能力もないように見えるのである！

一方、ヴィクジェリの「新政府樹立のための会議」[1]は日夜続けられていた。新政府側と反政府側は、政府の土台については原則的に合意していた。人民会議の構成が話し合われていたし、閣僚も暫定的に人選されていた――〔エスエル中道派の〕チェルノフを首相に、ボリシェヴィキは少数派の立場ながら大きな勢力として入閣を認められる。ただしレーニンとトロツキーは除外。メンシェヴィキとエスエル各派の中央委員会と、農民代表ソヴィエトの執行委員会は決議を採択し、ボリシェヴィキの「犯罪的政治手法」に反対なのは変わりないが、「同胞間の流血の事態を阻止するために」ボリシェヴィキの人民評議会参加には反対しない、とした。

ところがケレンスキーの逃亡と、各地におけるソヴィエトの目をみはる成功ぶりが状況を一変させた。一一月一六日、ツェー・イー・カーの会議の中で、左翼エスエルはボリシェヴィキがその他の社会主義政党と連立内閣を組むべきだ、と強硬に主張した。さもなくば同派は軍事革命委員会とツェー・イー・カーから脱退する、と。マルキンが言った――「モスクワからの知らせによれば、われらの同僚たちはバリケードの両側に分かれて死んでいっている。だからもう一度改めて権力の構成に関する問題を提起せざるを得ない。それはわれわれの権利であるばかりか、義務なのだ。……われわれはこのスモーリヌイの中でボリシェヴィキと共に席に着き、この演壇に立って

1　第九章参照。

話す権利を勝ち取った。もしみなさんがあくまでも妥協を拒めば、われわれは激しい党内闘争を経て、やがて公然と外部とも争うことになるだろう……。だからわれわれは民衆が受け入れられるような妥協案を示さなくてはならないのだ」。

このいわば最後通牒を検討するために、いったん休会となり、やがてボリシェヴィキは決議案を作成してきた。カーメネフが読み上げた――。

ツェー・イー・カーは、労兵農ソヴィエトを構成する全社会主義政党の代表者らが政府に参加すべきだと考える。彼らは一一月七日の革命の成果を承認しているはずであり、それはつまり、ソヴィエト政府の樹立と、平和・土地・労働者による産業管理に関する布告、そして労働者階級の武装化を承認しているはずである。したがって、ツェー・イー・カーは政府の構成に関する交渉をソヴィエトの全政党に対して提案することを決議し、左記の条件を基礎とすることを強く主張する――。

政府はツェー・イー・カーに対して責任を負う。ツェー・イー・カーはメンバーを一五〇人に拡大する。この一五〇人の労兵ソヴィエト代表に加えて、地方農民代表ソヴィエトの代表七五人、陸海軍の前線の組織代表八〇人、労組から四〇人（各種全ロシア労組からその重要度に応じて二五人、ヴィクジェリから一〇人、郵便電信労働者組合から五人）、そしてペトログラード市ドゥーマの社会主義諸グループから代表五〇人をメンバーとする。内閣そのものについては、少なくとも半数の閣僚ポストはボリシェヴィキに割り当てるべきこと。労働、内務、外務の閣僚ポストはボリシェヴィキに与えること。ペトログラードとモスクワの守備隊の指揮権はペトログラードとモスクワのソヴィエトの代表者の手に保持すること。

政府はロシア全国の労働者の秩序だった武装化に着手する。

レーニンとトロツキーの両同志を閣僚候補者とするよう強く主張することを決議する。

カーメネフが説明した――「例の『新政府樹立のための会議』が提案している『人民評議会』はおよそ四二〇人のメンバーで構成され、そのうちの一五〇人ほどがボリシェヴィキとされている。そのほかに、反革命派の旧ツェー・イー・カーの代表、市ドゥーマが選んだ一〇〇人、一〇〇人（これは全員コルニーロフ派だ）、アフクセンチエフが任命する農民代表一〇〇人、それにもはや一般兵士を代表していない旧軍隊委員会からも八〇人が加わるとされているのだ。

われわれは旧ツェー・イー・カーと市ドゥーマの代表らの参加は認めない。農民代表ソヴィエトの代表者らは、われわれがすでに招集した農民大会で選出されるべきであり、彼らは同時に新しい執行委員会も選出する。レーニンとトロツキーを除外するとの提案はわが党の首を切るも同然で、受け入れることはできない。そして最後に、われわれはそもそも『人民評議会』などというものは必要ないと考えている。各ソヴィエトはすべての社会主義政党に開かれており、ツェー・イー・カーは大衆の中に占《し》める各政党の実際の支持率に応じた代表者らで構成されているのだから……」。

左翼エスエルのカレーリンは、彼らの党はボリシェヴィキの決議案に賛成すると断言した。ただし、農民代表に関することなど、何点か修正を求める権利は留保したいとし、また農業大臣は左翼社会革命党に割り当てるよう要求。この点はボリシェヴィキも同意した。

のちに、ペトログラード・ソヴィエトのある会議の中で、トロツキーは新政府の構成に関する質問に答えてこう述べている――「私はそれについては何も知らない。私は交渉には関わっていないのだ……。しかしながら、それはさほど重大なことには思えない……」。

その晩、「新政府樹立のための会議」は気まずい空気に満ちていた。市ドゥーマの代表たちが退席したのだった……。

一方、スモーリヌイでも、ボリシェヴィキ党内にはレーニンの政策に対する手強い反対勢力が成長しつつあった。一一月一七日の晩、満員の大広間は不穏な空気の中でツェー・イー・カーの会議を迎えることになった。

ボリシェヴィキのラーリン[2]は、憲法制定議会の選挙のときが近づいていると断定し、もはや「政治的テロリズム」を放棄するときだと言った――「出版の自由に反する措置は緩和されるべきだ。闘争中はそれなりの理由があったわけだが、今や言いわけの余地はない。出版・報道は暴動や武装反乱の呼びかけを除き、自由であるべきだ」。自党から嵐のような怒りの声や野次を浴びながら、ラーリンは次のような決議案を提示した――。

出版に関する人民委員会議の法令はここに取り下げられる。

〔出版・報道を〕政治的に禁圧する措置は特別法廷の決定によってのみ執行でき

2　ユーリ・ラーリン（一八八二～一九三二年）。メンシェヴィキから三月革命後にボリシェヴィキに転じた経済学者。

る。特別法廷は代表する諸政党の勢力に比例して、ツェー・イー・カーにて選出される。この法廷はすでに施行ずみの禁圧的措置を再検討する権利も有する。

これには左翼エスエルだけでなく、ボリシェヴィキの一部からも割れるような歓声が湧き起こった。

これに対してレーニン派のアヴァネソフは、社会主義諸政党の間になんらかの妥協が成り立つまで、出版の問題は保留としておいてはどうかと、慌てて提案した。だがそれは投票の結果、圧倒的多数で否決された。

アヴァネソフは続けた――「現在達成されつつある革命は、私有財産を攻撃することもためらわなかった。そして今、出版の問題も私有財産の問題として検証すべきなのだ」。そしてボリシェヴィキからの次のような公式な決議案を読み上げた。

ブルジョア系の新聞の発行停止措置は、武装蜂起の過程で純粋に軍事的な必要があったためと、反革命的な行動を阻止するためというだけではなかった。それは出版に関し、新政府樹立へ向けた移行措置としても必要だったのである――つまり新政権のもとでは、印刷機や紙を所有する資本家たちが全能かつ独占的な世論の作り手となることは許されないのである。

われわれはさらに、民間私有の印刷所と紙資源の接収にまで進むべきであり、それらは首都でも地方でもソヴィエトの財産となるべきである。それは政党や政治グループが、それぞれに代表する政治的見解の実際の勢力にふさわしく、それら出版用の施設を利用できるようにするためである――要するに、構成員の数に比例してである。

いわゆる「出版の自由」を復活する、すなわち印刷所と紙を、人民の心を毒する資本家らに簡単に返してしまうとしたら、それは資本の意志に対する許しがたい屈服であり、もっとも重要な革命の成果のひとつを放棄することである。要するに、それは疑う余地のない反革命的性格の措置となるであろう。

右記のことからツェー・イー・カーは、出版分野における旧制度の復活を目指すいかなる提案も断固として拒絶する。そしてプチブル的な偏見に基づくにせよ、あるいは反革命的なブルジョアジーの利益に対する明らかな屈服に基づくにせよ、それらの主張や最後通牒に対しては、人民委員会議の見解を明確に支持するものである。

この決議案を読み上げている間、左翼エスエルからの皮肉なかけ声や、ボリシェヴィキの反乱組から噴出する憤りの声などの横槍が入った。カレーリンなどは立ち上がって抗議していた——「三週間前までは、ボリシェヴィキは出版の自由のもっとも熱烈な擁護者だった。……この決議案の主張は、かつての黒百人組と帝室の検閲官らの見解をまざまざと思い起こさせる。やつらもまた『人民の心を毒する』うんぬんと言っていたではないか」。

トロツキーは長々と決議案支持の演説をした。トロツキーは内戦中の出版と、勝利のあとの出版とを区別した。

「内戦中は、抑圧されている者だけが暴力を行使する権利を持っている……」——(「抑圧された者とは誰のことだ? 人食いめ!」との怒声が飛んだ)——「われらはまだ敵に勝利していない。そして新聞は敵が握っている武器なのだ。このような状況では、新聞の発行停止は正当な防衛手段である……」。そこで勝利後についてトロツキーは続けて述べた——。

「出版の自由という問題に対する社会主義者の態度は、商業活動の自由に対する態度と同じであるべきだ。ロシアで確立されつつある民主主義のルールによれば、私有財産による出版の支配は廃止するよう要請されている。私有財産による産業の支配と同じように……ソヴィエトの権力ですべての印刷工場を接収すべきなのだ」――（「『プラウダ』紙の印刷工場も接収したらどうだ！」と声が飛んだ）。

「ブルジョアジーによる出版の独占は廃止すべきである。さもなくばわれわれが権力を奪っても意味がない。市民のあらゆるグループが印刷工場と紙を利用できなければならない。……活字と紙の所有権は第一に労働者と農民にあり、そのあとで初めて、少数派であるブルジョア政党に属するのだ。……権力がソヴィエトの手に移ると、本質的な生存条件が急激に変わり、その変化は必然的に出版にも表れるはずである。……われわれが銀行を国営化しておいて、経済紙はそのままなどということが許されるだろうか？　旧体制は死ぬべきである。それはここではっきりと理解してもらわないと困る……」――歓声と怒声が入り混じった。

ツェー・イー・カーにはこの重大問題について決断を下す権利はない、とカレーリンが断定し、なんらかの特別委員会に任すべきだと言った。カレーリンはもう一度、出版は自由であるべきだと情熱的に訴えた。

続いてレーニン。落ち着き、感情を交えず、額にしわを寄せ、ゆっくりと言葉を選びながらしゃべった。一文ごとにまるでハンマーの一撃のようである――「内戦はまだ終わっていない。敵はまだいるのだ。その結果、出版禁圧の措置を廃止することは不可能だ。

われわれボリシェヴィキは常々言ってきた――権力の座に就いたらブルジョア系の新聞は廃刊にすると。ブルジョア系の新聞を許容することは、社会主義者をやめるようなものだ。革命を起こすとき、停滞は許されない。常に前進すべきなのだ――さもなくば後退してしまう。今『出版の自由』を口にする者は後退する者であり、われらの社会主義への邁進《まいしん》を停止させる者だ。

われわれは資本主義のくびきを捨て去った。ちょうど最初の〔三月〕革命が帝政のくびきを捨て去ったように。最初の革命に王党派新聞を禁圧する権利があったのだから、われわれにはブルジョア系の新聞を禁圧する権利がある。出版の自由をほかの階級闘争の問題と切り離すことは不可能だ。われわれはあの新聞各紙を廃刊にすると約束していたのであり、そのとおり実行する。圧倒的な数の大衆はわれわれと共にあるのだ！

武装蜂起が終了した今、ソヴィエト政府に対する武装反乱や不服従を訴えない限り、われわれはほかの社会主義諸政党の新聞を禁圧するつもりは毛頭ない。しかしながら、彼らが社会主義系新聞の出版の自由を口実として、ブルジョアジーの密《ひそ》かな支援を受け、印刷所、インク、そして紙を独占的に支配するようなことは、われわれは許さない。……これら不可欠なものはソヴィエト政府の財産となるべきで、何よりもまず、その得票数に厳密に比例して全社会主義諸政党に割り当てられるべきなのだ……」。採決が行われた。ラーリンと左翼エスエルの決議案は反対三一、賛成二二で否決。レーニンの発議は賛成三四、反対二四で採択された。反対票を投じた少数派の中にはボリシェヴィキのリャザノフとロゾフスキーもいて、彼らは出版の自由に対するいかなる規制に対しても賛成票を投じるわけにはいかない、と断言した。

この結果、左翼エスエルはもはやここで行われていることに対して責任を持てないとして、軍事革命委員会およびその他すべての執行上の責任ある立場から退いた。ノギーン、ルイコフ、ミリューチン、テオドロヴィチ、シリャプニコフの五人は人民委員会議のメンバーを辞任し、次のような宣言文を出した――。

われわれはソヴィエトに参加している全政党による社会主義政権の樹立を支持している。そのような政府を樹立することでしか、労働者階級と革命的軍隊の英雄的闘争の成果を保証することはとうていできないからである。それ以外には道はひとつしかない――政治的テロリズムによって純粋にボリシェヴィキ単独政権を構成することである。人民委員会議が採ろうとしているのはこの道だ。われわれはそれには従えないし、従うつもりもない。この道がまっすぐに向かっているところ、それは多くのプロレタリア組織の政治生命の否定であり、無責任な政治体制の樹立であり、そして革命とわが国の破壊である。われわれはそんな政策に責任を持つことはできず、このツェー・イー・カーにおいて、人民委員としての職務を放棄する。

委員は辞任せずに、この宣言文に署名したコミッサールらもいた——リャザノフ、出版局のデルブイチェフ、政府印刷局のアルブゾフ、赤衛隊のユレーネフ、労働人民委員会のフョードロフ、そして法令を精査する部門の書記を務めるラーリンらである。同時に、カーメネフ、ルイコフ、ミリューチン、ジノヴィエフ、そしてノギーンはボリシェヴィキの中央委員会からも辞任し、その理由を公表した——。

そのような（ソヴィエトの全政党で構成される）政府の樹立は、新たな流血の惨事や、迫りつつある飢餓や、カレージン派による革命の破壊を阻止し、適切な時期に憲法制定議会を確実に招集し、ソヴィエト大会が採用した政策を効果的に実施していく上で欠かせない……。

中央委員会による破滅的な政策に対して、われわれは責任を負うことはできない。それはプロレタリアートと兵士たちの大多数の意志に反して行われており、その大多数の人々は、民主勢力の政党同士の流血の事態を速やかに終わらせたいと熱望しているのである。

……われわれは労働者と兵士たち大衆に対して自由に意見を表明したいがために、中央委員会委員という肩書きを放棄する。……

われわれはこの勝利のときに中央委員会を去る。中央委員会のリーダーたちの政策が勝利の成果を失わせ、プロレタリアートを粉砕する方向へと進んでいくのを、おとなしく傍観しているわけにはいかないからだ。……

労働者大衆や守備隊の兵士たちはいても立ってもいられず、代表団をスモーリヌイに送ったり、ボリシェヴィキの内輪もめによる分裂を見て歓喜に沸いていた「新政府樹立のための会議」にも代表団を送ったりした。

だがレーニン派からの回答は迅速かつ手厳しかった。シリヤプニコフとテオドロヴィチは党の規律に服し、もとの地位に復帰。カーメネフはツェー・イー・カー議長としての権限を剥奪され、スヴェルドロフを代わりに選出。ジノヴィエフはペトログラード・ソヴィエト議長を更迭《こうてつ》された。一一月二〇日の朝、「プラウダ」紙はロシア国民に向けた猛烈な宣言を掲載した。レーニンが執筆したもので、何十万部も印刷され、いたるところで壁に貼り出され、ロシアを覆《おお》い尽くすよう国内全土に配布された。

第二回ソヴィエト大会はボリシェヴィキ党に過半数の勢力を与えた。したがってこの党が樹立する政府のみがソヴィエト政権である。そして周知のとおり、新政府樹立の数時間前、全ロシア・ソヴィエト大会に閣僚名簿を提案する前に、ボリシェヴィキ党中央委員会は左翼エスエル・グループのもっとも著名な三名――カムコフ、スピーロ、そしてカレーリン同志――を招いて会談し、新政府に参加するよう彼らに求めたのである。声をかけた彼ら同志たちが拒絶したことを、われわれは限りなく残念に感じている。彼らの拒絶は革命派と労働者階級の擁護者たちにとって認めがたいことであると、われわれは考えている。われわれはいつでも左翼エスエルを政府に迎え入れる用意があるが、第二回ソヴィエト大会で過半数を握った政党として、われわれは政府を樹立する権利を得ていると同時に、人民に対する責務を負っているのである。

同志たちよ！　わが党の中央委員会および人民委員会議の数名が昨日、一一月一七日、辞任した。カーメネフ、ジノヴィエフ、ノギーン、ルイコフ、ミリューチンおよび数名が中央委員会から、最後の三人は人民委員会議からも去ったのだ。……

われらのもとを去った同志たちは脱走兵のように振る舞った。なぜなら彼らは委任された持ち場を放棄しただけでなく、辞任する際はペトログラードとモスクワの党の当該組織の決定を待たなければならないという、わが党中央委員会の直接の指示に従わなかったからである。そのような職務放棄をわれわれは断固として糾弾《きゅうだん》する。わが党に属する、あるいは共感する、すべての自覚ある労働者、兵士、そして農民たちもまた、脱走者たちの振る舞いに同意しないであろうと、われわれは固く確信している。……

同志たちよ、忘れてはならない――これら脱走者のうちのカーメネフとジノヴィエフの二名は、早くもペトログラードの武装蜂起の前から脱走者に、そしてスト破りになっていた。彼らは一九一七年一〇月二三日のあの決定的な党中央委員会の会議で、武装蜂起に反対票を投じたのであり、そして中央委員会が決議を採択した後になっても、彼らはわが党の労働者らの会合で引き続き反対運動を続けたのだ。だが大衆の偉大なる衝動は、そして何百万人もの労働者、兵士、農民の偉大なるヒロイズムは、モスクワで、ペトログラードで、前線で、塹壕《ざんごう》で、村々で、列車がおがくずを吹き飛ばすように脱走者たちを脇へ追いやってしまったのである。

信念が乏しく、躊躇《ちゅうちょ》し、疑い、不覚にもブルジョア階級に脅され、あるいはブルジョア階級の直接間接の共犯者たちの呼び声に屈服する者たちは、恥ずべきである。ペトログラードとモスクワおよびロシア全土の大衆たちには、躊躇のわずかな翳《かげ》りすらない。

……大衆の支持を得ていないインテリの小集団からのいかなる最後通牒に対しても、われわれは屈しない。彼らは実質的にコルニーロフ派、サヴィンコフ派[3]、士官候補生《ユンケル》などに支持されているにすぎないのである。……

全国からの反響が熱い嵐のごとく押し寄せた。反逆者たちは「労働者と兵士たち大衆に対し、自由に意見を表明」する機会など一度も得られずに終わった。「脱走者」らに対する民衆のすさまじい糾弾の声が、砕《くだ》け散る大波のようにツェー・イー・カーに殺到した。何日にもわたり、スモーリヌイには憤激する代表団や委員会が詰めかけたのだ――前線から、ヴォルガ川流域から、そしてペトログラード各地の工場からも――「彼らはなぜ無謀にも政府から辞任したのだ？　革命を破壊するためにブルジョア階級から金でももらったのか？　彼らは戻って中央委員会の決定に従うべきだ！」などと。

唯一、態度を決していなかったのがペトログラード守備隊だった。一一月二四日、兵士たちの大規模集会が開かれ、全政党の代表者らが演説した。結果的には圧倒的多数でレーニンの政策が支持され、左翼エスエルは入閣すべきだと告げられた……（原注五五）。

メンシェヴィキは最後通牒を突きつけた――逮捕されている〔前政権の〕全閣僚と士官候補生《ユンケル》の釈放、すべての新聞の完全なる自由を認めること、赤衛隊の武装解除、守備隊を市ドゥーマの指揮下に入れることを要求したのだ。これに対してスモーリヌイは回答した――社会主義者の全閣僚はすでに釈放され、極めて少数の者を除いて士官候補生《ユンケル》も全員釈放ずみである。ブルジョア系の新聞を除くすべての新聞は自由である。そして軍部は引き続きソヴィエトが指揮下に置く、と。一一月一九日、「新政

3　コルニーロフ事件への連座を疑われてメンシェヴィキを除名された。第一章の原注三、第一二章参照。

府樹立のための会議」は解散した。そしてソヴィエト政府に対する反対派は一人また一人と密かにモギリョフへ立ち去った。そこでは軍総司令部《スタフカ》の庇護のもと、彼らは最後まで手を替え品を替えて独自の政府を設立し続けたのだった……。

一方、ボリシェヴィキはヴィクジェリの力を切り崩しにかかっていた。ペトログラード・ソヴィエトから全鉄道労働者へ向けた呼びかけで、ヴィクジェリに権力の放棄を迫るよう鉄道員らに訴えた。一一月一五日には、農民大会招集の段取りと同様に、全ロシア鉄道労働者大会を一二月一日に招集するとツェー・イー・カーが発表した。これに対してヴィクジェリも独自の大会を二週間後に開催すると発表。だが一一月一六日、ヴィクジェリはツェー・イー・カーの会議に出席。そして一二月二日の晩、全ロシア鉄道労働者大会の開会式で、ツェー・イー・カーは運輸通信人民委員《コミッサール》のポストをヴィクジェリに正式に提案し、ヴィクジェリはこれを受け入れたのである……。

こうして権力の問題を片付けたボリシェヴィキは、行政上の実務的な問題へ目を向けた。第一に、都市住民、地方の住民、そして兵士たちを食わさねばならなかった。水兵と赤衛隊のグループが倉庫、鉄道終着駅、そして運河の荷船までも徹底的に調べ上げ、個人の投機家たちが押さえていた何千プードもの食料を見つけ出した〔一プードは一六キログラム強〕。地方へも特使が派遣され、土地委員会の協力を得て、大手穀物商たちの貯蔵庫を差し押さえた。五〇〇〇人単位の重武装した水兵たちの遠征隊も南へ、そして東のシベリアへと派遣され、各地を移動しながら、いまだ〔反革命派の〕白衛隊に握られている諸都市を占拠《せんきょ》し、秩序を確立し、食料を入手せよとの任務が与えられた。シベリア横断鉄道は一般旅客の利用を二週間停止し、工場委員会がかき集めた布地や鉄棒を一三本の列車に積み込み、それぞれコミッサールを担当につけて東へ出発させた。シベリアの農民たちを相手に物々交換で穀物やじゃがいもを手に入れるのだ……。

〔コサック首領の〕カレージンがドン地方の炭鉱を押さえていたから、燃料不足が差し迫った問題となってきた。スモーリヌイはすべての劇場、商店、レストランの電灯を消させ、路面列車の本数を減らし、燃料の取引業者が保有する民間の薪の備蓄を没収した。そしてペトログラード各地の工場が石炭不足で操業停止寸前となると、バルチック艦隊の水兵たちは軍艦の石炭貯蔵庫から二〇万プードを工場労働者たちに譲った。

一一月下旬にかけてはいわゆる「ワイン略奪《ポグロム》」が発生した（原注五六）。冬宮《とうきゅう》のワイン貯蔵室の略奪から始まって各地に広がっていった酒蔵の強奪だ。何日間も街頭には泥酔した兵士たちの姿があった……。これらには反革命派の策謀《さくぼう》がはっきり見て取れた。彼らは酒の貯蔵庫の位置を記した図面を各連隊に流していたのだ。スモーリヌイのコミッサールたちは初めは訴えかけ、議論で諭《さと》そうとしたが、拡大するばかりの無秩序を留めることはできず、果ては兵士たちと赤衛隊らの大々的な衝突まで発生した……。ついに軍事革命委員会はマシンガンで武装した水兵らを派遣し、容赦なく暴徒たちに発砲。多くの死者が出た。そして行政命令によって、委員会メンバーたちが手斧を持って各所のワイン貯蔵庫を襲撃し、ボトルを叩き割り、ダイナマイトで爆破することさえあった……（原注五七）。

規律正しく、賃金も保証された赤衛隊の各中隊は、かつての民兵に代わって、地区ソヴィエトの本部に日夜詰めていた。首都のすべての地区で小規模な革命法廷が労働者と兵士たちによって選出され、軽犯罪に対処した。

投機家たちが羽振りよく商売を続けて根城にしていた各大規模ホテルは、赤衛隊に包囲され、投機家たちは投獄された（原注五八）。

疑い深くなった首都の労働者階級は警戒心を抱き、みずから広範なスパイ網と化した。使用人たちにブルジョアジーの家庭を探らせ、すべての情報を軍事革命委員会へ報告させたのだ。同委員会は手を休めることなく、鉄槌《てっつい》を下した。元ドゥーマ議員のプリシケヴィチと貴族や将校らのグループによる、王党派の陰謀が発覚したのもこうした仕組みのおかげである。彼らは将校らの蜂起を企て、カレージンに書簡を送ってペトログラードへ招こうとしたのだった（原注五九）。同じように、カレージンへ資金や志願兵を送っていたペトログラードの立憲民主党《カデット》の陰謀も露見した。〔元外務省幹部の〕ネラトフは、みずからの逃亡が民衆の怒りを噴出させてしまったことに怖気《おじけ》づき、ペトログラードへ戻り、諸外国との秘密協定の文書をトロツキーに差し出した。トロツキーはそれらを「プラウダ」紙上に掲載し始め、世界的なスキャンダルを巻き起こした。

出版・報道に対する規制は強化された。広告は政府の公式機関紙が独占するとの法令が布告されたのだ。これにはほかの全紙が抗議の印として発行を取りやめ、あるいは法令を無視して、発行停止処分を食らった。各紙が最終的に折れるのは三週間ものちのことになる（原注六〇）。

各省庁のストライキは相変わらず続いていた。ベテラン官僚らは引き続き妨害活動《サボタージュ》を行い、日常的な経済生活はストップしたままだった。スモーリヌイを支えていたのは、膨大な数の未組織の大衆の意志だけだった。人民委員会議はその大衆の意志を頼りに事態に対処し、敵対勢力に抗して革命的な大衆運動を指揮したのだった。単純明快な表現を使い、ロシア全土へ伝えられた雄弁な宣言文によって、レーニンは革命についで説明し、権力をみずからの手に握るよう人々を励ました（原注六一）――力ずくで有産階級の抵抗を打倒し、力ずくで政府機関を乗っ取るように、と。それこそが革命的秩序、革命的規律だ！　厳密な計算と管理！　ストをするな！　妨害行為《サボタージュ》もダメだ！（原注六二）

一一月二〇日、軍事革命委員会は警告を発した。

富裕層はソヴィエトの権力――つまり労働者、兵士、農民の政府――に敵対している。彼らの共感者らは省庁やドゥーマの職員に仕事を中断させ、銀行のストライキをそそのかし、鉄道、郵便、電信の業務を滞らせて通信・交通を妨害しようとしている。

火遊びはやめるよう、われわれは警告する。国家と軍隊は飢餓の危機にある。危機と戦うには、あらゆる公共サービスが通常どおり機能することが欠かせない。労働者と農民の政府は国家と軍隊の必需品を確保すべく手を尽くしている。これらの措置への敵対行為は人民に対する犯罪でもある。われわれは富裕層とその共感者らに警告する――食料の輸送を停滞させる妨害行為《サボタージュ》と挑発活動をやめないならば、自分たち自身が真っ先に苦しむことになる、と。彼らは食料を受け取る権利を剝奪されるだろう。彼らが所有するすべての備蓄品は徴発されるだろう。首謀者らは財産を没収されるだろう。

火遊びをする者たちへ警告を発することで、われわれは義務を果たした。決定的な措置が必要となった場合、われわれはすべての労働者、兵士、農民の確固たる支持を得られることを確信している。

一一月二二日、首都の街頭の壁に「臨時通告」と題された紙が貼り出された。

人民委員会議は北部戦線の参謀部から緊急電報を受け取った……。「これ以上の遅滞は許されない。軍隊を飢え死にさせるな。北部戦線の部隊はこの数日間、ひと切れのパンも受け取っていない。あと二、三日でビスケットも底をつく。これまで一度も手をつけたことがなかった予備の備蓄品から、少しずつ分配しているのである。……すでに前線のあらゆる地域からの使節たちは、軍の一部を後方へ撤退させる必要があると話している。それはあと数日もすれば、飢えで死んでいきつつある兵士たちが、三年にわたる塹壕での戦争で疲弊し、病み、服装にもこと欠き、裸足で、人間の限度を超えた悲惨さによって正気を失わされている兵士たちが、雪崩《なだれ》を打って逃亡するだろうとの予想に基づいている」

軍事革命委員会はこれをペトログラード守備隊とペトログラードの労働者たちに告げる。前線の状況は最大限緊急かつ決定的な措置を要請しているのだ。……一方、政府諸機関や銀行、鉄道、郵便、電信の上級職員らは、ストライキを行っており、前線に必需品を供給するための政府の業務を停滞させている。一時間の遅滞は何千人もの兵士の命に関わるかもしれないのである。反革命的職員らは、飢え、死んでいきつつある前線の同胞たちに対するもっとも不誠実な犯罪者たちである。……

軍事革命委員会はそれらの犯罪者らに最後の警告を発する。たとえわずかな抵抗や敵対行為であっても、その犯罪行為の重大さに応じて厳格な措置が取られるであろう。……

労働者と兵士たちの大衆は怒りに震えて猛烈に反発し、それはロシア全土を覆い尽くした。首都では、政府や銀行の職員らは何百通もの宣言文や嘆願書を乱発し、抗議し、自己弁護した。例えばこんな具合である――（原注六二）。

全市民に告ぐ――国立銀行は閉鎖中！　なぜか？

国立銀行に対するボリシェヴィキの暴力行為により、私たちはとても働くことができないのである。人民委員の最初の要求は、一〇〇〇万ルーブルを払い出せというもので、一一月二七日には二五〇〇万ルーブルを要求してきた。その使いみちについて一切説明なしにである。

……私たち職員は人民の財産の略奪に加担することはできない。だから仕事を中断した。

市民たちよ！　国立銀行の金はみなさんのものである。みなさんの労働によって、汗によって、血によって得られた、人民の金である。市民たちよ！　人民の財産を強盗から守り、私たちを暴力から守ってくれれば、私たちはただちに仕事を再開するだろう。

国立銀行従業員一同

供給省、財務省、特別食料供給委員会などから、従業員が仕事をできなくしているのは軍事革命委員会だ、との宣言文が出され、スモーリヌイへの抵抗を支援してくれと住民に対する訴えが発せられた……。だが大部分の労働者と兵士は信じなかった。職員たちこそがサボタージュしているのであり、軍隊を飢えさせ、人民を飢えさせているのだ、という見方が人々の頭の中にすっかり根づいていたのだ……。以前と変わらず冬の鉄のように冷たい街頭には、パンを求める長蛇の列ができていたが、そこで非難を浴びたのはケレンスキー政権時代と違って政府ではなく、官僚《チノヴニキ》たち、つまりサボタージュをしている連中だった。なぜなら政府は彼ら民衆の政府であり、彼ら民衆のソヴィエトだからだ。そして各省庁の官僚らはそれに敵対していたのだ……。

こうしたソヴィエト政権に対する反対の中心にいたのがドゥーマであり、その武闘組織である「祖国・革命救済委員会」だった。人民委員会議のあらゆる法令に抗議し、ソヴィエト政府を承認しないことを繰り返し決議し、モギリョフで設立されている新たな反革命的「政府」と公然と協力していたのだ。例えば一一月一七日、救済委員会は「全地方自治体、地方評議会《ゼムストヴォ》、および農民、労働者、兵士、その他の市民の民主的・革命的諸組織に向けて」次のように述べた——。

ボリシェヴィキの政府を承認してはならない、闘争せよ。

「祖国・革命救済委員会」の地方委員会を設立し、そこへ全民主的勢力を結集し、全ロシア救済委員会がみずからに課した課題を遂行できるように援助せよ。……

一方、ペトログラードにおける憲法制定議会へ向けた代議員選挙では、ボリシェヴィキは圧倒的多数を獲得した（原注六四）。このためメンシェヴィキ国際主義派でさえ、ドゥーマはもはやペトログラードの住民の政治的支持率を反映しておらず、再選挙すべきだと指摘したほどだ。同時に、労働者組織、軍の各部隊、周辺各地の農民たちからさえも、洪水のように決議案がドゥーマに送りつけられ、ドゥーマを「反革命的、コルニーロフ派」と呼んで辞職を要求した。市政府職員からは、まっとうな生活賃金の支払いを求める厳しい声を突きつけられ、ストライキを打つとの脅しもあり、ドゥーマの最後は大荒れの日々となった。

一一月二三日、軍事革命委員会からの正式な布告により、「祖国・革命救済委員会」は解散となった。二九日には、人民委員会議がペトログラード市ドゥーマの解散と再選挙を命じた。

九月二日に選出されたペトログラード中央ドゥーマは……ペトログラードの住民の気持ちや願望とまったく合致しておらず、そのため住民を代表する資格を間違いなく失っている。……また、政治的支持を完全に失っているにもかかわらず、ドゥーマのメンバーたちの大多数はその職権を利用して、労働者、兵士、農民の意志に対して反革命的な方法で抵抗し続け、政府の通常業務を妨害し、邪魔しようとしている。これらの事実に基づき、ペトログラード市自治体の機関〔であるドゥーマ〕の政策に対し、首都の住民に審判を下してもらうよう呼びかける。これはわれら人民委員会議の義務であると考える。

右の目的のために人民委員会議は次のように決議する。

（1）市ドゥーマを解散すること——解散は一九一七年一一月三〇日に実施。

（2）現ドゥーマによって選出または任命された全職員は、新ドゥーマの代表者らが着任するまで職位に留まり、委任されている義務を果たすこと。

（3）市の全職員は引き続き各自の義務を果たすこと。みずからの意志で職位を去る者は解雇されたものとして扱う。

（4）ペトログラード市ドゥーマの新たな選挙は一九一七年一二月九日に実施。

（5）ペトログラード市ドゥーマは一二月一一日午後二時に開会。

（6）本布告に従わない者および市自治体の財産を意図的に損傷または破壊する者は、ただちに逮捕され、革命法廷で裁かれるものとする。……

ドゥーマは傲然《ごうぜん》と会議を開き、「血の最後の一滴までみずからの立場を守る」といった決議を採択し、「自分たち自身で選出した市自治体」を救えと、住民に対して必死に訴えかけた。しかし住民たちは無関心であるか、依然として敵意を抱いていた。一一月三〇日、シュレイデル市長と数人の議員が逮捕され、尋問を受け、釈放された。その日も翌日もドゥーマは会議を続けたが、赤衛隊や水兵たちが解散するよう丁重《ていちょう》に申し入れたため、何度か中断させられたのだった。そして一二月二日の会議中、ドゥーマのメンバーがニコライ・ホールで演説しているところへ、将校一人と水兵数人が入ってきた。彼らはドゥーマのメンバーたちに退去を命じ、従わない場合は力ずくで排除すると言った。ドゥーマのメンバーたちは最後まで抗議を続けたが、ついには「暴力に屈して」命令に従うしかなかったのである。

一〇日後に選出された新ドゥーマは、「穏健派」社会主義者らが投票を拒み、ほぼ全面的にボリシェヴィキが占めることになった。

まだいくつか、危険な反対勢力の拠点が残っていた。例えばウクライナやフィンランドなどの「共和国」は、はっきりと反ソヴィエト的傾向を示していたのだ。キエフとヘルシングフォルスの政府はどちらも強力な部隊を集結させつつあり、ボリシェヴィキを粉砕《ふんさい》し、ロシア軍を武装解除して追放する作戦に取りかかっていた。ウクライナの議会《ラーダ》は南部ロシア全域を支配下に収めており、カレージンに援軍と物資を供給。

フィンランドもウクライナもすでにドイツと秘密協議を開始し、同時に連合諸国の政府にも即座に国家として承認された。連合国各国は両国に莫大な金額を貸し付け、有産階級とも手を結んでソヴィエト・ロシアを攻撃する反革命的拠点を創り出そうとしていたのである。最終的に、ボリシェヴィキ派が両国を制圧すると、敗北したブルジョアジーはドイツ軍を呼び込んで権力回復を狙ったのだった……。

しかしソヴィエト政府のもっとも侮《あなど》りがたい脅威は、国内にある双頭の敵だった――カレージン一派の活動と、ドゥホーニン将軍[4]が指揮権を掌握していたモギリョフの総司令部である。

コサックとの戦いでは、何かと手広く活躍していたムラヴィヨフが総司令官に任命され、工場労働者の中から選抜して赤軍が結成された。何百人というプロパガンダ要員がドン地方へ派遣された。人民委員会議はコサックに向けた宣言書を発表し（原注六五）、ソヴィエト政府とは何かを説明し、有産階級、官僚《チノヴニキ》たち、地主、銀行家、そして彼らの同盟者たちであるコサックの貴族や地主や将軍たちが、いかに革命を破壊しようとしているか、そして資産を人民に没収されるのを阻止しようとしているかを説いた。

一一月二七日、コサックのある委員会がスモーリヌイに現れ、トロツキーおよびレーニンと会談した。彼らが知りたがったのは、「ソヴィエト政府がコサックの土地を大ロシアの農民たちに分配するつもりはない、というのは本当か?」ということだった。「本当だ」とトロツキーは答えた。コサック側はしばらく慎重に吟味してから言った――「では、ソヴィエト政府はコサックの大地主の屋敷地を没収して、それをコサックの間で分配するつもりか?」。これにはレーニンが返答した――「それは君たちがやることだ。われわれはコサックの農場労働者たちのあらゆる行動を支援する……。手始めとして最善の方法は、コサックのソヴィエトを結成することだ。するとツェー・イー・カーに代表を送れるようになり、そうなれば君たちの政府ということにもなる」。

コサックたちは必死に頭を働かせながら帰って行った。二週間後、各部隊の代表者たちがカレージン将軍を訪れた。彼らは訊いた――「コサックの地主の大屋敷地をコサックの農場労働者たちに分配すると、あなたは約束できますか?」。一カ月後、配下の部「俺の目の黒いうちはあり得ない」とカレージンは突っぱねた。

4　ニコライ・ドゥホーニン(一八七六〜一九一七年)。帝国ロシア軍で頭角を現し、一九一七年九月にケレンスキーが名目上のロシア軍最高司令官となると参謀総長に就任。ケレンスキー失脚後に総司令官としてモギリョフに留まっていた。

隊が崩壊していくのを目の当たりにして、カレージンはみずから脳髄を撃ち抜いた。

こうしてコサックの反抗は終わったのである……。

その間、モギリョフには旧ツェー・イー・カー、いわゆる「穏健派」社会主義者のリーダーたち――アフクセンチエフからチェルノフまで――、旧軍隊委員会で活躍したリーダーたち、それに反動的な将校たちが集まっていた。軍総司令部《スタフカ》は頑なに人民委員会議を承認することを拒否した。軍総司令部は決死大隊、聖ゲオルギー騎士団、それに前線のコサック部隊などを結集させ、連合諸国の大使館付武官やカレージン一派やウクライナのラーダなどとも内密かつ緊密に連絡を取っていた。

連合諸国の政府は、ソヴィエト大会が全面的な停戦を求めた一一月八日の平和に関する布告に対し、なんら返答をしていなかった。

一一月二〇日、トロツキーは連合諸国の大使たちに一通の覚え書を送った(原注六六)。


大使殿に謹んでお知らせ致します。去る一一月八日、全ロシア・ソヴィエト大会は人民委員会議という形で、ロシア共和国の新政府を樹立しました。政府の議長はウラジーミル・イリイチ・レーニンです。外務関係の指揮は私に、外務人民委員《コミッサール》として託されております。

民族自決権に基づく無併合・無賠償の停戦と民主主義的講和の提案に関して、全ロシア・ソヴィエト大会が承認した文書にご留意いただきたく存じます。その際にはその文書を、全戦線における即時停戦と即時の和平交渉開始への正式な提案とお考えいただきたく、ここに謹んでお願いする次第です。これはロシア共和国の正当な政府から、全交戦国の国民とその政府に向けて同時に提案するものです。

大使殿、ソヴィエト政府による貴国の国民の尊重とその衷心《ちゅうしん》よりの確約を、お受け取りください。貴国の国民も、この未曽有《みぞう》の虐殺によって消耗し、疲弊しているすべての国民と同様、平和を願わずにはいられないでしょう。……

その同じ夜、人民委員会議はドゥホーニン将軍に電文を打った。

……人民委員会議は、敵および連合諸国の全交戦国に対し、正式な停戦の提案を遅滞なく行うことが欠かせないと考えている。この決断に合わせた宣言文が、外務人民委員《コミッサール》よりペトログラード駐在の連合諸国の代表者らへ送付された。

人民委員会議は市民司令官たる貴下に命令する……敵対行為を停止し、和平交渉を開始するよう敵国軍当局にただちに提案せよ。貴下にこのような予備会談の実施を託するにあたり、人民委員会議は次のとおり命令する。

1．敵軍代表との予備会談に関するいかなる進展も、すべて直通電話によりただちに人民委員会議へ知らせること。

2．人民委員会議で承認されるまで、停戦協定に署名しないこと。

トロツキーの覚え書に対する連合諸国の回答は、軽蔑を込めた沈黙だった。さらに悪意と嘲笑《ちょうしょう》に満ちた匿名のインタビューを新聞各紙に載せた。また、ドゥホーニンに対する命令は裏切り行為であると、公然と指摘された。

そのドゥホーニンは、沈黙を決め込んでいた。一一月二二日には首都から電話が入り、命令に従うつもりかどうか問いただされた。ドゥホーニンは、それが「軍隊と国民に支えられた政府」から発せられていない限り、従えないと答えた。

電報によってドゥホーニンはただちに最高司令官の任を解かれ、代わりにクルイレンコ[5]が任命された。大衆にアピールするという得意の戦術に従い、レーニンは全連隊、師団、軍団の各委員会と、陸海軍の全兵士および水兵に向けて無線電信を送り、ドゥホーニンが命令を拒絶したことを知らせ、「前線の各連隊は、対峙している敵の部隊と交渉を始めるために、代表団を選出するよう」命じた。

二三日、連合諸国の大使館付武官は、それぞれの本国からの指示に基づき、ドゥホーニンに通告文書を提示。それは「連合諸国間で締結された諸条約の条件に違反しないよう」厳重に警告するものだった。さらに通告文書は、もしロシアがドイツと単独講和を結ぶとすれば、その行為はロシアに「最大限深刻な結果を招くだろう」と締めくくられていた。ドゥホーニンはこの通知をすぐに全軍隊委員会に発信した。

翌朝、トロツキーは軍の各部隊に対するさらなる呼びかけを発表し、連合諸国の代表らによる右の通告文書は、ロシアの内政に対する目に余る干渉であるとした。そしてそれは「ツァーリが締結した条約を履行《りこう》させるため、ロシア軍およびロシア国民を脅《おど》しつけ、無理やり戦争を継続させようとする」露骨な試みである、と指摘したのだ。

スモーリヌイからは宣言文が次々と発せられ、ドゥホーニンとその取り巻きの反革命的将校らを糾弾《きゅうだん》し、モギリョフに集結している反革命的政治家らを指弾し、一五〇〇キロに及ぶ戦線の端々《はしばし》まで、何百万人という怒りと疑念に駆られた兵士らを掻き立てた(原注六七)。同時に、クルイレンコが熱狂的な水兵らの分遣隊三個部隊を率い、

5　ボリシェヴィキの陸海軍担当コミッサール。第三章の訳注3参照。

復讐を口にして息巻きながら軍総司令部へ向けて出立し、道中どこでも兵士たちの猛烈な大喝采を浴びた――まるで凱旋《がいせん》のように（原注六八）。中央軍隊委員会はドゥホーニン支持の宣言を発表したが、あっという間に一万人の部隊がモギリョフに進撃した……。

一二月二日、モギリョフの守備隊が蜂起して町を占拠《せんきょ》。ドゥホーニンと軍隊委員会を逮捕し、勝ち誇るかのように赤い旗を掲げ、新最高司令官のクルイレンコを出迎えた。クルイレンコは翌朝モギリョフへ入った。するとドゥホーニンが監禁されている列車の車両の周囲に猛《たけ》り立つ群衆が押しかけていた。クルイレンコは演説し、ドゥホーニンを傷つけるなと兵士たちに要請した。ペトログラードへ連行し、革命法廷の裁きを受けさせるのだから、と。演説を終えると、突然ドゥホーニン本人がまるでこれから群衆に演説でもしようかとばかりに、車両の窓辺に現れた。群衆は凶暴な叫び声をあげて車両を襲い、老将軍に飛びかかり、車両から引きずり出すとプラットホーム上で殴り殺してしまったのだった……。

こうして軍総司令部の反乱も終わったのである。

大敵対する武装勢力の国内の最後の重要拠点が崩壊したことで、ソヴィエト政府は大いに勇気づけられ、国家建設に向けて自信を深めて邁進し始めた。旧政権下の官僚たちの多くもソヴィエトの旗印のもとに馳《は》せ参じ、他党の多くの党員たちも政府機関で職務に就いた。だが高給目当ての野心家たちは、政府職員の給与に関する布告によって牽制《けんせい》され、もっとも給与水準の高いコミッサールでも月給は五〇〇ルーブル（約五〇ドル）とされた……。組合連盟が主導した政府職員のストライキは、それまでストを支持していた金融・商業関係者に見放されて崩壊。銀行員らも仕事に戻ったのだ……。

銀行国有化に関する法令、国民経済最高会議の設置、農村における「土地に関する布告」の具体的な施行、軍隊の民主的組織改編、そして政府と国民生活のあらゆる面における抜本的な変革……いずれも労働者、兵士、農民ら大衆の意志によって初めて効果的に実現できたものである。これらを手始めに、まだまだ多くの誤りやつまずきを経験しながら、プロレタリアートのロシアがゆっくりと形づくられようとしていた。

有産階級やほかの政治勢力のリーダーらとの妥協によってではなく、旧政権の機構との宥和《ゆうわ》によってでもなく、ボリシェヴィキは権力を勝ち取った。ひと握りの小集団の組織的暴力によったものでもない。ロシア全土の大衆が蜂起に備えていなければ、きっと失敗したに違いないのだ。ボリシェヴィキは人民のもっとも深い層の広大にして素朴な望みを達成し、そのために古きものを引き倒して滅ぼす作業にそれらの人民を動員し、その後、崩れゆく廃墟の煙の中で、新たな枠組みを構築するために彼らと一致協力した――それがボリシェヴィキが成功した唯一の理由なのである。

第一二章　農民大会

一二月一八日は雪になった。朝起きてみると、真っ白な雪が窓枠にたっぷりと降り積もり、渦を巻いて降りしきる雪片で三メートル先も見えない。ぬかるみは消えていた。陰鬱《いんうつ》なこの町は瞬《また》く間《ま》に白一面になり、まばゆいばかりだ。着ぶくれした御者《ぎょしゃ》たちの馬車《ドロシュキ》は橇《そり》に変わり、御者たちが髭《ひげ》を硬く凍りつかせて、でこぼこの通りをはずむように猛スピードで滑っていく……。革命だというのに、そしてロシアは先の見えない恐るべき未来へと、目も眩《くら》むばかりの勢いで突き進もうとしているというのに、雪の訪れとともに町は歓喜で満たされた。誰もが微笑《ほほえ》んでいる。通りへ走り出ては、舞い降りてくる軟らかな雪片に向けて腕を伸ばし、笑い声をあげる。一面の灰色はすっかり覆《おお》われて見えない。金色や色とりどりの尖塔《せんとう》と丸屋根だけが、エキゾチックな壮麗さをいっそう際立たせ、白い雪を通して輝いていた。

昼には太陽まで顔を出した。青白く淡い。雨季の風邪やリューマチは消えてなくなった。町の暮らしは陽気になり、革命自体もいっそうスムーズに進展していった。

ある晩、私はスモーリヌイの正門の向かいにある一軒のトラクティルに座っていた――安酒を飲ませる大衆的な酒場の一種だ。『アンクル・トムズ・ケビン』という名の、天井が低く、騒々しい店で、赤衛隊たちが足しげく通っている。今も彼らでいっぱいだ。薄汚れたテーブルクロスに巨大なティーポットの乗った小さなテーブルの周りに、肩を寄せ合って集まり、鼻を突くタバコの煙を辺りに充満させている。こき使われているウェイターたちは、あちこちで立ち働き、「すぐに参ります《セイチャス》！　すぐに参ります《セイチャス》！」と叫び返している。

店内の一角に大尉の軍服を着た男が座っていて、集まった連中に語りかけ、二言三言しゃべるごとにその連中が口を挟んだ。

「君たちは殺人犯も同然だ！　街頭でロシア人の同胞を撃ち殺すなんて！」と大尉は怒鳴った。

「いつ俺たちがそんなことをしたかね？」とある労働者が訊いた。

「この前の日曜日にやったじゃないか、士官候補生《ユンケル》たちがちょうど……」

「だけど、撃ってきたのはやつらじゃないか」と、一人の男は包帯で吊った片腕を見せて言った。「俺が忘れるとでも思うか、あのろくでなしどもを？」。

大尉は思い切り声を張り上げて言った——「君たちは中立を守るべきだ！　中立を守るべきなのだ！　合法な政府を崩壊させるなんて、何さまのつもりだ？　レーニンというのはいったい何者だ？　あれはドイツの……」。

「あんたこそ何者だ？　反革命主義者だな！　挑発者だ！」と男たちは大尉に向かってわめいた。

騒ぎが少し落ち着くと、大尉は立ち上がって言った——「よし、もういい！　君たちはロシアの民衆を名のっている。だが君たちはロシアの民衆なんかじゃない。農民たちこそがロシアの民衆だ。今に見ていろ、農民たちが……」。

「そうだ、今に農民たちが語りだすだろうよ。農民たちが言いそうなことは俺たちにはわかっている……彼らだって俺たちと同じ勤労者だろう？」

長期的に見れば、すべては農民たちにかかっていた。農民たちの政治意識は遅れていたが、それでも彼らなりに独自の考えは持っており、何よりロシア国民の八割以上を占めていたのである。ボリシェヴィキは農民の間では比較的支持率が低かった。そうかといって産業労働者だけで、永久にロシアを独裁的に支配していけるはずもない……。伝統的には社会革命党が農民たちの政党だった。今はソヴィエト政権を支持する全政党の中で、当然ながら左翼エスエルこそが農民たちのリーダーの地位を引き継ぐべきだった。それにその左翼エスエルとしても、組織された都市のプロレタリアートの言いなりになっており、なんとしても農民たちの支持を得る必要があったのである……。

一方、スモーリヌイも農民たちを無視していたわけではない。「土地に関する布告」を出してから、いち早く新ツェー・イー・カーが取った施策のひとつが、農民代表ソヴィエト執行委員会の頭越しに農民大会を招集することだった。数日後、詳細な郷（ヴォロスト）土地委員会の規定が発表され、続いてレーニンが「農民への指令」を出し（原注六九）、ボリシェヴィキ革命と新政府について、単純明快な言い回しで詳しく説明した。そして一一月一六日、レーニンとミリューチンは「地方への使者に対する指令」を発布し、何千人という使者がソヴィエト政府から村々へと派遣されていったのである。

1．派遣先の地方に到着後、使者は労働者、兵士、農民代表ソヴィエトの中央執行委員会を合同で開催すること。そこで農業関連の法令について報告し、各ソヴィエトの合同全体会議の開催を求めること。

2．使者は当該地方の農業問題の種々の側面について研究すること。

（a）地主の土地は接収されているか、その場合どの地区でか？

（b）没収した土地は誰が管理運営しているか――旧所有者か土地委員会か？

（c）農業機械と家畜については、どのような措置が取られているか？

3．農民が耕作する土地は以前よりも増えたか？

4．現在耕作されている土地の面積は政府指定の標準的な最低面積とどれほど、どのような点で差異があるか？

5．農民たちは土地を受け取ったのち、耕作面積をできるだけ速やかに増大させることが決定的に重要である。このことを使者は強調し、さらに飢餓を防ぐ唯一の手段として、穀物の都市部への輸送もスピードアップさせるよう、使者は強調しなければならない。

6．地主の土地を、土地委員会またはソヴィエトが任命した同様の組織へ移管することに関し、どのような措置が計画または実施されているか？

7．よく整備され、よく組織された農場については、その土地の正規の労働者らで構成するソヴィエトが、有能な農業科学者の指示のもとで管理運営することが望ましい。

ロシア全土の農村で、大きな変化が醸成されていた。それは「土地に関する布告」の電撃的な効果だけではなく、前線から戻りつつある何千人という革命的精神を持った農民兵士たちのおかげでもあった。彼らは特に農民大会の招集を歓迎した。

第二回労兵ソヴィエト大会のときの旧ツェー・イー・カーと同じように、農民代表ソヴィエトの執行委員会も、スモーリヌイが招集した農民大会を阻止しようとした。そしてやはり旧ツェー・イー・カーと同じく、抵抗が不毛であると悟ると、執行委員会は農民大会へ向けて保守的な代議員を選出するよう、やっきになって電報を打った。農民の間では、農民会議はモギリョフで開かれるとの噂まで流れ、実際にモギリョフへ行った代議員たちもいた。だが一一月二三日には約四〇〇名の代議員がペトログラードに集まり、各党の党員集会が始まっていたのである。

農民大会の第一回会議はドゥーマの建物のアレクサンドル・ホールで開催された。そして最初の投票の結果、代議員の過半数は左翼エスエルが占め、ボリシェヴィキはわずか五分の一、保守的な社会革命党が四分の一、そして残りはアフクセンチエフ、チャイコフスキー、ペシェホノフらが牛耳《ぎゅうじ》る旧執行委員会への反発だけで結束している人たちだった。

大広間は立錐《りっすい》の余地もなく、絶え間ない喧騒《けんそう》に揺れていた。深く、執拗《しつよう》な敵意が代議員たちを怒れる派閥に分断していたのだ。議場の右翼席には将校らの肩章《けんしょう》や、比較的羽振りのいい家父長風な年配の農民らの髭面《ひげづら》がちらほらと目についた。中央には農民が少数と、下士官たちに、いくらかの兵士たち。そして左翼ではほぼ全代議員が一般の兵卒の軍服姿だった。彼らは陸軍に従軍していた若い世代だ……。傍聴席には労働者らが詰めかけていたが、ロシアでは彼らもまた、もとは農民の出であることを忘れてはいないのだった。

ソヴィエト大会の旧ツェー・イー・カーとは異なり、農民大会の執行委員会は開会早々、この大会を公式のものとは認めないと主張した。公式の大会は一二月一三日に招集されるというのだ。喝采《かっさい》と怒声が逆巻く中、議事進行役はこれは単なる「臨時特別会議」にすぎないと宣言した。しかしその「臨時特別会議」は、議長に左翼エスエルのリーダー、マリヤ・スピリドーノヴァを選出し、執行委員会に対抗する態度を鮮明にした。

初日の大半は、郷ソヴィエトの代表らにも議席を与えるべきか、地方組織の代表だけとすべきかをめぐり、苛烈《かれつ》な論争に費やされた。そして労兵ソヴィエトの大会のときと同様に、できる限り幅広い代表を認めるべきだということが、圧倒的多数で採択された。すると旧執行委員会は議場から出て行った……。

ほぼすぐに明らかになったのは、大部分の代議員が人民委員政府に敵対的だということだった。ボリシェヴィキの立場を代表として話そうとしたジノヴィエフは、野次り倒された。演壇を降りるときには笑い声に混じり、「これぞぬかるみで腰を抜かした人民委員の姿だ！」との罵声《ばせい》も飛んだ。

地方代表の一人、ナザリエフは大声で述べた——「われわれ左翼エスエルは、農民が代表権を得るまで、いわゆる『労働者と農民の政府』を承認することを拒絶する。現状では労働者の独裁以外の何ものでもない。……われわれは民主勢力全体を代表する新しい政府の樹立を強く要請する」。

反動的な代議員たちは、このような感情を抜け目なく煽《あお》り立てた。彼らはボリシェヴィキの代議員席からの抗議に直面しながらも、人民委員会議は農民大会を牛耳るか、さもなくば武力によって解散させようとしている、と断言したのだ。これには農民たちが怒りの声を爆発させた……。

三日目、突然レーニンが演壇に上がった。一〇分間、室内は恐ろしいほど騒然となった。「失せろ！」「おまえの人民委員《コミッサール》たちの話なんか聞くもんか！　俺たちはおまえの政府を承認しない！」と金切り声が飛ぶ。

レーニンは落ち着きはらって立っている。演台のデスクを両手でしっかりとつかみ、小さな目で眼下の狂騒を思案深げに観察していた。ようやく、ホールの右翼席を除き、喧騒《けんそう》はいくらか下火になった。

「私は人民委員会議の一員としてここへ来たのではない」とレーニンは言うと、ふたたび騒ぎが静まるのを待った。「この大会のために正式に選出されたボリシェヴィキ派のメンバーとしてここにいるのだ」と言い、全員に見えるように信任状を高く掲げて見せた。レーニンは動じることのない口調で続ける――。

「しかしながら、現在のロシア政府がボリシェヴィキ党によって樹立されたことは、誰も否定できないだろう」――(ここでまたしばし、会場が静まるのを待たされた)――「だから目的がどうであれ、同じことなのだ」。

右翼席から耳をつんざく喧騒が湧き起こった。だが中央と左翼は好奇心に駆られ、右翼席を黙らせた。

レーニンの主張は単純明快だった――「農民たちよ、われわれは地主《ポミエシチキ》の土地を君たちに与えた。端的に言ってほしい――君たちは労働者が産業を管理するのを妨げたいのか？　これは階級戦争なのだ。もちろん、地主は農民と対立し、工場主は労働者と対立している。君たちは末端のプロレタリアートが分裂しても構わないのか？　どちらの側につくつもりなのだ?

われわれボリシェヴィキはプロレタリアートの党である――産業プロレタリアートと同様に、農民プロレタリアートの党でもある。われわれボリシェヴィキはソヴィエトの守護者である――産業ソヴィエトと同様に、農民ソヴィエトの守護者でもある。われわれは農民ソヴィエトに政府への参加を呼びかけただけではない。人民委員会議に参加するよう、左翼エスエルの代表に呼びかけてもいるのだ……。

ソヴィエトこそ人民――つまり工場や鉱山の労働者たち、そして農場の勤労者たち――のもっとも完全な代表機関である。誰であろうとソヴィエトを滅ぼそうとする者は、反民主的、反革命的行為を犯す者だ。そして私は今ここでご忠告申し上げよう、右翼エスエルの同志たちよ、そしてそちら、立憲民主党《カデット》の紳士の諸君よ――万が一憲法制定議会がソヴィエトを破壊しようと試みたとしても、われわれは憲法制定議会がそんなことをするのを決して許しはしない!」。

一一月二五日の午後、農民代表ソヴィエト執行委員会から呼び出され、〔社会革命党の〕チェルノフが慌《あわ》てふためいてモギリョフから到着した。わずか二カ月前までは極左の革命家と見られ、農民たちにも大いに人気のあったチェルノフは、今や農民大会が危険な左翼へと流れるのを防ぐために呼び寄せられたのだった。チェルノフは到着と同時に逮捕され、スモーリヌイへ連行され、わずかな話し合いののち、釈放された。

チェルノフが最初にやったのは、農民代表ソヴィエト執行委員会が今回の農民大会から退席したことを痛烈に叱責することだった。このため執行委員会は復帰に同意し、チェルノフと共に議場に入った。すると多数派からは大きな喝采で迎えられ、ボリシェヴィキからは野次と嘲笑《ちょうしょう》で迎えられた。

「同志たちよ！　私はしばらく留守にしていた。私は西部戦線の各部隊の全農民代表大会を招集する問題をめぐり、第一二軍の会議に出席していたのだ。だからこちらで発生した武装蜂起についてはほとんど知らない……」

「そうだ、君は留守にしていた。ほんの数分だけな！」と〔ボリシェヴィキの〕ジノヴィエフが席から立ち上がって叫ぶ。議場はすさまじい喧騒に包まれた――「ボリシェヴィキは失《う》せろ！」。

チェルノフは続けた――「ペトログラードへ進撃する部隊を私が手引きしたという批判は根拠がなく、まったくの偽りだ。どこからそんな容疑が出てくるのだ？　出どころを示してくれ！」。

「〔旧ツェー・イー・カーの機関紙〕『イズベスチア』紙と、あんた自身の党の機関紙

『デーロ・ナローダ（人民の大義）』紙さ。それが出どころだ！」とジノヴィエフ。

小さな目と波打つ髪、灰色がかった髭のあるチェルノフの幅広の顔が、怒りで真っ赤になったが、なんとか感情を抑えて続けて言った――「もう一度言う。私はここで起きたことについて実質的に何も知らない。それに私はいかなる軍隊も手引きしたことはない。この軍隊以外には」――（そこで農民の代議員たちを指差した）――「この人たちをここへ連れて来たのは主として私の責任である」――（笑い声と「ブラボー！」のかけ声）――「首都に戻ってから私はスモーリヌイを訪れた。そこでは（反革命軍を手引きしたという）私に対する告発はなかった……。しばらく会話を交わし、私は立ち去った。それだけだ！　それがここにそんな非難をする者がいるとは！」。

議場は大混乱となった。ボリシェヴィキと一部の左翼エスエルが一斉に立ち上がり、拳《こぶし》を振って怒鳴り散らし、ほかの代議員たちは怒鳴り返して黙らせようとした。

「こんなのは暴虐であって会議ではない！」とチェルノフは叫び、議場を出て行った。喧騒と混乱によって会議は一時中断となった……。

その間も農民代表ソヴィエト執行委員会の立場をめぐり、誰もが頭を悩ませていた。執行委員会がこの会議を「臨時特別会議」だと宣告したのは、自分たちが改選されるのを阻止するためだったのである。しかしこれは両刃《りょうば》の剣《つるぎ》だった――この会議は執行委員会に対して何ら権限を持たないが、逆に執行委員会も会議に対して何ら力を持たないのだと、左翼エスエルは結論づけた。一一月二五日の集会で、執行委員会の権限はこの「臨時特別会議」に受け継がれることが決議された。そしてこの会議では、執行委員会のうち代議員として選出されているメンバーだけが投票できるとされた……。

翌日、ボリシェヴィキが猛反対したにもかかわらず決議は修正され、代議員であるかどうかにかかわらず、執行委員全員に特別会議での発言権と投票権が与えられることになった。

一一月二七日、土地問題をめぐる論争が戦わされた。そこではボリシェヴィキの農業計画と左翼エスエルのそれの違いが露《あら》わになった。

コルチンスキーが左翼エスエルを代表して、革命中の土地問題の推移について概説した。すなわち、農民代表ソヴィエト第一回大会で、土地をただちに土地委員会の手に移すことを支持する明確かつ正式な決議が採択されたのだと、コルチンスキーは述べた。だが革命の指導者たちと政府内のブルジョアジーは、この問題は憲法制定議会が開催されるまで解決できない、と言い張った……。革命の第二期――つまり「妥協の」時期――はチェルノフが入閣したのが幕開けだった。これで土地問題は具体的に解決されるだろうと、農民たちは確信した。だが農民代表ソヴィエト第一回大会が絶対的なものとして決定したにもかかわらず、執行委員会内の反動勢力と調停者たちは農民たちの一切の行動を阻止した。こうしてこの政策は一連の農政上の混乱を引き起こすことになった。それは、農民たちの苛立ちと抑圧されたエネルギーとが自然に表れたものだと言える。農民たちは革命の意味を正確に理解していた——彼らは言葉を行動に移そうとしたのだ……。

壇上のコルチンスキーは続けた——。

「最近の出来事は単なる暴動でもなければ、『ボリシェヴィキの冒険』でもない。むしろ逆に、真の民衆蜂起であり、それは国民全体が共感し、歓迎しているのである……。

全般的にボリシェヴィキは土地問題に関しては正しい態度を取った。だが力ずくで土地を奪うように農民に勧めたのは深刻な誤りだった。……当初から、ボリシェヴィキは『革命的大衆行動によって』農民が土地を接収すべきだと宣言していた。これは無政府状態《アナーキー》以外の何ものでもない。土地は組織的なやりかたで接収することができるはずだ。ボリシェヴィキにとっては、革命をめぐる問題をできるだけ早く解決することが重要だった——だがボリシェヴィキはそうした諸問題がどのように解決されるべきかに関心がなかったのだ……。

〔第二回〕ソヴィエト大会で採択された『土地に関する布告』は、第一回農民大会での決定と根幹の部分では完全に一致する。ではなぜ新政府は農民大会が示した戦術を採用しなかったのか？　それは人民委員会議が土地問題の決着を急ぎたかったからであり、そうすれば憲法制定議会の出る幕はなくなるからだ。

だが政府としても、何か実務的な措置を取る必要があることはわかっていた。そこで熟考もせずに『土地委員会のための諸規定』を採用し、奇妙な状況を作ってしまった――というのも、人民委員会議は土地の私的所有を廃止したが、土地委員会が起草した規定は私有財産制を前提にしているのだ。ただ、実害は起きていない。なぜなら土地委員会はソヴィエトの布告を無視し、独自に実務的な判断を行い、運用しているからだ――大多数の農民たちの意志に基づいた判断だ。……

各地の土地委員会は土地問題の法的な解決を試みているのではない。それは憲法制定議会だけに権限がある。……しかし果たして憲法制定議会は、ロシアの農民たちの意志を実現しようとしてくれるだろうか？　われわれは半信半疑だ。ひとつだけ確かなことは、今や農民たちは革命的決意に燃えているのであり、憲法制定議会は農民たちが望むような形で土地問題を解決せ、ざ、る、を、得、な、い、だろう、ということだ。憲法制定議会は人民の意志と決別するような真似は決してしないはずだ……」

レーニンが続いた。誰もが今や食い入るようにして聞いている。

「現時点で、われわれは土地問題だけでなく、社会革命の問題を解決しようとしている――ここロシアにおいてのみならず、全世界でだ。土地問題は社会革命のそのほかの諸問題と別個に解決することはできない。……例えば土地資産の没収はロシアの地主たちだけでなく、外国の資本からも反発を招くだろう――大規模な農場は銀行を通じて彼らと結びついているからだ。

ロシアでは土地の所有が〔人民に対する〕大々的な抑圧の基盤になっている。そして農民による土地の没収はわれわれの革命のもっとも重要な一歩だ。しかしそれはほかの措置と切り離すことはできない。それはこれまで革命がくぐり抜けてきたいくつかの段階を見ればはっきりしている。第一段階は専制政治の粉砕《ふんさい》と、利害が互いに密接に関連している産業資本家と地主らの力の粉砕だった。第二段階はソヴィエトの強化とブルジョアジーとの政治的妥協だった。左翼エスエルの過ちは、当時彼らが妥協策に反対しなかったことだ。それは大衆の意識はまだ充分に発達していないという理論を抱いていたからだ。

全人民の知的レベルが充分に発達してからでなければ社会主義が実現できないとし

たら、われわれはこの先まだ五〇〇年は社会主義社会を目にできないだろう……。社会主義政党は労働者階級の前衛であり、平均的な大衆の教育程度が不十分だからといって、立ち止まることは許されない。むしろソヴィエトを革命的戦略《イニシアチブ》の機関として利用しつつ、大衆を導かねばならないのだ。だがためらいがちな大衆を導くためには、左翼エスエルの同志たち自身が躊躇することをやめなければならない。……

去る七月、人民大衆と『妥協主義者』たちの間に一連の公然たる亀裂が生じ始めた。しかし一一月となった今でさえ、相変わらず左翼エスエルは、民衆を小指で操っているアフクセンチエフに手を差し伸べている。妥協が続けば革命は消滅する。ブルジョアジーとはどんな妥協もあり得ない。ブルジョアジーの権力は完全に粉砕しなければならないのだ。

われわれボリシェヴィキの土地綱領に変更はない。土地の私的所有の廃止を諦めてはいないし、諦めるつもりもない。われわれは『土地委員会のための諸規定』を採択した——これはまったく私有財産制に基づくものではないのだが——それは人民自身が決めたやり方であり、われわれは人民の意志を実現したいのであり、社会革命のために戦っているあらゆる分子の連合をいっそう緊密にしたいのだ。

左翼エスエルもその連合に加わるよう呼びかけたい。ただし後ろを振り向いてばかりいることをやめ、党内の『調停者』たちと手を切ることが条件だ。憲法制定議会については、先の発言者が言ったとおり、その活動は確かに大衆の革命的決意にかかっている。だが私はこう言おう――『その革命的決意を信頼せよ、ただし銃を持っておくことも忘れるな！』と」

レーニンは続いてボリシェヴィキの決議案を読み上げた。

農民大会は、一一月八日の土地に関する布告を完全に支持し、第二回全ロシア労兵ソヴィエト大会において樹立された、労働者と農民の臨時政府を承認する。農民大会は、すべての農民がその布告を全員一致で認め、それをただちにみずからに適用するよう呼びかける。そして同時に、責任ある職務や地位へは次のような人物を選出して任命するよう、本大会は農民たちに呼びかける――搾取されている農場労働者の利益に対する全面的な献身と、それらの利益を大地主、資本家、およびその擁護者や加担者のあらゆる抵抗から守る願望と能力を持ち、それを言葉ではなく行動で証明した者。

農民大会は同時に、次のような信念を表明する。すなわち、土地に関する布告に含まれる措置を完全に実現するには、一九一七年一一月七日に始まった労働者の社会革命が勝利することが、ただひとつの成功への道であること。というのも、以下のことを達成できるのは社会革命だけだからだ――土地を（決して後戻りする可能性なしに）勤労農民の手に決定的に移管すること、模範的な農場を没収して農民共同体《コミューン》へ引き渡すこと、大地主が所有する農業機械の没収、賃金奴隷状態の完全な廃止による農業労働者の利益の保護、ロシア全土における農業・工業製品の定期的かつ整然とした分配、銀行の接収（これを抜きにしては、私有財産制を廃止しても、全人民による土地の保有は不可能だ）、そして労働者に対する国家によるあらゆる類の支援。

以上の理由から、農民大会は一一月七日の革命を社会革命として全面的に支持し、ロシア共和国の社会的変革に――必要な修正は施しつつ、しかし躊躇することなく――着手するとの不変の意志を表明する。

社会革命の勝利にとって欠かせない条件は――それだけが土地に関する布告の永続的な成功と完全な実現を保証してくれるのだが――それは勤労農民と、産業労働者階級および全先進国のプロレタリアートとの緊密な同盟である。これ以降、ロシア共和国では、国家の組織と行政機関は上から下まで徹頭徹尾、右の連合に基づかなければならない。この同盟は、直接・間接を問わず、公然としているか隠然としているかを問わず、ブルジョアジーとの調停という政策――つまりすでに経験上、糾弾すべきだとわかっているブルジョアジーの政治リーダーたちとの妥協――へ戻ろうとするあらゆる試みを打ち砕《くだ》くものであり、それによってのみ、全世界における社会主義の勝利を確保できるのである。

農民代表ソヴィエト執行委員会の反動家たちは、もはやあえて公然と姿を見せようとはしなかった。それでもチェルノフは控えめで説得力のある公平さを保って何度か発言した。おかげで壇上の役員席に招かれた。大会二日目の晩、チェルノフを名誉会長とするよう、一通の匿名《とくめい》のメモが議長に手渡された。ウスチノフがそれを読み上げると、とたんにジノヴィエフが立ち上がり、これは大会を乗っとろうとする旧執行委員会の詐術《トリック》だと、わめき散らした。あっという間にホールは双方どちらも怒鳴り、腕を振り回し、顔を怒らせたひと塊《かたまり》の群衆と化した……。それでもなお、チェルノフは大の人気者だった。

土地問題とレーニンの決議案をめぐる嵐のような論争の間、ボリシェヴィキは二度にわたり会議を退席する瀬戸際に立たされた。しかし二度とも彼らのリーダーたちのおかげで踏み留まった……。私にはこの大会は絶望的に行き詰まっているように思えた。

だがすでに、左翼エスエルとボリシェヴィキの間で、一連の秘密会議がスモーリヌイで行われていたことに、私たちはまったく気づいていなかった。当初、左翼エスエルはソヴィエトに所属しているか、していないかにかかわらず、すべての社会主義政党で政府を構成するよう要求した。それは「人民評議会」に対して責任を持ち、労働者・兵士のソヴィエトと農民ソヴィエトからそれぞれ同数の代議員を出し、さらには市ドゥーマと地方評議会《ゼムストヴォ》の代表らを加えて完成するとされた。しかもレーニンとトロツキーは除外し、軍事革命委員会などの抑圧的機関の解散も要求したのだった。

一一月二八日、水曜日の朝、夜を徹したすさまじい闘争の末に、両者は合意に達した。一〇八人から成る中央執行委員会《ツェー・イー・カー》は以下のメンバーを補充して増員されることになった――農民大会から勢力に比例して選出される一〇八人のメンバーと、陸軍と艦隊から直接選出される一〇〇人の代議員、各種労組の代表五〇人（一般の各労組から三五、鉄道労組から一〇、郵便・電信労組から五）である。ドゥーマとゼムストヴォは除外された。レーニンとトロツキーは政権内に留まり、軍事革命委員会も引き続き機能することになった。

農民大会の集会は今や帝国法科大学の建物に移動した。フォンタンカ通り六番地、農民代表ソヴィエトの本部である。水曜日の午後、代議員たちは大会議場に集合した。

旧執行委員らは脱退したが、同じ館内の別室で独自に離脱組だけの大会を開いた。参加者は離脱した代議員たちと軍隊委員会の代表たちだ。

チェルノフは両方の会議を行き来し、議事の進行を注視していた。ボリシェヴィキとの合意が議論されているのは知っていたが、すでに合意に達していることは知らなかった。

チェルノフは離脱組の大会で発言した――。

「現在、誰もが全社会主義政党による政府の樹立に賛成しているが、最初の政府[1]は連立政権ではなかったことを忘れている者が多い。しかも社会主義者は一人しかいなかった――ケレンスキーだ。当時は大いに人気のあった政権だ。それが今、みなケレンスキーを糾弾している。彼がソヴィエトだけでなく、人民大衆によって権力の座に押し上げられたことを忘れているのだ。

ケレンスキーに対する世論はどうして変わったのか？ 未開人たちは祈りの対象として神を祭り上げ、祈りが聞き届けられなければその神を処罰する……。今この瞬間に起きているのはそういうことだ。昨日はケレンスキー、今日はレーニンとトロツキー。明日は別の誰かだ……。

われわれはケレンスキーにもボリシェヴィキにも権力の座を降りるよう提案した。

ケレンスキーは受け入れた。本日、彼は首相を辞任すると、潜伏先から発表した。だがボリシェヴィキは権力の座に留まることを望んでおり、しかもその権力の使い方を知らない。

ボリシェヴィキが成功したとしても、逆に失敗したとしても、ロシアの運命は変わらない。ロシアの農村は自分たちが何を望んでいるか完全に理解しており、自分たちの措置を講じている。……最後には農村がわれわれを救ってくれるだろう」

一方、大会議室では、ウスチノフが農民大会とスモーリヌイの間の合意を発表し、代議員たちは歓喜に沸いた。すると突然チェルノフが現れ、発言を求めた。

「農民大会がスモーリヌイとの間で合意に達しようとしていることは、私も知っている。だが農民代表ソヴィエトの真の大会は来週まで開催されないわけで、そのような合意は違法だ……。

さらに、警告しておくが、ボリシェヴィキが君たちの要求を受け入れることなど絶

1　三月革命後に発足した立憲民主党（カデット）を中心としたリヴォフの臨時政府を指す。ケレンスキーが唯一の社会主義者として、政党や組織の代表ではなく個人の資格で司法相として入閣した。この政権は短命に終わり、五月にふたたびリヴォフを首相に第一次連立政権が発足し、このときケレンスキーは社会革命党（エスエル）から陸海軍相に就任。

対にない」

この発言は大爆笑によって中断された。状況を理解したチェルノフは演壇を降り、みずからの人気ともども退場していったのだった。

一一月二九日、木曜日の午後遅く、農民大会は臨時集会を開いた。どことなく祝祭日のような雰囲気に包まれていた。どの顔にも笑顔が浮かんでいる……。積み残されていた議題がすばやく処理され、続いてナタンソンが農民代表ソヴィエトと労兵ソヴィエトの「結婚」の報告をした。左翼エスエルの白髭の長老は、声を震わせ、目には涙を溜めている。「同盟」という言葉が出るたびに、聴衆はうっとりとして拍手喝采を送るのだった。最後に、スモーリヌイからの使節団が赤衛隊の代表者たちを伴って到着したと、ウスチノフが告げた。一行はスタンディング・オベーションで迎えられた。一人また一人と、労働者、兵士、水兵が立って、挨拶を述べた。

さらにアメリカ社会労働党からの使節、ボリス・レインステインも発言した――。

「農民大会と労兵ソヴィエトが同盟する今日は、革命のもっとも偉大な日のひとつであります。その音は世界中にこだましながら響き渡るに違いありません――パリで、ロンドンで、海を越えてニューヨークでも。この同盟は労苦にあえぐすべての勤労者の心を幸福で満たすでしょう。

偉大なる理念が勝利したのです。西ヨーロッパとアメリカはロシアに、ロシアのプロレタリアートに、何かしらとてつもなく偉大なことを期待してきました。……世界のプロレタリアートはロシア革命に希望を寄せています。ロシア革命が実現しつつある偉業に期待を抱いているのです」

ツェー・イー・カーの議長のスヴェルドロフが全員に挨拶を送った。そして「内戦の終結、万歳！　団結した民衆よ、万歳！」との叫び声とともに、農民たちはどっと館外へ出て行った。

外はすでに暗く、表面が凍りついた雪が月と星々の淡い光をきらきらと反射していた。運河の岸辺にはパヴロフスキー連隊の兵士たちが完全な行進隊形を取って整列しており、その軍楽隊が急に『ラ・マルセイエーズ』を演奏し始めた。兵士たちが声を限りにすさまじい大音声で歌う中、農民たちは一列になり、全ロシア農民代表ソヴィエト執行委員会の巨大な赤い横断幕や旗を翻《ひるがえ》らせた。金糸の刺繍《ししゅう》が真新しい――「革命的勤労大衆の同盟よ、万歳！」。ほかの横断幕も続く。地区ソヴィエトからはプチロフ工場の横断幕が掲げられ、「われわれはすべての人民の兄弟愛を生み出すため、この旗に敬礼する！」と書かれていた。

どこからか松明《たいまつ》が現れ、夜の闇にオレンジ色に燃え盛っている。それは氷の表面に無数に反射し、歌いながらフォンタンカ運河に沿って進む群衆の頭上に煙をたなびかせ、驚いて口をつぐんで佇《たたず》む人々の群れの間を抜けていく。

「革命軍万歳！　赤衛隊万歳！　農民たち万歳！」

こうしてこの大行列は市中を練り歩き、ぐんぐん数を増し、金色の文字の新たな赤い横断幕や旗も次々と翻った。二人の老いた農民たちが、労苦に曲がった腰のまま、腕を組んで歩いていた。その顔は子供のように至福に照り輝いている。

「さて、これでもうわしらの土地が奪われることはないってことだ！」

スモーリヌイ付近では、喜びに沸く赤衛隊が通りの両側に並んでいた。もう一人の老農夫が相棒に言った――「俺は疲れてなんかないね。ずっと宙を歩いてきた気分さ！」。

スモーリヌイの正面階段には一〇〇名ばかりの労兵ソヴィエトの代表たちが集結していた。自分たちの横断幕を掲げ、入り口のアーチから流れ出る強烈な照明を背にして、黒い塊となって立っていた。それが今、波のように一斉に駆け下り、農民たちを抱きしめ、キスをした。そしてこの隊列は巨大なドアを通って中へなだれ込み、雷鳴のような音を轟《とどろ》かせて二階へ上って行った。

広々とした白塗りの会議場では、記憶すべき歴史の偉大な瞬間に特有の厳粛《げんしゅく》さをもって、ツェー・イー・カーが待ち受けていた。それに加えてペトログラード・ソヴィエトの全メンバーと一〇〇〇人の観衆だ。

ジノヴィエフが農民大会との合意を発表すると、建物を揺するほどの歓声とどよめきが起き、廊下の向こうから大音量の音楽が聴こえてきて、隊列の先頭が入室してくると、嵐のような歓呼の声に変わった。演壇上では幹部会の面々が立ち上がり、農民側の幹部たちのために場所を空け、互いに抱きしめた。彼らの背後の白い壁には、互いの旗が絡み合う格好で掛けてある。ちょうどツァーリの肖像画が引き剝がされた空っぽの額縁の上である……。

続いて「凱旋《がいせん》集会」が開かれた。スヴェルドロフの手短な挨拶に続き、〔社会革命党左派の〕マリヤ・スピリドーノヴァが演壇に立った。すらりとして青白く、メガネをかけ、髪をまっすぐ垂らし、アメリカのニューイングランド地方の学校教師のような風貌だ。全ロシアでもっとも愛され、もっとも力強い女性である。

「ロシアの労働者たちの前には、歴史が未だかつて経験したことのない新たな地平が開けています。……これまでは労働者たちのあらゆる運動が敗れ去ってきました。しかし現在の運動は国際的であり、だからこそ無敵なのです。この革命の炎を吹き消すことができる勢力は世界中どこにもありません！　古い世界は崩れ去り、新たな世界が始まるのです」

続いてトロツキー、全身炎のような熱意の塊である――。

「同志の農民たちよ、ようこそ！ みなさんは客人《ゲスト》としてここに招かれているのではなく、ロシア革命の心臓部を支えるこの会館の主人《マスター》としてここにいる。この広間には何百万人もの労働者たちの意志が凝縮されている。もはやロシアの土地の主人はただひとつ――労働者、兵士、農民の同盟だ」

続いて刺すような辛辣《しんらつ》さで連合国各国の外交官について語った。彼らはここまでのところ、中央同盟諸国が受け入れたロシアによる停戦の提案を、軽蔑して取り合おうとしていなかった。

「この戦争からは新たな人類が生まれるだろう。……この広間でわれわれは、革命の持ち場を決して離れまいと、あらゆる土地の労働者たちに誓う。われわれが倒れるとしたら、それはわれわれの革命の旗を守るためであろう」

クルイレンコが続き、前線での様子を説明した。このときドゥホーニンはまだ人民委員会議に抵抗しようと準備を進めていた――「われわれは平和への道を閉ざす者に容赦はしない。ドゥホーニンと彼の取り巻きはよく覚悟しておくべきである！」。ドゥイベンコが艦隊を代表して集会に挨拶をした。そしてヴィクジェリの一員のクルシンスキーはこう述べた――「すべての真の社会主義者の同盟が実現したこの瞬間から、鉄道労働者の全勢力は革命的民衆に全面的に従うことにする！」。

　さらに今にも泣き出しそうなルナチャルスキーが、左翼エスエルを代表してプロシアンが、最後にマルトフとゴーリキーのグループが合わさった合同社会民主党国際主義派からはサハラシヴィリが立って演説した――。

「われわれはボリシェヴィキの非妥協的な政策を理由にツェー・イー・カーを脱退した。それはまた、革命的民主勢力すべての同盟を可能にするために、彼らに譲歩を迫るためでもあった。その同盟が実現した今、われわれはふたたびツェー・イー・カーの持ち場に着くことを神聖な義務であると考えている。……ツェー・イー・カーを脱退した者はみな復帰すべきことをわれわれはここに宣言する」

　農民大会幹部会の威厳ある老農夫のスタチコフは、広間の四隅に向かって頭を下げた――「私は新たなロシアの暮らしと自由の始まりにあたり、みなさんに挨拶を送ります！」。

　ポーランド社会民主党を代表してグロンスキー、工場委員会の代表はスクリプニク、〔ギリシャ北部〕テッサロニキの戦場のロシア兵を代表してティフォノフが発言した。そしてほかの人たちも途切れることなく、思いあふれる胸の内を語り、希望が実現して滑《なめ》らかになった幸福な弁舌を披露した。

次のような決議案が提起され、満場一致で採択されたのは深夜のことだった。

「ツェー・イー・カーは、ペトログラード・ソヴィエトおよび農民大会と合同で臨時会議を開催し、第二回労兵ソヴィエト大会において採択された土地と平和に関する布告と、さらにツェー・イー・カーによって採択された労働者による産業管理に関する布告とを、ここに承認する。

ツェー・イー・カーと農民大会の合同会議は、次のように確信していることを表明する。すなわち労働者、兵士、農民の同盟——すべての労働者、すべての搾取されている人々の友愛の同盟——は、彼らが勝ち得た権力をより強固にするだろうと。そしてあらゆる革命的な方策によって、他国においても権力が労働者階級の手に移るのを促進し、公平な講和の永続的な実現と社会主義の勝利とを保証してくれるに違いないと」（原注七〇）

付録（原注）

第一章

一　オボロンツィ

「防衛派」という意味。あらゆる「穏健派」社会主義グループがみずからこう称するか、外部からそう呼ばれた。それはドイツとの戦争は祖国防衛戦争であるとして、戦争の継続に同意したからだ。これに対してボリシェヴィキ、左翼社会革命党《エスエル》、メンシェヴィキ国際主義派（マルトフの一派）、そして合同社会民主党国際主義派（ゴーリキーの一派）は、連合国各国に戦争の民主的な目的を宣言させ、それに基づいてドイツに講和をもちかけるとの方針を唱えていた。

二　革命の前後における賃金と物価

下記の賃金と物価の一覧表は、一九一七年一〇月にモスクワ商工会議所と労働省モスクワ支部の合同委員会によって作成され、同年一〇月二六日に「ノーヴァヤ・ジーズニ」紙に掲載されたもの。

一日当たりの賃金（ルーブルとコペイカ）

業種	一九一四年七月	一九一六年七月	一九一七年八月
大工、家具工	1・60－2・0	4・0－6・0	8・50
工夫	1・30－1・50	3・0－3・50	―
石工、左官工	1・70－2・35	4・0－6・0	8・0
壁塗り、室内装飾業	1・80－2・20	3・0－5・50	8・0
鍛冶工	1・0－2・25	4・0－5・0	8・50
煙突清掃人	1・50－2・0	4・0－5・50	7・50
鍵職人	0・90－2・0	3・50－6・0	9・0
助手	1・0－1・50	2・50－4・50	8・0

一九一七年の三月革命で賃金が飛躍的に上昇したという逸話はいくらでもあった。だが、ロシア全土の傾向を示すものとして労働省が公表したこれらの数値を見る限り、賃金は革命直後から急上昇したのではなく、徐々に上昇したことがわかる。平均すると賃金は五〇〇パーセント強の増加を示した。

しかし同時に、ルーブルの購買力は革命前の三分の一以下にまで下落し、実質的に生活必需品は大幅に値上がりした。

次の一覧表はモスクワ市ドゥーマが作成したもの。モスクワはペトログラードよりも食品が安く、ずっと豊富だった。

食品の値段（ルーブルとコペイカ）

	一九一四年八月	一九一七年八月	値上がり（パーセント）
黒パン（一フント※）	0・02	0・12	330
白パン（一フント）	0・05	0・20	300
牛肉（一フント）	0・22	1・10	400
子牛肉（一フント）	0・26	2・15	727
豚肉（一フント）	0・23	2・0	770
ニシン（一フント）	0・06	0・52	767
チーズ（一フント）	0・40	3・50	754
バター（一フント）	0・48	3・20	557
卵（一ダース）	0・30	1・60	443

牛乳（一クルジュカ※）	0・07	0・40	471

※一フントは約四〇〇グラム強、一クルジュカは一・二リットル。

食品の値段は平均して五五六パーセント上昇、つまり賃金よりも五一パーセント高い。

その他の生活必需品の値段は驚くほど急騰した。

次の一覧表はモスクワ労働者代表ソヴィエトの経済部門が作成したもので、正確さは臨時政府の物資供給省が認めている。

食品以外の必需品の値段（ルーブルとコペイカ）

	一九一四年八月	一九一七年八月	値上がり（パーセント）
更紗（一アルシン※）	0・11	1・40	1、173
綿布（一アルシン）	0・15	2・0	1、233
ドレス地（一アルシン）	2・0	40・0	1、900
ビーバー革布（一アルシン）	6・0	80・0	1、233
男性用靴（一足）	12・0	144・0	1、097
ゴム靴（一足）	2・50	15・0	500

男性用スーツ（一着）	40・0	400-455	900-1、109
紅茶（一フント）	4・50	18・0	300
靴底革（一足）	20・0	400・0	1、900
マッチ（一カートン）	0・10	0・50	400
せっけん（一プード※）	4・50	40・0	780
ガソリン（一ヴェドロ※）	1・70	11・0	547
ろうそく（一プード）	8・50	100・0	1、076
キャラメル（一フント）	0・30	4・50	1、406
薪（一荷）	10・0	120・0	1、100
木炭	0・80	13・0	1、523
金属製品各種	1・0	20・0	1、900

※一アルシンは約七〇センチ強、一プードは約一六・四キログラム、一ヴェドロは約一二リットル強。

右の必需品類の値段は平均して一一〇九パーセント上昇したが、これは給金の伸びの二倍を超える。その差額は当然ながら投機家と商人たちの懐《ふところ》に消えた。

私がペトログラードに着いた一九一七年九月当時、工場の熟練工――例えばプチロフ工場の製鋼所工員――の日給は約八ルーブルだった。同じころ、工場は莫大な利益を出していた……。ペトログラード郊外にある英国系企業、ソーントン毛織物工場のオーナーの一人から聞いた話では、彼の工場では賃金が約三〇〇パーセント上がったのに対して、利益は九〇〇パーセント増加したそうだ。

三　**社会主義者の閣僚たち**

一九一七年七月、臨時政府の社会主義者らはブルジョアジーの閣僚たちと組んで政策を実現しようとした。その歩みは政界における階級闘争の一例として示唆に富む。この現象をレーニンは次のように説明している――。

資本家たちは……政府の立場を維持できないと見ると、労働者階級を煙に巻き、分裂させ、そしてついには屈服させるという、一八四八年よりこのかた何十年にもわたって実践されてきた手法に訴えた。それはいわゆる「連立内閣」というもので、ブルジョアジーと、社会主義陣営からの裏切者らとで構成される。

政治的自由と民主主義が労働者の革命運動と共存してきた国々では――例えばイギリスやフランス――資本家らはこのやり口を利用し、しかも見事にやってのけている。「社会主義者」のリーダーたちは入閣するや否や、ただのおかざり、傀儡《かいらい》、資本家たちの単なる隠《かく》れ蓑《みの》であることが、つまり労働者たちを騙《だま》す道具にすぎないことが、例外なく明らかとなる。ロシアの「民主的」かつ「共和主義的」な資本家たちもまさにこうした策謀を発動したのだ。社会革命党とメンシェヴィキはその餌食となり、六月一日、チェルノフ、ツェレテリ、スコベレフ、アフクセンチエフ、サヴィンコフ、ザルードヌイ、ニキティンの参加を得て、「連立」内閣が既成事実となったのである……。(『革命の諸問題』)

四　九月のモスクワ市議会選挙

一九一七年一〇月の第一週に、合同社会民主党国際主義派の機関紙「ノーヴァヤ・ジーズニ(新生活)」紙は選挙結果を次のような一覧で報じ、これは有産階級との連立政策が破綻《はたん》したことを意味すると指摘した――「もし内戦がまだ回避できるとすれば、あらゆる革命的民主勢力の統一戦線によるほかない……」。

モスクワの中央および地区議会(ドゥーマ)の選挙結果(議席数)

	一九一七年六月	一九一七年九月

社会革命党（エスエル）	五八	一四
立憲民主党（カデット）	一七	三〇
メンシェヴィキ	一二	四
ボリシェヴィキ	一一	四七

五　傲慢《ごうまん》になっていった反動勢力

九月一八日、立憲民主党（カデット）のシュルギンはキエフの新聞に対し、臨時政府が「ロシアは共和国である」と宣言したのは甚だしい権力の乱用であると述べた――「われわれは共和国も現在の共和主義政権も認めることはできない……そしてわれわれはロシアが共和国になることを望むべきか疑問を抱いている……」。

一〇月二三日。リャザンで開催されたカデットの会議で、M・デュコーニンはこう宣言した――「三月一日にわれわれは立憲君主制を確立したのだ。われわれは王位の正統なる継承者であるミハイル・アレクサンドロヴィチを拒んではならない……」。

一〇月二七日。モスクワの実業家会議で次のような決議が採択された。

本会議は……臨時政府が軍に対してただちに下記の措置を取るよう要求する。

1. あらゆる政治的プロパガンダの禁止――軍は政治に関わってはならない。

2.反国家的および国際主義的な思想や理論のプロパガンダは、軍隊は不要だと主張しており、軍の規律を損なっている――これは禁止されるべきであり、すべての扇動者《せんどうしゃ》を処罰すべきである。……

3.軍隊委員会の機能はもっぱら経済的問題に限定されるべきである。各委員会のすべての決定事項は上官の確認を受けるべきであり、上官たちはいつでも委員会を解散する権限を有する。

4.敬礼を復活し、義務づけるべきである。懲罰の権限は将校たちが完全に掌握すべきであり、それには処罰の見直しの権限も含む。……

5.兵士・大衆の運動に参加して――それは不服従の精神を吹き込む――将校団の名誉を汚す者は追放すべきである……このために名誉法廷を復活させよ。……

6.軍隊委員会およびその他の無責任な組織の影響によって不当に罷免《ひめん》された将軍および将校たちの軍への復帰を可能にするため、臨時政府は必要な措置を取るべきである。……

第二章

六　コルニーロフ将軍の反乱

コルニーロフ将軍の反乱については、近刊予定の拙著『コルニーロフからブレスト＝リトフスクへ』で詳述する予定だ。コルニーロフがクーデターを起こすような状況をもたらしたのは誰か――その責任がケレンスキーにあることは、今やほぼはっきりしている。ケレンスキーの肩を持つ多くの連中は、彼はコルニーロフの計画を知っていたから罠を仕掛け、わざと準備不足のまま立ち上がらせ、潰《つぶ》したのだと言う。だがA・J・サック氏も著書『ロシア民主主義の誕生』の中で次のように書いている――。

いくつかのことが……ほぼ確実である。第一に、ケレンスキーは前線からペトログラードへ向かっていた何隊かの分遣隊の動きを知っていたわけだが、首相兼陸軍大臣であっただけに、ボリシェヴィキの脅威が増大していると見て、それらの部隊を呼び寄せた可能性がある……。

この主張の唯一の誤りは、当時ボリシェヴィキはソヴィエト内では無力な少数派にすぎず、リーダーたちは投獄されているか潜伏中で、「ボリシェヴィキの脅威」などなかったという点だ。

七　民主主義会議

民主主義会議の提案を初めて受けたとき、ケレンスキーは国民の全構成員——彼の言う「生きた諸勢力」——による会議にすべきだと提言した。それは銀行家、工場主、地主、それに立憲民主党（カデット）の代表たちまでも含むものだった。ソヴィエト側はこれを退け、以下のような代表者一覧（代表者の人数）を作成し、ケレンスキーも同意した。

全ロシア労兵ソヴィエト——一〇〇名
全ロシア農民ソヴィエト——一〇〇名
各地方労兵ソヴィエト——五〇名
各地区農民土地委員会——五〇名
労働組合——一〇〇名
戦線の軍隊委員会——八四名
労働者および農民協同組合——一五〇名
鉄道労働者組合——二〇名
郵便電信労働者組合——一〇名
事務職員——二〇名

自由業者（医師、弁護士、ジャーナリストなど）――一五名
各地方評議会《ゼムストヴォ》――一五〇名
民族団体（ポーランド人、ウクライナ人など）――一五〇名

この割り振りは何度か変更されたのち、最終的な代表者の配分は以下のとおりとされた。

全ロシア労兵農ソヴィエト――三〇〇名
協同組合――三〇〇名
各市代表――三〇〇名
戦線の軍隊委員会――一五〇名
各地方評議会《ゼムストヴォ》――一五〇名
労働組合――一〇〇名
民族団体――一〇〇名
いくつかの中小団体――二〇〇名

八　ソヴィエトの役割の終焉

一九一七年九月二八日、全ロシア・ソヴィエト中央執行委員会（ツェー・イー・カー）の機関紙の「イズベスチア」紙は記事の中で、最後の臨時内閣について次のように述べた——。

ようやくロシア国民のすべての階級の意志から生まれた真に民主的な政府が、つまり将来の自由主義的な議会制度の最初の荒削りな形ができあがった。次に来るのは憲法制定議会であり、基本法をめぐるすべての疑問を解決し、その構成は本質的に民主的なものになるはずである。各種ソヴィエトの役割は終焉《しゅうえん》を迎えた。ほかの各種革命的機構と共に、自由にして勝利を得た人々の舞台から退くべき時が近づいている。これからの人々の武器は、政治活動という平和的なものとなるであろう。

一〇月二三日の「イズベスチア」紙のトップ記事の見出しは「ソヴィエト組織の危機」となっていた。そして各地域のソヴィエトの活動がいたるところで縮小しているとの旅行者たちの証言から書き起こしていた。その筆者は言う——。

これは自然な成り行きだ。なぜなら人々はより恒久的な立法機関——市ドゥーマと地方評議会《ゼムストヴォ》――に関心を抱きはじめているからだ。

ペトログラードとモスクワといった、各種ソヴィエトがもっともよく組織されていた重要な中枢では、ソヴィエトは民主的分子のすべてを受け入れたわけではなかった……知識層の大半は参加しておらず、多くの労働者も同様だ。一部の労働者は政治的に立ち遅れていたからであるが、ほかの者たちはみずからの重心が労働組合にあったからである。……これらの組合組織のほうが大衆としっかりと結びついており、大衆の日々のニーズによりよく応えていることは否定できない事実だ。

各地域で民主的な行政機構が精力的に組織化されつつあることは極めて重要だ。市ドゥーマは普通選挙で選ばれており、それぞれの地域に特化した案件についてはソヴィエトよりも権限がある。これを問題視する民主主義者は一人もいないだろう。

……地方自治体の選挙はソヴィエトの選挙よりも優れた、そして民主的な方法で行われている。……各自治体はすべての階級を代表している。……そして各地の自治政府が地域の生活を統括しはじめれば、ただちに各地のソヴィエトの役割は自然と終わるのだ。

……ソヴィエトに対する関心の衰退には二つの要因がある。第一は、大衆の政治的関心の低下に帰することができるだろう。第二は、新ロシア建設を軌道に乗せようと、地方各地の行政組織が力を入れつつあることだ。……後者の傾向が強まるほど、より急速にソヴィエトの存在意義はなくなるのだ。

……われわれ自身、われらロシア国民の組織化の「担い手」と呼ばれている。事実、われわれこそは新ロシア建設に向けてもっとも勤勉に働いている……。

独裁と官僚機構全体が倒れたとき、われわれはすべての民衆が一時的に身を寄せられるように、いわば仮宿舎としてソヴィエトを設立した。今、仮宿舎に替えて、われわれは新制度の恒久的な殿堂を建設しているのであり、当然ながら、人々は徐々に仮宿舎からより快適な住みかへと移っていくだろう。

九　ロシア共和国暫定評議会におけるトロツキーの演説

全ロシア・ソヴィエト中央執行委員会（ツェー・イー・カー）が招集した民主主義会議の目的は、コルニーロフを生み出した無責任な個人主導の政府を廃止し、戦争を終結させ、規定の期日に憲法制定議会を確実に招集できるような、責任ある政府を樹立することだった。ところがこの間、民主主義会議のあずかり知らぬまま、詐術により、そして市民ケレンスキー、立憲民主党《カデット》、およびメンシェヴィキと社会革命党《エスエル》のリーダーたちの裏取引によって、公表されていた目的とは正反対の結果をわれわれは目の当たりにした。創り出されたのは、その中および周囲でコルニーロフ派が公然と、あるいは密《ひそ》かに、主導的役割を演じている権力である。このロシア共和国暫定評議会が立法機関ではなく諮問機関だと発表した時点で、政府はみずからの無責任ぶりを公に宣言したのだ。革命発生から八カ月目、その無責任な政府はこの新版の「ブルイギン国会」[1]を隠《かく》れ蓑《みの》にしようとしているのである。有産階級もこの共和国暫定評議会に加わっているが、全国の選挙結果からも明らかなように、議席の比率からすれば彼らの多くは本来ここにいる資格がまったくないのである。しかもカデットは、昨日まで臨時政府が議会《ドゥーマ》に対して責任を負うことを望んでいたというのに、そのまさにカデット自身が、政府をこの共和国暫定評議会から独立したものにしてしまったのだ。当然ながら憲法制定議会では、有産階級はこの共和国暫定評議会におけるほど優位な位置を占めることはできないだろうし、憲法制定議会に対して無責任に振る舞うことはできないだろう。

　有産階級が六週間後の憲法制定議会に向けて本当に準備をしていたのであれば、今この時期に政府の無責任体制を認めるはずがない。つまり偽りなき真実はこうだ——臨時政府

1　一九〇五年、帝政に対する国民の不満をなだめるために、ブルイギン内相が設置を発表した議決権のない諮問議会のことで、激しい反対に遭って招集されずに終わった。

の政策を支配しているブルジョアジーは、憲法制定議会を潰《つぶ》すことを目指しているのである。現時点でそれこそが有産階級の主たる目的なのだ。彼らは国政全体を牛耳《ぎゅうじ》っている――外交も内政も。産業、農業、そして物資供給に関わる部門で、有産階級の政策は政府との協調を通じ、戦争によっておのずから引き起こされている秩序の崩壊を加速させている。彼らは内戦を挑発している階級であり、公然と恐るべき飢餓の道へと導こうとし、それによって革命を倒して憲法制定議会を片づけてしまおうとしている階級なのだ！

これに劣らず罪深いのがブルジョアジーとその政府による外交政策だ。四〇カ月の戦争を経て、首都は絶体絶命の危険に直面している。これへの対応策として、政府をモスクワへ移転する計画が浮上した。首都を見捨てるという考えにブルジョアジーは義憤を感じようともしない。まさにその正反対だ。反革命の陰謀を推進する政策全般の当然の成り行きとして、彼らは首都の放棄を容認しているのだ。……臨時政府は平和こそが国を救う道であると認めようともせず、そして戦争で疲弊しているすべての国の民衆に向けて、外交官や帝国主義者らの頭越しに、即時講和の案を率直に投げかけて戦争の続行を不可能にするという方針を取ろうともしない。臨時政府はカデットと反革命主義者と連合国の帝国主義者らに命じられるままに、分別も目的も計画もなしに、殺人的な戦争をずるずると長引かせ、何十万もの兵士や水兵たちを新たに無益な死に追いやり、ペトログラード放棄の準備を進め、革命を転覆させようとしているのである。自分たちには何の過ちも罪もないというのに、ボリシェヴィキの兵士や水兵たちはその他の兵士や水兵らと共に死んでいっている。そんなときに、いわゆる総司令官（ケレンスキー）はボリシェヴィキの新聞を弾圧し続けている。そしてこの暫定評議会の主要政党は、こうした政策の隠れ蓑の役割をみずから買って出ているのだ。

われわれ社会民主党ボリシェヴィキ派は、この「民衆に対する裏切りの政府」とはいかなる共通点も持たないことを宣言する。公職のベールの裏で密かに行われている彼ら「民衆の殺人者」の活動と、われわれはいかなる共通点も持っていない。直接的にも間接的にも、このような活動を一日たりとも隠ぺいすることをわれわれは拒絶する。〔ドイツの〕ヴィルヘルム皇帝の軍隊がペトログラードに迫っているときに、ケレンスキーとコルニーロフの政府はペトログラードから逃げ出して、モスクワを反革命の拠点に変えようとしているのだ！

モスクワの労働者と兵士たちに向けて、警戒するようわれわれは忠告する。この評議会を脱退するにあたり、われわれは全ロシアの労働者、農民、そして兵士たちの勇気と英知に訴えかける。ペトログラードは危機にある！　革命は危機にある！　この危機は政府が増幅し、支配階級が激化させているのだ。わが身と国を救うことができるのは民衆たち自身だけである。

われわれは民衆に訴えかける。即時の、誠実な、民主主義的な講和万歳！ すべての権力をソヴィエトに！ すべての土地を民衆に！ 憲法制定議会万歳！

一〇 スコベレフへの「訓令（ナカース）」（要約）

以下は全ロシア・ソヴィエト中央執行委員会（ツェー・イー・カー）によって採択され、パリ会議におけるロシアの革命的民主勢力の代表としてのスコベレフに対し、指示書として与えられたものである。

講和条約は「無併合、無賠償、民族自決権」の原則に基づいていなければならない。

領土問題

（1）ドイツ軍は侵略したロシア領土内から撤退すること。ポーランド、リトアニア、リヴォニア（現在のラトヴィア）へ完全なる自決権を与える。

（2）トルコ領アルメニアには自治を、のちに現地の政府が樹立され次第、完全なる自決権を与える。

（3）アルザス＝ロレーヌの問題は、すべての外国軍撤退後に国民投票によって解決すべきこと。
（4）ベルギーの主権回復。損害に対しては国際基金から賠償。
（5）セルビアとモンテネグロの主権回復、および国際救援基金からの補助。セルビアはアドリア海への出口を確保すべきこと。ボスニアとヘルツェゴヴィナは自治権を持つこと。
（6）バルカン半島の紛争地域は暫定的な自治に続き、国民投票を行う。
（7）ルーマニアは主権を回復するが、ドブロジャに完全なる自治権を与えなければならない……。ルーマニアはベルリン条約[2]のユダヤ人に関する条項を履行《りこう》し、ルーマニア市民と認めなければならない。
（8）「未回収のイタリア[3]」は暫定的な自治に続き、いずれの国家に属するか決定するために国民投票を行う。
（9）ドイツ植民地はドイツに返還。
（10）ギリシャとペルシャの主権回復。

2　一八七八年、ロシアとオスマン・トルコ間の露土《ろと》戦争後に締結。ルーマニア領内のユダヤ人やイスラム教徒に市民権を与える条項が含まれていた。
3　南チロル地方など、一九世紀のイタリア統一時にオーストリア領として残されたイタリア人居住地域。

海洋の自由

内海へ通じるすべての海峡、およびスエズ運河とパナマ運河は中立とすること。商業海運の自由。民間船舶による武装・私掠の権利は廃止。商船への魚雷攻撃は禁止とすること。

賠償金

すべての交戦国は、直接間接を問わず――例えば、捕虜収容費の請求など――いかなる賠償の要求も放棄すること。戦時中に徴収した賠償金および賦課金は返金しなければならない。

経済的諸条件

通商条約は和平条件に含めないこと。各国は交易関係においては独立していなければならず、「和平条約」によって何らかの経済協定の締結を強要または妨害されてはならない。しかしながら、すべての国家は「講和条約」により、戦後に経済封鎖を行わず、個別の関税協定を結ばないことを誓約すべきこと。最恵国待遇は区別なくすべての国に与えられなければならない。

平和の保証

講和は講和会議において、各国の国民代表機関によって選出された代表らによって締結されること。和平条件はそれらの各国議会によって承認されるべきこと。秘密外交は廃止されること。全関係各国はいかなる秘密協定も結ばないことを誓約すること。そのような協定は国際法に違反し、無効であると宣告される。すべての協定は、各国議会によって承認されるまでは無効とみなされること。

陸海軍双方における段階的な軍縮と、民兵制度の確立。〔米国の〕ウィルソン大統領によって提唱されている「国際連盟」は国際法の貴重な補助となる可能性があるが、ただし（a）すべての国家に対し、平等の権限を持って参加することを義務づけること、（b）国際政治が民主化されることが条件である。

講和への道

全交戦国が、強制的に併合したすべての土地の放棄に同意すると宣言し次第、連合国は速やかに和平交渉を開始する意志があることを、ただちに発表すること。

連合国は、すべての中立国の代表が参加する包括的な講和会議における場合を除き、いかなる和平交渉も開始せず、講和も締結しないことを誓約しなければならない。ストックホルム会議[4]へのあらゆる障害は排除されること。そして参加を希望する政党および組織のすべての代表たちにただちにパスポートが発給されること。

農民ソヴィエトの執行委員会も「訓令《ナカース》」を発表したが、右記とほとんど変わらない。

一一　ロシアを犠牲にした講和

次のような事実はすべて、連合国と敵対諸国[5]の双方において、ロシアを犠牲にして講和をでっちあげようとする強力な潮流が存在したことを示している——リボー[6]が暴露したフランスに対するオーストリアからの講和の提案、一九一七年夏にスイスのベルンでいわゆる「講和会議」が開かれ、各国の莫大な経済的利益を代表して全交戦国の派遣団が参加したこと、そしてイギリスの工作員がブルガリアの教会の高位聖職者と交渉を試みたこと。私の次回作『コルニーロフからブレスト＝リトフスクへ』の中で、私はこの問題をかなり詳しく扱う予定で、ペトログラードの外務省で発見されたいくつかの機密文書も掲載する予定だ。

一二　フランスのロシア軍兵士

臨時政府による公式報告

ロシアの〔三月〕革命の報がパリに伝わるや否や、過激な傾向のロシア語の新聞各紙が瞬く間に現れた。するとそうした各紙、およびさまざまな個人は、兵士一般の間に自由に広まり、行き交い、ボリシェヴィキのプロパガンダを開始し、しばしばフランスの各紙に載った虚偽のニュースも広めた。いかなる公式報道も正確な詳細も伝わらない中、右の宣伝活動は兵士たちの間に不満を惹き起こした。その結果生まれたのは、ロシアへ帰還したいという願望であり、将校らへの憎しみだった。

これらはついには反乱へと変わった。ある会議では、兵士らは訓練を拒否する嘆願を出

4　一九一五年のツィンメルワルト会議の流れを受けて一九一七年九月に開催された社会主義者らによる国際的反戦会議。

5　中央同盟国（中央列強）側、つまりドイツ、オーストリア＝ハンガリー帝国、オスマン・トルコ帝国、ブルガリアを指す。

6　フランスの首相。一九一七年三〜九月に第四次内閣を率いた。

した。これ以上戦わないと決めたからである。そこで反乱兵らを孤立させることが決定され、ザンケヴィチ将軍は臨時政府に忠実なすべての兵士に対し、ラ・クルティーヌ[7]基地を離れ、すべての武器弾薬も持ち去るよう命じた。この命令は六月二五日に実行された。基地に残ったのは「条件つきで」臨時政府に従うと言った兵士たちのみだった。ラ・クルティーヌ基地に残った兵士らは、在外ロシア軍最高司令官や、陸軍省政府委員《コミッサール》のラップ、そして兵士たちを翻意させようという何人かの著名な元亡命者らの訪問を何度か受けた。しかしこれらの試みは失敗し、最終的にラップ委員は反乱兵たちに対し、服従の証拠に武器を捨ててクレールヴォーという場所まで秩序正しく進軍せよと要求した。だがこの命令には一部の兵士しか従わなかった。まず五〇〇名が基地から脱出し、その内の二二名が逮捕され、二四時間後には約六〇〇〇名が続いた。……約二〇〇〇名は残った。

反乱兵らに対して圧力を強めることが決定された。糧食は減らされ、給与は打ち切り、そしてラ・クルティーヌへ通じる道はフランス兵が警備した。ロシア軍の砲兵旅団がフランス国内を通過中だと知ったザンケヴィチ将軍は、反乱軍を制圧するために歩兵と砲兵混成の分遣隊を組むことにした。反乱兵らに使者が遣わされたが、数時間後、交渉は不毛だと悟って帰還。九月一日、ザンケヴィチ将軍は反乱兵らに対し、武器を捨てるよう命じる最後通牒を送った。拒絶した場合は、九月三日午前一〇時をもって攻撃を開始すると脅した。

命令は受け入れられず、予告された時刻に基地に対して軽い砲撃が加えられた。砲撃は一八発で、さらに激しくなるであろうと反乱兵らに警告を送った。九月三日夜、一六〇人が投降。九月四日、砲撃は午前一一時に再開され、三六発を撃ち込んだところで反乱側は二本の白旗を掲げ、武器を捨てて基地を放棄しはじめた。晩までには合計八三〇〇名が投降した。基地には一五〇名が残り、その夜、マシンガンで攻撃してきた。九月五日、決着をつけるために基地に対して激しい集中砲火が浴びせられ、わが軍は徐々に基地を占拠していった。反乱側は相変わらずマシンガンで激しい攻撃を加えてきた。九月六日午前九時、基地を完全に制圧。反乱兵らを武装解除したのち、八一名が逮捕された。

以上が報告書の内容だ。しかしのちに外務省から発見された機密文書によって、その記述が厳密に正確なわけではないことがわかっている。最初に問題が発生したのは、ロシア国内の同胞の兵士たちと同様に、フランスにいた部隊も軍隊委員会を結成しようとしたことによる。彼らはさらにロシアへの帰国を要求したが、拒否された。続いて、フランスにいては危険な影響

7　フランス中部の連合軍の基地。

を与えるとの懸念から、〔ギリシャの〕テッサロニキへの移動を命じられた。それを兵士らが拒んだことから戦闘となった……。彼らは反乱を起こす前、約二カ月にわたって将校不在のまま、劣悪な待遇で基地に放置されていたことが判明している。彼らに砲撃を加えたという「ロシア軍の砲兵旅団」を特定しようと私はさまざまに試みたが、無駄だった。外務省で発見された電報からは、フランス軍の砲が使用されたと推察される。

降伏後、二〇〇名を超える反乱兵が冷酷にも銃殺された。

一三 テレシチェンコの演説（要約）

外交政策の問題は国防政策と密接に関連している。そのため、国防に関して秘密会議を開く必要があるように、わが国の外交政策においても、時として機密を保つ必要がある……。

ドイツは外交によって〔ロシアの〕世論に影響を与えようとしている……したがって、大革命的大会〔ソヴィエト大会〕のことや、再度の冬の攻勢は不可能だといったことを、大規模な民主的諸組織のリーダーたちが堂々と公言しているのは危険である……。そうした言明はすべて人命の損失をもたらすことになるのである。

私は国家の名誉と尊厳の問題には触れずに、単に行政上の論理のみを語るつもりである。論理的な観点からして、ロシアの外交政策は、ロシアの国益の真の理解に基づくべきだ。その国益は、わが国が単独で存立することは不可能であること、そして現在のわが国と列国（連合国）との連携は満足すべきものであることも示している。全人類が平和を切望している。しかしロシアでは、わが祖国の国益を犯すような屈辱的な講和は誰一人として認めないであろう！

テレシチェンコは、そのような講和を結べば、何世紀もとは言わないものの、長年にわたって世界における民主主義的な原理の勝利を遅らせ、必然的に新たな戦争を引き起こすはずだと指摘した。

誰もが五月の日々を覚えているだろう。前線の兵士らは馴れ合いによって、ただ単に軍事行動を停止することで戦争を終わらせようとし、わが国を恥ずべき単独講和へと導くところだった……そしてわがロシアが戦争を終結させ、国益の保証を得るのは、そのような方法によってではないのだと、あらゆる努力を払って兵士たち一般に理解させなければならなかったことも、覚えておられよう。

テレシチェンコは七月攻勢でのロシア軍の目覚ましい戦果についても、それが海外にいるロシアの外交官らの言葉にいかに力を与えたか、そしてロシア軍の勝利がいかにドイツに絶望をもたらしたかなどに言及した。そしてまた、ロシア軍の敗北が連合諸国に幻滅をもたらしたことも。

ロシア政府に関しては、五月の方針に厳密に従ってきた——「無併合、無賠償」である。われわれは民族自決を宣言するだけでなく、帝国主義的目的を放棄することも不可欠であると考えている。

ドイツは繰り返し講和を結ぼうとしている、とテレシチェンコは述べた。ドイツではもっぱら講和ばかりが話題になっていて、勝ち目がないとわかっているのだ、と。

ロシアの外交政策は戦争の目的について充分に明言していないと、政府を批判する声があるが、私はそれを退ける……。

連合国がいかなる目的を追求しているかという問題が持ち上がった場合、まず〔敵である」中央列強側がいかなる目的を共有しているかを問うことが不可欠だ。

その点、連合国を結びつけている諸条約の詳細を公表せよとの要望をしばしば耳にするが、われわれは現時点で、中央列強側を結束させている諸条約について知らないという事実を、人々は忘れている。

彼が言うにはドイツのねらいは明らかで、ロシアと西欧との間に緩衝《かんしょう》地帯となる弱小国家群を設け、ロシアを孤立させることだという。

ロシアの重大な国益に打撃を与えようとするこうした傾向は阻止しなければならない。

そして、各民族がみずからの運命を決する権利を旗印にしているロシアの民衆は、（オーストリア＝ハンガリー帝国における）もっとも文明の進んだ人々に対する抑圧が続くことを、平然と許すことなどできようか？

連合国がわが国の苦境につけ入ろうとするだとか、ロシアに応分以上の戦争の重荷を背負わせようとするだとか、あるいはロシアを犠牲にして講和の問題を解決するだとか、そのようなことを恐れている人たちはまったく誤解している。敵国側こそ、ロシアを自国製品の市場としか見ていないのだ。戦後、わが国は疲弊しているだろう。そして国境が開かれていれば、ドイツ製品が洪水のごとく押し寄せ、容易にわが国の産業の発展を何年も遅らせてしまうだろう。そのようなことを防ぐ方策を取る必要がある……。

私は率直かつはっきりと言おう――わが国を連合諸国と結束させている列国の組み合わせは、ロシアの国益に有益であると。したがって、戦争と平和に関するわれわれの見解が、でき得る限り明白かつ正確に連合国の見解と合致していることが重要だ。誤解を避けるために端的に言うが、ロシアはパリ会議にただひとつの見解を提示しなければならないのだ。

テレシチェンコはスコベレフに与えられた「訓令《ナカース》」への言及を避けた。だがストックホルムで発表されたばかりのオランダ・スカンジナビア委員会の声明[8]については触れた。この声明はリトアニアとリヴォニアに自治権を与えると宣言していた。「だがそれは明らかに不可能である。なぜならロシアはバルト海に臨む一年を通じて使用できる自由港を確保する必要があるからだ」とテレシチェンコは述べた。

この問題についても、外交政策は内政と密接につながっているのだ。なぜなら、偉大なるロシア全域において強固な一体感が存在するならば、中央政府から分離したいという人々の望みが、いたるところで繰り返し宣言されるはずはないからだ……そのような分離はロシアの国益に逆行するものであり、ロシアの代表団はその問題を持ち出すことはできないのだ。

一四　イギリス海軍の振る舞いなど

リガ湾の海戦[9]当時、ボリシェヴィキのみならず臨時政府の大臣たちも、イギリスの艦隊は意図的にバルト海を見捨てたのだと見て、それはイギリスの姿勢の表れだと理解した。それはまた、イギリスの新聞各紙が公然と、しかも頻繁に表明している立場であり、ロシアに駐在するイギリスの代表者たちも半ば公然と口にしているものだ。すなわち「ロシアの命運は尽きた！ロシアなど放っておけ！」ということである（原注一八の「ケレンスキーへのインタビュー」の項目も参照）。

グールコ将軍は帝政時代にロシア軍の参謀総長を務めた人物だ。堕落した宮廷の中では著名人だった。革命後、その政治的・個人的経歴のために亡命したごく少数の人間のひとりとなった。リガ湾におけるロシア海軍の敗北は、グールコ将軍がロンドンで英国王ジョージ五世に公

8　ストックホルム会議の開催準備を進めていた委員会で、独自の講和案を提唱した。

9　バルト海に臨むリガ湾をめぐり、一九一五年からドイツとロシアが展開した攻防戦。ここでは一九一七年一〇月にロシア海軍が敗れた戦闘を指す。

式に迎えられたのと時期的に重なった。臨時政府がグールコ将軍を危険なほど親ドイツ的かつ反動的だと見ていることを〔イギリスは〕知っているはずなのにだ！

一五　蜂起に反対する呼びかけ

労働者と兵士へ

同志たちよ！「闇の勢力」はペトログラードとその他の都市でいっそうの混乱や〔ユダヤ人に対する〕「虐殺《ポグロム》」を引き起こそうとしている。「闇の勢力」には混乱が必要なのだ。なぜなら彼らが革命運動を流血によって粉砕《ふんさい》するチャンスになるからだ。秩序の確立と住民保護を口実に、彼らは革命的な民衆がつい先日阻止したばかりのコルニーロフの支配を打ち立てようと望んでいるのだ。そんな彼らの希望が実現すれば民衆にとっては災いである！　反革命勢力が勝利を得れば、ソヴィエトと軍隊委員会を滅ぼし、憲法制定議会を散会させ、土地委員会への土地所有権の移行を阻止し、速やかな講和という民衆の望みを完全に断ち、あらゆる監獄を革命派の兵士と労働者で満たすだろう。

反革命勢力と黒百人組のリーダーたちの目論見《もくろみ》では、食料供給の混乱、戦争の継続、そして全般的な生活苦により、愚かな民衆は深刻な不満を抱くはずであり、彼らはそれを当てにしている。彼らは兵士や労働者のあらゆるデモをポグロムに変えてしまおうとしており、そうすれば平和的な民衆は怖気《おじけ》づき、「法と秩序の回復者」たちの腕の中へ飛び込んでくるというわけである。

そのような状況下では、デモを組織しようとする昨今の動きは、いかに立派な目的のためであろうとも、すべて犯罪と言うべきである。政府の政策に不満を抱くすべての自覚ある労働者と兵士たちは、デモなどにうつつを抜かせば、自分自身と革命とを傷つけるだけである。

したがってツェー・イー・カーは、いかなるデモへの呼びかけにも従わないよう、すべての労働者に要請する。

労働者と兵士たちよ！　挑発に乗るな！　祖国と革命に対する自分たちの義務を忘れるな！　成功するはずのないデモによって革命戦線の統一を損ってはならない！

労働者・兵士代表ソヴィエト中央執行委員会（ツェー・イー・カー）

ロシア社会民主労働党より

危機は迫っている！

全労働者および兵士へ（一読して回覧せよ）。

労働者と兵士の同志たちよ！

わが国は危機に瀕《ひん》している。この危機のためにわれわれの自由とわれわれの革命は困難な日々に直面している。敵はペトログラードの門に迫っている。時とともに混乱は増大の一途をたどっている。ペトログラードの住民はパンを手に入れることもままならない。すべての人が――もっとも卑小な者からもっとも偉大な者に至るまで全員が――改めていっそうの努力をすべきであり、秩序を取り戻すために奮闘すべきである。……われわれは祖国を救い、自由を救わなければならない。……軍隊にさらなる武器と糧食を！　そして大都市にはパンを。全国には秩序と組織を。

そしてこの恐ろしく危機的な日々、どこそこでデモの準備が進んでいるとか、革命的な平和と秩序を破壊せよと誰それが兵士たちや労働者らに呼びかけている、といった噂話が密かに流布している。……ボリシェヴィキの機関紙「ラボーチー・プーチ（労働者の道）」紙は火に油を注いでいる――同紙は甘言《かんげん》を弄《ろう》して愚かな人々に媚《こ》びへつらい、政府に歯向かえと労働者や兵士らをけしかけ、すばらしい見返りの数々を並べ立てる。……疑うことを知らない無知な人々は容易に信じて、合理的に考えようとしないのだ。……そして反対の側からも流言が飛んでいる――ツァーリの友人であり、ドイツのスパイである「闇の勢力」はしめしめとほくそえんでいる。彼らはボリシェヴィキと一緒になって、共に混乱を煽《あお》って内戦を引き起こそうとしているという噂である。

彼ら「闇の勢力」の誘惑に乗ったボリシェヴィキと無知な兵士や労働者は、愚かにもこう叫ぶ——「政府を倒せ！　すべての権力をソヴィエトへ！」。そしてツァーリの手下であり、〔ドイツ皇帝の〕ヴィルヘルムのスパイである「闇」の連中が煽り立てる——「ユダヤ人をぶっ叩け、商店主をぶん殴れ、市場を略奪せよ、店舗から盗め、ワイン店を空にしろ！　殺せ、燃やせ、奪え！」。

そうなればすさまじい混乱が生じ、民衆同士の戦争となるだろう。あらゆる面で無秩序に拍車がかかり、首都の市街地で再び血が流されるかもしれない。そうなればあとはどうなるのか？

そうなれば〔ドイツ皇帝〕ヴィルヘルムにペトログラードへの道が開かれるのだ。そしてペトログラードにはもうパンは届かず、子供たちは飢え死にするだろう。前線の部隊も孤立無援となり、塹壕《ざんごう》にいるわれわれの兄弟たちは敵の銃弾の前に差し出される。他国におけるロシアの権威は失墜《しっつい》し、われわれの通貨は価値を失い、あらゆるものの価格が高騰《こうとう》して生活は立ち行かなくなるのだ。そして待望久しい憲法制定議会は延期されることになる——当分は開催するのは不可能だろうから。そしてそうなれば……革命に死が、そしてわれわれの自由に死があるのみ……。

こんなことをお望みか、労働者と兵士よ？　ノーだ！　もしノーだと言うならば、さあ、行くがよい、裏切り者たちに誘惑されている無知の民衆の元へ行き、われわれが今語った真実を残らず伝えよ！

あらゆる人に知らせよ――この悲惨なる日々の中で、市街地に繰り出して政府に反対の声をあげよと呼びかけてくる者はすべて、ツァーリの密かな手下か、挑発者か、あるいは民衆の敵の愚かな助手か、さもなくばヴィルヘルムから金をもらっているスパイであると！

すべての自覚ある労働者の革命家たち、すべての自覚ある農民、すべての革命的な兵士たち、つまり反政府デモや反乱行為が民衆にどのような被害をもたらすかを理解している者はみな、一致団結し、民衆の敵がわれわれの自由を破壊することを許してはならない。

祖国防衛派《オボロンツィ》メンシェヴィキ[10]・ペトログラード選挙委員会

一六　レーニンの「同志たちへの手紙」

この一連の手紙は一九一七年一〇月末から一一月初めにかけて、「ラボーチー・プーチ（労働者の道）」紙に数日間連載された。ここではその二本から抜粋《ばっすい》して紹介するに留める。[11]

1. カーメネフとリャザノフは、われわれは民衆の多数派の支持を得ていないとし、多数派の支持もなしに蜂起しても成功の見込みはないと言う。

返答——そんなことを平気で言える人間は偽りを述べる者であり、空理空論を掲げる者であり、あるいは単に真の状況を直視しようとしない人間だ。最近の選挙でわれわれは全国で五〇パーセントを超える票を獲得した……。

今日のロシアでもっとも重要なのは農民の革命だ。タンボフ県では真の農民反乱があり、すばらしい政治的成果を得た。……「デーロ・ナローダ（人民の大義）」紙[12]でさえ怖気づいて、土地を農民に引き渡さねばならないと叫び、さらに共和国暫定評議会の社会革命党のみならず、臨時政府自体も同様に影響を受けている。もうひとつの貴重な成果は、地主連中《ポミェシチキ》が買い占めていたパンが同県の各鉄道駅に届いていることである。「ルースカヤ・ヴォーリャ（ロシアの意志）」紙でさえ、農民反乱以降、各駅にパンが山積みであることを認めざるを得なかった。

2．われわれ〔ボリシェヴィキ〕は政権を奪取するだけの力を持っておらず、ブルジョ

---

10 第一章の原注1を参照。

11 以下は著者ジョン・リードがレーニンの寄稿文の内容を選択・要約して翻訳したもので、レーニンの原典と合致しない箇所もあるなど、正確な抜粋ではない。ここではリードの英訳をそのまま和訳した。

12 社会革命党の機関紙のひとつ。後に出る「ルースカヤ・ヴォーリャ」紙はブルジョア系の新聞。

アジーは憲法制定議会の開催を阻止するだけの力はない、という主張。

返答——そんな考えは臆病以外の何ものでもなく、労働者と兵士に対する悲観主義と、ブルジョアジーが失敗することへの楽観主義にもとづいている。士官候補生《ユンケル》やコサックの部隊が「俺たちは戦う」と言えばそれを信じ、労働者と兵士たちがそう言えば疑うのだ。そんな疑問を抱くことは、ブルジョアジーと政治的に結託することと、どう違うというのだ？

コルニーロフ〔の反乱失敗〕は、ソヴィエトが実際にひとつの権力であることを示した。もしケレンスキーや共和国暫定評議会の意見を信じて、ブルジョアジーにソヴィエトを粉砕するだけの力がないとすれば、確かに憲法制定議会を粉砕する力もないことになるだろう。だがそれは間違っている。ブルジョアジーはサボタージュ、工場ロックアウト、ペトログラードの放棄、戦線をドイツ軍に明け渡すといった手段によって、憲法制定議会を粉砕するだろう。それはすでにリガ事件で証明されているとおりである……。

3．ソヴィエトは臨時政府の頭に突きつけたレボルバー銃のごとく、憲法制定議会の開催を迫り、さらなるコルニーロフ的な試みを阻止すべきである、という主張。

返答——蜂起を拒否することは「すべての権力をソヴィエトに」を拒否するのに等しい。

九月以来、ボリシェヴィキは蜂起の問題を議論してきた。決起することを拒否するのは、憲法制定議会開催を約束している、あの「善良なる」ブルジョアジーの誠意にわれわれの希望を託すことを意味する。だがソヴィエトがすべての権力を握れば、憲法制定議会の招集は保証され、その成功は確実である。

蜂起を拒否することはいわゆる「リーベル＝ダン組」に降伏することを意味する。われわれは「すべての権力をソヴィエトに」という主張を取り下げるか、蜂起するかのどちらかだ。中間の道はない。

4．ロジャンコ一派〔カデット〕が望んでも、ブルジョアジーはペトログラードを放棄することはできない。なぜなら戦っているのはブルジョアジーではなく、わが英雄的な兵士と水兵だから、という主張。

返答――それでも〔リガ湾の〕ムーンズンドの戦いで提督二人が逃げ出すのを防ぐことができなかったではないか。参謀本部は変わっていない――相変わらずコルニーロフ派で構成されているのだ。ケレンスキーが率いる参謀本部がペトログラードを放棄したいと望めば、二度でも三度でもそうできるだろう。ドイツかイギリスと取引をして、戦線を明け渡すこともできる。軍の糧食を差し止めることもできる。すべてこれまでにしてきたことである。

われわれはブルジョアジーが革命の息の根を止めてしまうのを座視しているべきではな

い。ロジャンコは行動の人であり、何年にもわたってブルジョアジーに忠実かつ正直に仕えてきた。……いわゆる「リーベル＝ダン一派」の半数は臆病な妥協主義者だ。そして残りの半分は単なる宿命論者にすぎない……。

5．われわれは日に日に強くなっている。われわれは憲法制定議会に強力な野党勢力として参加することができる。それならどうして〔蜂起という〕一枚の手札にすべてを賭ける必要があろうか、という主張。

返答——これは実践的経験のない青二才の言い分で、憲法制定議会が招集されると聞いて、法的・憲政的な手続きに従って実現されるだろうと、信頼して鵜呑《うの》みにしてしまう。だが憲法制定議会で採決が行われるだけでは飢餓も解決しないし、ヴィルヘルムを撃ち破ることもできない。……飢餓、そしてペトログラードを放棄するかどうかという問題は、憲法制定議会開催を待っても決着しないのだ。飢餓は待ってくれない。農民の革命ももう待てない。逃亡したあの提督たちも待ちはしなかった。

人々は提督や将軍たちに裏切られ、腹を空《す》かせているのだ。それなのにその人々がどうして投票に関心を持たないのかなどと不思議がっている連中は、ものが見えていないのである。

6．コルニーロフ派が何かをしでかそうとすれば、われわれは彼らにこちらの力を見せつけてやろう。だがどうしてこちらからすべてを賭けて、ことを起こす必要があるのか、という主張。

返答――歴史は繰り返さない。「コルニーロフはきっといつかことを起こすだろう！」とは、プロレタリアートが行動を起こすための、なんとも本格的な根拠ではないか！　だがもしコルニーロフが飢餓の蔓延《まんえん》を待ち、あるいは戦線が崩れるのを待ってから動くとしたら、どうするのだ？　右のような態度は、ブルジョアジーのかつての誤りを模倣して革命政党の戦術を構築しようとするものである。

解決の道はプロレタリア独裁だけである。このことをしっかり覚えておこうではないか――その道か、さもなくばコルニーロフによる独裁だ。

同志たちよ、待ち受けようではないか、奇跡を！

一七　ミリュコーフの演説（要旨）

国防がわれわれの第一の課題であることは、どうやら誰もが認めているようである。そして確実に国を防衛するには軍隊の規律と銃後の秩序が必要であることも。この課題を達成するには、説得だけでなく、武力を用いることも辞さない権力が必要だ。……われわれの諸悪の芽は外交政策に対する独特で真にロシア的な視点に根ざしており、それは国際主義的視点とも言える。

かの高貴なレーニンが次のように主張するとき、それはあの高貴なケロエフスキーを模倣しているにすぎない。すなわち、ロシアから「新世界」が生まれるのであり、それは老いぼれたヨーロッパを生き返らせ、教条主義的な社会主義の古びた旗に代えて、飢えた大衆の直接行動をもたらすものだ、と。そしてそうなれば人類の背中を押して前進させ、楽園のような社会への扉を押し開かせるのだ、と……。

これらの人々はロシアの解体が資本主義体制全体の解体をもたらすと、本気で信じてきた。そしてそうした観点に立って、この戦時に、無意識のうちに国家への裏切りを犯してしまったのである。つまり、兵士たちに塹壕を放棄しろと平然と言い、外敵と戦う代わりに国内で内戦を引き起こさせ、経営者や資本家を攻撃したのである。

ここでミリュコーフは左翼席からの怒号《どごう》に妨害され、右のように勧めたという社会主義者はどこの誰なのか言ってみろと迫られた。

帝国主義者らの徒党の邪悪な意志を糾弾《きゅうだん》し、この徒党の独裁を打倒することができるのはプロレタリアートによる革命的圧力だけである、と〔メンシェヴィキの〕マルトフは言っている。……それは各国政府間の軍縮の合意によるのではなく、それら各国政府の武装解除と軍制の急進的な民主化によるのだと言うのである。

ミリュコーフは激しくマルトフを攻撃し、続いてメンシェヴィキと社会革命党に矛先《ほこさき》を向け、両党は階級闘争を続けることを公然たる目的として臨時政府に加わり閣僚を出したと、非難した！

これらの紳士たちのことをドイツおよび連合国の社会主義者たちは、軽蔑も露わに見つめていたが、それでもロシアのためだと決断し、大いなる災いを呼ぶ使者たちをわれわれのもとに送り込んできたのだ……。

わが国の民主主義の方式なるものは極めてシンプルである――外交政策なし、外交術なし、即時の民主主義的講和、そして連合国に対して「われわれは何も欲しない、われわれには戦う手段は何もない！」と宣言すること。そしてそうすればわれらの敵国も同じことを宣言してくれて、そして諸国民の友愛が実現するというのである！

ミリュコーフはツィンメルワルト宣言も揶揄《やゆ》し、ケレンスキーでさえその影響を免れておらず、この「不幸な文書は永久に君らを告発するものとなるだろう」と断言した。続いてスコベレフを非難した。自国であるロシア政府の外交政策に反対だというのに、ロシア代表として国際会議に出ようというのだから、実に妙な存在になるに違いない。会議では「あの紳士はどんな提案を持ってきたのか、いったい彼と何を話し合えばよいのか？」と言われるに違いない、とミリュコーフは述べた。そしてスコベレフへの「訓令《ナカース》」[13]に関して言えば、ミリュコーフは自分自身は平和主義者であり、国際仲裁裁判所の設立を大いに支持しており、軍縮と、秘密外交に対する議会の統制（それは秘密外交の廃止は意味しない）の必要性も確信している、と述べた。戦勝なき講和、民族自決権、経済戦争の放棄など、ナカースに込められた社会主義的な理念については――それをミリュコーフは「ストックホルム〔会議〕の理念」[14]と呼んだ――次のように述べた。

ドイツ軍の戦果は、みずからを革命的民主勢力と呼ぶ者たちの成果と正比例している。私は敢えて「革命の成果」とは言いたくない。なぜなら私は、革命的民主勢力の敗北こそは革命の勝利である、と確信しているからである……。国外に対するソヴィエトのリーダーたちの影響も軽視できない。外相の演説を聞いていればすぐにわかるが、この広間では外交政策に対する革命的民主勢力の影響がひどく強く、そのため外相は、ロシアの名誉と尊厳について決して彼らと面と向かって話そうとしないのである！

ソヴィエトが提示したナカースを見ると、ストックホルム宣言の理念が二つの方向性で盛り込まれていることがわかる――ユートピア主義とドイツの利益の二つである……。

左翼席からの罵声と議長の叱責《しっせき》で発言は中断された。だがミリュコーフは続けて、外交官によってではなく大衆の集会によって決定された講和の提案と、敵国が領土併合の放棄を宣言すればただちに和平交渉に入るとの提案は、親ドイツ的だと強弁した。個人的な声明は、声明を出した本人だけを拘束するのだと、最近クールマンは述べたが、「ともかく、われわれは労兵ソヴィエトの真似をするよりも、むしろドイツの真似をするであろう」とミリュコーフは言った。ナカースの中で、リトアニアとリヴォニアの独立に関する部分については、それがロシア各地で起きている――ドイツの資金的支援を受けた――民族主義的な扇動の兆候を反映している、

13　原注一〇を参照。
14　原注一〇およびその訳注4を参照。

とミリュコーフは言った。左翼席が喧騒に包まれる中、ミリュコーフはアルザス＝ロレーヌ、ルーマニア、そしてセルビアに関するナカースの記述と、ドイツとオーストリアにおけるそれらの各民族の扱いとを比べてみせた。ナカースはドイツとオーストリアの視点に立つものであるとミリュコーフは言った。続いてテレシチェンコの演説に話を移し、内心の考えを語ることを恐れ、ロシアの偉大さを守るという観点から考えることにさえ尻込みしている、とミリュコーフは軽蔑を込めて糾弾した。そしてダーダネルス海峡はロシアに帰属させねばならないのだ、と。

兵士たちは何のために戦っているかわかっていないのであり、それがわかれば進んで戦うはずだ、と君たちは常々言っている。……確かに、兵士は何のために戦っているのか知らないだろう。だが君らは兵士たちに対し、戦う理由などなく、国益などなく、そしてわれわれは諸外国が掲げる目的のために戦っているのだと言ってしまったのだ。

ミリュコーフは、アメリカの支援のもとで「今からでもきっと人類の大義を救ってくれる」連合国に敬意を表しつつ、演説を次のように締めくくった。

人類の光たる西洋の先進的民主主義諸国万歳！　それらの国々はわれわれがようやく踏み出した道を、先の見えない、ためらいがちな足取りで、長きにわたって歩み続けてきたのである！　われわれの勇敢な連合諸国万歳！

一八　ケレンスキーへのインタビュー

ＡＰ通信の記者がまずケレンスキーに迫ってみた――「ケレンスキーさん、イギリスとフランスでは、人々は〔ロシアの〕革命に失望していますが……」と彼は切り出した。「ええ、わかっていますとも。海外では革命はもはや流行遅れですからね」とケレンスキーは揶揄《やゆ》するように記者の言葉を遮《さえぎ》った。「ロシア人たちがなぜ戦うのをやめてしまったのか、あなたはどう説明されますか？」「愚問ですな」とケレンスキーは気色ばんだ。「全連合国の中で先陣を切ったのはロシアであり、長きにわたってもっぱら矢面《やおもて》に立たされてきたんですよ。これまでにロシアが被った損害は、ほかの全連合国のそれを合わせたよりも、さらに想像を絶するほど大きいのです。ロシアは今や連合国に対し、今度は彼らがよりいっそうの武力を行使してくれと要求する権利があるのです」。そこでケレンスキーは間を置いて、質問者を凝視した。「なぜロシア人は戦うのをやめてしまったのかと、あなたは問う——それならわれわれロシア人は、ドイツの軍艦がリガ湾にいるというのに、イギリス海軍の艦隊はいったいどこにいるのだと問わせてもらいましょう』。再びケレンスキーは唐突に言葉を切り、同じく唐突に怒りを爆発させた。「ロシア革命は挫折などしていない、そして革命軍も挫《くじ》けたりはしていない。軍隊に混乱を引き起こしたのは革命ではない——あの混乱ぶりは何年も前に旧体制がもたらしたものだ。なぜロシア人は戦わないのかって? お教えしよう。大衆一般は経済的に疲弊しているからであり、そして彼らは連合国に幻滅しているからだ!』」。

ここには抜粋を掲げたが、このインタビューの全文はアメリカへ打電された。そして数日後、「変更」するようにとの要求付きで、アメリカの国務省から送り返されてきた。ケレンスキーは拒否したが、秘書のダヴィド・ソスキスが手を入れた——こうして連合国に対する批判的な言及は一切削除された上で、世界中の各紙に配信された……。

第三章

一九　工場委員会の決議

労働者による管理

1. 本文一一七ページ参照。

2. 「労働者による管理」を組織的に行うことは、工業生産の分野における健全な活動の現れである。それは政治の分野における政党、雇用における労働組合、消費における協同組合、そして文化の領域における文学クラブと同様である。

3. 資本家階級に比べて……労働者階級は工場を適切かつ円滑に運営することにはるかに高い関心を抱いている。その点で、近代社会のため、そして国民全体のために、「労働者による管理」は工場主の恣意《しい》的な意志よりも確実である。その工場主たちは物質的利益や政治的特権といった利己的な欲望だけに導かれている。したがって、プロレタリアートはみずからの利益のためだけでなく、国全体の利益のために「労働者による管理」を要求しているのであり、革命的軍隊ばかりか革命的農民層によっても支持されるべきものである。

4. 大半の資本家階級が革命に敵意を抱いていることを考えれば、原料と燃料の適切な配分も、そして工場経営を最大限効率的にすることも、「労働者による管理」によらなければ実現できない。

5. 労働に対する確固たる自己規律を発展させ、労働の潜在的な生産力を最大限開発するのにふさわしい状況を創り出す唯一の方法は、資本主義的企業に対して「労働者による管理」を導入することである。それによって労働者たちの間に仕事に対する自覚的な態度を育成し、仕事の社会的意義を明確にするのである。

6．近い将来、産業が戦時体制から平時のものへと転換することを考えれば、各工場内だけでなく、全国規模で労働の再配分を滞《とどこお》りなく達成するには、労働者たち自身による民主的な自治という方法によるしかない。……したがって産業の戦時動員体制を解除するために、「労働者による管理」は不可欠の前提なのである。

7．これから成果をあげていくには、ロシア社会民主労働党（ボリシェヴィキ）が発表したスローガンのとおりに、全国規模の「労働者による管理」をあらゆる資本主義的事業にまで押し広げなければならない。系統立てずに場当たり的に適用するのではだめだ。しっかりと計画を練り、この国の産業活動全般から遊離しないようにしなければならない。

8．ロシアの経済活動（農業、工業、商業、運輸）は、ひとつの統一的な計画に従うようにすべきである。その計画は膨大な一般大衆の個人的および社会的ニーズを満たすように構築されていなければならない。そして選挙で選ばれた代表者たちの承認を得て、それらの代表の指導のもとに、全国および地方の諸組織によって実施されるべきである。

9．右の計画の中で、土地耕作に関わる部分は農民と農場労働者の諸組織の監督のもとで実施されるべきである。賃金労働者が従事する工業、商業、運輸に関する部分は「労働者による管理」によって実施されるべきである。各工場内の「労働者による管理」の自然な機構は、工場委員会またはそれに類するものとなろう。そして労働市場においては労働組合が担当すべきである。

10．どの分野の労働においても、大多数の労働者のために労働組合が締結する団体賃金協約は、各地区で賃金労働者を雇用する全工場主を法的に拘束するものでなければならない。

11．雇用局は、産業計画全体の範囲内でその計画に従って活動する〔労働者の〕階級組織としての労働組合によって、管理・運営されなければならない。

12．労働組合は、労働契約や労働法に違反するあらゆる雇用主に対して、みずから率先して法的措置を取る権利を持つべきである。そしてそれはあらゆる分野のあらゆる労働者個人のために行われる。

13．生産、流通、雇用の「労働者による管理」に関連するいかなる問題についても、労働組合は工場委員会を通じて個々の工場労働者と協議しなければならない。

14．雇用と解雇、休暇、賃金体系、就労拒否、生産性とスキルのレベル、協約破棄の根拠、経営陣との紛争、および工場内の活動におけるその他の類似の問題に関しては、もっぱら工場委員会の判断に基づいて解決されなければならない。同委員会は問題を検討するメンバーから工場経営陣を除外する権利を持つ。

15. 工場委員会は、工場への原料、燃料、注文、労働力および技術スタッフ（設備を含む）、およびその他の一切の物資や装備の供給を管理するために、また工場に総合的産業計画を確実に遵守《じゅんしゅ》させるために、委員会を設立する。工場の経営陣は「労働者による管理」の実施機関に対する支援と情報提供として、経営に関する一切のデータを提供する義務を負う。また、このデータを確認できるようにし、工場委員会の要求があれば経営会社の帳簿類を提示する義務を負う。

16. 経営陣による違法行為を工場委員会が発見した場合、あるいは労働者だけでは調査または是正できない何らかの違法行為の疑いがある場合、その地区で当該の労働部門を担当する工場委員会の中央機関に委ねるものとする。同中央機関は総合的産業計画の実施を担当する諸機構とその問題を検討し、場合によっては工場の接収も含め、対処方法を見出すものとする。

17. 各社の工場委員会は、それぞれの業種に応じて連合すべきである。それは産業の当該部門全体の管理を容易にするためであり、総合的産業計画の枠内で活動できるようにするためである。それによってまた、各種工場間で注文、原料、燃料、技術スタッフと労働力の効果的な配分計画を創り出すためであり、さらに、産業別に組織されている労働組合との協力を容易にするためでもある。

18．労働組合と工場委員会の各種中央評議会は、当該の地方および地区の諸機構に属するプロレタリアートを代表するものである。それら諸機構は、総合的な産業計画の細部を作成して実施し、また都市部と村落（労働者と農民）の経済的関係をとりまとめるために設立される。各種中央評議会はさらに、各地の「労働者による管理」に関する限り、工場委員会と労働組合の運営の最終的な権限を持ち、日常の生産活動における労働者の規律に関して拘束力のある規則を発令する。ただし、それらの規則は労働者たち自身の投票によって承認されなければならない。

二〇　ブルジョア系の新聞のボリシェヴィキに対する論評

「ルースカヤ・ヴォーリャ（ロシアの意志）」紙、一〇月二八日

決定的瞬間が近づいている。……ボリシェヴィキにとっての決定的瞬間だ。彼らは……〔蜂起した〕七月一六～一八日の事件を再現するか、さもなくば、明らかに国民的な一切のものと手を切ることをめざす計画、意図、そして尊大な政策を掲げたおかげで、間違いなく敗北を喫《きっ》したと認めるしかないだろう。

ボリシェヴィキが成功する可能性はどれほどあるのか？

この問いに答えるのは難しい。……なぜならば彼らを支えている第一のものは一般大衆の無知だからだ。〔ボリシェヴィキの〕連中はそこに賭け、大衆扇動《デマゴギー》によってそこにつけ入っているのだが、それは阻止しようがない。……

この件では政府も役割を果たすべきだ。ロシア共和国暫定評議会に道義的に支えられつつ、政府はボリシェヴィキに対して極めて明確な態度を取るべきである。

そしてもしボリシェヴィキが合法的な権力に対して蜂起を挑発し、それによってドイツ軍の侵略を手助けするならば、彼らは反逆者・裏切り者として扱われなければならない……。

「ビルゼヴィヤ・ヴェドモスチ（為替新聞）」紙、一〇月二八日

ボリシェヴィキがみずから民主勢力のその他の部分と一線を画《かく》すことにした今、彼らに対する闘争は俄然《がぜん》単純なものになった——そしてボリシェヴィズムと戦う上で、彼らが何らかの示威的な行動に出るのを待つのは不合理だ。政府はそんな示威行動さえ許してはならない。……

武装反乱と無政府状態《アナーキー》を呼びかけるボリシェヴィキの行為は、刑事訴訟によって罰せられるべきものである。そしてどれほど自由な国々であっても、扇動の首謀者である彼らは

厳罰に処せられるはずだ。なぜならボリシェヴィキが実行していることは政府に対する政治闘争ではなく——それどころか権力掌握のためですらなく——アナーキー、大量虐殺、そして内戦のためのプロパガンダだからだ。このプロパガンダは根こそぎにされなければならない。〔ユダヤ人に対する〕虐殺《ポグロム》を呼びかけるアジテーションに対処するのに、そのポグロムが実際に起きてしまってから行動を起こすというのはおかしな話だ……。

「ノーヴォエ・ヴレーミャ（新時代）」紙、一一月一日

……政府は九月一二日や一〇月三日[15]のことは気にかけなかったというのに、なぜ一一月二日（全ロシア・ソヴィエト大会の招集予定日）のことはしきりに気にしているのか？ロシアが燃え上がって倒壊するのも、そしてその大災の黒煙が連合国の目に沁《し》みるのも、これが初めてではない……。

権力の座に就いて以来、政府は無政府状態を収拾するための命令を一本でも発しただろうか？　あるいはロシアが見舞われている大火を消そうとする者が一人でもいただろう

15　九月一二日はボリシェヴィキがソヴィエトで多数派を占めたこと、一〇月三日は臨時政府が民主主義会議を開いたことを指すと思われる。

か？

ほかにやるべきことがあったとでもいうのだろう……。

政府はもっと目先の問題に注意を向けたわけだ。反乱（コルニーロフのクーデターの企て）を粉砕したのだが、それについて今や誰もが「そんなことがあったかな？」などと言っている。

二一　穏健派社会主義派の新聞のボリシェヴィキに対する論評

「デーロ・ナローダ（人民の大義）」紙、一〇月二八日（社会革命党）

革命に対するボリシェヴィキのもっとも恐るべき犯罪は、大衆に苛酷《かこく》な苦しみをもたらしているあらゆる災難を、もっぱら革命政府の悪意のせいにしていることだ。そうした災難は実際は客観的な要因に基づいているのにである。

彼らは大衆に夢のような約束ばかりするが、ひとつも果たせないことは先刻承知なのである。彼らは大衆を偽りの道へ導き、苦難の原因が何かという点については大衆を騙そうとしている……。

ボリシェヴィキは革命のもっとも危険な敵なのである。

「デーニ（日《ひ》）」紙、一〇月三〇日（メンシェヴィキ）

本当にこれは「報道の自由」と言えるだろうか？「ノーヴァヤ・ルーシ」紙と「ラボーチー・プーチ」紙は日々公然と反乱を起こさせようと挑発を繰り返している。両紙は日々その各欄で実際に犯罪行為を行っているのだ。どちらも日々ポグロムを呼びかけている。……これが「報道の自由」だろうか？

政府はみずからを、そしてわれわれを守るべきである。流血の暴動が起きる恐れが市民の生活を脅かしている中、それを座視していないようにと、われわれは政府機構に迫る権利がある。

二二「エジンストヴォ（統一）」紙

プレハーノフが主宰する「エディンストヴォ（統一）」紙は、ボリシェヴィキが権力を奪取して数週間後に発行を停止した。巷《ちまた》の伝聞と異なり、同紙はボリシェヴィキ政権によって弾圧されたのではない。最終号に載った通知によれば、購読者が少なすぎて発行を続けられないのだと認めていた。

二三　ボリシェヴィキは陰謀家か？

ペトログラードのフランス語新聞、「アンタント」紙の一一月一五日の記事から以下、抜粋する。

ケレンスキーの政府は議論をし、躊躇《ちゅうちょ》する。レーニンとトロツキーの政府は攻撃し、行動する。

後者は陰謀家の政府と呼ばれているが、それは間違っている。簒奪《さんだつ》者の政府と言うなら、そのとおりだ。敵に勝利して政権に就くあらゆる革命政府と同様である。だが陰謀家――それは違う！

違うのだ！　彼らは陰謀を巡らしたりはしない。その反対に、彼らは公然と、大胆に、言葉を濁すことなく、真の意図を偽ることもなく、アジテーションを拡大し、工場、兵舎、前線、地方、その他あらゆるところで、プロパガンダを強化した。武装蜂起の日取りまで、すなわち権力奪取の日取りまであらかじめ決定していたのだ。

いい、いい、そんな彼らが……陰謀家？　あり得ない……。

二四　蜂起に反対する訴え

中央軍隊委員会より

……われわれは何よりもまず、大半の人々の組織的な意志を確固として実現することを強く要望する。その意志はロシア共和国暫定評議会と全ロシア・ソヴィエト中央執行委員会（ツェー・イー・カー）との一致のもと、民衆の権力機関である臨時政府によって表明されているものである。

政府が危機に陥《おちい》れば間違いなく無秩序、国の破滅、そして内戦が起きるというこの時にあって、この権力を暴力によって排除しようとするいかなる示威行動《デモンストレーション》も、軍は反革命的行為とみなし、武力で鎮圧するだろう。

民間の諸団体と各階級にはそれぞれの利害があるが、ただひとつの利害を優先すべきである――すなわち工業生産の増大と、生活必需品の公平な分配だ。

サボタージュや、混乱や無秩序を引き起こすあらゆる者、そしてすべての脱走兵、兵役忌避者、略奪者は、強制的に前線部隊の後方で補助的作業に従事させるべきである。

人々の意志を侵害する右のような者たち、つまり革命の敵どもは、まとめて労働部隊を編成し、敵の砲火にさらされている前線の後方、前線、そして塹壕で働かせるべきである。

二五　一一月六日、夜の出来事

日が暮れかかるころ、赤衛隊の各部隊がブルジョア系の新聞各紙の印刷所を占拠《せんきょ》しはじめ、そこで「ラボーチー・プーチ」と「ソルダート」の両紙および種々の声明文を何十万部も印刷した。市の民警団はこれら各所の占拠者を排除するよう命じられたが、オフィスはどこにもバリケードが築かれ、武装した男たちが防衛していた。印刷所の攻撃を命じられた兵士たちはそれを拒んだ。

深夜ごろ、士官候補生《ユンケル》の一個中隊を率いる大佐が一人、「ラボーチー・プーチ」紙の編集者の逮捕令状を持ってクラブ「自由な心」に到着した。するととたんに外の街路に大群衆が集結し、ユンケルたちをリンチするぞと脅した。そこで大佐は自分とユンケルたちを逮捕して、身の安全のためにペトロパヴロフスク要塞《ようさい》の監獄へ連行してくれと懇願《こんがん》した。そしてそのとおりになった。

午前一時、スモーリヌイから来た兵士と水兵の分遣隊が電信局を占拠。午前一時三五分、郵便局も占拠。朝が近づくころには軍用ホテルも、そして午前五時には電話交換局も押さえられた。夜明けには国立銀行が包囲された。そして午前一〇時、冬宮《とうきゅう》の周囲に各部隊による非常線が張られたのである。

第四章

二六　一一月七日の出来事
　午前四時から夜明けまで、ケレンスキーはペトログラード参謀本部に残り、コサック部隊とペトログラードやその周辺の士官学校にいる士官候補生《ユンケル》たちに命令を発しつづけた。だがいずれも動きが取れないと返答した。

　ペトログラード市の軍司令官ポルコフニコフ大佐は、明らかに何の方策もないままに、ただ参謀本部と冬宮の間をせわしなく行き来していた。ケレンスキーは跳ね橋《はばし》を上げるよう命令した。何の動きもなく三時間が過ぎてから、ようやく将校一人と部下五人が自主的に橋へ向かい、赤衛隊の歩哨《ほしょう》らを追い散らし、ニコライ橋の橋桁《はしげた》を上げた。だが彼らが立ち去ると、すぐに水兵たち数人がまた橋桁を下ろしてしまったのだった。

　ケレンスキーは「ラボーチー・プーチ」紙の印刷所の占拠を命じた。その任務を帯びた将校は一個分隊の兵士をつけてやると言われた。だが二時間後にはユンケルを何人かつけると言われ、やがて命令自体が忘れられてしまった。

　臨時政府側は郵便局と電信局を奪還しようと試みた。だが数発の銃弾が飛び交ったのち、政府軍の部隊はこれ以上ソヴィエトと敵対しないと発表した。

ユンケルたちの代表団に対してケレンスキーはこう言った——「臨時政府の首班として、そして最高司令官として、私は何も知らない。君たちにアドバイスはできない。だがベテランの革命家として君たち若き革命家に呼びかけたい——持ち場に留まり、これまで革命が勝ち得た成果を守り抜いてくれ」。

一一月七日、キシキンの命令。

臨時政府の布告により……私はペトログラードにおける秩序の回復のため、特別権限を与えられており、軍民のあらゆる権力を指揮する全権を握っている。……

臨時政府によって付与された権限に基づき、私はここにペトログラード軍管区司令官の役職からゲオルグ・ポルコフニコフ大佐を解任する。……

コノヴァロフ副首相が署名した一一月七日付「住民への訴え」

市民たちよ！　祖国、共和国、そして諸君の自由を救え。人民によって選ばれた唯一の政治権力である臨時政府に対して、頭に血がのぼった連中が反乱を引き起こした。……

臨時政府のメンバーはみずからの義務を果たし、役職に留まり、祖国の利益のため、秩序の回復のため、憲法制定議会招集のため、ロシアの未来の主権のため、そしてロシア国民すべてのために、働きつづけている……。

市民たちよ、みなさんは臨時政府を支えなければならない。その権威を強化しなければならない。これらのいかれた連中に立ち向かわなければならない。その者たちは憲法制定議会を挫折させ、革命が勝ち得た成果とわれらの大切な祖国を滅ぼすために、自由と秩序のあらゆる敵と、帝政の追従者たちと、手を結んでいる。……

市民たちよ！　臨時政府を中心に団結し、その暫定的な権威を守り抜け――秩序とすべての人民の幸福の名において。……

臨時政府の声明文

ペトログラード・ソヴィエトは……臨時政府は廃されたと宣言し、ペトロパヴロフスク要塞《ようさい》の大砲と、ネヴァ川に係留中の巡洋艦アウロラ号から冬宮を砲撃すると脅しながら、政府権力を彼らに引き渡すよう要求している。

政府は憲法制定議会にのみ権力を譲ることができる。このため、政府は〔ソヴィエトの要求に〕屈しないことを決定し、国民と軍の支援を要請することにした。軍総司令部《スタフカ》へ電報を打ったところ、強力な分遣隊を派遣するところだとの返答があった。……

軍と民衆は、銃後に反乱を引き起こそうというボリシェヴィキの無責任な企てを拒絶せよ……。

午前九時ごろ、ケレンスキーは前線をめざして出発した。

晩近くになってから、ペトロパヴロフスク要塞の守備隊の代表として、自転車に乗った二人の兵士が参謀本部に現れた。キシキン、ルーテンベルク、パルチンスキー、バグラトゥーニ将軍、パラデロフ大佐、トルストイ伯爵が集まっていた会議室に入ると、二人は参謀らに対し、ただちに降伏するよう要求した——拒否すれば本部を砲撃すると脅しながら……。慌てふためきながら二度の会議を開いたのち、参謀らは冬宮へ撤退し、参謀本部は赤衛隊に占拠された。

午後遅く、数台のボリシェヴィキの装甲車両が宮殿広場の周囲を走り回り、ソヴィエト側の兵士たちは冬宮の士官候補生《ユンケル》と交渉しようとしたが、うまくいかなかった……。

午後七時ごろ、冬宮への銃撃が開始された。

午後一〇時には三方向から砲撃が開始されたが、大部分は空砲で、宮殿の正面の壁に当たったのはわずかに榴散弾《りゅうさんだん》三発だった。

二七　ケレンスキーの逃亡

一一月七日の朝にペトログラードを発《た》ったケレンスキーは、自動車でガッチナへ到着し、そこからは特別列車を要請。晩近くにはプスコフ州オストロフに着いていた。翌朝、地元の労兵ソヴィエトの臨時会議が開かれ、コサックの代表たちも参加した（オストロフにはコサック兵六〇〇〇名がいた）。

ケレンスキーは会議で演説し、ボリシェヴィキと対抗するために援助を訴えたが、ほとんどコサックたちに向けて語っていた。兵士の代表者たちは抗議した。「どうしてここへ来たのだ？」と兵士たちは口々に叫んだ。ケレンスキーは答えた——「ボリシェヴィキの蜂起を粉砕《ふんさい》するために、コサックの支援を求めに来たのだ！」。これには激しい抗議の声があがり、ケレンスキーが次のように続けるとさらにひどくなった——「私はコルニーロフの企てを挫《くじ》いた。そしてボリシェヴィキの企ても挫いてやる！」。あまりの喧騒にケレンスキーは演壇を降りざるを得なかった……。

兵士代表とウスリー地方のコサックたちはケレンスキーを逮捕することにしたが、ドン・コサックがそれを阻止し、列車に乗せて逃した……。その日のうちに設立された軍事革命委員会は、プスコフの守備隊に通報しようとしたが、電話線も電信線も切断されていた……。

ケレンスキーはプスコフには到達できなかった。首都ペトログラードの攻撃に派遣される部隊の移動を阻止するために、革命派の兵士たちが鉄道路線を遮断していたのだ。一一月八日、ケレンスキーは自動車でルガに到着。現地に駐屯する決死大隊の歓迎を受けた。翌日、南西戦線へと向かい、司令部の軍隊委員会を訪れた。しかし第五軍はボリシェヴィキの蜂起が成功したとの一報に熱狂して沸き返っており、軍隊委員会はケレンスキーに何ら支援を約束することができなかった。

そこからケレンスキーはモギリョフにあった軍総司令部《スタフカ》へ行き、戦線のそれぞれ異なる場所にいる一〇個連隊にペトログラードへの進撃を命じた。兵士たちはほぼ例外なく拒絶した。進撃を開始した連隊もあったが、途中で停止した。最終的にケレンスキーに従ったのは、約五〇〇〇名のコサック兵だった……。

二八　冬宮の略奪

冬宮でまったく略奪がなかったと言うつもりはない。冬宮が陥落する前にも後にも、そうとうな盗難が見られた。しかし社会革命党の機関紙「ナロード（人民）」紙および市ドゥーマのメンバーによる声明文が、五億ルーブル相当の貴重品が盗まれたとしたのは、ひどい誇張である。

宮殿のもっとも貴重な重要美術品――絵画、彫刻、タペストリー、稀少な磁器、そして武具――は九月中にモスクワへ疎開させられていた。そしてボリシェヴィキの部隊がクレムリンを陥落させた一〇日後でも、宮殿の地下室にきちんと保管されていた。この点は私自身、証言することができる……。

しかしながら、個人――特に一般市民――は冬宮の占拠から数日間は自由に宮殿内に立ち入ることができたため、銀食器、時計、寝具、鏡、残っていた貴重な磁器製の花瓶、それに半貴石など、約五万ドル相当を持ち逃げした。

ソヴィエト政府は盗品回収のため、芸術家と考古学者たちから成る特別委員会をただちに設立。一一月一四日[16]に二通の声明文を発表した。

ペトログラードの市民よ！

一一月七日から八日にかけた夜に冬宮から盗まれた物品を、全市民が全力を尽くし、何であれ、できるだけ発見し、冬宮の司令官へ提出することをわれわれは緊急に要請する。盗品を受け取った者、古物商その他、それらの物品を隠し持っていることが立証された者は、法的責任を問われ、厳罰に処せられるだろう。

美術館・芸術品保護担当コミッサール

G・ヤトマノフ、B・マンデルバウム

16　原書は一一月一日とあるが、これはロシア暦で、西暦では一四日。

連隊および艦隊各委員会へ

一一月七日から八日にかけた夜、ロシアの民衆の固有の財産である冬宮において、貴重な芸術品類が盗まれた。

われわれは、盗品が冬宮に返却されるよう、全員が全力を尽くすことを緊急に訴えかける。

美術館・芸術品保護担当コミッサール

G・ヤトマノフ、B・マンデルバウム

略奪品の約半数は回収され、中にはロシア国外へ出ようとしていた外国人の荷物から見つかったものもあった。

スモーリヌイからの提案で芸術家や考古学者らの会議が開かれ、冬宮の宝物の目録を作るための委員会が任命された。その委員会は、冬宮およびペトログラードのすべての芸術品コレクションと国立博物館の調査を全面的に委託された。一一月一六日以降、冬宮は目録作成が終了するまで一般公開が中止された。

一一月の最終週には、人民委員会議の名で布告が出され、冬宮は「人民博物館」と改称され、芸術・考古学委員会に管理を全面委任し、以降、宮殿内では政府の一切の活動が禁止された。

二九　女性大隊への暴行

冬宮の陥落直後、防衛に当たっていた女子大隊の運命について、反ボリシェヴィキ系の新聞各紙には、ありとあらゆるセンセーショナルな話題が掲載され、市ドゥーマでも流布された。女性兵士の一部は窓から通りに突き落とされ、ほかはほとんどの者が性的暴行を受け、おぞましい体験を味わわされたために多くが自殺した、などと伝えられたのだ。

市ドゥーマはこの件を調査するために委員会を任命した。一一月一六日、委員たちは女性大隊の司令部があるレヴァショヴォから戻った。ティルコワ夫人の報告によれば、女性兵士たちはまずパブロフスキー連隊の兵舎へ連れて行かれ、そこで一部はひどい扱いを受けた。だが現在は大部分の隊員がレヴァショヴォにおり、残りは市内の私人宅にばらばらに滞在しているという。同じく委員であるマンデルバウム博士は、冬宮の窓から投げ出された女性は一人もおらず、負傷した者も一人もおらず、暴行を受けたのは三名、自殺者は一名で「自分の理想の実現に絶望した」との遺書を残した、と淡々と証言した。

一一月二一日、軍事革命委員会は正式に女性大隊を解散させた。それは女性隊員たち自身の希望によるもので、彼女たちは市民生活に戻った。

ルイーズ・ブライアント[17]の著書『ロシアでの赤い六カ月』には、この間の女性兵士たちに関する興味深い描写がある。

第五章

三〇　訴えや声明

以下は一一月八日、軍事革命委員会が発表したもの。

すべての軍隊委員会および兵士代表ソヴィエトに告ぐ

ペトログラード守備隊は、革命と人民に反旗を翻したケレンスキー内閣を打倒した……。この知らせを前線および全国に通知するに当たり、軍事革命委員会は将校らの行動を絶えず監視するよう全兵士に要望する。率直かつ公然と革命への支持を表明しない将校らはただちに敵として逮捕すべきである。

ペトログラード・ソヴィエトは新政府の方針を次のように理解している――ただちに全面的な民主主義的講和を提案すること、大地主の土地をただちに農民の手に移すこと、および憲法制定議会を期日どおりに招集すること。人民の革命的な軍隊は革命への忠誠が疑わしい部隊がペトログラードへ派遣されることを許してはならない。〔そのためには〕議論をして、道義的に説得すること――ただし、それが失敗した場合は容赦のない武力によりその部隊の移動を阻止せよ。

本命令はただちに全軍の全部隊に対して読み聞かせなければならない。兵士大衆から本命令に関する情報を隠そうとする者は……革命に対する重犯罪人であり、革命的法規に基づき厳罰に処されるであろう。

兵士たちよ！　平和、パン、土地、そして人民の政府のために！

前線および後方の全軍・軍団・師団・連隊・中隊委員会および全労兵農ソヴィエトに告ぐ
兵士たちおよび革命的将校たちよ！
軍事革命委員会は、大多数の労働者、兵士、農民の合意に基づき、コルニーロフ将軍とその陰謀の全加担者をただちにペトログラードへ連行してペトロパヴロフスク要塞〔の監獄〕に収監し、軍事革命法廷で罪状認否を行うことを命じた……。
この命令に従わない者はすべて革命に対する裏切り者であると当委員会は宣告し、その者らがこれまでに発した命令は無効であると、ここに宣言する。

17　ルイーズ・ブライアント（一八八五～一九三六年）。フェミニズム運動などでも活躍したマルクス主義者のアメリカ人ジャーナリストで、本書の著者ジョン・リードの妻。十一月革命時は共にペトログラードで取材していた。

ペトログラード労兵ソヴィエト付属軍事革命委員会

全県・地区労兵農ソヴィエトに告ぐ

全ロシア・ソヴィエト大会の決議により、土地委員会委員の全逮捕者はただちに釈放されるものとする。彼らを逮捕したコミッサールらを逮捕せよ。

今この瞬間から全権力はソヴィエトに属する。臨時政府のコミッサールらは解任する。各地の各種ソヴィエトの議長は革命政府と直接的に関係を結ぶことを歓迎する。

軍事革命委員会

三一　市ドゥーマによる抗議文

もっとも民主的な原則に基づいて選出された議員たちから成る市ドゥーマは、未曽有の混乱のときにあって、市政府の行政および食料の供給を管轄する責務を引き受けている。現時点で、憲法制定議会まで残すところ三週間となり、外敵の脅威があるにもかかわらず、ボリシェヴィキ党は唯一の合法的な革命権力であるわれらを武力によって排除した。その上、市自治体の権利と独立を侵害しようとしており、彼らのコミッサールと彼らの非合法的な権威に従うことを要求している。

この悲惨で痛ましい瞬間に、有権者たちに向け、そして全ロシアに向けて、ペトログラード市ドゥーマはその権利と独立に対するどのような侵害にも屈しないことを声を大にして宣言し、首都の住民たちの意志によって与えられた責任ある職務に留まるであろう。ペトログラード市中央ドゥーマは、ロシア共和国の全ドゥーマおよび地方評議会《ゼムストヴォ》に対し、ロシア革命最大の成果のひとつ――人民による自治の独立性と不可侵性――を守るために、結集せよと呼びかける。

三二「土地に関する布告」――農民たちの訓令《ナカース》

土地問題を永久に解決できるのは全国的な憲法制定議会のみである。

土地問題に対するもっとも公正な解決策は下記のとおりとすべきである。

1. 土地私有の権利は永久に廃止される。土地の売却、賃貸、抵当権設定、譲渡は、一切行うことはできない。国有地、貴族領地、御料地・修道院・教会に属する土地、工場地、世襲地、私有地、公有地、農民自由所有地、その他は無補償で没収され、国有財産となり、それらの土地を耕作する労働者たちが利用できるようにする。

この所有権の社会的変革で損失を被る者は、新たな生活条件に適応するのに必要な期間は公的支援を受ける権利を持つ。

2．地下資源——鉱物、石油、石炭、塩など——および森林と水資源は国民的重要性があるため、国家の独占的財産となる。ただし、当該地域の自治体の機関が管理運営することを条件とする。一切の小規模な小川、湖、森林は地域共同体が利用できるものとする。

3．科学的な農法を行っている一切の土地——果樹園、農場、養樹園、苗床、温室、その他——は分割せず、模範農場に転換し、面積と重要度に応じて国家または地域の管轄とする。

建物・宅地・公有地・村落は付属の菜園・果樹園を含め、引き続き現所有者のものとし、それらの土地区画の面積とその利用に対する税率は法によって定める。

4．種馬の飼育場、官営および私営の牧畜農場・養鶏場、その他は没収して国民の財産とし、その面積と重要度に応じて国家または地域に移管する。

右記に対する補償についての一切の問題処理の権限は憲法制定議会にある。

5．没収地の登記済みの農業資産、農機具、家畜は、その質と重要度に応じて、無補償で国家または地域へ移管する。

そのような機械類および家畜の没収は、農民たちの小規模な資産には適用されない。

6. 土地を利用する権利は、男女の区別なく、自身でまたは家族の協力により、あるいは協同組合によって耕作することを望む全市民に与える。ただし、実際に耕作できる者に限る。雇用労働者の使用は認めない。

農村共同体内に、身体的障害により働くことができない期間が二年に及ぶメンバーがいる場合、その農村共同体は共同で土地を耕作してその人物を支援すること。

高齢または病気によってみずから耕作する能力を永久に失った者は、自己の土地を放棄し、代わりに政府の年金を受け取る。

7. 土地の用益は平等なものにする――すなわち、土地は各地の状況に応じ、労働者の数と各個人の必要な消費量に応じて分配される。

どのように土地を利用するかは個別に決定することができる――自作農家・農場・共同体による経営や協同組合など、各村落と開拓地の住民によって決定される。

8. 一切の土地は没収後、人民の土地基金《ファンド》にプールされる。それらの土地は社会的地位による区別なく、耕作者に分配されるが、それは農村の民主主義的組織から都市部の公的機関にいたるまで、各地域または中央の行政機関が行う。ただし、都市と農村の協同組合組織は例外とする。

土地基金〔にプールされた土地〕は人口増加、生産性向上、農村経済の状況などに応じて定期的に割替をする。

割り当て地の境界線を見直す場合は、当初分配した土地の中核部分は変更せずにもとのままとする。

農村共同体を離れる者がいる場合、その土地は土地ファンドに返還される。その土地を再分配する際は、その者の近親者または指定の者が優先される。

土地を土地ファンドに返還する場合、その土地の肥料や土地改良にかかった費用がまだ償却されていない場合、返金される。

土地ファンドの土地が不足して住民に行き渡らないような地域があれば、余剰の住民はほかへ移住しなければならない。

移住の計画・実施、およびその費用、移住者が必要とする農機具や家畜の提供は、国家の責務とする。

移住は次のような優先順位で行う――第一は、土地を持たない農民で移住を希望する者。続いて地域社会の好ましくない住民、脱走兵など。最後に住民の合意の上での抽選。

本訓令《ナカース》に含まれるすべての内容は、ロシアの自覚ある大多数の農民たちの明白な意志の表明である。ただし、これは憲法制定議会が招集されるまでの暫定的な法令であることをここに宣言し、地区農民ソヴィエトの決定によって可能な範囲でただちに発効するものとし、一部の条項は徐々に発効させていく。

三三　土地問題と脱走兵

脱走兵にも土地の分配を受ける権利を認めるかどうかという問題については、政府は無理に結論を出す必要がなくなった。なぜなら終戦と軍の動員解除によって、脱走兵という問題が自動的に消えてなくなったからだ。

三四　人民委員会議

人民委員会議は当初は完全にボリシェヴィキだけで構成されていた。しかしそれはボリシェヴィキだけの責任でそうなったわけでもない。一一月八日、ボリシェヴィキは左翼エスエルのメンバーらに閣僚のポストの提供を申し出たが、断られたのだ。

第六章

三五　呼びかけと批判

全市民および社会革命党の軍事組織への訴え

ボリシェヴィキの愚かな企ては完全な破綻《はたん》が目前だ。守備隊は不満を抱いており……省庁は仕事をしておらず、パンは不足している。ひと握りのボリシェヴィキを除いて、政党各派はすべて全ロシア・ソヴィエト大会から離脱した。ボリシェヴィキは孤立している！あらゆる類の乱行、破壊や略奪行為、冬宮への砲撃、恣意的な逮捕――ボリシェヴィキによるこのような種々の犯罪行為によって、大多数の水兵や兵士はボリシェヴィキに対する反発を強めている。艦隊中央委員会《ツェントロフロート》もボリシェヴィキの命令に従うことを拒否している。……

われわれはすべての分別ある人々に呼びかける――「祖国・革命救済委員会」を中心に結集せよ。そしてわが党中央委員会が指示を出せばすぐに反革命派に対抗できるよう、本腰を入れて準備を進め、国外の敵を注意深く監視するように。反革命派は、ボリシェヴィキの冒険が挑発したさまざまなトラブルにつけ込もうとするに違いない。国外の敵もまた、前線の防衛が弱体化した隙《すき》をとらえようとするに違いない。……

社会革命党・軍事部門中央委員会

次は〔ボリシェヴィキの機関誌〕「プラウダ」紙

ケレンスキーとは何者か？

簒奪者《さんだつしゃ》である。コルニーロフとキシキンと共にペトロパヴロフスク要塞の監獄をその

「宮殿」とすべきなのだ。

彼を信頼した労働者、兵士、農民に対する裏切り者であり、犯罪者なのである。

ケレンスキー？　兵士を殺害する者だ！

ケレンスキー？　農民を公開処刑にする者だ！

ケレンスキー？　労働者の首を絞める者だ！

これぞまさに自由を虐殺しようとしている第二のコルニーロフの姿である！

第七章

三六　二通の布告

以下、三通のうちの二通の布告を掲げる。

出版について

革命とそれに引き続く日々の決定的に重大な時にあり、臨時革命委員会はあらゆる傾向の反革命的出版物を取り締まる一連の方策を取ることを余儀なくされた。

新しい社会主義政権は出版の自由に反する施策を取ることで、みずからの綱領の本質的な原理を侵害していると、ただちにあらゆる方面から批判の叫びが起こっている。

わが国においては「出版の自由」という盾に隠れて、富裕階級が出版の大部分を牛耳《ぎゅうじ》り、それによって民衆の精神を毒し、大衆の意識に混乱をもたらしている。われわれ労働者と農民の政府は、この点に国民の注意を促したい。

ブルジョア系の新聞こそがブルジョアジーの最強の武器のひとつであり、そのことは誰もが知っている。特に労働者と農民の新たな権力がようやく固まりつつあるこの極めて重大な瞬間に、その武器を敵の手に委ねておくことはできない。今このような時にあっては、新聞は爆弾やマシンガンに劣らず危険なのである。だからこそ、扇動的な新聞各紙が汚らわしい見解や中傷を垂れ流して人民のまだ若き勝利を溺れさせようとするのを阻止するために、臨時かつ特例的な措置が取られたのである。

新しい秩序が強固に確立され次第、出版に対する一切の行政的規制は停止される。最大限に幅広くかつ進歩的な規制に倣《なら》い、法的責任を守る限り全面的な出版の自由が認められるだろう。

ただし、たとえ危機的な時にあっても、出版の自由に対するいかなる制限も必要最低限の範囲でのみ認められるという事実を念頭に置きつつ、人民委員会議は以下のとおり布告する。

1. 下記の規定に該当する新聞は発行停止とする——（a）労働者と農民の政府に対す

るあからさまな抵抗または不服従を扇動するもの、（b）意図的かつ明らかに事実を歪曲して伝え、混乱を生み出そうとするもの、（c）法によって罰せられるべき犯罪的性格を有する行為を扇動するもの。

2．いかなる出版機関の一時的または恒久的閉鎖も、人民委員会議の決議に基づいて行われる。

3．本布告は一時的性格のものであり、市民生活の正常な状態が回復され次第、特別な命令《ウカーズ》によって無効とされる。

人民委員会議議長　ウラジーミル・ウリヤーノフ（レーニン）

労働者民兵について

1．全労兵ソヴィエトは労働者民兵を設立すること。

2．この労働者民兵は労兵ソヴィエトの指揮に全面的に服すること。

3．軍民双方の当局は労働者たちを武装させ、必要な技術的装備を提供するためにあらゆる支援を行わなければならない。その際に、政府陸軍省に属する武器を徴発する場合もある。

4．本布告は電報で公布される。

ペトログラード発、一九一七年一一月一〇日

内務人民委員　Ａ・Ｉ・ルイコフ

この布告はロシア全土で赤衛隊の部隊の設立を促し、引き続いて勃発した内戦ではそれらの赤衛隊はソヴィエト政府のもっとも有力な機関となった。

三七　ストライキ基金

ストライキ中の政府職員や銀行員たちを支援する基金のために、ペトログラードその他の諸都市の銀行や企業に加え、ロシアで営業している外国の企業も寄付金を出した。ボリシェヴィキに対するストに応じた者には全員、賃金全額が支払われ、増額された場合もある。やがて寄付者らはボリシェヴィキが完全に権力を掌握していることを理解するようになり、ストライキ用の資金のための寄付を拒むようになったため、ついにストは崩壊したのだった。

第八章

三八　ケレンスキーの進軍

一一月九日、ケレンスキーとその配下のコサック兵たちはガッチナに到着。現地の守備隊は

真っ二つに分裂したままという絶望的な状態で、あっという間に降伏した。ガッチナ・ソヴィエトのメンバーらは拘束され、初めは死刑だと脅されたが、神妙にしていたため、のちに釈放された。

コサックの前衛部隊はほぼ抵抗を受けずにパヴロフスク、アレクサンドロフスク、その他の駅を占領し、翌一一月一〇日の朝にはツァールスコエ・セローの郊外に達した。現地の守備隊はたちまち三つに分裂した。ケレンスキーに忠誠を誓う将校たち、「中立」を宣言した一部の兵士と下士官たち、そして一般の兵卒の大半はボリシェヴィキを支持していた。ボリシェヴィキ派の兵士たちはリーダーも組織も欠き、首都へ向けて退却した。ツァールスコエ・セローのソヴィエトもプルコヴォの村へ退いた。

プルコヴォから、宣伝用のビラを自動車一台に満載し、ツァールスコエ・セロー・ソヴィエトのメンバー六名がコサックらを説得するためにガッチナへ向かった。彼らはほぼ一日中、コサックの兵舎から兵舎へと、訴え、論じ立て、説明して回った。日も暮れかかるころ、数名の将校らに見つかって逮捕され、〔ケレンスキー配下のコサックの〕クラスノフ将軍の前に引き出された。将軍は言った――「お前たちはコルニーロフと戦い、今度はケレンスキーに歯向かっている。銃殺にしてくれる！」。

将軍は自分がペトログラード軍管区の最高司令官に任命されたときの命令書を読み上げると、

兵士たちにボリシェヴィキなのかと訊いた。そうだと言うと、クラスノフ将軍はどこかへ行ってしまった。間もなく将校が一人やって来て、彼らを釈放した。クラスノフ将軍の命令だという……。

そうこうする間にもペトログラードから使節団がひっきりなしに派遣された——ドゥーマから、「祖国・革命救済委員会」から、そして最後には鉄道労組全ロシア中央委員会（ヴィクジェリ）からも。内戦を終わらせるために何らかの合意が必要だと、鉄道労働者組合は執拗に求めた。そしてケレンスキーに対し、ボリシェヴィキと交渉すること、またペトログラードへの進軍を中止することを要請した。拒否すれば一一月一一日深夜零時をもってゼネラルストライキを行うと脅した。

ケレンスキーはその問題を社会主義者の閣僚たちおよび救済委員会と相談させてくれと言った。はっきり言えば優柔不断だったのだ。

一一日、コサックの前哨部隊がクラスノエ・セローに達したが、現地のソヴィエトと、軍事革命委員会の各勢力を寄せ集めただけの守備隊はわれ先に撤退し、降伏する者もいた。その晩、コサック部隊はプルコヴォにも達し、そこでは初めて本格的な抵抗に遭った。

コサックの脱走兵たちも少しずつペトログラードにやって来つつあった。ケレンスキーに騙《だま》されたのだという。ペトログラードは火の海で、ボリシェヴィキはドイツ軍を引き入れ、婦女子を殺し、見境なく略奪をしているとの声明文をケレンスキーは前線一帯にばら撒いたのだった。軍事革命委員会はコサック部隊に真の状況を知らせるため、訴えかける文書を何千部も持たせて数十人の宣伝用員《アジテーター》をただちに現地に派遣した。

三九　軍事革命委員会の声明文

労働者、兵士、農民代表の全ソヴィエトへ

全ロシア労兵農ソヴィエト大会は各地のソヴィエトに対し、一切の反革命的・反ユダヤ主義的騒擾《そうじょう》と、あらゆる類の虐殺行為《ポグロム》を防止するもっとも精力的な方策をとるよう命じる。労働者と農民と兵士たちの革命の名誉にかけて、いかなる混乱も容認することはできない。ペトログラードの赤衛隊、革命派の守備隊、そして水兵らは、首都で完全な秩序を維持している。

すべての地域の労働者、兵士、農民よ、ペトログラードの労働者と兵士の模範を見倣え。同志の兵士と、コサックよ、真の革命的秩序を守ることは、まさにわれわれの義務なのだ。

革命の中にあるロシア全土と、世界中が、諸君を注視している。

全ロシア・ソヴィエト大会は以下のとおり布告する。

ケレンスキーが復活させた前線における死刑を廃止する。

全国で宣伝活動《プロパガンダ》の完全な自由がふたたび保証される。いわゆる政治「犯罪」によって逮捕されているすべての兵士と革命的将校らはただちに釈放されるべきこと。

＊　＊　＊

ケレンスキー元首相は、人民によって地位を追われたにもかかわらず、ソヴィエト大会に従うことを拒み、全ロシア・ソヴィエト大会によって選出された合法的な政府——人民委員会議——との闘争を企てている。前線の部隊はケレンスキーへの支援を拒んだ。モスクワは新政府のもとに馳せ参じた。多くの都市（ミンスク、モギリョフ、ハリコフ）でソヴィエトが権力を握っている。労働者と農民の政府に対して進撃しようという歩兵部隊などない。同政府は軍と人民の確固とした意志に基づき、和平交渉を開始し、また、土地を農民たちに与えている。……

コサック兵はケレンスキーに騙され、ペトログラードへ進撃させられようとしているが、そのコサックたちがケレンスキーを押し留めないのであれば、革命軍は革命のかけがえのない成果――平和と土地――を防衛するために、全力を挙げて立ち上がることをここに警告する。

ペトログラードの市民たちよ！　ケレンスキーは首都から逃亡し、権力を放棄してキシキン（首都をドイツ軍に明け渡したいと考えていた男）と、黒百人組のルーテンベルク（市の食料供給を妨害した男）と、そしてパルチンスキー（全民衆に憎悪されている男）に譲り渡したのだ。ケレンスキーは逃げ出したのだ、諸君をドイツ軍と飢餓と血みどろの虐殺の餌食《えじき》として残したまま。反乱に立ち上がった人民はケレンスキーの大臣たちを逮捕した。すると瞬く間にペトログラードの秩序や物資供給が改善したのをみなさんも目にしているはずだ。ケレンスキーは貴族の資産家、資本家、投機家らの要求に応じて市民に対して進撃しようとしており、それは土地を地主に返すためであり、憎むべき破滅的な戦争を継続するためである。

ペトログラードの市民たちよ！　みなさんの大多数がケレンスキーが率いるコルニーロフ派に反対し、人民の革命政権を支持していることは知っている。だが無能なブルジョアの陰謀家たちの偽りの宣言などに騙されてはならない。彼らは容赦なく粉砕《ふんさい》されるだろう。労働者、兵士、農民たちよ！　われわれはみなさんに革命的な献身と規律を保つよう呼びかける。
何百万人もの農民と兵士はわれわれと共にある。
人民の革命の勝利は確実である！

四〇　人民委員会議の布告

本書では、私から見てボリシェヴィキの権力奪取に関係がありそうな布告だけを引用している。その他の布告はソヴィエト国家の構造に関する詳細な説明には必要なものだが、本書ではそこまで言及する余裕はない。準備中の二冊目の著書『コルニーロフからブレスト＝リトフスクへ』で詳しく扱うつもりでいる。

住居について

1. 居住者または占有者がいないあらゆる住居を差し押さえる権利は、各市の独立した自治体にある。
2. 各市当局は、各自が制定した法律や手続きに従い、住む場所がない、あるいは過密または不衛生な住まいにいる市民たちを、利用可能な住居に住まわせることができる。
3. 各市当局は、住居調査部を設け、その権限を規定することができる。

4. 各市当局は、住宅委員会を設置する命令を発し、その組織と権限を規定し、法律上の権力を与えることができる。

5. 各市当局は住宅裁判所を設置し、その権限と権力を規定することができる。

6. 本布告は電報で発布される。

内務人民委員　A・I・ルイコフ

＊　＊　＊

社会保険について

ロシアのプロレタリアートはその旗に記したとおり、賃金労働者だけでなく、都市部や農村の貧民も含め、完全な社会保険の実施を目指している。ツァーリの政府、経営者や資産家に加え、妥協的な連立政権も、社会保険に関する労働者たちの願望を理解しなかった。労働者と農民の政府は、労働者、兵士、農民の各ソヴィエトの支持を得て、ロシアの労働者階級と都市部や農村の貧民に対し、労働者諸組織が提案する方式に基づく社会保険に関する法律をただちに準備することを発表する。

1. 賃金労働者全員と都市部と地方の貧民全員への保険の適用。

2. 疾病、慢性的疾患、高齢、出産、寡婦や孤児、失業など、あらゆる種類の労働能力の喪失をカバーする保険の提供。
3. 保険料はすべて雇用者が負担。
4. 労働能力の喪失および失業に対しては、最低限でも賃金全額を補償。
5. 保険機構の労働者による完全な自治。

労働人民委員　アレクサンドル・シリャプニコフ

＊　＊　＊

人民教育について

ロシアの市民たちよ！

一一月七日の蜂起により、労働者大衆が初めて真の権力を勝ち取った。全ロシア・ソヴィエト会議はその権力を一時的にその執行委員会と人民委員会議の両方に移管した。

革命的人民の意志により、私は教育人民委員《コミッサール》に任命された。

人民教育一般を指導する仕事は、中央政府管轄下にある限り、憲法制定議会の開会までは、国民教育委員会に委任され、教育人民委員がその議長と執行者である。

この国民教育委員会はどのような根本的主張を基盤とするのか？　その権限はどのよう

に規定されるのか？

「教育活動の一般的方針」——識字能力の欠如と無知が極度に蔓延《まんえん》している国家では、教育分野において、すべての真に民主的な権力はこの無知の闇との闘争を第一の目的とすべきである。政府は近代的な教育方法に対応した学校網を組織し、できるだけ早く全国民的識字能力の普及を実現しなければならない。政府は全国民に対して例外なく、無料の義務教育を導入し、同時に、わが広大なロシアの国民の教育には、多くの有能な教員が絶対に欠かせず、そのような教員たちを最短期間で生み出す一連の教員養成機関・学校を設置すべきである。

地方分権——国民教育委員会は、決して教育指導を管轄する中央権力ではない。逆に、学校関連の業務全体が各地の自治体の諸機関に移管されるべきである。労働者、兵士、農民が自発的に文化的・教育的諸組織を設置する個々の仕事は、国家の中枢と各市中枢の両方から、完全な自律を認められるべきである。

国民教育委員会の業務は、公立および民間の教育機関——特に労働者らが設置した階級的性格のある諸機関——への物的および精神的支援を組織化するに当たり、関係者間のつなぎ役《リンク》となり、手助けする役割を果たすものである。

国家教育委員会——国家教育委員会は革命当初から、一連の極めて貴重な法整備計画の詳細を公表してきた。この組織は比較的民主的に構成された組織であり、専門家を豊富に抱えている。当国民教育委員会はこの委員会との協力を心から望んでいる。

当委員会は国家教育委員会事務局と連絡を取り、以下の計画を実現するためにただちに同委員会の臨時会議を開くことを要望した。

1. いっそうの民主化を進めるために、委員会の代表者選出のルールを見直すこと。

2. 委員会の権限を拡大する方向で見直すこと。そしてロシアにおいて、民主的原理に基づいて国民の教育を再編することを前提に、法制化計画を推進するため、同委員会を根幹的な国家機関へと転換すること。

3. 同委員会がすでに作成した法案を、新たな組織である当国民教育委員会と共同で見直すこと。なぜならば、それらの法案作成時には、委員会は過去の歴代政権のブルジョア精神をも考慮に入れていたからであり、それは法案の極めて限られた形式内でもすでに障害となっていたからである。

見直し後、これらの法律は革命的秩序の中で、官僚的な形式的手続きなしに発効するものとする。

教育者と社会改革——国民教育委員会は、国家の主人である人民の教育という、輝かしく名誉な仕事への教育者たちの参加を歓迎する。

教育者の代表の意見を慎重に考慮することなしに、人民教育に関わる何らかの措置を採択することは、いかなる権力であっても許されない。

一方、専門家たちの協力によってのみ結論を出すことは、もちろんあり得ない。これは一般教育機関の改革についても言える。

教育者と社会的諸勢力との協力――当国民教育委員会はみずからの組織内で、国家委員会内で、そしてあらゆる活動においてこの協力に基づく。

当委員会は教師の地位の向上を第一の課題と考える。しかも最優先は極めて貧困ながら、文化に関する職務に貴重な貢献をしている教師たち――すなわち小学校教師である。彼らの正当な要求は、何としても即座に実現すべきだ。学校のプロレタリアートは月額一〇〇ルーブルへの賃上げを求めてきたが、実現していない。ロシアの圧倒的多数の国民を教える教師たちを、これ以上貧困状態に留めておくことは恥ずかしいことである。

しかし真の民主主義国家は単なる識字率の向上で、そして全国民的な初等教育で満足すべきではない。いくつかの学年から成る全国均一の非宗教的な学校制度を構築する必要がある。理想は市民全員に平等に（できれば高等な）教育を受けさせることである。この理念が全国民に対して実現するまでは、大学に至るまでの各学年を順次進級させて行く基準は、各家庭の資力によるのではなく、もっぱら生徒の能力に基づくべきである。

長期にわたる犯罪的な帝国主義戦争によって疲弊させられた国では、教育を真に民主的に構築していくことは特に難しい。しかしよりよい生活と精神的成長のための闘争において、教育こそが最大の道具となってくれるのであり、権力を握った労働者はこのことを忘れてはならない。しかしながら、たとえ人民の予算のほかの項目を削減する必要があるとしても、それでも教育への支出は高い水準を保たなければならない。充実した教育予算は国民にとって誇りであり、名誉である。自由と権利を手にしたロシアの人民はこれを忘れることはないだろう。

無学と無知との戦いは、子供と若者に対する徹底した学校教育の確立に留まるものではない。成人たちも、読み書きができないという卑しい地位から抜け出したいと、焦りを感じるであろう。成人向けの学校も国民教育の中で大きな位置を占めなければならない。

教授と教育――教授と教育の区別は強調されねばならない。

教授とは既存の知識を教師が生徒に伝達することである。教育は創造的《クリエイティブ》なプロセスである。個人の人格は一生を通じて「教育」され、形成され、内容が豊かになり、より強く、より完全になっていくのだ。

勤労大衆――労働者、農民、兵士――は初級および高等な教授を渇望している。だが彼らは教育にも飢えている。政府も知識人も、彼ら自身以外のいかなる権力も、教育を彼らに与えることはできない。学校、書物、劇場、博物館などはこの場合、単なる補助にすぎない。勤労者の大衆は、これまで文化を創造してきた支配階級や知識人の社会的地位とは大きく異なる彼ら自身の社会的地位によって形成された、独自の考えを持っている。彼ら独自の理念、独自の感情、人格と社会の問題に対する独自の取り組み方を持っている。都市の労働者は自分たちの流儀で、農村の勤労者たちも独自の流儀で、労働者という階級意識に貫かれた明確な世界観をそれぞれに構築するだろう。われわれの直近の子孫たちが目撃者となり、参加者ともなるこの現象ほど荘大かつ美しいものはないだろう――つまり、集団的労働を通じて自分たち自身の普遍的で豊かで自由な魂を構築するのである。

教授は確かに重要ではあるが、決定的な要素とはならない。この点で、より重要なのは、批判精神、大衆自身の創造性だ――なぜなら科学と芸術の中で、人間にとって普遍的な重要性を持つのは一部分にすぎないからだ。広範で階級的な激変があるたびに、科学も芸術も大々的な変化を被るのである。

ロシア全土で――とりわけ都市労働者の間で、だが農民の間でも――文化的・教育的運動の強力な波が起きている。この種の労働者や兵士の組織が急激に増加しているのだ。それらの期待に応え、支援をし、その進路を切り開いてやること――それこそが革命的な人民政府にとって、民主的教育の分野における第一の課題である。

憲法制定議会——間違いなく、間もなく仕事に取りかかるだろう。わが国で国民的・社会的秩序を、そして同時に国民教育の構築の全般的な性格を、恒久的に確立できるのは憲法制定議会だけである。

しかしながら、ソヴィエトに権力が移った今こそ、憲法制定議会が真に民主的な性格を持つことが保証されたのだ。だから国民教育委員会が国家教育委員会に依拠しつつたどる方向性は、憲法制定議会の影響で変わることはほぼないだろう。このため新政府は、できるだけ早くわが国の精神生活を包括し、かつ開明することを目的とした一連の施策を、予断を持つことなく、この〔国民教育という〕分野で実施する権利を持っていると考えている。

国民教育省——現在の仕事は暫定的に国民教育省を通じて行われなければならない。国民教育委員会の構成員と組織構造の必要な一切の変更については、同委員会が管轄し、委員はソヴィエトの執行委員会と国家教育委員会によって選出される。当然ながら、人民教育の分野における国家権力の体制は、憲法制定議会によって決定される。それまでは、国民教育委員会と国家教育委員会の双方にとって、国民教育省が執行機関の役割を果たさねばならない。

労働者人民と誠実かつ開明的な知識人の精力的な取り組みはこの国を痛ましい危機から脱出させ、完全な民主制を通じて、社会主義の君臨と諸民族の友愛へと導くであろう。

教育人民委員　A・V・ルナチャルスキー

＊　＊　＊

法律の批准と公布の順次について

1．憲法制定議会が招集されるまでは、法律の制定と公布は、現在の労働者と農民の臨時政府によって命じられた順序に従って行われる。その政府は全ロシア労農兵ソヴィエト大会によって選出されたものである。

2．すべての法案は、しかるべき権限を持つ人民委員《コミッサール》が署名した上で、検討のため各省から政府へ提示される。または、政府に付属する立法部門から、その部門長が署名した上で提出される。

3．政府が裁可したのち、最終版の法案はロシア共和国を代表して人民委員会議議長が署名し、あるいは議長に代わり、検討のため政府に上程した人民委員《コミッサール》が署名した上で、公布される。

4．公式機関紙である「労働者と農民の臨時政府官報《ガゼット》」紙に掲載された日付が、法律成立の日付となる。

5．法律の施行日として、命令によって公布日以外の日付を指定することができ、また、電報によって公布することもできる。その場合、各地域においては、電報の発信日に法律は施行されたものとする。

6．政府の立法行為について元老院が発表することは廃止する。人民委員会議付属の立法部門は、政府の法的効力のある規定や命令を収録して定期的に刊行する。

7．労農兵ソヴィエトの中央執行委員会（ツェー・イー・カー）は、いつでも政府のあらゆる法令を取り消し、変更し、あるいは無効にする権利を持つ。

ロシア共和国を代表して
人民委員会議議長　V・ウリヤーノフ・レーニン

四一　酒の問題

軍事革命委員会の命令

1．追って命令がない限り、アルコールおよびアルコール飲料の生産は禁止とする。

2．アルコールおよびアルコール飲料の全生産者は正確な貯蔵場所を二七日までに報告するよう命じる。

3．本命令に違反した者は軍事革命法廷で裁かれる。

軍事革命委員会

＊　＊　＊

命令第二号

フィンランド近衛予備連隊より全住宅委員会およびヴァシリ・オストロフ地区の市民へ

ブルジョアジーはプロレタリアートとの戦いで、とても陰険な手段を選んだ。首都の各地に大々的なワイン提供所を設置し、兵士たちに酒を配り、こうして革命軍の一般兵士らの間に不満の種を植えつけようとしているのだ。

ここに全住宅委員会に命ず――本命令発信の予定時刻である三時に、各委員会はその管轄区域内にあるワインの量について、フィンランド近衛連隊委員会の委員長まで、直接かつ秘密裏に知らせるものとする。

本命令に違反する者は逮捕され、容赦なく法廷で裁かれ、その財産は没収され、発見されたワインの在庫は（本命令から二時間後に）ダイナマイトで爆破される。なぜなら、経験が示しているように、より寛容な手段は望ましい結果をもたらさないからだ。

これが酒を爆破する前の最後の警告である。

フィンランド近衛連隊委員会

第九章

四二　軍事革命委員会公報二号

一一月一二日の晩、ケレンスキーは革命軍部隊に提案した――「武器を捨てよ」と。ケレンスキー配下の部隊は砲撃を開始した。わが軍の砲火も応戦し、敵軍を黙らせた。コサック側は攻勢に出たが、水兵、赤衛隊、兵士の的確な攻撃がコサック兵に退却を余儀なくさせた。わが軍の装甲車両が敵軍の隊列に突進。敵は逃げ出し、それをわが軍が追った。ケレンスキー逮捕の命令も出た。こうしてツァールスコエ・セローは革命軍部隊が占領したのである。

レット人ライフル隊――勇敢なレット人ライフル兵らが前線から到着し、ケレンスキー一味の背後に布陣したとの正確な情報を、軍事革命委員会は入手している。

軍事革命委員会参謀部より

ケレンスキーの部隊にガッチナとツァールスコエ・セローの占領を許してしまったのは、両地に大砲とマシンガンがまったくなかったことが原因だ。それに対してケレンスキーの騎兵隊は最初から大砲を装備していた。この二日間、当参謀部は必要な数の銃、マシンガン、野戦電話などを革命軍に供給するために忙殺された。この任務が――各地区ソヴィエト（プチロフ、オブホフその他）と各地の工場の精力的な助力も得て――完了したとき、予想された交戦の結果については疑う余地がなかった。革命軍部隊の側にはペトログラードに引けを取らない数の武器類と強力な装備があっただけでなく、戦意の面でもはるかに優位に立っていた。ペトログラードの全連隊はすさまじい士気をもって進発。守備隊会議は五人の兵士で構成される「統制委員会」を選出し、こうして最高指揮官と守備隊の完全な一体性を確保したのである。守備隊会議では決定的な行動に出ることが満場一致で決まった。

一一月一二日の砲撃は、午後三時には途方もない激しさに達した。コサック側は完全に戦意を喪失。だが敵軍はクラスノエ・セローの分遣隊参謀へ使者を派遣してきて、休戦を提案し、応じなければ「決定的」手段を取ると脅してきた。これに対しわが方は、ケレンスキーが武器を捨てれば攻撃はやむだろうと返答したのである。

その後に展開した交戦では、各部隊の全部門――水兵、兵士、赤衛隊――が無限の勇気を示した。水兵たちは最後の銃弾を撃ち尽くすまで進撃をやめなかった。死傷者数は未確認だが、反革命軍部隊のほうが被害が大きく、わが軍の装甲車両の一台が特に甚大な損害を与えた。

ケレンスキーの参謀らは、包囲されることを恐れ、退却命令を発令。だが退却する敵軍はすぐに混乱状態に陥り、午後一一時から一二時ごろには、ツァールスコエ・セローは無線電信局も含め、完全にソヴィエト軍部隊が占拠したのだ。コサック側はガッチナとコルピノ方面へ退却した。

わが部隊の士気は賛美の言葉もないほどである。退却中のコサック部隊の追撃命令が発せられ、ツァールスコエ・セロー駅からただちに前線およびロシア全土の各地のソヴィエトへ無線電信が打電された。詳細な続報が追って出されるだろう。

四三　一一月一三日のペトログラードにおける展開

ペトログラード守備隊の中で、三個連隊がケレンスキーとの戦いへの関与を完全に拒否した。一三日の朝、内戦をやめさせる何らかの方法を探ろうと、これらの連隊は前線からの代表者六〇人を集めて合同会議を招集。代表たちはケレンスキーの部隊に派遣する委員会を任命し、武器を放棄するよう説得することにした。彼らは〔ケレンスキー〕政権軍に次のように問うことにしたのである――ケレンスキー配下の兵士とコサックらは、ツェー・イー・カーを、ソヴィエト会議に責任を負う政治権力であると認めるか？　兵士とコサックは土地と平和に関する布告を承認するか？　戦闘をやめて各自の部隊へ戻ることに同意するか？　ケレンスキー、クラスノフ、そしてサヴィンコフの逮捕に同意するか？
ペトログラード・ソヴィエトの会議でジノヴィエフはこう述べた――。

この委員会が現在進行中の問題に決着をつけることができると考えるのは愚かしい。敵は武力によってのみ倒せるのだ。しかしながら、コサック側を味方につけるために、あらゆる平和的手段を試みないのは罪であろう。……われわれに必要なのは軍事的勝利だ。……停戦の報を期待するのは時期尚早である。敵軍がもはやわが方へ損害を与えられなくなったとき、わが軍参謀部は喜んで停戦に合意するだろう。
現時点では、われわれの勝利がもたらした影響は新たな政治的状況を生み出している。……今日、社会革命党は新政権にボリシェヴィキを受け入れる方向へ傾いているのだ。……ためらいがちな連中にためらいを捨てさせるには、決定的な勝利が必要だ……。

市ドゥーマではもっぱら新政府の樹立に関心が向いていた。しかし多くの工場や兵舎ではすでに革命法廷が機能し始めており、ボリシェヴィキはさらに多くを設置して、ゴーツとアフクセンチエフを裁くぞ、と脅しをかけていた。これに対してダンは、革命法廷の廃止を要求する最後通牒を出し、受け入れなければ「新政府樹立のための会議」はただちにボリシェヴィキとの一切の交渉を打ち切る、と伝えることを提案した。
立憲民主党《カデット》のシンガリョーフは、市政府はボリシェヴィキとの一切の合意に関与すべきではない、と言い切った——。

あのいかれた連中が武器を捨て、独立した裁判所の権威を認めるまでは、やつらとのいかなる合意も不可能だ。

エディンストヴォ（統一）グループのヤルツェフは、ボリシェヴィキとの合意はそれがどのようなものであれ、ボリシェヴィキの勝利を意味する、と表明した。社会革命党を代表してシュレイデル市長も、ボリシェヴィキとのいかなる合意にも反対だと発言したのである——。

政府というものは、民衆の意志を源泉とすべきである。そして民衆の意志は、市議会議員選挙を通じて表明されているのだから、政府を創り出せる民衆の意志は、実はドゥーマに集中しているのだ。

ほかにも演説が続いたが、ボリシェヴィキの新政府参加を検討することに前向きだったのは、メンシェヴィキ国際主義派の代表だけだった。ドゥーマはヴィクジェリへ引き続き代表を出すことは可決したが、何よりもまず臨時政府を復活させることと、ボリシェヴィキを新政府から除外するという二点にこだわったのである。

四四　停戦合意――「祖国・革命救済委員会」に対するクラスノフ将軍からの回答

即時停戦を提案する貴下の電報への回答として、本最高司令官は、これ以上の不毛な流血を望まず、政府軍と反乱軍の間で交渉を開始し、関係を確立することに同意する。本官は秩序の確立のために反乱軍の参謀本部に対し以下のとおり提案する――反乱軍は各連隊をペトログラードへ帰還させ、リゴヴノ＝プルコヴォ＝コルピノを結ぶ線を中立地帯とし、政府軍騎兵隊の先遣隊がツァールスコエ・セローに入ることを認めること。本提案に対し、明朝八時までにわが軍の使節に返事を手渡すこと。

クラスノフ

四五　ツァールスコエ・セローの状況

ケレンスキーの部隊がツァールスコエ・セローから撤退した晩、一部の聖職者らが市街地で宗教的な行進を組織し、市民たちに演説をして、正当な権力である臨時政府を支持するよう求めた。コサックの部隊が撤退し、赤衛隊の第一陣が町へ入ったころ、聖職者たちがソヴィエトに反対するよう市民らをそそのかしたとする複数の証言があった。証言者たちは、旧帝室宮殿の裏にあるラスプーチン[18]の墓でも祈りがささげられたと言った。聖職者の一人、イワン・クチュロフは憤激した赤衛隊によって逮捕され銃殺された。

ちょうど赤衛隊が入城したとき、街灯の電力が切断され、街路は漆黒の闇に包まれた。配電所のルボヴィチ所長はソヴィエト軍に逮捕され、なぜ電力を遮断したのか尋問された。その後、ルボヴィチは監禁されていた室内で死んでいるのが発見されたが、片手にレボルバー銃を持ち、こめかみに弾痕があった。

翌日、ペトログラードの反ボリシェヴィキ系新聞各紙は「プレハーノフ[19]、体温三九度！」との大見出しを掲げた。プレハーノフは当時ツァールスコエ・セローに住んでおり、病床にあった。赤衛隊はそうとは知らずに自宅へ踏み込んで武器を捜索した上で、老人に問いかけた。

「あなたはどの社会階層に属しているのか？」と彼らは訊いた。

「私は革命家だ。四〇年間、自由のための闘争に人生を捧げてきたのだ！」とプレハーノフは答えた。

「いずれにしろ、もはやあなたはブルジョアジーに魂を売ってしまったわけだ！」と赤衛隊の労働者の一人が言った。

今日の労働者たちは、もはやプレハーノフが誰かなど知らないのだった——ロシアの社会民主主義の先駆者《パイオニア》のことを！

四六　ソヴィエト政権による呼びかけ

ケレンスキーに騙されていたガッチナの分遣隊は武器を捨て、ケレンスキーを逮捕することを決定した。その反革命派のリーダーは逃走した。軍隊は圧倒的多数の賛成をもって、第二回全ロシア・ソヴィエト大会と、その大会が樹立した政府を支持することを発表した。前線からは何十人もの代表団がペトログラードへ派遣され、ソヴィエト政府に対する軍の

18　グリゴリー・ラスプーチン（一八七〇前後～一九一六年）。最後の皇帝ニコライ二世と皇后に取り入って一時権勢を振るった怪僧。帝政末期に反対派らにより暗殺された。

19　ロシア・マルクス主義の父で、十一月革命当時はメンシェヴィキ。注釈と解説の訳注8参照。

忠誠を保証した。いかなる事実の歪曲も、革命派の労働者、兵士、農民に対する中傷も、人民を屈服させることはできないのである。労働者と兵士の革命は勝利を得たのだ……。

ツェー・イー・カーは反革命の旗のもとで戦っている部隊に訴えかけ、ただちに武器を下ろすことを勧める――ひと握りの地主と資本家の利益のために、これ以上同胞の血を流すことをやめよと。労働者と兵士と農民の革命は、人民の敵の旗のもとにたとえ一瞬でも留まる者らを呪うだろう。

コサックたちよ！　勝利を得た人民の側へ来て隊列に加われ！　鉄道員、郵便職員、電報技師たち――すべての者、みな人民の新政府を支持せよ！

第一〇章

四七　クレムリンの被害

クレムリンの被害状況は私自身、砲撃直後に訪れてこの目で確かめた。特段の重要性のない小ニコライ宮殿は、かつては時おり大公妃たちの宴などに使われたものだが、士官候補生《ユンケル》たちの兵舎になっていた。ここは砲撃を受けただけでなく、かなりひどく物品が略奪された。幸い歴史的価値のあるものは何もなかった。

ウスペンスキー大聖堂は丸屋根のひとつに砲弾による穴があいていたが、天井のモザイク数メートル分を除き、被害はなかった。ブラゴヴェスチェンスキー聖堂の入り口のフレスコ画は砲弾により大きく損傷した。イワン大帝の鐘楼《しょうろう》の角にも砲弾一発が命中。チュドフ修道院の建物は三〇回ばかり砲撃を受けたが、屋内には一発が窓から入っただけで、あとはレンガの窓枠と屋根の軒蛇腹《コルニス》が破損。

スパスカヤ門上の時計が破壊された。トロイツキー門もひどく壊れていたが、簡単に修理できる程度である。低い塔のひとつではレンガ造りの尖塔《せんとう》が破壊された。

聖ワシリー大聖堂は無傷。大宮殿も同様で、地下室にはモスクワとペトログラードの宝物が、宝庫には帝室の宝石類が保管されていたが、この両所には誰も立ち入りもしなかった。

四八　ルナチャルスキーの声明文

同志たちよ！　君たちこそこの国の若き支配者たちであり、今は多くのことをやり、考えねばならないだろうが、君たちの芸術的、科学的な宝を守る方法も心得ておかねばならない。

同志たちよ！　モスクワで起きていることはおぞましく、取り返しがつかない不幸である。……権力をめぐる闘争の中、人民はわれわれの栄光ある古都を傷つけてしまった。目下のような暴力的な闘争の日々に、破壊的な戦争の日々に、教育人民委員《コミッサール》を務めるのは特に苦しいものだ。社会主義――それは新たな、より優れた文化の源である――が勝利するとの希望だけが私を慰めてくれる。人民の芸術的富を守る責任が私にのしかかっている。……私はこの何ら影響力のない地位に留まっているわけにはいかず、辞任した。わが同志たちよ、だがほかの人民委員《コミッサール》たちは私の辞任は認めがたいと言った。そこで私は職務に留まることにした。……さらにまた、クレムリンの被害はこれまで伝えられていたほどには、ひどくないと私は理解している……。

しかし、同志たちよ、私はみなさんに懇願する――君たち自身のために、そして君たちの子孫のために、わが祖国の美しさを守ってほしい。人民の財産の守護者であってほしいのだ。

間もなく、もうほどなくして、これまで長きにわたって無知のままにされてきたもっとも無知な者たちも、目を覚まし、芸術がいかに喜びと力と叡智の源泉であるか、理解するはずである……。

四九　革命の財政措置

命令

モスクワ労兵ソヴィエト付属の軍事革命委員会によって私に与えられた権限に基づき、私は以下のとおり命令する――。

1．すべての銀行とその支店、国立中央貯蓄銀行とその支店、そして郵便電信局内の貯蓄部門は、追って命令があるまでは、一一月二二日以降、午前一一時から午後一時まで開店すること。

2．右の諸機関は当座勘定および貯蓄銀行の通帳に基づき、翌週中、一五〇ルーブルを限度として払い出しを行うこと。

3．当座勘定および貯蓄銀行の通帳に基づく週一五〇ルーブルを超える支払い、およびその他あらゆる種類の勘定に基づく支払いは、一一月二二日、二三日、二四日の三日間、以下の条件を満たす場合に限り許可する。

（a）軍事組織が必要とする場合、その勘定に基づく支払い。

（b）被雇用者の給与並びに労働者の賃金の支払い。ただし工場委員会または従業員ソヴィエトが承認した表およびリストに基づき、かつコミッサール、または軍事革命委員会の代表者ら、または地区軍事革命委員会の署名で裏づけられたものに限る。

4. 手形の支払いは一五〇ルーブルを限度とする。残額は当座勘定に算入し、その支払いは本命令に基づくルールに従って行われること。
5. 右記三日間はその他のすべての銀行業務は禁止する。
6. あらゆる勘定における金銭の受け入れは、金額にかかわらず認められる。
7. 財政委員会の代表者らは、第3項に記された認可手続きの承認のため、イリンカ通りの株式取引所ビル内の執務室で午前一〇時から午後二時まで業務に当たること。
8. 各銀行と貯金銀行は日々の現金取引の総額を午後五時までに集計し、スコベレフ広場のソヴィエト本部内の軍事革命委員会気付にて送付し財政評議会へ提出すること。
9. あらゆる種類の信用機関の従業員および管理職で、この命令への服従を拒む者は、革命および人民大衆の敵として革命法廷で責任を問われることになる。その氏名も世間一般への情報として発表される。
10. この命令の対象となる貯蓄銀行および銀行の各支店の業務を管理するため、地区軍事革命委員会は三人の代表者を選出し、それぞれを担当の職務に就かせること。

軍事革命委員会の全権コミッサール　S・シェヴェルディン・マクシメンコ

五〇　本章の記述範囲

本章はほぼ二カ月間の出来事を扱う。連合国各国との交渉、ドイツ軍との交渉と停戦、そしてブレスト＝リトフスクでの講和の交渉の時期であり、さらにソヴィエト国家の基礎が築かれていった時期でもある。

しかし、右のような重要な歴史的出来事を描くにはもっと紙数が必要で、本書ではそれらを描き、解釈するつもりはない。したがって、それは『コルニーロフからブレスト＝リトフスクへ』という別の著書で描くつもりである。

このため本章では、国内で政治的勢力を固めていこうとしたソヴィエト政府の努力に記述を絞った。そして国内の敵対分子を次々と克服していく様子の概要を描いた——その過程は大きな災いとなったブレスト＝リトフスクの講和条約で一時的に中断されたのだった。

五一　ロシアの諸民族の権利宣言（前文）

労働者と農民の十一月革命[20]は、「解放」という共通の旗のもとで始まった。

農民たちは地主の権力から解放されつつある。なぜならもはや地主たちは土地を所有する権利を持っていないからだ——その権利は廃止されたのだ。兵士たちと水兵たちは横暴な将軍たちの権力から解放されつつある。なぜなら今後は、将軍たちは選挙で選ばれ、リコールの対象ともなるからだ。労働者たちは資本家らの気まぐれと専制的な意志から解放されつつある。なぜなら今後は、製造所や工場で労働者の管理が確立されるからである。すべての生活者および生活者となり得る者は憎むべき足枷《あしかせ》から解放されつつあるのだ。

残るは抑圧と専横にこれまで苦しみ、現在も苦しんでいるロシアの諸民族だけであり、その解放はただちに開始されなければならない。その解放は決然とかつ決定的に実現されなければならない。

帝政時代には、ロシアの諸民族は系統的にそそのかされて互いに反目《はんもく》させられていた。そのような政策の結果は誰もが知っていよう——一方では大量殺戮や民族虐殺《ポグロム》、他方では諸民族の隷属である。

こうした恥ずべき政策への逆戻りはあり得ず、またあってはならない。今後はロシアの諸民族の自発的かつ誠実な団結をもってすべきである。

帝国主義の時期、三月革命後に権力はカデットのブルジョアジーの手に移ったが、それまでのあからさまな挑発の政策は、ロシアの諸民族に対する臆病な不信感に基づくものへと道を譲り、あげ足取りと、諸民族の無意味な「自由」と「平等」の政策へと変わった。そうした政策の結果は誰もが知っていよう——民族間の反目が増大し、相互の信頼が損なわれたのである。

このような欺瞞《ぎまん》と不信、あげ足取りと挑発の卑しい政策は終わらせなければならない。今後はロシアの民族間の完全な相互信頼を導くオープンで誠実な政策に変えていかねばならない。そうした信頼があってこそ、ロシアの諸民族の誠実かつ永続的な団結を築き上げることができるのである。そしてそうした団結があってこそ、ロシアの諸民族の労働者と農民たちは、帝国主義的・併合主義的なブルジョアジーによるあらゆる企てに抵抗できるような、一つの革命的勢力として固く結びつくことができるのである。

五二　さまざまな法令の布告

銀行の国有化について

国民経済の正常な組織化のためと、銀行による投機の根絶と、労働者、農民および全勤労者を銀行資本による搾取から解放するため、そして人民と貧困階級の真の利益に奉仕す

20　この文書の原文はロシア暦で十月革命となっているが、本書は西暦を採用しているので、ここでは十一月革命とした。

るため、ロシア共和国の単一の国立銀行の設立をめざし、中央執行委員会（ツェー・イー・カー）は以下のとおり決議する――。

1．銀行業を国家の独占とすることを宣言する。

2．一切の民間の株式会社銀行と銀行支店は国立銀行に合併される。

3．清算される組織の資産と債務は国立銀行に移管される。

4．民間銀行を国立銀行へ合併させる順序は特別布告によって定められる。

5．民間銀行の当面の運営管理は国立銀行の役員会に委託される。

6．小額預金者の利益は保護される。

全軍人の階級上の平等について

軍における従来の不平等の名残りの一切を、迅速かつ決定的に廃止するという、革命的人民の意志を実現するために、人民委員会議は以下のとおり命令する――。

1．最下級の伍長から最上級の大将に至るまでの軍のすべての位階は廃止する。ロシア共和国軍はいまや自由かつ平等な市民で構成され、革命軍兵士という名誉ある称号を名乗るものとする。

2．かつての位階に付属するあらゆる特権と、位階を外見的に区別するものは廃止する。

3．位階の名称で呼びかけることは廃止する。
4．一切の勲章や飾りおよびその他の名誉の印は廃止する。
5．将校という階級の廃止に伴い、各個別の将校らの組織はすべて廃止する。
注——従兵は司令部、文書保管所、委員会、およびその他の軍隊組織のみで存続する。

人民委員会議議長　V L・ウリヤーノフ（レーニン）
陸海軍人民委員　N・クルイレンコ
陸軍人民委員　N・ポドフォイスキー
当会議書記　N・ゴルブノフ

軍隊における選挙の原則と権限の再編について

1．軍隊は労苦にある人民の意志に奉仕するのであり、人民の最高代表機関、すなわち人民委員会議に従う。
2．各部隊および合同部隊の範囲内では、各々の兵士ソヴィエトと軍隊委員会に全権が与えられる。
3．すでに同委員会の管轄下にある各部隊の生活および活動の諸側面は、今や正式に同委員会の直接管理のもとに置かれる。委員会が請け負いかねる活動面については、兵士代表ソヴィエトが管理するものとする。

4．指揮を執《と》る参謀および将校に対する選挙を導入する。連隊までを含めたレベルの司令官は、分隊、小隊、中隊、騎兵中隊、砲兵中隊、大隊（砲兵隊二〜三中隊）、連隊の普通選挙によって選出され、最高司令官までを含むそれより高位の司令官は、軍隊委員会の大会または会議にて選出される。

注――「会議」という用語は、各委員会と、ひとつ下のレベルの委員会の代表者との合同の会合を指すものとする（原著者注――例えば連隊委員会と、大隊委員会の代表者との「会議」）。

5．連隊司令官より高位の司令官の選出は、ひとつ上位の委員会による承認を必要とする。

注――上位の委員会は、選出された司令官の承認を（理由を明示した上で）拒否した場合、下位の委員会が再選挙で選出した司令官は承認しなければならない。

6．軍団の司令官は軍団大会にて選出される。前線の司令官は各前線部隊の大会で選出される。

7．専門知識または事務的訓練を必要とする専門的な職位――すなわち軍医、技術者、技師、電信および無線操作員、飛行士、自動車運転士など――については必要な専門知識を持った人物のみ、各部門の部隊委員会によって選出することができる。

8．参謀長は、そのポストにふさわしい特殊な軍事的訓練を経た候補者たちの中から、選ばれなければならない。

9．参謀部のその他の部員はすべて参謀長が任命し、それぞれの大会で承認を受ける。

注――特殊訓練の経験者は特別名簿に記載しなければならない。

10．兵士らによっていかなるポストにも選出されず、結果的に一般兵卒にランクされることになった現役の全司令官には、退役する権利を認める。

11．指揮権に関係しないその他すべてのポストは、経済部門のポストを除き、選出された各司令官が任命するものとする。

12．指揮官の選出に関する指示の詳細は個別に発表される。

人民委員会議議長　VL・ウリヤーノフ（レーニン）
陸海軍人民委員　N・クルイレンコ
陸軍人民委員　N・ポドフォイスキー
当会議書記　N・ゴルブノフ

階級と称号の廃止について

1. あらゆる階級、階級の区分、あらゆる階級的特権や制限、あらゆる階級組織や機関、そして文官の位階は廃止する。
2. あらゆる社会的階級（貴族、商人、プチブルジョアジー、その他）およびあらゆる称号（公爵、伯爵、その他）、そして文官の種別（枢密顧問、その他）は廃止し、ロシア共和国市民という一般的な呼称を設ける。
3. 貴族階級の財産と諸機関はそれぞれの地方の自治的な地方評議会《ゼムストヴォ》へ移管される。
4. 商人およびブルジョアジーらの諸組織はただちに市自治体へ移管する。
5. どのような種類であれ、あらゆる階級的組織は、その財産、手続き規則、記録文書と共に、市自治体とゼムストヴォの管理運営に移管される。
6. 右の事例に適用される既存の法律のあらゆる条項はここに廃止となる。
7. 本布告は発表日に、そして労兵農ソヴィエト代表らにより採用された日に、施行される。

本布告は一九一七年一一月二三日の会議にて、ツェー・イー・カーの承認を受けたものであり、以下の者が署名する。

ツェー・イー・カー議長　スヴェルドロフ

人民委員会議議長　VL・ウリヤーノフ（レーニン）

人民委員会議執行部　V・ボンチ＝ブルイェヴィチ
人民委員会議書記　N・ゴルブノフ

一二月三日、人民委員会議は「一般か特殊かを問わず、例外なしに、あらゆる政府系機関や組織の役人や職員の給与を引き下げる」と決議した。

手始めに、人民委員《コミッサール》の給与を月額五〇〇ルーブルに固定。それに働けなくなった成人家族一名につき一〇〇ルーブルを追加することとした。

これが全政府職員の給与の中で最高額だった。

五三　パニーナ伯爵夫人の裁判

パニーナ伯爵夫人は逮捕され、最初の最高革命法廷で裁かれた。この裁判は私の次の著書『コルニーロフからブレスト＝リトフスクへ』の「革命的裁判」という章で扱う予定である。パニーナ伯爵夫人は「資金を返還し、それから公衆の軽蔑を受けるため釈放される」との判決を受けた。要するに放免となったのだ！

五四　新政権に対する嘲笑

メンシェヴィキの「ドルグ・ナローダ（人民の友）」紙、一一月一八日の記事。

「ボリシェヴィキの言う「即時講和」のお話は、愉快な映画を思い起こさせる。〔外務省職員の〕ネラトフが逃げる……追うトロツキー。ネラトフは壁を乗り越え、トロツキーも越える。ネラトフが水中に飛び込み、トロツキーも飛び込む。ネラトフが屋根に上り……トロツキーが迫る。ネラトフはベッドの下に身を隠す……そしてトロツキーがとっつかまえる！　つかまえた！　当然ながら即時講和に署名する……。

外務省はもぬけの殻で静まり返っている。伝令は律儀《りちぎ》に働いているが、顔には辛辣《しんらつ》な表情を浮かべている……。

誰か大使の一人でも逮捕して、そいつと停戦か講和協定でも結んでみてはどうか？　だが大使というのは不思議な連中だ。何も知らないとばかりに、口をつぐんでいる。ほら、ほら、英国、フランス、ドイツよ！　われわれは君たちとの停戦協定に署名したんだぞ！　何も知らないなんてあり得るか？　いずれにしろ、もう新聞各紙に掲載され、壁にも貼り出してある。われわれボリシェヴィキの名誉にかけて言うが、講和合意に署名したのだぞ。

われわれは大したことを頼んでいるわけじゃない。ここにたった二言ばかり書いてくれさえすれば……。

大使たちは沈黙のまま。列強も沈黙したまま。外務大臣の執務室はもぬけの殻で静まり返っている。

「いいか、よく聞け」とロベスピエールことトロツキーが助手のマラーことウリッキー[21]に言う。

「英国大使のところへひとっ走りして、われわれが講和を提案していると伝えろ」

「自分で行ってくれ。どうせ会ってくれんよ」とウリッキー。

「じゃあ、電話したまえ」

「してみたが、受話器をはずしてあるらしい」

「電報を打て」

「打った」

21　ジャン・ポール・マラーはフランス革命時の急進的革命家で、政治パンフレットや新聞の発行で論客として活躍した。同じく新聞等の発行で活躍したウリッキーをマラーになぞらえている。ウリッキーについては第五章の訳注2参照。

「で、どうなった？」

ウリツキーはため息をつき、答えない。ロベスピエールことトロツキーは部屋の片隅に憤然と唾《つば》を吐く。一瞬の間があって、すぐに口を開く。

「いいか、マラー。われわれは積極的な外交政策を取っていることを、はっきり見せつけなければならない。どうすればいい？」

「ネラトフ逮捕に関してもう一度布告を出すってのはどうだ」とウリツキーは思慮深そうな顔つきをして言う。

「マラー、おまえはぼんくらだ！」とトロツキーが叫ぶ。するといきなり立ち上がり、恐ろしくかつ堂々として――この瞬間こそまさにロベスピエールだ――ウリツキーに厳しい調子で言う。

「書け、ウリツキー！　英国大使に手紙を書け。受け取り証明のついた書留郵便だ。書け！　俺も書く！　世界の人民は即時講和を望んでいるのだ！」

巨大ながらんどうの外務省に、二台のタイプライターの音だけが鳴る。トロツキーはみずからの手で積極的外交政策を行っているのだった……。

五五　協定の合意に関する問題について

新政府樹立の問題を検討するために招集された、守備隊各連隊の代表たちによる会議の結果について、以下のような声明がペトログラード市内のあちこちの壁に貼り出された。

すべての労働者と兵士たちに告ぐ。

一一月一一日、プレオブラジェンスキー連隊のクラブにおいて、ペトログラード守備隊の全部隊の代表による臨時会議が開かれた。

この会議はプレオブラジェンスキー連隊とセミョノフスキー連隊の主導で開催されたものだ。どの社会主義政党がソヴィエト権力を支持しており、どれが反対で、どの政党が人民の味方で、どれが敵か、そしてその両派の合意は可能か、という問題を話し合うためである。

〔新〕ツェー・イー・カー、市ドゥーマ、アフクセンチエフ率いる農民代表ソヴィエトの各代表、そしてボリシェヴィキから人民社会主義党まで、すべての政党の代表が招かれた。

長い討議の末、全政党および組織の言い分を聞いた上で採決すると、圧倒的多数で合意に達した。すなわち人民の味方はボリシェヴィキと左翼エスエルだけで、その他の政党はうわべだけ合意を探るそぶりを見せ、一一月の偉大なる労働者農民革命の日々に勝ち取った成果を、人民から奪おうとしているというのだ。

以下はこのペトログラード守備隊の会議で、賛成六一票、反対一一票、棄権一二票で採択された決議文である——。

「セミョノフスキー連隊とプレオブラジェンスキー連隊の主導で招集された守備隊会議において、諸政党間の合意の問題について、全社会主義政党と大衆組織の代表たちの意見を聞いた結果、以下のことがはっきりした——。

1.〔新〕ツェー・イー・カーの代表、ボリシェヴィキの代表、そして左翼エスエルの代表たちは、自分たちはソヴィエト政府、および土地、平和、労働者による産業管理に関する各布告を支持していること、そしてこれらの綱領に基づいて、進んで全社会主義政党と合意するつもりだと明確に宣言した。

2.同時に、その他の政党(メンシェヴィキ、社会革命党)の代表らはまったく返答をしないか、きっぱりとソヴィエトの権力に異を唱え、土地、平和、産業の労働者による管理に関する各布告にも反対だと断言した。

以上のことから本会議は以下のとおり決議する——。

『1、合意のうわべの下で、十一月革命で人民が勝ち得た成果を事実上、無効にしようとしている全政党に対する厳しい批判を表明すること。

2、〔新〕ツェー・イー・カーと人民委員会議に全幅の信頼を表明し、完全な支持を約束すること』

同時に、同志たる左翼エスエルが人民の政府に入閣すべきだと、本会議は考えている」

五六　ワイン略奪《ポグロム》

のちに判明したことだが、立憲民主党《カデット》は兵士たちの間に騒乱をそそのかすための常設の組織を維持していた。〔その組織は〕どこそこでワインが無料で提供されていると各地の兵舎に電話を入れ、兵士たちがその場に現れると、担当者が地下貯蔵庫のありかを指し示したのだ。

人民委員会議は「泥酔との戦い」の担当コミッサールを任命し、そのコミッサールは酒をめぐる騒乱を容赦なく鎮圧しただけでなく、何十万本もの酒を破壊した。時価五〇〇万ドル以上とされる貴重なワインが保管されていた冬宮の貯蔵庫はまず水で満たされ、のちに酒類はクロンシュタット〔軍港〕へ移送されて廃棄された。

トロツキーが「革命勢力の精華であり誇り」と呼んだクロンシュタットの水兵たちは、この任務において鉄壁の自制心を発揮してみせた。

五七　強制命令

1. ペトログラード市に非常事態を宣言する。

2. 市街地および広場における一切の会合、会議、集会を禁止する。

3. ワイン貯蔵庫、倉庫、製造工場、店舗、営業所、個人住宅、その他もろもろを略奪しようと試みた場合、警告なしにマシンガンの銃撃によって阻止されるだろう。

4. 住宅委員会、ドア係、門番、および民兵団員は、すべての家屋、中庭、そして市街地において秩序を厳しく維持する義務を負い、家屋の扉および馬車用の入り口は夜九時には閉鎖し、朝七時に開門しなければならない。夜九時以降は、住宅委員会の厳格な管理のもと、住民のみが家屋から外出することができる。

5. いかなるアルコール飲料にせよ、その流通、販売、または購入の罪を犯した者および本命令第2項と第4項に違反した者は、ただちに逮捕され、もっとも厳しい処罰の対象となるであろう。

ペトログラード発、一二月六日、深夜三時。

労兵ソヴィエト執行委員会付属「ワイン略奪との戦い」委員会

五八　投機家たち

投機家に関して二本の命令が発せられた。

人民委員会議より軍事革命委員会へ

戦争がもたらした食料供給の混乱と系統性の欠落は、鉄道、気船会社、運送会社などにおける投機家、略奪者、そして彼らの追随者たちの行いにより、極限的な深刻さに達している。

これらの犯罪的強奪者どもは国民の最大の不幸につけ込み、みずからの利益のために、何百万人もの兵士や労働者たちの生活と生命を翻弄している。

このような状況はもはや一日《ひと》たりとも容認できない。

投機、妨害活動《サボタージュ》、物資の秘匿、貨物の不正な留め置きなどを根絶するため、最大限徹底的な手段を取るよう、人民委員会議は軍事革命委員会へ提起する。

こうした行為を犯した者は誰でも、軍事革命委員会の特別命令に基づき、ただちに逮捕され、クロンシュタット監獄へ監禁され、革命法廷における罪状認否まで待機することになる。

あらゆる大衆組織に対し、食料の強奪者らに対する闘争に協力するよう呼びかける。

人民委員会議議長　V・ウリヤーノフ（レーニン）

執行の承認

労兵ソヴィエト・ツェー・イー・カー付属、軍事革命委員会

ペトログラード発、一九一七年一一月二三日

すべての誠実な市民たちへ

軍事革命委員会は下記のとおり布告する――。

強奪者、略奪者、投機家は人民の敵であると宣告する。

軍事革命委員会はすべての公的組織とすべての誠実な市民に提案する――簒奪、略奪、投機を知り得た場合、すべての事例をただちに軍事革命委員会へ知らせること。

この邪悪なる行為との闘争は、すべての誠実な人民の仕事である。人民の利益を大切に思うすべての人々の支援を軍事革命委員会は期待する。

軍事革命委員会は投機家・強奪者らを容赦なく追及するであろう。

軍事革命委員会

ペトログラード発、一九一七年一二月二日

五九　プリシケヴィチからカレージンへの手紙

ペトログラードの状況は絶望的です。この都市は外界から遮断され、完全にボリシェヴィキの支配下にあります。……人々が路上で逮捕され、ネヴァ川に投げ込まれ、何の容疑もないまま溺《おぼ》れさせられ、投獄されています。ブルツェフ[22]までペトロパヴロフスクに監禁され、厳重に監視されています。

私が率いている当組織は、すべての将校と士官学校の残りの者らを団結させ、武装させるために、休みなく働いています。この状況は将校と士官候補生《ユンケル》の連隊をいくつも創出することでしか救いようがありません。そしてこれらの連隊で戦い、緒戦で成功を収めた上でなら、われわれは守備隊の支援も得られましょう。しかし緒戦で成功しない限り、兵士一人をも頼りにすることはできません。なぜならばどの連隊にもいる人間のクズどもによって、何千人もの兵士たちが分裂し、脅しつけられているからです。ほとんどのコサック兵もボリシェヴィキの宣伝工作《プロパガンダ》に染まっています。それは決定的な行動によって成果が

22　ブルジョア系の新聞の主催者。第二、三章を参照。

見込めた瞬間をみすみす逃してしまったドゥートフ将軍の不可解な方針によるものです。交渉と譲歩という政策の結果が露呈してきています――つまりあらゆる尊重すべきものが迫害され、下層階級と犯罪者どもが支配しているのです。彼らを撃ち殺すか絞首刑にするしか手はありません。

将軍、われわれはここであなたをお待ちしています。そしてあなたが到着された瞬間に配下の全軍をあげて進撃します。しかしそのためには、あなたと何らかの通信を確立する必要があり、何よりもまず左記の点を整理しておく必要があります。

（1）この闘争に参加し得る将校が、あなたに合流するためにペトログラードを離れるよう、あなたの名において勧められていることをご存知ですか？

（2）あなたがおよそいつごろペトログラードに到着されると思っておけばよいでしょうか？　われわれの行動を調整するために知りたいのです。

当地の自覚ある人民は、犯罪的にも行動を起こそうとせず、そのためわれわれはボリシェヴィキのくびきの下で苦しんでいます。さらにまた、将校の大半が異常なほど石頭で、組織化するのにひどく苦労しています。しかしそれらすべてにもかかわらずわれわれは、「真実」はわれわれの味方だと信じており、愛国心に基づいて国を救うために行動していると称している、悪質な犯罪的勢力を征服できると信じています。何が起きようと、われわれわれは打倒されることなく、最後まで意志を貫徹するでしょう。

プリシケヴィチは革命法廷で裁かれ、短期間の投獄を言い渡された。

六〇　広告独占に関する布告

1．新聞、書籍、広告掲示板、キオスク、オフィス、その他の施設における広告の印刷・掲載は国家が独占することを宣言する。

2．広告はペトログラードの労働者と農民の臨時政府の機関紙および各地のソヴィエトの機関紙にのみ掲載できる。

3．新聞社および広告会社の経営者と全従業員は、広告事業が政府に移管されるまで各自の職責に留まり……各社が途切れなく事業を継続するよう監督し、すべての民間広告と受領したその対価、さらにはすべての帳簿とその写しをソヴィエトへ引き渡すこと。

4．有料広告を扱うすべての出版社や企業の経営者とその従業員や作業員は、市大会を開き、まず市の労組に、続いて全ロシア労組に加入することに同意すること。それはソヴィエトによる出版において、広告事業をより徹底的かつ公正に組織化し、さらには公益事業としての広告にとって、よりよいルール作りを進めるためである。

5．文書や現金を秘匿する罪を犯した者、または第3項、4項に示された規則を守らない者は、三年以下の投獄と全財産の没収により処罰される。

6．民間出版物における有料広告の掲載は、あるいは偽装した形であっても、厳しく処罰される。

7．広告会社は政府により接収され、オーナーたちには必要に応じて補償を受ける権利がある。接収される組織の小規模所有者、供託者、株主らは当該組織において持っている権利の全額を補償される。

8．すべての建物、事務所、販売カウンター、および広告業を営むあらゆる組織一般は、ただちに労兵ソヴィエトにその住所を知らせ、事業の移管を進めることとする。違反者は第5項に示された処罰が適用される。

人民委員会議議長　V・ウリヤーノフ（レーニン）

教育人民委員　A・V・ルナチャルスキー

人民委員会議書記　N・ゴルブノフ

以下はレーニンによる声明。

ロシアの人民へ

同志の労働者、兵士、農民たち——すべての勤労者たちよ！

労働者と農民の革命はペトログラードで勝利し、モスクワで勝利した。……前線から、農村から、毎日、毎時間ごとに、新政府への挨拶が届けられている。……革命の勝利は……人民の大半に支持されていることを見れば確実である。

地主と資本家、そしてブルジョアジーと密接に連携している従業員や役人らが——ひと言で言えば、すべての金持ちとその連中と手を結んでいるすべての者らが——この新たな革命に敵意を抱き、その成功に反対し、銀行の活動を停止すると脅し、その他の諸機関の活動に対して妨害工作《サボタージュ》をしたり邪魔立てしたりしているが、それはまったく理解できることである。……自覚あるすべての労働者は、われわれがこうした敵意を避けられないことを完全に理解している。なぜなら高級官僚らはみずから人民に敵対する立場を取り、抵抗もせずに自分たちのポストを放棄したくはないからである。人民の大半はわれわれを支持している。世界中の労働者と抑圧されている人々の大半はわれわれを支持しているのだ。正義はわれわれの側にある。われわれの最終的勝利は確実だ。

資本家や高官らの抵抗は挫折するだろう。銀行および金融シンジケートの国有化に関する特別法令が布告されない限り、誰もみずからの財産を奪われることはない。この法律は現在準備中だ。一人の労働者とて一コペイカも失うことはないだろう。逆に、支援を受けるだろう。新政府は現時点で新税を設けることはせず、旧政権が命じた諸税の徴収に厳密な会計と管理を導入することを最優先任務のひとつであると考える。……

同志の労働者たちよ！　君たち自身が政府を動かしていることを忘れてはならない。誰も助けてはくれないから、君たち自身が組織化を進め、国家の仕事をみずからの手に握るしかない。君たちのソヴィエトこそが今や政治権力の機関なのだ。……それらを強化し、厳しい革命的管理を確立し、酔っ払い、盗賊、反革命派の士官候補生《ユンケル》、そしてコルニーロフ派が無秩序《アナーキー》をもたらそうとする企てを、容赦なく粉砕《ふんさい》するのだ。

製品の生産と会計に厳密な管理を確立せよ。生産をサボタージュしたり、穀物その他の生産物の備蓄を隠匿《いんとく》したり、または穀物の出荷を遅延させたり、鉄道、郵便、電信などの業務を混乱させたり、あるいは平和をもたらす偉大な仕事や土地を農民に移管することなど全般に反対するなどして、人民の財産を損なう者は、すべて逮捕して人民の革命法廷へ引き渡せ。……

同志の労働者、兵士、農民たち――すべての勤労者たちよ！

各地の全権力をただちにみずからの手に握れ。……少しずつ、農民の大多数の同意を得ながら、われわれはしっかりと、ためらうことなく、社会主義の勝利へ向かって歩むのだ。それはもっとも文明化された諸国の労働者階級の前衛部隊を強固にし、諸国民に永続的な平和をもたらし、あらゆる隷属とあらゆる搾取から彼らを解放するであろう。

六二　声明文二通——第二

ペトログラードのすべての労働者へ！

同志たちよ！　革命は勝利しつつある——いや、革命は勝利したのだ。すべての権力はわれわれのソヴィエトに移った。最初の何週間かがもっとも困難な時期である。反動勢力は挫折したが、徹底的に粉砕し、われわれの懸命な努力の全面的勝利を確実にしなければならない。労働者階級はこれらの日々にあって、最大限に断固たる忍耐を示すべきである——いや、示さねばならない。それは人民の新しいソヴィエト政権のあらゆるねらいの実現を容易にするためである。今後数日以内に、労働問題に関する法令が布告されるであろう。そしてその最初のものの中には、労働者による生産と産業の規制に対する管理が含まれるだろう。

今、ペトログラードで労働者大衆がストライキやデモ行進を行ったとしても、害をなすだけである。

われわれは、一切の経済的・政治的ストライキをただちに停止するよう呼びかける。仕事に戻り、完璧に整然と遂行してほしい。工場や全産業における業務は新ソヴィエト政権にとって必要なのだ。なぜならどのような業務の中断も、われわれに新たな困難をもたらすだけであり、ただでさえ問題は山積しているからだ。みな持ち場へ戻れ。

この時期、新しいソヴィエト政権を支える最善の方法——それは自分たちの仕事をすることである。

プロレタリアートの鉄壁の堅固さ万歳！　革命万歳！

ペトログラード労兵ソヴィエト
ペトログラード労働組合評議会
ペトログラード工場委員会評議会

六三　反革命派の呼びかけと革命派の反論

国立銀行と民間銀行の職員よりペトログラードの住民たちへ

同志たち、労働者、兵士、市民たちよ！

軍事革命委員会は「臨時通知」を出し、国立および民間の銀行その他の組織のことを、「前線へ確実に物資を送るための政府の業務を阻害している」として糾弾《きゅうだん》している。同志たちおよび市民よ、一般労働者の一部である私たちに対するこのような中傷を信じないでほしい。

日々勤勉に働いている私たちは、常に暴力による妨害の脅威にさらされながら仕事をするのはひどく困難である。またわが国と革命が破滅の危機に瀕しているのを見るのは、なんと憂鬱なものだろうか。しかしそれでもなお、私たち全員は高位から下位の職員に至るまで、従業員、使用人、計算係《アルテルシチキ》、作業員、配達員、その他みな、前線のために、国家のために、物資や武器弾薬を確保するのに関連した任務を果たし続けているのである。

金融や銀行業の問題について詳しくないことに乗じて、同志たち、労働者たち、兵士たちよ、みなさんは同じ労働者たちと敵対するよう煽《あお》り立てられている。なぜなら前線で同胞の兵士たちが飢え、死んでいきつつあることの責任を、その責を負うべき連中から、蔓《まん》延《えん》する貧困と混乱に喘《あえ》ぎながらも任務を果たしている罪のない労働者らに押しつけるのに、好都合だからだ。

労働者と兵士よ、覚えておいてほしい！　私たち従業員はこれまでも常に全人民のために立ち上がってきたし、これからもみずからその一員である勤労者のために、常に立ち上がるであろう。そして前線や労働者らが必要としている物を、一コペイカたりとも私たち従業員が遅滞させたこともないし、これからも遅滞させることはないだろう。

一一月六日から二三日まで、すなわち一七日間、前線には五億ルーブルが送金され、モスクワへは一億二〇〇〇万ルーブルが送金され、さらにその他の町への送金分もある。

憲法制定議会を唯一の主人とする国民の富を、国民全体を代表して守るため、私たち従業員はあずかり知らぬ目的のために現金を払い出すことは拒絶する。

法律をみずからの手に握れなどと呼びかける中傷者たちを、信じてはいけない。

全ロシア国立銀行労働者組合中央委員会
全ロシア信用機関労働者組合中央委員会

＊　＊　＊

ペトログラードの住民へ

市民たちよ。供給省の従業員およびその他の物資供給機関の労働者らに対し、おぞましい中傷が流布している。無責任な連中があなたがたに伝えようとしているそんな偽りごとを、信じてはならない。右の職員らはこの闇のような日々に、ロシア救済のために骨を折っているのだ。市民たちよ！　掲示されているプラカードは、われわれをリンチするようみなさんに呼びかけている。われわれは不当にもサボタージュとストライキを行っているとして糾弾され、人々が味わっているあらゆる苦痛と不幸の責任を押しつけられている。私たちはロシアの民衆を飢餓の恐怖から救うため、根気強く、絶え間なく奮闘してきたし、今も奮闘しているというのにである。不幸なこのロシアで、私たちも市民として多くのことを耐え忍んでいる。それにもかかわらず、私たちは軍隊と国民に物資を供給するという重大で責任ある仕事を、一時間たりとも休んだことはないのだ。

凍《こご》え、飢えながら、流血とすさまじい苦痛によって、まさに私たちの生命を救ってくれている軍隊の姿を、私たちは一瞬も忘れはしない。

市民たちよ！　もし私たちがわが国民の暮らしと歴史の中で、もっとも暗い日々を生き抜いてきたのだとすれば、もし私たちがペトログラードの飢餓を防ぐことに成功しているとすれば、もし苦悩している軍隊に、私たちが巨大な、ほとんど超人的な努力によってパンとチーズをなんとか供給しつづけてきたとすれば、それは私たちが正直に自分たちの仕事をしてきたからであり、今なお、そうしつづけているからである。……

私たちは政権を簒奪した連中の「最後の警告」にこう答える――国家が消滅するのを許さぬよう、できる限りのことをしている私たちは、国家を破滅へと導いている君らに脅迫される覚えはない。私たちは脅しを恐れはしない。私たちの眼前には痛めつけられているロシアの聖なる姿が立っている。私たちが祖国に対する義務を果たすのを君たちが阻止しない限り、私たちは力尽きるまで軍隊と民衆にパンを供給する仕事を続けるだろう。そうしなければ、軍隊と民衆は飢餓の恐怖の前に立ち尽くすことになるだろう。万が一そうなった場合、その責任は暴力を振るう者たちにある。

供給省職員執行委員会

＊　＊　＊

政府の役人《チノウニキ》たちへ

政府および公共機関の職を辞した、またはサボタージュあるいは所定の勤務日に欠勤したことで解雇された、すべての官僚や人員で、勤務していない日数分の給与を前払いで受け取っている者に通知する。その者たちは一九一七年一一月二七日までにその給与分を、勤務していた機関に対して返金すべきこと。

これが実行されない場合、その者らは国庫の財産を盗んだ罪に問われ、革命法廷で裁かれるだろう。

軍事革命委員会

＊　＊　＊

一九一七年一二月七日
物資供給特別幹部会より

市民たちよ！

ペトログラードに物資を供給する私たちの仕事は、日を追ってますます困難な状況になりつつある。

軍事革命委員会のコミッサールらによる仕事への介入は――おかげで私たちの業務がめちゃくちゃにされてしまうのだが――今も続いている。

彼らの横暴な行為は、そして私たちの命令を彼らが取り消したりすることは、大惨事につながりかねない。

国民用の肉とバターが保管されている私たちの冷蔵貯蔵庫のひとつは封印されてしまっており、製品が腐らないようにしたくとも私たちは温度調節ができないのだ。

車両一台分のじゃがいもと車両一台分のキャベツは差し押さえられ、どこかへ持ち去られてしまった。

徴発の対象でない貨物（たとえば〔菓子の〕ハルヴァ）もコミッサールたちに徴発され、

ある日の場合のように、ハルヴァ五箱がコミッサールの私用のために差し押さえられることもある。

私たちには自分たちの貯蔵品を処分する権限はなく、自称コミッサールたちは貨物の搬出を許さず、逮捕をちらつかせて職員たちを脅して怯《おび》えさせている。

ペトログラードで起きていることはすべて地方でも知られている。そしてドン地方、シベリア、ヴォロネージ、その他の地方の民衆は、小麦粉とパンを〔首都へ〕出荷するのを拒んでいる。

こんなことは長続きしない。

業務はどんどん私たちの手からこぼれ落ちている。

国民にこのことを知らせるのは私たちの義務である。

最後の可能性を尽くすまで、私たちは国民の利益を守り続けるだろう。

私たちは迫りつつある飢餓を避けるために全力を尽くすが、このような困難な条件下で私たちの仕事が停止を余儀なくされた場合、私たちの過失ではないことを人民は知っておいてほしい……。

六四　ペトログラードの憲法制定議会代議員選挙の結果

ペトログラードでは、一九の党派が立候補者を出した。一一月三〇日発表の開票結果は以下のとおり。

政党名	得票数
キリスト教民主党	三七〇七
立憲民主党（カデット）	二四万五〇〇六
人民社会主義党	一万九一〇九
ボリシェヴィキ	四二万四〇二七
社会主義普遍党	一五八
社会民主党と社会革命党系ウクライナとユダヤ人労働者	四二一九
女性の権利連盟	五三一〇
左翼社会革命党	一五万二二三〇
社会革命党（祖国防衛派《オボロンツィ》）	四六九六
人民発展連盟	三八五
急進民主党	四一三

正教教区党	二万四一三九
祖国救済女性連盟	三一八
労働者、兵士、農民独立連盟	四九四二
キリスト教民主党（カトリック）	一万四三八二
統一社会民主党	一万一七四〇
メンシェヴィキ	一万七四二七
エジンストヴォ（統一）	一八二三
コサック部隊連盟	六七一二

六五　人民委員会議より勤労コサックへ

コサックの同胞たちへ

君たちは騙《だま》されている。君たちは人民に敵対するようそそのかされている。労兵農ソヴィエトは君たちの敵だと聞かされ、君たちからコサックの土地を奪い、コサックの自由を奪おうとしていると聞かされているだろう。そんな嘘は信じるな、コサックたちよ。……君たちの将軍らと地主たちが、君たちを無知の闇と隷属状態に留めておくために騙しているのだ。コサックたちよ、われわれ人民委員会議は、次のような言葉で君たちに呼びかける。注意深く読み、どちらが真実で、どちらが冷酷な虚偽か、みずから判断してほしい。コサックの生活と奉仕とは、これまでは常に隷属と懲役《ちょうえき》であった。当局からの呼び声ひとつで、いつだってコサックは馬に飛び乗り、戦役へ出かけていかねばならなかった。しかも武具類などの自分の装備は、なけなしの収入から自前で用意しなければならなかった。コサックたちは従軍中、自分の農場はぼろぼろに荒廃する。そのような条件は公正だろうか？　ノーだ。恒久的に改善されなければならないのだ。コサックたちは束縛から解放されねばならない。新しいソヴィエト権力は、喜んで勤労コサックに支援の手を差し伸べる。あとはコサックたち自身が、旧秩序を廃止することを決意すればいいだけであり、奴隷のように人を酷使する将校、地主、金持ちたちへの服従を拒み、みずからの首から呪われたくびきを捨て去るべきなのだ。立ち上がれ、コサックたちよ！　団結せよ！　人民委員会議は君たちに、新たな、新鮮な、より幸福な生活に飛び込めと、呼びかけるのだ。

一一月と一二月に、ペトログラードで兵士と労働者と農民たちの全ロシア・ソヴィエト大会が開催された。この大会は、各地域のすべての権力を各地のソヴィエトの手に与えた。つまり人民が選出した人たちの手にである。これからのロシアには、人民を上から支配して指図するような支配者や官僚などは、あってはならない。人民がみずから権力を作り出すのだ。将軍にも兵卒以上の権利はない。すべての人が平等である。考えてみよ、コサックたちよ、これは間違っているか、正しいか？　この新秩序に加わり、自分たちのコサック代表ソヴィエトを創設するよう、われわれは君たちコサックに呼びかける。各地域において、そのような各ソヴィエトにこそすべての権力があるべきなのだ。将軍の位にある首領《アタマン》にではなく、勤労コサックの選挙で選ばれた代表たちに、きみたち自身の信頼できる人物にである。

兵士、労働者、農民の代表ソヴィエトの全ロシア大会は、地主たちの土地をすべて勤労人民の所有に移すとの決議を採択した。これは公正ではないだろうか、コサックたちよ？　コルニーロフ、カレージン、ドゥートフ、カラウロフ、バルディジェ[23]のような連中はみな、全身全霊で金持ちの利益を守ろうとし、地主の土地を守るためならばロシアを血の海にすることも辞さないのだ。しかし君たち勤労コサックたちよ、君たちは貧困と抑圧に苦しみ、土地を持たないのではないか？　一人当たり四、五デシャチーナ[24]以上の土地を持つコサックは何人いる？　それなのに、何千デシャチーナもの土地を持っている地主たちは、さらにコサック軍の土地までも手に入れたいと思っているのだ。新しいソヴィエトの法律によれば、コサックの地主たちの土地は無償で接収され、コサックの労働者たちに、つまりより貧しいコサックたちの手に移ることになっている。君たちはソヴィエトが君たちの土地を取り上げようとしている、と聞かされているのだろう。そんな風に君たちを脅しているのは誰だ？ 金持ちのコサックだ。彼らはソヴィエト政権が彼ら地主の土地を君たちに移管したいと考えていることを知っているのだ。さあ、選びたまえ、コサックたちよ。どちらの側につくのか——コルニーロフやカレージンのような連中、将軍や金持ちか。それとも農民と兵士と労働者と、そしてコサックの代表者のソヴィエトか。

全ロシア・ソヴィエト大会が選出した人民委員会議は、すべての国の国民に対し、即時停戦と、どの国民にも損失も不利益もない、名誉ある民主的講和を提案している。あらゆる資本家、地主、コルニーロフ派の将軍たちは、ソヴィエトの講和政策に反対して立ち上がった。大戦は彼らに利益と権力と名誉をもたらしているのだ。そしてコサックたちよ、兵卒である君たちはどうだ？ 君たちは理由もなく、目的もなく、君たちの同胞の兵士や水兵たちと同じく命を落としていくばかりだった。この呪われた戦争は間もなく開戦から三年半を迎える。各国の資本家と地主たちが自分たちの利益のために、世界的な強奪のた

---

23 いずれもコサックの有力な将軍。第二章参照。

24 面積を表す帝政時代の単位。一デシャチーナは約一万一〇〇〇平方メートル、約三三〇〇坪。

めに仕組んだ戦争だ。この戦争は勤労コサックたちには破滅と死しかもたらしてこなかった。この戦争のおかげで、コサックの農業生活のあらゆる資源は消耗し尽くした。わが国全体、そして特にコサックたちにとって唯一の救いは速やかで誠実な講和である。人民委員会議はすべての国の政府と国民にすでに宣言した――われわれは他人の財産を欲しない。そしてわれわれは自分たちの財産を手放したくもない。無併合、無賠償の講和だ。どの国民もみずからの運命を決定しなければならない。一国民が他の国民を抑圧することがあってはならない。それこそが誠実で、民主主義的な講和であり、人民委員会議が敵味方を含め、すべての政府、すべての国民に提案しているものである。そして結果はすでに表れている――ロシアの前線では停戦が合意に達したのだ。

そこではもはや兵士やコサックの血は流されていない。さあ、コサックたちよ、選ぶがいい――この破滅的な、無意味な、犯罪的な虐殺を続けるのか？ そうしたいなら人民の敵であるカデットを支持せよ。七月一日の攻勢へと君たちを引き込んだチェルノフを、ツェレテリを、スコベレフを支持せよ。前線の兵士とコサックたちに死刑を導入したケレンスキーを支持するがいい。しかしもし君たちが、速やかで誠実な和平を望むならば、ソヴィエトの隊列に加わり、人民委員会議を支持せよ。

コサックたちよ、君たちの運命は、君たちの手の中にある。われわれの共通の敵、地主、資本家、将校やコルニーロフ派、ブルジョア系の新聞などは、君たちを騙し、君たちを破滅の道へと駆り立てている。オレンブルグではドゥートフがソヴィエトのメンバーを逮捕し、ソヴィエトの守備隊を武装解除した。カレージンはドン地方でソヴィエトを脅かしている。彼はドン地方は戦争状態にあると宣言し、配下の部隊を集結させている。カラウロフはカフカースで現地の部族を銃撃している。そしてブルジョアジーのカデットは彼らに何百万ルーブルという資金を提供しているのである。彼らの共通のねらいは人民のソヴィエトを抑え込むことであり、労働者と農民を粉砕《ふんさい》することであり、軍隊にはふたたび鞭《むち》の規律を導入し、勤労コサックの隷属を永久のものにすることである。

この人民に対する犯罪的反乱を終わらせるため、わが革命軍部隊はドン地方とウラル地方へ進軍中である。革命軍部隊の司令官たちは、反乱を起こした将軍たちとは一切交渉せず、断固として容赦なく行動するよう命じられている。

コサックたちよ！　君たちの同胞が血を流し続けるかどうかは、今や君たちにかかっている。われわれは君たちに手を差し伸べている。人民全体をその敵どもに対して団結させよ。カレージン、コルニーロフ、ドゥートフ、カラウロフ、そしてその援助者や幇助者《ほうじょ》たちを、人民の敵、反逆者、裏切り者と宣告せよ。君たち自身の部隊で彼らを逮捕し、ソヴィエト政権の手に引き渡すのだ。ソヴィエトは彼らを開かれた公開の革命法廷で裁くであろう。コサックたちよ！　コサック代表ソヴィエトを結成せよ。勤労に磨《す》り減ったその手の中に、コサックのすべての問題の管理運営権を握るのだ。君たちの裕福な地主たちから土地を取り上げよ。戦争で破滅させられた勤労コサックの土地を耕すため、地主らの穀物、農機具、そして家畜を取り上げよ。

進め、コサックたちよ、人民の共通の大義のために戦え！　勤労コサック万歳！

コサック、兵士、農民、労働者の同盟万歳！

コサック、兵士、労働者、農民代表ソヴィエトの権力万歳！

戦争をやめろ！　地主とコルニーロフ派の将軍たちを倒せ！

平和と人民の友愛万歳！

人民委員会議より

六六　ソヴィエト政府による外交書簡

トロツキーが連合諸国と中立諸国へ発したメモも、連合諸国の大使館付武官がドゥホーニン将軍に宛てたメモも、ここに掲載するには長すぎる。それに加え、いずれもソヴィエト共和国の歴史の中では、本書とは関わりのない別の側面に属するものである。すなわちソヴィエト共和国政府の外交関係だ。これは近刊予定の『コルニーロフからブレスト＝リトフスクへ』で詳述するつもりだ。

六七　ドゥホーニンに反対するよう訴えた前線への呼びかけ

……平和のための闘争はブルジョアジーと反革命的将軍たちの抵抗に遭っている。……新聞報道によれば、前最高司令官ドゥホーニンの軍総司令部《スタフカ》には、ブルジョアジーの代理人や同盟者らが集結しているようである――ヴェルホフスキー、アフクセンチエフ、チェルノフ、ゴーツ、ツェレテリ、その他である。彼らはまるで、ソヴィエトに対抗して新政権を樹立しようとしているかのようである。

同志の兵士たちよ！　今挙げた人物たちはみな元閣僚だ。彼らはケレンスキーやブルジョアジーと協調して行動してきたのだ。彼らは七月一日の攻勢に責任があり、戦争が長引いていることにも責任がある。彼らは農民に土地を与えると約束しておきながら、その後土地委員会の委員たちを逮捕した。彼らは兵士たちの死刑を復活した。彼らはフランス、英国、米国の金融資本家の命令に従っているのだ。……

ドゥホーニン将軍は人民委員会議の命令に従うことを拒否したため、最高司令官の任を解かれた。……その報復として、彼は帝国主義の連合各国の大使館付武官から送られたメモを部隊にばら撒き、反革命を扇動しようとしているのだ。……ドゥホーニンに従ってはならない！　彼の挑発に惑わされるな！　彼とその反革命派将軍たちの一派を注意深く監視せよ。……

六八　クルイレンコからの命令書第一号

前最高司令官のドゥホーニン将軍は命令の執行に抵抗し、新たな内戦を挑発しかねない犯罪的行為を行ったため、人民の敵であると宣告される。ドゥホーニンを支持する者は、社会的・政治的地位や経歴に関わりなく、すべて逮捕される。逮捕は特別な権限を有する人物が行う。私は右の措置の執行をマニコフスキー将軍に委任する。

第一二章

六九　農民への説明

農民たちからの数多くの質問に答え、これからは労兵農ソヴィエトがわが国のすべての権力を握ることを説明しておきたい。労働者の革命は、ペトログラードとモスクワで勝利したのち、今やロシア全土の主要な地域で勝利しつつある。労働者と農民の政府は、農民大衆の、その中でももっとも貧しい人々の利益を守る。労農政府は地主に対し、資本家に対して、大多数の農民と労働者の立場に立つ。

従って、農民代表ソヴィエトは、そして何よりもすべての地区ソヴィエト、続いて地方の農民ソヴィエトが、今よりのち、憲法制定議会が招集されるまで、各地域における国家権力の全権機関である。地主の土地所有権は第二回全ロシア・ソヴィエト大会によって全面的に廃止された。土地に関する布告はすでに現在の労働者と農民の臨時政府によって発表されている。この布告に基づき、これまで地主が所有してきた土地はすべて、今や完全に農民代表ソヴィエトの手に移される。郷（数カ村のグループがひとつの郷を構成する）土地委員会はただちに地主からすべての土地を接収し、厳密に記録し、秩序が保たれるように、また農地全体がよく守られるよう、目を配るべきである。それは、これからはすべての私有地が公有地となり、従って人民たち自身が保護しなければならないからだ。

郷土地委員会による命令は、地区農民ソヴィエトの同意によって採用され、革命政権が発した法令を満たすものであり、まったく合法的で、速やかにかつ反論の余地なく執行されるべきである。

第二回全ロシア・ソヴィエト大会で任命された労働者と農民の政府は、人民委員会議と名づけられた。

人民委員会議は、農民たちがすべての地域社会において全権をその手に握るよう、呼びかける。

労働者たちはあらゆる点で絶対的かつ完全に農民を支持するのであり、機械や道具類に関して必要なものは農民らのために手配し、そしてその代わりに、穀物の輸送で農民たちに手助けをしてもらいたい。

人民委員会議議長　V・ウリヤーノフ（レーニン）

ペトログラード発。一九一七年一一月一八日

七〇〔農民代表ソヴィエト大会〕

正規の農民代表ソヴィエト大会は、約一週間後に開かれ、数週間に及んだ。その歴史は「臨時会議」の拡大版にすぎない。最初、代表者たちの圧倒的多数はソヴィエト政府に敵意を抱いており、敵対勢力を支持していた。数日後、大会はチェルノフのいる穏健派を支持するようになった。そしてその数日後、大会の大多数はマリヤ・スピリドーノヴァの一派〔左翼エスエル〕に投票し、スモーリヌイのツェー・イー・カーに代表者を送り込んでいた……。続いて右翼が大会を脱退して独自の大会を招集したが、日に日に勢力を失っていき、ついには消滅した

のだった……。

解説

伊藤真

一九九九年三月、アメリカのニューヨーク大学ジャーナリズム学科が中心となって「二〇世紀アメリカのジャーナリズムの仕事トップ一〇〇」(The Top 100 Works of Journalism In the United States in the 20th Century) というリストを発表した。映画やポップ・ミュージックにさまざまな「トップ一〇〇」があるのだから、ジャーナリズムのリストがあってもいいのではないかとの発想で、同大学内外の専門家三六人が選出したものだ。選考委員らがほぼ異論なく選出したという第一位は、主に六人の被爆者の証言を中心にして原爆投下による恐るべき惨状を伝えたジョン・ハーシー著『ヒロシマ』(一九四六年)。第二位は農薬など化学薬品が環境にもたらす破壊的影響を告発したレイチェル・カーソンの『沈黙の春』(一九六二年)。そして第三位はボブ・ウッドワードとカール・バーンスタインの両記者による「ワシントン・ポスト」紙上のウォーターゲート事件に関する調査報道記事(一九七二〜七三年)となっている(一九七四年に共著『大統領の陰謀』が刊行されている)。そして第七位にランクインしたのが本書、ジョン・リード著『世界を揺るがした10日間』（一九一九年）である（John Reed, *Ten Days That Shook the World*）。本書がトップ・テン入りしていると聞いて、読者のみなさんはどうお感じになるだろうか。岩波文庫白版の上下巻（原光雄氏訳）を思い浮かべ、「当然だ」と我が意を得たりというかたもおられようし、若い読者ならば友人たちに聞いても「知らない」と言われることも多いかもしれない。実は本書の選出については、プロジェクト・リーダーのミッチェル・スティーブンス教授も「リストの中でもっとも議論があるに違いない作品」だとしている。

確かに、保守系の批評家たちが指摘しているように、リードは党派的に偏った人物でした。確かに、歴史家たちのほうがもっときちんと書けたかもしれません。でもこれ〔ロシア革命〕はおそらく二〇世紀のもっとも重大なニュースであり、リードはその現場にいて、しかもリードは腕の立つ書き手だったのです。取材対象となった出来事のとてつもない重要性と、文章の質という点も、〔選出に当たって〕私たちが考慮した重要な基準でした。

スティーブンス教授のこの簡潔な指摘はジョン・リードとこの『世界を揺るがした

10日間』について、見事に本質を突いていると言えるだろう。ソ連崩壊まで、東西冷戦という二〇世紀の歴史の大枠を規定する端緒となった出来事を、現場で見て、聞いて、触れて、感じたリードが、もの書きとしての「眼力」と「腕力」を駆使して描き出した作品であればこそ、議論の的となることを承知の上で、スティーブンス教授らはこの一冊をトップ・テンに加えたのではないだろうか。ただ、リードを「腕の立つ書き手」であるとし、この作品をジャーナリズムの傑作とすることにもちろん異論はないが、もしジャーナリズムという枠の中に限って評価するのだとすれば、少しもったいない気もする。リードは「腕の立つジャーナリスト」というよりも、もう少し広い意味で「腕の立つ書き手」と呼ぶべきではないかと思う。これからまずリードの生涯を簡単にたどった上で、『世界を揺るがした10日間』という作品について見ていきたい。

ジョン・リードの生涯

病弱な少年から文武両道の青年へ

ジョン・サイラス・リードは一八八七年、オレゴン州ポートランドの郊外、母かたの祖父が所有する六〇〇〇坪の敷地にある邸宅で生まれた。母親は公益事業などで財を成した資産家の娘だったが、父親は堅実なビジネスマンで、のちに連邦保安官を務めたという。

「ジャック」ことジョン・リードは腎臓が弱い病気がちな少年だった。それでも学校生活は順調で、地元の名門であるポートランド・アカデミー校をそこそこの成績で卒業。一七歳になると大学進学に備えるために、西海岸のオレゴン州からはるか東海岸へ、ニュージャージー州の全寮制のモリソン校に入学し、一九歳でハーヴァード大学に進学している。大学のアメリカン・フットボール・チームの応援団に加わるかたわら水球選手としても活躍し、さらに「ハーヴァード・マンスリー」誌など学生が主宰する学内誌に評論や詩を寄稿しているから、長く腎臓疾患には悩まされたものの、まさに文武両道といったところだろう（なお、生涯で初めて発表した作品は一五歳のとき、ポートランド・アカデミー校の校内文学雑誌に寄稿した一篇の詩だった）。のちにメキシコやロシアで恐れることなく闘争の最前線に身を置いて取材し、物怖じすることなく自説を主張したリードだが、そんな大胆不敵な姿勢のベースはこのハーヴァード大時代に培われたのかもしれない。また、同学年の友人で、のちに政治コンサルタント、評論家、ジャーナリストなどとして多彩な能力を発揮したウォルター・リップマン（一八八九〜一九七四年）が代表を務めていた「社会主義者クラブ」の会合に参加し、社会主義の理念に親しんだことは、その後のリードの生きざまに影響を及ぼしていくことになる。

グリニッジ・ビレッジへ

一九一〇年、ハーヴァード大学を卒業したリードはひと夏を英、仏、スペインなど旅先で過ごし、道中の見聞記などをいくつかの新聞、雑誌に寄稿した。その後、本格的に物書きとなることをめざし、ニューヨークのグリニッジ・ビレッジに落ち着くことになった。マンハッタンのグリニッジ・ビレッジといえば今もナイトクラブなどが集まり、ジャズが流れる芸術・文化の香り高い自由でファッショナブルな地区として有名だが、そんな雰囲気が生まれたのはまさにリードが移り住んだころのことだった。「ボヘミアン」と呼ばれ、伝統や因習にとらわれない生き方を謳歌する若き作家、芸術家、左翼の過激《ラジカル》思想家などが集まっていたのである。リードは初め、社会問題などを告発する報道、評論、文学作品などを載せる社会批評・文芸月刊誌「アメリカン」誌で校正者を務めながら記事を寄稿して食いつないだ。そして一九一二年末、急進的な社会主義を掲げる挿絵入り政治評論月刊誌「マッシズ（大衆）」誌の編集部に職を得たことで、社会に物申す書き手として、リードの人生が大きく動き出すことになった。この雑誌はグリニッジ・ビレッジの新進気鋭の詩人、作家、イラストレーター、評論家らの作品を載せる複合的な雑誌で、特に社会の現実を描き出す写実主義《リアリズム》的なものから、斬新な政治風刺的なものまで、多様な挿絵が異彩を放った。

そんな中、拡大しつつあったアメリカ社会の貧富の格差、社会的不公正、労働問題などに関心を抱いていたリードは、一九一三年、ニュージャージー州パターソンで展開されていた絹織物工場の労働争議の現場を取材した。そして労働者側に強く共感するあまり、ストを打つ労働者らとともに逮捕され、四日間の留置所暮らしも体験し（そんな体験を渇望していたとの証言もある）、やがて労働者たちを支援するためにニューヨークで一夜限りの一大イベントをぶちあげることになる——労働争議の現場を再現する舞台の上演だ。これは都会の観客に労働者たちの現実や主張を知ってもらうと同時に、入場料収入で労働争議を支援する資金も獲得しようという、一石二鳥（となるはず）の企画だった。結果的には赤字となったこのイベントの発案者兼支援者は、グリニッジ・ビレッジの若者たちの先進的な文化を支援するパトロンだった資産家のメイベル・ドッジ（一八七九～一九六二年。リードはこのあと一時期、年上のドッジと恋愛関係になる）。ニューヨークを代表する劇場のひとつであるマディソン・スクエア・ガーデンの舞台を借り、リードみずからが演出、リハーサルを担当し、一〇〇〇人ものパターソンの実際の労働者らを出演者に、歌と芝居（警官隊との衝突や犠牲者の葬儀、労働者の演説などの場面）を織り交ぜ、まったくオリジナルな舞台作品となり、最後は革命歌『インターナショナル』の大合唱で幕を閉じた。「パターソン・ページェント」と呼ばれたこのイベントは、「法と秩序に反する常軌を逸した熱狂を呼び覚ます」反社会的なものだと「ニューヨーク・タイムズ」紙にこきおろされる一方、「ニューヨーク・トリビューン」紙は既存のジャンルを超えた「ウルトラ・モダン」で「未来主義的」な斬新な作品だとして、その社会性・芸術性を評価した。常識や因習にとらわれることを嫌った一人のラジカルなボヘミアンだったジョン・リードとしては、面目躍如といったところだろう。

ジャーナリスト、ジョン・リード

詩人の才能があり、のちには短編小説や芝居の脚本も書くことになるリードだが、ジャーナリストとしても大きな飛躍を遂げるチャンスがめぐってくる。政治評論や文芸作品を掲載する左翼系の大衆向け月刊誌「メトロポリタン」の特派員としてメキシコへ赴いたのである。メキシコでは一九一〇年に革命が勃発し、一九世紀終盤から数十年続いた独裁政権が倒され、その後も革命勢力同士の武力衝突が続いていた。一九一三年一二月、最初は政府軍の駐屯地に入ったリードだったが、密かに川を渡って対岸の反政府武装勢力の支配地に潜入し、やがてそのリーダー、「パンチョ」ことフランシスコ・ビリャ（一八七八～一九二三年）に同行取材を敢行することになった。リードはカリスマ革命家のビリャの部隊の一員という形で、武器も取って戦闘の現場を駆けずり回り、約四カ月の取材にまさに体当たりで邁進《まいしん》した。

このメキシコ革命取材の成果が初めての著書『反乱するメキシコ』（一九一四年刊行。原題 *Insurgent Mexico*）である。革命軍の戦闘員たちと寝食を共にし、ときには戦闘員と村の娘の恋のいざこざの仲裁役を買って出ることもあり、「われわれは」「わが軍は」という主語で記述されたその語り口など、リードはのちの『世界を揺るがした10日間』にも通じる取材・執筆スタイルを確立。一躍、新進気鋭のジャーナリストとして知られることになった。伝記作家のジェレミー・カーター氏によれば、リードはタイプライターの広告にも登場するほどの人気ぶりだったという。

帰国後、リードはコロラド州の労働争議の取材など、引き続き左翼系の雑誌などへの寄稿を続けたのち、ふたたび「メトロポリタン」誌の特派員として海外へ派遣された。一九一四年八月、今度は勃発したばかりの第一次世界大戦の西部戦線の取材である。だが規制が厳しく、激戦の最前線に近づくことができずに取材は行き詰まった。

いったん帰国したのち、翌年三月にはギリシャからセルビアへ入って東部戦線を取材。北上してペトログラードも訪れ、ロシア人たちの温かい人柄に感銘を受けた。こうして発表されたのがルポルタージュ第二弾、『東ヨーロッパの戦争』（一九一六年刊行。原題 *The War in Eastern Europe*）である。だが前作ほどの好評は得られなかった。その一因はリードの意欲にもよるかもしれない。リードは英仏露などの連合国側にも、独墺などの同盟国側にも、戦うべき人類普遍の大義のようなものを見出せなかった。アメリカ参戦の可能性も色濃くなりつつあった一九一七年四月、リードは「マッシズ」誌に書いている――「これは誰の戦争だ？　私のではない。……これまで富裕者は着実により裕福になり、生活費は上昇し、労働者たちは相対的により貧しくなってきた。こうした勤労者たちは戦争など望んでいない。……だが投機家、雇用主、権力を牛耳る富裕階級は望んでいる、ドイツやイギリスにおけるのとまったく同じように。彼らは嘘や詭弁でわれわれの血を騒がせ……われわれは彼らのために戦い、死ぬだろう」（「マッシズ」誌、一九一七年四月掲載「誰の戦争か？」）。

ロシアへ

ヨーロッパ戦線の取材から戻ったリードは、しばしグリニッジ・ビレッジの喧騒を避け、一九一六年の夏をマサチューセッツ州プロビンスタウンで過ごした。ボストン郊外の人気リゾート地であるケープ・コッドの岬の突端、かつて捕鯨で栄えた小村だ。一九世紀末から芸術家らが集まるようになり、この夏、ジョン・リードらグリニッジ・ビレッジのボヘミアンたちもこぞってやって来たのだった。このときリードは若きジャーナリスト、ルイーズ・ブライアント(一八八五〜一九三六年)を伴っている。夫と離婚し、ジャーナリストをめざしてニューヨークへ出て、リードと同棲していた。プロビンスタウンでは新進気鋭の劇作家のユージン・オニール(一八八八〜一九五三年)を中心に、リードらはプロビンスタウン・プレイヤーズという劇団を結成。それぞれ自作の脚本で劇を上演し、出演もした。「パターソン・ページェント」以来のリードの演劇への関心がうかがえる。

リードはこの年の一一月、ルイーズ・ブライアントと結婚。悪化していた腎臓の摘出手術を受けた。

明けた一九一七年三月、ロシアで三月革命が勃発し、ロマノフ王朝による帝政が崩壊。一方、アメリカは四月に大戦に参戦すると、社会主義者らによる反戦運動に警戒を強め、六月には「諜報活動取締法」(Espionage Act)が成立。リードが活躍した「マッシズ」誌も過激な左翼系雑誌として繰り返し弾圧され、事実上の廃刊に追い込まれた。そして一一月、編集長のマックス・イーストマンとリードも同法違反で起訴された。だがその頃、リードはすでにルイーズ・ブライアントと共にロシアのペトログラードにいた。

二人がロシアに到着したのは九月。まさにコルニーロフがペトログラードに迫って軍事クーデターを企てていたときのことである。それからのコルニーロフ事件の顛末、ボリシェヴィキ新政権の革命軍と旧臨時政府側の軍勢との戦い、ケレンスキー首相の逃亡、そしてその間のリードらの動向については、本書に描かれているとおりである。リードは翌一九一八年二月までロシアに滞在しているが、一時は外務人民委員《コミッサール》のトロツキーのもとで、海外プロパガンダを展開する部門のスタッフに就任。主としてドイツ軍の前線の兵士たちに向けたプロパガンダ用の新聞、パンフレット、ポスター類を制作している。

帰国後、リードはすぐにもロシア革命見聞記の執筆にとりかかりたいところだったが、そうはいかなかった。「マッシズ」誌のイーストマンと共に、諜報活動取締法違反でたびたび起訴されたからだ。いずれも無罪となったが、ロシアで収集した資料一切は帰国時に没収されていて、返還されたのは一一月のことだった。こうしてようやく執筆にとりかかることができ、一九一九年三月、『世界を揺るがした10日間』が刊行されると大いに好評を博したのである。

リードの死

リードの残り少ない人生は最後まで波乱に富んだものとなった。一九一九年八月、折から関わっていたアメリカ社会党が路線対立などで分裂した結果、アメリカ共産労働党の結党に関わった。そして同党をコミンテルン（ロシア共産党を中心とした国際共産主義運動の中心組織。別名、第三インターナショナル）に承認してもらうため、リードは再びロシアへ行くことになる。だが相変わらず裁判の火中にあったリードは、船員として身分を偽り、ロシアへ密航するしかなかった。

コミンテルンへの承認要請は、首尾よくは進まなかった。特にリードはボリシェヴィキの中心人物の一人、ジノヴィエフの高圧的な態度に苦労したようである。翌一九二〇年二月、リードはいったん帰国を決意するが、途中のフィンランドで拘束。ロシア側の助力で釈放されたが、六月にはアメリカへの帰国を諦め、ロシアへ舞い戻ることになった。九月になるとルイーズ・ブライアントもロシアのリードのもとへやって来た。だがその直後、リードはチフスに罹患。一〇月一七日、三三歳を目前にして死去したのだった。リードの遺体はモスクワのクレムリンの壁に埋葬された。この壁は日本のマルクス主義者の片山潜（一九三三年没）が埋葬されていることでも知られている。

作品『世界を揺るがした10日間』

これまでリードの生涯をかいつまんで見てきたが、どのような人物が思い浮かぶだろうか。『世界を揺るがした10日間』（以下、重複を避けるため「本書」と記す）という一篇の作品は、もちろんリードの人となりや人生などとは無関係に、一種の歴史の叙述として読むこともできるだろう。しかし少しばかり彼の生きざまというフィルターを通して読んでみるのも、おもしろいのではないだろうか。

「史実」とのずれ

二〇世紀が二度の世界大戦と東西冷戦の時代だったとすれば、本書はその端緒となった激動のロシア革命を知る必読書ともなろう。そして実際、本書にはリード自身の体験や意見だけでなく、現地で収集した新聞、ビラ、声明文、布告、命令書など、膨大な数・種類・分量の資料が引用され、また巻末に原注として掲げられていることを見ても、リードがいかに「歴史的に」正確にロシア革命のもっとも熱かった激動の数日間を描こうとしたかが窺える。これはいわゆる「従軍体験記・現地見聞記」的なルポルタージュと言うべき『反乱するメキシコ』とは大きな違いである。

だが同時に、本書はその「歴史的」な事実に関して多くの誤解や誤りを含んでいることもすでにしばしば指摘されてきた。例えば本書第二章では、一〇月二三日、ボリシェヴィキが中央委員会で武装蜂起の是非を討議するシーンが描かれているが、これは二三日の中央委員会と二九日の拡大中央委員会が混同されている（岩波文庫版の上巻、原光雄氏の訳注に詳しく解説されている）。また、本書に引用される資料はリードによる大幅な要約や意訳などがなされていることが多いようだ。

これには種々の事情が考えられるだろう。激動の渦中で取材に当たり、ときには殴り書きのように取材メモを取ったリードには、さまざま出来事や展開の全体像も前後の脈絡も、後世の歴史家たちのようにはっきり見えていたわけではない。レーニンやケレンスキーら、さまざまな立場の革命家たちが用いた用語にしても、多くは英語の定訳もなかっただろう。さらに、執筆は取材から一年以上も経った一九一八年暮れのことで、記憶があいまいなところもあったに違いない。

しかし一方で、レーニンの「同志たちへの手紙」（第二章原注一六）の引用で、二通を合わせてその要旨を要約・抄訳して伝えているような部分は、リードの編集上の意図があったとも推定できる。それは「史実」を語らせるために一次資料を引用するという、本書全体の方針をふまえつつも、編集・要約した紹介のほうがむしろ読者にその趣旨や真意を伝えやすい、とリードが判断したということではないだろうか。そうなると、場合によっては元資料の厳密な文字上の意味よりも、リード自身が読者に伝えたいことが、伝えたい形で、伝えられていることにもなるだろう。今回は訳者の能力の限界のため、ロシア語の原資料とリードの英訳を詳細に比較検討してはいないが、そのような作業を通じてリード自身のロシア革命やボリシェヴィズム、レーニンやトロツキーらの思想に対する理解や誤解を分析することもできるのではないだろうか。書き手としてのリードの編集・構成の手腕は、本書を優れた読み物にしている大きな要因だと訳者は考えているが、それはストーリーテリングという大枠ばかりではなく、引用された個々の資料のレベルにも当てはまる可能性はないだろうか。本書は資料集でもなければ、厳密な社会科学的手法による歴史学の学術書でもない。そういう意味では、冒頭に少し触れたように、「ジャーナリズム」の仕事としての受け止め方や評価にも関わってくるだろう。

リードと行動を共にしたアメリカ人記者たち

どのようなルポルタージュでも、テレビのドキュメンタリー番組でも、さらには歴史書でも、現場で取材された材料や一次・二次資料などをそのまま並べても作品にはならない。それは自明だろう。それをどのような方針で、何をどの程度までどのように取捨選択し、解釈し、編集・構成するか——そのさじ加減ひとつで、同じ事象を同時に取材しても、書き手・作り手によって、極端に言えばいかようにもストーリーを紡ぐことができるだろう。その点、本書には随所にジョン・リードの編集・構成の手腕を窺うことができる。

本書のそういった側面を知るためのひとつの手がかりが、リード以外の人たちが書いたロシア革命の現地報告・見聞記だろう。本書を読むとすぐに気づくように、「私たちは」という複数形の主語が頻出し、また、取材の同行者たちへの言及も見られる。例えば第四章では、冬宮を訪れた自分たち一行を「四人の外国人」で「しかも一人は女性」とか「私たち一行は五人で、二人は女性だった」と書いている。この激動の「一〇日間」の取材中、リードはしばしば同僚のアメリカ人ジャーナリストらと一緒に行動していた。本書で具体的に名指しされるのは、妻のルイーズ・ブライアントと、社会主義者のジャーナリストでキリスト教の牧師でもあったアルバート・リース・

ウィリアムズ（一八八三～一九六二年）だけである（ブライアントについては第四章原注二九で、女性大隊に関して彼女の著書『ロシアでの赤い六カ月』〔原題 *Six Red Months in Russia*〕を参照するよう記し、また第八章では彼女が聖イサーク広場で銃撃戦に巻き込まれたことに言及している。ウィリアムズについては第八章で、ユンケルらが占拠していた電話局にウィリアムズが潜入したときの様子を紹介している。いずれのエピソードも本人たちの著作でも描かれている）。だがウィリアムズの著書『ロシア革命をくぐり抜けて』（一九二三年刊行。原題 *Through the Russian Revolution*）には次のような記述がある。

二度の幸運に恵まれたのが五人のアメリカ人だった――ルイーズ・ブライアント、ジョン・リード、ベッシー・ビーティ、ゴンベルク、そして私だ。私たちはスモーリヌイの広間で演じられた偉大なるドラマの観客となったのであり、私たちはまた、一一月七日の晩のもう一つの大イベントも目撃したのだ――冬宮の占拠である。

これはリードが言う「一行は五人で、二人は女性」という記述と一致する。ベッシー・ビーティ（一八八六～一九四七年）はサンフランシスコで活躍したジャーナリスト。彼女は一九一七年六月、シベリア鉄道でペトログラードへ入り、帰国後に『ロシアの赤い心奥』（一九一八年刊行。原題 *The Red Heart of Russia*）を執筆している。アレキサンダー・ゴンベルク（一八八七〜一九三九年）はロシア系アメリカ人で、赤十字で活躍した（この五人がウィリアムズを筆頭に、最年少のリードとゴンベルグまで、いずれも当時三〇歳から三四歳の同年代の若者たちだったというのは、清新な感じを受ける）。リードらは冬宮に突入する前、ボリシェヴィキが街頭にビラを撒いて回るトラックに同乗したことを伝えているが、このことはビーティの著書にも描かれている。

私たちは彼らを呼び止め、市内へ連れて行ってくれないかとゴンベルグ氏が頼んだ。声はエンジン音にかき消された。彼はもっと大きな声でもう一度頼んだ。水兵は私と、一行のもう一人の女性メンバーのルイーズ・ブライアントを疑わしそうに見つめた。「危険な旅だぞ。声明文を配布しに行くんだが、銃撃されるに決まってるぞ」と彼は言った。

ビーティの記述の主役は、リードのこの場面の描写には登場しないゴンベルグと女性二人だ。

一方、リードの妻、ルイーズ・ブライアントの著書『ロシアでの赤い六カ月』の記述は独特だ。ジョン・リードについては、ボリシェヴィキ政権確立後、国際革命プロパガンダ局で「二人のアメリカ人社会主義者、ジョン・リードとアルバート・リース・ウィリアムズが働いていた」としてその仕事を説明するぐらいで、ほぼ一貫して「私は」と一人称で語っている。例えばリードも第一〇章で描いているモスクワ訪問についてブライアントは、「私は朝一番の列車でモスクワへ行った。……二時間ほどして私はやっとナショナル〔ホテル〕に部屋を取れた」とし、リードも述べている知人一家の訪問についても「彼らは私を夕食に招待してくれた」そして「私は鈴の音を鳴らす橇《そり》で赤の広場を突っ切り、真夜中に帰宅した」という具合につれない。

ジョン・リードが描いたレーニンとトロツキー

それぞれにいっぱしのジャーナリストであれば、それぞれの視点、文体で書くのであるから、右のような違いが出てくることは当然だろう。ここではその当否や優劣を問うのではなく、比較を通じてリードの作品の特徴をいくらかでも浮かび上がらせてみたい。まずルイーズ・ブライアントの作品と比べてみると興味深いのが、レーニンとトロツキーの描きかたである。初めにブライアントが描く二人を見てみよう。

レーニンについては「純粋に知性そのものだ——集中し、冷たく、魅惑に欠け、横槍が入ると苛立つ」とし、「化学物質の代わりに人間を素材として扱う化学者だ」とのゴーリキーのレーニン評を紹介している。それに対してトロツキーは「嵐のような目をした」「すばらしい、炎のような雄弁家」だとしながらも、「トロツキーはレーニンよりもはるかに人間的だ」とする。そんな一面を示す場面がブライアントの著書にある。

……毎日私は最新情報を得ようとスモーリヌイへ行った。トロツキーとその小さなかわいらしい妻は——彼女はほぼいつだってフランス語しかしゃべろうとしない——最上階の一室に暮らしていた。部屋は貧しい画家のアトリエのようにパーティションで仕切られている。片一方には簡易寝台二つに小さな安物の化粧台があり、もう一方にはデスクと安っぽい木製の椅子が二、三脚。壁には絵画もなく、快適さとは無縁だ。

政権運営というのは新しい仕事で、スモーリヌイの人々はしばしば途方に暮れた。人々はレーニンにはある種の畏怖を感じていて、ほとんど近寄ろうとはしなかった。それに比べて日のもとのあらゆる些細な困難の相談ごとがトロツキーのところへ持ち込まれた。

これに対してリードの記述はどうか。第三章では、妻と連れ立って歩いていたトロツキーが通行証を携行し忘れてスモーリヌイの正門で兵卒に問い詰められる、というユーモラスな場面はある。だが妻への言及はひと言だけで、右のブライアントの描写にあったスモーリヌイの一室にインタビューのために訪れたときの場面はこうなっている。

私はトロツキーに話を聞くため取材の約束をして、スモーリヌイの屋根裏にある小さな殺風景な部屋へと上っていった。トロツキーは部屋の中央で貧弱なテーブルを前に粗末な椅子に座っていた。私はほとんど質問する必要がなかった。トロツキーは一時間以上も早口にまくしたてたからだ。

本書が描くトロツキーは、一貫して冷徹無比にして、議論のための議論のようなくだらないおしゃべりを叱り飛ばす厳父のような人物だ。「トロツキーの細く、顎の尖った顔は辛辣な表情を浮かべ、まさに悪魔メフィストフェレスそのもの」であり、「青白い容赦のない顔つきで、冷徹な軽蔑を込めて深みのある声」を発する。そこへ、しゃべりかたは平板でつたなく、しわがれ声のレーニンが、対照的に妙な落ち着きをもたらしている。そしてどんなことがあっても「レーニンは、傍のトロツキーと共に、岩のように動じなかった」。スモーリヌイの広間の議論が紛糾したとき、この二人の演説や発言がまるで黄門様の印籠のように大衆を黙らせてしまうのである。レーニンとトロツキーに対する本書のこうした評価は、のちに災いの種になった。後代、スターリンの不興を買ってしまったのだ。おかげで本書はスターリン時代から一九五〇年代末までロシアでは「禁書」扱いだったのである。本書ではスターリンはあまりにも影がうすい。ロシア革命最初期の物語だから仕方ない面もあろう。だがリードが愛したプロレタリアートの大衆を別とすれば、本書のヒーローはやはりレーニンとトロツキーで、ケレンスキーがアンチヒーローだ。そしてこうした図式を鮮明にする上でも、トロツキーはあくまでも冷徹な厳父でなければならなかった。本書の中のトロツキーは、フランス語でおしゃべりする可愛らしい奥さんと、殺風景な個室で小さな簡易寝台を並べて眠るような、人間味のある人物として描くわけにはいかなかったのではないだろうか。その「ネタ」は編集で「カット」したのだ。

リードが見せた構成の妙

さて、こうした微細な描写とは別に、本書全体の構成という面ではどうだろうか。実は本書以外のブライアント、ウィリアムズ、ビーティらのロシア革命の取材記は、夢の地ペトログラードへの到着に始まり、革命の嵐をくぐり抜けてボリシェヴィキが勝利を勝ち取った日々に心躍らせ、たいていは翌年の春か夏に思い出の地に別れを告げるという、いわば旅の回想録風である（実はリードらと行動を共にしなかったためウィリアムズも言及していない、アメリカ人女性ジャーナリストがもう一人いる。リータ・チャイルド・ドール〔一八六六～一九四八年〕で、女性参政権運動や労働運動などでも活躍した人権派ジャーナリストだ。だが「自由の国の誕生」を目撃しようと一九一七年五月にやって来た彼女がのちに書いた『ロシア革命の内側』〔一九一七年刊行。原題 *Inside the Russian Revolution*〕は、リードやブライアントらの著書とはまったくテイストが異なる。ボリシェヴィキのことを「兵士の戦意を喪失させ、農地や工場の労働者たちを堕落させる」暴徒だとし、レーニンをギャング呼ばわりするなど、まったくけんもほろろである。「このように政府が乱れた国に平和をもたらせるはずはない」と手厳しいが、ある意味では結果的にリードらの理想主義よりもロシアの未来を正しく見抜いていたと言えるかもしれない）。

リードは本書で、ペトログラードへ入る車窓の風景も、離れるときの感傷も一切捨象し、まさに世界を揺るがした一〇日間を中心に構成した。それは『反乱するメキシコ』がパンチョ・ビリャら反政府ゲリラ支配地域へ潜入するシーンから始まるのとは対照的だ。具体的な小さな事象、限られた期間、または限られた場所などの「定点観測」というのは、ルポルタージュやドキュメンタリーの定番の手法である。いわば小さな窓からの眺めを手掛かりに、大きな社会や世界や時代を描き出す。しかし言うは易しで、そういつも簡単にいくわけではない。それをジョン・リードは一〇日間という小さな窓から激動のロシア革命を描いたわけで、ある意味、構成の勝利と言うべきだろう。

さらに、右のような効果は章立ての工夫に負うところもある。リードは九月にロシアに入り、三月革命やボリシェヴィキの七月蜂起は体験していない。しかしそれを抜きにはなかなか十一月革命の展開や意義を理解するのは難しい。そこでリードは大胆にも最初の二章を「説明」と割り切って、読者にもそう断った上で読んでもらうようにした。そして第三章「前夜」から、「脆弱な政府と反抗的な民衆の間では、政府が何をしても大衆を憤慨させ、何かを拒むたびに大衆の軽蔑を呼ぶ……そんな時期がやってくるものである」と、不穏な空気の只中に読者を誘い込み、あとはローラーコースター小説並みのスリルをどうぞ味わってください、ということになる。

構成上、終わらせかたも巧みである。リードはいよいよ終幕へと向かっていこうとする最後から三番目の章にモスクワの見聞記を置いているが、それはとても印象深い革命軍兵士らの葬儀の場面で終わっている。実はこの場面はルイーズ・ブライアントの著書でも同じように叙情豊かに描かれるのだが、全三一章中の第一八章という著書の中盤に登場するだけに（ほぼ時系列の章立てだから仕方がない）、本書のほうが印象深い。

続いてリードは最後から二番目の章で、ボリシェヴィキの最終的な軍事的・政治的勝利を描き、情勢としては一二月上旬にまで説き及んだ上で、最終章に「農民大会」を持ってくる。時期的に言えば少し戻ることになる。ではなぜ最後に農民大会なのだろうか。

都市労働者と兵士らを中心的な基盤としたボリシェヴィキは、新政権樹立の仕上げとして地方の農民たちの支持をどう固めるか、という課題を最後まで抱えていた。この問題は都市部への食料供給という問題と絡んで、一九一八年以降も先鋭化して長期化していく。だから本来、農民大会と労兵ソヴィエトの「同盟」に万歳を唱えて済ませるものではない。しかし本書はロシア革命史の教科書ではない。リードが胸を躍らせて体験した激動の「一〇日間」の物語だ。訳者は今回本書を訳してみて（右のような革命史上の問題の諸段階はともかくとして）その物語の最後に演劇的な大団円が来たな、という感じを持った。

そこで思い起こしてほしいのが、若きリードの名を世に知らしめた一大イベント、「パターソン・ページェント」だ。本書も同様にリードが脚本・演出・構成・編集を担当した「作品」であるから、楽団と松明を伴った農民たちがスモーリヌイへやって来て、労働者や兵士らと抱擁を交わすシーンは、そのクライマックスには持って来いである。そのように本書を読むとすれば、ハリウッド映画的なハッピーエンドのかなり「芝居臭い」ラストシーンに、一種の心地よいカタルシスを感じることができるだろう。ただし、パターソンの労働争議はやがて徹底的に弾圧されて潰えてしまったし、リードが見ていたロシア革命も困難を抱えていた。本書のラストを飾る「パターソン・ページェント」のような高揚感には、道半ばのロシア革命へのリードの希望と願いもこもっているに違いないだろう。

詩を愛し、芝居を愛し、常識と因習を嫌ったボヘミアンな「ジャック」ことジョン・リードである。本書発表時はまだ三二歳。老成した革命家などではない。だから本書をそんなリードが「一〇日間」に凝縮された一大歴史絵巻、一種の「ページェント」として構想した作品として読んでみると、そこには「腕の立つジャーナリスト」という枠には収まりきらない、「腕の立つ書き手」としての青年ジャックの生き生きとした姿が見えるような気がするのである。

ロシア革命関連年表

（日付は本書本文に合わせ、西洋暦で記す。当時のロシア暦はこれより一三日遅れ、例えば西洋暦の一一月七日はロシア暦の一〇月二五日）

一九〇五年

一月二二日　「血の日曜日事件」で警察と軍が民衆の平和的なデモ行進に発砲、多数の死傷者を出す。

六月　戦艦ポチョムキン乗組員の反乱。

一〇月　皇帝（ツァーリ）ニコライ二世が議会（ドゥーマ）設置などの民主改革を約束。

一一月　レーニン、長年のヨーロッパでの活動から帰国。

一二月　トロツキーをはじめソヴィエトのメンバー一斉に検挙。

一九〇七年

一月　トロツキー、シベリアの流刑地への途上で脱走、ウィーンへ逃亡。レーニンもフィンランド、スイスなどを経て、翌年フランスのパリへ移る。

一九一二年
一月　ボリシェヴィキ、独立した政党組織となる。
一九一四年
七月二八日　オーストリアがセルビアに宣戦布告。
八月一日　ドイツがロシアに宣戦布告。その後、フランス、イギリスなどが参戦し第一次世界大戦勃発。
一九一五年
九月　ツィンメルワルト会議開催。
一九一七年
三月八日　三月革命勃発。この日以降、ペトログラードで大規模なデモやストライキ。
三月一五日　皇帝ニコライ二世が退位。帝政廃止。
最初の臨時政府成立（リヴォフ首相、ミリュコーフ外相）。立憲民主党（カデット）が中心勢力。
四月一六日　レーニン、ドイツの「封印列車」でロシアへ帰国。
五月一八日　第一次連立臨時政府成立（リヴォフ首相、テレシチェンコ外相）。社会民主党（エスエル）からケレンスキー（陸海軍相）、チェルノフ（農相）、メンシェヴィキからツェレテリ（郵便電信相）、スコベレフ（労相）が入閣。
六月一六日 ペトログラードで第一回全ロシア・ソヴィエト大会が開会。中央執行委員会（ツェー・イー・カー）を選出。
七月一日 ケレンスキーが命じた「七月攻勢」でロシア軍大敗。
七月一六〜一八日 兵士や労働者らの「七月蜂起」が失敗。蜂起を支持したボリシェヴィキは弾圧され、レーニン、ジノヴィエフらは逃亡して地下に潜伏。この月、軍隊内の死刑復活。
八月六日 第二次連立臨時政府成立（ケレンスキー首相兼陸海軍相、テレシチェンコ外相、アフクセンチエフ内相）。この月、コルニーロフが軍最高司令官になる。
八月一七日 リード、妻でジャーナリストのルイーズ・ブライアントと共に取材のためロシアへ出発。九月、ペトログラード到着。
九月九日 軍最高司令官コルニーロフの反乱。ペトログラードへ向けて進軍するが、到達前に逮捕され、クーデターの企ては失敗。
九月二七日 民主主義会議が開会。

一〇月六日　トロツキー、ペトログラード・ソヴィエトの議長に就任。
一〇月八日　第三次連立臨時政府成立（ケレンスキー首相、テレシチェンコ外相）。
一〇月二三日　ボリシェヴィキ中央委員会でレーニンとトロツキーが唱えた武装蜂起の方針を可決。
一〇月二五日　ボリシェヴィキがトロツキーを中心に軍事革命委員会を設置。
一〇月三〇日　リード、ほかの特派員二人とケレンスキーにインタビュー取材を行う。同日、トロツキーへも取材。
一〇月三一日　レーニンの「同志たちへの手紙」が「ラボーチー・プーチ」紙に掲載され始める。
一一月六～七日　十一月革命勃発。ボリシェヴィキが武装蜂起し、赤衛隊らがペトログラードの各地で士官候補生（ユンケル）など臨時政府軍と交戦。臨時政府が崩壊。
第二回全ロシア・ソヴィエト大会でボリシェヴィキが多数派となり権力を掌握。人民委員会議が発足。この間、平和、土地、労働者による産業管理に関する布告を相次いで発布。いわゆる「穏健派」各党派は「祖国・革命救済委員会」を設立し、ペトログラード市ドゥーマはシュレイデル市長を中心に、いずれもボリシェヴィキに抵抗を続ける。ケレンスキーもペトログラードを離れ、反攻の準備に入る。
一一月九日 ケレンスキーがコサック部隊など反革命軍（旧臨時政府軍）を率い、ガッチナを占領。
一一月一〇日 ボリシェヴィキと農民代表ソヴィエト執行委員会がそれぞれ農民大会招集を宣言して主導権を争う。リードら、ツァールスコエ・セローの状況を取材し、晩にペトログラードへ戻る。
一一月一一日 ケレンスキー、コサック部隊と共にツァールスコエ・セローを占領。
一一月一二〜一四日 ソヴィエト政府軍の攻勢に、ケレンスキーの反革命軍（旧臨時政府軍）が敗退。ケレンスキーはガッチナへ撤退したのちに逃亡。
一一月一三日 リード、再度ツァールスコエ・セローを取材。ロマノフへ向かう途中で水兵らに拘束され、危うく銃殺を免れる。
一一月二九日 農民大会で農民代表ソヴィエトと労兵代表ソヴィエトとの同盟を決定。

ジョン・リード年譜

一八八七年
一〇月二二日　ジョン・リード、オレゴン州ポートランドで堅実な実業家（のち連邦保安官）の家に誕生。腎臓を患い、病弱な子供として育つ。

一九〇四年　一七歳
大学進学準備のためニュージャージー州モリソン校入学。学生主宰の校内文芸誌に短編小説、詩、エッセーなどを寄稿。

一九〇六年　一九歳
ハーヴァード大学入学。「ハーヴァード・マンスリー」誌など学生が主宰する学内誌に詩などを寄稿。大学アメリカン・フットボール・チームの応援団として活躍すると同時に、同学年の友人、ウォルター・リップマン（のちに著述家、政治評論家）が代表を務める「社会主義者クラブ」の会合などに参加。

一九一〇年　二三歳
ハーヴァード大学卒業。ヨーロッパ旅行ののち、ニューヨークのグリニッジ・ビレッジに居住。「ボヘミアン」

と呼ばれた自由主義を掲げる革新的な思想家、社会活動家、作家、芸術家らと交流始まる。

一九一一年　二四歳
「アメリカン」誌（社会評論や文芸作品を掲載する大衆向け月刊誌）の校正者や同誌への寄稿などでジャーナリストをめざす。

一九一二年　二五歳
父チャールズ死去。年末には急進的な社会主義を掲げる挿絵入り政治評論月刊誌「マッシズ（大衆）」の編集部に加わる。

一九一三年　二六歳
ニュージャージー州パターソンの絹織物工場の労働者らのストに共鳴し、リードも逮捕され留置場で数日を過ごす。のち、ニューヨークのマディソン・スクエア・ガーデンでストとその弾圧の様子を再現する演劇イベントを上演。協力してくれた資産家メイベル・ドッジと恋仲になる。
一二月「メトロポリタン」誌（政治評論や文芸作品を掲載する大衆向け月刊誌）の特派員としてメキシコ革命の状況を革命軍に同行して取材（革命の終結は一九一七年）。

一九一四年　二七歳
『反乱するメキシコ』刊行。
八月　第一次世界大戦勃発。「メトロポリタン」誌の特派員としてフランスで西部戦線の取材を試みるも、前線に接近できずに取材を断念。

一九一五年　二八歳

「メトロポリタン」誌の特派員として

ギリシャからセルビアへ入り、東部戦線を取材。ロシアのペトログラードも訪れ強い印象を受ける。ジャーナリストをめざしていたルイーズ・ブライアントが夫と離婚ののち、リードと同棲。

一九一六年　二九歳

四月『東ヨーロッパの戦争』刊行。

マサチューセッツ州プロビンスタウンで夏を過ごし、左翼系作家たちや劇作家ユージン・オニールらと交流。オニール作の『カーディフさして東へ』に出演。

みずからも『自由』『永遠の四辺形』（戯曲）を執筆・上演。

一一月　ルイーズ・ブライアントと結婚。腎臓摘出手術を受ける。

一九一七年　三〇歳

四月　アメリカ、第一次世界大戦に参戦。リードは参戦を決めたウッドロー・ウィルソン政権を批判。

八月　ルイーズ・ブライアントと共に取材のためロシアへ出発。九月到着。ケレンスキー、トロツキーらにインタビュー取材を行い、十一月革命を渦中で取材。

一九一八年　三一歳

一月　レーニンと会見。第三回全ロシア・ソヴィエト大会で演説。

二月　ロシアを離れ、四月に帰国。レーニンから「ロシア人民政府駐ニューヨーク領事」の肩書きを付与される。
諜報活動取締法違反などの疑いで取材資料などをすべて没収され、執筆活動ができず、講演活動でロシアのソヴィエト政権承認を呼びかける。
九月「マッシズ（大衆）」誌へ寄稿した記事により、諜報活動取締法違反の容疑で起訴。翌月無罪となる。
一一月　第一次世界大戦終結。

一九一九年　三二歳
三月『世界を揺るがした10日間』刊行、好評を得る。この年、小冊子『赤いロシア』（正・続編）、『ソヴィエト国家の構造』刊行。
八月　アメリカ社会党の活動に加わっていたリードは、党内対立から新たにアメリカ共産労働党の設立に尽力。コミンテルンの承認を求めるためにロシアへ。

一九二〇年
二月　フィンランドへ向かい、帰国の途に就く。
六月　米国へ帰国すれば左翼活動のため逮捕される恐れがあり、帰国を断念。ロシアへ戻る。
七月　コミンテルン（第三インターナショナル）第二回大会に参加。
九月　妻ルイーズ・ブライアントがロシア到着。

一〇月一七日　チフスのため死去。モスクワでクレムリンの壁に埋葬。

訳者あとがき

「何々一〇〇年」というのはイベントや出版物の刊行によく使われるキャッチコピーだ。今年はケネディ大統領やインドのインディラ・ガンディ首相の生誕一〇〇年で、エドガー・ドガやオーギュスト・ロダンは没後一〇〇年だそうである。そして今年は「ロシア革命一〇〇周年」でもあるということで、書店に行くと思いのほか多くのロシア革命関係の新刊本が置いてある。ロシア革命を改めて学び直すもの、新たな側面に迫るもの、閉塞の時代に現代的な意味での「革命」を考える手がかりを探ろうとするもの……。そんな中で、ジョン・リードの『世界を揺るがした10日間』を改めて訳出するのは、どのような意味があるだろうか。

まずは、とにもかくにも「現場からの報告」であり、ロシア革命のできるだけ「生」の姿を知るには格好の書だ、というのがある。しかし、必ずしもロシア革命自体にそれほど強い関心がなくとも、二〇世紀初頭の歴史が動く瞬間をとらえた一篇のノンフィクション作品としても勢いがあっておもしろい（残念ながらラブ・ロマンス的な要素はないが、その辺りは一九八一年の映画『レッズ』をお勧めする）。著者リードは露骨にボリシェヴィキに肩入れし、「穏健派」社会主義諸政党にはまったく批判的だが、陰謀渦巻く冬のペトログラードの「善玉」と「悪玉」の主人公たちがはっきりして、活劇的にはわかりやすい（などと言うと不謹慎かもしれないが）。ジャーナリスト・詩人・劇作家・短編小説家、そして社会活動家であった一人の青年が全力で書き上げた彼の（二〇世紀的な感じで言えば）冒険に満ちた青春のひとコマを、著者と一緒に楽しんで読んでいただきたい――今回は特にそんな思いで本書を訳出した。

ここで少し本書の邦訳について触れておきたい。

戦後、福沢守人氏訳をはじめいくつかの邦訳が出る中（詳細は失礼ながら割愛させていただく）、一九四六年に原光雄氏訳が三一書房から出た。これを改訳し、省略されていた「附録」（本書では「付録（原注）」）に加え、訳者注も付したのが、長く読み継がれている岩波文庫版だ。一方、冒頭の「註釈と解説」や原注などを一切省き、読み物として一気に通読できるのが、一九六七年に筑摩書房「現代世界ノンフィクション全集」第五巻に収録された小笠原豊樹氏訳である。極めて読み易い邦訳で、今回訳者も大いに刺激を受けた。この小笠原氏訳ものちに原暉之氏による原注の邦訳が加わり、筑摩書房の叢書や文庫に入り、現在では電子書籍でも読める。これら両邦訳は、リードによる資料の大幅な省略や要約が見られる箇所については、ロシア語の原資料から新たに修正・補足・訳出などがなされている。そうした校訂作業の成果は今回の訳出にとってもたいへん参考になった。この場を借りて謝意を表したい（ただし、本書をジョン・リードの編集・構成によるひとつの「作品」として見た場合、資料の差し替えなどの是非は多少議論の余地もあることは、「解説」でも触れた。このため今回はリードの英文からストレートに和訳した）。

英書の原典としては、インターネット上でも自由に読める一九一九年版に依拠した。ただし、歴史の学習としてではなく、スリリングなルポルタージュとして読んでいただきたいとの思いから、原書に図版として出ているロシア語のポスターや公文書などの掲載・訳出を省いたことをお断りしたい。巻末の付録はリードの原文をそのまま訳して載せたが、これらは読者の関心によっては読み飛ばしても本文の理解に大きな障害はないだろう。なお、文中の（　）は著者の、〔　〕は訳者の補足である。

リードは本書の「まえがき」の中で、「これは十一月革命の克明な報告であり、それ以上でも以下でもない」とし、「私自身が目撃し、体験したこと、そして信頼できる裏づけのある出来事を記録することしかできない」と書いている。しかしその一方で、「あの闘争のさなか、私の思いは中立ではなかった。だが……私は良心的な記者の目で出来事を見るように努めた。ひとえに真実を書き残したいがために」と結んでいる。「良心的な記者の目」を保ちつつも、ボリシェヴィキの革命に「中立ではない」思いで強く共鳴しながら現場を走り回ったリード——その目と心に映った「真実」とは何だろうか。

答えはもちろん、リードにしかわからないとも言えるし、それは読者がそれぞれに読み取るべきものだとも言えるだろう。最後に蛇足ながら、訳者が今回の訳業を通じて感じたところを述べて結びとしたい。

伝記作家のジェレミー・カーター氏は、『若きラジカルたち』（二〇一七年刊行。原題 *Young Radicals: In the War for American Ideals*）という近著の最後で、もしもっと長生きしていたら、リードはあのあと何をしただろうか、と問う。「マッシズ」誌の編集長としてリードと苦楽を共にしたマックス・イーストマンは、再びクリエイティブな作品の創造に向かったのではないかと、考えていたそうだ。つまり詩である。しかしカーター氏は「クリエイティブな」仕事というイーストマンの意見を認めた上で、詩人ではなく、映画の興行主になったのではないか、と大胆かつ楽しい想像をしている。「パターソン・ページェント」の上演や、演劇集団プロビンスタウン・プレイヤーズの結成などを挙げ、カーター氏は「ジャック・リードをハリウッドから遠ざけておける力などこの地上にあり得ただろうか」と言う。政治と芸術の狭間で、リードはどんな新たな融合（フュージョン）を夢想し、創り出したことか、見たかったものだと。

このようなカーター氏の見解を参考に、再び考えてみたい――ロシア革命の取材を通じて、リードが見出した「真実」とは何だったろうか。それはジョン・リードという、詩人の魂と、ジャーナリストの社会的使命感と、興行主の山っ気とを合わせ持った一人の男の目と心に映った、いわば真・善・美だったのではないだろうか。そういった意味で本書は優れたジャーナリズムの作品でありつつ、それに留まらない一篇の叙事詩《エピック》でもあろう。これを心躍る「エピック・ルポルタージュ」とでも名づけるとしたら、お叱りを受け、失笑を買うだろうか。

今回この古典新訳文庫シリーズの一冊の訳出の機会をいただいた光文社内外の関係者のみなさん、とりわけ遅れてばかりの訳出作業をカバーしてくださった翻訳編集部の中町俊伸氏と佐藤美奈子氏に厚く御礼申し上げたい。また、ロシア語の訳語や表記など、訳文の詳細なチェック、アドバイスをいただいた森田成也氏にも心より謝意を表したい（ただし誤りなどがあるとすれば訳者の責任である）。最後に、自室のデスクにへばりついて家事の分担も滞りがちな訳者に理解を示してくれる家族にも感謝している。

二〇一七年一〇月　　　伊藤　真

kobunsha classics
光文社古典新訳文庫

世界《せかい》を揺《ゆ》るがした10日間《とおかかん》

著者　ジョン・リード
訳者　伊《い》藤《とう》真《まこと》

2017年11月20日　初版第1刷発行

発行者　田邉浩司
印刷　慶昌堂印刷
製本　ナショナル製本

発行所　株式会社光文社
〒112-8011東京都文京区音羽1-16-6
電話　03（5395）8162（編集部）
03（5395）8116（書籍販売部）
03（5395）8125（業務部）
www.kobunsha.com

落丁本・乱丁本は業務部へご連絡くだされば、お取り替えいたします。
ISBN978-4-334-75365-8 Printed in Japan

いま、息をしている言葉で、もういちど古典を

長い年月をかけて世界中で読み継がれてきたのが古典です。奥の深い味わいある作品ばかりがそろっており、この「古典の森」に分け入ることは人生のもっとも大きな喜びであることに異論のある人はいないはずです。しかしながら、こんなに豊饒で魅力に満ちた古典を、なぜわたしたちはこれほどまで疎んじてきたのでしょうか。

ひとつには古臭い教養主義からの逃走だったのかもしれません。真面目に文学や思想を論じることは、ある種の権威化であるという思いから、その呪縛から逃れるために、教養そのものを否定しすぎてしまったのではないでしょうか。

いま、時代は大きな転換期を迎えています。まれに見るスピードで歴史が動いていくのを多くの人々が実感していると思います。

こんな時わたしたちを支え、導いてくれるものが古典なのです。「いま、息をしている言葉で」――光文社の古典新訳文庫は、さまよえる現代人の心の奥底まで届くような言葉で、古典を現代に蘇らせることを意図して創刊されました。気取らず、自由に、心の赴くままに、気軽に手に取って楽しめる古典作品を、新訳という光のもとに読者に届けていくこと。それがこの文庫の使命だとわたしたちは考えています。

光文社古典新訳文庫　好評既刊

レーニン
トロツキー
森田 成也 訳

子犬のように転げ笑い、獅子のように怒りに燃えるレーニン。彼の死後、スターリンによる迫害の予感の中で、著者は熱い共感と冷静な観察眼で〝人間レーニン〟を描いている。

永続革命論
トロツキー
森田 成也 訳

自らが発見した理論と法則によって、ロシア革命を勝利に導いたトロツキーの革命理論が現代に甦る。本邦初訳の「レーニンとの意見の相違」ほか五論稿収録。

帝国主義論
レーニン
角田 安正 訳

二十世紀初頭に書かれた著者の代表的論文。ソ連崩壊後、社会主義経済の衰退とともに変貌を続ける二十一世紀資本主義を理解するため、改めて読む意義のある一作。

ニーチェからスターリンへ トロツキー人物論集［1900－1939］
トロツキー
森田 成也
志田 昇 訳

ニーチェ、イプセン、トルストイ、マヤコフスキー、ヒトラー、スターリン……。革命家にして文学者だったトロツキーが、時代を創った17人を鮮やかに描いた珠玉の人物論集。（解説・杉村昌昭）

ロシア革命とは何か トロツキー革命論集
トロツキー
森田 成也 訳

ロシア革命の理論的支柱だったトロツキーの、革命を予見し、指導し、擁護した重要論文（「コペンハーゲン演説」など）6本を厳選収録。革命の本質を理解する100周年企画第1弾。

★続刊

白痴3 ドストエフスキー／亀山郁夫・訳

ムイシキン公爵と友人ロゴージン、美女ナスターシャ、美少女アグラーヤ……。はたして誰が誰を本当に愛しているのか？ 謎に満ちた複雑な恋愛四角形は形を変えはじめ、やがてアグラーヤからの一通の手紙が公爵の心を揺り動かす。

ナルニア国物語⑥ 銀の椅子 C・S・ルイス／土屋京子・訳

ユースティスはいじめられっこジルとともに、体育館の裏からナルニアへ旅立つ。ジルはアスランから、年老いたカスピアン王の行方不明の息子を探す任務を与えられるが、彼らの行く手には巨人や地底人たちが立ちはだかる。物語も佳境の第6作。

マノン・レスコー プレヴォ／野崎 歓・訳

前途ある青年デ・グリュは、学校を卒業して実家に戻ろうというとき、美しい少女マノンに出会う。情熱のままパリに駆け落ちした二人は新しい生活を始めるが、マノンの魔性に歯車は狂いだして……。一八世紀フランス文学の傑作を新訳で。